原生态的瑰丽

古诗词里的美丽中国

张公武 ◎ 编著

哈尔滨出版社

图书在版编目（CIP）数据

原生态的瑰丽：古诗词里的美丽中国 / 张公武编著.
哈尔滨：哈尔滨出版社，2024. 10. -- ISBN 978-7-5484-7970-3

Ⅰ. I22

中国国家版本馆CIP数据核字第2024WF3238号

书　　名：原生态的瑰丽：古诗词里的美丽中国
YUANSHENGTAI DE GUILI: GUSHICI LI DE MEILI ZHONGGUO

作　　者：张公武　编著
责任编辑：滕　达
装帧设计：和衷文化

出版发行：哈尔滨出版社（Harbin Publishing House）
社　　址：哈尔滨市香坊区泰山路82-9号　　邮编：150090
经　　销：全国新华书店
印　　刷：北京建宏印刷有限公司
网　　址：www.hrbcbs.com
E-mail：hrbcbs@yeah.net
编辑版权热线：（0451）87900271　87900272
销售热线：（0451）87900202　87900203

开　　本：710mm×1000mm　1/16　印张：47.75　字数：664千字
版　　次：2024年10月第1版
印　　次：2024年10月第1次印刷
书　　号：ISBN 978-7-5484-7970-3
定　　价：158.00元

凡购本社图书发现印装错误，请与本社印制部联系调换。
服务热线：（0451）87900279

前　言

中华优秀传统文化博大精深,内容极为广泛,存在于各种载体中,其中诗词曲赋等文学作品是中华优秀传统文化很重要的组成部分,一首一首集合起来数量以数十万计,令人叹为观止。

霞光溢彩,阴晴圆缺,山呼海啸,雨润云飘,花开花落,生生死死……千百年来,自然界包括生存于其中的动植物的"原生态"状况和景象,陆续被我国古人观察到、认识到;古代的人们在不同的时间、地点,从不同的角度,带着自己不同的状态、观念、心情,去观察、感知、理解、体验这种种的现象,并把自己内心的感知、感受、感悟等,诉诸带有一定规范、格律的语言文字,创造出文学作品中多样化的古典诗词曲赋。古人甚至还巧妙地把某些人文和社会的现象,在一定程度和意义上与之进行某种结合、寄托、移情。本然的"原生态"是古代文人学士用之不尽的描写对象和思绪灵感永不枯竭的深厚源泉。古代文人学士所创作的诗词曲赋,无论是呕心沥血的刻意求工,还是性情所至的随意吟诵,都记载和反映了中国几千年历史中的自然、人文和社会的实际,也记载和反映了宝贵的极具魅力的"原生态"环境、景象。当我们翻开或浩繁或精选的卷帙,"原生态"的美丽中国的精彩纷呈景象扑面而来。这种有关我国"原生态"的环境和景象的语言文字的记录、描绘和思绪、意象,都是古代作者对我国所处的自然环境和大千世界美妙景象的仔细观察和独特发现,并经过作者自身的理性思考、感情融入和美学概括,以及反复推敲和琢句炼字，又经过了千百年历史的考验和淘洗，而成为千古名句，流传至今。

本书从中华优秀传统文化的古典诗词中撷取、辑选了描写中国原生态美丽景象的名句。本书所选录的古典诗词分日月星辰、山野江河、风云雨雪、季候节气、花开景象、人居环境六章，其中再分为二十七个部分，以求能大致涵盖中国自然环境和景象等基本方面的内容。

当我们站在新时代的门槛，在为我国进行包括生态文明建设在内的全面建设，在为实现社会主义现代化强国的宏伟目标而努力奋斗的时刻，回望、学习、重温中华优秀传统文化中这些古典诗词名句，都会深深感受到它们是多么美不胜收、沁人心脾，多么能涵养心灵、陶冶性情。它们能使我们油然产生和树立起心中真善美的思绪和情感，并使我们终生难以忘怀，从而潜移默化地提升我们的精神境界和文化品位，以及语言文字水平和审美修养。阅读古典诗词中有关的名句，来学习、领略和掌握传统文化中描绘中国生态文明和美丽景象的精粹，不啻是一条便捷的事半功倍的路径，同时也十分有利于我们在中国特色社会主义现代化建设大道上的创业、创新实践。

本书所说的"古（代）"，包括从上古直到清朝灭亡的时间范围。本书对所选录的古诗词名句，每一首都用现代文体做了简明的解释，力求通俗化，以有助于读者理解。同时，每一首中重点的或切中主题的或流传较广的句子均做斜体处理，以引起读者的特别关注。

哈尔滨出版社对本书的出版给予了积极的安排，出版社的领导、策划和责任编辑以及其他有关人士对本书的编著工作给予了热诚的指导、支持和协助，谨此致谢。

本书在编著过程中，参考和利用了古今一些相关论著和材料，在此对相关论著和材料的作者表示衷心的敬意和感谢。需要指出的是，由于古典诗词在千百年的流传中存在着多种载体，形成了很多种版本，有些诗词句子以及各种诠释在不同版本中有不一致的地方，对此，今人已无法向原作者请教或核对了，研究者则是见仁见智，会有不同的解读、诠释或取舍。在此情况下，

前 言

本书一般遵循了约定俗成的原则,但可能在个别地方,表现为本书编著者自己的理解和处理,希望能得到读者的理解。另基于篇幅和做抛砖引玉之考虑,全书收录的部分诗词为节选,对此感兴趣想深入探究诗歌全貌的读者,可借助现代和便利条件上网查阅学习。由于编著者学识水平有限,书中或有缺失、欠妥之处,请读者多多批评指正。

张公武

于北京师范大学

2022 年 6 月

目 录

第一章 日月星辰

1. 太　阳 / 5
2. 月　亮 / 22
3. 星　辰 / 48

第二章 山野江河

4. 山　岳 / 69
5. 关　隘 / 104
6. 原　野 / 122
7. 江　海 / 145
8. 河　湖 / 177

第三章 风云雨雪

9. 风 / 207
10. 云 / 229
11. 雨 / 247
12. 雪 / 264

第四章　季候节气

13. 春 / 285
14. 夏 / 328
15. 秋 / 359
16. 冬 / 390
17. 节　气 / 419
18. 节　日 / 455

第五章　花开景象

19. 物　候 / 495
20. 花事一般 / 533
21. 桃李杏花 / 557
22. 梅兰菊花 / 584
23. 其他花卉 / 610

第六章　人居环境

24. 田　园 / 647
25. 村　庄 / 669
26. 林　苑 / 696
27. 城　市 / 723

第一章 日月星辰

明月几时有,把酒问青天。

不知天上宫阙,今夕是何年。……

但愿人长久,千里共婵娟。

——《水调歌头·明月几时有（丙辰中秋欢饮达旦大醉作此篇兼怀子由）》（[宋]苏轼）

  这里选的是第一部分：日月星辰。

  浩瀚的宇宙无边无垠。在宇宙的无数天体中,太阳是太阳系的中心；地球是太阳系中的一个成员,是人类唯一的家园；月球是地球唯一的天然卫星,对地球有不小的影响,与人类生活有密切的关系；夜晚,繁星满天闪烁,多得数不胜数,使人们产生无限的遐想。太阳、地球已有约46亿年的历史了。地球自西向东自转（自转一圈定义为一日）,同时又围绕着太阳公转。地球绕太阳公转周期基本上固定,所以人类把地球的一个公转周期定义为一年,在天文学上通常采用儒略年,一年的具体数值为365.25天,即365日6时0分0秒。宇宙里的日月星辰,都是亿万年的客观的永恒的存在。

  人类是大自然发展的产物,人类诞生迄今已经约300万年。人类和人类社会的历史无法与宇宙、大自然的历史相比,完全不在一个量级上。日月星辰、地球的存在和不断的运动、发展、变化不以人的意志为转移。地球的某些小的局部,可能会受到几千年来人类活动的影响,不过这种影响是有限的,从宏观上、广义上说,甚至可以忽略不计。日月星辰,乃至地球一直保持着它原初的本然的状态,即保持着它的"原生态"。对于人类来说,日月星辰是又远又近、又疏又亲、可望难即的存在。

第一章　日月星辰

　　日月星辰等宇宙自然的"原生态"的存在，它的瑰丽、奇美的景象，会不断地反映到中国不同时代人们的头脑中，经过历代人们（特别是其中的文人学士，尤其是诗人们）的感知、思维、想象、情感等认知活动，记录于诗词等文学作品中，并通过多种介质传递至今。"原生态"的自然虽然没有多大变化，"月亮还是那个月亮"，但世世代代的人们由于时代背景、个人的状况、境遇、视角、表达等差异，"仁者见仁，智者见智"，而不断地产生各自独有的感受、思考、描述，形成包括诗词在内的各种作品。本部分辑录的是中国古代诗词作者对"原生态"的日月星辰的观察、感知、体验、思考和想象的作品中很少的一部分。

1. 太 阳

岱岳吟
[清]魏源

白光尽处火轮现,草木山河金潋滟。
落日如人老更赤,初日如人少方艳。

[注释]岱岳:指泰山。潋滟:波光闪闪的样子。
[赏析]早晨,天光白亮之后,一轮红日出来了,把大地上的草木、山河照得金光闪闪;太阳也跟人相似,上升时像少年的脸那般红艳,下落时像老人的脸红得发赤。诗句表现作者在泰山见到的日出日落的奇美景象。

花 影
[宋]苏轼

重重叠叠上瑶台,几度呼童扫不开。
刚被太阳收拾去,却教明月送将来。

[**注释**] 童：指男仆。

[**赏析**] 亭台上的花影层层相叠，几次叫仆人去清扫都扫不掉。傍晚时分太阳落山，阳光下的花影刚刚退去，可是月亮又升起来了，花影又在月光下重重叠叠地出现。诗句描写在日光与月光的交替映射下，花影的重现与变化。

山中二绝·其二

[元] 释英

窗前瀑布寒，林外夕阳薄。

清风何处来，扑扑松花落。

[**赏析**] 山庄住屋的窗前，能看到山涧的瀑布如练，带着丝丝寒意，透过树林，看到夕阳越来越淡，即将沉尽。不知从何处刮来了清冽的风，使得林中的松果扑扑地掉落。诗句突出描写淡淡夕阳下山的景色的清冷幽静。

谒 山

[唐] 李商隐

从来系日乏长绳，水去云回恨不胜。

欲就麻姑买沧海，一杯春露冷如冰。

[**注释**] 谒：拜见，朝见。麻姑：古代神话传说中的女仙。

[**赏析**] 自古以来就没有能系住太阳的超长绳子，水流东去、白云舒卷

同样是令人不胜怅恨。想向女仙麻姑买下整个沧海,结果只得到一杯冷如冰的春露。诗句作者慨叹太阳、流水、白云、沧海等自然现象的轮转变幻非人力所能控制,这也是人类的一种无奈。

庐山谣寄卢侍御虚舟
[唐]李白

翠影红霞映朝日,鸟飞不到吴天长。
登高壮观天地间,大江茫茫去不还。

[**注释**]大江:指长江。

[**赏析**]满山翠绿的树木与初升太阳的红霞相映成辉,鸟儿也飞不上去的高峻庐山,使得吴地的天空更显得辽远广阔。登高远望天地间壮观景象,大江渺茫无尽,滔滔东流,永不回还。全诗较长,描绘了庐山雄奇壮丽的风光。这里选的是其中几句。

从军行七首·其五
[唐]王昌龄

大漠风尘日色昏,红旗半卷出辕门。
前军夜战洮河北,已报生擒吐谷浑。

[**注释**]辕门:军营的营门。吐谷浑:我国古代民族,在今甘肃、青海一带。隋唐时曾建立政权。此处"生擒吐谷浑",泛指俘获敌人。

[**赏析**]荒漠边地狂风呼啸,沙尘飞扬,日光昏暗,红色的军旗半卷起来,

引导着将士走出营门。先头部队昨夜在洮河北岸与敌军激战,刚得到战报说已活捉了敌人。诗句反映了边地军营和将士们所处的日光昏黄、风沙无际的环境和一次交战并获胜的情形。

使至塞上

[唐]王维

大漠孤烟直,长河落日圆。
萧关逢候骑,都护在燕然。

[注释]长河:指黄河。萧关:古关名,故址在今宁夏固原东南。候骑:负责侦察、通信的骑兵。都护:唐时在西北广大地域设六个都护府,其长官称都护。燕然:指燕然山,即今蒙古国杭爱山。

[赏析]广袤的沙漠中只能见到烽烟直直地上升,圆圆的太阳渐渐地在长长的黄河边沿沉落。我在边关一带碰见了侦察骑兵,得知都护尚在燕然山前线没有回来。全诗八句,这里选的是后四句。诗句描绘了边塞的大漠、长河、落日组合成一体的独特景观,以及斥候士兵和主帅的情形。(有研究者认为作者此次出使路径不到萧关,"萧关逢候骑"是虚写。)

霞

[宋]王周

拂拂生残晖,层层如裂绯。
天风剪成片,疑作仙人衣。

[**注释**]拂拂：形容风轻轻吹动。绯：红色。

[**赏析**]夕阳的余晖在轻轻地拂动，一层一层的晚霞犹如裂开的红绸。天上的风把红绸剪成一片一片的，似乎是要用它来做仙人的衣裳。诗句描写了晚霞的美丽景象。

乌栖曲
［唐］李白

姑苏台上乌栖时，吴王宫里醉西施。
吴歌楚舞欢未毕，青山欲衔半边日。

[**注释**]姑苏台：相传为吴王夫差所筑，故址在今苏州城外西南的姑苏山上。

[**赏析**]太阳落山，鸟儿归巢，姑苏台上的吴宫里，西施的醉态朦胧。吴王宫殿里的轻歌曼舞还没有完毕，西边的山峰已吞没了半轮红日。全诗七句，这里选的是前四句。诗句描写吴王尚醉心在享乐中时，暮色已经降临。作者在统治者无休止的奢靡荒淫生活中看到了他们即将沉落的命运。

台湾八景·海上看朝日
［清］高拱乾

海上看朝日，山间尚晓钟。
天开无际色，人在最高峰。

[**赏析**]人在台湾，应该去观看太阳在海上冉冉升起，到山间听寺庙里

的晨钟声声。看到天空是多么开阔，无边无际，会感到自己正站在山上最高峰。作者曾任清朝政府的"台厦道"官职，管理台湾地区全境。诗句描写台湾地区清晨日出、天空壮阔无际的绚丽景象。

金鸡报晓
[明]朱元璋

鸡叫一声撅一撅，鸡叫两声撅两撅。
三声唤出扶桑日，扫尽残星与晓月。

[注释] 撅：翘起。扶桑：神话中东海外的大树，传说太阳从这里出来。残星、晓月：暗喻当时残存的地方割据势力。

[赏析] 公鸡昂起头叫第一声，报告天空拂晓；公鸡又昂起头叫第二声，告知人们天已亮了；当公鸡叫了第三声时，红日就从东方扶桑处升起，迅即扫尽了黎明时残留的星光和已很暗淡的月色。作者是明朝开国皇帝，据说他在登基称帝时吟诵了这首打油诗。诗句虽然俗气，但也有不同凡响之处，表现太阳出来之后，残留的月光和星光不能与灿烂的阳光相比，等于没有了。诗句反映出作者当了皇帝、志得意满的心情。

湖亭望水
[唐]白居易

久雨南湖涨，新晴北客过。
日沉红有影，风定绿无波。

[**注释**]南湖：指江西省鄱阳湖的南面部分。北客：作者自称。

[**赏析**]雨下了很久，南湖的水涨得满满；天刚放晴，我来到南湖边。太阳落下去了，在湖面上投下又红又大的霞彩；晚风停下来了，碧绿的湖面宁静得没有一点涟漪。全诗八句，这里选的是前四句。诗句描写傍晚时南湖湖面既绚丽又宁静的景象。

堤上行三首·其一

[唐]刘禹锡

酒旗相望大堤头，堤下连樯堤上楼。
日暮行人争渡急，桨声幽轧满中流。

[**注释**]酒旗：酒店外挂的幌子。樯：帆船上的桅杆，引申为船。幽轧：这里指的是模拟摇桨的声音。

[**赏析**]酒旗相望在大堤上头，大堤下船连着船，大堤上楼挨着楼。太阳正在落山，行人都急急忙忙地争着渡江，江面上充满了幽轧幽轧的摇桨声。诗句描写大堤上的情形，以及傍晚时分人们急切过江回家、力求渡船快行的繁忙景象。

谢亭送别

[唐]许浑

劳歌一曲解行舟，红叶青山水急流。
日暮酒醒人已远，满天风雨下西楼。

[**注释**] 谢亭：即谢公亭，南北朝时，谢朓任宣城太守时所建的亭，在宣城北面。劳歌：本指在南京劳劳亭送别时唱的歌，后成为送别歌的代称。

[**赏析**] 朋友听罢送别歌匆匆解缆开船，举头四望，两岸青山红叶夺目，水流迅疾。太阳落山，我酒醒了知道人已远去，在这漫天风雨的时候只好独自离开谢亭西楼。诗句描写作者送别友人后怅惘空寂、萧瑟凄清的心情。

鹧鸪天·绣幕低低拂地垂
[宋]晁补之

临晚景，忆当时。愁心一动乱如丝。
夕阳芳草本无恨，才子佳人空自悲。

[**赏析**] 临到傍晚，看着晚霞满天，禁不住想起当年的火热情感。心里涌上无限离愁，就像是丝般乱作一团。天边的夕阳、地上的芳草本来都是没有爱恨情感的，那些才子和佳人却要触景生情，借它们来为自己的命运情感悲叹。词句描写女主人公独守空房、思念丈夫、愁思不已的哀怨心情。这里选的是全词的下片。作者认为夕阳、芳草等自然景象与人们的情思本是各自存在、毫无关系的，但才子佳人往往多愁善感，容易触景生情，不能自已。

永遇乐·落日熔金
[宋]李清照

落日熔金，暮云合璧，人在何处？
染柳烟浓，吹梅笛怨，春意知几许？

[赏析]落日像熔化的金水那般灿烂,暮云如玉璧一样色彩晶莹,景致如此美好,如今我却置身于何方?新生的柳芽如同被绿烟熏染过,《梅花落》的笛曲中传出声声幽怨,春天的气息已有多少露现?这里选的是全词上片的前半部分。作者以现实中的美好景色与自己漂泊异乡的生疏感所形成的强烈反差,来反映出自己内心的孤寂、凄清。

自法云归

[宋]陆游

落日疏林数点鸦,青山阙处是吾家。
归来何事添幽致,小灶灯前自煮茶。

[赏析]落日映照着稀疏的树林,几只乌鸦在林间噪叫,我的家就在那青山谷里有个缺口的地方。回到家干点什么可以增添一些幽雅情致呢?且自个儿在小灶火上煮一壶茶喝喝吧!诗句含有作者自有情趣、自得其乐的况味。

滕王阁序

[唐]王勃

落霞与孤鹜齐飞,秋水共长天一色。

[注释]鹜:野鸭。
[赏析]落日映射下的晚霞与孤独的野鸭一起飞翔;秋天大雨后江水充盈,江面似乎和天空连在了一起。这里选的是长篇序文中的两句。诗句将落霞、孤鹜、秋水、长天四种景象完美地结合在一起,勾画出一幅宁静致远的画面。

酬乐天咏老见示

[唐]刘禹锡

人谁不顾老,老去有谁怜。……细思皆幸矣,下此便翛然。莫道桑榆晚,为霞尚满天。

[注释] 乐天:唐代诗人白居易,字乐天。翛然:自由自在、心情舒畅的样子。桑榆晚:指落日的余晖照在桑树、榆树的树梢上,比喻人已到老年。

[赏析] 哪个人不害怕、不顾虑衰老?人老了有谁会来怜惜?……仔细想想,老了也有幸运的一面,克服了对老的忧虑,心里就踏实、无挂无牵了。不要说夕阳已照到桑树榆树的树梢上,时光已晚,你看,那满天晚霞红得多么灿烂辉煌!全诗较多地叙述了老年人的生活状态,然后以乐观豁达的态度赞美满天晚霞,暗喻人到老年仍能积极进取,有所作为。

送邢桂州

[唐]王维

日落江湖白,潮来天地青。
明珠归合浦,应逐使臣星。

[注释] 邢桂州:指邢济,作者友人。桂州:唐时州名,治所在今广西桂林。合浦:古郡名,郡治在今广西合浦县东北,以产珍珠而著名。使臣星:即使星,指朝廷派使者微服出行,会表现在星象上。

[赏析] 太阳落下去,天光与水面合为一片白色,潮水涌来,天与地浑然映成青色空间。明珠要回归合浦地方,定是追随着使臣的星宿。全诗八句,这里选的是后四句。全诗描写作者在京口(今江苏镇江)欢送友人去桂州,并

祝愿友人像珍珠回归合浦一样地赴任,清廉有成。

东鲁门泛舟二首·其一
[唐]李白

日落沙明天倒开,波摇石动水萦回。
轻舟泛月寻溪转,疑是山阴雪后来。

[**注释**]东鲁:唐时的兖州,今山东曲阜,"东鲁门"在府城东。天倒开:指天空倒映在水中。山阴:地名,指今浙江绍兴。

[**赏析**]夕阳西下,余晖照耀着水中沙洲和天空的倒影,多么明丽;水波荡漾,山石的倒影随之晃动,水流萦绕回环。驾着小舟在月光下沿着溪水转悠,好像自己是在山阴的雪后去访友。诗句描写作者泛舟时所见的水面景象及当时的心情。

华子冈
[唐]裴迪

日落松风起,还家草露晞。
云光侵履迹,山翠拂人衣。

[**注释**]华子冈:作者的好友王维隐居地(终南山辋川别墅)的风景点。

[**赏析**]夕阳西下,松林中吹来阵阵清风;散步回来,青草上的露珠已被晒干。余晖中的云雾霞光掩映了人们的足迹,山岭苍翠之气吹拂着我的衣

原生态的瑰丽——古诗词里的美丽中国

衫。诗句描写终南山辋川一带环境优美清爽、令人心旷神怡的景象。

黄鹤楼
〔唐〕崔颢

日暮乡关何处是,烟波江上使人愁。

[注释] 乡关:指故乡家园。烟波:指水波渺茫,如烟雾笼罩。

[赏析] 太阳落山,时至黄昏,还不知道我的归宿我的家乡在何处,看江面渺茫,如烟雾笼罩,更使人烦愁。全诗八句,这里选的是最后两句,表现诗人日暮怀归而面对烟波浩渺又不知所归的怅惘心情。

诗 偈
〔唐〕丰干

日日日东出,日日日西没。
……
不知千古万古人,送向青山成底物?

[注释] 偈:佛经里的唱词。底:何,什么。

[赏析] 每一天、每一天,太阳从东方升起;每一天、每一天,太阳在西边落下。不知道过往的千年万年逝去的人们,被送到青山上埋葬,最终成了什么?诗句表现在历史长河中逝者如斯。这里选的是作者以短暂的人生与永恒的太阳的运行相比照,而发出的对人生短暂的无奈喟叹。

长相思·其二

[唐]李白

日色欲尽花含烟,月明如素愁不眠。
赵瑟初停凤凰柱,蜀琴欲奏鸳鸯弦。
此曲有意无人传,愿随春风寄燕然。

[注释]燕然:山名,今蒙古国的杭爱山,这里指代边塞。

[赏析]太阳快落尽了,花丛仿佛笼罩着轻烟;月光皎洁如白绢,愁思使我不能入眠。我停奏了弦柱雕饰着凤凰的瑟,想弹奏蜀琴里的鸳鸯弦。这个曲调虽然情意绵绵,可惜没有人传递给你。但愿它能随着春风送到边塞让你听到。诗句描写忧伤寂寥的情景,表现了家中女子对戍边丈夫的无限思念。

答姚怤见寄

[唐]孟郊

日月不同光,昼夜各有宜。
贤哲不苟合,出处亦待时。

[赏析]太阳、月亮的辉照是不相同的,一个在白天,一个在黑夜,各有其适宜的时候。贤士哲人不会苟且地去迎合什么人,他们无论出来做事还是守在家中,都是在恰当的时机。前两句以描写自然天象做铺垫;作者本意却是在后两句,表明做人应有的原则和磊落。

经乱离后天恩流夜郎忆旧游书怀赠江夏韦太守良宰
[唐]李白

> 日月无偏照,何由诉苍昊。
> 良牧称神明,深仁恤交道。

[注释]苍昊:苍天。良牧:指赠诗对象(韦太守)。

[赏析]日月普照万物,没有任何偏向和私心,有什么办法把我的冤屈向苍天倾诉?您是神明一样的优良太守,有深厚仁心,体恤向您陈情的下属。全诗很长,这里选的是其中几句。诗句认为太阳、月亮、苍天都是非常公正的,但无法去向苍天申诉冤屈;作者极力称颂韦太守,恳请他了解自己的处境,并给予必要的帮助。诗句表达了作者蒙受冤屈、不被赦免,且申诉无门的极为悲愤的心情。

晚 晴
[唐]李商隐

> 深居俯夹城,春去夏犹清。
> 天意怜幽草,人间重晚晴。

[注释]夹城:城门外的曲城。幽草:生长在幽暗地方的小草。

[赏析]一个人俯身城外曲巷,深居简出,春天过去了,夏天仍然清朗。上天怜惜生长在幽暗之地又久遭雨浸的小草,给予夕阳余晖的照耀;坎坷困厄的人生更珍重晚年得到的晴朗的际遇。全诗八句,这里选的是前四句。作者触景生情,从幽草中发现自己,倍觉晚晴霞光对人生的美好积极的意义。全诗表达了作者托寓身世之情感。

咏初日

[宋]赵匡胤

太阳初出光赫赫,千山万山如火发。
一轮顷刻上天衢,逐退群星与残月。

[注释]赵匡胤:宋朝开国皇帝(死后庙号宋太祖)。赫赫:显著盛大的样子。衢:大路。天衢:指广阔天空无边无际,可任意通行。

[赏析]太阳刚升起时光焰赫赫,把大地上的千山万山照得如同着火一般红亮。顷刻之间,一轮红日升到广阔无限的天空,驱逐残存的月亮,赶走暗淡的群星,普照大地。诗句描写太阳升起的壮丽景象,作者以红日自比,喻指要驱逐、铲除"残星""暗月"等地方割据势力,由自己当皇帝来"普照大地",寄托了作者一统天下的雄心壮志。

忆钱塘江

[宋]李觏

昔年乘醉举归帆,隐隐山前日半衔。
好是满江涵返照,水仙齐著淡红衫。

[注释]钱塘江是浙江省最大河流,其位于浙江下游杭州段。著:同"着"。

[赏析]回想当年我在醉意中登上归家的帆船,看那两岸的青山前太阳已落了半边。钱塘江上被夕阳余晖照着的片片白帆,犹如水中的仙女们一齐穿着淡红的衣衫。诗句描写夕阳余晖返照在钱塘江上的奇美景象。

登乐游原

[唐]李商隐

向晚意不适,驱车登古原。
夕阳无限好,只是近黄昏。

[**注释**]乐游原:长安南面的一块高地,有诸多名胜,是当时人们爱去的游览地。

[**赏析**]傍晚时分心情不大舒畅,坐着车登上了乐游原。夕阳映红天空无限美艳,但这只不过是接近黄昏时太阳的余晖啊!诗句比喻人生或事物的最后一点辉煌,虽然十分绚丽,但时间很短暂。

暮江吟

[唐]白居易

一道残阳铺水中,半江瑟瑟半江红。
可怜九月初三夜,露似真珠月似弓。

[**注释**]瑟瑟:原指碧珠,这里指碧绿色。

[**赏析**]一道夕阳余晖铺洒到江面上,波光粼粼,一半呈现出碧绿色,一半呈现出红色;更让人怜爱的是九月初降下凉露的月夜,滴滴露水像是真的珍珠,一弯新月像是一张精巧的弓。诗句一面描写了晚霞映在江面的绚丽多彩,一面又写出暮秋时节弯月初升露珠晶莹的朦胧夜色。

船过桐江怀郭圣与

[宋]戴复古

只言君在桐江住,及到桐江不见君。
日暮空山独惆怅,不知又隔几重云。

[**注释**]桐江:指富春江(钱塘江在杭州桐庐县的河段)。

[**赏析**]只听说郭君在桐江那里住着,而我到了桐江却见不着郭君。太阳落山黄昏时分,我面对空寂的山岭独自惆怅,不知道现在我与郭君已远隔着几重烟云?诗句表现作者对郭姓友人的深切思念和惆怅的心情。

2. 月 亮

十二月十五夜
[清]袁枚

沉沉更鼓急,渐渐人声绝。
吹灯窗更明,月照一天雪。

[赏析]夜里打更的鼓声急促又深沉,渐渐地家家户户人声断绝,进入梦乡。吹灭了灯,窗外的天地反而更明亮了,那是十五的月亮照着下了一天的积雪。诗句描写十二月十五日夜深人静、月光照在积雪上十分明亮的景象。

登快阁
[宋]黄庭坚

痴儿了却公家事,快阁东西倚晚晴。
落木千山天远大,澄江一道月分明。

[注释]快阁:楼阁名,在江西吉州泰和县(今江西泰和县)东澄江(赣

江）之上,作者时任该县知县。痴儿:作者自指。

[赏析]我办完了公事,登上快阁,在这晚晴的余晖里倚栏举目远眺,群山上树叶已落尽,天地更显得辽阔远大;快阁下面的江水清澄明澈,水流中倒映的月亮格外皎洁明亮。诗句描写作者登临快阁所见的壮丽的月夜景象。

霜 月

[唐]李商隐

初闻征雁已无蝉,百尺楼台水接天。
青女素娥俱耐冷,月中霜里斗婵娟。

[注释]楼台:又作"楼高"。青女:指主管霜雪的女神。素娥:即月中的"嫦娥",因月色白,故称。婵娟:指(姿态)美好。

[赏析]刚开始听到飞往南方的大雁的鸣叫,蝉已经销声匿迹;在百尺高楼上极目望去,水天连成一片。霜神青女和月中嫦娥都耐得住寒冷,她们在冷月寒霜中争妍斗艳,比拼着冰肌玉骨的美好姿容。诗句借物候现象和神话传说表现深秋寒夜月华的冷艳绝俗、清幽空灵的景象。

赋新月

[唐]缪氏子

初月如弓未上弦,分明挂在碧霄边。
时人莫道蛾眉小,三五团圆照满天。

[**注释**]三五：三个五，即（农历）每月十五日。

[**赏析**]初升的月如同没有弦的弓一般,只露了一点细边,很清楚地挂在碧空云霄。人们也别说它像蛾眉弯弯很小,等到十五的时候,它就变成团团圆圆的月亮,满天辉照。"缪氏子"三字表明作者是缪姓人家的孩子。本诗通过对月亮运行情况的描写,寄托了作者的远大志向。

静夜思

[唐]李白

床前明月光,疑是地上霜。
举头望明月,低头思故乡。

[**赏析**]床前洒满了明亮的月光,还以为是地上落了一层霜。孤寂的我抬起头凝望着明月,低下头,怀念故乡的思绪就涌了上来。

春江花月夜

[唐]张若虚

春江潮水连海平,海上明月共潮生。
滟滟随波千万里,何处春江无月明。

[**注释**]江：这里指长江。滟滟：波光荡漾的样子。

[**赏析**]春天潮水涌入长江,江面与海面几乎齐平,明月好像是从潮水中升上了天空。满江大水,波光粼粼,奔流千万里;浩荡春江,无处没有月光

照亮。全诗有三十六句，这里选的是开头四句。诗句描绘春天长江月夜宏阔壮丽的景象。

马诗二十三首·其五
[唐]李贺

大漠沙如雪，燕山月似钩。
何当金络脑，快走踏清秋。

[注释]燕山：指燕然山，今蒙古国的杭爱山。络脑：络头，辔头。

[赏析]燕然山上高悬着一轮残月如同弯刀，映照得广阔的沙漠好像铺上了一层雪。何时能让马带上金饰的辔头，在这样清爽的秋季里尽情驰骋。诗句表现作者希望良马能戴上金饰的辔头在沙漠驰骋，反映了作者怀才不遇，意图立功疆场的心情。

洞庭秋月行
[唐]刘禹锡

洞庭秋月生湖心，层波万顷如熔金。
孤轮徐转光不定，游气蒙蒙隔寒镜。

[赏析]秋月升起，映照在洞庭湖的湖心，广阔万顷的湖面上荡漾着层层波澜，犹如熔炼后的黄金。孤月徐徐轮转，光芒四射不定，天空中飘浮的蒙蒙云气使得月亮好像是隔着一层寒冷的宝镜。全诗二十句，这里选的是前四句。诗句描写洞庭湖月夜闪烁耀眼、雾气寒蒙的景象。

江楼感旧

[唐]赵嘏

独上江楼思渺然,月光如水水如天。
同来望月人何处,风景依稀似去年。

[赏析]独自登上江边的楼台,思绪渺茫空落一片;我只看见月光像水一般洒满江面,流淌的江水又像是天空般茫茫悠然。一年前同来这里赏月的人现在在哪里?只有此处的风景隐隐约约还像去年。诗句描写作者故地重游,这里的景色恍然如旧,而昔日的同伴却已渺然不知漂泊在何方。

峨眉山月歌

[唐]李白

峨眉山月半轮秋,影入平羌江水流。
夜发清溪向三峡,思君不见下渝州。

[注释]峨眉山:山名,在今四川峨眉山市西南,被认为是中国佛教四大名山之一。平羌:水名,即今青衣江,在峨眉山东北。清溪:指清溪驿,在峨眉山附近。渝州:唐时州名,今重庆市一带。

[赏析]半圆的秋月高挂在峨眉山头,月影倒映在平羌江的流水中。夜里,我从清溪驿出发奔向三峡,到了渝州,我还能看到你(峨眉山的月亮)?我怎能对你不思念?这首诗是作者早年离开蜀地时所写的,表现作者家乡蜀地的山岭夜月景象,以及作者对家乡留恋难舍的心情。

清平乐·风高浪快

[宋]刘克庄

风高浪快,万里骑蟾背。
曾识姮娥真体态,素面元无粉黛。
身游银阙珠宫,俯看积气蒙蒙。
醉里偶摇桂树,人间唤作凉风。

[注释]蟾:蟾蜍,神话传说月亮里有三条腿的蟾蜍,因以指代月亮。姮娥:即嫦娥。桂树:神话传说月亮里有棵极高大的桂树。

[赏析]风声呼呼直响、大浪快速后退,飞行万里,终于到达月宫骑上蟾蜍的背。以前只听说过嫦娥,这下看到了她的真身体态,原来她容貌洁白不施一点粉黛。我在月宫四处游转,俯瞰人间云雾蒙蒙一片。我高兴得喝醉了酒,糊里糊涂地去摇动高大的桂树,竟刮起了阵阵凉风,使人间很是爽快。词句表现作者"游历"月亮的奇特情境,富有想象力,也表现出作者关心人间冷暖、民生苦乐的美好品德。

凉州曲二首·其一

[唐]柳中庸

关山万里远征人,一望关山泪满巾。
青海戍头空有月,黄沙碛里本无春。

[注释]沙碛:指沙漠。

[赏析]士卒远征,跋涉万里去服役戍守,一望见山岭上的边关不禁泪满衣巾。青海边塞戍守地方空空荡荡只有一轮明月,无际昏黄的沙漠里多么

原生态的瑰丽——古诗词里的美丽中国

荒凉,根本没有一点春意。诗句描写青海边塞只有一片荒漠、毫无生气,反映了戍边士卒内心的空落和苍凉。

月
[唐]李商隐

过水穿楼触处明,藏人带树远含清。
初生欲缺虚惆怅,未必圆时即有情。

[赏析]月光经过江河穿越楼房,所照之处一片明亮,远处的人和树朦朦胧胧隐藏在清白的月色中。人们常常因为初月和残月的不圆与残缺而感到失落惆怅,但月亮即使在圆满的时候也未必会对人有情啊!诗句指出月亮的圆缺与人的感情其实是没有关系的,人们把月亮的圆缺与自己情感的圆满或缺失联系起来,只是心理上的移情寄托而已。

中 秋
[宋]李朴

皓魄当空宝镜升,云间仙籁寂无声。
平分秋色一轮满,长伴云衢千里明。

[注释]皓魄:指明月。籁:从孔穴里发出的声音,泛指声音。衢:大路。

[赏析]明月如同一面宝镜缓缓升起,挂在天空,云朵中仙乐停奏,四周非常寂静。这一轮满月足以平分秋色,长悬薄云天衢之中,照耀着千里江山一片光明。诗句描写中秋月圆满明亮、普照大地的景象。

月下独酌四首·其一
[唐]李白

花间一壶酒,独酌无相亲。
举杯邀明月,对影成三人。
……
我歌月徘徊,我舞影零乱。
醒时同交欢,醉后各分散。

[赏析]在花丛中摆上一壶美酒,可惜没有亲近的人与我同饮,只能自斟自酌。我举起酒杯邀请明月来助兴,这样月亮与我,加上我的影子,就是三者共饮了。……我独自放声高歌,明月在左右徘徊不肯离去;我高兴得欢快起舞,月光下身影凌乱,变化多端。我清醒时与月亮一起欢乐,我喝醉了就各自分散。诗句叙述了作者在月光下独酌时狂放的状态和率真的性情,表现了作者孤寂不羁的心绪。

把酒问月·故人贾淳令予问之
[唐]李白

今人不见古时月,今月曾经照古人。
古人今人若流水,共看明月皆如此。

[赏析]当今的人们不能见到古时候的月亮,当今的月亮却曾照过古时的人们。古人今人如流水般不断逝去,古今人们看着月亮都会有同样的想法。全诗十六句,这里选的是其中四句。诗句是说,月亮总是那个月亮,而人类则在不断更替;月亮照见古今,而今人却是既见不到前人,也见不着后人,

原生态的瑰丽——古诗词里的美丽中国

人们不该紧紧抓住现时,把握好今生、当下吗?

题金陵渡
[唐]张祜

金陵津渡小山楼,一宿行人自可愁。
潮落夜江斜月里,两三星火是瓜洲。

[**注释**]金陵渡:古渡口名,在今江苏镇江市内[不是指金陵(今南京)的渡口]。瓜洲:在长江北岸,古运河与长江交汇处,今江苏扬州市邗江区南部,与镇江市隔江相对。

[**赏析**]夜晚住宿在金陵渡口的小山楼,旅途夜里辗转难眠独自发愁。已退潮的夜里,江面浸在斜月的光照里,对岸有两三点光亮闪烁的地方就是瓜洲。诗句是作者夜宿金陵渡口时面对长江夜景,为排遣自己旅途中内心的寂寞和愁思而作。

岁暮自桐庐归钱塘晚泊渔浦
[宋]潘阆

久客见华发,孤棹桐庐归。
新月无朗照,落日有余晖。

[**注释**]桐庐:县名,今属浙江杭州市。钱塘:指今杭州。棹:桨;划(船)。

[**赏析**]常年客居他乡,头发已经见白;独自一人坐船从桐庐回归钱塘。

刚升起来的月亮尚不能普照大地,逐渐落下去的夕阳余晖还红满天际。

中夜起望西园值月上
[唐]柳宗元

觉闻繁露坠,开户临西园。
寒月上东岭,泠泠疏竹根。

[**注释**]泠泠:形容声音清越。

[**赏析**]夜半醒来,听到浓重的露珠滴落声,打开房门,依稀看见溪流西边的菜园。发出寒光的月亮正在东面岭上升起,泉水冲刷着稀疏的竹根,发出清越的响声。诗句表现作者被贬谪永州时,半夜起来,看到月亮升起,听到泉水流过,描绘出一种夜寒声响、清幽孤寂的意境。

山居秋暝
[唐]王维

空山新雨后,天气晚来秋。
明月松间照,清泉石上流。

[**注释**]山:指长安南面的终南山,作者在山麓建有别墅。

[**赏析**]空寂的终南山刚下了一场雨,秋时的晚间天气颇为凉爽。皎皎明月在松林间洒下清光,清澈的泉水在山岩上流淌。全诗八句,这里选的是前四句。诗句描绘山间秋夜的松林景色,十分清幽高洁。

初入香山院对月（大和六年秋作）

[唐]白居易

老住香山初到夜，秋逢白月正圆时。
从今便是家山月，试问清光知不知。

[**注释**]香山：指洛阳龙门石窟东山的香山寺，作者晚年隐居于此，自号"香山居士"。

[**赏析**]我老了住进香山寺，刚到这儿正赶上秋夜月儿圆的时候。从今以后，这儿就是我的家，这儿的月亮跟我家乡的月亮一样。我要问清光的月亮，你知不知道我的心思啊？作者的籍贯是山西，晚年入住洛阳香山寺，诗句既是对新居地的赞美，也是怀念家乡的心绪流露。

归自庄北

[明]龚诩

离却南沙已夕晖，随潮小艇快如飞。
多情最是波心月，一路相随伴我归。

[**赏析**]离开南沙庄园时，太阳已经下山只有余晖，我的小船趁着潮水行驶快疾如飞。最多情的或许只有那映照在水中的月亮，它不离不弃地一路伴随着我回家。诗句反映了作者独自在月光下坐船回家时的孤寂心情。

与胡兴安夜别
[南北朝]何逊

露湿寒塘草,月映清淮流。
方抱新离恨,独守故园秋。

[注释]淮:淮河。

[赏析]露水打湿了寒凉池塘岸边的绿草,月亮映照在清澈的淮河水流中。方才抱着别离的新恨,只能独守着故园度过新秋。全诗八句,这里选的是后四句。诗句描写作者月夜送别友人时所见的清幽景色,以及别后的孤寂心情。

四更发青阳县西五里柯家店
[宋]杨万里

落月正明知未晓,暗泉甚远只闻声。
自缘客子行来早,岂是秋天不肯明。

[赏析]后半夜,正在沉落的月亮仍很明亮,可知天还没有拂晓;夜里很静,能听到远处流泉传来的潺潺声。只是因为客人离开旅店出发太早了,哪里是秋天不肯让天及时亮呢!全诗八句,这里选的是中间四句。诗句描写作者为了赶路,在天亮前出发时所见的天色未明的景象。

原生态的瑰丽——古诗词里的美丽中国

西江月·夜行黄沙道中
[宋]辛弃疾

明月别枝惊鹊,清风半夜鸣蝉。
稻花香里说丰年,听取蛙声一片。

[**注释**]黄沙:黄沙岭,在江西上饶。

[**赏析**]明亮的月光惊动了斜枝上的鹊鸟,半夜里的清风送来了蝉的鸣叫。田野里弥漫着稻花的香气,水田里传来了青蛙的合唱,人们都高兴地谈论着今年的好年景。这里选的是全词的上片。词句通过作者夜行途中的具体感受,描绘出农村夏夜的幽美景象。

水调歌头·明月几时有
[宋]苏轼

明月几时有,把酒问青天。
不知天上宫阙,今夕是何年。
我欲乘风归去,又恐琼楼玉宇,
高处不胜寒。起舞弄清影,何似在人间。

[**注释**]丙辰:北宋熙宁九年(公元1076年)。子由:作者的弟弟苏辙,字子由。

[**赏析**]明月什么时候才能出现?我端起酒杯遥问苍天。不知天上的宫殿,今天晚上是何年何月?我想乘着清风回到天宫,又怕高高的玉石砌成的楼阁广厦里面会非常寒冷,我经受不了。我在月光下起舞,玩赏自己的影子,天宫到底比不上人间热闹温暖啊!这首词是作者中秋望月怀念胞弟苏辙之

作,这里选的是全词的上片。词句表现了作者对现实人间的不满和对"天上"情况不确定性的疑惑,也表现出作者既向往天宫又爱恋人间的矛盾复杂思绪和心情。

永遇乐·彭城夜宿燕子楼
[宋]苏轼

明月如霜,好风如水,清景无限。
曲港跳鱼,圆荷泻露,寂寞无人见。

[**注释**]燕子楼:在彭城(今江苏徐州市),相传是唐朝时某高官之子为其爱妾关盼盼所建楼阁。

[**赏析**]明亮的月光洁白如霜,清凉的晚风柔和似水,这样清丽的夜景真是无限美好。弯弯的渠港中鱼儿跳出水面,圆圆的荷叶上露珠随风落下。这样好的夜晚景色却无人欣赏,真是寂寞难耐啊!这里选的是全词上片的前半部分。词句描绘了暮秋夜景,抒发了作者孤寂的心灵受到清景抚慰后的感受。

颂钓者
[唐]德诚

千尺丝纶直下垂,一波才动万波随。
夜静水寒鱼不食,满船空载月明归。

[赏析]把长长的钓鱼丝线笔直地垂入河中,点动一个水波引起无数微波荡漾。夜里的宁静河水寒冷,鱼儿不上钩,钓鱼的人只能载着满船的明月银光空空而归。诗句描写月夜垂钓的景象,暗喻"清波皓月照禅心"的佛家禅定的心理境界。

寄扬州韩绰判官
[唐]杜牧

青山隐隐水迢迢,秋尽江南草未凋。
二十四桥明月夜,玉人何处教吹箫。

[注释]二十四桥:桥名,在扬州。玉人:俊美才郎,是对韩绰的戏称,也泛指美丽白皙的女子。

[赏析]青山隐隐起伏,江水遥远悠长,秋时已尽,江南的草木还未凋落。我记忆最深的是二十四桥明月夜的景色,你现在又在何处听那些美人吹箫?诗句表现对江南扬州美好风光的记忆以及与友人欢聚游乐的怀念。

把酒问月·故人贾淳令予问之
[唐]李白

青天有月来几时?我今停杯一问之。
人攀明月不可得,月行却与人相随。

[赏析]青天上的明月你何时出现?我现在放下酒杯且探问一下。人想

攀登上明月自是不可能实现，月亮的运行却老是与人紧紧相随。全诗十四句，这里选的是开头四句。诗句反映了人月之间既不能接近又总是相随的矛盾状况；似乎是说人刻意追求某种东西总是不能得到，而人不去追求它时它又会伴随在身边，这真是一种又远又近、又疏又亲、若即若离的奇妙情景。

送窦七

[唐]王昌龄

清江月色傍林秋，波上荧荧望一舟。
鄂渚轻帆须早发，江边明月为君留。

[注释]渚：水中的小块陆地。

[赏析]月光洒在清清的江面和岸边的秋色树林，我看着一只帆船在波光粼粼的江上前行。停在鄂地沙洲的船已赶早挂帆出发，留在江边的明月也在为窦七君送行。诗句描写作者在凌晨的月光下送朋友乘船远行的情景。

春江花月夜

[唐]张若虚

人生代代无穷已，江月年年只相似。
不知江月待何人，但见长江送流水。

[赏析]人世间一代一代地无穷无尽，江上的月亮却一年年还是那样。不知江上的月亮在等待着什么人，只见长江不断地输送着流水。全诗很长，

这里选的是其中几句。诗句指出人生短暂又代代相继,而江月年年如此,似乎它是在等待什么人,却又永远不能如愿,只能见到江水滚滚东流,显示出人、夜、月、江共存互融的景象。

月夜与客饮酒杏花下

[宋]苏轼

山城酒薄不堪饮,劝君且吸杯中月。
洞箫声断月明中,惟忧月落酒杯空。

[赏析]山城偏僻,没有好酒,喝着没味儿;月亮很美,诸位朋友权且以酒杯里的月色作为美酒来喝吧。月亮还在当空,朋友的悠扬箫声却中断了,月亮落了,酒杯空空,真让人愁闷哪!此诗是作者在徐州做官时所作。作者赞赏月色美好,却嫌当地酒不好喝,反映出作者当时的郁闷心境。

蔽月山房

[明]王阳明

山近月远觉月小,便道此山大于月。
若人有眼大如天,还见山高月更阔。

[赏析]山在近处,月亮在远处,会觉得月亮小,就有人说这座山比月亮大。如果有人眼光远大能看到更广的天际,就会发现不仅只有山高,而且月亮是更为广阔远大的。此诗是作者12岁时所作。诗句表现作者对山、月的大

小远近之间相对关系的思考,具有哲学意味。一个少年即具有如此哲思,或许是作者后来成为哲学家的先声。

咏 月
[宋]赵匡胤

未离海底千山黑,才到天中万国明。

[注释]赵匡胤:宋朝开国皇帝(死后庙号宋太祖)。据说全诗有八句,这里选的前两句,是赵匡胤所写,后面还有六句相传是朱元璋(明太祖)所续,但其真伪未有考证。

[赏析]当月亮还没有离开海底的时候,千座山峰是黑乎乎的,等到月亮高挂空中的时候,天下所有地方都十分明亮了。诗句反映了古代人的观念,认为月亮是从海底升起来的。诗句也透露出作者内心君临天下的志思。

峨眉山月歌送蜀僧晏入中京
[唐]李白

我在巴东三峡时,西看明月忆峨眉。
月出峨眉照沧海,与人万里长相随。

[注释]峨眉:这里是指作者的家乡四川。
[赏析]我以前在巴东三峡时,曾西望明月,遥想家乡峨眉。月亮从峨眉山出来照亮沧海,长久地与人万里相随。全诗是作者在湖北邂逅来自蜀地

（四川）的故友而赠送给故友的，祝福其顺利到达长安并能遂心如愿。这里选的是全诗的开头四句，写出了人月相随的情景。

钓雪舟中霜夜望月
〔宋〕杨万里

溪边小立苦待月，月知人意偏迟出。
归来闭户闷不看，忽然飞上千峰端。

[赏析] 独自站在溪边，苦苦等待月亮升起，月亮好像知道我的心意，偏偏迟迟不出来。我生闷气，回到家里关上房门干脆不看了，此时月亮却忽然飞升上了千山万峰的顶端。诗句表现作者盼望和感受到的月出景象。

忆扬州
〔唐〕徐凝

萧娘脸下难胜泪，桃叶眉尖易觉愁。
天下三分明月夜，二分无赖是扬州。

[注释] 萧娘：南北朝以来诗词中男子对所恋女子常用的称谓，对美女的泛称。桃叶：晋代王献之爱妾的名字。无赖：这里指的是无奈、无话可说的意思。

[赏析] 美女脸皮薄易害羞，常掩藏不住相思的泪水，桃叶皱起愁思的眉头也容易被人察觉。如果说天下的明月夜时总共有三份美景，那其中的两份美景就是在扬州了。诗句赞叹当时扬州极为繁华富丽的景象。

古朗月行
[唐]李白

小时不识月,呼作白玉盘。
又疑瑶台镜,飞上青云端。

[**注释**]瑶台:神话传说中神仙居住的地方。

[**赏析**]我小时候不认识月亮,称呼它为白玉盘,又怀疑它本是神仙居住的瑶台里面的镜子,飞上了清朗天空的云端。全诗十六句,这里选的是开头四句。诗句是作者自述儿时对月亮的稚气认识,反映了儿童天真烂漫、亲切可爱的情态。

题旅店
[清]王九龄

晓觉茅檐片月低,依稀乡国梦中迷。
世间何物催人老?半是鸡声半马蹄。

[**赏析**]早上醒来天还没有亮,只见月亮低落在茅檐下,依稀记得在梦中迷恋着家乡。世间是什么东西在催着人变老?一半是凌晨的公鸡啼鸣,一半是白天的马蹄声。诗句表现凌晨的月色景象,作者感慨人生的奔波劳碌和不确定性。

原生态的瑰丽——古诗词里的美丽中国

宿望湖楼再和吕察推诗

[宋]苏轼

新月如佳人,出海初弄色。
娟娟到湖上,潋潋摇空碧。

[注释]湖:指杭州西湖。潋潋:同"潋滟",形容水波流动。

[赏析]从海上升起的月亮像是多情的美女,为了招来人们的喜爱而故意卖弄姿色。月亮美艳地来到西湖的上空,月光照着湖面的碧波,轻轻摇晃流动。诗句表现月光下的西湖清亮雅丽的景色和意蕴。

木兰花·乙卯吴兴寒食

[宋]张先

行云去后遥山暝,已放笙歌池院静。
中庭月色正清明,无数杨花过无影。

[注释]暝:黄昏,天黑。杨花:柳絮。

[赏析]云彩飘走,远处山色昏暗,游人散去,笙歌停止,池院安静下来。宽阔的中庭里,夜晚的月色清澈明亮,无数柳絮轻轻地飘过,没有留下一点声音和踪影。这里选的是全词的下片。词句描写寒食节玩乐结束后庭院归于安静的景象。

西江夜行

[唐]张九龄

遥夜人何在,澄潭月里行。
悠悠天宇旷,切切故乡情。

[赏析]漫长的夜啊,亲人故友你们现在何处?我在月光下行船,江水清澄静幽。天宇空旷,遥远悠悠,思念家乡的心情更加迫切不休。诗句表现作者在澄澈柔美的月色中行船时,不禁涌起幽远绵长的思乡心情。

客亭对月

[唐]李洞

游子离魂陇上花,风飘浪卷绕天涯。
一年十二度圆月,十一回圆不在家。

[赏析]我这个游子的心魂就像是野地上的花,随风飘飞、被浪翻卷,悠荡在海角天涯。一年里有十二次月儿圆,我却有十一回月圆时不在家。诗句表现作者因长期客居他乡,面对月亮而发出的怀念家乡的喟叹。

北　望

[宋]王安石

欲望淮南更白头,杖藜萧飒倚沧洲。
可怜新月为谁好?无数晚山相对愁。

[赏析]头发更白了还想眺望淮南地方,在萧飒秋风中,我拄着藜杖,背后是退养的"沧洲"。可爱的新月是为谁显得如此美好?夜晚月色中的无数山峰静静地矗立着,似乎在发愁。作者晚年曾退居金陵,淮南在金陵的北面。诗句通过描绘新月、晚山的意象,表露出作者内心的愁绪。

清夜吟
[宋]邵雍

月到天心处,风来水面时。
一般清意味,料得少人知。

[赏析]月光的清辉在当空普照时,微风正吹得水面荡漾不定。这时会有一股清凉明净的意味,我料想这种意味很少有人会感受到。本诗作者认为夜空的月光映照着荡漾的水面,此意境和韵味是难以体会的。

舟中对月
[宋]陆游

月窥船窗挂凄冷,欲到渝州酒初醒。
江空袅袅钓丝风,人静翩翩葛巾影。
哦诗不睡月满船,清寒入骨我欲仙。

[注释]渝州:古州名,今重庆市地域。钓丝:指竹。葛巾:用葛布做的头巾,为普通人、平民使用。

[赏析]月光照着凄冷小船的篷窗,船将要到渝州时酒才醒。风吹着,空明的江面上好像有细竹在随风飘摇,头戴葛巾的翩翩人影静悄悄的。我吟哦着诗句不睡觉,直到小船洒满月光,清寒的月光透入骨髓,使我真想遗世成仙去到天上。作者奉命从成都东归,这首诗写于作者向渝州行进的旅船中。全诗以月亮为意象,以"对月"为题。全诗十二句,这里选的是其中六句,描写船在月夜行进时的景象和作者在船上的感受。

十七日夜咏月

[宋]陈与义

月轮隐东峰,奇彩在南岭。
北崖草木多,苍茫映光景。
玉盘忽微露,银浪泻千顷。
岩谷散陆离,万象杂形影。

[注释]玉盘:指月亮。陆离:形容色彩繁杂。

[赏析]月亮还没有升上东面的山峰,它的光彩已在南岭上呈现。北面山崖上草木很多,是一片苍茫的光景。月亮忽地升出,开始显露光辉,渐渐地像白银般的浪涛倾泻到千万顷地面上。山岩谷地散布着繁杂的色彩,所有东西都杂乱地叠着月影。全诗十六句,这里选的是前八句,诗句描写月亮从初升到照遍山岭过程中所形成的种种景象。

原生态的瑰丽——古诗词里的美丽中国

枫桥夜泊

[唐]张继

月落乌啼霜满天,江枫渔火对愁眠。
姑苏城外寒山寺,夜半钟声到客船。

[**注释**]江枫:有研究者认为是指江村桥和枫桥。姑苏:苏州的别称。寒山寺:在姑苏的枫桥附近,寺里的钟在抗日战争时期被日本侵略者掠走,下落不明。

[**赏析**]月亮已落下,乌鸦啼叫着,寒冷满空间,我面对着江桥和渔船的灯火,在船上躺着发愁。姑苏城外寂寞清静的寒山古寺,半夜的敲钟声传到了客船。这首诗描述了客船在深秋寒夜停泊,羁旅的作者面对清幽的环境和寺院的钟声时忧愁和无所归宿的心境。

西厢记诸宫调·卷一

[金]董解元

月色溶溶夜,花阴寂寂春。
如何临皓魄,不见月中人。

[**注释**]溶溶:光影浮动的样子。皓魄:指明月。

[**赏析**]月色如水,地上光影浮动不定;春花成荫,反而显得寂寞冷清。为什么我距离明月这么近,却见不到月亮中的人呢?《西厢记》里的男女主人公张生和崔莺莺初次相遇后,互相产生了爱慕之情。张生在夜里隔墙吟出此诗,大胆挑逗:在这月色和花荫下,为什么不能会面,一睹芳容?崔莺莺也不怵,迅即吟出了和诗。

好事近·七月十三日夜登万花川谷望月作
[宋]杨万里

月未到诚斋,先到万花川谷。
不是诚斋无月,隔一林修竹。
如今才是十三夜,月色已如玉。
未是秋光奇绝,看十五十六。

[注释]诚斋:作者的号,也是作者的书房名。万花川谷:离诚斋不远处一座苑圃的名字。十五十六:指十五日十六日的月亮。

[赏析]月光还没有照到我的诚斋,先照到了万花川谷。不是月光不照我的书房,只是月光被修长茂密的竹林遮蔽隔断。现在才是(七月)十三日夜,月色已如玉一般润白晶莹;还没到月光最美妙奇绝的时候,到十五日、十六日夜晚再来赏月,那才能看到最美妙的奇景。词句描写作者在所处的书斋、花苑中见到月光清亮、美妙的景象。

琴　歌
[唐]李颀

主人有酒欢今夕,请奏鸣琴广陵客。
月照城头乌半飞,霜凄万树风入衣。

[注释]琴歌:指听琴有感而歌。歌,是诗体名。广陵客:指琴师(有著名古琴曲《广陵散》)。乌:乌鸦。半飞:指分飞。

[赏析]主人今晚摆宴请大家欢聚,又请琴师拨动琴弦来助兴。月光照在城头,栖息的乌鸦被惊飞,草木披霜凄冷,秋凉的寒风吹透了衣衫。全诗描写一次宴饮并听琴的情景,这里选的是前四句,描写"琴歌"来由和室外凄清的秋景。

3. 星 辰

长安秋望
[唐]赵嘏

残星几点雁横塞,长笛一声人倚楼。
紫艳半开篱菊静,红衣落尽渚莲愁。

[注释]渚:这里指池沼。
[赏析]晨曦初现时,还有几点残留的星光,从边塞飞来要到南方避寒的一行秋雁横空而过。忽然传来幽怨的长笛声,是有人在楼台倚着栏杆吹奏。竹篱茅舍边半开的菊花呈现出紫艳之色,静悄悄的,池沼里的莲花似乎在为自己的红衣已凋谢落尽发愁。诗句描写秋天来临时萧索的景象,抒发了作者的一种落寞情怀。

长恨歌
[唐]白居易

迟迟钟鼓初长夜,耿耿星河欲曙天。
鸳鸯瓦冷霜华重,翡翠衾寒谁与共。

[注释]耿耿：明亮。衾：被子。

[赏析]独自听着迟缓的不断敲击着的钟鼓声，愈听愈觉得黑夜漫长，遥望着天上明亮闪烁的星河直到东方吐出曙光。寝宫屋顶的鸳鸯瓦被冻得生出重重霜花，冰冷的翡翠被里谁来与我同床共帐。全诗很长，描述唐明皇（唐玄宗）与杨贵妃（杨玉环）的"爱情"并致"长恨"的故事。这里选的是其中的四句。诗句描写杨贵妃被缢杀，安史之乱平息，唐明皇返回长安皇宫后，在冷冰冰的寝宫里听着钟鼓、望着星河，孤寂清冷，难以入眠的境况。

江楼夕望招客
［唐］白居易

灯火万家城四畔，星河一道水中央。
风吹古木晴天雨，月照平沙夏夜霜。

[注释]江楼：指杭州城东楼（又称"望海楼""望潮楼"）。四畔：四边，四周。星河：银河。

[赏析]在江楼上看到杭州城四周已是万家灯火，天上银河映在钱塘江水面中。风吹着古树瑟瑟作响好像是晴天里下起了雨，夏夜的月光洒满平地如同一层秋霜。全诗八句，这里选的是中间四句。诗句描写作者夜晚在江楼上乘凉消暑时所看到的杭州城内外的景象。

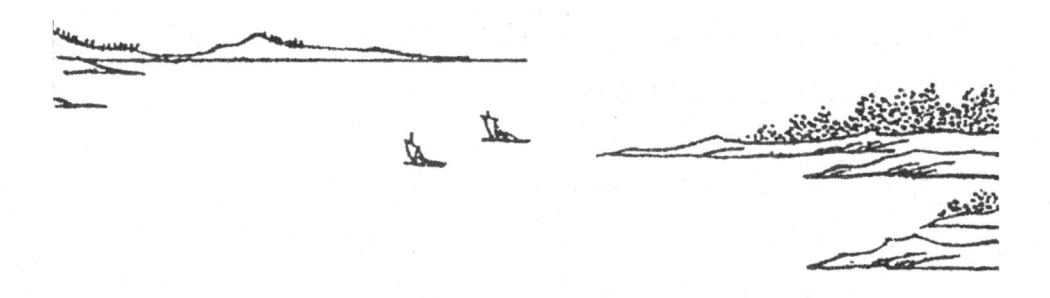

原生态的瑰丽——古诗词里的美丽中国

［中吕］满庭芳·渔父词二十首·其十六
［元］乔吉

风初定，丝纶慢整，牵动一潭星。

[赏析]风停下来了，慢条斯理地收拾钓具，在整理丝纶钓线的时候，水波微漾，使得映在水潭里的星影也晃动了。这里选的是全曲的最后几句。曲词描写星星在水潭中晃动的影像。

钦州守岁
［唐］张说

故岁今宵尽，新年明旦来。
愁心随斗柄，东北望春回。

[注释]钦州：唐代州名，今广西钦州，当时认为属"蛮荒之地"，作者被贬流放至此地。守岁：古时习俗，除夕夜整夜不睡，以迎接新年的到来。斗柄：北斗七星中有三颗星为"柄"。人们观察星象，认为斗柄所指向的东南西北即为天气的春夏秋冬。

[赏析]旧的一年在今天夜里结束，新的一年在明天清晨开始。我的心跟随着斗柄，它让我带着忧愁转到了南方，春天来到，它将带我转回北方。诗句表现作者在除夕夜希望自己的命运随着"斗柄"星象的指向变化而转变，在即将来临的春天时能返回在北方的长安。

春宿左省
[唐]杜甫

花隐掖垣暮,啾啾栖鸟过。
星临万户动,月傍九霄多。

[注释]左省:指唐代朝廷的门下省。宿左省:在门下省值夜班。

[赏析]朝廷平定安史之乱,收复长安后,作者还任左拾遗之职(属门下省)。掖垣:门下省和中书省位于宫墙两边,像人的两腋,故称。

傍晚时分,"左省"庭院开着的花还隐约可见,天空中鸟儿鸣叫着飞回巢里,夜空里群星闪烁,宫里的千门万户似乎也在闪动,皇宫是最高殿堂,直指云霄,临照到更多的月光。全诗八句,这里选的是前四句。诗句描写作者在值夜班时感受到的星月下的宫殿景象,也反映出作者当时勤于职守又较为平静的心情。

访青崖和尚和壁间晴岚学士虚亭侍读原韵
[清]郑燮

渴疾由来亦易消,山前酒斾望非遥。
夜深更饮秋潭水,带月连星舀一瓢。

[注释]斾:古时旌旗末端的飘带;泛指旌旗。

[赏析]口渴的毛病本来是容易消除的,山前酒店挂着的幌子看来并不遥远呀。秋夜深沉宁静,感到口渴,到潭里舀水,潭水清澈,倒映着天上的明月和星星,一瓢下去,把水中的明月和星星一起舀了上来。诗句表现作者在山林间、水潭边、深夜里舀水喝,从而感受到星光月光的寂静,脱俗清逸的心情和意境。

早 行

[宋]陈与义

露侵驼褐晓寒轻,星斗阑干分外明。
寂寞小桥和梦过,稻田深处草虫鸣。

[**注释**]阑干:形容参差交错。

[**赏析**]凌晨的露水冷冽侵身,穿上驼毛衣服略感寒气减轻,仰望天空北斗星在错落的繁星中格外明亮。我孤寂地走过小桥,好像还在梦境,耳边传来稻田深处的虫鸣。诗句描写作者凌晨在星光下行走时的感受,表现出一种孤寂赶路的人生境遇。

西江月·夜行黄沙道中

[宋]辛弃疾

七八个星天外,两三点雨山前。
旧时茅店社林边,路转溪桥忽见。

[**注释**]黄沙:黄沙岭,在江西上饶。溪桥:又作"溪头"。

[**赏析**]有七八颗星星挂在天边,山前洒落下稀疏雨滴。过了小溪的桥,拐弯过去,那旧时经过的茅草小店就在社庙的树林旁边。这里选的是全词的下片。词句描写作者"夜行道中"时所见天空和所经过地方的景象。

诗经·豳风·七月

七月流火，九月授衣。

[注释] 七月、九月：都是农历月份。火：又称大火，星名，即心宿。

[赏析] 五月时这颗星在天空正南方（正中和最高的位置），过了六月就偏西向下了，这就是"流"。七月时"火"这颗星渐渐向西落下，天气转凉，到九月丝麻等农事结束后将缝制冬衣的事交给妇女们。全诗是一首叙事长诗，反映了农业部落一年四季的农事活动和生活状况。这两句是长诗的开头。

鹊桥仙·纤云弄巧

[宋] 秦观

纤云弄巧，飞星传恨，银汉迢迢暗度。

[赏析] 夜空中的云巧妙地变幻着姿态；广阔遥远的银河里流星闪烁飞过，传送牛郎与织女终年不能相见的离愁别恨。这里选的是全词上片中的前几句。

古　词

[唐] 卫象

鹊血雕弓湿未干，鸊鹈新淬剑光寒。
辽东老将鬓成雪，犹向旄头夜夜看。

[**注释**]鹊：喜鹊。䴗䴗：一种似鸭而小的水鸟。辽东：指今东北辽河以东地域。旄头：星名，昴宿的别称。古代以旄头星象征胡人，认为如果此星发亮，预示要爆发战争。

[**赏析**]用喜鹊的血擦拭雕画的弓，血还湿着没有干，把剑烧红放在用䴗䴗煮成的汤里淬火，宝剑寒光闪闪。驻在辽东的老将军鬓发都白了，每夜仍然要观察旄头星的情况。诗句表现驻守边塞的老将军勤于职守，每夜观察星象，警惕战事发生的忠勇精神。

阁　夜
[唐]杜甫

岁暮阴阳催短景，天涯霜雪霁寒宵。
五更鼓角声悲壮，三峡星河影动摇。

[**注释**]阁：指夔州（今重庆市奉节县地域）的西阁。阴阳：指日月。景：同"影"，日光。霁：雨后或雪后放晴。五更：更是旧时夜间计时单位，一夜分为五个更，一个更相当于一个时辰（两小时），五更为现在的凌晨3—5时。

[**赏析**]岁末时候，白天越来越短，霜雪停止，天气放晴，夜晚甚为寒冷。五更时分传来了悲壮的战鼓和号角声，美丽银河星辰在三峡里的倒影随波闪烁不定。作者时在夔州（三峡起始地）。全诗八句，这里选的是前四句。诗句描写作者在寒夜里所见所感的凄冷景象，也反映了当时国家失序、战乱不断、动荡不定的时局。

天上谣

［唐］李贺

天河夜转漂回星,银浦流云学水声。
玉宫桂树花未落,仙妾采香垂佩缨。

[注释]回星:运行的星星。银浦:银河,天河。

[赏析]天上的银河夜里还在流淌,飘荡着的群星在运行闪耀,银河两岸的流云似乎也模仿着发出潺潺水声。月宫里的金色桂树花朵总不谢落,一直绽放飘香,仙女们采集桂花,身上佩戴着缨珞。全诗十二句,这里选的是开头四句。诗句描写作者夜晚仰望星空时所产生的丰富奇特的想象。

渔家傲·天接云涛连晓雾

［宋］李清照

天接云涛连晓雾,星河欲转千帆舞。
仿佛梦魂归帝所。闻天语,殷勤问我归何处。

[注释]帝所:天帝居住的地方。

[赏析]天空的蒙蒙晨雾连接着云涛,银河在转动,好像千条帆篷逐浪飘荡。我的梦魂仿佛回到了天庭。我似乎听见天帝在对我说话,他殷勤诚恳地问我要到哪里去。这里选的是全词的上片。词句描写作者在颠簸的船舱里仰望星空时的既现实又梦幻的感受。

原生态的瑰丽——古诗词里的美丽中国

南歌子·天上星河转
[宋]李清照

天上星河转，人间帘幕垂。

凉生枕簟泪痕滋。起解罗衣聊问、夜何其。

[注释]簟：竹席。

[赏析]天上银河转向，人间住屋挂起了厚重的帷幕。枕头生凉，竹席卷起，泪水潸然流下。换下罗衣，面对长夜不知什么时候天亮？这里选的是全词的上片。词句描写天气转凉后作者生活变化的景象。

答王十二寒夜独酌有怀
[唐]李白

万里浮云卷碧山，青天中道流孤月。

孤月沧浪河汉清，北斗错落长庚明。

[注释]沧浪：指苍凉，寒冷。河汉：银河。长庚：金星。

[赏析]浮云万里环绕着青山，天空的正中游动着一轮孤月。孤独的月儿呀，寒光冷清清，银河一片灿烂，北斗星错落闪烁，金星十分明亮。全诗很长，这里选的是开头部分的四句。诗句描写夜晚天空浮云翻卷、月亮高挂、星光璀璨的景象。

苏子瞻风雪贬黄州·第一折
[元]费唐臣

万里云烟挥翰墨,一天星斗焕文章。
……诗吟的神嚎鬼哭,文惊的地老天荒。

[注释]苏子瞻:即宋代诗人苏轼,字子瞻。翰墨:笔和墨,借指文章书画等。焕:鲜明,光亮。嚎:大声叫。

[赏析]万里云烟都是苏轼挥洒翰墨的材料,满天星斗成了他亮丽文章的点缀。……他吟诵出来的诗词能使神灵大声叫好,鬼怪都吓得哭了,他书写出来的文章令人震惊,经得起"地老天荒"的漫长时间的考验。曲词称赞苏轼的诗词文章写得极好,万里云烟和满天星斗也都能为他的创作所用。

如梦令·万帐穹庐人醉
[清]纳兰性德

万帐穹庐人醉,星影摇摇欲坠。
归梦隔狼河,又被河声搅碎。
还睡、还睡,解道醒来无味。

[注释]穹庐:指圆形的毡帐。狼河:指白狼河,今辽宁省境内的大凌河。

[赏析]在千百顶行军毡帐里,军士们喝得酩酊大醉,满天繁星摇曳闪烁,看来仿佛摇摇欲坠。我在梦中回家却被白狼河所阻隔,又被河水的浪涛声惊醒,把我的梦搅得粉碎。还是接着睡吧,我知道梦醒以后会更加焦虑不安。作者是清朝康熙帝的侍卫。词句描写作者扈从皇帝东巡,在辽西白狼河一带夜晚宿营时所见景象,及其内心对亲人的无尽思念之情。

原生态的瑰丽——古诗词里的美丽中国

省试骐骥长鸣

[唐]孟浩然

微云淡河汉,疏雨滴梧桐。
逐逐怀良驭,萧萧顾乐鸣。

[**注释**]河汉:银河。

[**赏析**]淡淡的云层隐隐遮住了银河,稀疏的雨点滴落在梧桐叶上。在前方奔逐,希望有个好骑手的骏马,它也依恋于我,时常快乐地嘶鸣。诗句表现了天高云淡、局部小雨的寥廓柔和淡雅景象,寄托了作者骐骥般洒脱的志向。

旅夜书怀

[唐]杜甫

细草微风岸,危樯独夜舟。
星垂平野阔,月涌大江流。

[**赏析**]微风吹拂着江岸上的小草,竖着高高桅杆的船在夜里孤独地停泊着。星星低垂在天边,广阔的原野一望无际;月光在江面闪烁,涌动的大江滚滚东流。全诗八句,这里选的是前四句。诗句描写作者在月夜所见的雄浑阔大的景象,又反衬出作者颠沛流离、孤苦凄怆的心情。

月夜舟中

[宋]戴复古

星辰冷落碧潭水,鸿雁悲鸣红蓼风。
数点渔灯依古岸,断桥垂露滴梧桐。

[注释] 蓼：一种草本植物。

[赏析] 冷清零落的星辰映照在碧绿的潭水里，大雁悲切哀怨的鸣叫夹杂在掠过红蓼的风声中。停船的古老岸边闪烁着几点渔家灯火，从梧桐叶坠落下来的露珠滴在断桥上。全诗八句，这里选的是后四句。诗句描写作者秋月夜羁旅在江船里所看到的凄清景象。

更漏子·星斗稀

[唐]温庭筠

星斗稀，钟鼓歇，帘外晓莺残月。
兰露重，柳风斜，满庭堆落花。

[赏析] 天边的星星渐渐隐去，钟鼓的声音也停歇下来，只有窗外的莺儿在拂晓中啼鸣，似乎是给残月送行。兰花上的晨露多么晶莹，柳枝在微风中摇曳不停，庭院满地的落花报告已是暮春。这里选的是全词的上片，描写引起女主人公惆怅心情的暮春景象。

行香子·七夕

[宋]李清照

星桥鹊驾,经年才见,想离情、别恨难穷。
牵牛织女,莫是离中。甚霎儿晴,霎儿雨,霎儿风。

[**注释**]七夕:(农历)七月七日夜晚,神话传说为牛郎织女相会的时间。霎:短时间,一会儿。

[**赏析**]七夕的银河上靠喜鹊搭起的桥,使牛郎织女一年才能有这一次相会,他们心中有多少离情别恨要诉说啊。只是这一夕的时间是多么短暂,况且这七月的天气又是阴晴不定的,一会儿晴、一会儿雨、一会儿风,妨碍着他们的聚首。这里选的是全词的下片。词句通过描写牛郎织女一年一度七夕相会的短暂、艰困,抒发了作者与丈夫相隔两地,内心的缱绻和无限离愁。

题峰顶寺

[唐]李白

夜宿峰顶寺,举手扪星辰。
不敢高声语,恐惊天上人。

[**注释**]峰顶寺:寺名,据称在(湖北)蕲州黄梅县。扪:按,摸。

[**赏析**]夜里住宿在峰顶寺,山顶这么高,离天那么近,似乎一举手就可以摸到星星;我都不敢高声说话了,怕声音大了会惊动住在天上的仙人。诗句夸张地描写寺庙处在山的峰顶之上,高耸入云,接近"天"的景象。

秋 夕

[唐]杜牧

银烛秋光冷画屏,轻罗小扇扑流萤。
天阶夜色凉如水,卧看牵牛织女星。

[**注释**]天阶:指皇宫中房屋外露天的石头台阶。牵牛织女星:指牵牛星、织女星。天阶:一作"天街"。卧看:一作"坐看"。

[**赏析**]秋夜里的红烛光亮映照着冰冷的画屏,那些宫人无事可做,手拿小巧罗扇扑打萤火虫。夜里月光下的石阶清凉如水,她们坐在后宫庭轩的台阶上,仰望天空中的牵牛星和织女星。诗句描写宫女们在凉夜里只能看看天上星星的孤寂生活和凄凉心境。

嫦 娥

[唐]李商隐

云母屏风烛影深,长河渐落晓星沉。
嫦娥应悔偷灵药,碧海青天夜夜心。

[**注释**]嫦娥:古代神话中住在月亮里的女神。神话传说她本是后羿的妻子,因为偷吃了丈夫从西王母那里求来的不死药,就飞入了月宫。云母屏风:以云母石制作的屏风。长河:指银河。

[**赏析**]烛光暗淡,云母屏风上的光影幽深模糊;银河逐渐斜移,晨星也沉落隐没了。嫦娥应该后悔偷吃了那使人不死的灵药而住在月宫里,每日每夜只能独自面对茫茫无际的碧海青天,内心是多么的孤独寂寞。诗句描写嫦娥在月宫长夜不寐、孤寂清冷的处境,表现心情与之相仿的女子清冷孤寂的

感受；诗句或也暗含作者自己内心的伤感。

田家元日

［唐］孟浩然

昨夜斗回北，今朝岁起东。
我年已强仕，无禄尚忧农。
桑野就耕父，荷锄随牧童。
田家占气候，共说此年丰。

[注释]元日：指农历正月初一。斗：指北斗星。回北：指北斗星的斗柄从指向北方转而指向东方。

[赏析]昨天夜里北斗星已转向东方，今天清早是新一年的起始。我已到了四十岁的壮年，虽没有官职俸禄仍忧虑农事。我在种着桑树的田野与在耕作的农夫亲近，还扛着锄头与放牛的孩子同行。农家人们在占测今年的气候天象，都说今年很可能是丰收年景。诗句表现作者隐居农村，关心农事，与农人一起盼望丰年的情景。

无题二首·其一

[唐]李商隐

昨夜星辰昨夜风,画楼西畔桂堂东。
身无彩凤双飞翼,心有灵犀一点通。

[**注释**]灵犀:指犀牛角,传说犀牛角有一白线,直通大脑,感应灵敏。

[**赏析**]昨天夜晚,星光闪烁,凉风习习,在精美画楼的西畔,桂木厅堂的东边,我身上虽然没有五彩凤凰那样的双翅可以飞到你的身边,但我与你彼此的心意却像犀牛角一样息息相通。全诗八句,这里选的是前四句。诗句表现在一定的时间和地点,在一种幽静、温馨的气氛中,作者深感自己与妻子虽分隔两地不能长相厮守,但心心相印,总能心领神会,感情非常融洽和谐。

第二章　山野江河

黄山漫游终告别，将身离去心却留。

唯有身临其境界，方知自然造化绝。

徐公慨叹观止矣，后人将话精练为：

五岳归来不看山，黄山归来不看岳。

——《漫游黄山仙境》（[明]徐霞客）

这里选的是第二部分：山野江河。

美丽中国幅员辽阔，有着大好河山。

自然地理环境包括地形、气候（大气）、土壤、生物（植被）和水文五大基本要素，这些自然地理要素相互影响，相互制约，形成一个有机整体和系统。其中地形包括陆地地形和海底地形。陆地地形包括山地、平原、高原、丘陵和盆地五种基本地形。我国地形类型复杂多样，由于某些地形互相包含，很难确定是以哪一种地形类型为主，所以引入了"山区"概念，所谓"山区"，包括山地、丘陵以及崎岖的高原。这样，我国山区的面积就很广大。中国陆地国土的地形呈西高东低、三级阶梯状分布的态势。

我国山脉众多。西面有喜马拉雅山脉、昆仑山脉、横断山脉、祁连山脉等；若以秦岭为南北的分界，北面是天山山脉、阿尔泰山、贺兰山、阴山山脉、太行山脉；南面则是大巴山、巫山、雪峰山、南岭、武夷山脉、台湾山脉；东北方面则有大小兴安岭、长白山脉。在大山之间，中西部有广大的高原，包括青藏高原（这里选的是世界最高的高原，有"世界屋脊"之称）、内蒙古高原、黄土高原、云贵高原。我国的四大平原是东北平原（面积最大，约35万平方千米，土地肥沃，是全球仅有的三大黑土区域之一）、华北平原（面积约30万平方千米，人口最多）、长江中下游平原（面积约 20 万平方千米,经济最为发达）、关中平原（又称渭河平原,面积约 4 万平方千米）。四大平原基本位于第三台阶东北至中南走向,又是淡水湖密布地区。我国西部还有四大盆地：塔里木盆地（面积最大）、准噶尔盆地（位置最北）、柴达木盆地（地势最高）、四川盆地（经济比较发达,古人称为"天府之国"）。

中国位于亚洲大陆的东部,面向太平洋；毗邻中国大陆边缘的渤海、黄海、东海、南海,互相连成一片,跨温带、亚热带和热带,自北向南呈弧状分布,是北太平洋西部的边缘海。

中国是世界上河流较多的国家之一。其中流域面积超过 1000 平方千米的河流就有 2221 条。至于小范围里的河水、溪流更是数不胜数。按照河流径流的循环形式,有注入海洋的外流河,也有与海洋不相沟通的内流河。中国有许多源远流长的大江大河。公认的中国十大河流分别是：长江、黄河、黑龙江、松花江、珠江、雅鲁藏布江、澜沧江、怒江、汉江、辽河。若以流域面积为标准,则为长江、黑龙江、黄河、珠江、塔里木河、海河、雅鲁藏布江、辽河、淮河、澜沧江。长江是中国及亚洲第一长河,全长 6403 千米（一般称 6300 千米）,是世界第三长河,水量也是世界第三。长江的流域总面积为 180 余万平方千米,约占全国国土面积的 1/5,年平均入海水量约 9600 亿立方米。黄河长江并称中国的母亲河。

中国的山野江河如此众多、广阔、雄伟、壮丽、多娇,引古今无数英雄好汉、文人竞折腰。古代诗人描写中国山野江河等的诗篇不计其数。经过历史和时间的筛汰,流传至今的名诗名篇亦数不胜数。这里挂一漏万辑录的仅是其中的极小部分。

4. 山 岳

过阴山和人韵·其三
[元]耶律楚材

八月阴山雪满沙,清光凝目眩生花。
插天绝壁喷晴月,擎海层峦吸翠霞。
松桧丛中疏畎亩,藤萝深处有人家。
横空千里雄西域,江左名山不足夸。

[**注释**]阴山:在今内蒙古自治区中部的东西走向的山脉。桧:圆柏。畎:田间小沟。

[**赏析**]才八月份阴山就下起了雪,像满地的沙子到处飞扬;凝神看着,太阳下的雪、沙的反光会使人眩晕,满眼生出白花。峻峭的山峰直插青天,月亮好像突然间就出来了,山峦擎托起层叠的云海吸来了漫天的翠霞。在大片的松柏林间又有稀疏的田亩,在那长满藤萝的地方有一些人家。阴山横跨千里,在西域北疆称雄,江南那些名山与它相比就不值得夸耀了。诗句描写阴山高峻多雪,阳光炫目,月色披翠,在广阔林野中有耕种人家等特色景象,指出了它横跨千里的壮阔山脉的总体景象。

原生态的瑰丽——古诗词里的美丽中国

古从军行

[唐]李颀

白日登山望烽火,黄昏饮马傍交河。
行人刁斗风沙暗,公主琵琶幽怨多。

[**注释**]烽火:点起烽火报警是古代边防传递军情的重要手段。交河:泛指边塞地域的河流。行人:指远征的边防军士。刁斗:古代军用铜质炊具,白天煮饭,晚上用以敲击报更。

[**赏析**]白天要登上山岗观望有没有烽火传来敌军入侵的信号,黄昏时要把军马牵到河边去饮水歇脚。在昏暗的风沙里传来了刁斗的报更声,夹杂着远嫁的公主弹奏琵琶的幽怨悲音。全诗十二句,这里选的是开头四句。诗句描写的是古代边塞军旅生活的部分景象,以及朝廷采取的和亲绥靖政策给公主等人带来的内心痛苦。

北 山

[宋]王安石

北山输绿涨横陂,直堑回塘滟滟时。
细数落花因坐久,缓寻芳草得归迟。

[**注释**]北山:即今南京市郊的钟山,是作者晚年退养之地。陂:池塘。

[**赏析**]春水上涨,北山浓郁的绿色映照在水塘,直直的堑沟、弯弯的池塘泛起粼粼波光。我在北山上静静地久坐着,细细地数着落花,又慢慢地寻找美丽的芳草而回家迟延了。诗句描写作者在北山看到的自然界的生机,以及作者在北山久坐、"缓寻芳草"的情景,蕴含着作者表面闲适,内心惆怅的心境。

长白山

[清]吴兆骞

长白雄东北,嵯峨俯塞州。
迥临沧海曙,独峙大荒秋。
白雪横千嶂,青天泻二流。
登封如可作,应待翠华游。

[注释]长白山:位于今吉林省,是我国东北地区和东北亚的第一大山。嵯峨:山势高峻。塞州:泛指长白山地域的关塞州郡。

[赏析]长白山雄踞在我国东北地区和东北亚,山势高峻,俯视众多关塞州郡。它临观日本海和太平洋的日出,独自峙立在这辽阔荒远的边地。皑皑白雪横积在千里屏障般的山峦上,它顶端的天池泻下来的瀑布犹如两条从天而降的玉龙。皇上可能会来登此山峰望祭封禅,让我们耐心等候圣驾的光临。诗句描写长白山博大、高峻、雄伟、寒雪、瀑布等特色和壮美的气势与景象。

山 中

[唐]王勃

长江悲已滞,万里念将归。
况属高风晚,山山黄叶飞。

[赏析]长江滚滚东流,我悲叹在外滞留太久,家乡远隔万里,时时想着回去。何况已到深秋、冷风不断劲吹,每座山上的树叶都已枯黄不断飘飞。诗句描写江流、风急、叶飞的深秋景象;表现作者在外长期滞留而思念家乡,切

盼回归的心情。

江南旅情
[唐]祖咏

楚山不可极，归路但萧条。
海色晴看雨，江声夜听潮。

[赏析]楚地的山绵延不断没有尽头，返回故乡的路是多么崎岖萧条。看到海上日出彩霞缤纷，就知道要下雨；听到大江汹涌澎湃的声音，就知道夜潮来临。全诗八句，这里选的是前四句。诗句表现作者在江南旅途意象中的景色。

早　归
[唐]元稹

春静晓风微，凌晨带酒归。
远山笼宿雾，高树影朝晖。
饮马鱼惊水，穿花露滴衣。
娇莺似相恼，含啭傍人飞。

[赏析]春天静悄悄，拂晓风轻轻，凌晨时我带着酒气回归。远处山峦还笼罩在夜雾中，高大的树已被照耀了晨晖。马在河边饮水，惊动了鱼，穿过花丛，露水滴湿衣裳。娇滴滴的莺儿似乎有点生气，不再鸣啭，只在人们旁边来回地飞。诗句描写春天清晨的种种自然景象。

林泉高致·山水训
[宋]郭熙

春山淡冶而如笑,夏山苍翠而如滴,
秋山明净而如妆,冬山惨淡而如睡。

[**赏析**]春天的山,山影浅淡如同美人的微笑;夏天的山,鲜艳翠绿,精神饱满;秋天的山,一片明净,恰似美人的面妆;冬天的山,惨淡苍黄没有神采,好像睡着了。作者是画家和绘画理论家,他从山岭上雾气所致的不同特点来描述山岭四季的不同景观。

题黄才叔看山亭
[宋]杨万里

春山华润秋山瘦,雨山点黯晴山秀。
湖湘山色天下稀,零陵乃复白其眉。

[**注释**]零陵:古县名,位于湖南省西南潇水与湘江汇合处,今为湖南省永州市零陵区。

[**赏析**]春天的山,树枝繁华滋润翠绿;秋天草木凋零,山峦棱角分明显得瘦削。雨天的山,轮廓模糊一片迷蒙;晴天的山,清俊秀丽。湖南地域山岭的美色是天下罕见的,零陵的山水仍旧那么白净隽美。全诗八句,这里选的是前四句。诗句描绘湖湘地域山岭在不同季节、不同天气时稀有的秀美景象。

原生态的瑰丽——古诗词里的美丽中国

望 岳
[唐]杜甫

岱宗夫如何？齐鲁青未了。

造化钟神秀，阴阳割昏晓。

荡胸生曾云，决眦入归鸟。

会当凌绝顶，一览众山小。

[注释]望岳：仰望东岳泰山。岱宗：即泰山，古代以泰山为五岳之首、诸山所宗，故称岱宗，在今山东省泰安市。齐鲁：古代齐、鲁两国以泰山为界，山北属齐，山南属鲁。造化：指大自然。曾：同"层"，重叠。眦：眼眶。决眦：意谓眼眶几乎要裂开。会当：一定要，应当。

[赏析]东岳泰山的美景到底怎样？即使走出齐鲁地方，泰山的青翠仍能看到。大自然造出它钟灵秀丽的美景，山北山南分出黄昏清晨。层层白云激荡起胸中块垒，翩翩归鸟让人看得眼睛酸累。什么时候我一定要登上峰顶俯瞰，群山都会显得矮小了。孔子有"登泰山而小天下"之语。诗句表现作者要攀登泰山极顶的宏愿，显示其要有所作为，攀登人生高峰的志向和气概。

登兴安岭绝顶远眺
[清]查慎行

丹青不数东南秀，俯仰方知覆载宽。

万里乾坤千里目，欣从奇险得奇观。

[注释]兴安岭：位于黑龙江两岸的广阔山岭。黑龙江南岸，嫩江以西称大兴安岭，嫩江以东称小兴安岭；黑龙江以北（今俄罗斯境内）称外兴安岭。

丹青：中国绘画艺术的代称。乾坤：指天地、江山、局面等。

[赏析]绘画不仅仅要画出江南的秀丽风景，从上往下、从下往上看才能知道天地覆盖的全国疆域是多么宽广。万里天下，千里江山是一望无际，我非常欣喜地从险峻的兴安岭上看到了这样的奇美景观。此诗是作者随从清朝康熙皇帝北巡登上兴安岭时所作。全诗八句，这里选的是后四句。诗句描写在兴安岭山脉看到的奇观，显示美景遍天下。作者赞颂清王朝版图的辽阔和山川的壮丽。

腊日游孤山访惠勤、惠恩二僧
〔宋〕苏轼

道人之居在何许？宝云山前路盘纡。
孤山孤绝谁肯庐？道人有道山不孤。
纸窗竹屋深自暖，拥褐坐睡依团蒲。

[注释]孤山：山名，位于杭州西湖风景区旁，现今是一个著名景点。道人：指二僧。宝云山：在西湖北面，有宝云寺。纡：弯曲，曲折。庐：房舍。褐：粗布或粗布衣服。

[赏析]二位僧人的禅房坐落何处？就在宝云山前小路盘旋曲折的地方。孤山是一处孤立绝世的地方，谁会愿意在这儿建房舍住下来呢？僧人住在这里修道，有道使得这座山也不孤独。纸窗、竹屋，幽深而暖和，那两个僧人穿着粗布僧服在蒲团上打坐。全诗较长，这里选的是其中几句。诗句描写二僧僻居于孤山的淡泊生活和清修品藻。

75

山　店

[唐]卢纶

登登山路行时尽,决决溪泉到处闻。
风动叶声山犬吠,一家松火隔秋云。

[赏析]"登登"地走着,山路弯又长,经常走到尽头,"决决"的溪水流淌声随处能听见。风吹动树叶飒飒作响,又听到山里的狗叫,隔着秋天的层云,还能看到店家在用松枝照明。诗句描写作者攀行山路的艰辛,又充满对到达山店的向往。

题盱眙军东南第一山二首·其一

[宋]杨万里

第一山头第一亭,闻名未到负平生。
不因王事略小出,那得高人同此行。

[注释]盱眙军:南宋时地方行政区划名,由盱眙县"升格"而成的建制,属淮南东路,辖地紧临淮河宋金分界线,治所在盱眙(今江苏盱眙市)。东南第一山:指盱眙境内的南山,被北宋书法家米芾称为"第一山"而得名。

[赏析]"第一山"上的第一座亭,早已听说它的鼎鼎大名,一直未能来到这里真是辜负了我的人生。如果不是朝廷派遣我来此地办理公事,我怎么能有幸和高人一起同游此山呢。全诗八句,这里选的是前四句。全诗表现作者来到盱眙登临"第一山"时充满感慨的爱国情怀。

咏巫山

[唐]王绩

电影江前落,雷声峡外长。
霁云无处所,台馆晓苍苍。

[注释]巫山:地理上指四川盆地东部今湖北、重庆、湖南交界一带南北走向的连绵群峰,长江三峡是其中的一段裂谷。电影:指闪电的光亮。江:指长江。霁:雨后或雪后放晴。

[赏析]闪电的光亮直接落在长江的上面,而雷声的轰鸣则顺着峡道向两端远处传去。天气放晴后云彩飘动不停,清晨时台阁楼馆一片明净青苍。诗句通过雷电的光亮和声音突出巫山的高和巫峡的长,并描写了雨后巫山地域的云飘和建筑物清晰的景象。据说"电影"一词最早见于此。

五台山

[清]顾炎武

东临真定北云中,盘薄幽并一气通。
欲得宝符山上是,不须参礼化人宫。

[注释]五台山:山名,位于山西忻州市五台县,被认为是中国佛教四大名山之首。真定:今河北省正定县的历史称谓。云中:今山西大同地域之古称。盘薄:犹磅礴。幽并:幽,幽州,今北京和河北北部地域;并,并州,今山西太原地域。

[赏析]五台山东面是真定府,北面是云中郡,气势磅礴贯通着幽州并州。如果想得到宝贵的护身符,在五台山上就有,不参禅、顶礼、正己、化人也

能行。诗句指出五台山的方位、地势,突出五台山是佛门圣地的地位。

渡荆门送别
[唐]李白

渡远荆门外,来从楚国游。
山随平野尽,江入大荒流。

[注释]荆门:山名,位于今湖北宜都市西北长江南岸。江:指长江。大荒:指辽阔无际的原野。

[赏析]我乘船渡江来到遥远的荆门山边,来到古时楚国地方游览。山岭随着平坦广阔的原野的展现而到了尽头,长江进入这一望无际的原野,浩浩荡荡地奔流。全诗八句,这里选的是前四句。诗句描写长江流出三峡,进入了江汉平原广袤地域的景象。

卓笔峰二首·其一
[清]袁枚

孤峰卓立久离尘,四面风云自有神。
绝地通天一支笔,请看依傍是何人。

[注释]卓笔峰:浙江雁荡山中的一座山峰,其状如直立的毛笔。

[赏析]卓笔峰孤独卓绝地兀立在雁荡山中久已脱离凡尘,它的四面有风有云自有神灵护佑。它像一支毛笔拔地而起直上天空,它独立存在,不依傍于任何人。诗句描写卓笔峰超然独立、不事依傍的状态。

过香积寺

[唐]王维

古木无人径,深山何处钟?
泉声咽危石,日色冷青松。

[赏析]山中小路没有人迹,两旁古木参天,深山里不知何处响起了寺院钟声;泉水流经峭立的岩石间隙发出如泣如诉的声音,太阳升起照着清冷的青松。全诗八句,这里选的是中间四句。诗句描写了寺院所处的山深林密、荒僻幽静的环境。

游普陀题

[清]康有为

观音过此不肯去,海上神山涌普陀。
楼阁高低二百寺,鱼龙轰卷万千波。

[注释]普陀:即普陀山,东海舟山群岛中的一个岛,今属浙江省舟山市普陀区。中国佛教四大名山之一。不肯去:据说,唐朝时,有日本僧人从五台山运观世音菩萨像回国,船经普陀洋面受阻。僧人认为菩萨不愿东去,于是将船靠岸留下佛像让当地百姓供奉,是为普陀开山供佛之始。

[赏析]观世音菩萨经过此地不肯离去,东海上涌现出普陀神山。普陀山上楼阁高高低低有二百座佛寺,周围海洋咆哮轰隆,卷起万千巨浪洪波。全诗八句,这里选的是前四句。

原生态的瑰丽——古诗词里的美丽中国

题西林壁

[宋]苏轼

横看成岭侧成峰,远近高低各不同。
不识庐山真面目,只缘身在此山中。

[**注释**]西林:指位于庐山西麓的西林寺。题西林壁:把诗书写在西林寺的墙壁上。

[**赏析**]从正面横看庐山,是连绵起伏的山岭,从侧面看庐山,是高耸的山峰,从远、近、高、低各处分别看庐山,庐山的样貌都不相同。人们之所以不能看到庐山的真正面目,就是因为人们自身是处在庐山之中啊!诗句指出处在不同的角度观看庐山时会有不同的印象和感受;诗句含有"仁者见仁,智者见智"、人站在不同角度或立场看同一个事物会有不同认识的哲学意蕴。

与诸公送陈郎将归衡阳

[唐]李白

衡山苍苍入紫冥,下看南极老人星。
回飙吹散五峰雪,往往飞花落洞庭。

[**注释**]郎将:官衔名。衡山:"五岳"之一的"南岳",主体位于今湖南衡阳市北部。紫冥:天空。南极老人星:指寿星(衡山又称"寿岳")。五峰:指衡山的五座主要山峰,即祝融峰、天柱峰、芙蓉峰、石廪峰、紫盖峰。洞庭:洞庭湖(在湖南省北部)。

[**赏析**]衡山莽莽苍苍耸入天空,从天界往下看就是"寿岳"的崇山峻岭。暴风到达这里又回转,吹走五座高峰上的雪,把雪花一直吹落到北面的

洞庭湖中。全诗十句,这里选的是前四句。诗句描写"陈郎将"将去的衡阳郡里的衡山景象。

送武士曹归蜀(士曹即武中丞兄)
[唐]白居易

花落鸟嘤嘤,南归称野情。
月宜秦岭宿,春好蜀江行。

[注释]秦岭:指今西安和渭河平原以南的广大山岭。蜀江:泛指蜀地境内的江河。

[赏析]春花落谢鸟鸣嘤嘤,武兄南归时原野亦含情。月色明亮宜在秦岭投宿,春光美好可在蜀江船行。全诗八句,这里选的是前四句。诗句表现作者对南归蜀地友人的关心和叮咛。

送温处士归黄山白鹅峰旧居
[唐]李白

黄山四千仞,三十二莲峰。
丹崖夹石柱,菡萏金芙蓉。
伊昔升绝顶,俯窥天目松。
……
回溪十六度,碧嶂尽晴空。
他日还相访,乘桥蹑彩虹。

[注释]黄山：山名，在今安徽黄山市，有三十六峰（诗中言三十二。据说有四峰在唐代尚未有名称）。仞：古时八尺或七尺称一仞。菡萏、芙蓉：即莲花，荷花。伊：这里同"忆"。天目：指天目山，在今浙江杭州市临安区境内。桥：指黄山仙人桥（又称天桥），是黄山最险之处。

[赏析]黄山高耸达四千仞，有三十二座状如莲花的山峰。红褐的崖岩对峙夹着石柱，就像是莲花苞、金芙蓉。想当年我曾登临绝顶，还俯瞰远眺天目山的松林。……（这里略去十二句）迂回曲折溪流十六渡，青翠的屏障屹立在晴空。啊，黄山，我以后还会来造访，我要登上仙人桥步入彩虹中。诗句描绘黄山的奇绝景象，并表现出作者丰富的想象。

西岳云台歌送丹丘子
[唐]李白

巨灵咆哮擘两山，洪波喷箭射东海。
三峰却立如欲摧，翠崖丹谷高掌开。

[注释]西岳：即华山。巨灵：神话传说中的河神。擘：同"掰"，分开。

[赏析]河神咆哮着把大山掰开成两半，黄河波涛喷涌而出像箭一样疾速地奔向东海。华山的三座险峰不得不退而耸立，高危之势像是受了摧折，壁立的翠崖、染赤的峡谷，犹如河神开山辟路留下的掌迹。全诗较长，这里选的是其中几句。诗句借"巨灵劈山"的神话传说描写西岳华山的高耸险峻和黄河的磅礴气势。

宿巾子山禅寺
[唐]任翻

绝顶新秋生夜凉,鹤翻松露滴衣裳。
前峰月映半江水,僧在翠微开竹房。

[**注释**]巾子山:在今浙江台州市临海市,山顶有双峰,南濒灵江。翠微:指青绿的山色。

[**赏析**]刚到秋天,巾子山山顶之夜就很凉了,松树上一只鹤突然飞起,使松针的夜露滴落在我的衣裳上。挂在前面山峰的月亮倒映在灵江上,青绿的山色中僧人开启了竹子搭成的禅房的门扉。诗句描写巾子山秋夜的景象,是作者科举落第后独游巾子山时所作,反映了作者孤寂的心境。

郡楼望九华
[唐]杜牧

陵空瘦骨寒如削,照水清光翠且重。
却忆谪仙诗格俊,解吟秀出九芙蓉。

[**注释**]郡楼:指安徽池州府城楼(九华山在今安徽池州市青阳县境内)。陵:超越。陵空:有横空意。谪仙:指遭贬谪的"诗仙"李白,李白写过一首诗《望九华赠青阳韦仲堪》。

[**赏析**]九华山峰如刀削过一般瘦骨嶙峋横插天空,它倒映在水中又是那么青翠明亮叠叠层层。我想起李白描写它的诗是多么俊朗优美,他吟诵九华山如同秀美的九朵芙蓉。诗句表现作者在池州府城楼遥望九华山所见景象。

原生态的瑰丽——古诗词里的美丽中国

登襄阳城
[唐]杜审言

旅客三秋至,层城四望开。
楚山横地出,汉水接天回。

[**注释**]楚山:山名,在襄阳城西南。

[**赏析**]我被流放经过此地,不期然已到九月,现站在城头上放眼四望,顿觉气象开阔。楚山在这平原地带凸显矗立,汉水曲折浩荡似乎与天相接。全诗八句,这里选的是前四句。诗句描写作者在流放途中经过襄阳城,在襄阳城头所见的山高水阔、相互映衬的雄伟景象。

过松源晨炊漆公店六首·其五
[宋]杨万里

莫言下岭便无难,赚得行人错喜欢。
正入万山圈子里,一山放出一山拦。

[**赏析**]不要说下山岭很容易没有困难,使得下山的人产生误解而错误地高兴了;上山时攀登过多少圈山岭,下山时不是同样要转过这些山岭吗?走下了一道山岭前面又会有一道山岭阻拦着我们呀!诗句指出在山岭间行路困难(无论是上山岭还是下山岭)的事实,并寄寓了人生在世总是要不断地与各种困难和坎坷做斗争的哲理。

木皮岭

[唐]杜甫

南登木皮岭，艰险不易论。
汗流被我体，祁寒为之暄。
远岫争辅佐，千岩自崩奔。
始知五岳外，别有他山尊。

[注释]木皮岭：山岭名，在今甘肃省徽县、成县境内，山上多木兰树（即辛夷树）。暄：温暖。岫：山。五岳：是东岳泰山、南岳衡山、西岳华山、北岳恒山、中岳嵩山的合称。

[赏析]向南走登上了木皮岭，路途的艰险呀真是不容易说清。热时我汗流遍体，冷时又祈盼能暖和一点。远处的山好像在辅佐着木皮岭，千万块岩石似乎自己在崩裂滚动。自从经过木皮岭后，才知道除了"五岳"之外，还有别的山岭也是高峻险要应该令人尊崇的啊！全诗较长，有二十八句，这里选的是其中八句。诗句是作者带着家人由陇入川攀越木皮岭后发出的无限感慨。

游终南山

[唐]孟郊

南山塞天地，日月石上生。
高峰夜留景，深谷昼未明。

[注释]南山：指终南山，在长安南面。
[赏析]终南山高耸挺拔充塞在天地之间，太阳和月亮似乎从它的山岩

中升起落下。当其他地方已被夜色笼罩时,它的峰顶还留着落日余晖,当其他地方已洒满阳光时,它的深谷还是昏暗一片。全诗十句,这里选的是前四句。诗句表现终南山顶天立地的气势和与其他地方差别巨大的光景。

归嵩山作
[唐]王维

清川带长薄,车马去闲闲。
流水如有意,暮禽相与还。
荒城临古渡,落日满秋山。
迢递嵩高下,归来且闭关。

[注释]嵩山:又称嵩高山,"五岳"之一的"中岳",位于今河南登封市西北。

[赏析]清澈的山水环绕一片草木,驾车马徐徐而来从容悠闲。流水好像也对我充满情意,傍晚的鸟儿随我一同回还。荒疏的城郭依傍古老的渡口,夕阳的余晖洒满金色的山岭。在远大高峻的嵩山脚下,闭门隔开世俗静度晚年。诗句描写作者辞官归隐至嵩山时所见的景色及自己恬淡的心情。

早春题少室东岩
[唐]白居易

三十六峰晴,雪销岚翠生。
月留三夜宿,春引四山行。
远草初含色,寒禽未变声。
东岩最高石,唯我有题名。

[注释]少室：山名，属嵩山山脉，位于今河南登封市西北。

[赏析]少室山的三十六个峰都放晴了，山上雪消，雾气重重，山色变得青翠。月光留我住了三宿，春色来到四面山岭。远远望去小草冒出了绿芽，那些越冬的鸟儿还没有变声。东岩是山峰的最高处，只有我在那里题了名。诗句描写少室山峰早春时的一些景象，以及作者为到达少室山最高处"东岩"而自豪的心情。

秋夜将晓出篱门迎凉有感二首·其二
[宋]陆游

三万里河东入海，五千仞岳上摩天。
遗民泪尽胡尘里，南望王师又一年。

[注释]三万里河：形容黄河源远流长。仞：古时称八尺或七尺为一仞。岳：这里指西岳华山。遗民：指被金人占领的本属于宋朝中原地方的百姓。

[赏析]三万里长的黄河向东流入大海，五千仞高的西岳华山直上云霄。中原地方百姓在胡人压迫下眼泪已流尽了，他们在翘首等待宋朝军队打回去收复中原的期望中又过了一年。诗句描写以气势雄伟的黄河和华山为代表的中原地区山河的壮美，以及中原地区百姓的期望，表现了作者期盼收复广大中原地区的爱国心情。

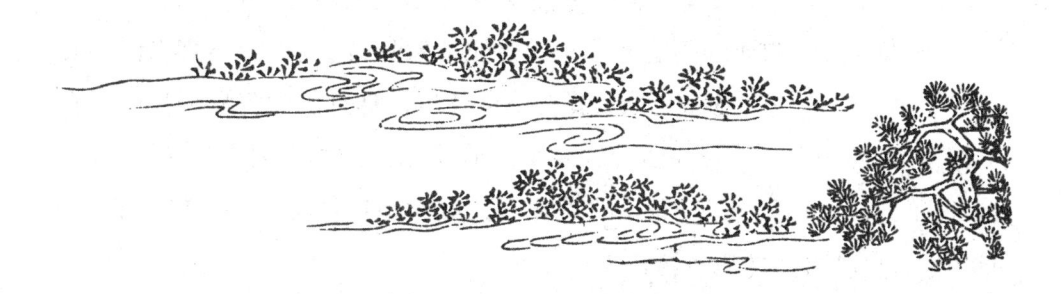

山 石
[唐]韩愈

山石荦确行径微,黄昏到寺蝙蝠飞。……
山红涧碧纷烂漫,时见松枥皆十围。……

[**注释**]诗题"山石":以诗的首句开头二字为题,这里选的是古诗常用的标题法。荦确:指山石险峻状。枥:同"栎",一种乔木,通称橡树。围:两条胳膊合拢来的长度。这里说的"十围"是虚指,形容树干非常粗大。

[**赏析**]全诗二十句,这里选的是开头的两句和中间的两句。山石峥嵘险峻,山路狭窄难行,黄昏时分蝙蝠飞到这座寺庙。……山花红艳,山泉清澈,春花繁多芬芳烂漫,还能不时见到粗大无比的松树栎树。……诗句描写作者游山时所见的奇特山间景观。

度大庾岭
[唐]宋之问

山雨初含霁,江云欲变霞。
但令归有日,不敢恨长沙。

[**注释**]大庾岭:华南五岭之一,在今江西、广东交界处。霁:雨或雪后放晴。长沙:特指历史上汉朝大臣贾谊被贬谪任长沙王太傅之事。

[**赏析**]山间的连绵阴雨有了一点停止的意思,江上的云亦有化作彩霞的趋势。只要有回归长安的日子,我可不敢像贾谊那样因为被贬至长沙而心生怨恨的。这首诗是作者被贬谪,发配至岭南,经过大庾岭时所写,全诗八句,这里选的是后四句。诗句反映了作者过大庾岭的景况,并由天气的变好而产生对自己命运转圜的希望。

晨登衡岳祝融峰
［清］谭嗣同

身高殊不觉，四顾乃无峰。
但有浮云度，时时一荡胸。
地沉星尽没，天跃日初熔。
半勺洞庭水，秋寒欲起龙。

[注释]衡岳：指南岳衡山，位于湖南省衡阳市地域。祝融峰：衡山中的最高峰。

[赏析]我登上了祝融峰觉得它并非高不可攀，也不感到登临有多么累，但往四周一看确实没有再高的山峰了。只有浮云在旁边飘过，不时地涤荡着我的心胸。大地好像都沉落了，星星也都隐没得无影无踪，太阳像正在熔化的火球从天际跃出。远处的洞庭湖显得渺小，不过像是半勺子水，在这寒秋时节，湖中的龙即将飞腾升空。作者在二十六岁时登上了祝融峰。诗句表现出作者当时富有活力、奋发向上的气概和宏伟、阔达、高远的胸怀和志向。

度谢公岭
［宋］王十朋

十年九行役，屡经此山中。
爱山不厌观，每愧行匆匆。
大士瞻矩罗，骚人思谢公。
一生看不足，语如白头翁。

[注释]谢公岭：进入雁荡山的门户，是由块石砌成、宽约两米、长约

一千米的古道，相传建于南北朝时期，因诗人谢灵运而得名。山：即雁荡山，主体在浙江省温州市境内。大士：指高僧或德行高尚的人。矩罗：即诺矩罗，指佛教所称的"罗汉"。

[赏析]我十年里有九年在各地奔走，屡次经过雁荡山。我喜爱这山百看不厌，惭愧自己总是行色匆匆。僧人们来这里要瞻仰罗汉，诗人们到山中会想起谢灵运。我已是白头老翁了，一辈子也看不够雁荡山啊！诗句反映作者在进入雁荡山时，感慨对此山无比喜爱的心情。

蜀道难

[唐]李白

蜀道之难，难于上青天！……
黄鹤之飞尚不得过，猿猱欲度愁攀援。……
使人听此凋朱颜。连峰去天不盈尺，枯松倒挂倚绝壁。

[注释]蜀：古地域名。古代的蜀包括今四川、重庆等地。猱：古书上说的一种猴。

[赏析]在蜀地的道路上行进非常艰难，简直比登上青天还难！……善于飞翔的黄鹤尚且飞不过去，善于攀缘的猿猴更是为攀爬蜀道而发愁。……人们一听要去蜀地都吓得脸色大变。蜀地连绵不断的山峰远远望去与天空相距不足一尺，好像是倒挂着的枯老松树从悬崖绝壁上伸出来。全诗很长，这里选的是其中几句。诗句指出连黄鹤、猿猴都畏惧蜀道之难以通过，还描写了山峰连绵高峻险阻的蜀道上的奇崛景象。

过洞庭湖
[唐]许棠

四顾疑无地,中流忽有山。
鸟高恒畏坠,帆远却如闲。

[**注释**]山：指在洞庭湖中的君山。

[**赏析**]在洞庭湖里向四周望去无边无际，忽然发现有一座山突兀地立在湖的中间。鸟儿飞得很高是害怕坠落到湖里，远处的船帆却稳稳当当十分悠闲。全诗八句，这里选的是中间四句。诗句描写洞庭湖辽远浩渺、湖中有山的壮阔景象。

寻隐者不遇
[唐]贾岛

松下问童子,言师采药去。
只在此山中,云深不知处。

[**注释**]寻：寻访。

[**赏析**]在松树下我向学童询问，他说师父上山采药去了；就是在这座山里采药，只是云高林深不知道他具体在哪儿。诗句描写隐者高洁自处难寻又采药济世活人，也表现了作者钦慕隐士访谒不遇而怅然若失的遗憾心情。

梦游天姥吟留别

[唐]李白

天姥连天向天横,势拔五岳掩赤城。
天台四万八千丈,对此欲倒东南倾。

[**注释**]天姥:天姥山,在今浙江省新昌县东。赤城:赤城山,在今浙江省天台县北。天台:天台山,在浙江天台县北。

[**赏析**]天姥山高耸入云仿佛与天相连,高峻之势甚至超过了五岳和赤城山。天台山虽高达四万八千丈,面对天姥山好像要向东南倾斜拜倒一样。全诗很长,描绘作者"梦游"天姥山的"情形"。这几句把天姥山与天下闻名的五岳及附近的山做比较,用想象的方式凸显了天姥山雄伟高峻的景象。

凌朝浮江旅思

[唐]韦承庆

天晴上初日,春水送孤舟。
山远疑无树,潮平似不流。
岸花开且落,江鸟没还浮。
羁望伤千里,长歌遣四愁。

[**赏析**]天空晴朗朝阳升起,春水载着一叶孤舟。远处山上似乎没有树木,江水平稳好像不再流淌。两岸的春花开了又谢了,水鸟在江里一会儿沉没一会儿浮出。羁旅中远望千里有无限的伤感,且放声高歌排遣浩茫的愁绪。诗句描写了天、日、山、江、花、鸟等自然界的动态景象,以及作者羁旅在船中的愁闷心情。

送梓州李使君

[唐]王维

万壑树参天,千山响杜鹃。
山中一夜雨,树杪百重泉。

[注释]梓州:隋唐时州名,治所在今四川绵阳市三台县。李使君:指李叔明。壑:山谷。树杪:树梢。

[赏析]万条山谷里树木高耸直指云天,千座山岭上鸣响着杜鹃的啼唤;山里下了一夜春雨,树丛梢头流着水滴犹如涌泉。全诗八句,这里选的是前四句。诗句遥想李使君赴任之地(梓州)的美好风光,以抒发对友人的惜别之情。

即　目

[清]林则徐

万笏尖中路渐成,远看如削近还平。
不知身与诸天接,却讶云从下界生。
飞瀑正拖千嶂雨,斜阳先放一峰晴。
眼前直觉群山小,罗列儿孙未得名。

[注释]笏:古代大臣上朝时所持的手板。

[赏析]万重山岭犹如笏丛中开凿出的道路,远看是刀削般陡峭,走近了看还算平坦。不知不觉自己已与天接近,更惊讶于山下飘着一朵朵云。飞流直下的瀑布在层峦叠嶂间拖起雨雾阵阵,阳光斜照使挺拔的山峰放晴。我在这里极目远望感到巍峨群山显得渺小,那些小的山岭更是连名字也没有! 此诗是作者赴云南任职(乡试正考官)路过贵州时所作。诗句表现贵州

地域崇山峻岭、路途曲折、飞瀑雨雾、光照峰顶等奇美景象；诗句也蕴含作者将去选拔人才的意象。

桂源铺
[宋]杨万里

万山不许一溪奔,拦得溪声日夜喧。
到得前头山脚尽,堂堂溪水出前村。

[赏析]万重山岭不允许这一条溪水奔流,山岭的阻拦逼得溪水日夜穿行喧闹不休。溪水历尽曲折终于自主地流到了山脚尽处,竟堂皇盛大地流出山前的村庄。诗句描写溪水在山间曲折奔流终于突围而出的景象。诗句暗喻事物或人生能够冲破重重险阻脱颖而出。

巫山高
[唐]郑世翼

巫山凌太清,岩峣类削成。
霏霏暮雨合,霭霭朝云生。
危峰入鸟道,深谷泻猿声。
别有幽栖客,淹留攀桂情。

[注释]巫山：山脉名,指横贯湖北、重庆、湖南交界一带的连绵群峰。岩峣：形容高峻。危峰：即高峰。淹留：滞留,羁留。

[**赏析**]巫山高耸直上天空,那么高峻类似刀削而成。傍晚在飘飘细雨中众峰好像合在了一起,在清晨的云气里山峰各自凸显分明。高峰险峻只有鸟儿才能飞过,山谷幽深不断传出猿猴叫声。另有那种独自幽居的人,会滞留于此等待着桂花开放的风情。诗句描写巫山山高谷深、荒僻险峻、变化多端的种种景象。

谒衡岳庙遂宿岳寺题门楼

[唐]韩愈

五岳祭秩皆三公,四方环镇嵩当中。
火维地荒足妖怪,天假神柄专其雄。
……
须臾静扫众峰出,仰见突兀撑青空。
紫盖连延接天柱,石廪腾掷堆祝融。

[**注释**]衡岳庙:在今湖南衡山县西。五岳:指东岳泰山、西岳华山、南岳衡山、北岳恒山、中岳嵩山。三公:古时最尊贵的三个官职的合称。各朝设置有别。周朝以太师、太傅、太保为三公。火维:指南方(古时以五行分属五方;维:隅)。假:授予。柄:权柄,权力。须臾:极短的时间。紫盖、天柱、石廪、祝融:都是衡山里的山峰名。

[**赏析**](古时)祭祀五岳的礼节与祭祀三公的礼节一样尊崇。四座山岳环绕着坐镇四方,嵩山坐镇中间。南方地远荒僻妖怪很多,上天授予衡山以神的权力让它专门雄踞南方。……一会儿工夫,云雾消散了,众多山峰都显现出来,抬头望去,那高峻峭拔的山峰好像是特别地支撑着青天。紫盖峰连绵延续连接天柱峰,石廪峰在腾挪堆与祝融峰相堆叠。全诗较长,这里选的是其中几句。诗句着重描写五岳中的南岳衡山巍峨挺拔、高峰众多的景象。

庐山谣寄卢侍御虚舟

［唐］李白

五岳寻仙不辞远，一生好入名山游。
庐山秀出南斗傍，屏风九叠云锦张。

[注释] 五岳：这里泛指中国的名山。南斗：星宿名，二十八宿中的斗宿。古代天文学家认为浔阳与南斗相应。屏风九叠：指庐山五老峰东的九叠屏。

[赏析] 为寻找仙人遍访五岳名山不辞辛劳迢远，到名山游历也是我一生的爱好。秀美的庐山挺拔而起依傍着浔阳，九叠屏铺张着像锦绣云霞。全诗较长，这里选的是其中的几句。诗句表现出作者喜好游历名山、狂放不羁的性情。

宿业师山房待丁大不至

［唐］孟浩然

夕阳度西岭，群壑倏已暝。
松月生夜凉，风泉满清听。

[注释] 倏：极快地。暝：天黑；黄昏。

[赏析] 夕阳越过了西边的山岭，千山万壑迅即昏暗寂静。月光照着松林生出一片夜的凉意，满耳的风声与流泉共鸣分外幽雅清新。全诗八句，这里选的是前四句。诗句表现作者在山寺等候友人，黄昏时产生的夜凉、宁静、声清的感受。

道吾山

[清]谭嗣同

夕阳悬高树,薄暮入青峰。
古寺云依鹤,空潭月照龙。
尘消百尺瀑,心断一声钟。
禅意渺何著,啾啾阶下蛩。

[**注释**]道吾山:山名,位于湖南省浏阳市北。作者为浏阳人。蛩:古书上指蟋蟀。

[**赏析**]夕阳悬停在高大树林顶上,青山峰峦洒满了薄暮时的落晖。深山古寺,云雾缭绕,有僧人鹤立,月光下的清潭碧水倒映着人中之龙的身影。百尺飞瀑冲销了凡间红尘,悠长的佛寺钟声斩断了人们的欲念杂心。缥缈的佛旨禅意什么时候进入了人们的心境,在一片静寂中只能听到石阶下蟋蟀的凄清叫声。诗句描写了道吾山傍晚时夕阳、古寺等宁静空灵的景象。

望九华赠青阳韦仲堪

[唐]李白

昔在九江上,遥望九华峰。
天河挂绿水,秀出九芙蓉。
我欲一挥手,谁人可相从。
君为东道主,于此卧云松。

[**注释**]韦仲堪:作者友人,时任青阳县令。九江:指长江。九华峰:众多华美山峰(指位于安徽省池州市青阳县的九华山,中国佛教四大名山之一)。

[**赏析**]我以前在长江上行舟,遥望那么多华美山峰;瀑布犹如天河倾泻

下来的绿水,山峰宛若许多朵秀美的芙蓉。我挥手想招人来一起观看,可有谁会与我相伴同游?你是这里的东道主啊,却躺在云下的松林里自在逍遥。九华山古称陵阳山、九子山。据说因李白此诗而被更名为九华山了。

过分水岭

[唐]温庭筠

溪水无情似有情,入山三日得同行。
岭头便是分头处,惜别潺潺一夜声。

[**注释**]分水岭:指汉江和嘉陵江的分水岭。这里指今陕西省略阳县东南的嶓冢山。

[**赏析**]溪水本无情却似乎对我脉脉有情,进山三天有它伴我同行。登到山岭顶上便是它与我分别的地方了,它潺潺流淌着整夜发出哗哗的与我惜别的声音。诗句把溪水拟人化,实际上是作者把自己的深情移于溪水,表现了作者内心丰富的情致。

从斤竹涧越岭溪行

[南北朝]谢灵运

猿鸣诚知曙,谷幽光未显。
岩下云方合,花上露犹泫。
逶迤傍隈隩,迢递陟陉岘。
过涧既厉急,登栈亦陵缅。

[**注释**]斤竹涧：溪水名。或在今浙江绍兴斤竹岭下。泫：水珠欲滴状。隈隩：山崖转弯处。陉：山脉中断处。岘：不太高的山岭。

[**赏析**]从猿叫声中可知已是黎明，但在幽深的山谷里还看不到阳光。山下的云方才还合在一起，野花上的露珠仍然圆润晶莹。山路弯弯曲曲，又远又高低转折。涉经溪涧又渡过急流，登上栈道在半空俯瞰深谷。这首诗是作者山水诗代表作之一。全诗二十二句，这里选的是前八句。诗句描写山高、谷幽、涧深、急流的景象，以及作者在其中行进的情形。

画

[唐]王维

远看山有色，近听水无声。
春去花还在，人来鸟不惊。

[**赏析**]看那远处的高山仍色彩明亮，走近听流水却没有声音。春天过去了花朵照样美丽，人走近了鸟儿一点也不吃惊。诗句描写绘画所表现出来的能被人欣赏的自然界的景象。

登恒山

[明]汪承爵

云中天下脊，尤见此山尊。
八水皆南汇，群峰尽北蹲。
仙台临日迥，风窟护云屯。
剩有搜奇兴，空怜前路昏。

[注释]恒山：五岳中的"北岳"，在今山西大同市浑源县城南（古代所说的恒山与明清至今所称的恒山有区别）。云中：指古时云中郡（今山西大同地域）。仙台：指恒山峰顶北岳观。

[赏析]云中这个地方是天下的屋脊，恒山又处于它的最高位置。浑河上游的八条支流在恒山下汇合向西南流去，其他众多的山岭只能蹲踞在它的北面。峰顶朝向太阳，太阳远相映照，周边悬崖林立有如风窟云屯雾集。我游兴很浓还想搜异猎奇，可惜天色已晚前面道路昏暗。诗句表现北岳恒山地势高峻等各种独特的景象。

游泰山六首·其六

[唐]李白

朝饮王母池，暝投天门关。
独抱绿绮琴，夜行青山间。
山明月露白，夜静松风歇。
仙人游碧峰，处处笙歌发。

[注释]王母池：即神话传说中西王母的瑶池，有传说是在泰山的东南麓。天门关：登泰山要经过泰山上的中天门、南天门等处，才能到达山顶。绿绮：古琴名，这里泛指名贵的琴。

[赏析]早晨喝了瑶池里的仙水，傍晚投宿在天门关。独自怀抱着绿绮琴，夜晚行走在青山间。月光下山色明亮、露水晶莹，风停了松林无声、夜更寂静。好像有仙人漫游在碧绿的山峰中，处处响着他们的笙歌声。全诗十八句，这里选的是前八句。诗句描写登泰山过程中可能的一些情形，作者还想象有仙人夜间在泰山娱乐的"景象"。

泰 山

[明]张岱

正气苍茫在,敢为山水观?
阳明无洞壑,深厚去峰峦。
牛喘四十里,蟹行十八盘。
危襟坐舆笋,知怖不知欢。

[注释]泰山:五岳之首的"东岳",绵亘于今山东泰安、济南、莱芜三市间,隶属泰安市。十八盘:登泰山盘路中最险要的一段,有1600多个石阶,似天门云梯。

[赏析]泰山正气磅礴苍茫浩然,怎能以普通山水看待?它朝阳明亮没有洞穴沟壑,它岩土深厚没有起伏峰峦。上山有四十里路,牛走都会喘息不停,在十八盘登攀要像螃蟹那样爬行盘旋。到了泰山极顶只能端直地正襟危坐,心中只有敬畏不会嬉戏玩乐。诗句表现泰山雄伟的气势和庄严的景象。

游钟山

[宋]王安石

终日看山不厌山,买山终待老山间。
山花落尽山常在,山水空流山自闲。

[注释]钟山:山名,在今江苏省南京市,作者退官后曾在其附近居住。

[赏析]一天到晚看着这座山仍是看不厌,真想把这座山买下来可以让我终老其间。山上的花即使落尽,山却是永远存在,山间的水匆匆流过,山仍然不慌不忙自在悠闲。诗句描写钟山的厚朴、稳重、泰然的特点和景象。诗句

也表现出作者晚年老成持重、积厚自得的修养和心境。

咏华山
[宋]寇准

只有天在上,更无山与齐。
举头红日近,回首白云低。

[注释]华山:五岳中的"西岳",在今陕西省渭南市华阴市境内。

[赏析]只有天空在华山的上面,再没有别的山能与华山齐平。登上华山抬头向上望,感到离红太阳很近,回过头往下看,觉得白云在低处飘浮。据说这首诗是作者七岁时咏诵的,诗句表现作者对华山的感受,突出了华山高耸入云的景象。

独坐敬亭山
[唐]李白

众鸟高飞尽,孤云独去闲。
相看两不厌,只有敬亭山。

[注释]敬亭山:位于安徽省宣城市北。

[赏析]鸟儿们都飞走无影无踪,连天上那几片残云也悠闲地飘走了;只有我独自坐在敬亭山中,我与山相对看着互不厌烦。诗句描写敬亭山的幽静、空旷,透露出作者内心的孤独、寂寞。

入常山界二首·其二

[宋]杨万里

昨日愁霖今喜晴,好山夹路玉亭亭。
一峰忽被云偷去,留得峥嵘半截青。

[**注释**]常山:县名,今为浙江衢州市辖县。

[**赏析**]昨天一直下雨让人发愁,今天晴了使我欣喜,这常山地界多山,山路边的树亭亭玉立。忽然有一片白云把山峰遮住,高峻的山势只剩下了半截色青青。诗句描写作者进入常山地域后的所见所感。

5. 关　隘

居庸叠翠
[元]陈孚

断崖万仞如削铁,鸟飞不度苔石裂。
嵯岈枯木无碧柯,六月太阴飘急雪。
塞沙茫茫出关道,骆驼夜吼黄云老。
征鸿一声起长空,风吹草低山月小。

[注释]居庸:居庸关,位于北京西北,有南北两个口,南称南口,北称八达岭。中间是一条十几公里的山涧溪谷(俗称关沟),两侧山势雄奇,林木繁茂。故有"居庸叠翠"之名,列为燕京八景之一。仞:古时八尺或七尺称为一仞。嵯岈:高大的样子。柯:草木的枝茎。太阴:月亮。

[赏析]万丈高的断崖像削过的铁一样齐整,这样的高崖连鸟都飞不过去,本来长苔的岩石都干裂了,高大老树的枝杈没有一点绿色,六月的月光下会忽然飘起雪。出了关一路上是塞外的茫茫沙漠,黄云蔽天夜里骆驼吼叫。长空中是南飞的鸿雁声声,大风把草吹低,山上月亮显得很小。诗句描写居庸关一带险峻山势的"叠翠"和气候多变,以及关外的沙漠、大风、驼吼、雁声等景象。

[中吕]山坡羊·潼关怀古
[元]张养浩

峰峦如聚,波涛如怒,山河表里潼关路。
望西都,意踌躇。

[**注释**]潼关:关名,位于今陕西渭南市潼关县北,踞陕、晋、豫三省要冲,是陕西关中平原的东大门,历史上为兵家必争之地。西都:指古都长安。

[**赏析**]华山的山峰汇合积聚在一起,黄河的波涛气势汹涌,好像在发怒生气,这潼关附近外有黄河,内有华山,地势险要,雄视古今。我向西瞭望古都遗址,内心涌起无限伤感。这里选的是全曲的上片。曲词描写潼关的地势形胜,表达作者内心波澜起伏、吊古伤今之情。

穆陵关北逢人归渔阳
[唐]刘长卿

逢君穆陵路,匹马向桑乾。
楚国苍山古,幽州白日寒。

[**注释**]穆陵关:古关名,古时属楚国范围,故址在今湖北麻城北。渔阳:唐代郡名,治所在今天津市蓟县地域。桑乾:河名,今永定河上游。幽州:州名,汉时设此州,今北京、河北北部地域,渔阳郡、桑乾河均在此州范围。

[**赏析**]与你在穆陵关的路上相逢,你只身匹马要返回桑乾了。楚地青山苍翠又有古老意蕴,幽州阳光强烈夹存着北方凉寒。全诗八句,这里选的是前四句。诗句表现作者对当时北方战乱后破败状况的伤感,并对友人将回归幽州表示难过,进行宽慰。

原生态的瑰丽——古诗词里的美丽中国

凉州词三首·其三
［唐］张籍

凤林关里水东流，白草黄榆六十秋。
边将皆承主恩泽，无人解道取凉州。

[注释] 凉州：州名，唐时属陇右道，治所在今甘肃武威。此处泛指陇右被吐蕃占据之失地。凤林关：关名，唐时在陇右道的河州（治所在今甘肃临夏）境内，位于黄河南岸。白草：北地的一种牧草，干熟时呈白色。六十秋：六十年，指从陇右之地被吐蕃占领至作者写此诗之时。

[赏析] 流经凤林关的河水不断向东流去，白草、黄榆年年生长已过了六十个春秋。戍守边地的将军们都承受着皇上的恩泽，却没有人想方设法去夺回凉州。此诗是实写历史事实，作者对于唐军将领不思收复失地表示愤慨和谴责。

雁门太守行
［唐］李贺

黑云压城城欲摧，甲光向日金鳞开。
角声满天秋色里，塞上燕脂凝夜紫。

[注释] 雁门：指雁门关，故址在今山西省忻州市代县城北雁门山中，是长城的一个重要关隘。黑云压城：这里指敌军攻击关城的气势很猛。甲：指军士身穿的铠甲。

[赏析] 敌军像黑云一般地压过来，我方城池似乎要被摧垮了；在夕阳光辉的照射下，守城军士铠甲上的鳞片金光闪闪。在这秋天时光，号角声响

彻长空,夜幕里兵士们流在塞上泥土的血迹已凝为暗紫色。全诗八句,这里选的是前四句。诗句描写在雁门关发生过的战争的激烈情势。

秋日赴阙题潼关驿楼

[唐]许浑

红叶晚萧萧,长亭酒一瓢。
残云归太华,疏雨过中条。
树色随山迥,河声入海遥。
帝乡明日到,犹自梦渔樵。

[注释]阙:指唐都城长安。潼关:关名,当时为由豫入陕必经之关口,在今陕西潼关县境内。太华:指西岳华山。中条:地理上有中条山。这里泛指山岭。迥:远。

[赏析]晚风中红叶萧萧地落下,我在长亭里喝下酒一瓢。天空的残云飘移向华山,稀疏细雨洒在广阔山岭。苍翠的树色随关山远去,黄河水奔向遥远的海洋。明日就要抵达皇帝都城,我仍没有忘却渔樵的梦。此诗是作者首次去长安经过潼关时所写,作者描写了所见的山川形势,吐露了胸襟抱负和忐忑心情。

凉州词二首·其一

[唐]王之涣

黄河远上白云间,一片孤城万仞山。
羌笛何须怨杨柳,春风不度玉门关。

[注释] 仞：古时八尺或七尺叫作一仞。羌笛：古羌人乐器。杨柳：指笛曲《折杨柳》；古时习俗，折一条杨柳枝送别。玉门关：古关名，为通向西域必经之关口，故址在今甘肃敦煌西北。

[赏析] 远远望去黄河好像从白云间奔流而来，玉门关孤独地耸峙在万丈高山之间。羌笛何必吹奏《折杨柳》，难道是埋怨杨柳树为何不发绿枝？要知道春风本来就吹不到玉门关外。诗句描绘黄河奔腾而来，山间孤城屹立，边塞荒僻酷寒的悲壮苍凉的景象，也表现了戍边士卒的艰辛，以及寂寞哀怨的心情。

蜀道难

[唐]李白

剑阁峥嵘而崔嵬，一夫当关，万夫莫开。
所守或匪亲，化为狼与豺。

[注释] 剑阁：地名，今四川省广元市剑阁县，又指剑门关，踞四川、陕西、甘肃三省的接合部，有"剑门天险"之称。峥嵘：高峻。崔嵬：高大，险峻。匪：同"非"，不是。

[赏析] 剑门关巍峨险峻高入云端，只要有一个将士把守，一万敌兵也无法攻开。驻守这里的军官若不是皇上的亲信，就可能变为豺狼而为非作歹。全诗很长，这里选的是其中的几句。诗句指出剑门关的险峻和重要地位，这种关隘必须由皇帝最信任的臣属据守。

出居庸关
[清] 徐兰

将军此去必封侯，士卒何心肯逗留。
马后桃花马前雪，出关争得不回头？

[注释] 居庸关：北京西北部的关隘要塞。马后：指居庸关内的地域，即今北京市范围。马前：指居庸关外的广大地域。争：同"怎"义。

[赏析] 将军这次出征必定取胜从而得封侯爵，士卒们还有什么想法逗留呢？在我骑着马跨出居庸关时，马后面的居庸关内已是春天，桃花盛开，而马前面的居庸关外仍是冬日，白雪皑皑；在出关去征战之际，我怎能不回头顾盼亲人和家园？此诗写作背景是清朝康熙皇帝为维护国家统一而亲征噶尔丹，跟从的将军和士卒都抱有建功立业的信心，但征途环境艰苦使他们又有所顾虑。诗句反映了当时出征将士们的矛盾心态。

古北口
[清] 纳兰性德

乱山入戟拥孤城，一线人争鸟道行。
地险东西分障塞，云开南北望神京。

[注释] 古北口：长城在（河北）山海关和（北京）居庸关之间的咽喉隘口，在今北京市密云区古北口镇，历来为兵家必争之地。戟：古代一种矛和戈相结合的兵器。

[赏析] 这里矗立着许多山峰，如同一条条竖着的戟簇拥着孤立的古北口，兵卒通过古北口关隘要在鸟才能飞过的狭路上争相前行。这个地方东西

两边有障碍,非常险要,在云开日丽时向南望去就能看到皇帝所在的北京城啊!全诗八句,这里选的是前四句。诗句描写古北口要隘处在群山之间,地势十分险要,人马难以通行,是拱卫北京城的关口。

秦州杂诗二十首·其七

[唐]杜甫

莽莽万重山,孤城山谷间。
无风云出塞,不夜月临关。

[注释]秦州:唐时州名,今甘肃天水。唐肃宗乾元二年(公元759年)秋,作者弃官远游,到达此地。

[赏析]四周山岭重叠,群峰环绕,莽莽苍苍,在山谷里矗立着一座秦州孤城。这里虽然没有风,云彩却飘移到了塞外,虽然还没到晚上,但月亮已经照临了关隘。全诗八句,这里选的是前四句。诗句描写秦州"孤城"的环境和特有景象。

关山月

[唐]李白

明月出天山,苍茫云海间,
长风几万里,吹度玉门关。

[注释]天山:指祁连山,位于今甘肃省西北部。玉门关:古关名,为通向

西域必经之关口,故址在今甘肃敦煌西北。

[赏析]一轮明月升起在祁连山之上,在苍茫的云海间徘徊;猛烈的秋风越过千万里到达玉门关,吹拂着戍边的将士。全诗十二句,这里选的是开头四句。诗句描写当时戍边将士所常见到的包含关、山、月、风等因素的宏阔萧索的边塞景象。

帝京篇
[唐]骆宾王

秦塞重关一百二,汉家离宫三十六。

[赏析]秦朝建都咸阳,汉朝在其附近建京城长安。其地东有函谷关,西有大散关,南有武关,北有萧关,称"秦之四塞"或"关中四关"。秦朝建立的要塞和关隘有一百二十处,汉朝皇帝的宫殿有三十六座。"一百二""三十六"都是"四"的倍数,指数量众多。全诗很长,描写和歌颂唐朝"帝京"长安当时的盛况。这两句借秦、汉名义,突出唐朝京城长安四周要塞关隘之雄险和皇帝宫阙之宏伟。

出塞二首·其一
[唐]王昌龄

秦时明月汉时关,万里长征人未还。
但使龙城飞将在,不教胡马度阴山。

[注释]长征：指长期远途出征。龙城：又称"笼城"，是秦汉时北方匈奴的大本营所在地。龙城飞将：一说指（汉朝时）奇袭龙城的卫青；一说指（汉朝时）有"飞将军"之称的李广。阴山：位于今内蒙古中部至河北北部的山脉。

[赏析]天上的明月、雄伟的关隘与秦汉时期没有什么不同，但离家万里到边塞去戍守征战的军士们至今还没有回来。倘若攻破龙城的卫青及李广等人如今还在，一定不会让胡人的铁蹄越过阴山。诗句描写唐朝时长期的边塞战事，及其给远离家乡的戍边军士带来的艰辛和困苦，也表现了作者对军士及其家人的关心和同情。

渔家傲·秋思
[宋]范仲淹

塞下秋来风景异，衡阳雁去无留意。
四面边声连角起。千嶂里，长烟落日孤城闭。

[注释]衡阳：湖南衡阳，据说大雁南飞到此地为止。嶂：峙立像屏障的山峰。

[赏析]秋季到来，边塞的风景变得奇异，雁群向南方衡阳飞去，毫无留恋的情意。四面传来的军情号角声不断响起。在层层山峦屏障环抱的地方，只有一座孤城镶嵌在其中，夕阳下，在紧闭的城门里，军营的炊烟冉冉升起。这里选的是全词的上片。词句描绘了边塞秋季的独特景象，反映了大漠边关孤城的肃杀气氛和戍边军士们生活的寂寞与无奈。

长相思·山一程

[清]纳兰性德

山一程,水一程,身向榆关那畔行。夜深千帐灯。

[**注释**] 榆关:山海关古称。

[**赏析**] 走过了一段段山路,涉过了一道道河流,皇帝銮驾及扈从的人马向着山海关那边行进。夜已很深,千百座休歇的营帐里仍然亮着灯。作者是清朝康熙皇帝侍卫。这里选的是全词的上片。词句描写作者扈从皇帝经过山海关赴东北的路途上宿营的景象。

潼关吏

[唐]杜甫

士卒何草草,筑城潼关道。
大城铁不如,小城万丈余。
借问潼关吏,修城还备胡?
要我下马行,为我指山隅。……
丈人视要处,窄狭容单车。
艰难奋长戟,万古用一夫。……

[**注释**] 潼关:在今陕西渭南市潼关县北。草草:形容疲劳不堪。丈人:这里指的是潼关关吏对杜甫的尊称。戟:古代一种矛与戈相结合的兵器。

[**赏析**] 士卒们在潼关要地修筑服役,已是疲劳不堪。大城修得比铁还坚固,小城依山而建有万丈多。请问潼关关吏:你们重修关城是为了防御胡人叛军?潼关关吏邀我下马步行,指着山上城角向我介绍。……杜老夫子您看这里是要害地方,狭窄到只能容一辆兵车通过。在战事紧急时挥动长戟

据守,自古以来就是"一夫当关,万夫莫开"的呀!全诗二十句,这里选录其中的十二句。诗句描写安史之乱前夕,作者路过潼关所见的紧张备战情况,关吏表示潼关是十分险要,易守难攻的。

函谷关
[唐]胡宿

天开函谷壮关中,万谷惊尘向此空。

[**注释**]函谷关:关在谷中,深险如函,因而得名,故址在今河南省灵宝市北,踞今豫陕晋三省交界要地,是我国古代建置较早的雄关之一,控制着关中与中原之间的要道。关中:指今陕西省渭河平原(又称关中平原)地区。

[**赏析**]上天造就了函谷关,把守着、壮大了富饶的关中。自古以来在这个关口发生的多少次惊险的烽烟阵尘的大事,已经过去,空留关口。全诗八句,这里选的是开头两句,下面六句是叙述了发生在函谷关的一些历史故事。这两句指出函谷关是古代咽喉要隘,兵家必争之地。但到唐朝时,函谷关的重要地位已经大大下降了。

题铁门关楼
[唐]岑参

铁关天西涯,极目少行客。
关门一小吏,终日对石壁。
桥跨千仞危,路盘两崖窄。
试登西楼望,一望头欲白。

[**注释**]铁门关：关名，故址在今新疆焉耆西南，是通向中亚地域的要隘。今有新疆铁门关市（直辖县级市，划归新疆生产建设兵团第二师管辖）。仞：古代八尺或七尺为一仞。

[**赏析**]铁门关在西域的天边，极目望去很少见行人往来。守关的是一个小吏，一天到晚面对着巨大石壁。有一座桥横跨千仞高的山，小路在很窄的山崖间盘旋。如果登上铁门关的西楼瞭望，一会儿工夫就会吓得头发变白。诗句描写铁门关所处的地势非常高峻险要，很少有人来到。

木兰诗

[南北朝]无名氏

万里赴戎机，关山度若飞。

[**注释**]戎机：战争，战机。

[**赏析**]行军万里奔赴前线作战，像飞一样地跨过一座座的关隘、越过一道道的山岭。全诗很长，叙写花木兰女扮男装代父从军，经历艰难战事，终于胜利归来的故事。这两句描写花木兰奔赴前线，经过重重"关山"迅捷勇进的军事行动。

剑　门

[唐]杜甫

惟天有设险，剑门天下壮。……
一夫怒临关，百万未可傍。

原生态的瑰丽——古诗词里的美丽中国

[注释]剑门：又名剑阁、剑门关。在今四川剑阁县。傍：靠近。

[赏析]只有上天才能把剑门关建设得如此的险峻，剑门关是天下极雄壮的关隘。……一个士兵发怒，横刀立马守着剑门关，百万敌众也休想靠近关口。诗句极言剑门关地势的雄伟险峻。

渭城曲（送元二使安西）
[唐]王维

渭城朝雨浥轻尘，客舍青青柳色新。
劝君更尽一杯酒，西出阳关无故人。

[注释]渭城：在今陕西咸阳市东北，渭水北岸。元二：元家老二，作者的友人。安西：唐代设有安西都护府，治所在今新疆库车市地域。浥：润湿。阳关：古关名，故址在甘肃敦煌西南，当时是出塞赴西域必经之地。

[赏析]渭城清晨的一场雨粘住了轻扬的尘埃，客舍周边的柳树青翠一新。请你再饮了这杯酒以壮行色，出了阳关向西走就再也没有老朋友了。诗句描写当时戍边人们出阳关西行的艰辛、风险和寂寞，抒发了作者对友人依依惜别之情。

山海关
[清]纳兰性德

雄关阻塞戴灵鳌，控制卢龙胜百牢。
山界万重横翠黛，海当三面涌银涛。

[**注释**]山海关：关名，地名。今属河北省秦皇岛市。是连接和扼守"关内"（华北地区）和"关外"（东北地区）的通道和要隘；作为长城的起点，被称为"天下第一关"。灵鳌：古代神话传说中的巨龟。卢龙：指古时著名战马的卢、白龙。现在地理上有卢龙县，隶属河北省秦皇岛市。

[**赏析**]雄伟的山海关要塞如同受着有灵性的海中巨兽的维护，它对的卢、白龙等战马的控制胜过百重禁锢。山海关背靠的万重山岭青绿苍翠，它面向的大海奔涌着银白色的巨浪狂涛。全诗八句，这里选的是前四句。诗句表现山海关背山面海，非常险峻坚固的形胜和态势。

出嘉峪关感赋四首·其一

[清]林则徐

严关百尺界天西，万里征人驻马蹄。
飞阁遥连秦树直，缭垣斜压陇云低。
天山巉削摩肩立，瀚海苍茫入望迷。
谁道崤函千古险？回看只见一丸泥。

[**注释**]嘉峪关：明长城最西端的关口，是古代赴西域的交通要塞，位于今甘肃省嘉峪关市。天山：这里选的是祁连山的别称，在甘肃省境内。崤函：崤，崤山；函，函谷关，合称崤函，古代是洛阳至西安故道中的关隘要塞之地。

[**赏析**]威严高耸百尺的嘉峪关是内地与西域的分界，万里谪贬戍赴伊犁的我停驻在此间。巍然拱峙的城楼高阁与秦地笔直的林树遥相接连，逶迤伸展的长城城垣压低了陇山的云烟。峻峭挺拔的祁连山与嘉峪关摩肩并立，关外的戈壁沙漠苍茫无际使人迷离。谁说崤山、函谷关是千百年来险要的关隘，回头望去，它们不过是封住关隘的一团泥丸。这首诗是作者遭革职谪戍

新疆伊犁途中到达嘉峪关时所作。诗句赞颂了嘉峪关的雄伟险固和重要地位,表现了作者在谪戍困境中仍热爱国家大好河山的阔达心情。

上将行
[唐]耿湋

萧关扫定犬羊群,闭阁层城白日曛。
枥上骅骝嘶鼓角,门前老将识风云。

[注释]萧关:古关名,故址在今宁夏固原东南,为关中通向塞北的交通要冲。犬羊:对敌军的蔑称。曛:落日余晖。枥:马槽。骅骝:古代传说是周天子使用的骏马。

[赏析]在萧关边塞扫灭了来犯的敌军,落日余晖中紧紧关闭了层层城门。马槽上骏马的嘶叫与战鼓号角声响成一片,老将军稳掌战阵态势指挥若定。全诗八句,这里选的是前四句。诗句表现唐军将领坚守边关重镇的景象。

云中道上作
[唐]施肩吾

羊马群中觅人道,雁门关外绝人家。
昔时闻有云中郡,今日无云空见沙。

[注释]雁门关:关名,长城的重要关隘,故址在今山西忻州市代县城北雁门山中。云中郡:古代战国、秦、汉时的行政区划,辖地约为今山西大同及

往北至内蒙古大青山一带。

[赏析]在成群的羊只和马匹中难以找到可供人行走的道路,雁门关外已很荒凉没有人家。听说古时这个地方叫云中郡,但现今见不着白云,只能见到漫漫黄沙。诗中作者感慨时代和环境的变迁。

银山碛西馆
[唐]岑参

银山碛口风似箭,铁门关西月如练。
双双愁泪沾马毛,飒飒胡沙迸人面。

[注释]银山碛口:地名,在新疆焉耆西三百里。铁门关:关名,故址在今新疆焉耆西南,是通向中亚地域的要隘,今为新疆铁门关市(直辖县级市,划归新疆生产建设兵团第二师管辖)。飒飒:形容声音。

[赏析]银山碛口的风像箭一样迅猛锐利,铁门关以西地域的月光如同绢那般白。戍守将士落下愁闷的眼泪沾湿了战马的毛,西域胡地风沙飒飒直扑将士们的面颊。全诗六句,这里选的是前四句。诗句描写戍边将士所处地域的艰辛环境。

左迁至蓝关示侄孙湘
[唐]韩愈

云横秦岭家何在,雪拥蓝关马不前。
知汝远来应有意,好收吾骨瘴江边。

[注释] 左迁：降职（古代以右为上），这里指作者被谪贬为潮州（今广东潮州）刺史。秦岭：长安和渭河平原以南的广大山岭。蓝关：即蓝田关，在秦岭北麓，故址在今陕西省蓝田县境内。汝：你，指侄孙韩湘。瘴江：指岭南瘴气弥漫多疫病的江流。

[赏析] 云海茫茫，秦岭高峻，我被贬职到潮州，我的身家和归宿会在哪里？白雪皑皑拥堵住蓝田关，连骑的马儿都裹足不前。我知道你远道而来是明白我此去凶多吉少，是准备在瘴气弥漫的江流边收殓我的尸骨。全诗八句，这里选的是后四句。作者被贬官要去距长安"路八千"的潮州了。诗句表现作者已经踏上关山险恶、前路茫茫、凶多吉少的路程，并对侄孙表示准备死在那里的悲愤和无奈的心情。

书愤五首·其一

[宋] 陆游

早岁那知世事艰，中原北望气如山。
楼船夜雪瓜洲渡，铁马秋风大散关。

[注释] 楼船：船上有楼的高大战船。瓜洲：南宋时的战略要地，在今江苏扬州市邗江区，运河流入长江的地方。南宋高宗绍兴三十一年（公元1161年）冬金兵南侵至此，被南宋军民击退。大散关：宋朝时的防守重镇。在今陕西省宝鸡市西南大散岭上。1161年秋，金兵侵犯大散关，被南宋军队击败。

[赏析] 我年轻时哪里知道世上事情的艰难复杂？向北望去，收复被金人占据的中原的意愿勇气像山岳那样坚定。那个雪夜，我军高大的战船在瓜洲渡痛击金兵，秋风中战士们骑着披甲的战马在大散关击败金兵。全诗八句，这里选的是前四句。诗句描写南宋军民抗击金兵取得战事的胜利，并抒发作者胸中的郁愤心绪。

潼 关

[清]谭嗣同

终古高云簇此城,秋风吹散马蹄声。
河流大野犹嫌束,山入潼关不解平。

[**注释**]潼关:在今陕西渭南市潼关县北,北临黄河,南踞山腰,古时是东西交通的要隘。

[**赏析**]自古至今,高厚云层一直簇拥着这座古城,猎猎秋风吹散了清脆的马蹄声。浩荡的黄河在原野上奔流还嫌受到拘束,秦岭山脉进入潼关境内不知道平坦是什么样子的。作者14岁时创作此诗。诗句描写潼关云集风屯、黄河浩荡、山峦险峻的雄浑景象和作者的豪迈气概。

6. 原 野

灞上秋居
[唐]马戴

灞原风雨定,晚见雁行频。

落叶他乡树,寒灯独宿人。

[**注释**]灞:灞水(灞河),是渭河的一条支流,流经唐朝京城长安附近。灞上:指灞水一带的原野,当时是居住的好地方。

[**赏析**]傍晚一阵风雨过后,秋高气爽,灞上原野十分宁静,抬起头能见到一行行大雁飞过。异乡的秋夜树叶纷纷飘落,带着寒气的灯光照着孤独寂寞的我。全诗八句,这里选的是前四句。诗句描写作者所居住的灞上原野在秋季傍晚展现的景象和自己的孤寂心情。

苏幕遮·怀旧
[宋]范仲淹

碧云天,黄叶地,秋色连波,波上寒烟翠。

山映斜阳天接水。芳草无情,更在斜阳外。

[**赏析**]蓝色的天空中飘着白云,地上落满了黄叶。秋天的萧瑟景色映在碧水中,水波上笼罩着苍翠寒凉的烟雾。远山被夕阳映照着,天际与流水相连接;芳草的生长与人们的忧乐情绪不相干,自顾自地向着夕阳照不到的地方蔓延。这里选的是全词的上片。词句描写暮色中辽阔苍茫的原野景色,表达了作者难以名状的情思。

少年游·长安古道马迟迟
[宋]柳永

长安古道马迟迟,高柳乱蝉嘶。
夕阳鸟外,秋风原上,目断四天垂。

[**注释**]原:指乐游原,在长安城南,是唐代长安城地势最高处,也是当时人们爱去的游览地。鸟:又作"岛",指河流中的沙洲。

[**赏析**]在长安古道上我骑着瘦马缓缓前行,道旁高高的柳树上秋蝉混乱地叫鸣。夕阳照射下,秋风在乐游原上劲吹,极目望去只见天幕在四周低垂。这里选的是全词的上片。词句描写深秋时节在长安郊外路上所见的空旷寂寞的原野景象。

[正宫]塞鸿秋·浔阳即景
[元]周德清

长江万里白如练,淮山数点青如淀,
江帆几片疾如箭,山泉千尺飞如电。
晚云都变露,新月初学扇,塞鸿一字来如线。

原生态的瑰丽——古诗词里的美丽中国

[注释]浔阳：今江西九江，长江流经九江的一段又称浔阳江。

[赏析]长江犹如一条万里长的白绢，远处淮河两岸的青翠山岭起伏连绵，江上的片片帆船行驶疾速如同离弦的箭，山泉从千尺悬崖上飞落仿佛闪电。晚霞渐渐都变成云霉，新月升起宛若扇子刚展开，塞外飞来的大雁一字排开好像一条细线。曲词以种种比喻表现作者傍晚时分在浔阳江楼眺望广阔原野所见和所感受到的七种物华景象。

登乐游原

[唐]杜牧

长空澹澹孤鸟没，万古销沉向此中。
看取汉家何事业，五陵无树起秋风。

[注释]乐游原：长安城外的一块高地，是当时的游览胜地，登上该地可以看到长安城。澹澹：广阔无际状。五陵：位于长安城外的汉代五个皇帝的陵墓。

[赏析]一只鸟飞向远处很快消失在广阔无际的天边，古往今来的历史兴衰也如同这鸟儿隐没在乐游原。汉朝曾经兴旺一时，现在又留下了什么？那五个皇帝墓地周边的树木都被砍伐光了，在秋风中只有萧瑟一片。诗句描写作者登上乐游原所看到的"五陵"一带原野上萧瑟的景象，表现出作者对历史沧桑的深沉感慨。

鹧鸪天·送人

[宋]辛弃疾

唱彻阳关泪未干,功名余事且加餐。
浮天水送无穷树,带雨云埋一半山。

[**注释**]阳关:即《阳关三叠》,是唐时的送别曲。

[**赏析**]唱罢了《阳关三叠》,泪水淋淋还没干,功名仕途不过是身外之事何必计较,还是多吃点饭吧。水天相连,好像要将两岸的树木送向无穷的远方,乌云夹带着雨水把重重高山遮蔽住了一半。这里选的是全词的上片。词句表现作者在送别友人时产生的伤感和所见的周边原野景色,投射出作者志高路远、前路未卜、内心郁塞的情绪。

敕勒歌

[南北朝]乐府诗集

敕勒川,阴山下。
天似穹庐,笼盖四野。
天苍苍,野茫茫,风吹草低见牛羊。

[**注释**]敕勒川:敕勒族人生活所在的平川原野,约为今山西北部至内蒙古一带地域。阴山:山名,横亘在今内蒙古自治区中部,及至河北省北部。穹庐:指用毡毯搭成的帐篷,约为今之蒙古包。见:同"现"。

[**赏析**]敕勒族人生活的平川原野,就在阴山脚下。天空与大地相连,好像是个巨大的帐篷,笼盖着广大原野。天空青苍蔚蓝,原野茫茫无际,清风吹过,草浪起伏,牧草被吹低时闪现出一群群牛羊。诗句描写游牧人生活

的我国北方草原,天空蔚蓝,牧草丰茂,牛羊成群,一片壮阔、美丽、丰饶的景象。

野 望
[唐]王绩

东皋薄暮望,徙倚欲何依。
树树皆秋色,山山唯落晖。
牧人驱犊返,猎马带禽归。
相顾无相识,长歌怀采薇。

[**注释**]皋:高地。徙倚:徘徊。

[**赏析**]傍晚时分在村东高地随便走走向四野望望,每棵树都已染上秋天的颜色,各处山岭披上了落日的金晖。牧人赶着牛群回家,猎人的马上带着猎获的禽类回归。我与他们并不相识,擦肩而过,我不禁吟哼起来觉得隐居乡里甚好。诗句描写作者瞭望原野所见到的秋天山野及村里人们活动的景象。

塞下曲四首·其一
[唐]李益

蕃州部落能结束,朝暮驰猎黄河曲。
燕歌未断塞鸿飞,牧马群嘶边草绿。

[**注释**]蕃州部落：指驻守"黄河曲"（黄河河套，着重指今内蒙古自治区巴彦淖尔市地域）的边防部队。结束：指穿好戎装。驰猎：指平日常规的军事训练。

[**赏析**]驻守"黄河曲"的边防部队戎装整齐，早晚骑着马训练，骁勇善战。将士们高唱着燕地的歌，看着大雁从边塞辽阔的天空中不断飞走，边地在放牧的马群嘶鸣中迎来了原野草绿的春天。诗句描写边塞戍地将士们的豪放情怀和当地壮丽的原野风光。

郊行即事
［宋］程颢

芳原绿野恣行时，春入遥山碧四围。
兴逐乱红穿柳巷，困临流水坐苔矶。

[**注释**]恣：任意，放纵。矶：水边突出的岩石或石滩。

[**赏析**]我在长满花草的绿色原野纵情游玩，春色已到远山，四周一片碧绿。乘兴追逐飘飞的红花，穿过柳枝摇曳的小道，感到困倦了，面对溪流坐在岸边满是青苔的石滩上休息。全诗八句，这里选的是前四句。诗句描写作者在郊野游春时的愉悦心情。

赠顺时秀
［元］王元鼎

郭外寻芳景物新，顺溪流水碧粼粼。
时时啼鸟催人去，秀领花开别是春。

[注释]顺时秀：元时著名的"教坊女乐"（官府乐团女歌手）。

[赏析]到城外寻芳踏青满眼景物清新，顺溪流动的绿水波光粼粼。鸟儿不断啼鸣，催人快来欣赏风景，鲜艳的花朵盛开，一派秀丽春光令人陶醉。诗句描写城郊原野春天的美景。这里选的是一首"藏头诗"，第二、三、四句的第一个字组成"顺时秀"名字。诗句描写郊外原野景色，并表达作者崇拜该"女乐"的"追星"心情。

秋暮吟望

[清]赵执信

寒山常带斜阳色，新月偏明落叶时。
烟水极天鸿有影，霜风卷地菊无姿。

[赏析]我所处的寒凉的山岭常常染上夕阳昏黄的颜色，上弦月的淡光偏偏照着树叶已凋落的树林。浩渺连天的湖上笼罩着雾气，大雁掠空投影在水中，卷地而来的霜风把菊花吹得凋残，它的美好姿态全无。全诗八句，这里选的是中间的四句。诗句描写秋暮时原野的荒疏寂冷的景象，也反映出作者失意、落寞的悲秋心情。

西江月·照野弥弥浅浪

[宋]苏轼

可惜一溪风月，莫教踏碎琼瑶。
解鞍欹枕绿杨桥，杜宇一声春晓。

[**注释**]可惜:可爱。琼瑶:本指美玉,这里比喻皎洁的月亮在水上的倒影。欹:倾斜,歪。杜宇:杜鹃鸟。

[**赏析**]作者此词的题记中说:"顷在黄州,春夜行蕲水中,过酒家饮,酒醉……"这蕲水的月色风光多么可爱,不要把蕲水上的美妙月影踏碎破坏了。我就在绿杨环绕的桥边斜枕着马鞍歇息,谁知竟睡着了,到黎明时在杜鹃鸟的啼叫声中才醒来。作者被贬谪到黄州任职。这里选的是全词的下片。词句描写黄州原野蕲水澄澈、月光明亮的春景,也显示出作者在大自然怀抱中畅适、愉悦的心境。

鹿 柴

[唐]王维

空山不见人,但闻人语响。
返景入深林,复照青苔上。

[**注释**]鹿柴:作者所居住的终南山别墅附近的地名。景:同"影"。

[**赏析**]空寂的山野里见不到一个人影,却能听到说话的声音。落日的余晖射进幽深的树林,斑驳的树影又映在青苔上。诗句描绘了鹿柴一带原野的"空山深林"在傍晚时分的幽静景象,也反映出作者的隐逸、静谧、空灵的心境。

[越调]天净沙·秋思
[元]马致远

枯藤老树昏鸦,小桥流水人家,
古道西风瘦马。夕阳西下,断肠人在天涯。

[赏析]枯萎的藤蔓缠绕着苍老的树,树枝上栖息着黄昏归巢的乌鸦,简陋的小桥下流水潺潺,岸边散落着几户人家。在这条荒凉的古老道路上,秋风萧瑟,一匹疲惫的瘦马驮着我艰难前行。夕阳在西边缓缓落下,忧伤至极的旅人还漂泊在天涯。词句描绘了一幅荒凉衰败的原野景象,表现出旅人凄苦的心境。

赋得古草原送别
[唐]白居易

离离原上草,一岁一枯荣。
野火烧不尽,春风吹又生。
远芳侵古道,晴翠接荒城。
又送王孙去,萋萋满别情。

[注释]离离:茂盛。萋萋:草木茂盛状。

[赏析]原野上的草长得多么茂盛,每年都经历一个繁茂和枯萎的过程。荒野的火再大也无法将它烧尽,来年春风一吹它又生长茂盛。远处的野草遮没了古道,阳光下碧绿青翠连着荒废的城郭。今天我来送别友人去远方,连那些茂盛的草儿也满怀离别之情。诗句描写作者在送别友人时,感受到原野上的野草有顽强的生命力,显现出自然界固有的勃勃生机。

十二时·连云衰草

[宋]朱敦儒

连云衰草,连天晚照,连山红叶。

西风正摇落,更前溪呜咽。

[赏析]焦黄的枯草在原野上不断延伸,几乎与天边的云相连,夕阳的余晖映照着天空,山峦上的树叶已经变红。西风劲吹把树叶摇落,山前的溪水掀起层层波澜发出声声呜咽。这里选的是全词的上片。词句描写秋末冬初时原野上草枯、叶红,山岭、夕阳、风云、溪水等自然界的种种景象。

题西太一宫壁二首·其一

[宋]王安石

柳叶鸣蜩绿暗,荷花落日红酣。

三十六陂流水,白头想见江南。

[注释]西太一宫:道观,在北宋都城汴京(今河南开封)。蜩:蝉。酣:浓,盛。陂:池塘。三十六:非实数,概言其多。

[赏析]柳荫浓郁,蝉鸣响亮,落日的霞光映在莲塘上,使一池荷花更加艳红夺目。我当年推行变法,疏浚了条条河道,连通了涓涓水源,碧波流及多少个池塘;我现在头发白了想回归江南。作者面对广阔原野、众多河池的景象而"题壁",表现自己对施行变法效果的感慨和欲告老还乡的思绪。

与夏十二登岳阳楼
[唐]李白

楼观岳阳尽,川迥洞庭开。
雁引愁心去,山衔好月来。

[**注释**]岳阳楼:位于今湖南省岳阳市。迥:远。

[**赏析**]登上岳阳楼极目四望,山、湖和岳阳城一览无余;长江流向远方,洞庭湖多么阔大茫无际涯。大雁飞过把我心中的愁闷也带走了,洞庭湖里的君山衔来了团圆美好的月亮。758年,作者被流放到夜郎,半路遇赦返回,与友人游岳阳,登岳阳楼观望广阔原野山川。全诗八句,这里选的是前四句,描写在岳阳楼所见原野景象;全诗亦表现作者获解脱后卸下愁闷、重拾希望的心情。

长安秋望
[唐]杜牧

楼倚霜树外,镜天无一毫。
南山与秋色,气势两相高。

[**注释**]南山:指终南山,在长安的南面。

[**赏析**]那些楼阁的外面是经了霜的树林,明镜般的天空没有丝毫云彩。峻拔的终南山与晴亮的秋色,气势都是那么壮丽高爽。诗句描写作者所见到、所体验的长安周边原野秋高气爽、恢宏壮阔的景象。

西厢记诸宫调卷六·[仙吕]赏花时
[金]董解元

落日平林噪晚鸦,风袖翩翩吹瘦马。
一径入天涯,荒凉古岸,衰草带霜滑。

[**赏析**]夕阳下原野的树林里乌鸦聒噪着,晚风吹着行人的衣袖和他骑着的瘦马。一条小路通向远方天涯,在荒凉古老的岸边,满地的枯草已披上了秋霜,马走起路来有点打滑。此曲有十句,这里选的是前五句。曲词描写秋天傍晚原野萧索、荒疏、寂冷的景象。

村 行
[宋]王禹偁

马穿山径菊初黄,信马悠悠野兴长。
万壑有声含晚籁,数峰无语立斜阳。
棠梨叶落胭脂色,荞麦花开白雪香。
何事吟余忽惆怅?村桥原树似吾乡。

[**注释**]壑:山谷,山沟。籁:大自然的声响。晚籁:这里指秋声。

[**赏析**]我骑着马在山路上穿行,路边的菊花已经微黄,任由马儿的兴致行走怡我自由情性。千万条山谷里回荡着秋天傍晚的声响,数座山峰在夕阳下静默地屹立着。棠梨的落叶红得跟胭脂一样,田野里的荞麦花开得雪白,香气扑鼻。是什么让我在吟诵诗句时忽然感觉惆怅,因为村里的小桥树林很像我的家乡。作者被贬官至商州后,流连于当地山水中。诗句描写当地秋季原野的景象,反映作者在山野景色中感到惆怅和思念家乡的心境。

原生态的瑰丽——古诗词里的美丽中国

鹧鸪天·陌上柔桑破嫩芽

[宋] 辛弃疾

陌上柔桑破嫩芽，东邻蚕种已生些。
平冈细草鸣黄犊，斜日寒林点暮鸦。

[**注释**] 陌：田间小路。

[**赏析**] 田间路边桑树的柔枝上已长出了嫩芽，东面邻家的蚕种已孵化出一些蚕宝宝。牛犊在长着细嫩青草的平野冈原上欢叫，乌鸦在夕阳晚照中飞归带着寒气的树林。这里选的是全词的上片。词句表现初春时节江南原野生机盎然的景象。

登楼赋

[三国] 王粲

平原远而极目兮，蔽荆山之高岑。
路逶迤而修迥兮，川既漾而济深。
悲旧乡之壅隔兮，涕横坠而弗禁。

[**注释**] 荆山：山名。在今湖北南漳县。高岑：小而高的山，高岗。逶迤：漫长而曲折的样子。修：长。迥：远。漾：水流长。济：渡。壅：阻塞。

[**赏析**] 我极目远望辽阔遥远的北方原野，视线被荆山的高岗遮挡住了；路途漫长又迂回曲折，河水浩荡深阔很难渡过。想到与故乡阻塞隔绝就悲伤不已，禁不住泪流满面。作者在东汉末年战乱时来到荆楚地方客居十几年。全诗很长，这只是其中几句。诗句描写作者登楼远望，眷恋着北方故乡广大原野，不禁生出忧时伤怀的悲痛心情。

饮酒二十首·其四
〔晋〕陶潜

栖栖失群鸟,日暮犹独飞。
徘徊无定止,夜夜声转悲。
厉响思清远,去来何依依。

[赏析]一只失落离群的鸟凄惘不安,天快黑了还独自在飞。它徘徊不定似乎无处栖息,每到夜里叫声更显悲切。凄厉的叫声表示它思慕清幽高远的地方,它飞来飞去却总是无处可依。全诗十二句,这里选的是前六句。诗句表现原野上飞离了鸟群的鸟儿焦灼不安的状态,反映了作者在危乱时代的孤寂失落、迷惘悲思的心情。

茗溪酬梁耿别后见寄
〔唐〕刘长卿

清川永路何极,落日孤舟解携。
鸟向平芜远近,人随流水东西。
白云千里万里,明月前溪后溪。
惆怅长沙谪去,江潭芳草萋萋。

[注释]长沙谪去:所指史实是汉代贾谊被汉文帝贬为长沙王太傅。萋萋:草长得茂盛的样子。

[赏析]清清的江水长又长,哪里是尽头?夕阳西下孤独的小船解开缆绳。群鸟在广阔田野上飞翔,忽远忽近,船上的人任凭船随溪水漂流忽东忽西。白云在空中飘浮至千里万里,皎洁的月光照亮了山前山后的溪流。贾谊

被贬至长沙是多么惆怅失意,我怀念友人的情思像江岸潭边的芳草那样茂密浓郁。诗句描绘了清川、落日、孤舟、归鸟、白云、明月等作者在原野所见到的美妙景象;作者又在景中含情,以贾谊作比,表现了自己被贬谪后悲愤伤感的心情。

黄鹤楼
[唐]崔颢

晴川历历汉阳树,芳草萋萋鹦鹉洲。

[注释]黄鹤楼:古代名楼,旧址在湖北武昌黄鹤矶上。汉阳:在长江西北岸、汉水南岸,今属湖北武汉市。鹦鹉洲:唐朝时属汉阳范围的沙洲,明末后逐渐被江水冲没。

[赏析]阳光照耀下汉阳周边的碧树历历在目,也能看见鹦鹉洲上芳草茂盛浓密。全诗八句,这里选的是其中第五、六句。诗句描写在黄鹤楼上远眺所见的汉阳一带原野的美好景色。

壬戌二月
[宋]徐玑

山城二月景如何,行处时时听踏歌。
淡色似黄杨叶小,浓香如蜜菜花多。
春容每到晴时改,天气偏从雨后和。
好向溪头寻钓侣,小溪连夕涨清波。

[**注释**]踏歌：民间踏着节拍的集体歌舞。

[**赏析**]二月里山城的景色怎样？所到之处总能看到百姓歌舞的景象。杨树叶刚从枝头钻出来，小小的、淡淡的，略带一点儿黄，田野里的油菜花已长得很茂盛，散发着浓浓的蜜香。天晴时的春景变得多么美丽，雨后天气又是十分和煦。约朋友到溪边去钓鱼，小溪连夜上涨泛着清清水波。诗句描写春天时山城郊野的美景。

南柯子·山冥云阴重

[宋]王炎

山冥云阴重，天寒雨意浓。
数枝幽艳湿啼红。莫为惜花惆怅、对东风。

[**注释**]冥：昏暗。

[**赏析**]山色昏暗，阴云重重，天气寒冷，雨雾蒙蒙。花朵上凝成的晶莹的水滴，像是少女眼睛里含着的泪珠。不必为花儿受风雨摧残而感到惋惜惆怅，要坦然面对，不必怨恨春风。这里选的是全词的上片。词句描写山暗、天寒、风雨等原野景象，作者认为不必为花朵的命运挂怀伤感，顺其自然就好。

浣溪沙·游蕲水清泉寺

[宋]苏轼

山下兰芽短浸溪，松间沙路净无泥，萧萧暮雨子规啼。

原生态的瑰丽——古诗词里的美丽中国

[注释]兰：指野草野花。子规：即杜鹃鸟。

[赏析]山下溪水潺湲，溪边的野草野花才抽芽，浸润在溪水中；松柏夹道的沙石小路，经过春雨的淋洗洁净无泥。傍晚时分，杜鹃鸟在潇潇细雨中伤怨鸣啼。这里选的是全词的上片。词句描写早春时山野的景色，略显作者内心的伤感。

秋登兰山寄张五
[唐]孟浩然

时见归村人，沙行渡头歇。

天边树若荠，江畔洲如月。

[注释]荠：荠菜。

[赏析]（我在山上）不时看到回归村里的农人们，在沙滩上行走，在渡头边歇息。天边的那些树木如同荠菜般贴着地面，俯视江畔的沙洲好像是一弯月亮那样大小。全诗十二句，这里选的是其中的四句。诗句描写作者登上山岭远望所见景象，原野上的景物都显得很小了。

青玉案·凌波不过横塘路
[宋]贺铸

试问闲愁都几许？一川烟草，满城风絮，梅子黄时雨。

[赏析]要问我闲空时的愁绪会有多少？真好像是一片原野里的衰草，

又如同漫天飞舞的柳絮,还恰似江南梅雨的淅淅沥沥。这里选的是全词下片中的后几句。词句以草、絮、雨三种暮春时节原野的具象表现作者愁绪的广阔、纷乱和悠长,反映出作者的一种难以自解的人生困惑与烦闷。

鲁山山行
［宋］梅尧臣

适与野情惬,千山高复低。

好峰随处改,曲径独行迷。

霜落熊升树,林空鹿饮溪。

人家在何许？云外一声鸡。

［**注释**］鲁山：在今河南省鲁山县。惬：（心里）满足。

［**赏析**］恰好满足了我喜爱山野风光的情趣,多少条山路忽高忽低。山峰的瑰丽随着观看的角度不断变化,山路幽深曲折使独行的我迷离。傍晚霜叶落下,熊爬到了树上,树林空寂,鹿到溪边饮水。这深山野岭里还会有人家住吗？云外远处隐约传来了鸡叫声。诗句描写深秋时节斑斓多姿的山野景象和作者心旷神怡的情致。

喜迁莺·霜天清晓
［宋］蔡挺

霜天清晓。望紫塞古垒,寒云衰草。

汗马嘶风,边鸿翻月,陇上铁衣寒早。

[**赏析**]秋霜浓重的早晨天空清旷无际。晓色中可以看见废弃的古代要塞堡垒,在寒凝的层云下摇曳着衰蓬枯草。战马奔跑着在风中嘶叫,边地的大雁在即将沉落的月色中飞过。寒冷早早来到边塞陇野,士卒已穿起了寒衣和铁制甲胄。这里选的是全词上片的前半片。词句描写秋寒季节边地旷野要塞寒冷、荒凉的景象,以及戍边士卒困苦寂寥的心情。

春夕旅怀

[唐]崔涂

水流花谢两无情,送尽东风过楚城。
蝴蝶梦中家万里,杜鹃枝上月三更。

[**注释**]楚城:泛指作者旅经的楚地(今湖北、湖南一带)。蝴蝶梦:典故出自《庄子》,说的是庄周在梦里变成了蝴蝶。

[**赏析**]水不停地流走,花儿不断地凋零,这是多么无情。正是在这无情的季节,我送最后的一阵春风吹过了楚地原野。归途中的游子像庄周做梦似的,在"蝴蝶梦"里回到了万里之外的家园,梦醒时正值三更,月光如水,杜鹃鸟哀啼"子规(归)"不已。全诗八句。这里选的是前四句。诗句描写作者旅途所见旷野景象,感叹春光易逝,岁月无情,人在旅途急切不安,在羁旅的苦闷中送别春天,更加深了思乡的伤感。

卜算子·送鲍浩然之浙东
[宋]王观

水是眼波横,山是眉峰聚,
欲问行人去那边,眉眼盈盈处。

[**注释**]盈盈:形容仪态美好。

[**赏析**]那里的水像美人流动的眼波,那里的山像美人蹙起的眉毛。要问出行的朋友现在是到哪里去？他是到美人眉眼流盼动人、山水交汇错落有致的浙东去呀！这里选的是全词的上片。词句设喻巧妙,表达了作者对友人到浙东这种美好地方去的欢愉心情。

上京杂咏十首·其七
[元]袁桷

驼鼓村村应,传更趣进程。
草肥凉露白,树薄晓风清。
帐殿横金屋,毡房簇锦城。
属车流水度,细点侍臣名。

[**注释**]上京:与北宋对峙的辽政权的都城名,在今内蒙古自治区赤峰市巴林左旗地域。

[**赏析**]村村都响着骆驼的铃声,通过打更传告时间进程。草长得很茂盛,上面留住了许多露水,树叶已经很稀少,凌晨吹来清冷的风。帐篷搭建成君主的金銮殿,四处的毡房簇拥着都城。臣属们赶着车流水般通过,君主在对大臣一一点名。诗句描写上京地域原野秋季的景象,诗句表现建立在草原

141

上的游牧状态的辽政权的都城情形。

初去郡
[南北朝]谢灵运

野旷沙岸净，天高秋月明。
憩石挹飞泉，攀林搴落英。

[注释]去郡：指作者任永嘉太守一年后称病离职。憩：休息。挹：舀，即双手合捧取水。搴：拔，拾取。

[赏析]原野空旷沙岸清净，天空高远秋月明亮。在石上小坐捧流泉啜饮，攀折树枝随意撷取落花。全诗很长，这里选的是其中四句。诗句描写了旷野、岸边、高天、明月、飞泉、树林等原野的阔大景象，反映出作者离职时的一种旷达、明净、自适的心境。

访曹雪芹不值
[清]敦敏

野浦冻云深，柴扉晚烟薄。
山村不见人，夕阳寒欲落。

[注释]曹雪芹：《红楼梦》作者。当时他因家境败落而困居于"京西山村"[今北京西郊的植物园（公园）内有曹雪芹故居遗址，对公众开放]。值：遇到，碰上。

[赏析]北京郊野水边云层寒凝深厚,傍晚时分农家炊烟稀疏。冬天的夕阳正在落下,我没能访到曹雪芹,村里也见不着别的人。诗句描写曹雪芹在北京郊野住地的一片寒冷、惨淡、零落的景象,蕴含着作者对好友曹雪芹困苦境遇的同情。

野 望

[宋]翁卷

一天秋色冷晴湾,无数峰峦远近间。
闲上山来看野水,忽于水底见青山。

[注释]一天:满天。晴湾:阳光照耀的水面。

[赏析]满天秋色阳光照耀透着寒意的水湾,远近起起伏伏的无数峰峦映入眼帘。空闲时来到山上想看看旷野里水湾的景况,没想到却在水里看见了青山的影像。诗中作者怀着"上山看水"为目的,却意外地得到了"水中见山"的结果,表现了在秋日里阳光下水清、山翠的原野景象和作者内心的澄明、清澈。

宿建德江

[唐]孟浩然

移舟泊烟渚,日暮客愁新。
野旷天低树,江清月近人。

[**注释**]渚：水中间的小块陆地。

[**赏析**]船只经停，泊在烟雾笼罩的小洲旁；夜幕降临，羁旅他乡的愁绪又涌上心头。原野空旷，远处的天际好像比树还低；江水清澈，月亮的倒影似乎就在船上人的旁边。诗句描写作者羁旅夜泊时所见的旷野景象，并表现了作者在旅途中的愁思。

微雨登城二首·之一

[宋]刘敞

雨映寒空半有无，重楼闲上倚城隅。

浅深山色高低树，一片江南水墨图。

[**注释**]隅：角落，靠边沿的地方。

[**赏析**]寒冷天空中的细雨若有若无，我在闲暇时登上城边的层楼欣赏秋色。远观山色有浅有深，近看树木有高有低，这景色简直就是一幅江南烟雨水墨画啊！作者在"城隅"远眺微雨中的原野，以艺术的眼光概括实景之美，感叹景色如图画般秀丽。

7. 江　海

水经注·三十四卷《江水》
[南北朝]郦道元

巴东三峡巫峡长,猿鸣三声泪沾裳。

[注释]巴东三峡:即长江三峡,瞿塘峡、巫峡、西陵峡,西起今重庆市奉节县白帝城,东至湖北省宜昌市南津关,巫峡位于重庆市巫山县和湖北省巴东县两县境内。

[赏析]长江三峡,巫峡最长,两岸峭壁高山,树林中猿猴啼叫声不绝于耳,空谷传响,凄凉之声使人禁不住落下眼泪沾湿衣裳。作者是地理学家,作者此篇文章本是叙写"三峡"地理状况的,其中的这两句诗引自"渔者"的"歌"。

原生态的瑰丽——古诗词里的美丽中国

送桂州严大夫同用南字
[唐]韩愈

苍苍森八桂,兹地在湘南。

江作青罗带,山如碧玉簪。

户多输翠羽,家自种黄甘。

远胜登仙去,飞鸾不假骖。

[注释]桂州:唐时州名,治所在今广西桂林。八桂:既指称桂林,又常用以代称广西全境。江:既特指桂林的漓江,也泛指"八桂"的其他各江。簪:(动词)指插在头发上;(名词)本指别住发髻的条状物,用金属、玉石等制成,后专指插在发髻上的首饰。翠羽:翠鸟的羽毛,当时是珍贵的饰物。甘:这里同"柑"。骖:本指驾在车辕两旁的马。

[赏析]郁郁苍苍繁荣茂盛的八桂,这个地方在湘地的南面。那里的江好像一条青青的丝罗飘带,那里的山恰似碧玉做成的簪子。户户都能缴纳翠鸟羽毛,家家都种植橙黄的柑橘。您到那里任职真是胜过登上仙境,无须借飞鸾为坐骑就可以到达那里。此诗是作者送严大夫(严谟)赴桂州任职所作。诗句赞赏"八桂"是山川秀丽、物产丰饶的好地方,祝贺严大夫到那里做官犹如登上仙境。

青琐高议·前集卷七引《孙氏纪》
[宋]刘斧

长江后浪推前浪,浮世新人换旧人。

[赏析]长江后面的浪推着前面的浪向前奔流,世界上做事总是由新的

一代人来替换旧的一代人。这两句诗本是该书中引用的"古人的诗"。诗句以江流涌动、不断推进的普遍现象来说明人世间代际更替的必然性。

酒泉子·长忆观潮

[宋]潘阆

长忆观潮,满郭人争江上望。
来疑沧海尽成空,万面鼓声中。
弄潮儿向涛头立,手把红旗旗不湿。
别来几向梦中看,梦觉尚心寒。

[赏析]我常常想起观看钱塘江大潮的情景,满城的人争着向江上望去。大潮涌来时,仿佛大海的水都淘空了,涛声像一万面鼓在敲击,声势太震人。那勇敢的小伙子竟在潮头上耍酷踩水而站立,手里擎着的彩旗也能够不被潮水打湿。这个惊险的场面我几次在梦中遇到,梦醒后还为之胆寒。词句描写钱塘江大潮来临时的壮观景象,以及弄潮儿英勇无畏地搏击浪潮,奇特地展现其身手不凡、履险如夷的情形,从而给作者留下了极深的印象。

汉江临眺

[唐]王维

楚塞三湘接,荆门九派通。
江流天地外,山色有无中。
群邑浮前浦,波澜动远空。
襄阳好风日,留醉与山翁。

[注释]汉江：流经陕西、湖北广大地域，至汉口汇入长江。楚塞：汉江大部分流域战国时为楚国辖地。三湘：指湖南地域。荆门：指荆门山，在今湖北宜都市西北的长江南岸。九派：古时说长江流至浔阳（今江西九江）分为九支。襄阳：汉江流经地，今湖北襄阳市。

[赏析]汉江流经古时楚地又南接三湘，过荆门山东流到浔阳九派。远远望去江水好像流到天地外了，近处看来山色渺茫在若有若无之中。诸多城邑郡县似乎是浮在水面，波涛翻涌使远处天空仿佛在摇荡。只有襄阳这里风光最好，我愿在此醉饮陪伴山里老翁。诗句描写作者在汉江远眺，极目所见汉江流域的山水景象时的所思所感，意境开阔，气象雄浑。

春江花月夜

[唐]张若虚

春江潮水连海平，海上明月共潮生。
滟滟随波千万里，何处春江无月明。

[注释]江：这里指长江。滟滟：形容水满。

[赏析]春天潮水涌入长江，江面与海面几乎齐平了，明月好像是从潮水中升上天空。满江大水，波光粼粼，奔流千万里；浩荡春江，无处没有月光亮照。全诗较长，这里选的是其中四句。诗句描绘春天长江月夜的宏阔亮丽的景象。

第二章　山野江河

念奴娇·大江东去

〔宋〕苏轼

大江东去,浪淘尽,千古风流人物。
故垒西边,人道是,三国周郎赤壁。
乱石穿空,惊涛拍岸,卷起千堆雪。
江山如画,一时多少豪杰!

[注释]大江:这里指长江。

[赏析]滚滚长江日夜不停地向东奔流而去,波浪翻腾不断,淘洗尽了千古之中多少风流倜傥的英雄杰出人物。那古旧营垒的西边,人们说那里就是三国时周瑜击破曹操大军的赤壁。陡峭崖岸乱石林立指向天空,惊人的巨浪拍打着江岸,撞激起的浪花好似千万堆白雪。雄伟的江山如图画般奇丽,三国那个时期涌现出多少英雄豪杰。这里选的是全词的上片。词句描写当年在长江上发生的赤壁大战,作者感慨一时产生了多少"千古风流人物",气势豪放,意境雄浑。

利州南渡

〔唐〕温庭筠

澹然空水带斜晖,曲岛苍茫接翠微。
波上马嘶看棹去,柳边人歇待船归。
数丛沙草群鸥散,万顷江田一鹭飞。

[注释]利州:唐时州名,治所在今四川广元,嘉陵江流经其西北面。南渡:指渡嘉陵江往南。澹:同"淡"。翠微:指山色青翠。波上:指未渡的人。

149

原生态的瑰丽——古诗词里的美丽中国

[赏析]夕阳斜照在空阔清清的江面上,曲折的江岸连接着翠绿的群山。未渡的人和嘶叫的马看着渡船驶去,柳荫下歇着的人等待渡船快回来。嘈杂的声响惊得沙草丛中的鸥群四处飞散,广阔的水面上空一只白鹭迅疾掠过。全诗八句,这里选的是前六句。诗句描写日暮时作者在利州嘉陵江渡口所见的种种景象。

台湾八景·斐亭听涛
[清]高拱乾

岛居多异籁,大半是涛鸣。
试向竹亭听,全非松阁声。
人传沧海啸,客讶不周倾。
消夏清谈倦,如驱百万兵。

[注释]岛:特指台湾岛。籁:泛指声音。不周:即不周山,古代神话传说中的山名。神话中说因"共工怒触不周山",使天柱折断,天空向西北方倾倒,大地向东南方塌陷,而使日出东方、江河东流了。

[赏析]在台湾岛居住经常听到异样的响声,这多半是海涛的吼鸣。要是到竹亭里去谛听,完全不是松林或楼阁里发出的声音。人们都说那是沧海的啸声,陆地来的客人会惊讶地以为是不周山折断倾倒时发出的轰然巨响。咱们在竹亭里消暑纳凉聊天倦累了,就听一听这好像是百万大军在驰驱奔腾的声响吧!作者时任清朝政府的"台厦道"官职,管理台湾全境。诗句表现作者在台湾倾听海啸般涛声的特有感觉。

庐山谣寄卢侍御虚舟

[唐]李白

登高壮观天地间,大江茫茫去不还。
黄云万里动风色,白波九道流雪山。

[注释]大江:指长江。九道:古书多说长江流至九江附近分为九道。诗句沿用此说。

[赏析]登上庐山高处一看,天地间是何等辽阔壮观,长江浩浩荡荡向东流去再也不回还。天上万里黄云因风吹不断变动,九道江流如雪山般的白浪波涛在奔涌急淌。全诗较长,这里选的是其中几句。

虞美人·春花秋月何时了

[五代]李煜

雕栏玉砌应犹在,只是朱颜改。
问君能有几多愁?恰似一江春水向东流。

[注释]君:这里指作者自己。

[赏析]精雕细刻的栏杆、玉石砌成的台阶应该还在,只是那些美貌的女子已经不在。要是问自己有多少忧愁,就好像那一江春水永远东流无尽无休。这里选的是全词的下片。作者曾是一国君主,亡国后被俘成了阶下囚。词句表现了作者对过去快乐生活的无法忘怀,也表现了作者由皇帝沦落为囚徒后内心无限的痛楚和愁绪。

步出夏门行·观沧海
[汉]曹操

东临碣石,以观沧海。
……
秋风萧瑟,洪波涌起。
日月之行,若出其中。
星汉灿烂,若出其里。

[**注释**]碣石:山名,在今河北省昌黎县境内。曹操在征讨乌桓时经过该地。星汉:指银河。

[**赏析**]我东行征讨乌桓,登上高高的碣石山顶,眺望苍茫的大海。……秋风吹动树木发出瑟瑟的声响,大海翻腾涌起巨大的波涛。太阳和月亮的运行,好像是从浩瀚的大海中升起开始;银河星光如此灿烂,也好像是从这浩瀚的大海里产生出来。诗句着重于写景,同时也反映了作者在其事业上升时期的一种喜不自禁的心情和广阔宏大的志向。

黄鹤楼送孟浩然之广陵
[唐]李白

故人西辞黄鹤楼,烟花三月下扬州。
孤帆远影碧空尽,唯见长江天际流。

[**注释**]孟浩然:著名诗人,年纪比李白大,李白很尊重他。广陵:即扬州。

[**赏析**]前辈老友向西辞别了黄鹤楼,在这百花盛开的三月到扬州去了。我眼看着他乘坐的那条船顺流而下,船帆的影子渐渐地在水天相接处消失

不见了,只能看到浩荡的长江仍在天际奔流不息。诗句抒发了作者对远赴扬州的前辈老友的不舍之情。

渡扬子江
[唐]丁仙芝

桂楫中流望,空波两岸明。
林开扬子驿,山出润州城。
海尽边阴静,江寒朔吹生。
更闻枫叶下,淅沥度秋声。

[**注释**]扬子江:长江从南京以下至入海口的江段又称扬子江。桂楫:桂木做成的船桨。这里指代船。润州:唐时州名,今江苏镇江市。边阴:边地的寒气。

[**赏析**]船驶到江心时我抬头眺望,两岸景色清晰地映照在辽阔的江面上。扬子驿处在树林的开阔地,而对面的润州则矗立在群山中。扬子江的尽头入海处平静安谧,深秋时江水边产生的寒气有如吹来北风,更能听到枫叶萧萧落下的声音,淅淅沥沥如同下雨般的秋声。诗句描写作者渡扬子江时感受到的各种景象。

临江仙·滚滚长江东逝水
[明]杨慎

滚滚长江东逝水,浪花淘尽英雄。
是非成败转头空。青山依旧在,几度夕阳红。

[赏析]波涛滚滚的长江日夜不停地向东奔流而去,历史上多少英雄豪杰都像翻飞的浪花那样消逝了。一时的是非、成败、荣辱,转瞬之间都过往而去成了一场空。只有那青山绿水依旧长在,日升日落夕阳照样很红。这里选的是全词的上片。词句作者通过江水奔流不息,表现自己看尽红尘里多少是非成败之后的悟彻和豁达。

台湾八景·沙鲲渔火
[清]高拱乾

海岸沙如雪,渔灯夜若星。
依稀明月浦,隐约白蘋汀。
鲛室寒犹织,龙宫照欲醒。
得鱼烹醉后,何处数峰青。

[注释]鲛:鲨鱼。鲛室:喻指渔网。

[赏析]台湾海岸的沙滩如雪一般白,夜里渔船的灯火像星星那样多。河流入海处的月光模模糊糊,河口沙洲上的白蘋隐隐约约。天气虽寒仍在织布撒渔网,龙宫里的水族被惊醒想逃走已来不及。烹调刚捕获的鲜鱼,酒喝得沉醉一夜,醒来时天已大亮,只见那山峰青青。作者时任清朝政府的"台厦道"官职,管理台湾全境。诗句描写台湾海边及渔获的景象。

横江词六首·其二
[唐]李白

海潮南去过浔阳，牛渚由来险马当。
横江欲渡风波恶，一水牵愁万里长。

[注释]横江：长江东流到安徽省当涂县与和县间的天门山，改向北流，从当涂采石矶至和县的这一段江面又称"横江"。浔阳：今江西九江市的古称。牛渚：指牛渚矶，又称采石矶。马当：即马当山，在今江西彭泽县东北。

[赏析]海潮向南涌去远至浔阳，牛渚矶历来比马当山还要险峻。要想驶过横江，江面风浪汹涌、水势险恶，这一段江水牵动我内心的愁怨悠悠万里长。诗句指出长江的横江段雄阔险要，驶渡艰难；作者亦喻指世路难行和自己壮志难伸的恨意绵长。

诗话总龟前集·卷三十二引《古今诗话》
[宋]阮阅

海阔凭鱼跃，天高任鸟飞。

[赏析]海洋辽阔无边任凭鱼儿游动跳跃，天空高宽无际任凭鸟儿自由翱翔。比喻在极广极大的海洋、天空里，人们可以自由自在地施展才华；也可以说，在自由的天地里就可能充分发挥才智。此句被认为是我国二十个著名俗语之一。

横江词六首·其四

[唐]李白

海神来过恶风回,浪打天门石壁开。
浙江八月何如此?涛似连山喷雪来。

[**注释**]浙江,一般又称钱塘江。

[**赏析**]好像是海神来过了,又来了一阵恶风,巨浪拍击着天门山,把它的石壁冲开。钱塘江八月中秋时大潮能比得上这里的风浪吗?浪涛像连绵的山峰喷着暴雪而来。诗句以钱塘江大潮的汹涌澎湃之势来形容横江上风浪之巨大。

长江二首·其二

[唐]杜甫

浩浩终不息,乃知东极临。
众流归海意,万国奉君心。
色借潇湘阔,声驱滟滪深。
未辞添雾雨,接上遇衣襟。

[**注释**]滟滪:即滟滪堆,本是位于白帝城下瞿塘峡口的巨大礁石。因阻碍航运,已于1959年炸除。

[**赏析**]浩荡长江昼夜流淌不息,都知道它要奔向东方的大海。这种众多水流归向大海的意思,就如同各地臣民都尊奉皇帝的心愿。我虽还在峡中,心情已与宏阔的潇水湘江相同,也跟滟滪堆一样不怕江水撞击发出巨大轰鸣。我也不怕浓雾密雨湿透我的衣襟,就像无法阻挡长江流出三峡一样。

诗句描写长江浩荡东流，终将归于大海，也表示作者目前虽滞留夔州，但始终心向皇上、忠于朝廷，已是归心似箭，义无反顾。

横江词六首·其三
[唐]李白

横江西望阻西秦，汉水东连扬子津。
白浪如山那可渡，狂风愁杀峭帆人。

[注释]汉水：这里指长江水流。津：渡口。那：同"哪"。峭帆：高大的船帆。峭帆人，指能驾驭高大帆船的船夫。

[赏析]从横江向西望不见长安，视线为横江阻断，长江往东一直流到扬子江畔的渡口。狂风掀起巨浪，浪涛像山一样地叠压过来，渡船哪能驶得过这横江？真愁煞老练的船夫们了。诗句表现横江上巨浪的浩大声势和驾船渡江的艰险困难。

梦　天
[唐]李贺

黄尘清水三山下，更变千年如走马。
遥望齐州九点烟，一泓海水杯中泻。

[注释]三山：本指海上的三座神仙山：蓬莱、方丈、瀛洲。这里指东海上的三座山。齐州：即中州，古时指中国。泓：水深而广。

[赏析]俯视三座神山之下的茫茫沧海桑田,世间千年变幻无常犹如骏马狂奔。遥望中国九州好像九点浮动的烟尘,深而广的大海不过是杯中流泻出来的一汪水。全诗八句,这里选的是后四句。诗句是作者描写自己做梦上了天,从月宫仙境来俯视世间的大地和海洋的情状,而感到尘世渺小、时光短促,流露出作者深沉的沧桑感。

江 上
[宋]王安石

江北秋阴一半开,晚云含雨却低徊。
青山缭绕疑无路,忽见千帆隐映来。

[赏析]长江北岸的阴云已经散开了一半,可是还有很多浓云在天空徘徊,好像还要下雨。前面都是青山层层叠叠似乎是无路可走了,忽然间却又看见许多船张着帆从山边隐隐而来。诗句描写半阴欲晴、山峦重叠、山水相连、江上帆影的广阔景象。作者也借景喻理:事物在模糊不清或前进困难的时候,也会突然出现某种转机。

绝句二首·其二
[唐]杜甫

江碧鸟逾白,山青花欲燃。
今春看又过,何日是归年。

[**赏析**]江水碧绿使水鸟的白翎更显洁白,山峰青翠映衬得花儿红似燃烧的火。今年的春天眼看又过去了,不知什么时候才是我回家的时日。诗句描写清新怡人的江山景色,反衬自己仍客居他乡、漂泊无依、岁月匆匆、归期遥遥的伤感。

八月十五看潮五绝·其三
[宋]苏轼

江边身世两悠悠,久与沧波共白头。
造物亦知人易老,故叫江水向西流。

[**注释**]江水西流:指海潮涌来,江水随潮向西倒流。

[**赏析**]我的身世悠悠如同江水起起落落,长此以往将要与沧海波涛那样白头。上天造物主知道人容易老去,所以让那江水向西流形成潮头。诗句作者借钱塘江大潮的自然景象自叹起落不定的身世。

题宗之家初序潇湘图
[宋、金]吴激

江南春水碧于酒,客子往来船是家。
忽见画图疑是梦,而今鞍马老风沙。

[**注释**]宗之:杨伯渊,字宗之,金朝官员。潇湘:潇水、湘水,指今湖南地域。

[**赏析**]这幅画里江南的春水比清酒还要碧绿,客人以船为家来来往往

游览潇湘。忽然看到这幅画我怀疑是在做梦,而现实中的我只能在鞍马和风沙中度过余生了。作者吴激出使金朝,而仕于金朝翰林院。在绘画中题写的诗句表现作者仕于敌方,又思念宋朝和家乡江南春色的矛盾心情。

八月十五日看潮
[宋]苏轼

江神河伯两醯鸡,海若东来气吐霓。
安得夫差水犀手,三千强弩射潮低。

[注释]醯鸡:古书上的小虫名。海若:海神。夫差:春秋时期吴国(今安徽江苏长江以南部分地区)君主。水犀手:指披着用水牛皮做的甲胄的士兵。弩:一种强劲的弓。

[赏析]江神河伯不过是泛起微波的两只小蛾虫而已,海神挟着潮水而来才有吞吐虹霓的气势。怎么能够得到像吴王夫差军中那种披着甲胄的射手,像吴越王铁镠用三千张强弩猛射潮头,迫使潮水后退呢?作者曾主政杭州。这里选的是作者在杭州观看钱塘江大潮时产生的想象,既描写了江潮汹涌澎湃的气势,又表达了要使潮水退去的愿望。

江村晚眺
[宋]戴复古

江头落日照平沙,潮退渔船阁岸斜。
白鸟一双临水立,见人惊起入芦花。

[**赏析**]夕阳斜照着江上和江边的沙滩,潮水退了,渔船倾斜地靠在岸边。一对白鸟站立在水边,看见人来惊惧地飞进芦苇丛中。诗句表现斜阳下江边、沙滩、渔船、惊鸟等动静结合的景象。

次北固山下
[唐]王湾

客路青山外,行舟绿水前。
潮平两岸阔,风正一帆悬。
海日生残夜,江春入旧年。
乡书何处达,归雁洛阳边。

[**注释**]次:指(暂时)停泊。北固山:山名,在今江苏镇江北,三面环水,倚长江而立。客:作者自指。

[**赏析**]孤单漂泊在青山之外,独自坐船在绿水之间。潮水上涨与江面齐平了,江面多么宽阔浩荡,风向与水流相并,吹着船上高悬的大帆快速前行。海面上升起了一轮红日,是在夜将尽未尽的时候,旧年还没有过完,江上已有了一股春天的气息。家信已经发出不知到了何处,多希望北归大雁送它到洛阳那边。诗句描写作者的船停泊在北固山下时,所见的青山绿水、潮平岸阔的旷野景象,以及自己漂泊异地、思念家乡的心情。

松 江

[宋]王安石

来时还似去时天,欲道来时已惘然。
只有松江桥下水,无情长送去来船。

[注释]松江:水名,又称吴淞江;地名,北宋时属秀州(今浙江嘉兴市)一部分,今属上海市松江区。作者晚年曾在嘉兴地域内居住过。

[赏析]我离去时候的天气跟来这里时差不多,想回忆那时候的状况已很惘然。多少人来来去去匆匆忙忙,只有这松江的水流一直不断,无情地迎来送往着客船。作者借松江一直存在、水流不断的景象,感慨人生的变化与持守。

省试湘灵鼓瑟

[唐]钱起

流水传潇浦,悲风过洞庭。
曲终人不见,江上数峰青。

[注释]省试:唐时各州县贡士到京师参加的科举考试。此诗就是作者参加这一考试时所作的。湘灵:古代传说中的湘水女神。潇浦:一作"潇湘"。江:指湘江。

[赏析]全诗十二句,前面八句说湘灵鼓瑟是如何动听而引起的种种受听后的情形。这里选的是最后四句——湘灵鼓瑟的乐声顺着流水传到潇水湘江,又化作阵阵悲风飞过了浩渺的洞庭湖。乐曲终止声音静寂,也没有看见鼓瑟的湘水女神。江上烟气消散,隐隐似有几座苍翠的山峰。这四句作为全诗结尾,表现乐停之后,人们回到现实世界,只有一江如带和人们的思恋悠悠。

登江中孤屿

[南北朝]谢灵运

乱流趋正绝,孤屿媚中川。
云日相辉映,空水共澄鲜。

[注释]江中孤屿:即瓯江中的江心屿,在今浙江温州市。

[赏析]穿越激流横渡前往正好,江中间的孤岛多么秀媚。天上的丽日与彩云交相辉映,空中景象倒映在澄澈的瓯江水中清新鲜明。全诗十四句,这里选的是其中四句。诗句描写作者登上江心屿所感受到的景象。

西江月·阻风三峰下

[宋]张孝祥

满载一船秋色,平铺十里湖光。
波神留我看斜阳,放起鳞鳞细浪。
明日风回更好,今宵露宿何妨?
水晶宫里奏霓裳,准拟岳阳楼上。

[注释]霓裳:指《霓裳羽衣曲》,唐代的著名歌舞曲。

[赏析]船上满载着秋色,行驶在广阔平展的湘江上欣赏风光。水神邀请我观看夕阳下的景色,晚霞映照,波光粼粼,多么曼妙。明天如果转为顺风,今天夜里即使露宿江边又有何妨?听江中阵阵波涛,犹如听水晶宫里在演奏《霓裳羽衣曲》。船到岳阳后,就可以登临岳阳楼向四处眺望,气势雄浑。全词描写作者离开湖南长沙在湘江中坐船赴湖北荆州任职途中的景况,表现出作者胸襟开阔、气势豪迈的心情。

十七日观潮

[宋]陈师道

漫漫平沙走白虹,瑶台失手玉杯空。
晴天摇动清江底,晚日浮沉急浪中。

[注释]十七日:指农历八月十七日。八月十七、十八日是钱塘江潮水最大、最为壮观的时日。瑶台:古代神话传说中神仙西王母居住的地方。

[赏析]一望无垠的沙滩上,潮水涌来像一道白色长虹,似乎是瑶台的神仙失手打翻玉杯把琼浆泼向了人间,才会如此急速地奔腾汹涌。蓝天的倒影在澎湃的潮水中颠簸摇动,西下的夕阳在湍急的巨浪中出没沉浮。诗句描写钱塘江大潮汹涌澎湃、雄阔奇瑰的壮丽景象。

松花江

[清]纳兰性德

弥天塞草望逶迤,万里黄云四盖垂。
最是松花江上月,五更曾照断肠时。

[注释]松花江:中国七大河流之一,黑龙江在中国境内的最大支流,流经吉林、黑龙江两省。逶迤:弯弯曲曲延续不绝的样子。

[赏析]弥漫在荒原上的野草延续无际,满天的黄云覆盖着四周大地。最让人心酸的是松花江上的月儿,它照亮在我思念家人几乎断肠的五更之时。作者是清朝康熙皇帝的侍卫。诗句表现作者扈从皇帝出巡东北地区,在松花江边宿营,夜晚在江边所见的旷野景象和自己思念家人的心情。

富春至严陵山水甚佳四首·其二
[清]纪昀

浓似春云淡似烟,参差绿到大江边。
斜阳流水推篷坐,翠色随人欲上船。

[注释]富春:古县名,今浙江富阳,浙江在萧山至桐庐一段又称富春江。严陵:桐庐县西南之富春山,又称严陵山(因东汉严子陵在此隐居而得名)。参差:长短、高低、大小不齐。

[赏析]富春江两岸的绿色浓的地方像春云,淡的地方似轻烟,参差不齐一直绿到江边。在斜阳下流水中我推开船篷,那绿色好像追随着我要进到船里来。诗句表现富春江、严陵山一带满是翠绿,生意盎然的景象。

桂枝香·金陵怀古
[宋]王安石

千里澄江似练,翠峰如簇。
归帆去棹斜阳里,背西风,酒旗斜矗。

[注释]江:指长江。簇:聚集。矗:直立。

[赏析]千里清澈的长江宛如一条白绢,青翠的山峰好像簇拥在一起。船只在夕阳里往来穿梭,西风起处,各家酒店斜插的酒旗在街上飘扬。这里选的是全词上片的中间一部分。词句描写南京地段长江、山峰及酒肆的情形,气象壮丽。

原生态的瑰丽——古诗词里的美丽中国

欸乃曲五首·其三
[唐]元结

千里枫林烟雨深,无朝无暮有猿吟。
停桡静听曲中意,好是云山韶濩音。

[注释]欸乃:模拟摇橹声。欸乃曲:犹船歌。桡:船桨。韶濩:相传《韶》是舜(帝)乐,《濩》是(商)汤乐。

[赏析]江岸边千里枫林十分繁深,烟雨蒙蒙,早晚都能听到猿猴的叫声。停下船桨静静地听那乐歌的意蕴,真像是从云山中传来的舜帝《韶》乐、商汤《濩》乐般的美妙。这里选的是互相联系的组诗中的第三首,表现作者出任官差、舟行湘江途中,除了早晚听到猿猴叫声外,还听到了船夫们唱和得如《韶》如《濩》般的美妙音声。

江 雪
[唐]柳宗元

千山鸟飞绝,万径人踪灭。
孤舟蓑笠翁,独钓寒江雪。

[赏析]所有的山上都没有鸟在飞,所有的小路上都见不到人的踪影。只有一只孤寂的小船,上面有个戴着斗笠、披着蓑衣的老翁,在白茫茫、冷冰冰的雪后江面上独自垂钓。诗句意境清冷,情调孤寂,抒发作者在被贬谪居之地的失意,苦闷又卓然不群的情怀。

江行无题一百首·其十四
[唐]钱珝

山雨夜来涨,喜鱼跳满江。
岸沙平欲尽,垂蓼入船窗。

[赏析]山里下了一夜的雨,江水猛涨起来,鱼儿上浮跃出江面此起彼伏,水位提高漫平沙岸,船靠岸时路边的柳树枝都垂进了船窗。诗句描写江涨鱼跃、垂柳入船的充满生机的欢快景象。

望天门山
[唐]李白

天门中断楚江开,碧水东流至此回。
两岸青山相对出,孤帆一片日边来。

[注释]天门山:在安徽的当涂县与和县间的长江两岸,有东梁山与西梁山,二山相对如门阙,故称"天门山"。楚江:指长江。

[赏析]长江东流到此把天门山冲开,碧绿江水受到阻遏改向北面流去。两岸青山对峙景色雄丽,只见一叶孤舟自太阳升起的天边悠悠而来。诗句表现长江流到天门山时,江流北去,两山雄峙,舟行江中的特有景象。

原生态的瑰丽——古诗词里的美丽中国

登 高

[唐]杜甫

无边落木萧萧下,不尽长江滚滚来。

[赏析]无边无际的树林萧萧不断地飘下落叶,望不到尽头的长江水滚滚而来又向东流去。全诗八句,这里选的是其中第三、第四句。诗句描写秋季的典型特征,传达出作者对大自然循环不已而人生韶光易逝的沉郁和悲怆的心绪。

江 上

[清]王士禛

吴头楚尾路如何？烟雨秋深暗自波。
晚趁寒潮渡江去,满林黄叶雁声多。

[注释]江:指长江。吴头楚尾:指今江西北部地域。该地是春秋时吴国与楚国交界的地方。

[赏析]吴国楚国交界地方的道路好不好走？细雨蒙蒙已是深秋,大江悄然不停地涨落流波。夜幕降临,趁着深秋的寒冷潮水渡过江去,满林的黄叶萧瑟飘零,大雁声声掠过长空飞向南方。诗句描写作者在"吴头楚尾"地方于暮色苍茫中渡长江时所见的景象。

夏日临江诗

[隋]杨广

夏潭荫修竹,高岸坐长枫。
日落沧江静,云散远山空。
鹭飞林外白,莲开水上红。
逍遥有余兴,怅望情不终。

[注释]江:指长江。潭:这里指水边地方。

[赏析]茂林修竹荫蔽着江边平地,高岸上耸立着巨大的枫树。夕阳余晖照着宽阔的江面多么澄静,云雾散去远山在望天地多么空旷。白鹭飞越绿树掠过一抹白色,荷花开在水面碧波上一片红光。我在这里逍遥自在地观赏景色兴味甚浓,天色晚了还不想回去,不免怅然。作者杨广,即隋炀帝。诗句描写作者在"巡幸"江都时,临江所见景象及自己的心情。

欸乃曲五首·其二

[唐]元结

湘江二月春水平,满月和风宜夜行。
唱桡欲过平阳戍,守吏相呼问姓名。

[注释]欸乃:模拟摇橹声。欸乃曲:犹船歌。湘江:纵贯湖南的大江。桡:船桨。平阳:地名,在衡阳以南。

[赏析]二月里的湘江春水大涨几乎与岸齐平,圆满的月亮、和煦的春风宜于船只行驶。船到平阳驻军地界时突然遇到有人高声喝问,原来是戍守的军吏来查问坐船人的姓名。作者时任道州(今湖南道县一带)刺史,因军

事诣长沙都督府后,通过湘江返回道州。诗句描写作者坐船夜行湘江的情形,反映了当时社会不安定、在河道上设立关卡查问坐船人的实际状况。

富春至严陵山水甚佳四首·其一

[清]纪昀

沿江无数好山迎,才出杭州眼便明。
两岸蒙蒙空翠合,琉璃镜里一帆行。

[注释]严陵:桐庐县西南之富春山,又称严陵山(因东汉严子陵在此隐居而得名)。

[赏析]小船沿着富春江行驶感到有那么多好的山景来欢迎,刚驶出杭州城眼前一片光明。两岸笼罩着蒙蒙云雾,又和合着翠绿的树影,我的小船在琉璃镜子般的水面滑行。诗句表现富春江、严陵山一带美妙亮丽的山水景象。

送沈之福归江东

[唐]王维

杨柳渡头行客稀,罟师荡桨向临圻。
惟有相思似春色,江南江北送君归。

[注释]江东:泛指长江下游地区。罟:捕鱼的网。罟师:渔人,这里指船夫。临圻:近岸地。

[**赏析**]渡口杨柳飘拂,行客已很稀少,艄公荡着船桨驶向江东岸边。只有相思惜别之情像无边的春色,无论我在江南江北都要送你回家。诗句表现作者送友人回江东时的依依惜别的景象和心情。

晚登三山还望京邑
[南北朝]谢朓

余霞散成绮,澄江静如练。
喧鸟覆春洲,杂英满芳甸。

[**注释**]三山:山名,在南朝京城建康(今南京市)西南。绮:锦缎。练:白绸。

[**赏析**]残剩的晚霞散展开来就像一匹匹红色的锦缎,澄澈的长江水平静得如同长长的白绸。喧闹的群鸟停满春天的沙洲,各种花朵铺盖着野外的草地。作者曾任宣城太守,从建康到宣城必经三山。全诗十四句,这里选的是其中四句。诗句描写作者傍晚登上三山回望京城时,所见到的晚霞和大江红白互相辉映,以及沙洲、草地的艳丽景象。

渔 翁
[唐]柳宗元

渔翁夜傍西岩宿,晓汲清湘燃楚竹。
烟消日出不见人,欸乃一声山水绿。
回看天际下中流,岩上无心云相逐。

[**赏析**]渔翁晚上把船停靠在西山边宿歇,清晨汲取清清的湘江水,又用楚地竹子烧火做饭。太阳升起云雾消散,静悄悄地没有别人,渔翁随着摇橹的声音从碧绿的山水间出来,他回身看远方时船已驶到江流中间,山岩上方的白云在互相追逐悠然飘荡。全诗描写渔翁夜宿和清晨开始活动的情形,勾画出作者当时所在的潇湘(湖南)地方的山水云天的清丽景象。

秋兴八首·其一

[唐]杜甫

玉露凋伤枫树林,巫山巫峡气萧森。
江间波浪兼天涌,塞上风云接地阴。

[**注释**]塞:这里指巫山。

[**赏析**]深秋露水的浸蚀使枫树叶凋零,巫山巫峡峻峭湍急的气势变得萧瑟阴森。长江三峡的巫峡段波浪滔天汹涌澎湃,巫山上的风云铺天盖地阴沉沉的。全诗八句,这里选的是前四句。诗句描写秋时巫峡波涛汹涌、巫山气象阴沉的景象。

菩萨蛮·书江西造口壁

[宋]辛弃疾

郁孤台下清江水,中间多少行人泪。
西北望长安,可怜无数山。
青山遮不住,毕竟东流去。
江晚正愁余,山深闻鹧鸪。

[**注释**]造口：地名，在江西万安县南。郁孤台：在今江西赣州市城区西北部。清江：赣江与沅江合流处的旧称。余：我。鹧鸪：鸟名，传说它的叫声像是"行不得也哥哥"。

[**赏析**]郁孤台下流着的清江的水，其中有多少当地的和南来的行人的眼泪。我向西北方眺望京城长安，可惜啊只能看到无数青山。但是，青山重重毕竟阻挡不住滚滚江水向东流去。天色已晚我在江边满怀愁绪，听到深山传来的鹧鸪叫声更感凄苦。词句表现作者对不能遂愿收复中原的深沉感慨，也表现作者对历史前进的志向和信心。

寄朱锡珪

[唐]贾岛

远泊与谁同，来从古木中。

长江人钓月，旷野火烧风。

[**注释**]古木：古树。

[**赏析**]能和谁一起漂泊至远处，我从来都生活在古树丛中。长江上有人坐在船里，持一条钓竿垂下细丝，似乎要钓住映在江水中的月亮；旷野里的枯草被火引燃，野风狂吹着，燎烧出一道长长的焦黑的痕迹。作者出身寒微，栖身佛门，形成了孤僻内向的性格。全诗八句，这里选的是前四句。诗句映射出作者的性格特点和不平心态。

晚次鄂州

［唐］卢纶

云开远见汉阳城，犹是孤帆一日程。
估客昼眠知浪静，舟人夜语觉潮生。

[**注释**] 鄂州：唐时州名，治所在今湖北武昌（武昌今属武汉市）。今湖北另有鄂州市（西接武汉市）。汉阳城：在长江北面，今武汉市汉阳区。估客：商人。

[**赏析**] 雾散云开远远望见汉阳城，我坐的船到达那里还有一天路程。商人白天在船上睡着可感知波浪平静，船夫在夜间觉得潮水上升会呼叫说话。作者是从江西溯长江而上至鄂州停留再南下三湘。全诗八句，这里选的是前四句。诗句描写作者旅途在船上的感觉。

早发白帝城

［唐］李白

朝辞白帝彩云间，千里江陵一日还。
两岸猿声啼不住，轻舟已过万重山。

[**注释**] 白帝城：故址在今重庆市奉节县。江陵：今湖北荆州。

[**赏析**] 早上辞别了似乎处在彩云间的白帝城，快船能在一天里速行千里到江陵。长江两岸山上猿猴不断的啼叫声还在耳边回荡，轻装的快船已驶过两岸的重重山岭。此诗反映了作者在政治上所罹之祸获得解脱后轻松自由的心境。

长江二首·其一
[唐]杜甫

众水会涪万,瞿塘争一门。

[**注释**]涪:涪州,古地名,其辖地属今重庆市范围。万:万州,古地名。今重庆市万州区范围。瞿塘:长江三峡中的瞿塘峡,长8千米。它在三峡中虽然距离最短,却最为雄伟险峻。其西入口处为夔门,此处江岸突然束紧江流。

[**赏析**]众多的支流在涪州、万州汇合,注入长江,它们争先恐后地冲进瞿塘峡的入口夔门。全诗八句,这里选的是开头两句。诗句描写长江流经夔门进入瞿塘峡时的雄伟气势。

前赤壁赋
[宋]苏轼

纵一苇之所如,凌万顷之茫然。
浩浩乎如冯虚御风,而不知其所止;
飘飘乎如遗世独立,羽化而登仙。

[**赏析**]任凭这如一片苇叶般的小船,自由漂浮在浩渺万顷的长江之上。江面辽阔渺茫,船儿像驾着风凌空而行,不知道将停留在什么地方;飘飘然,又像是已脱离尘世,独自无所牵挂,长出了翅膀,要飞升到天上成为神仙了。全赋很长,这里选的是其中的几句,抒发作者坐船驶在浩荡长江上时的自我感觉和心理想象。

原生态的瑰丽——古诗词里的美丽中国

初入巫峡

[宋]范成大

钻火巴东岸,拟金峡口船。
束江崖欲合,漱石水多漩。
卓午三竿日,中间一罅天。
伟哉神禹迹,疏凿此山川。

[**注释**]巫峡:长江三峡之一,自重庆巫山县至湖北巴东县。钻火:本指上古时钻木取火,因时节不同所钻之木亦有不同,后来比喻时节改易。此处指刚过寒食节。拟金:敲锣。旧时在峡中开船或遇险要敲锣打鼓。漱石:指江流冲击江中礁石。卓午:正当中午。罅:裂隙,缝隙。

[**赏析**]刚从巴东上岸过寒食节,又要敲锣打鼓在巫峡开船。岸边山崖像要合拢把大江紧束,江流冲击着礁石漩涡很多。日上三竿正当中午之时,峡谷里才能看到一线天空。伟大啊,神灵般的大禹在三峡留下了辉煌业绩,他凿开了巫山,疏浚了三峡,使长江得以畅然东去。古代传说大禹治水时,开凿、疏浚了三峡,使长江能够顺畅东流,从而消除了水患。诗句按照古代传说歌颂了大禹治理水患的伟大功绩。

8. 河　湖

望洞庭湖赠张丞相
［唐］孟浩然

八月湖水平，涵虚混太清。
气蒸云梦泽，波撼岳阳城。

[注释] 张丞相：指张九龄，时任宰相。太清：中国道教有"三清境"（太清境、玉清境、上清境）之说。云梦泽：古代湖泊，位于今天的湖北江汉平原，这里代指洞庭湖。岳阳城：在洞庭湖东北面，今湖南岳阳市。

[赏析]（农历）八月里洞庭湖水势大涨几乎与岸相平，水天相连与太清境浑然成为一体。云梦大泽水气蒸腾茫茫一片，波涛汹涌似乎会把岳阳城摇撼震动。全诗八句，这里选的是前四句。诗句描写洞庭湖涨水时一片浩渺、波涛汹涌的景象。

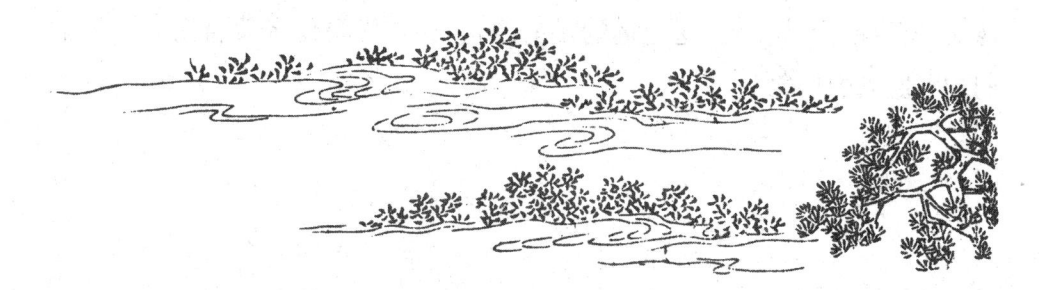

原生态的瑰丽——古诗词里的美丽中国

如梦令·常记溪亭日暮
[宋]李清照

常记溪亭日暮,沉醉不知归路。
兴尽晚回舟,误入藕花深处。
争渡,争渡,惊起一滩鸥鹭。

[赏析]常常想起以前年少时在溪边亭子游玩的光景,一起玩到傍晚时分,因喝醉酒而忘记了回家的路。终于兴尽才坐船返回,却糊里糊涂地驶进了荷花塘的深处。为了划出塘去,船儿都抢先争渡,急促的桨声惊起在水塘沙滩上栖息的鸥鸟、白鹭。词句描写作者早年在溪亭尽兴游玩的情景,表现了作者少女时期开朗的性格、潇洒的情趣和青春的风姿。

洞庭夜泊
[清]谭嗣同

船向镜中泊,水于天外浮。
湖光千顷月,雁影一绳秋。

[赏析]船好像停泊在巨大光滑平整的镜面中,宁静的湖水如同在天上飘浮。湖面上的月亮光影有上千顷面积那么大,天空飞过的一行秋雁看上去像是一条绳。全诗八句,这里选的是前四句。诗句描写作者乘船夜泊时所见到的洞庭湖的景象。

石门泉

[明]汤显祖

春虚寒雨石门泉,远似虹霓近若烟。
独洗苍苔注云壑,悬飞白鹤绕青田。

[注释]石门:在浙江省青田县,瓯江南岸,以瀑布著称。青田:这里既指青田县地域,又指该地原野的绿水青山,语带双关。

[赏析]春天将去,乍暖还寒,石门飞瀑急雨,生出丝丝凉意,瀑布腾起雾气,远看如彩虹,近看像云烟。飞流不停地冲洗着苍苔,泻入深山大壑,腾起的云烟像一只巨大白鹤绕飞在广阔的青田间。诗句描写"石门飞瀑"的宏大气势和雄浑壮观的景象。

浣溪沙·堤上游人逐画船

[宋]欧阳修

堤上游人逐画船,拍堤春水四垂天。绿杨楼外出秋千。

[赏析]堤上踏青赏春的游人跟随着画船行走,春水荡波拍击堤岸,天幕仿佛从四周垂下与水相接。湖畔绿杨掩映的小楼外,荡秋千少女的欢愉之声不断传来。这里选的是全词的上片。词句描写作者春日泛舟颍州西湖所见的人们春游的景象。

陪族叔刑部侍郎晔及中书贾舍人至游洞庭五首·其五

[唐]李白

帝子潇湘去不还,空余秋草洞庭间。
淡扫明湖开玉镜,丹青画出是君山。

[**注释**]帝子:指尧帝的两个女儿娥皇、女英,两女是舜帝的妃子。潇湘:潇水、湘水,在今湖南省地域。丹青:古时绘画的颜料,喻指图画。君山:山名,是洞庭湖中的岛。

[**赏析**]尧帝的两个女儿随舜帝来到潇湘后就没有回去,她们的英灵遗留在洞庭湖边的草甸之间。她们把洞庭湖当作一面明镜梳描着淡妆,君山则是她们用丹青画出来的娥眉。诗句以古代传说故事来描写洞庭湖和君山的美景。

泛 淮

[宋]陈师道

冬暖仍初日,潮回更下风。
鸟飞云水里,人语橹声中。
平野容回顾,无山会有终。
倚樯聊自逸,吟啸不须工。

[**赏析**]阳光临照冬天晴暖,潮水退回更遇顺风。飞鸟与天上的云倒映水中,摇橹与人语混杂声声。回望楚地平阔的原野,虽没有山林却适于养老。倚着桅杆暂且放松思虑,任情作诗吟歌也不在乎是否工整。此诗是作者在朝中被劾移任颍州途中船行在淮河上所作。诗句表现出作者傲岸而含蓄、不平又淡远的复杂心情。

岳阳楼别窦司直

[唐]韩愈

洞庭九州间,厥大谁与让。
南汇群崖水,北注何奔放。
潴为七百里,吞纳各殊状。
自古澄不清,环混无归向。

[注释]九州:传说是上古中国地域的行政区划,后常指代中国。厥:其,他的。潴:水积聚。

[赏析]洞庭湖位于九州的中间,是(当时)中国最大的(淡水)湖,无可与让。南方群山的水汇聚到这里,它又奔腾着往北注入长江。吞纳着各种不同状况的水流,它积聚的湖水广阔有七百里。自古以来湖水就不能澄清,因为来水之处环境浑浊不固定啊!全诗很长,这里选的是开头八句。诗句描写洞庭湖的广大及其水源、水质的状况。

咏史八首·其五

[晋]左思

峨峨高门内,蔼蔼皆王侯。
自非攀龙客,何为欻来游。
被褐出阊阖,高步追许由。
振衣千仞冈,濯足万里流。

[注释]蔼蔼:形容树木茂盛。欻:急躁,鲁莽。阊阖:宫门,泛指京城。许由:古代传说中的隐士。

原生态的瑰丽——古诗词里的美丽中国

[赏析] 巍峨的高门大院里，繁丽的楼阁园林都住着王侯。我并不是想攀龙附凤以求仕进的那种人，为何急匆匆贸然地来此地游历？穿着粗布衣服进了京城又出宫门，高视阔步追慕的是许由。我要到千仞高的山冈上整饬衣裳，抖落身上沾染的龌龊和尘埃；我要到万里长的江河里去洗洗，涤除在世俗环境中附着的肮脏和污秽。全诗有十二句，这里选的是后八句。诗句表达的是作者对高洁情操和自由放达人生的追求。

题君山
[唐] 雍陶

烟波不动影沉沉，碧色全无翠色深。
疑是水仙梳洗处，一螺青黛镜中心。

[注释] 君山：山名，是洞庭湖中的岛。水仙：喻指传说中的湘君（湘水女神）。

[赏析] 洞庭湖风波不兴，君山的影像深深地映在湖水中；碧绿的湖水仿佛看不见了，只有青翠的山色十分鲜明。我怀疑君山就是湘水女神梳妆打扮的地方，你看那一螺画眉的青黛正放在明亮的镜面的中心。诗句描写洞庭湖中的君山的美丽景象，并融入神话传说，更显其景色秀美动人。

采桑子·何人解赏西湖好又称采桑子十首·其五
[宋] 欧阳修

何人解赏西湖好，佳景无时。飞盖相追。贪向花间醉玉卮。
谁知闲凭阑干处，芳草斜晖。水远烟微。一点沧洲白鹭飞。

[注释]西湖:指颍州(在今安徽阜阳市)的西湖。当时作者在颍州做官。盖:车盖,车帘。卮:古代盛酒的器皿。阑干:同"栏杆"。

[赏析]什么人能欣赏解析西湖的美好?它的美好景色随时在变化。有人坐着车游览追寻,因为贪恋花景而醉倒在花间。我偶然靠在栏杆边,往远处一看,芳草萋萋岸边,落日余晖斜照,一片湖水的远处总有隐约的烟霭,一只白鹭在一块沙洲上飞过。词句描写颍州西湖美景生动变化,难以完全确定,以及在夕阳西下时湖面烟霭、沙洲白鹭的美妙景象。

采桑子十首·其七

[宋]欧阳修

荷花开后西湖好,载酒来时。不用旌旗。前后红幢绿盖随。

画船撑入花深处,香泛金卮。烟雨微微。一片笙歌醉里归。

[注释]幢:这里指旗子一类东西。

[赏析]荷花开后的西湖风光艳丽,我坐着船带上酒食来游赏,也不带旌旗等官员仪仗,只有红花绿叶作为旗号和车盖伴随着我。装饰华丽的游船撑到西湖的荷花深处,这里水气烟雾蒙蒙,铜酒樽散发着酒香,随行人们又奏乐又欢唱,喝得醉醺醺后才回归。词句描写初夏荷花盛开时,作者不以官员身份只作为普通游人坐着游船在颍州西湖荷花丛中宴聚饮酒、奏唱欢歌的景象。

原生态的瑰丽——古诗词里的美丽中国

望洞庭

[唐]刘禹锡

湖光秋月两相和,潭面无风镜未磨。
遥望洞庭山水翠,白银盘里一青螺。

[**赏析**]洞庭湖湖面的水色和秋月的光亮交相融合辉映,湖面风平浪静如同尚未磨拭的铜镜。远远眺望洞庭湖山水是多么苍翠,湖中的君山好似洁白银盘里的一颗青螺。诗句描写秋夜月光下洞庭湖微波不兴、平静秀美的怡人景象。

春题湖上

[唐]白居易

湖上春来似画图,乱峰围绕水平铺。
松排山面千重翠,月点波心一颗珠。
碧毯线头抽早稻,青罗裙带展新蒲。
未能抛得杭州去,一半勾留是此湖。

[**注释**]湖:杭州西湖,作者曾在杭州为官。

[**赏析**]西湖的春天像是一幅风景画,群山峰峦环绕湖水平铺如镜。松树排列在西湖周边的山峰,如同一千扇翠绿的屏风;圆月映在西湖水中央,好像一颗硕大的珍珠。初长的早稻似巨幅的地毯,上面铺满碧绿的丝绒线头;新生的蒲叶被风一吹,像少女身上的罗带轻轻飘曳。让我到别处做官我也不去,一半的原因是留恋这美丽至极的西湖。作者描绘了西湖的湖光山色及周边田野之秀美景象,并表示极愿留居此地。

双调忆王孙·赏荷

[宋]李清照

湖上风来波浩渺，秋已暮、红稀香少。
水光山色与人亲，说不尽、无穷好。

[赏析]已是深秋时候，湖水轻拂微漾、一片波光浩渺，红花绿叶凋落、芳香很少闻到。对这样的水光山景，我反而感到亲近，也说不清它有多么美好。这里选的是全词的上片。词句表现暮秋时的一幅清新旷阔的景象。作者一反人们对秋天常有的萧瑟、悲凉感觉，而怀有一种独特的亲近的心情。

采桑子·十首·其四

[宋]欧阳修

画船载酒西湖好，急管繁弦。玉盏催传。稳泛平波任醉眠。
行云却在行舟下，空水澄鲜。俯仰留连。疑是湖中别有天。

[赏析]坐着装饰华丽的船，带着酒浆游览西湖，一边是管弦吹奏着乐曲，一边催着喝玉杯里的酒，喝醉了就在平稳的船上睡觉。飘浮的云好像就在我们的游船周边，天空和湖水多么澄澈清鲜，无论是仰望还是俯瞰都让人流连忘返，仿佛这西湖里别有天地一片。词句描写作者在颍州西湖游玩时所感受到的湖水平静清澄、水天一色、互相映照的明丽景象。

公无渡河
[唐]李白

黄河西来决昆仑,咆哮万里触龙门。
波滔天,尧咨嗟。

[注释]昆仑:昆仑山,古代相传黄河发源于昆仑山。龙门:指龙门山,在今陕西韩城东北,黄河流经其间。

[赏析]黄河水从西边来,它冲决开昆仑山,咆哮着奔腾万里,撞击到龙门山。黄河波浪滔天,尧帝为之慨叹。全诗较长。这里选的是开头四句。诗句描写黄河水流汹涌澎湃狂暴激烈的态势。

将进酒
[唐]李白

君不见,黄河之水天上来,奔流到海不复回。
君不见,高堂明镜悲白发,朝如青丝暮成雪。

[注释]青丝:喻指黑发。雪:喻指白发。

[赏析]你没有看到吗?黄河的水从天上倾泻下来,滚滚东去,奔流到海,永不回还。你没有看到吗?高堂老母面对明亮的镜子悲叹人生易老,年轻时满头青丝如墨,到年老时已满头白发如雪。全诗较长,这里选的是开头四句。作者以黄河水之奔流不息不还,慨叹人生在不停息的时间流逝中由青春走向衰老。

溪　声

[清]赵愈

结庐何日住深山，竹月松风相对闲。
却笑溪声忙底事，奔流偏欲到人间。

[**注释**]底事：什么事。

[**赏析**]什么时候到深山里盖房居住，面对山上的竹林、松树、明月、清风多么悠闲。人们笑那流水潺潺发声到底为什么事，还偏要不停地奔流到喧闹的人间？诗句作者认为住进深山避开世间喧嚣会很悠闲，似乎又在问：溪水在山间本是净洁清爽的，为何非要流到人间喧闹浑浊的环境中去呢？

浪淘沙九首·其一

[唐]刘禹锡

九曲黄河万里沙，浪淘风簸自天涯。
如今直上银河去，同到牵牛织女家。

[**赏析**]万里黄河弯曲九转裹挟着无数泥沙，浪涛滚滚如飓风掀簸来自天涯。它好像要冲上天空飞到银河，能否带着人们一起去牛郎织女的家。

游湖归晚

[宋]朱淑真

恋恋西湖景,山头带夕阳。
归禽翻竹露,落果响芹塘。
叶倚风中静,鱼游水底凉。
半亭明月色,荷气恼人香。

[赏析]杭州西湖美景多么让人留恋,夕阳余晖照耀着周边的峰峦。归来的禽鸟在竹林间翻飞,岸边的树果掉落在长着水芹的池塘。树叶茂密风来反显宁静,游鱼沉入水底去享受清凉。月亮出来已照到半个亭子,荷花散发出撩人的芳香。诗句描写作者游西湖晚归时所见种种景象。

兰溪棹歌

[唐]戴叔伦

凉月如眉挂柳湾,越中山色镜中看。
兰溪三日桃花雨,半夜鲤鱼来上滩。

[注释]兰溪:又称兰溪江,在今浙江兰溪市西南。棹歌:船夫摇橹行船时唱的歌。越:指古代春秋时越国地域(今浙江省一带)。桃花雨:桃花盛开时下的雨,亦即春雨。

[赏析]一弯蛾眉月挂在柳湾上空,月光清朗凉爽宜人,越地山色倒映在平静如镜的兰溪水面上。淅淅沥沥的春雨下了三天,兰溪水流暴涨,半夜里那些逆水而游的鲤鱼竟跳上了沙滩。诗句描写兰溪一带山水及春水上涨时的景象。

大龙湫之瀑
[清]袁枚

龙湫之势高绝天，一线瀑走兜罗绵。

五丈收上尚是水，十丈以下全以烟。

况复百丈至千丈，水云烟雾难分焉。

[注释]大龙湫：瀑布名，在浙江雁荡山，是雁荡山景区"三绝"之一；是我国最长的瀑布（落差有190多米）。

[赏析]龙湫瀑布的气势高达天边，犹如一条飞天的龙在天际缠绵。水潭在五丈以内的范围还全是水，到了十丈之下就成了水汽如同烟雾一般。何况是到了百丈千丈，水雾和云烟完全难以分辨。诗句描述从由瀑布形成的大水潭往上看所见的"大龙湫"瀑布的奇绝景象。

湘南即事
[唐]戴叔伦

卢橘花开枫叶衰，出门何处望京师。

沅湘日夜东流去，不为愁人住少时。

[注释]卢橘：别名枇杷。沅湘：指沅水、湘江，在湖南省地域。

[赏析]卢橘花开、枫叶凋零，已是深秋，出了家门遥望远方见不到京城。沅水、湘江日夜不停地向东流去，不会为我这个满怀愁绪的人而停留片刻。诗句表现作者心怀抱负、期望到京城能有施展机会，但江水静静流淌，哪里能理解作者内心的希冀和愁绪。

浪淘沙九首·其二

[唐]刘禹锡

洛水桥边春日斜,碧流轻浅见琼沙。
无端陌上狂风疾,惊起鸳鸯出浪花。

[**注释**]洛水:即洛河,黄河支流,在今河南省洛阳市地域。

[**赏析**]洛水桥边还斜照着春天夕阳的余晖,碧绿的河水轻轻地流着,清澈得能见到河底的细沙。田野上无缘无故地刮起了迅疾的狂风,惊得鸳鸯赶快从掀起的波浪中逃出。

雨后写望

[清]黄景仁

弥空水气自魂魂,雨过长淮已到门。
七十二川流合处,一条清颍不曾浑。

[**注释**]淮:淮河。颍:颍水,淮河的支流,在寿州(今安徽寿县)西汇入淮河。七十二川:泛指淮河的众多支流。

[**赏析**]弥漫在空中的水汽是雨的魂,夏日雨后长长的淮河水势大涨到我家门口。那么众多的支流汇入淮河里,只有这条颍水很清自来不曾浑浊。作者当时客居寿州,其在正阳关处眺望。诗句描写淮颍二水合流处的浩大景象,暗喻作者自己具有"清颍不浑"那样的孤傲高洁的品格。

湖上阻风杂诗五首·其三
[清]黄景仁

平湖八月浩无津,明月芦花思煞人。
纵使洞庭齐化酒,只宜秋醉不宜春。

[**注释**]湖:指洞庭湖。

[**赏析**]八月里的洞庭湖浩渺无边淹没了渡口,明月高照芦花瑟瑟让人思念无尽。纵使把洞庭湖水都化成酒,也只适宜在秋天里来喝,却不能当作春天的美景。诗句指出洞庭湖四季各有不同的景色,各季的美景不能互相代替。

采桑子十首·其二（采桑子·轻舟短棹西湖好）
[宋]欧阳修

轻舟短棹西湖好,绿水逶迤。芳草长堤,隐隐笙歌处处随。
无风水面琉璃滑,不觉船移。微动涟漪,惊起沙禽掠岸飞。

[**注释**]逶迤:弯曲延续不断的样子。

[**赏析**]划着小船拿一条短桨,碧绿水流绵延不断,岸边长满各种花草,隐隐约约听到处处在奏乐又歌唱。没有风时,水面光滑得跟琉璃一样,坐在船上不感觉船在行进,只看见船边泛起的涟漪,被行船惊起的水鸟掠过湖岸飞向远处。词句描写泛舟颍州西湖时所见的雅丽灵动的景色,反映了作者在颍州做官时轻松恬淡的心境。

清溪行
[唐]李白

清溪清我心,水色异诸水。
借问新安江,其底何如此。
人行明镜中,鸟度屏风里。
向晚猩猩啼,空悲远游子。

[**注释**]清溪:河名。流经安徽贵池,与秋浦河汇合后流入长江。新安江:河名,钱塘江水系干流上游段。

[**赏析**]清溪河的水使我内心感到清静,这是因为它的水色不同于其他河水。我不禁要问以清闻名的新安江,它为何能这样清澈见底。人们乘船竟好像行驶在明镜中,鸟儿似乎是在一扇屏风里飞翔。傍晚时分猩猩哀哀啼叫,这个叫声使远行的游子也感到悲伤。诗句着重描写了清溪河水清澈的景象,同时也寄托了作者喜清厌浊的情怀。

采桑子·十首·其一
[宋]欧阳修

群芳过后西湖好,狼藉残红。
飞絮蒙蒙。垂柳阑干尽日风。
笙歌散尽游人去,始觉春空。
垂下帘栊,双燕归来细雨中。

[**注释**]阑干:纵横交错。

[**赏析**]百花虽已凋零但西湖景致仍然美好,落花狼藉满地,枝间还残留着几朵红花。柳絮飞扬如蒙蒙细雨。垂落的杨柳纵横交错,随风飘荡摇曳

多姿。游人尽兴后散去了,笙箫吹奏和歌唱渐渐停息,才觉得是一片空寂,倒也安谧。回到房里,只见燕子在蒙蒙细雨中双双飞归,我也放下了门帘歇息。词句描写游人归去后暮春西湖空静清幽的景象。

望庐山瀑布二首·其二
[唐]李白

日照香炉生紫烟,遥看瀑布挂前川。
飞流直下三千尺,疑是银河落九天。

[**注释**]庐山:中国名山,位于江西九江市北部,矗立于鄱阳湖、长江之滨。香炉:指庐山的香炉峰(庐山香炉峰有四,此指南香炉峰)。

[**赏析**]太阳照耀着的香炉峰生出一股股紫色烟尘,远远望去瀑布像一条河悬挂在山前。水流从山上飞泻下来仿佛有三千尺长,人们疑惑是银河从九天之上垂落到山崖间。诗句描写了庐山瀑布的雄伟气势。

秋日登岳阳楼晴望
[唐]张碧

三秋倚练飞金盏,洞庭波定平如刬。
天高云卷绿罗低,一点君山碍人眼。
漫漫万顷铺琉璃,烟波阔远无鸟飞。
西南东北竞无际,直疑侵断青天涯。

[**注释**]飞金盏:指举杯饮酒。刬:铲平。君山:又名洞庭山,系洞庭湖中

一小岛。

[赏析]秋高气爽九月时,我登上岳阳楼倚在窗边独酌,看那洞庭湖坦荡得像是被铲平了。高旷的天空中云卷云舒,与绿罗般的湖水交相辉映,只有远处的君山阻碍了人们的视线。湖面波光粼粼,好像是铺着万顷之大的琉璃彩镜,烟波浩渺阔远没有鸟儿能够飞渡。东南西北四面都茫茫无际,真让人怀疑它会一直浸漫到天涯。全诗十二句,这里选的是前八句。诗句描写洞庭湖水面浩渺无际、波光彩丽的景象。

夜 泉
[明]袁中道

山白鸟忽鸣,石冷霜欲结。
流泉得月光,化为一溪雪。

[赏析]山中的夜晚,鸟儿突然鸣叫起来,石头冰冷使得石上的露水快要凝结成霜。流淌着的泉水在月光的映照下,就好像是一整条溪的白雪。诗句描绘了山间夜晚泉水流淌的美景,显示出夜山的寂静和生机。

题松汀驿
[唐]张祜

山色远含空,苍茫泽国东。
海明先见日,江白迥闻风。
鸟道高原去,人烟小径通。
那知旧遗逸,不在五湖中。

[**注释**]松汀驿：驿站名，在江苏境内的太湖边（太湖是我国第三大淡水湖，北临江苏无锡，南濒浙江湖州，又称五湖）。海：指陆地里潴水区域很大者。这里指太湖。迥：远。

[**赏析**]山色青翠远接到天边，松汀驿在茫茫太湖的东岸。早晨湖面明亮可以先看到东升的旭日，白晃晃的湖面上传来远处的风声。只能容鸟儿飞过的狭窄山路通向高处，小路蜿蜒曲折可以达到村落。哪知道那些遗世独处的老朋友，都已经不住在太湖这里了。诗句描写在松汀驿所见的太湖美景，且作者遗憾地表示没有访见那些隐逸的老朋友。

石湖烟水

[明]文衡明

石湖烟水望中迷，湖上花深鸟乱啼。
芳草自生茶磨岭，画桥横注越来溪。

[**注释**]石湖：湖名，为太湖东北出水支岔经越来溪所形成的一个内湾，今江苏苏州市西南的山水胜境。越来溪：注入石湖的一条河流。

[**赏析**]石湖的雾气与水波融成一片茫茫迷离，湖边花儿盛开鸟儿竞相鸣啼；抬头看石湖旁的茶磨岭上野草繁生无人问津，越来溪的河水在桥下匆匆流过充满生机。作者是画家。诗句描绘了石湖清丽的湖光山色，注入了作者的喜悦情感和画意。

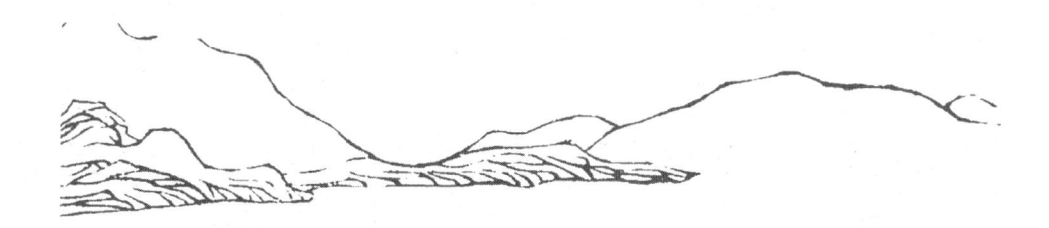

原生态的瑰丽——古诗词里的美丽中国

饮湖上初晴后雨二首·其二

[宋]苏轼

水光潋滟晴方好,山色空蒙雨亦奇。
欲把西湖比西子,淡妆浓抹总相宜。

[**注释**]湖:指杭州西湖。潋滟:波光闪动的样子。西子:指古代越国美女西施。

[**赏析**]水面波光闪动,在晴天时更显得好看,山色在细雨迷蒙中越加奇异瑰丽。要是把杭州的西湖比作美女西施,无论是淡雅的素妆还是浓艳的打扮总是很适宜。诗句描写了西湖在雨后初晴时更具特点的山光水色,指出西湖的景色不管在什么情况下都是美丽怡人的。

太湖秋夕

[唐]王昌龄

水宿烟雨寒,洞庭霜落微。
月明移舟去,夜静魂梦归。
暗觉海风渡,萧萧闻雁飞。

[**注释**]洞庭:太湖中有东、西洞庭山。

[**赏析**]夜宿在太湖的小船上,感到湖面烟雨蒙蒙泛着寒气,湖中的洞庭山落下了一层微霜。月光明亮小船在轻轻滑动,夜很安静,我似乎进入了梦乡。又隐约觉着有海风吹拂,好像还听到大雁飞过的声音从远处传来。诗句细致地描绘了太湖秋夜宁静微寒又略有声响的状态和作者的一种孤独幽寂的感受。

[双调]水仙子·重观瀑布
[元]乔吉

天机织罢月梭闲,石壁高垂雪练寒。
冰丝带雨悬霄汉,几千年晒未干。
露华凉人怯衣单。似白虹饮涧,
玉龙下山,晴雪飞滩。

[赏析]天上的织机已停止了编织,月梭闲在一边;石壁上高高地垂下一条如雪的白练,寒光闪闪;冰丝带着雨幕悬挂在天间,晒了几千年都没有晒干。露珠冰冷使人觉得穿的衣服有点单薄了。这瀑布啊,犹如白虹在吞饮涧水;它奔流而下,恰似玉龙扑下山岗;它溅起的水花像飞舞的雪片落在晴天的沙滩。曲词表现了瀑布雄伟壮观、鲜明生动的景象和声势。

登楼赋
[三国]王粲

惟日月之逾迈兮,俟河清其未极。
冀王道之一平兮,假高衢而骋力。

[注释]惟:思考,想。俟:等待。河清:河指黄河,黄河水含泥沙多浑浊不清,"黄河清"喻指天下太平。冀:希望。高衢:大道。

[赏析]念及日月如梭时光飞逝,等不到黄河水清天下太平啊!我多么希望王道实行、社会平定,在太平盛世施展自己的才华。全诗很长。这里选的是其中几句。作者生于东汉末年和三国社会动乱不已的时期,希望国家安定天下太平。

原生态的瑰丽——古诗词里的美丽中国

南歌子·袅袅秋风起
[宋]李祁

雾雨沉云梦,烟波渺洞庭。可怜无处问湘灵。只有无情江水、绕孤城。

[注释]湘灵:指神话传说中的湘水女神。江:指长江。

[赏析]云梦泽上雨雾蒙蒙,洞庭湖里烟波浩渺。可惜呀,让我到哪里去找湘水女神?我看到的只有无情的长江水,绕着岳阳孤城在奔流。这里选的是全词的下片。词句描写作者秋月夜在岳阳楼上所见所感的萧瑟景象。

题龙阳县青草湖
[唐]唐温如

西风吹老洞庭波,一夜湘君白发多。
醉后不知天在水,满船清梦压星河。

[注释]龙阳县:今为湖南汉寿县。青草湖:又名巴丘湖,位于洞庭湖东南,是洞庭湖的一部分。湘君:古代传说是帝舜的妃子,死后化为湘水女神。

[赏析]秋风劲吹,似乎把洞庭湖吹得衰老了;一夜愁思,使湘水女神增添了很多白发。我喝醉了不明白湖水里的星辰只是倒影,躺在船上在清冷的梦中还以为自己是卧在银河之上。诗句表现风浪中和静夜里洞庭湖的景况。

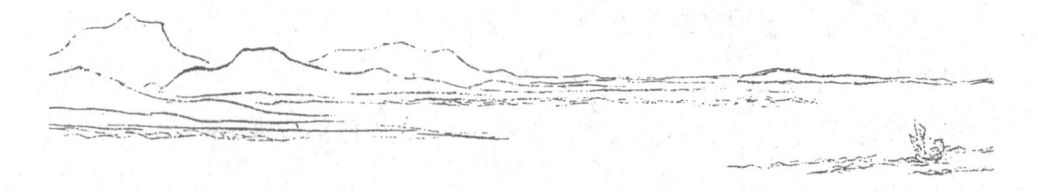

登岳阳楼

[唐]杜甫

昔闻洞庭水,今上岳阳楼。

吴楚东南坼,乾坤日夜浮。

[**注释**]吴、楚:春秋时期的两个诸侯国,占据长江中下游广大地域,大致以今江西北部为界,以东属吴、以西属楚。坼:裂开,这里引申为划分。乾坤:指天地、江山。

[**赏析**]早已听说洞庭湖极为广大浩渺,今天登上岳阳楼终于见识了它的壮阔。吴楚两国在中国的东南部划分各自的领地,两国的江山、土地好像是浮在无边无际的洞庭湖的湖面上。全诗八句,这里选的是前四句。诗句描写作者登上岳阳楼观览洞庭湖,感慨湖水浩渺无际,吐纳天地,沉雄深远。

忆旧游寄谯郡元参军

[唐]李白

相随迢迢访仙城,三十六曲水回萦。

一溪初入千花明,万壑度尽松风声。

[**注释**]元参军:姓元名演,时任谯郡(治所在今安徽亳州)参军。仙城:指仙城山(又称现光山),在今湖北随州市曾都区府河镇。壑:山谷。

[**赏析**]我跟随您迢迢万里到访仙城山,那儿有三十六条溪流萦绕回环,走到每一条溪流都见到千万朵鲜花盛开色彩绚烂,穿过连绵山谷耳边尽响松涛风声。全诗很长,详写作者与元演交往的种种情形,这里选的是其中四句。诗句描写作者行进在溪水和山谷中所见的明媚秀丽的景色,并表现出自身轻松畅快的心情。

泊秦淮

[唐]杜牧

烟笼寒水月笼沙,夜泊秦淮近酒家。
商女不知亡国恨,隔江犹唱后庭花。

[**注释**]秦淮:指秦淮河(在今江苏省南京市域内)。商女:指以卖唱为生的女子。后庭花:即《玉树后庭花》,乐曲名,南北朝时南朝陈后主(陈叔宝)为之填词,令宫中人演唱,后被视为亡国之音。

[**赏析**]迷离的月色和轻轻的烟雾笼罩着寒水和白沙,夜晚时船只停泊在秦淮河岸边靠近酒家。卖唱的歌女们并不知道什么亡国之音、亡国之恨,依然在岸边的酒楼里唱着《玉树后庭花》。诗句描写夜晚所见秦淮河及其岸边的景象。诗句也指出底层的人们并不在意朝代的兴亡更迭,并讽刺当时统治者目光短浅,只是沉湎于享乐,而不知历史的教训。

青 溪

[唐]王维

言入黄花川,每逐青溪水。
随山将万转,趣途无百里。
声喧乱石中,色静深松里。
漾漾泛菱荇,澄澄映葭苇。
我心素已闲,清川澹如此。
请留磐石上,垂钓将已矣。

[**注释**]青溪:溪水名,在今陕西勉县东。黄花川:小地名,在今陕西凤县

东北黄花镇附近。趣：同"趋"。菱荇：指水草。葭苇：即芦苇。

[**赏析**]说的是我到黄花川游览，每次都要逐看那条青溪。溪水随着山势百转千回，流过的路径却不到百里。水声在山间乱石中喧嚣，水色在又深又密的松林里幽清。水草在溪水边轻轻摇晃，芦苇清晰地倒映在碧水中。我的心一向是宁静悠闲的，如清澈的溪水般淡泊。我现在更愿意留在溪边的磐石上，在垂钓中度过余生。诗句表现作者在小小的青溪边徜徉漫步，在自然清新的美景中更增加了对淡泊宁静人生的向往。

涿州过巨马河相传此水不出桥下遇桥则溃而旁行

[清]纪昀

一带寒波作怒声，石梁断处气纵横。

[**注释**]巨马河：即拒马河，发源于河北省涞源县，流经今北京市房山区地域，后汇入河北大清河。石梁：石桥。

[**赏析**]这一条寒冷的水流发出巨大的咆哮声，遇到石桥就会把桥冲断，自己向旁边奔流，纵横而行的气势是多么雄浑。全诗四句，这里选的是前两句。诗句描写拒马河急遽奔流的气势和景象。

引水行

[唐]李群玉

一条寒玉走秋泉，引出深萝洞口烟。
十里暗流声不断，行人头上过潺湲。

[注释]寒玉：清凉的玉石。古代诗人常用来形容某些清凉而光洁的东西，这里指用竹筒做成的引水管。

[赏析]那引水的竹管像一条长长的寒玉，里面流着清冽的山泉水，出水的洞口深深地掩映在藤萝里，弥漫着如烟的水雾。在绵延十多里的地段里，暗流的水声不断，行人在下面行走能听到流水潺潺。诗句描写当时人们巧妙地建立渡槽，通过竹筒引流山间泉水的景象。

鹧鸪天·鹅湖归病起作
[宋]辛弃疾

枕簟溪堂冷欲秋，断云依水晚来收。
红莲相倚浑如醉，白鸟无言定自愁。

[注释]鹅湖：在江西铅山县。簟：竹席。

[赏析]躺在溪水边楼阁的竹席上，感到清冷好似凉秋；片片浮云顺水悠悠，在黄昏暮色中渐渐敛收。艳红的莲花相互依持，好像是姑娘喝醉了酒，羽毛雪白的水鸟安然静默，定是独自在发愁。全词八句，这里选的是前四句。词句描写作者病后起来所见的鹅湖风光，也表现出作者年老时在历尽沧桑后的恬静淡泊的心境。

第三章　风云雨雪

晓雨初收翠霭浓,此番二十四番风。

忽惊春暮翻为雪,乃是杨花飞满空。

——《春晚行乐四首》其三([宋]白玉蟾)

这里选的是第三部分:风云雨雪。

风:风是地球上一种因为气压分布不均匀而产生的空气水平流动的现象。风是一个气流运动的物理量,它不仅有数值的大小(风速),还有方向(风向,即风的来向),因此风也是向量。

云:云是大气中的水蒸气遇冷液化成的小水滴或凝华成的小冰晶混合组成的飘浮在天空中的可见聚合物。云是地球上庞大的水循环所产生的结果。太阳照在地球的表面,水蒸发形成水蒸气,一旦水蒸气过饱和,水分子就会聚集在空气中的微尘(凝结核)周围,由此产生水滴或冰晶,将阳光散射到各个方向,这就产生了云的外观。云可以形成各种的形状,也因处在天空的不同高度、形态而分为许多种。

雨:雨是一种自然降水现象,是由大气循环扰动产生的。雨是地球水循环不可缺少的一部分。地球上的陆地和海洋的水蒸发变成水蒸气,水蒸气上升到一定高度后遇冷变成小水滴,这些小水滴组成了云,它们在云里互相碰撞,合并成大水滴,当它们大到空气托不住的时候,就从云中落了下来,形成雨。从天上落下的雨滴,有大有小、有快有慢。雨是人类生活中最重要的淡水资源,植物也要靠雨露的滋润才能茁壮成长,雨是几乎所有的远离河流的陆生植物补给淡水的唯一方法;但暴雨造成的洪水也会给人类带来巨大的灾难。

雪:雪是由大量白色不透明冰晶(雪晶)及其聚合物(雪团)组成的降水,

是从混合云中降落到地面的雪花形态的固体水,是水的一种固态形式;雪是水在空中凝结再落下的自然现象。雪只会在很冷的温度及温带气旋的影响下才会出现,因此亚热带地区和热带地区下雪的机会较微小。

　　风云雨雪是人们最常见的无法避免的大自然的气候现象。风云雨雪与人们的生活、工作乃至直接间接的利益息息相关,因而人们对它们产生了各种各样的复杂多变的常常可能是互相矛盾的心情。古往今来,描写风云雨雪及人们对它们态度的诗词等文学作品不计其数。这里辑录的只是古诗词中的极少一部分。

9. 风

白雪歌送武判官归京
[唐]岑参

北风卷地白草折,胡天八月即飞雪。

忽如一夜春风来,千树万树梨花开。

[**注释**]白草:指边塞地域的牧草。胡天:古时统称西北方边塞地区的游牧民族为胡人,因而称其居住地域的天空为胡天。

[**赏析**]北风猛烈地刮过地面,把地上的牧草都刮断了,尽管才是(农历)八月份,西北边塞的天空却已下起了雪。好像忽然一夜之间吹来了春风,千株万株树上落满白雪犹如梨花盛开。全诗十八句,这里选的是开头四句。诗句描写西北边塞的气候变化多端,风很猛烈又很寒冷,在八月里就下起了雪。

杂曲歌辞·上皇三台
[唐]韦应物

不寐倦长更,披衣出户行。

月寒秋竹冷,风切夜窗声。

[**注释**]寐：入睡，睡着。

[**赏析**]夜长更深十分疲倦却又睡不着，披上外衣出门独自散步。清寒的月光照着竹林，身上感到冷飕飕的，夜里的冷风吹得窗户不断发出响声。诗句表现作者夜里睡不着觉，披着衣服到户外时的寒冷感觉和寂寞的心境。

石鱼湖上醉歌

[唐]元结

长风连日作大浪，不能废人运酒舫。
我持长瓢坐巴丘，酌饮四坐以散愁。

[**注释**]石鱼湖：湖名，在湖南省道县。湖里有岛，其形如鱼。作者曾任道州刺史。舫：船。

[**赏析**]即使连日来湖里有大风掀起大浪，也不能阻止我们叫人用船把酒运到湖中的岛上。我在这岛上犹如坐在洞庭湖中的君山上，拿着一支长长的瓢，与四坐的同僚一起饮酒以消散我的忧愁。全诗八句，这里选的是后四句。作者在序言及前四句中，把石鱼湖比作洞庭湖，把石鱼岛比作君山。这几句表现作者喜爱石鱼湖，常在湖中岛上饮酒作乐。

行路难三首·其一

[唐]李白

长风破浪会有时，直挂云帆济沧海。

[注释]济：渡。

[赏析]人生的道路虽然难走，但我相信总有一天能乘着长风冲破万里浪，在高高的桅杆上挂起巨大的帆，横渡沧海到达理想的彼岸。全诗十二句，这里选的是最后两句。诗人"供奉朝廷"，未被重用，反被"赐金放还"（变相撵出京城）。作者虽感叹"行路难""多歧路"，但对未来仍充满展望和信心。诗句表现了作者在困境中仍抱有积极用世的人生态度。

天仙子·水调数声持酒听
[宋]张先

重重帘幕密遮灯，风不定。
人初静。明日落红应满径。

[赏析]重重的帘幕密密地遮住了灯光，风儿还没有停，人声已渐渐安静，明天落花一定会铺满园中小径。这里选的是全词下片中的后几句。词句表现作者对春光逝去、韶华不再的孤独处境的淡淡哀愁。

独不见
[唐]李白

春蕙忽秋草，莎鸡鸣西池。
风摧寒棕响，月入霜闺悲。

[注释]莎鸡：虫名，俗称纺织娘。摧：同"催"。棕：指织布的梭。寒棕，谓

原生态的瑰丽——古诗词里的美丽中国

冷天犹在纺织,意指家境贫寒。

[赏析]春日的蕙兰忽地变成了枯萎的秋草,莎鸡在西面池塘边不停地鸣叫。秋风阵阵,寒意浸浸,女子织布的梭子声不断地响着;月光如霜,照进清冷的闺房,更令女子悲伤。全诗十四句,这里选的是其中四句。诗句描写戍边寒门征人的家中女子在深秋时节的孤寂伤感的情景。

上李邕

[唐]李白

大鹏一日同风起,抟摇直上九万里。
假令风歇时下来,犹能簸却沧溟水。

[注释]鹏:古代传说中最大的鸟。抟:盘旋。簸:泛指上下颠摇。沧溟:大海。

[赏析]有朝一日大鹏借着风势振翅高飞,它会盘旋摇转冲上云霄直到九万里上的苍穹。即使待到风停歇下来,大鹏的巨大力量犹能把沧海的水簸动干了。全诗八句,这里选的是前四句。诗句中作者自比大鹏,借以表达自己的凌云壮志。

过信州

[元]高克恭

二千里地佳山水,无数海棠官道傍。
风送落红挽马过,春风更比路人忙。

[注释]信州：唐时州名，治所在今江西上饶。二千里地：是极言信州辖地广阔。

[赏析]信州地方千里广阔多么美好，无数株海棠花开放在官道两旁。春风不断地把花瓣吹落，让它和马儿一起行进布撒到各个地方。春风做的事情可真多，比匆匆赶路的人们还要忙。诗句描写作者春日经过信州时观赏沿途美景的喜悦心情。

晓发山驿
[明]高启

风残杏花晓，马上闻啼鸟。
茅店未开门，山多住人少。

[赏析]清晨，风已经小了，杏花悄然开放；我骑上马从驿店出发，沿路不断听到鸟儿的啼叫。这个茅屋小店还没有开门，这里是山很多旅客很少呀。诗句表现作者所住的旅店处在山里，景色甚好，但客人很少。

江楼晚眺，景物鲜奇，吟玩成篇，寄水部张员外
[唐]白居易

风翻白浪花千片，雁点青天字一行。
好著丹青图画取，题诗寄与水曹郎。

[注释]江：指钱塘江。江楼：指杭州城东楼，又称望海楼。水部张员外：

原生态的瑰丽——古诗词里的美丽中国

指张籍,当时著名诗人,时任水部(朝廷工部里的四个司之一)员外郎(亦称水部曹郎)。

[赏析]钱塘江水面,大风翻起的千层白浪,恰如千片随风飞舞的花朵;长空列队而过的雁群,像是在青天上写出的一行字。这样美好的景色一定要用颜料把它画下来,并题上诗寄赠给水部曹郎。全诗八句,这里选的是后四句。诗句着重描写了钱塘江上水天跃动、生机勃勃的风光。

溪 村

[宋]邹登龙

风急花初尽,春深莺乱啼。
稻畦新雨足,稚子亦锄犁。

[赏析]风又大又急把花都吹落了,春深时莺儿的啼叫声混乱喧闹。刚下过雨,稻田里有了充足的水,连孩子也参加了锄草犁地的农活。全诗八句,这里选的是后四句。诗句描写溪边农村的田野风光。

寒 夕

[宋]陆游

风急江天无过雁,月明庭户有疏砧。
此身毕竟归何许?但忆藏舟黄苇林。

[注释]砧:捶或砸东西垫在底下的器物。

[赏析]风那么急,辽阔的江面上空没有雁群飞过;月光明亮,照着庭院,村里人家中传出稀疏的捶洗衣服的声音。我这一生究竟将归属何处?我只能坐着小船到发黄的芦苇丛里去吧。全诗八句,这里选的是后四句。诗句反映出作者抗金无果、年老体衰、寒冷孤寂的心情。

登 高
[唐]杜甫

风急天高猿啸哀,渚清沙白鸟飞回。

[注释]渚:江河中的小块陆地。

[赏析]天空辽阔高远,狂风呼啸不止,猿猴在风中悲鸣哀叫;水中小洲冷冷清清,满滩只有白沙,鸟儿在空中盘旋飞翔。全诗八句,这里选的是开头两句。诗句描绘作者在秋天重阳节登高时感受到的一片清冷肃杀的景象。

赠蔡子笃
[三国]王粲

风流云散,一别如雨。
人生实难,愿其弗与。

[赏析]像风一样流动,如云一样飘散,人们分别后就像一场雨下落到地面再也不能返回天空。人生实在艰难啊,美好的愿望总是难以实现。这首诗很长,这里选的是其中四句。

宿吉祥寺寄庐山隐者
[唐]杨衡

风鸣云外钟,鹤宿千年松。
相思杳不见,月出山重重。

[注释]庐山:山名,位于今江西省九江市境内。杳:远得看不见踪影。

[赏析]一阵风吹过,击响了山寺外悬挂着的大钟,鹤依傍着千年的古松安然休歇。我想念你却见不到你的踪影,只能看到月亮映照着的重重山影。诗句描写隐居者所处的空寂清幽的环境,以及作者对隐居者的思念。

春宫怨
[唐]杜荀鹤

风暖鸟声碎,日高花影重。
年年越溪女,相忆采芙蓉。

[注释]越溪:指若耶溪,在浙江绍兴,被认为是春秋时越国美女西施浣纱的地方,这里借指宫女们的家乡。

[赏析]暖风吹拂鸟儿的啼叫声急杂又细碎,丽日高悬照得花儿的影子重重叠叠。来自越地的宫女们想起在家乡时的情景,那时每年采撷芙蓉花是多么欢乐无忧。全诗八句,这里选的是后四句。诗句描写春天风和日丽、鸟儿啼鸣、花朵盛开的景象,反衬了宫女们清寂、哀怨的心情。

蓝田溪杂咏二十二首·远山钟
［唐］钱起

风送出山钟，云霞度水浅。
欲知声尽处，鸟灭寥天远。

[赏析] 风把悠扬的钟声送出山外，比云霞渡过溪水的进程还要漫远。如想知道钟声到何时才消失，就去看那飞鸟的身影渐渐隐没在寥廓的天边！诗句描写远山古寺的钟声的传送是多么悠远绵长。

长相思·山一程
［清］纳兰性德

风一更，雪一更，聒碎乡心梦不成。
故园无此声。

[注释] 更：古时夜间计时单位，一夜分为五个"更"，一更相当于一个时辰（两小时）。聒：指使人厌烦的吵闹的声音。

[赏析] 刮了一个更的风，又下了一个更的雪，夜里恶劣天气的聒噪声使我回到家乡的好梦做不成。我故乡美好的家园里从没有过这样的风雨声。作者是清朝康熙皇帝的侍卫。这首词是作者扈从皇帝去长白山途中所作。这里选的是全词的下片。词句描写作者对北方寒冷境况下的扈从侍卫生活的不适和对家园的思念。

谒金门·风乍起
[五代]冯延巳

风乍起,吹绉一池春水。

[注释]绉:同"皱"。

[赏析]轻风刚吹过来,就把池面平静的水吹出了一层皱纹。全词描写春天里女子的孤独苦闷和难以排遣的情状。这里选的是开头两句,表现春风吹皱水面的景象。

野田黄雀行
[三国]曹植

高树多悲风,海水扬其波。

[注释]悲风:劲疾凄厉的大风。

[赏析]高大的树木往往首先遭到劲疾大风的冲击,浩瀚的大海常常掀起汹涌翻滚的波浪。全诗十二句,这里选的是开头两句。诗句表面上是写自然界的景象,暗喻当时社会政治环境的险恶。

西 楼
[宋]曾巩

海浪如云去却回,北风吹起数声雷。
朱楼四面钩疏箔,卧看千山急雨来。

[**注释**]朱楼：富丽华美的楼阁，即诗题的"西楼"。疏箔：稀疏的竹帘。

[**赏析**]海上的巨浪如叠云般涨涌过来，又急急地退了回去，强劲的北风刮着，夹杂着数声雷的轰响。这富丽华美的西楼四面的竹帘都挂了起来，我斜躺着观看大雨中山峦雾蒙的景象。诗句表现作者在海边的华美楼屋里所观察到的海浪、大风、雨幕等景象。

冬晚对雪忆胡居士家
［唐］王维

寒更传晓箭，清镜览衰颜。
隔牖风惊竹，开门雪满山。

[**注释**]箭：指古代计时仪器漏壶中的箭标，依据其中的刻度报更。牖：窗户。

[**赏析**]寒夜的更声已在传报拂晓时刻，在明镜中我看到自己衰老的容颜。隔着窗户能看见竹子被风吹得摇摆不定好像是受了惊，推开屋门一眼望去白雪已覆盖了远山。全诗八句，这里选的是前四句。全诗描写作者在山居和风雪中怀念友人。

原生态的瑰丽——古诗词里的美丽中国

风
[唐]李峤

解落三秋叶,能开二月花。

过江千尺浪,入竹万竿斜。

[赏析]风能吹落秋天里的各种树叶,风又能吹开(农历)二月里的美丽鲜花。大风吹过江河能让广阔水面掀起滔滔巨浪,大风刮过竹林能让成万竿竹子都弯曲倾斜。诗句表现风在春秋季节里对于花开花落的重大作用,又描绘大风刮过之处的景象,显示出无形的风的巨大威力。

己亥杂诗·其二百二十
[清]龚自珍

九州生气恃风雷,万马齐喑究可哀。

我劝天公重抖擞,不拘一格降人材。

[注释]九州:指中国,传说上古中国的行政区划分为九个州。喑:哑。

[赏析]在中国大地上焕发出勃勃生机,要依恃一场狂风巨雷的激荡轰鸣,现在这样朝野上下闷声不响死气沉沉的状态终究是很悲哀的。我奉劝上天重新振作精神,不必拘泥于固有的规格而降下更多具有开拓变革精神的人才。诗句反映了作者在清朝末期期望通过一场巨大的变革来冲破国家衰颓、社会沉闷的局面。

寒地百姓吟（为郑相其年居河南畿内百姓大蒙矜恤）
[唐]孟郊

冷箭何处来，棘针风骚骚。
霜吹破四壁，苦痛不可逃。

[注释]冷箭、棘针：都是喻指刺骨的寒风。骚骚：形容强劲的风声，犹"飕飕"。

[赏析]不知从何处刮来的似箭般快速的冷风，带着呼呼响声像荆棘针芒一样刺入人们的肌骨。霜花从四面的破墙壁中吹进来，百姓受着挨冻的痛苦无处可逃。全诗十六句，这里选的是其中四句。诗句描写百姓在寒冷的家中挨冻的状况。

走马川行奉送封大夫出师西征
[唐]岑参

轮台九月风夜吼，一川碎石大如斗，随风满地石乱走。

[注释]轮台：地名。唐朝的"轮台"是北庭都护府的辖县，在今新疆米泉市范围。斗：旧时的一种容器和量器（一斗为十升）。

[赏析]刚到（农历）九月，轮台一带的狂风就日夜怒吼不已，走马川那里的散碎石块跟斗一样大，被狂风刮得满地乱滚。全诗十七句，这里选的是其中三句。诗句描写边塞地方极为恶劣的气候环境，表现戍边将士们军旅生活的艰困。

冷斋诗话·卷四中引潘大临诗
[宋]惠洪

满城风雨近重阳,无奈黄花恼意香。

[**注释**]黄花:菊花。

[**赏析**]据记载,前一句是潘大临所作,潘因困窘而死后,后一句是他的好友谢逸为纪念亡友而续写的。快到重阳节了,满城里却是风雨交加,菊花在无奈和烦恼中依然散发着芳香。

从拜陵登京岘诗
[南北朝]鲍照

孟冬十月交,杀盛阴欲终。
风烈无劲草,寒甚有凋松。

[**注释**]孟冬:指冬季的第一个月,即农历十月。

[**赏析**]到初冬十月快过去时,肃杀之气很盛,阴凉完全结束。风刮得很猛烈,再坚韧的草也没有了,天气过于寒冷,连松柏的针叶都有凋落的。全诗二十句,这里选的是开头四句。诗句表现在严酷的冬季来临时寒气逼人、草木凋零的情形。

沈十四拾遗新竹生读经处同诸公之作

[唐]王维

> 嫩节留余箨,新丛出旧栏。
> 细枝风响乱,疏影月光寒。

[**注释**]箨:从草木上脱落下来的叶或皮。

[**赏析**]新竹不断拔节长高还存留着一层外皮,新竹长成竹林超出了原来的园地。风吹得竹林新生的细枝簌簌乱响,在寒夜的月光下显出了稀疏的竹影。诗句描写某个书房后面竹林的景象,表现出作者宁静恬淡的心境。

鄂州南楼书事

[宋]黄庭坚

> 四顾山光接水光,凭栏十里芰荷香。
> 清风明月无人管,并作南楼一味凉。

[**注释**]鄂州:当时州名,今湖北武汉、黄石一带地域。南楼:在武昌蛇山顶。芰:古书上指菱。

[**赏析**]我在南楼上倚着栏杆向四周望去,看到山光水色相连,广阔水面上满是菱花荷花,飘着阵阵香气。清风和明月没有人管多么自由自在,它们同时到达南楼带来一股清凉爽快。诗句描写作者夏夜明月时登鄂州南楼眺望四周,对所见环境的一种惬意舒适的感觉。

题 竹
[清]郑燮

秋风昨夜渡潇湘,触石穿林惯作狂。

惟有竹枝浑不怕,挺然相斗一千场。

[注释]潇湘:潇水、湘水,在今湖南省地域。这里喻指广大地方。

[赏析]昨夜秋风猛烈刮过潇湘等广阔大地,击打着山石穿透树林,它向来如此狂暴不羁。只有竹枝傲然挺立不怕它。竹枝是不在乎的,敢与它相斗一千场,看它能怎样!诗句表现竹子具有不怕狂风,始终傲然挺立的坚强品质;诗句也是作者对自己品性的一种自况。

秋怀十五首·其二
[唐]孟郊

秋月颜色冰,老客志气单。

冷露滴梦破,峭风梳骨寒。

席上印病文,肠中转愁盘。

[注释]老客:作者自指。

[赏析]秋夜的月光颜色如冰白白森森,我的志气消磨殆尽形单影只。秋夜寒气侵袭,冷露滴落无声,使我梦破难眠。劲峭的秋风像一把梳子,把我全身梳过彻骨寒冷。我在床席上卧病已久,愁思不断就像磨盘老是在转。这首诗共十句,这里选的是前六句。诗句描写作者老病身体对风冷刺骨的深刻感受,反映作者仕途失意、贫病交迫的悲凉境况。

去 去

[宋]叶茵

去去扁舟对晚晖,晴和直欲减绵衣。

风来一阵芦花过,祇道春残柳絮飞。

[**注释**]祇:恭敬。这里可以同"只"。

[**赏析**]满天晚霞的时候我划着一叶扁舟离岸越来越远,天气晴和直感到热真想脱掉绵衣。突然一阵风吹过,飘来许多芦花,人们还以为是春末时候的柳絮在漫天飞舞。

晓光词

[唐]施肩吾

日轮浮动羲和推,东方一轧天门开。

风神为我扫烟雾,四海荡荡无尘埃。

[**注释**]羲和:中国上古神话中的太阳女神。轧:挤,滚压。

[**赏析**]太阳的轮转、升落是由羲和女神推动的,她在东方一压就把天门打开了。风神则为人们送来大风,把早晨的烟云雾气一扫而光,四海各方空旷浩荡,没有一点尘埃在飘浮。诗句描写早晨太阳升起时万里净空一片清爽的景象。

原生态的瑰丽——古诗词里的美丽中国

灞桥待李将军

[唐]长孙无忌

飒飒风叶下,遥遥烟景曛。
霸陵无醉尉,谁滞李将军?

[注释]灞桥:灞水上的桥,位于今陕西西安城东。飒飒:形容风雨声。曛:指日落时的余晖。霸陵:亦作"灞陵",指在灞水附近的汉文帝刘恒的陵墓。李将军:指汉代的李广,他颇有战功,但始终未被封侯爵。

[赏析]风声飒飒吹着片片黄叶飘落而下,极目望去在遥远的天边,云烟缭绕在夕阳的余晖中。现在霸陵地方并没有一个喝醉了的尉官,那么又是谁拘留了李将军(谁阻碍了李将军封侯)呢?诗句描写傍晚时分灞桥一带秋风萧瑟、叶落满地、空旷孤清的景象;后面两句假设问句含义颇深。

暮秋山行

[唐]岑参

山风吹空林,飒飒如有人。
苍旻霁凉雨,石路无飞尘。

[注释]旻:天空。霁:雨后或雪后放晴。

[赏析]山中的秋风吹进空寂的树林,树叶飒飒作响仿佛林中有人。一阵冷雨已过天空苍茫无际,青石的路面上没有一点灰尘。全诗十二句,这里选的是第三至第六句。诗句描写作者在山间行进时对风的感觉和所见的幽静空寂的暮秋景色。

宿桐庐江寄广陵旧游
[唐]孟浩然

山暝听猿愁,沧江急夜流。
风鸣两岸叶,月照一孤舟。

[**注释**]桐庐江:在今浙江桐庐县。广陵:地名,即扬州。暝:日落,黄昏。沧江:指桐庐江。

[**赏析**]山色昏暗听到猿叫使人烦愁,桐庐江在夜里似乎流得更快了。晚风吹动两岸树叶发出飒飒响声,月光皎洁照着我乘宿的一叶孤舟。全诗八句,这里选的是前四句。诗句描写作者所乘船只夜泊桐庐江时所感到的种种自然景象,意境清冷,情绪孤寂。

咏 风
[唐]王勃

肃肃凉风生,加我林壑清。
驱烟寻涧户,卷雾出山楹。
去来固无迹,动息如有情。
日落山水静,为君起松声。

[**注释**]肃肃:指迅速。壑:山谷。

[**赏析**]炎热尚未消退之时,快疾地吹来了一阵凉风,林间山谷顿时变得清凉爽快。风驱散了烟云,卷走了山间的雾霭,显现出了山中和涧边人家的房屋。凉风来来去去固然没有踪迹,可它的吹动和停息好像对人很有感情,合人心意。当夕阳西下大地,山水变得宁静的时候,它又在松林中吹响松

涛之声。诗句描写了夏末秋初凉风吹起的景象，表现风给人带来的清爽、美好的感觉。

前赤壁赋
［宋］苏轼

惟江上之清风，与山间之明月，
耳得之而为声，目遇之而成色，
取之不禁，用之不竭。

［赏析］只有江上的清风，以及山间的明月，送到耳边能听到声音，进入眼帘便绘出形色，取得这些不会有人来禁止，享用这些也永不会竭尽。全赋很长。这几句表现人们可以尽情享用不受禁止、不会竭尽的大自然的景色，表现了天地无私，风月长存，声色娱人；也表现出作者旷达乐观、随性自适的人生态度。

咸阳城东楼
［唐］许浑

一上高城万里愁，蒹葭杨柳似汀洲。
溪云初起日沉阁，山雨欲来风满楼。

［注释］咸阳：秦朝都城；汉朝时在咸阳东南建城称长安。唐朝都城长安是隋朝时重建的。唐代咸阳城隔渭水与长安相望。咸阳今属陕西省。蒹葭：古

书上指芦苇一类植物。汀：水边之地。洲：水中小块陆地。溪：指磻溪（又称磻溪河）。阁：指慈福寺阁。

[**赏析**]登上了高高的咸阳城楼，我的万里乡愁涌上心头，芦苇丛生，杨柳飘拂，好似我家乡那里的汀洲。乌云开始在磻溪上空聚集起来，夕阳从长安西门外的慈福寺阁后沉落下去，周围群山上大雨即将到来，城楼上已是满楼的狂风。全诗八句，这里选的是前四句。诗句描写作者在城楼上看到了"风云是雨的先导"的自然景象，却透露出作者对历史和现实的深刻思考，在雄浑高远的意蕴中，包含着对家国走向衰败的悲怆苍凉的心境。"山雨欲来风满楼"句，在以后常被用来比喻社会局势（政治斗争、战争冲突等）发生重大变化前夕的明显迹象和紧张气氛。

中秋月二首·其二

[唐]李峤

圆魄上寒空，皆言四海同。
安知千里外，不有雨兼风？

[**注释**]圆魄：指中秋圆月。

[**赏析**]中秋圆月升上了寒凉的夜空，都在说四海各地人们在仰望同样的月光，但是怎么知道千里之外没有在下雨又刮风呢？诗句客观地指出不同地方的气象是不同的；作者也是在提醒人们，世上的事就像天气一样是复杂多变的。

原生态的瑰丽——古诗词里的美丽中国

春 归

[唐]杜甫

远鸥浮水静,轻燕受风斜。
世路虽多梗,吾生亦有涯。
此身醒复醉,乘兴即为家。

[**赏析**]远处的鸥鸟浮在水面上十分娴静,轻捷的燕子在微风中倾斜着飞行。世事仕途有许多梗阻难关,而我的生命却是有限有尽。我的人生是一会儿清醒一会儿又像是喝醉了,就把快乐时候当作回自己的家吧。全诗十二句,这里选的是后六句。诗句反映了作者从阆州回到成都草堂,在困顿中感叹"世路多梗",此时又略觉安定的心境。

10. 云

襄邑道中
[宋]陈与义

飞花两岸照船红,百里榆堤半日风。
卧看满天云不动,不知云与我俱东。

[**注释**]襄邑:宋代县名,今河南睢县。当时该地有汴河通往都城汴京(今河南开封)。

[**赏析**]两岸原野落花缤纷把我坐的船的帆都映红了,河堤上都栽着榆树、半天顺风送船行百里。躺在船上望着满天的白云似乎都不在浮动,我不知道实际是船和云都在同步向东行进。诗句描写作者为北上赴汴京而坐船在水路上行进的情景。

原生态的瑰丽——古诗词里的美丽中国

南湖早春
[唐]白居易

风回云断雨初晴,返照湖边暖复明。
乱点碎红山杏发,平铺新绿水蘋生。
翅低白雁飞仍重,舌涩黄鹂语未成。
不道江南春不好,年年衰病减心情。

[**注释**]南湖:指鄱阳湖。

[**赏析**]春风吹散云雾,雨停天刚放晴,阳光重新照耀,湖面温暖亮明。山杏把田野点缀得碎红,新生的绿蘋铺满了水面。白雁翅膀雨水未干只得飞在低空,黄鹂舌头湿涩难以鸣出美声。并不是说江南的春天不够好,只因我年老体衰又有病没有好心情。诗句作者如实地描写南湖早春的各种景色,及自己因衰病而缺少好的心情。

火山云歌送别
[唐]岑参

火山突兀赤亭口,火山五月火云厚。
火云满山凝未开,飞鸟千里不敢来。
平明乍逐胡风断,薄暮浑随塞雨回。
缭绕斜吞铁关树,氤氲半掩交河戍。
迢迢征路火山东,山上孤云随马去。

[**注释**]火山:指火焰山,在今新疆,横亘在吐鲁番盆地北部,因其岩石呈红色而得名。赤亭口:地名,今火焰山的胜金口,在今新疆鄯善县。火云:

指炽热的赤色云。胡风：指西域边塞地的风。浑：全。铁关：即铁门关，故址在今新疆境内。氤氲：浓密茂盛的样子。交河：地名，在今新疆境内。

[赏析]高高火焰山上耸立着赤亭口，五月的火焰山上空火云很厚。火云布满山岭上空凝滞不开，千里内的鸟儿不敢飞过来。清晨的胡地强风刚把火云吹得断开一点，傍晚时又随着一场边塞的雨聚合回来。回环旋转把铁门关的树吞没，蒸腾弥漫把交河戍边营寨大半掩盖。你迢迢征途远在火焰山的东面，火焰山上的云层将随着你的坐骑也向东移去。这里选的是作者在戍边军营本部送别戍边军人去远处的诗。全诗描写当时军人戍边地方的严酷环境，以及火焰山和火云及其运动变幻的种种奇特景象。

金陵城西楼月下吟

[唐]李白

金陵夜寂凉风发，独上高楼望吴越。
白云映水摇空城，白露垂珠滴秋月。

[注释]金陵：今南京。吴越：指春秋时期吴、越两个诸侯国，分别大致在今江苏、浙江地域。

[赏析]金陵城寂静的夜里刮着清凉的风，我独自登上高高城楼俯瞰古代吴越两国地域。白云和空寂的城垣都倒映在江面上，随着水波晃动，珍珠般晶莹的露珠仿佛是从月亮中滴落。全诗八句，这里选的是前四句。诗句表现作者月夜在"金陵城西楼"对月光下的周围事物所感觉的景象。

原生态的瑰丽——古诗词里的美丽中国

赠王判官时余归隐居庐山屏风叠
[唐]李白

会稽风月好,却绕剡溪回。
云山海上出,人物镜中来。

[注释]会稽:地名,今浙江绍兴。剡溪:河名。在今浙江省嵊州市境内。云山:云的形状似山峦层叠。镜:指河水清澈平静如镜。

[赏析]会稽地方的风光多么美好,剡溪的水流在周围萦回。云好像是层层叠叠的山峦从海上翻卷而出,水清如镜,人在水边行走,仿佛是从镜子里出来。全诗二十六句,这里选的是其中四句。诗句描写作者游历浙江会稽等地所见的景象。

入西塞示南府同僚
[南北朝]何逊

露清晓风冷,天曙江晃爽。
薄云岩际出,初月波中上。

[注释]曙:天刚亮,拂晓。

[赏析]拂晓时露水清亮晨风很冷,天开始亮了,江水摇晃多么清爽。薄薄的云从山岩之间飘出,刚升起的月亮映照在水波中。全诗二十句,这里选的是开头四句。诗句描写拂晓时风冷、曙现、云出、月影等自然景象。

登咸阳县楼望雨

[唐]韦庄

乱云如兽出山前,细雨和风满渭川。
尽日空蒙无所见,雁行斜去字联联。

[赏析]黑云好像乱奔的野兽翻滚着出现在山前,但迅猛的大雨没有下来,却吹来了柔和的风,下起了蒙蒙细雨,布满了渭河这一带原野。终日阴霾阴雨什么都看不清楚,只有几行斜飞的雁群好像一幅幅字联。诗句描写作者在咸阳县楼看到的乱云飞渡、细雨蒙蒙,只有雁群飞过的景象。

宿江边阁

[唐]杜甫

暝色延山径,高斋次水门。
薄云岩际宿,孤月浪中翻。

[注释]江边阁:指夔州西阁。暝:日落,黄昏。高斋:指江边阁。

[赏析]暮色渐渐延伸,笼罩了山中的小路,高高的西阁临近三峡的瞿塘峡。薄薄的云彩漂浮在群山万壑间,犹如在山岩里栖宿,孤独的月影好像在汹涌的波涛里不断翻滚。全诗八句,这里选的是前四句。诗句描写夔州近旁瞿塘峡上薄云依山、孤月没浪的初夜景象。

云

[唐]来鹄

千形万象竟还空,映水藏山片复重。
无限旱苗枯欲尽,悠悠闲处作奇峰。

[赏析]旱天的云千姿百态变幻无穷,却总是不化成雨,竟然还返回长空,又重重叠叠地藏进深山映入水中。无数急盼雨水的旱苗都快枯死了,空中云朵却悠闲自在地化作奇异的峦峰。诗句描写作者在干旱时节期盼下雨润泽秧苗,而云彩来回变幻形象,最终没有下雨。

天仙子·水调数声持酒听

[宋]张先

沙上并禽池上暝,云破月来花弄影。

[注释]并禽:成对的鸟儿。这里指鸳鸯。

[赏析]黄昏后鸳鸯并眠在池边的沙滩上,明月冲破云层映照出被晚风吹动的婆娑花影。这里选的是全词下片中的前两句。词句表现主人公对"并禽池上暝"的向往,又感到尚有一种"云破月来花弄影"的灵动在内心。

山行留客

[唐]张旭

山光物态弄春晖,莫为轻阴便拟归。
纵使晴明无雨色,入云深处亦沾衣。

[**赏析**]春光映照着的山上景物气象万千,即使起了阴云也不必急忙想着回家。然而就算天气晴朗没有一丝雨意,当你进入了云山深处,雾气也会沾湿了衣裳。诗句描写山中充满生机的景象,又指出林木茂密而湿气很重的特点。

诏问山中何所有赋诗以答
[南北朝]陶弘景

山中何所有,岭上多白云。
只可自怡悦,不堪持赠君。

[**注释**]诏:皇帝发出的文书命令。诏问:这里指南北朝时南朝齐朝高帝(萧道成)对作者之问。

[**赏析**]皇上问我山里到底有些什么好东西,我禀告皇上说山岭上有很多白云。这些白云只可以让我自个儿愉悦地欣赏,使我怡然自得,但却没法儿拿下它来进贡给皇上您哪!作者是医药家、文学家,隐居山中。齐高帝之问带有劝其出山仕进之意;作者的回答是委婉地谢绝,表现自己甘心脱弃世俗功利,宁愿隐逸山林,与高山白云为伴的出世心境。

闻 笛
[唐]赵嘏

谁家吹笛画楼中,断续声随断续风。
响遏行云横碧落,清和冷月到帘栊。

[注释]画楼：雕梁画栋的楼阁。遏：止住。碧落：指天空。帘栊：挂着帘子的房门、窗户和床帏。

[赏析]是谁在华美的楼阁里吹笛子？笛声随着断断续续的风传了过来。笛声响亮时，好像能阻遏天空中浮云的流动；笛声清和时，又好像能随着冰冷的月光透进我的床帘。全诗八句，这里选的是前四句。诗句描写作者听到的笛声具有巨大的穿透力和吸引力。

苏武庙
[唐]温庭筠

苏武魂销汉使前，古祠高树两茫然。
云边雁断胡天月，陇上羊归塞草烟。
回日楼台非甲帐，去时冠剑是丁年。
茂陵不见封侯印，空向秋波哭逝川。

[注释]苏武：汉武帝时大臣，奉命出使匈奴，被扣押十九年，还让他去牧羊，苏武坚贞不屈，直到汉昭帝时苏武才被汉朝廷迎还。雁断：指书信断绝。这里指苏武与汉朝廷联系断绝。胡：古时对边塞外各族人的称呼。丁年：壮年。

[赏析]苏武见到汉使悲喜交集感慨万端，而我见到苏武古庙高树既肃穆又茫远。苏武在牧羊时遥望胡天的大雁，直到它们消失在云端月亮边，他牧羊归来见到的只有塞外草原和荒烟。出使时加冠佩剑正在壮年，回归时楼台依旧甲帐已无踪影。封侯赐爵与武帝不能再见，空对着秋水哭悼先帝叹息年华不再。诗句描写作者凭吊苏武庙时临风怀想当年苏武的困苦状态，咏叹苏武坚贞不屈的精神和高尚的民族气节、爱国情操。

滕王阁诗

[唐]王勃

滕王高阁临江渚,佩玉鸣鸾罢歌舞。

画栋朝飞南浦云,珠帘暮卷西山雨。

闲云潭影日悠悠,物换星移几度秋。

阁中帝子今何在?槛外长江空自流。

[注释]滕王阁:为唐朝滕王李元婴任洪州都督时所建楼阁,故址在今江西南昌赣江边。江:指赣江。渚:江中小洲。南浦:地名,在南昌市西南。西山:山名,是南昌名胜。槛:栏杆。

[赏析]高高的滕王阁下临赣江。当年那些身戴玉佩、坐着响车来观赏歌舞的贵人们已经过去了。早晨雕梁画栋上面飘来了南浦的云,黄昏珍珠门帘前面下起了西山的雨。大江中总是晃悠着白云的倒影,物换星移已度过了多少个春秋。高阁中的滕王如今在哪里呢?只有栏杆外的江水仍在流淌,日夜不息。

白水县崔少府十九翁高斋三十韵

[唐]杜甫

危阶根青冥,曾冰生淅沥。

上有无心云,下有欲落石。

泉声闻复急,动静随所击。

鸟呼藏其身,有似惧弹射。

[注释]白水县:唐时曾隶属同州,今陕西渭南市白水县。青冥:指树色。曾冰:比喻树荫。无心云:浮云。

原生态的瑰丽——古诗词里的美丽中国

[赏析]高大的树木颜色青苍,树荫产生淅淅沥沥的水滴。头上是无忧自在的朵朵浮云,脚下有容易滑落的大小石块。山泉的水流声时有时无,随着泉水的冲击动静忽大忽小。能听到鸟儿的鸣叫却不知它藏在哪里,它似乎是惧怕人类的弹射伤害。全诗很长,这里选的是其中的八句。诗句描写作者为到白水县崔姓舅氏处,而在山路上跋涉时所见的一些景象。

水调歌头·游览
[宋]黄庭坚

我欲穿花寻路,直入白云深处,浩气展虹霓。
只恐花深里,红露湿人衣。

[注释]霓:虹的一种。

[赏析]我本想穿过花丛找到出路,却一直走进了白云深处,有浩然之气在空中展现为一道彩虹。只恐怕在桃花深处,桃红的露水打湿了我的衣裳。这里选的是全词上片的后半部分。词句描写作者春游又神游"桃花源"所见到、所想象的瑰丽景象。

春日六绝句·其三
[宋]杨万里

雾气因山见,波痕到岸消。
诗人元自懒,物色故相撩。

[注释] 见：即"现"。

[赏析] 因为山峰高耸而显出山前缭绕的云雾，水面的波浪到了岸边就没了痕迹。我本来懒于作诗乐得自在，但这山光水色的美景竟撩动了我的诗情。

踏莎行·郴州旅舍
[宋] 秦观

雾失楼台，月迷津渡。
桃源望断无寻处。
可堪孤馆闭春寒，杜鹃声里斜阳暮。

[注释] 郴州：宋时州名。今湖南郴州市。

[赏析] 雾气迷茫，楼台依稀难辨，月色朦胧，渡口隐匿不见。望尽天涯，理想中的桃花源到哪里寻觅？春寒料峭，孤寂地住在旅舍多么难堪，夕阳西下，在暮霭里听杜鹃鸟声声哀鸣。这里选的是全词的上片。词句展开了一幅凄楚迷茫的画面，表现作者谪居生活中寂寞冷清的环境和黯淡凄怆的意绪。

杂诗·其二
[三国] 曹丕

西北有浮云，亭亭如车盖。
惜哉时不遇，适与飘风会。
吹我东南行，行行至吴会。
吴会非我乡，安能久留滞。
弃置勿复陈，客子常畏人。

[**注释**]亭亭：孤高而无所依靠的样子。吴会：指吴郡、会稽郡。

[**赏析**]西北方空中有一片浮云，好像是巨大的车盖却无所依恃随风飘行。可惜啊这片浮云的时运不好，恰巧碰到了大风只能飘忽不定。大风吹着我飘向东南方，飘着飘着来到吴郡会稽郡。吴郡会稽郡不是我的故乡，怎能在此长久滞留。抛开忧愁也不必说其他，作为客子居留异乡怕受人欺负呀！诗句作者以浮云的随风飘行，比喻游子听凭外力摆布、飘零异乡的命运，蕴含着作者的人生如浮云、漂泊无所依的深沉感慨。

虢州后亭送李判官使赴晋绛得秋字

[唐]岑参

西原驿路挂城头，客散红亭雨未收。
君去试看汾水上，白云犹似汉时秋。

[**注释**]虢州：唐时州名。故城在今河南省灵宝市南。晋绛：指晋州、绛州，约为今山西省临汾市、运城市地域。得秋字：指拈得"秋"字作为此诗韵脚。西原：指虢州城外一带山岭。汾水：晋地（今山西省）的一条大河。汉时秋：据史书记载，汉武帝刘彻曾在汾水中泛舟，并乘兴作《秋风辞》，有"秋风起兮白云飞"的句子。

[**赏析**]驿路在西原山岭绕行，看起来像是在城头上，送行人与您依依惜别，雨仍下个不停。您被派去晋地定能见到汾水，您不妨看看那里的水色、白云是否仍像汉朝时那样宏美。诗句描写送人的情形，隐含对唐王朝走向衰落的深沉感叹。

柏林寺南望

[唐]郎士元

溪上遥闻精舍钟,泊舟微径度深松。
青山霁后云犹在,画出西南四五峰。

[注释]精舍:佛寺。这里指柏林寺。霁:雨后或雪后放晴。西南:又作"东南"。

[赏析]船行在溪上已听到了远处佛寺里的悠悠钟声,停船上岸沿着蜿蜒山路穿过又深又密的松林。虽然风雨已停、天气转晴,青山上仍存在大片白云,往西南方眺望,四五座青翠的山峰从流云中清晰可见,犹如刚刚画成。诗句呈现出一幅雨后青山白云的生动画面。

寻南溪常山道人隐居

[唐]刘长卿

一路经行处,莓苔见履痕。
白云依静渚,春草闭闲门。
过雨看松色,随山到水源。
溪花与禅意,相对亦忘言。

[注释]渚:水中的小块陆地。

[赏析]一路上经过的地方,青苔小道留下鞋的印痕。白云飘在静静的沙洲上空,春草遮住了经常关闭着的柴门。一场雨过后松树颜色青翠,循着山路走到溪水的源头。看着溪边野花感到心静神定犹如坐了禅,与寻访对象凝神相对默默无言多么坦然。诗句描写作者为寻访道士而行走在山径里所见到的周围的清幽景色,及由此而产生的澄静的心境。

有美堂暴雨

[宋]苏轼

游人脚底一声雷,满座顽云拨不开。
天外黑风吹海立,浙东飞雨过江来。

[**注释**]有美堂:楼堂名。宋仁宗时,梅挚出任杭州知州时在吴山顶上所建。顽云:指浓云。

[**赏析**]一阵响亮的雷声宛如从游人的脚底下震起,浓黑的云层缭绕在有美堂上空无法拨开。远处天际的疾风卷着乌云把海浪吹得直立起来,从浙东飞来的暴雨越过钱塘江倾泻到杭州城和有美堂之上。全诗八句,这里选的是前四句。诗句描写了风起、云黑、雷鸣,暴雨由远而近,跨越大江,突袭杭州城的壮阔景象。

送人之荆门

[明]浦源

云边路绕巴山色,树里河流汉水声。
此去郢中应有赋,千秋白雪待君赓。

[**注释**]荆门:泛指湖北江陵、荆州一带。郢:春秋战国时期楚国都城。其地址几经迁徙。这里指代朋友要去地方的范围。白雪:指《阳春》《白雪》,是当时较高雅的歌曲。赓:继续。

[**赏析**]你乘船西去荆门,水路蜿蜒似在云中,周边是巴山浓郁的苍翠,绿树掩映着两岸,江河里澎湃着汉水的声音。你这次到了荆门应该有歌赋作品,那个"阳春白雪"的美妙歌曲正等待你来写续篇呢!全诗八句,这里选

的是后四句。作者指出在前往荆门的水路上会遇到的山水景象,并预祝朋友写出好作品。

秋日鲁郡尧祠亭上宴别杜补阙范侍御
[唐]李白

云归碧海夕,雁没青天时。
相失各万里,茫然空尔思。

[**赏析**]秋天的傍晚,白云飘向海天边沿,大雁消逝在渺茫的青天。我们三人分别后相距万里,茫然之中只有愁思不断。全诗十四句,这里选的是最后四句。诗句描写作者"宴别"友人时所见所思的情景。

点绛唇·云透斜阳
[宋]曹组

云透斜阳,半楼红影明窗户。
暮山无数,归雁愁还去。
十里平芜,花远重重树。空凝伫。
故人何处?可惜春将暮。

[**赏析**]夕阳透过层云,把半边楼屋及窗户照得红亮。无数山岭暮色苍茫,大雁虽是发愁还是要返回遥远的家乡。在广阔原野上,花儿已不多了,树荫茂密重重。空自伫立凝望。我的情人你在哪里?春光将逝,未能相见,多么

可惜。词句抒发了羁旅的作者惜春怀人的情思。

归去来兮辞
［晋］陶潜

云无心以出岫，鸟倦飞而知还。

［注释］岫：山；山洞。

［赏析］白云很自然地从山里飘出来浮在天空中，鸟儿飞得疲倦了自己知道飞回巢里。这里选的是全篇辞中的两句。这两句话指出"云出岫""鸟知还"都是自然的合乎其本性的事，作者从而表明自己辞官归田也是本然、正常和平淡的事情。

对 雪
［唐］杜甫

战哭多新鬼，愁吟独老翁。
乱云低薄暮，急雪舞回风。

［赏析］战争中士兵们对新死去的同伴的鬼魂哭泣，在哀愁地作诗吟诵的只有我这个老翁。黄昏时分天空的乱云压得低低的，急骤下来的雪花在狂风中回旋飘舞。唐朝安史之乱时长安失陷，作者身陷其中。全诗八句，这里选的是前四句。诗句表现作者独坐斗室，胸中的哀伤愁绪与面对的严寒风雪交织在一起。

临川山行

[唐]周瑀

朝见青山雪,暮见青山云。
云山无断绝,秋思日纷纷。

[**注释**]临川:地名,唐代为抚州辖地,今江西抚州市临川区。

[**赏析**]秋日清晨看见的像是青山上的雪,黄昏见到的是青山上的云。云总是在青山上不会断绝,我内心的秋思也是纷纷不断。诗句描写作者在"临川山行"时所见景象及内心思念。

别诗二首·其一

[三国]应玚

朝云浮四海,日暮归故山。
行役怀旧土,悲思不能言。
悠悠涉千里,未知何时旋。

[**注释**]朝云:比喻年轻时。日暮:比喻晚年。故山、旧土:比喻家乡。

[**赏析**]清早云彩开始在天空中四处飘浮游荡(年轻力壮时到处奔波),到了傍晚夕阳西下时它就会回归出发的故地(年老体衰时回归故里终老)。行走各处服役出力时总想着家乡,悲苦思念之心难以言说。跋涉辗转千里,不知何时能返回家乡。作者此诗反映的是东汉末年社会混乱动荡、人心思定的情绪。

巫 山

[唐]张子容

朝云暮雨连天暗，神女知来第几峰？

[**注释**]神女：传说为赤帝之女，未嫁而亡，葬在巫山的南面。

[**赏析**][先秦]宋玉在《高唐赋》里描写：神女自述自己"旦为朝云，暮为行雨"。神话传说是对该地的特殊地理环境与气象的附会和美妙的想象。早上云雾缭绕，傍晚阴雨连绵，天空总是昏昏暗暗，不知道那巫山神女是从巫山的第几个山峰下来的？全诗四句，这里选的是后两句。诗句描写了巫山云多雨密的特有气象。

11. 雨

重过圣女祠

[唐]李商隐

白石岩扉碧藓滋,上清沦谪得归迟。
一春梦雨常飘瓦,尽日灵风不满旗。

[**注释**]圣女祠:据《水经·漾水注》所说,在"武都秦冈山……有神像……世名之曰'圣女神'。"(武都:今甘肃省陇南市武都区。)岩扉:岩洞的门。碧藓:指青苔。上清:道教有三清(玉清、太清、上清)境之说,上清(境)指神仙居住的最高天界。沦谪:指神仙被贬谪到人间。

[**赏析**]圣女祠的白石门边长满碧绿的苔藓,(神女)从上清天界谪落到此地迟迟不能回去。春天的蒙蒙细雨不断洒向大殿上的青瓦,整日的灵异之风吹拂着祠中的旗幡,却未能使它高高扬起。全诗八句,这里选的是前四句。诗句描写作者经过圣女祠时见到的雨中景象,意境朦胧缥缈。

夏日题老将林亭

[唐]张蠙

百战功成翻爱静,侯门渐欲似仙家。
墙头雨细垂纤草,水面风回聚落花。

[注释]林亭:指老将军的府第。

[赏析]身经百战功成名就反倒喜欢宁静,显赫侯门日渐清幽好像是学仙人家居所。墙头上的纤纤小草在蒙蒙细雨中低垂着,水面上的落花被回旋的微风吹得转圈儿。全诗八句,这里选的是前四句。诗句描写老将军晚年宁静的心境和冷落的门庭,也暗喻作者自己人生落寞的境况和心情。

水槛遣心二首·其一

[唐]杜甫

澄江平少岸,幽树晚多花。
细雨鱼儿出,微风燕子斜。

[赏析]清澄的江水上涨几乎与岸持平,树林葱茏幽静,暮色里显出更多的鲜花。蒙蒙细雨中鱼儿游了上来跃出水面,习习微风里燕子斜飞着掠过天空。全诗八句,这里选的是其中间四句。诗句描写作者居所周边的一些自然景象,显示出作者经过长期颠沛流离后,定居在成都的远离城郭的草堂,安宁闲适的心境。

别严士元

[唐]刘长卿

春风倚棹阖闾城,水国春寒阴复晴。
细雨湿衣看不见,闲花落地听无声。

[注释]棹:船桨。倚棹:停船,泊舟。阖闾:春秋时吴国君主。阖闾城:指吴国都城,今江苏苏州。

[赏析]在春风起时我们的船停泊在古阖闾城外,这水流环绕之城春寒料峭忽阴忽晴。蒙蒙细雨虽看不见却已打湿了衣服,树上的残花飘落到地上没有一点声息。全诗八句,这里选的是前四句。诗句描写作者送别友人的地点和时令天气的景象。

绝　句

[元]赵孟頫

春寒恻恻掩重门,金鸭香残火尚温。
燕子不来花又落,一庭风雨自黄昏。

[注释]恻:悲伤。金鸭:指鸭形香炉。

[赏析]春寒料峭心情悲切只好关上家院的多重门,香炉尚未熄灭还残留着余温。燕子还没有归来花儿却已凋落,风雨不断地侵袭着庭院,不知不觉又到了黄昏。作者本是宋朝宗室,而出仕元朝廷。诗句描写春寒风雨的景象,表达了作者寒冷凄恻的心境。

原生态的瑰丽——古诗词里的美丽中国

春夜喜雨
[唐]杜甫

好雨知时节,当春乃发生。
随风潜入夜,润物细无声。

[赏析]对人有利的好雨知道在什么时节下最合适,当春季万物生长需要雨露的时候它就及时下来了。它在夜里随着轻风悄然落入大地,细微无声地润泽着田间万物。全诗八句,这里选的是前四句。诗句表现作者对雨下得正是时候的喜悦,显示作者对农事和农人利益的巨大关切。

咏雨二首·其二
[唐]李世民

和气吹绿野,梅雨洒芳田。
新流添旧涧,宿雾足朝烟。
雁湿行无次,花沾色更鲜。
对此欣登岁,披襟弄五弦。

[赏析]阴阳调和的气候吹拂着绿色原野,应季而下的梅雨洒遍稻田。新的水流添加在旧的山涧,夜雾如烟弥漫在晨间。雁翅潮湿致使飞行失去次序,花儿沾着雨水色彩更加鲜艳。我欣喜即将丰收的年景,不禁敞开衣襟要弹奏琴弦。作者李世民(即唐太宗)描写当时气候适当、雨水充沛,有利于农作物丰收,并表示对此感到高兴。

六月二十七日望湖楼醉书五首·其一
[宋]苏轼

黑云翻墨未遮山,白雨跳珠乱入船。

卷地风来忽吹散,望湖楼下水如天。

[**注释**]望湖楼:位于杭州凤凰山。

[**赏析**]天上的浓云黑得像翻倒的墨汁,还没来得及把山完全遮住,白色的雨点已经像跳动的珍珠一样纷乱地落到了船上。忽然一阵狂风贴地卷来吹散了乌云和大雨,云开日出望湖楼下水面平静下来,似乎与天连成了一片。诗句描写作者在杭州望湖楼上饮酒时,所见到的夏日西湖一阵大雨和雨过天晴后的景色。

望湖楼晚景五首·其二
[宋]苏轼

横风吹雨入楼斜,壮观应须好句夸。

雨过潮平江海碧,电光时掣紫金蛇。

[**赏析**]横扫着的大风带着斜雨扑进望湖楼,这壮观的景象真得用华美的词句予以夸赞。然而一阵急雨过后,风也静了,潮水平稳上涨,钱塘江浩阔如海,颜色澄碧,只有不时闪过的电光像一条条紫金色的龙蛇。诗句描写作者傍晚时在望湖楼上,看到一阵横风急雨下来,转眼间雨停云散、风平浪静、江阔水碧的迅速变幻的景象。

原生态的瑰丽——古诗词里的美丽中国

河清与赵氏昆季宴集得拟杜工部
[唐]李商隐

虹收青嶂雨,鸟没夕阳天。

[**注释**]嶂:高耸险峻像屏障的山。没:消失。

[**赏析**]傍晚,雨水收住,彩虹出现,青青的高山峰峦都显露出来了;飞鸟远去,渐渐消失在夕阳余晖中。全诗八句,这里选的是第三、第四句。诗句描写雨后虹现、青山叠翠、飞鸟归巢的美好景象。

溪上遇雨二首·其一
[唐]崔道融

回塘雨脚如缫丝,野禽不起沈鱼飞。
耕蓑钓笠取未暇,秋田有望从淋漓。

[**注释**]缫丝:煮茧抽丝。沈:同"沉"。

[**赏析**]雨水像细丝一般密集地落在环曲的池塘上,旷野的鸟儿不能起飞、沉底的鱼儿却跃出水面。耕田的农夫、钓鱼的人们来不及取来蓑衣和斗笠,一场淋漓大雨使秋天的农田丰收有希望了。诗句作者描写细密的雨,并期望发展成为淋漓大雨,从而有利于秋季作物的丰收。

久 雨

[宋]陆游

昏昏风雨暗东湖,恰似梅黄四月初。
高树送声惊客枕,小池分溜入清渠。
飞蚊屏迹知何在,团扇生尘已暗疏。
须信西游有奇事,今年三伏夜观书。

[赏析]天空昏暗,风雨交加,东湖蒙蒙一片,这天时就像是四月初梅子黄时的雨季。高大树枝上的雨声吵醒了床枕上的客人,池塘水满涓涓流入清渠。蚊子绝迹已不知躲到了何处,团扇丢在暗处蒙上了灰尘。应该相信有西游这样的奇事,今年三伏天的夜里多么凉快能坐下来静心读书。诗句描述了"久雨"以及下雨使得天气凉快的状况。

登柳州城楼寄漳汀封连四州

[唐]柳宗元

惊风乱飐芙蓉水,密雨斜侵薜荔墙。
岭树重遮千里目,江流曲似九回肠。

[注释]惊风:急风,狂风。飐:风吹使颤动。芙蓉:荷花。薜荔:一种常绿藤本植物。江:指柳江。

[赏析]狂风乱颤掀动盛开荷花的水面,暴雨密集斜打在爬满薜荔的墙上。山岭层叠林树繁茂遮住了远望的视线,弯弯曲曲的柳江犹如我九转百结的愁肠。全诗八句,这里选的是其中的三至六句。诗句作者向一同被贬谪的四州同僚描写柳州急雨狂风的景象和自己内心的愁绪。

原生态的瑰丽——古诗词里的美丽中国

巫山高
[唐]卢照邻

惊涛乱水脉,骤雨暗峰文。
沾裳即此地,况复远思君。

[赏析]巨大的波涛使江水翻涌,看不见水的波纹,暴骤的雨幕遮住了山峰,看不清山的脉络。使人泪沾衣裳的地方就是这里啊,更何况我是一直在思念着你呢！全诗八句,这里选的是后四句。诗句描写长江三峡巫峡段壮伟的气势和变幻的雨景,最后两句点出作者怀人的主旨。

春游南亭
[唐]韦应物

景煦听禽响,雨余看柳重。
逍遥池馆华,益愧专城宠。

[注释]景:同"影",指日光。专城:指主宰一地的地方官,这里是作者自指(作者时任刺史)。

[赏析]阳光和煦,听着禽鸟啼唱,刚下过雨看那杨柳枝叶湿得沉重。在华美的池馆里悠闲自得,只是我个人得到如此优厚待遇更感惭愧。全诗八句,这里选的是后四句。诗句描写南亭一带风光美丽、生机盎然的春景,以及作者的自我思考。

定风波

[宋]苏轼

莫听穿林打叶声,何妨吟啸且徐行。
竹杖芒鞋轻胜马,谁怕？一蓑烟雨任平生。

[注释]芒鞋:草鞋。蓑:蓑衣,用草或棕毛制成的防雨披。

[赏析]不用去听那些雨点穿过树林打在树叶上的声响,我们不妨一边吟咏长啸一边悠然地徐徐行进。手持竹杖脚穿草鞋轻捷胜过骑马,我才不怕哩！身披蓑衣任凭风吹雨打,照原样过着我的人生。这里选的是全词的上片。词句描写作者及其同伴在雨中潇洒徐行的举动,表现作者虽屡遭挫折身处逆境,而仍能处变不惊、气定神闲的倔强性格和超脱旷达的心境。

南 荡

[宋]王安石

南荡东陂水渐多,陌头车马断经过。
钟山未放朝云散,奈此黄梅细雨何。

[注释]陂:池塘。陌:泛指道路。钟山:山名,在今江苏省南京市。作者晚年曾居住其间。

[赏析]南边的芦荡东面的池塘水涨了很多,道路被水淹没车马都不能通过。钟山上面云雾笼罩没有放晴的迹象,对这种下个不停的黄梅雨谁也没有辙。诗句描写作者居住地钟山一带在梅雨时节的令人无奈的景象。

无题·飒飒东风细雨来

[唐]李商隐

飒飒东风细雨来,芙蓉塘外有轻雷。

[**注释**]飒飒:形容风声、雨声。芙蓉:荷花。

[**赏析**]东风飒飒,阵阵细雨随风飘散纷飞,荷花塘外的那边,传来了声声轻雷。全诗八句,本意是描写和叹息爱情的。这里选的是开头两句,为后面的内容做铺垫。诗句传达了春天的气息,又隐喻春心萌动难抑的心境。

春日怀秦髯

[宋]李彭

山雨萧萧作快晴,郊园物物近清明。
花如解语迎人笑,草不知名随意生。

[**赏析**]山间一场潇潇小雨过后,天空很快就放晴了,郊野庄园里的景物都被淋洗得明净清新。花儿好像能理解人的话一样冲着人笑,不知名的小草自管自地随处生长。全诗八句,这里选的是前四句。诗句描写山间园林雨后清新、花草生机盎然的景象。

水槛遣心二首·其二

[唐]杜甫

蜀天常夜雨,江槛已朝晴。
叶润林塘密,衣干枕席清。

[**注释**]蜀：古地名，今四川地域。

[**赏析**]蜀地天气常常是在夜里下雨，清晨在江边栏杆已看到天色转晴。叶子沾着雨水，树林里密布着水洼。天晴了，我的衣服和枕席也干爽了。全诗八句，这里选的是前四句。诗句描写作者居住地（四川成都郊外）的天气状况。

[双调]得胜令·四月一日喜雨
[元]张养浩

万象欲焦枯，一雨足沾濡。
天地回生意，风云起壮图。
农夫，舞破蓑衣绿；和余，欢喜的无是处！

[**注释**]濡：沾湿。余：我。

[**赏析**]天旱使万物被晒得要枯焦，这一场雨足以沾湿润泽万物。天地都恢复了生气，风云也显得豪壮有力了。农夫们高兴得手舞足蹈以致弄破了绿蓑衣，我也满心欢喜不知如何是好。曲词表现久旱后的一场喜雨使得农人和作者欢欣雀跃的情景。

幽 居
[唐]韦应物

微雨夜来过，不知春草生。
青山忽已曙，鸟雀绕舍鸣。

[赏析]夜里下了一场细雨,春草在不知不觉中长出来了。清晨曙光已映照在青山上,鸟雀叽叽喳喳绕着房舍啼鸣。全诗十二句,这里选的是其中四句。诗句描写春雨后的一些景象。

声声慢·寻寻觅觅

[宋]李清照

梧桐更兼细雨,到黄昏、点点滴滴。
这次第,怎一个愁字了得!

[赏析]细雨打在梧桐叶上,到黄昏时分,还是点点滴滴没完没了。这个光景,我的心绪,用一个"愁"字怎么能概括得尽!这里选的是全词的下片的后半部分。词句描写秋凉下雨时,作者在流离、孀居的孤寂境遇中的忧郁沉重、哀婉凄苦的无尽愁绪。

踏莎行·润玉笼绡

[宋]吴文英

午梦千山,窗阴一箭。
香瘢新褪红丝腕。
隔江人在雨声中,晚风菰叶生秋怨。

[注释]菰:多年生草本植物,可食用的嫩茎部分俗称"茭白"。

[赏析]午憩迷离中似乎经历千山万水,实际上日影只转移了一箭距离。

手腕上红丝线勒出的印痕刚刚褪去。江面上的雨声淅淅沥沥,隔着江无法望到心中的你,只有萧萧晚风吹拂着菰叶似乎已到了令人怨艾的秋季。这里选的是全词的下片。据说全词是作者怀念已去世的姬妾之作。

浣溪沙·细雨斜风作晓寒
[宋]苏轼

细雨斜风作晓寒,淡烟疏柳媚晴滩。
入淮清洛渐漫漫。

[注释]洛:指洛涧,发源于合肥,北流至怀远入淮河。(洛涧入淮,非作者目力能及,这里作者用的是想象虚拟笔法。)

[赏析]细细的雨、斜刮的风使得这个清晨很是寒冷,在淡淡的烟雾中,稀疏的柳枝轻轻摇摆在放晴后的岸滩。清清的洛涧流入淮河,水势渐渐广阔漫远。这里选的是全词的上片。词句描写作者与友人游览泗州南山时所见的冬末早春的景象。

鹭鸶
[唐]郑谷

闲立春塘烟淡淡,静眠寒苇雨飕飕。
渔翁归后沙汀晚,飞下滩头更自由。

[注释]鹭鸶:这里指白鹭(鹭鸟的一种)。飕飕:形容风雨声,或一种很快通过的声音。汀:水边平地。

原生态的瑰丽——古诗词里的美丽中国

[赏析]白鹭时而悠闲地站立在淡烟迷蒙的池塘边上,时而静卧在急雨飕飕的寒冷的芦苇丛里。渔翁回去后水边沙滩上晚雾茫茫,没有人了,白鹭在沙滩上飞翔和留宿更为自由。诗句描写白鹭在白天、夜晚以及雨中的生活状态。

咸阳值雨
[唐]温庭筠

咸阳桥上雨如悬,万点空蒙隔钓船。
还似洞庭春水色,晚云将入岳阳天。

[注释]咸阳桥:在长安北门外的渭水上。
[赏析]咸阳桥上的雨宛如悬在空中的珠帘,那些泊着的钓鱼船被迷蒙的雨帘隔着难以看见。这景况多么像春水涨起时洞庭湖上的浩渺烟波,那沉沉的暮霭又像是湖上的水汽飘向岳阳城的天空。诗句描写作者在长安咸阳桥一带遇雨时所见的清旷迷蒙的烟雨景象。

东关二首·其二
[宋]陆游

烟水苍茫西复东,扁舟又系柳阴中。
三更酒醒残灯在,卧听萧萧雨打篷。

[赏析]烟水苍茫,人生漂泊,西去而复东来;扁舟一叶,泊于柳下,又在

会稽东关。三更时分我从醉酒中醒来,只见残灯依然亮着;心情郁闷,躺卧船舱,倾听夜雨潇潇不停地打着船篷。作者仕途坎坷,抗金之志难伸。诗句表现作者在游历时夜宿船中遇雨而产生的凄清孤零的心情。

点绛唇·丁未冬过吴松作
[宋]姜夔

燕雁无心,太湖西畔随云去。
数峰清苦,商略黄昏雨。

[注释]吴松:今江苏苏州市吴江区,西临太湖。商略:商量,酝酿。

[赏析]我坐的船驶过吴松,只见太湖西边,那些燕子、雁儿无目的地随着云飞走了;那边的几座山峰在阴霾笼罩下显得凄清寂寞,它们正酝酿着在黄昏时刻下一场雨。这里选的是全词的上片。词句表现作者船过吴松时所见的黄昏雨前的景象。

长相思·雨
[宋]万俟咏

一声声,一更更。窗外芭蕉窗里灯,此时无限情。
梦难成,恨难平。
不道愁人不喜听,空阶滴到明。

[赏析]雨声不断,不能入睡,过了一更又一更,窗外是雨打芭蕉,窗内

是一盏孤灯,心里的愁情无限奔涌。好梦做不成,幽恨也难摆平。窗外的雨并不知道忧愁的人不爱听它的声音,不断地滴在台阶上一直滴到天明。这首词是作者早年屡试不第、羁旅异乡时所作,反映了作者的抑郁、烦闷、凄楚的心情。

小 雨
[宋]杨万里

雨来细细复疏疏,纵不能多不肯无。
似妒诗人山入眼,千峰故隔一帘珠。

[赏析]雨丝细小又稀稀疏疏,雨既不能下得大一点又不肯停下来。雨呀,你是不是嫉妒山峰太美不愿让我多看,就用雨丝织成一片珠帘把众多山峰遮挡起来?诗句描写细雨不停如珠帘的景象,表现作者希望雨停的意象。

夜 雨
[唐]白居易

早蛩啼复歇,残灯灭又明。
隔窗知夜雨,芭蕉先有声。

[注释]蛩:古书上指蟋蟀。

[赏析]蟋蟀叫叫停停,清风吹来屋里的灯忽暗忽明。夜里隔着窗户也知道雨下来了,雨打芭蕉发出的叮咚杂沓的响声传了进来。诗句描写作者接

到大雨将至的信息,及雨终于下来的声响。

溪上遇雨二首·其二
[唐]崔道融

坐看黑云衔猛雨,喷洒前山此独晴。
忽惊云雨在头上,却是山前晚照明。

[赏析]我看见天空中浓密的黑云饱含着一场大雨,喷洒到前方远处的山峦上而我这里仍然放晴。忽然间滚滚乌云挟带着急雨已落到头上使我惊慌,但是前方青翠的山峰却被夕阳余晖照得十分明亮。诗句描写作者遇上急骤夏雨时的情景。

12. 雪

咏雪联句
[晋]谢安、谢朗、谢道韫

白雪纷纷何所似？撒盐空中差可拟。未若柳絮因风起。

[赏析]据史书记载，一个雪天，晋代豪门世族谢安聚集家族中人讲论文义。雪下得急了，谢安见状吟出一句诗："白雪纷纷何所似？"（白雪纷纷下，它像是什么？）侄子谢朗迅即和了一句："撒盐空中差可拟。"（大致可以比拟为把盐撒向空中。）侄女谢道韫随即修正："未若柳絮因风起。"（还不如说是大风把柳絮吹得漫天飞舞。）谢道韫的联句的意象高出一筹，得到谢安和在座宾朋的称赞。此事后来传为诗事佳话。

咏 雪
[清]南岳道人

白雪红颜有夙因，红颜对雪更酸辛。
怜伊本是空中物，抛落今同地上尘。

[注释]红颜：指年轻貌美的女子。夙：素有的，旧有的。夙因：前世的姻缘。

[赏析]白雪与红颜有着前世的姻缘；红颜对于白雪之遭到污染更觉辛酸。可怜白雪本是空中的洁物，抛落到了地上遭到污染如同尘埃。作者是清代小说《蝴蝶缘》中的歌女。诗句感伤白雪之遭受污染；作者也是咏物自喻，悲叹自己本如白雪却沦落风尘的不幸命运。

南秦雪
[唐]元稹

才见岭头云似盖，已惊岩下雪如尘。
千峰笋石千株玉，万树松萝万朵银。

[注释]秦：指秦岭。松萝：寄生于老树枝干的悬垂条丝状植物。

[赏析]刚看见秦岭上空的云像个大锅盖，已惊奇地发现山岩下面的雪多如尘埃。石笋状的山峰就像千百株矗立的白玉，老树林里的万条松萝如同万朵白银铸成的花。此诗是作者被贬谪从京城长安去四川路上所作。全诗八句，这里选的是中间四句。诗句描写在秦岭南沿地方所见的大雪景象。

蒙 阴
[清]厉鹗

冲风苦爱帽檐斜，历尾无多感岁华。
却向东蒙看霁雪，青天乱插玉莲花。

[注释]蒙阴：指山东蒙阴县。历：纪录年月日和节气的书、表等。霁：雨或雪后放晴。

[赏析]不得不迎着北风行走，我的帽檐被风吹得歪斜，历书临尾今岁将尽深感年华虚度。看那蒙阴的东蒙山雪后一座座山峰，犹如在青碧的天空中乱插着一簇簇皎洁如玉的莲花。诗句描写作者在岁末向北京方向行进时的情形，并描写蒙阴地方山峰雪后的艳丽景象。

春 雪
[唐]东方虬

春雪满空来，触处似花开。
不知园里树，若个是真梅。

[赏析]春天已来到，天空中却纷纷扬扬地下起了雪，雪落到树枝上竟像是花儿开放。不知道这园子里树枝上的团团白色，哪个是雪花哪个才是真正的白梅花？

如梦令·雪中作
[宋]苏庠

叠嶂晓埋烟雨，忽作飞花无数。
整整复斜斜，来伴南枝清苦。
日暮，日暮，何许云林烟树。

[赏析]层层叠叠的山峰拂晓时掩藏着烟云雨雾，忽然间变成了无数飞

花飘谢下来。或是整齐片片或是倾倒歪斜,与已凋零瘦削的树枝相伴。天色向晚,到了黄昏,在这林树上已有多少白色烟云覆盖。词句描写大雪覆盖山岭和树林的茫茫景象。

望 雪
[唐]李世民

冻云宵遍岭,素雪晓凝华。
入牖千重碎,迎风一半斜。
不妆空散粉,无树独飘花。
萦空惭夕照,破彩谢晨霞。

[注释]牖:窗户。

[赏析]冻云将山岭遮盖,洁白的雪凝住了清晨的江山。雪花飘进门窗就融化了,迎风飞舞忽东忽西。无人梳妆,空中却飘洒下香粉,没有树林却飘来白花。萦绕天空使夕阳不免有点羞愧,五彩的朝霞也失去了光彩。诗句描写下雪给山岭天地带来的宏阔景象。

和吴冲卿雪
[宋]王安石

纷华始满眼,消释不旋踵。

[注释]旋踵:把脚后跟转过来,形容时间极短。

[赏析]大雪纷纷扬扬下来,满眼都是雪花,但还没有等到把脚后跟转

过来，它就消融了。诗题表明内容与雪有关。全诗二十八句，这里选的是其中两句。诗句描写雪消融得很快，暗喻世事变化迅速。

阻　雪
［清］吴伟业

关山虽胜路难堪，才上征鞍又解骖。
十丈黄尘千尺雪，可知俱不似江南。

［注释］骖：本指驾在辕马两旁的马。这里指作者所骑的马。

［赏析］关隘山川虽是美好胜景，路却很坎坷难行，我刚跨上马鞍又不得不下马步行。北方干燥黄尘百丈弥漫如雾，又下起了雪白茫茫一片，这使我知道了这里一切都与江南迥然有别。此诗是作者应清朝廷之召北上，到山东临清时遇大雪阻路而作。诗句感叹路难行、阻于雪的景象，隐含自己被迫入京的悲凉心情。

白雪歌送武判官归京
［唐］岑参

瀚海阑干百丈冰，愁云惨淡万里凝。
中军置酒饮归客，胡琴琵琶与羌笛。
纷纷暮雪下辕门，风掣红旗冻不翻。
轮台东门送君去，去时雪满天山路。
山回路转不见君，雪上空留马行处。

[注释]瀚海：沙漠。阑干：纵横交错的样子。中军：指主将的营帐（指挥部）。辕门：军营的门。掣：拽，拉。轮台：地名。边塞驻军地，唐轮台位于今新疆米泉县境内。

[赏析]无边的沙漠到处结着千百丈厚的冰，万里长空凝聚着惨淡不开、令人愁闷的云。主帅在中军帐摆酒为回京城的贵客践行，军乐队以胡琴琵琶羌笛的合奏来助兴。傍晚时分纷纷扬扬的大雪阻塞住了军营大门，军队的红旗被寒冷凝冻得不能翻卷，连大风也不能把它拽展开来。在轮台东门外欢送你回京复命，这时候却赶上大雪盖住了天山的路径。山路曲折一转弯就不见了你的踪影，雪地上只留下一行马蹄印。全诗十八句，这里选的是后十句。诗句描写在边塞军营欢送使臣回京的情形，以及军营所在的西域边塞地方寒冷与下大雪的种种景象。

送七兄赴扬州帅幕

[宋]陆游

急雪打窗心共碎，危楼望远涕俱流。
岂知今日淮南路，乱絮飞花送客舟。

[注释]七兄：指作者之兄陆濬。扬州帅：正式官称是（南宋）"淮南东路安抚使"。幕：幕府。危楼：高楼。

[赏析]大风急雪扑打着窗棂，我的心和雪珠一起破碎，登上高楼远望淮南军情禁不住涕泪交流。我岂能不知道当前淮南情况的紧急，在这雪花乱飞之际，送你坐上客船赶赴扬州军部。全诗八句，这里选的是后四句。诗句描写当时金兵南下、军情紧急，作者为时局担忧，自己报效无门，送七兄去"扬州帅"幕府效力的情景。

雪中阁望
[清]施闰章

江城草阁俯渔矶，雪满千山失翠微。
笑指白云来树杪，不知却是片帆飞。

[注释]矶：水边突出的岩石或石滩。杪：梢，尖。

[赏析]我在江城的一座普通楼阁俯瞰江边，那可供垂钓的石滩已被白色覆盖，远处的群山都是白雪皑皑青翠已不见。友人高兴地指着有片片白云飘在树梢，其实他是错把江上飞驶的帆船当作白云在飘。诗句描写大雪天气时银装素裹一片茫茫、江中仍有白帆飞驶的景象。

对 雪
[唐]高骈

六出飞花入户时，坐看青竹变琼枝。
如今好上高楼望，盖尽人间恶路歧。

[注释]六出：指雪花（有六瓣，呈六角形）。琼：白玉。

[赏析]雪花飞舞飘入千家万户庭院，眼看着青竹变成了白玉。如果再登上高楼瞭望远处，大雪已盖满人间那些崎岖难行的路途。诗句描写冬天大雪覆盖庭院、竹林、道路的白茫茫一片的景象。

雪后到乾明寺遂宿
［宋］苏轼

门外山光马亦惊，阶前屐齿我先行。
风花误入长春苑，云月长临不夜城。

［注释］风花：指雪。长春苑：本指皇帝宫苑，此处借喻乾明寺。

［赏析］寺庙外漫山银光使马儿都受惊，我先行迈步在石阶上留下木屐印痕。隆冬之际，雪花飞舞，乾明寺竟像长春苑遍开梨花，月光与雪色交相辉映，使这里成了不夜城犹如白天。全诗八句，这里选的是前四句。诗句表现对雪后的寺院美景的惊叹和赞赏。

村雪夜坐
［唐］白居易

南窗背灯坐，风霰暗纷纷。
寂寞深村夜，残雁雪中闻。

［注释］霰：小冰粒，多在下雪前或下雪时出现。有的地方称雪子、雪糁。

［赏析］我面向南窗、背对灯光坐着，外面黑暗风吹雪子纷纷扬扬。在这寂寞小村的深夜里，我听到一只孤雁在大雪中翻飞哀叫。研究者认为此诗是作者在老家居母亲丧时所作，反映了作者当时落寞凄切的心境。

雪
[元]黄庚

片片随风整复斜，飘来老鬓觉添华。
江山不夜月千里，天地无私玉万家。
远岸未春飞柳絮，前村破晓压梅花。

[赏析]片片雪花随风落下一会儿直一会儿斜，飘到老人脸上使鬓角更增添了白色。好像千里的江山洒满月光没有了黑夜，又好像无私的天地用白玉装点了万户千家。没到春天远处岸边却在飞舞柳絮，前面村落清晨时树枝上开满了梅花。全诗八句，这里选的是前六句。诗句描写白雪皑皑覆盖了江山大地，万户千家、远近村落的壮阔明丽的景象。

贺新郎·用前韵送杜叔高
[宋]辛弃疾

千尺阴崖尘不到，惟有层冰积雪。
乍一见、寒生毛发。

[注释]阴崖：指朝北的阳光照不到的山崖。

[赏析]你的大作有如那千尺高的背阳的山崖纤尘不染，只能见到层层冰封满眼积雪。使人乍一见，不禁寒冷得毛发都竖起来了。全词是赠给友人杜叔高的。这里选的是其中几句，赞杜叔高诗作清峻寒凛。

别董大二首·其一
［唐］高适

千里黄云白日曛，北风吹雁雪纷纷。
莫愁前路无知己，天下谁人不识君。

［注释］董大：董家老大，即董庭兰，当时著名琴师。曛：指夕阳西沉时的昏黄景象。

［赏析］千里黄云遮天蔽日色暗昏昏，北风吹着大雁南飞天空飘雪纷纷。你用不着担心前去的地方没有知音好友，天下人哪个不知道你的盛名。诗句表现作者在下雪天时送别琴师朋友，对朋友充满信任并鼓励朋友昂然前行。

饮马长城窟行
［唐］李世民

塞外悲风切，交河冰已结。
瀚海百重波，阴山千里雪。

［注释］交河：泛指北方边塞的河流。瀚海：沙漠。阴山：横亘在今内蒙古自治区中部的东西走向的山脉。

［赏析］边塞外的风多么寒冷悲切，边塞的河流已结冰封冻。广阔的沙漠一望无际，沙丘像层层波浪起伏不断，绵延千里的阴山覆盖着皑皑白雪。作者李世民，即唐太宗，他年轻时率军征战多年。全诗二十句，这里选的是开头四句。诗句描写作者在长城一带边塞地方所见的冬季景象。

原生态的瑰丽——古诗词里的美丽中国

燕支行营二首·其一
[唐]崔希逸

天平四塞尽黄沙,寒冷三春少物华。
忽见天山飞下雪,疑是前庭有落花。

[注释]燕支:燕支山,又名焉支山、胭脂山,在今甘肃山丹县东南。天山:这里指位于甘肃的祁连山。

[赏析]要塞四面与天相平是一片黄沙,到了春季仍十分寒冷少见植被物华。忽然间天山那边下的雪飘飞过来了,我还以为是军营前面有落花呢!诗句表现军营所在的西北(甘肃)地方春季仍然寒冷下雪的凛冽景象。

从军北征
[唐]李益

天山雪后海风寒,横笛偏吹行路难。
碛里征人三十万,一时回首月中看。

[注释]天山:山名,在今新疆中部,横亘东西。海:指瀚海(沙漠)。偏:一作"遍"。行路难:乐曲名。碛:沙漠。回首月中:一作"回向月明"。

[赏析]天山下了大雪之后,从大沙漠刮来的风更添寒冷,行军途中的士兵不禁吹起了笛曲《行路难》。戍守荒漠边塞的三十万将士听到这伤感的别离曲,都抬起头来向东仰望挂在空中的明月。诗句描写出征戍守边塞的将士在严寒环境下行军的艰苦悲怆的情景。

天山雪歌送萧治归京

[唐]岑参

天山雪云常不开,千峰万岭雪崔嵬。
北风夜卷赤亭口,一夜天山雪更厚。

[**注释**]天山:山名,在今新疆中部,横亘东西。崔嵬:山势高耸的样子。赤亭口:即今新疆火焰山的胜金口,为鄯善到吐鲁番的交通要隘。

[**赏析**]天山上雪云蒙蒙常年不散,巍峨高耸的千山万岭白雪皑皑。夜里刮来的北风呼啸着卷过赤亭口,一夜之间使天山上的雪更加厚了。全诗十六句,这里选的是开头四句。诗句描写唐军戍守的天山一带天气严寒、大雪纷飞、北风呼啸的严酷、壮阔的景象。

苦雪寄退之

[唐]卢仝

天王二月行时令,白银作雪漫天涯。
山人门前遍受赐,平地一尺白玉沙。

[**赏析**]老天爷在(农历)二月时还施行冬季的律令,把白花花的银子化作雪洒遍漫漫天涯。山里人家的门前也受到这个赏赐,平地上有一尺厚白玉堆成的沙。全诗三十句,这里选的是开头四句。诗句描述春季二月时还下大雪,形成了漫山遍野白雪如银似玉的严寒景象。

原生态的瑰丽——古诗词里的美丽中国

雪

[宋]张元

五丁仗剑决云霓,直取银河下帝畿。
战死玉龙三百万,败鳞残甲满天飞。

[注释]霓:大气中类似虹的景象,也称"副虹"。畿:国都附近的地区。

[赏析]五个壮丁持剑与天帝决战在高空云端,径直攻取天河拿下了帝都区域。他们战胜了天帝的三百万条玉龙,那败阵的玉龙身上的鳞甲纷纷脱落在天空乱飞。诗句作者以丰富的想象描写无数雪片的来源,及其在空中混乱飞舞的景象。

春 雪

[唐]韩愈

新年都未有芳华,二月初惊见草芽。
白雪却嫌春色晚,故穿庭树作飞花。

[注释]新年、二月:都是农历时间。

[赏析]新年正月初一还没见着花儿芬芳,到了二月初人们才惊奇地发现小草冒出新芽。白雪嫌春天来得太晚了,因而穿越庭院落到树上像是一朵朵飞来的花。诗句描写这一年雪下得太晚,作者想象白雪与人一样期盼春天早日到来。

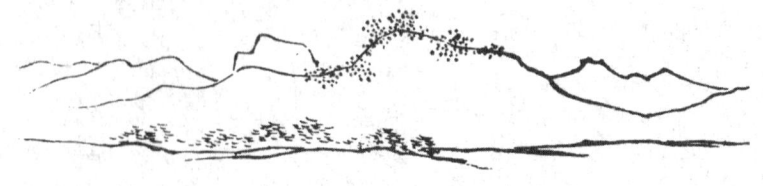

夜 深

[宋]周弼

虚堂人静不闻更,独坐书床对夜灯。
门外不知春雪霁,半峰残月一溪冰。

[**注释**]霁:雨后或雪后放晴。

[**赏析**]在这厅堂空荡又安静的夜里,连打更声都听不到了,只有我独自坐在书桌前挑灯读书。不知什么时候门外的春雪已经停了,天空放晴,远处那一弯残月还挂在半山上,溪水还结着冰。诗句描写春雪虽已停止但夜晚仍旧很清冷的景况。

戊戌正月二日雪作二首·其一

[宋]杨万里

雪与新春作伴回,捣霜为片雹为埃。
只愁雪虐梅无奈,不道梅花领雪来。

[**赏析**]雪与新年春季做伴一起回来了,冷霜一片片铺满大地,冰雹一粒粒犹如尘埃。人们发愁大雪肆虐会使梅花开放受到影响又无可奈何,实际上却是寒冬里梅花的傲然开放把大雪引领来了。诗句描写梅花开放与大雪、寒冬之间互不影响又有关联的景象。

北风行

[唐]李白

燕山雪花大如席,片片吹落轩辕台。

[**注释**]燕山:山名,在河北平原的北部。轩辕:即黄帝,被认为是中华民族的人文始祖。轩辕台:纪念黄帝的建筑物的俗称。

[**赏析**]燕山地方的雪片有席子那么大,一大片一大片地吹落到轩辕台上。这首诗较长,这里选的是开头两句。诗句夸张地描写北方边塞戍地风雪很大、天气严寒。

岁 暮

[南北朝]谢灵运

殷忧不能寐,苦此夜难颓。
明月照积雪,朔风劲且哀。
运往无淹物,年逝觉已催。

[**注释**]岁暮:年底。殷:丰富,深厚。寐:入睡,睡着。颓:坍塌,尽。朔:北方。淹:浸没。淹物:久留之物。

[**赏析**]深重的忧虑使我夜不能寐,内心十分苦恼,长夜漫漫难尽。明亮的月光映照着满地积雪,北风猛烈又凄厉地呼啸着。四季运转不断,没有永久的事物,我感觉自己的生命正受着无情的催逼。诗句描写岁暮之夜原野高旷又寒风凛冽的景象,作者表明自己忧思不断、十分苦恼。

雪梅二首·其二

[宋]卢梅坡

有梅无雪不精神,有雪无诗俗了人。
日暮诗成天又雪,与梅并作十分春。

[赏析]只有梅花没有雪花,梅花显得缺少点精神气质;如果下了雪却没有诗文吟诵,这种人就显得很俗气了。在冬天傍晚夕阳西下时诗写成了,刚好天又下起了雪,再看梅花雪花争相绽放,就感觉像春天似的艳丽多姿、生气蓬勃。诗句作者认为梅、雪、诗三者只有适时地结合起来,才能显示出景色的韵致和高雅的情趣。

和张仆射塞下曲六首·其三

[唐]卢纶

月黑雁飞高,单于夜遁逃。
欲将轻骑逐,大雪满弓刀。

[注释]单于:古代匈奴首领的称谓。

[赏析]没有月色的昏黑夜晚,雁鹊突然惊起高飞,原来是敌酋趁着黑夜掩蔽逃跑了。立即准备率领轻骑兵追赶,纷扬的大雪很快落满弓、箭袋和佩刀。诗句描写边塞上唐军围困敌军并在雪夜要追赶逃跑的敌酋的情形。

原生态的瑰丽——古诗词里的美丽中国

终南望余雪

[唐]祖咏

终南阴岭秀,积雪浮云端。

林表明霁色,城中增暮寒。

[**注释**]终南:山名,在长安(今陕西西安市)南面。霁:雨后或雪后放晴。

[**赏析**]终南山的北坡山色多么秀美,峰顶上的积雪似是浮在云端。雪后天晴树林颜色一片明亮,暮色苍茫在城里觉得更加寒冷。诗句描写从长安城遥望终南山雪景,在雪晴后的一片亮色中又感到长安城里增添了冷寒。

第四章 季候节气

春水满四泽，夏云多奇峰。

秋月扬明辉，冬岭秀寒松。

——《神情诗》（[晋]顾恺之）

这里选的是第四部分：季候节气。

季候：也就是季节。中国位于东半球和北半球，幅员辽阔，东西相距5200千米，南北相距5500千米，拥有960万平方千米的陆地国土和300万平方千米的管辖海域。中国国土最东端在黑龙江和乌苏里江的主航道中心线的相交处，最西端在帕米尔高原附近，东西跨越60多经度，相差5个时区；国土的最北端在黑龙江省漠河以北的黑龙江主航道的中心线，最南端在南海的立地暗沙（现在属海南省三沙市辖区范围）。中国气候多样。东部属季风气候，西北部属大陆性气候，青藏高原属高寒气候；从温度带来说，涵盖了热带、亚热带、暖温带、中温带、寒温带和高原气候区；从干湿地区来说，有湿润地区、半湿润地区、干旱地区之分。中国地域广大，地形复杂多样，使气候更具复杂性和多样性。中国的气候呈现出春夏秋冬四季分明又复杂多变，以及阴晴冷暖、风云雨雪气象万千又变化无穷的状况。

节气：这要从"黄道"说起。由于地球绕太阳公转，地球人从地球上看太阳在星空中每日会自西向东移动约1°，环绕一圈的时间称为恒星年，以春分点计算环绕一圈的时间则称为回归年，人们把太阳在星空中移动的轨迹叫作黄道。黄道只是星空中假设的一个360度的大圆圈，即地球轨道在天球上的投影。用黄经表示太阳在黄道上的位置，再把黄道的360°划分为24等份，每15°为1等份，每前进15°为一个节气。太阳从黄经0°（此刻太阳垂直照射在地球赤道上）

出发,即以春分点为 0°起点。当太阳位于黄经 90°时,太阳光直射北回归线,这时是夏至;当太阳位于黄经 180°时,太阳光直射的地方又回到赤道,这时是秋分;当太阳位于黄经 270°时,太阳光直射南回归线,这时是冬至。"二分""二至"表示季节的转折点,"四立"(立春、立夏、立秋、立冬)表示季节的开始,是"二分""二至"的中间的时间。运行一周是 24 个时间点,即二十四节气,运行一周又回到春分点。(但在排序上人们仍把立春列为首位,始于立春,终于大寒。)24 个时间点,这个"点"具体落在哪一天,则是天体运动的自然结果。这个根据太阳在黄道上的位置来确定二十四节气的方法,叫作"黄经度数法"。我国现行的划分二十四节气的"黄经度数法"自 1645 年起沿用至今。二十四节气大部分是反映气候的,如表示温度的有小暑、大暑、处暑、小寒、大寒;表示降水和水汽凝结现象的,有雨水、谷雨、白露、寒露、霜降、小雪、大雪。其他节气则是反映物候现象和农事活动的,如惊蛰、清明、小满、芒种。二十四节气准确反映了自然规律的变化,在中国人日常生活中发挥了极为重要的作用。古代农谚《二十四节气歌》这样写道:"春雨惊春清谷天,夏满芒夏暑相连,秋处露秋寒霜降,冬雪雪冬小大寒。"这里选的是一首便于人们记忆的叙述二十四节气序列的诗。诗句表达的二十四节气依次是:立春、雨水、惊蛰、春分、清明、谷雨、立夏、小满、芒种、夏至、小暑、大暑、立秋、处暑、白露、秋分、寒露、霜降、立冬、小雪、大雪、冬至、小寒、大寒。它是古代中国以农耕为主要生产方式时代的生产生活的时间指南,是古人通过观察太阳周年运动,认知一年中时令、气候、物候等方面的变化规律和社会实践而形成的知识体系。二十四节气凝聚着中国人观察自然的古老智慧,展现春夏秋冬时节更替中的如画江山,饱含冬去春来、欣欣向荣的诗意气韵,蕴含中国人的生命观、价值观和宇宙观。在国际气象界,二十四节气被誉为"中国的第五大发明"。2016 年 11 月 30 日,二十四节气被正式列入联合国教科文组织的人类非物质文化遗产代表作名录。

四季和节气的周而复始和气象的千变万化,不仅形成了各种各样的美丽景色,成为人们描绘不尽的对象,而且常常引起人们内心的复杂的情感变化,进而成为人们情感投注和寄托的对象。季候和节气的特点和变化,以及由之而来的

原生态的瑰丽——古诗词里的美丽中国

各种节日经常不断地成为诗词作者们灵感的源泉。本部分辑录了古典诗词作者们对于四季景色等气候景象，以及具有中国特色的二十四节气和中国古代节日（其中"清明"既是节气又是节日）的一些描述，以及作者们在相同或不同景象下所产生的多种多样的内心感觉和情状。

13. 春

咏　柳
［唐］贺知章

碧玉妆成一树高，万条垂下绿丝绦。
不知细叶谁裁出，二月春风似剪刀。

[注释]丝绦：用丝线编织成的带子，可以系扎或装饰衣物。

[赏析]高高的柳树长满新叶犹如穿上碧绿美玉做成的衣裳，下垂的轻柔柳枝就像万条绿丝带在飘。真不知道是谁的巧手剪裁出这细细的嫩叶，啊！二月里的春风就是那把精巧的剪刀。诗句描写柳树长满新叶，并指出这是大自然春天的巨大力量所使然。

凉州词三首·其一
［唐］张籍

边城暮雨雁飞低，芦笋初生渐欲齐。
无数铃声遥过碛，应驮白练到安西。

[**注释**] 碛：沙漠。白练：白色熟绢，这里泛指丝绸。安西：唐时设有安西都护府，治所在今新疆库车。

[**赏析**] 傍晚时分，在边城仰望上空，雨幕笼罩，雁群在低空中飞过，俯视原野，芦苇嫩芽如春笋破土而出，快长齐了。一群骆驼驮满丝绸等物品响着驼铃声正在沙漠里行进，它们是要远去安西。诗句描绘了初春季节边城的景象，阴雨低沉与春季生机同时存在；驼队正在向安西进发。

卜算子·送鲍浩然之浙东
[宋]王观

才始送春归，又送君归去。
若到江南赶上春，千万和春住。

[**注释**] 之：往。

[**赏析**] 我刚刚送走这里的春天，又要送你回到浙东去。如果你到了浙东一带赶上春天还在，千万要欣赏春光留住春光。这里选的是全词的下片。词句表达作者对春光流逝的惋惜和对离别友人的深情。

玉楼春·残春一夜狂风雨
[宋]欧阳修

残春一夜狂风雨，断送红飞花落树。
人心花意待留春，春色无情容易去。
高楼把酒愁独语，借问春归何处所。
暮云空阔不知音，惟有绿杨芳草路。

[赏析]暮春时候来了一夜的狂风暴雨,把红花都从树上吹落断送了。人们的心思、花儿的本意都希望时光留在春天,只是春色无情容易逝去啊!我在高楼上拿着酒杯愁闷无语,想问春天你到底哪里去了?傍晚的云朵空旷疏阔并不知道春天的音讯,只有那翠绿的杨柳和芳草能显示春天的归路。词句表达了作者惜春恋春的心情和对于春天易逝的无奈。

晚春二首·其一

[唐]韩愈

草树知春不久归,百般红紫斗芳菲。
杨花榆荚无才思,惟解漫天作雪飞。

[赏析]花草树木知道春天即将过去,它们都想抓住春天的最后时光而竞相争妍斗艳、展现芬芳。可怜那些杨花榆钱没有艳丽姿色和思想才情,只知道漫天乱舞犹如雪花纷飞。诗句以拟人手法来描绘晚春的繁丽景象,也寄寓了作者的时不我待、应努力奋发进取的积极精神。

鹧鸪天·陌上柔桑破嫩芽

[宋]辛弃疾

城中桃李愁风雨,春在溪头荠菜花。

[赏析]城里的桃树李树发愁春天的风雨会摧残自己将开的花朵,而荠菜花却在田野溪头自由开放了,春天就是从这里开始啊!这里选的是词的

下片中的末两句。词句表明乡村田野的"溪头荠菜花"的开放是春天来临的重要标志。

登池上楼
[南北朝]谢灵运

初景革绪风,新阳改故阴。
池塘生春草,园柳变鸣禽。

[**注释**]变鸣禽:鸣叫的禽鸟的种类变换了。

[**赏析**]初春的阳光正在革除残冬的余绪,阳光的温暖代替了已往的阴冷。我看到池塘里长出了新草,在园中柳树枝头鸣叫的鸟儿已经变换了。全诗二十二句,这里选的是其中四句。诗句描写春天迅速到来,天气转暖,禽鸟及其鸣叫声都变换了,田园一片清新风光。

出山道中口占
[宋]朱熹

川原红绿一时新,暮雨朝晴更可人。
书册埋头无了日,不如抛却去寻春。

[**赏析**]平川原野一片红红绿绿风光多么清新,傍晚时下一阵雨,到了第二天早晨就放晴,更适宜人们的劳作和出行。总是埋头在书页册籍里没个完,倒不如暂且抛开书本到郊野去寻芳踏春换个心情。作者感慨书生也被美妙清新的春光吸引,而走出书斋去寻芳踏青。

同元明过洪福寺戏题

[宋]黄庭坚

春残已是风和雨,更著游人撼落花。

[赏析]已到残春时节风雨很多,吹打着花儿,还有那些游人随意摇撼树木,更使得花儿凋落几尽。全诗四句,这里选的是后两句。诗句描写春末时花儿凋落的景象,也透露出作者对花儿遭到风雨击打和游人"撼落"的处境的同情。

寒 食

[唐]韩翃

春城无处不飞花,寒食东风御柳斜。
日暮汉宫传蜡烛,青烟散入五侯家。

[注释]寒食:古时节日名,在"清明"节气的前一天或两天,人们从这一天起三天不生火做饭,只吃冷食。汉宫:喻指唐宫。传蜡烛:指皇帝把蜡烛赏赐给一些王侯宠臣。五侯:汉成帝时王皇后的五个兄弟皆封侯。这里泛指王侯宠臣等。

[赏析]春天的长安城里没有地方不飞舞着杨花,寒食节前后春风把御花园里的柳枝都吹得摇曳歪斜。黄昏时分宫苑里送来了皇帝赏赐的蜡烛,淡淡的烟雾弥漫在王侯宠臣的家。诗句描写寒食节时京城里柳絮飞舞的景象,也讽刺了王侯宠臣家寒食节时仍能使用烛火的特权现象。

原生态的瑰丽——古诗词里的美丽中国

戏答元珍
[宋]欧阳修

春风疑不到天涯,二月山城未见花。
残雪压枝犹有橘,冻雷惊笋欲抽芽。

[**注释**]山城:指夷陵县,宋时属峡州,今湖北宜昌市夷陵区。作者被贬谪,时任夷陵县令。

[**赏析**]真是怀疑春风不会来到这远在天涯的偏僻地方,已经是(农历)二月了,山城还没见到花开呀!未融化的残雪压弯了树枝,上面还挂着去年的橘子,寒冻的天气响起了春雷似乎是在催促竹笋赶快抽芽。这首诗是作者对朋友丁宝臣(字元珍,时任峡州军事判官)的赠诗的回答。全诗八句,这里选的是前四句。诗句描写作者所在山城春天来得很迟的景象。

清平乐·春归何处
[宋]黄庭坚

春归何处?寂寞无行路。
若有人知春去处,唤取归来同住。
春无踪迹谁知?除非问取黄鹂。
百啭无人能解,因风飞过蔷薇。

[**赏析**]春天已过,不知它回到哪里去了?四处一片沉寂,路上找不到它的足迹。如果有人知道春天到了什么地方,叫它回来和我们住在一起,该有多好。谁能知道春天的行踪?除非去问一下与春天同来的黄鹂。但是黄鹂的婉转鸣叫没有人听得懂,它反而随着风势飞过蔷薇到那边去了。词句表现

了作者温婉惜春的心情。

春 尽
[宋]郑獬

春尽行人未到家,春风应怪在天涯。
夜来过岭忽闻雨,今日满溪俱是花。

[赏析]春天快过去了,远行人还没有回家,连春风都怪我到这个时候仍浪迹天涯。匆匆赶路夜里过山岭时又碰上了雨,今天看到溪水上都落满了花。全诗八句,这里选的是前四句。诗句描写作者在"春尽"时风雨兼程赶路回家时所见的一些景象和当时的心情。

好事近·梦中作
[宋]秦观

春路雨添花,花动一山春色。
行到小溪深处,有黄鹂千百。

[赏析]春天山路上的细雨中开放着许多鲜花,花容又推进了满山的春色。沿着水流行到小溪的深处,能听到千百只黄鹂在婉转啼鸣。这里选的是全词的上片。词句描写作者梦中漫游时所见的山路上布满鲜花、树林中黄鹂啼鸣的盎然春意。

原生态的瑰丽——古诗词里的美丽中国

春 晓
[唐]孟浩然

春眠不觉晓,处处闻啼鸟。
夜来风雨声,花落知多少。

[赏析]春天熟睡,不知不觉天就亮了,醒来到处能听到各种鸟儿的啼鸣;夜里刮风下雨的声响很大,真不知道会有多少花儿遭受风吹雨打而凋落。

春暖郡圃散策三首·其三
[宋]杨万里

春禽处处讲新声,细草欣欣贺嫩晴。
曲折遍穿花底路,莫令一步作虚行。

[注释]策:指竹杖。散策:拄着竹杖散步。
[赏析]春天,百鸟转舌处处一片啼鸣声,细草欣欣向荣争显青嫩生机。我拄着竹杖在花丛小路里观赏穿行,一定要看个够不能虚走了一步。诗句描绘大地回春之际,田园生机勃勃、明丽动人的景象。

忆江南·春去也
[唐]刘禹锡

春去也,多谢洛城人。
弱柳从风疑举袂,丛兰裛露似沾巾。
独坐亦含颦。

[**注释**]洛城：指洛阳城。袂：衣袖。裛：沾湿。颦：皱眉。

[**赏析**]春天已经匆匆离去了，临行时谢别洛阳城的人。柔弱的柳枝随风摇曳好像是少女在挥手举起衣袖，一丛丛兰花沾满白露恰似浸湿的头巾，她独自静坐遮住芳颜又有点含嗔皱眉。这里选的是全词的上片。词句表现作者惜春、伤春之情，又表现意象中的洛城少女对春天的无限留恋和惋惜春天逝去的郁闷心情。

春　生

[唐]白居易

春生何处暗周游，海角天涯遍始休。
先遣和风报消息，续教啼鸟说来由。
展张草色长河畔，点缀花房小树头。
若到故园应觅我，为传沦落在江州。

[**赏析**]春天气息是从哪里开始暗地周游天地的？直到遍及海角天涯才罢休。春天总是先派遣和煦的春风报送自己来临的消息，再让鸟儿去啼叫诉说自己的来由。春天让河边的青草生长蔓延以展现自己，又把庭园小树的枝头点缀得耀眼美丽。春天到了我的故乡也会寻觅我，它也会为我传送我已沦落在江州的信息。诗句以拟人的手法、新颖的构思描写春天来到时的种种景象，并向家人表明在今春到来时自己已被贬谪到了江州。

南园十三首·其八

[唐]李贺

春水初生乳燕飞,黄蜂小尾扑花归。
窗含远色通书幌,鱼拥香钩近石矶。

[**注释**]书幌:书房的幔帏。矶:水边突出的岩石或石滩。

[**赏析**]春天来了,河水刚刚涨起来,出生不久的小燕子飞来飞去,黄色的小蜂追逐流转在花蕊中间。透过书房的窗户能看到远处的景色,鱼儿游到石滩边咬上了钓钩上的香饵。诗句描写春天来临时南园的小燕初飞、蜂儿扑花、鱼儿咬钩、远景入窗等春季生机勃勃的景象。

入彭蠡湖口

[南北朝]谢灵运

春晚绿野秀,岩高白云屯。
千念集日夜,万感盈朝昏。

[**注释**]彭蠡湖:即今江西鄱阳湖。湖口:指鄱阳湖与长江在九江相接处。

[**赏析**]春末时节,原野上仍铺展着秀丽的绿色,高高的山岩顶上屯集聚合着一团团白云。船行在湖口,我日夜有千百般思虑,早早晚晚各种感想涌上心头。全诗二十句,这里选的是其中四句。

望江南·超然台作

[宋]苏轼

春未老,风细柳斜斜。

试上超然台上看,半壕春水一城花。烟雨暗千家。

[注释]超然台:在宋时密州(今山东诸城)城北。作者任职密州后命修葺旧台,并由其弟苏辙命名为"超然"。

[赏析]春天还没有过去,柳枝在微风中摇曳倾斜。我登上超然台眺望,护城河半满的春水波光闪烁,满城的春花缤纷竞放。千家万户的房屋掩映在蒙蒙细雨中。这里选的是全词的上片。词句描写作者春日登超然台所见景色,也反映出作者对自己修葺超然台的满意心情。

安乐坊牧童

[宋]杨万里

春溪嫩水清无滓,春洲细草碧无瑕。

[赏析]春天溪流里的水很清澈不含一点杂物残渣,春天沙洲上的小草绿油油没有疵瑕,不沾一点灰土。全诗十句,这里选的是其中两句。诗句描写农村几个孩子放牛时所处的田野(水清、草细)的景象。

淮中晚泊犊头

[宋] 苏舜钦

春阴垂野草青青，时有幽花一树明。
晚泊孤舟古祠下，满川风雨看潮生。

[注释] 淮：淮河。犊头：淮河边的一个小地方名。

[赏析] 春天的阴云笼罩着绿色的原野，岸边时有清幽的树花出现显得格外明丽。天晚了我把小船停泊在犊头的一座古旧祠堂下边，在风雨交加中眼看着春潮使淮河水渐渐涨了起来。诗句描写作者在风雨中泊船，看着春潮使河水上涨，显示出一种从容、超然的心境。

桃源行

[唐] 王维

当时只记入山深，青溪几度到云林。
春来遍是桃花水，不辨仙源何处寻。

[注释] 桃花水：春天桃花盛开时的雨水，因水量丰沛，致江河涨溢。

[赏析] 只记得当时这里山路幽深，沿着春天溪水弯曲几次才到达桃林。这个时候遍地泛滥着春天的桃花水，桃花仙源到底在哪里，已辨不清道路杳杳难寻。这首诗是作者依据陶潜的散文《桃花源记》的内容所写的，是用诗的形式进行的再创作。全诗三十二句，这里选的是最后四句。诗句描写春季江河水大的景象，也指出传说中的桃花仙源在现实中难以找到。

春日即事
［金］周昂

冻柳僵榆未改容，狐裘貂帽尚宜风。
欲寻把酒浑无处，春在鸣鸠谷谷中。

[注释] 谷谷：鸟叫声。

[赏析] 杨柳冻住榆树发僵但样貌没有改变，人们穿着狐皮大氅戴着貂皮帽子尚可抵御寒风。想找个喝酒的店家哪儿都找不到，却有鸠鸟咕咕的叫声告知人们春天来了。诗句表现寒冷北方早春时的景况。

河南府试十二月乐词十三首·其三
［唐］李贺

东方风来满眼春，花城柳暗愁杀人。

[注释] 杀：同"煞"。

[赏析] 东风劲吹满眼都是盎然春意，到处开花嫩柳摇曳我却难免惆怅。全诗十句，这里选的是开头两句。诗句表现作者在欢悦明媚春光的同时又有孤清神伤的敏感。

滁州西涧
［唐］韦应物

独怜幽草涧边生，上有黄鹂深树鸣。
春潮带雨晚来急，野渡无人舟自横。

[注释]滁州：唐时州名，在今安徽滁州。涧：山间流水的沟。野渡：郊野的渡口。

[赏析]我独独爱怜生长在涧边的幽小的草，也爱听黄鹂在深深树林里的啼鸣。傍晚时分急骤的雨和春水同时来到，涨满了西涧，郊野的渡口空无一人只有一只小船横在那里。作者时任滁州刺史，常独步郊外游览西涧一带。诗句描写了西涧一带的景色，也表露出作者一种恬淡又忧伤的心情。

摸鱼儿·更能消几番风雨
[宋]辛弃疾

更能消、几番风雨，匆匆春又归去。
惜春长怕花开早，何况落红无数。
春且住。见说道、天涯芳草无归路。
怨春不语，算只有殷勤。
画檐蛛网，尽日惹飞絮。

[赏析]还能经得起几回风雨，春天又将匆匆回去了。爱惜春天常怕花儿开得过早，何况此时花落已无数。春天啊，请暂且留步。难道没听说，连天的芳草已阻断了你的归路？真让人怨恨哪，春天总是这样沉默无语。看来殷勤多情的，只有那雕梁画栋间的蜘蛛网，它为了留住春天就粘住那些飞絮。这里选的是全词的上片。词句拟人化地表现作者对春天消逝、无法留住的不胜惋惜。

钱塘湖春行

[唐]白居易

孤山寺北贾亭西,水面初平云脚低。
几处早莺争暖树,谁家新燕啄春泥。
乱花渐欲迷人眼,浅草才能没马蹄。
最爱湖东行不足,绿杨阴里白沙堤。

[注释]钱塘湖:即杭州西湖。

[赏析]从孤山寺的北面到贾亭的西面,春水初涨,浮云重叠很低似乎与湖面连成一片。几只早出的黄莺争着飞到向阳的树上栖息,谁家新飞来的燕子正衔着春泥在筑巢。春天的野花五彩缤纷要迷乱人们的眼睛,浅浅的春草长出不久刚能够遮没马蹄。我最喜爱西湖东边的美景总是观赏不够,尤其是那绿色杨柳荫下的白沙堤。诗句描写西湖初春时的种种美妙景象。

绝 句

[宋]僧志南

古木阴中系短篷,杖藜扶我过桥东。
沾衣欲湿杏花雨,吹面不寒杨柳风。

[注释]藜:一种草本植物,茎秆直立,长老了可做拐杖。

[赏析]把有篷的小船停系在岸边古树树荫下,我拄着拐杖走到桥东面观赏风景。杏花绽放时节的细雨下个不停轻轻地打湿了衣服,吹拂着杨柳嫩枝的微风扑面而来并不使我感到寒冷。诗句描写初春天气轻柔和美、生动活泼的特点和人们对风雨的感觉。

丰乐亭游春三首·其三

[宋]欧阳修

红树青山日欲斜,长郊草色绿无涯。

游人不管春将老,来往亭前踏落花。

[注释]丰乐亭:在滁州(今安徽滁州市)城西丰山山谷中,是作者任滁州知州时所建。

[赏析]青青山上满树红花日光渐渐西斜,广阔郊野绿草如茵一望无涯。游人不管春天即将过去,还总是游春踏青,在丰乐亭前盘桓来往,践踏着满地的落花。诗句描写游人在暮春时节还游春不断,表达了作者对丰乐亭胜地深为满意和惜春的心情。

客中送春

[清]方肇夔

记得离家是首春,与春相伴走风尘。

而今杜宇频频唤,半饯春归半劝人。

[注释]杜宇:即杜鹃鸟。

[赏析]我离家外出做事是在初春时候,在春季里只有劳碌奔波仆仆风尘。现今杜鹃鸟啼叫不断要唤回春天,我在饯别春天时也劝慰人们不必为春光的逝去而伤感。

忆江南三首·其一
[唐]白居易

江南好,风景旧曾谙。日出江花红胜火,春来江水绿如蓝。能不忆江南?

[注释]忆江南:唐教坊曲名。后成为词牌名。江南:这里主要指长江下游一带。谙:熟悉。作者早年曾三次到江南。江:主要指长江。蓝:蓝草,其叶可制青绿染料。

[赏析]江南地方真是好啊,对那里的美丽风景我曾经是多么熟悉。太阳从江面升起,把江边的鲜花映照得比火焰还红;春天时碧绿的滔滔江水比蓝草还绿。叫我怎能不怀念江南?诗句描写江南色彩鲜明的美丽景象,表现了作者对江南风光的喜爱和怀恋。

夜 直
[宋]王安石

金炉香尽漏声残,翦翦轻风阵阵寒。
春色恼人眠不得,月移花影上栏干。

[注释]直:同"值"。夜直:指值夜班。金炉:铜制香炉。漏:漏壶,古代的一种计时器。翦翦:形容风轻而带寒意。栏干:即栏杆。

[赏析]香炉里的熏香已经燃尽,漏壶里的水声显得很小;后半夜的春风带来阵阵寒意。然而春天的迷蒙景色使人心乱难以入睡,只见随着月亮的下移,花木的影子已悄悄地爬上了栏杆。诗句描写作者在值夜班时见到的春天景色和内心感受。

泊船瓜洲

[宋]王安石

京口瓜洲一水间,钟山只隔数重山。
春风又绿江南岸,明月何时照我还?

[注释]瓜洲:长江北岸古渡口,在今江苏扬州市邗江区。京口:古城名,故址在江苏镇江。钟山:即南京紫金山。

[赏析]瓜洲渡口与南岸的京口只隔有一条长江,与我要去住的钟山也不过隔着几重山峦。在春风的吹拂下长江南岸的大地已经绿遍了,不知道天上的明月什么时候能照着我回到钟山。王安石辞去官位后晚年曾经在金陵钟山地方居住,诗句表明作者不留恋官场而宁愿辞官回家养老的心思。

蝶恋花·卷絮风头寒欲尽

[宋]赵令畤

卷絮风头寒欲尽。
坠粉飘香,日日红成阵。
新酒又添残酒困,今春不减前春恨。

[赏析]烈风卷着柳絮飞舞,寒意消尽已到暮春,花儿凋落香气飘散,眼看着每天落红一阵又一阵。残酒未醒又满上新酒,更增添了慵懒倦困,今年春天的怨恨比去年春天的更甚。这里选的是全词的上片。词句描写晚春景色,表现作者惜春怀人和离恨情怨的心绪。

回乡偶书二首·其二

[唐]贺知章

离别家乡岁月多,近来人事半消磨。
惟有门前镜湖水,春风不改旧时波。

[注释]镜湖:在浙江绍兴会稽山北麓,作者故居在湖边。

[赏析]离开家乡已经很多年了,回到老家后才认识到家乡的人、事都已变得太多。只有我家门前那镜湖的碧水,在春风吹拂下泛起涟漪仍和我年少时见到的一样。诗句作者感慨自己离开家乡五十多年,家乡人事变迁太大,只有这镜湖的景色仍和过去一样,充分显示怀旧心情。

东 郊

[唐]韦应物

吏舍跼终年,出郊旷清曙。
杨柳散和风,青山澹吾虑。
依丛适自憩,缘涧还复去。
微雨霭芳原,春鸠鸣何处。

[注释]跼:拘束。澹:同"淡"。憩:休息。霭:云气。

[赏析]一年到头拘束在官衙里甚为烦闷,到郊外走走让旷野晨光舒展我的胸襟。嫩绿的杨柳随着春风摇曳,苍翠的山岭淡化了我的思虑。倚着树丛稍稍休息颇感舒适,沿着山涧来回溜达多么悠闲。一阵小雨过后芬芳的原野云气笼罩,听到斑鸠啼鸣却不知它在哪里。这是作者在鄠县县令任上之作。全诗十二句,这里选的是前八句。诗句描写作者春日郊游的感受及颇为

自适的心情。

小重山·柳暗花明春事深
[宋]章良能

柳暗花明春事深，小阑红芍药，已抽簪。

雨馀风软碎鸣禽，迟迟日，犹带一分阴。

[注释]簪：比喻花蕾。

[赏析]杨柳绿透花儿盛开春天景色艳丽，春意已深，园圃里的红芍药已抽出花蕾犹如美人头上插的簪。雨后的春风温柔轻微，鸟儿的鸣叫细碎婉转。太阳缓缓升起，空中尚留有阴云一片。这里选的是全词的上片。词句描写作者旧地重游时所见的春深雨后的美丽景象。

浣溪沙·楼上晴天碧四垂
[宋]周邦彦

楼上晴天碧四垂，楼前芳草接天涯。

劝君莫上最高梯。

新笋已成堂下竹，落花都上燕巢泥。

忍听林表杜鹃啼。

[注释]林表：林外。杜鹃：鸟名，其啼声似为"不如归去"。

[赏析]晴空万里，我登上高楼，见到四周碧绿的垂杨柳，远处的芳草一

直绿到天边。但我劝你不要登上楼的最高处，以免伤怀。庭院里新生的竹笋已经长成修长的竹枝，落花都已成为燕巢中的窝泥。此时怎能再忍心听那林外传来的杜鹃鸟的鸣啼。词句描写暮春景色，隐喻世事变迁，表达了作者旅人惆怅、思念家乡的心情。

蝶恋花·送春

[宋]朱淑真

楼外垂杨千万缕。欲系青春，少住春还去。
犹自风前飘柳絮，随春且看归何处。绿满山川闻杜宇。
便做无情，莫也愁人苦。把酒送春春不语，黄昏却下潇潇雨。

[注释]青春：泛指春光，隐喻青春年华。杜宇：杜鹃鸟。

[赏析]楼外的垂杨柳千条万缕，仿佛要拴住春天的脚步，但是春天不曾停住，还是匆匆过去了。只有柳絮自顾自地在风里飘舞，它要随着春风看春天到底归向何处。碧绿的山野间传来一声声杜鹃鸟的啼鸣。即使杜鹃鸟没有人的情感，这叫声也会使愁人更加愁苦。我斟上一杯酒送别春天，春天没有说什么，黄昏时候却下起了潇潇细雨，这是不是春天给我的回答呢？词句表现作者对即将过去的春天怀着眷恋和惜别之情。

迎 春

[清]叶燮

律转鸿钧佳气同，肩摩毂击乐融融。
不须迎向东郊去，春在千门万户中。

[**注释**] 鸿：大。鸿钧：这里指大自然。毂：车轮的中心部分。这里泛指车轮、车辆。毂击：车辆与车辆相碰。

[**赏析**] 季节变换，岁序更新，普天下洋溢着节日的喜庆气氛，人们摩肩接踵车轮滚滚出去踏青其乐融融。不必到郊外去踏青才算是迎接春天，在千家万户人们的实际生活中早已显出春意盎然。

浣溪沙·门隔花深梦旧游
[宋] 吴文英

落絮无声春堕泪，行云有影月含羞。东风临夜冷于秋。

[**赏析**] 柳絮无声地飘落就像是春姑娘在掉眼泪，浮云在天空中飘游遮挡住了月光反倒像是月亮羞于露面；夜里吹来东风使人感觉比秋夜还要寒冷。这里选的是全词的下片。词句表现作者春夜怀人遐思时的寂冷心情。

鹧鸪天·送欧阳国瑞入吴中
[宋] 辛弃疾

莫避春阴上马迟，春来未有不阴时。
人情展转闲中看，客路崎岖倦后知。

[**赏析**] 不要因为春天的阴云多雨而迟迟不上马出门了，整个春天里哪会有"不阴"的时候呢！人情世故且在辗转生涯中慢慢体会，会在崎岖不平、感到艰辛疲累后逐渐知道。这里选的是全词的上片。词句指出春天多"阴"

的季节特征；实际上作者是劝慰友人不要畏怯人情复杂、世路崎岖，而应勇敢前行。

乙亥新正十日过陈湖二绝·其一
[明]王鏊

漠漠湖光隐碛沙，陈湖东畔是君家。
春来十日无人见，一树寒梅已著花。

[注释]陈湖：湖名，又作沈湖，即江苏吴县（今江苏苏州市吴中区）东南的澄湖。漠漠：云烟密布的样子。碛：沙漠。君：作者自指（作者是吴县人）。

[赏析]陈湖上密布云烟好像是蒙着许多沙尘，陈湖东面岸边就是我的家呀。春天来临已有十天人们并没有什么感觉，只有寒梅闻着春天气息迅即开满一树的花。诗句作者描写其家乡春初时梅花开放。

长歌行
[汉]汉乐府

青青园中葵，朝露待日晞。
阳春布德泽，万物生光辉。

[注释]葵：蔬菜名。晞：干，干燥。

[赏析]田园里的葵菜郁郁葱葱，清晨的露水在太阳出来后就会晒干。春天把阳光雨露布满大地温润万物，世上所有生物都呈现出繁荣辉煌的景

原生态的瑰丽——古诗词里的美丽中国

象。全诗十句,这里选的是开头四句。诗句描绘春天里阳光雨露恩泽万物,使大地辉煌繁茂;诗句也用来比喻施行仁政惠及广大民众,而使国家和社会充满生机和活力。

即 事
[清]陆兰垞

曲折篱墙傍水开,落红一雨点苍苔。
芹泥满地日初暖,燕子一双花外来。

[**注释**]芹泥:水边长芹草的泥土,能为燕子筑巢所用。

[**赏析**]弯弯曲曲的篱笆墙立在河边,雨水把红花淋落在园里的青苔上面。天气开始转暖,满地都是适合燕子筑巢用的草泥,引得一双燕子从花丛外翩翩飞来。诗句通过雨后满地落红、草湿泥多、燕子飞来等情形,表明春天来临的美好景象。

采桑子·群芳过后西湖好
[宋]欧阳修

群芳过后西湖好,狼籍残红。
飞絮蒙蒙。垂柳阑干尽日风。

[**注释**]西湖:指颍州西湖,在今安徽阜阳市西北,作者当时在颍州做官。狼籍:同"狼藉"。阑干:纵横交错、参差错落的样子。

[赏析]虽说百花已经凋谢,暮春时节的西湖依然美好;落花杂乱纷呈,枝叶间还有几点残红,柳絮飞旋飘舞一片迷蒙;垂柳枝条纵横交错,整日在和风中摇曳轻拂。这里选的是词的上片。词句描写暮春时节颍州西湖静谧清疏的景色,寄托了作者的致和闲适的心情。

菩萨蛮·人人尽说江南好

[唐]韦庄

人人尽说江南好,游人只合江南老。

春水碧于天,画船听雨眠。

[赏析]人人都说江南地方很好呀,很适合来到江南避乱的人在此养老。江南春天的水比天空还要蓝,在装饰华丽的游船里听着雨声就睡着了。全词八句,这里选的是前四句。词句描写江南春天水乡的景色和闲适自在的生活。唐末中原发生战乱,而江南比较平静,作者避乱江南而有此感慨。

鸟鸣涧

[唐]王维

人闲桂花落,夜静春山空。

月出惊山鸟,时鸣春涧中。

[注释]闲:指悠闲,幽静。桂花:这里指春天开的桂花。

[赏析]春天的夜晚山里多么寂静,桂花悄然无声地飘落,悠闲的人内

心不免感到空落。月亮出来惊动了栖息着的鸟儿，山涧中不时传出清脆的鸟鸣声。诗句表现夜间春山的幽静空旷的景象。

偶　见
[明]徐祯卿

深山曲路见桃花，马上匆匆日欲斜。
可奈玉鞭留不住，又衔春恨到天涯。

[赏析]纵马跋涉在深山，山回路转忽有桃花映入眼帘，行旅匆匆看着太阳即将落山。无奈我的玉鞭留不住春光，只能心怀遗憾奔向莫测的世间天涯。诗句表现作者伤春之情，更饱含了年华易逝、世路劳顿、不知所归的人生感慨。

春　日
[宋]朱熹

胜日寻芳泗水滨，无边光景一时新。
等闲识得东风面，万紫千红总是春。

[注释]泗水：河名，在山东省。等闲：平常，轻易。东风：春风。

[赏析]风和日丽之时我到泗水边游览踏青，无边无际的明媚风光使人感到耳目清新。人们很容易辨识出春天的面貌，万紫千红的美丽春天总是春风吹拂、春光点染的结果。诗句描绘了春天的绚丽景色和蓬勃生机。

城东早春

[唐]杨巨源

诗家清景在新春,绿柳才黄半未匀。
若待上林花似锦,出门俱是看花人。

[注释]城:指唐代京城长安。上林:上林苑,是长安城的汉代宫苑。这里代指长安。看花人:此处是双关语。唐时科举进士及第者有在长安城中看花的习俗。

[赏析]诗人们最喜爱早春的清新景色,柳树枝头嫩叶初萌,鹅黄之色尚未均匀。要是等到长安全城繁花似锦的时候,出门的都是赏花游玩的人了。诗句指出早春景色更吸引人;待到繁花似锦时,游人如织、环境喧嚷,春色反倒没有那么清新可爱了。

春日游湖上

[宋]徐俯

双飞燕子几时回?夹岸桃花蘸水开。
春雨断桥人不渡,小舟撑出柳荫来。

[注释]湖:指杭州西湖。断桥:指湖水上涨漫过桥面。

[赏析]双飞的燕子呀,你们是何时飞回来的?岸边桃树枝条弯下来碰到水面,桃花好像是蘸着了水才开放。春雨连绵,河水上涨,淹没了小桥,使行人无法走过去。这时候,有一条小船从柳荫中撑出来成了渡船。诗句描写春季西湖水面上涨后的一些景象。

偶 题
[宋]张良臣

谁家池馆静萧萧,斜倚朱门不敢敲。

一段好春藏不住,粉墙斜露杏花梢。

[赏析]这个池馆静悄悄地没有声响,我斜靠在红漆大门旁都不敢敲门。但里面花园的美丽春色却掩藏不住,高大杏树梢头的花朵越过粉墙伸了出来。诗句表现春意盎然,生机勃勃,压抑不住。

送 春
[唐]李咸用

四时为第一,一岁一重来。

好景应难胜,余花虚自开。

[赏析]一年四季,春是第一季,每年重新回来一次。美好景色难有胜过春天的,往后的花儿只能自开自谢,没法和春花的美艳相比。全诗八句,这里选的是前四句。诗句表明春天是最美好的季节,在送春归去时含有无限惜别之意。

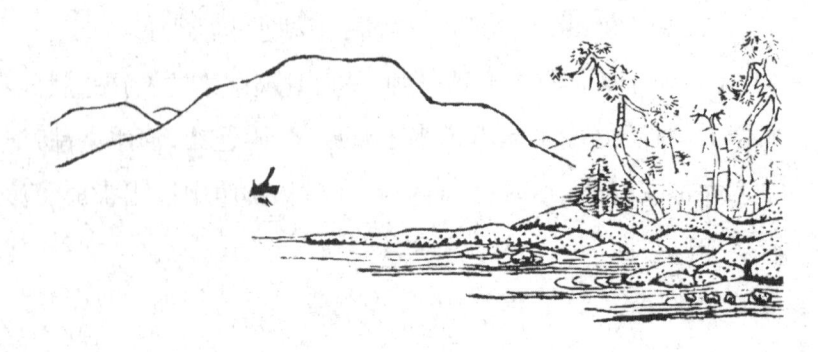

第四章 季候节气

早春呈水部张十八员外二首·其一
[唐]韩愈

天街小雨润如酥,草色遥看近却无。
最是一年春好处,绝胜烟柳满皇都。

[注释]天街:指京城里的街道。酥:酥油。

[赏析]京城的街道在小雨后十分润滑好像抹了酥油,远远望去似是一片绿地,走近一看只是小草刚发芽。这里选的是一年里最美妙的时光,绝对胜过烟柳满京城的时候。诗句描绘出了早春时京城的独特景色。

春日西湖寄谢法曹歌
[宋]欧阳修

万里思春尚有情,忽逢春至客心惊。
雪消门外千山绿,花发江边二月晴。
少年把酒逢春色,今日逢春头已白。
异乡物态与人殊,惟有东风旧相识。

[注释]谢法曹:指谢伯初(法曹是官称,全称是"司法参军")。西湖:指谢伯初所在的许州(今河南许昌)的西湖。客:作者自指。江:指长江。

[赏析]遥遥万里思念春天和友情,忽然间春天来临我不免心惊。门外的冰雪已经消融,远处的重重山峦换上新绿,二月的晴日里江边已开满春花。还记得你我年轻时常在春天欢谈畅饮,到如今春草又绿我鬓发已白。这陌生异乡里的各种事物和人情,都和我原来熟知的不同,只有那阵阵吹拂的春风和我旧时相遇到的一样。这首诗是作者被贬官至夷陵(今湖北宜昌市

夷陵区）任县令时写给好友谢伯初的。这里选的是全诗的后半部分。诗句表现作者在异乡逢春时的孤独落寞的心情。

水龙吟·次韵林圣予惜春
［宋］晁补之

问春何苦匆匆，带风伴雨如驰骤。
……吹尽繁红，占春长久，不如垂柳。

[赏析]春天啊，你何苦这样忙忙匆匆，带着风伴着雨急骤驰奔。……把繁茂的红花都吹落了；要说占得多少春光，繁花真不如垂柳长久。这里选的是全词上片里的一些词句。词句指出春天过得很快，春意不能长久。

木兰花慢·西湖送春
［元］梁曾

问花花不语，为谁落，为谁开。
算春色三分，半随流水，半入尘埃。
人生能几欢笑？但相逢、尊酒莫相催。
千古幕天席地，一春翠绕珠围。

[注释]尊：同"樽"。

[赏析]去问花：你是为谁零落为谁而开？花不回答。就算春色一共有三分，一半已随水流去，一半已化入尘埃。人生能有多少欢笑呢？故友相逢

举杯畅饮不必催促。繁花似锦把天地遮盖,整个春天翠绕珠围令人陶醉。这里选的是全词的上片。词句描写春景美好,却即将逝去,作者触景生情,感怀伤春,暗含抱负难以施展的无奈。

渔歌子·西塞山前白鹭飞
[唐]张志和

西塞山前白鹭飞,桃花流水鳜鱼肥。
青箬笠,绿蓑衣,斜风细雨不须归。

[注释]西塞山:指在今浙江湖州市吴兴区西苕溪上一座突出在河边的大石岩。箬笠:用竹篾和青箬竹叶编成的斗笠。蓑衣:用蓑草或棕毛制成的雨披。用蓑草制成的呈绿色。

[赏析]西苕溪边的大石岩前面有成群的白鹭在飞翔,凋落在水面上的桃花随水漂流,涨起的春水里肥硕的鳜鱼自由自在地游动。渔夫戴着青色的斗笠,披着绿色的蓑衣,他们不怕斜风细雨无须回家,照常沉稳地在江河里捕鱼。词句描绘春意盎然、鸟飞鱼肥,渔夫泰然自若地捕鱼的景象。

诗经·小雅·采薇

昔我往兮,杨柳依依;
今我来思,雨雪霏霏。

[注释]依依:随风飘扬的样子,含眷恋之意。思:这里选的是语气词。

[赏析]当年我离开这里出征的时候,正值春天,杨柳随风摇摆似乎是依依不舍;如今我终于归来了,却已是冬天,雪花纷飞又大又密。全诗较长,共有六节,每节八句。这里选的是第六节的前四句。诗句描写征人出发时杨柳枝叶茂盛,归来时天寒地冻风雪交加,表现了征人质朴实在、又感到凄婉的心情。

踏莎行·小径红稀
[宋]晏殊

小径红稀,芳郊绿遍。
高台树色阴阴见。
春风不解禁杨花,蒙蒙乱扑行人面。

[赏析]小路旁花儿日渐稀少,郊野却是绿意遍地。高高的楼台在青翠茂密的树丛里若隐若现。春风并不懂得该去管束杨花,以致柳絮漫天飞舞使天空蒙蒙一片乱扑在行人脸面。这里选的是全词的上片。词句描写春末时柳絮满城乱飞的景象。

福昌官舍
[宋]张耒

小园寒尽雪成泥,堂角方池水接溪。
梦觉隔窗残月尽,五更春鸟满山啼。

[注释]五更:"更"是古时夜间的计时单位。一个"更"是两小时,五更

相当于现在的凌晨3—5时。

[**赏析**]寒冬结束,田园的积雪已融化在泥地里,官舍贮水的池塘已接下了许多溪水。快黎明时从梦中醒来,隔着窗户已看不到残月了,在这五更时分春鸟已满山遍野地啼鸣不已。诗句描写住在官舍的作者所见的冬雪融尽、池塘接水、黎明鸟啼等春季来到的典型景象。

点绛唇·赋登楼

[宋]王灼

休惜余春,试来把酒留春住。
问春无语。帘卷西山雨。
一掬愁心,强欲登高赋。
山无数。烟波无数。不放春归去。

[**注释**]掬:两手捧(东西)。

[**赏析**]一闲下来就会惋惜春日已经不多,想喝点酒增添快乐把春光留住。但春天自管自地不说什么,我把帘子卷起遥望西山,那里已是雨雾朦胧。想捧出心里的愁绪,登上高处赋词消愁。我看到了山峦无数、云雾缭绕,春光仍在,怎舍得放春天归去。词句明示春光,或暗指心上人。词句表现作者留恋春光,不愿放春天归去;或暗含不愿心上人离去的愁绪。

探 春

[宋] 黄庶

雪里犹能醉落梅，好营杯具待春来。
东风便试新刀尺，万叶千花一手裁。

[注释] 东风：春风。

[赏析] 梅花落在雪里的景象犹且能引人一醉，我整理好杯盘器皿等待春天来临。新春的和风好像是一把新制成的刀尺，它一试锋芒就剪裁出了千种花朵万丛绿叶。诗句作者以拟人手法写出了春天到来时的生机勃发和绚丽多彩。

春 日

[宋] 汪藻

一春略无十日晴，处处浮云将雨行。
野田春水碧于镜，人影渡傍鸥不惊。

[赏析] 整个春日大概没有连续十天晴朗无雨，到处都是携带着雨水的浮云在飘行。野外田里的一片片春水比镜子还碧绿明亮，渡口边人来人往鸥鹭十分自在毫不受惊。全诗八句，这里选的是前四句。诗句描写江南水乡春天里雨水不断水田如镜的景象。

青玉案·一年春事都来几

[宋]欧阳修

一年春事都来几，早过了、三之二。
绿暗红嫣浑可事。
绿杨庭院，暖风帘幕，有个人憔悴。

[注释]浑：全。

[赏析]一年里春光能有多久呢？不知不觉已过去三分之二了。绿荫浓浓、花朵艳红，全是让人可心的乐事。庭院中杨柳依依，帘幕里暖风拂衣，有一个人却满怀心事、满面憔悴。这里选的是全词的上片。词句描写春光虽好却已过去大半，绿荫红花中却有人很是憔悴；表现了作者惜春、伤感的心绪。

春晓三首·其一

[宋]杨万里

一年生活是三春，二月春光尽十分。
不必开窗索花笑，窗隔花影也欣欣。

[赏析]一年中最好的时候是春季，二月时春光的美妙达到了十分。用不着开窗观看花儿盛景，隔着窗户看那重重花影也足以让人感到欢欣。诗句指出春季特别是二月份是一年中最美的时候，春花盛开使人们欢欣不已、心旷神怡。

曲江二首·其一

[唐]杜甫

一片花飞减却春,风飘万点正愁人。
且看欲尽花经眼,莫厌伤多酒入唇。

[赏析]一片花飞去减弱了春色,风把万朵花吹落怎能不令人发愁?看着将尽的春花从眼前飞过,也不用怕过多的酒入口会伤身了。全诗八句,这里选的是前四句。诗句感叹春天逝去,忧愁丛生无法阻挡;既然春天留不住,又何必怕酒多伤身,使人生多顾忌呢!

春日五首·其二

[宋]秦观

一夕轻雷落万丝,霁光浮瓦碧参差。
有情芍药含春泪,无力蔷薇卧晓枝。

[注释]霁:雨或雪后天放晴。

[赏析]一阵轻雷响过,顷刻落下如丝般的春雨。雨过天晴屋顶上如碧玉般的层层琉璃瓦闪着亮光。雨后的芍药像是多情的女子含着点点泪珠,蔷薇经雨之后似乎绵软无力,却悄悄地蔓延着条枝。诗句描写夜雨初霁的春天庭院的景象。

春行即兴
[唐]李华

宜阳城下草萋萋,涧水东流复向西。
芳树无人花自落,春山一路鸟空啼。

[**注释**]宜阳:县名,唐时曾改宜阳县为福昌县,境内有唐皇帝行宫,今河南洛阳市宜阳县。萋萋:形容草长得茂盛的样子。

[**赏析**]宜阳城外面长满茂盛的野草,山涧的流水向东流去又折回向西。春天里山中没有人,树枝上的芬芳花朵只能自开自落,山野路上的各种鸟儿也是空自鸣啼。诗句表现唐朝在安史之乱后,作者经过宜阳时所见的人口逃亡、土地荒芜、乡村凋敝、一片空旷的破败景象,也表现出作者当时落寞困厄的心境。

春　日
[宋]晁冲之

阴阴溪曲绿交加,小雨翻萍上浅沙。
鹅鸭不知春去尽,争随流水趁桃花。

[**注释**]趁:追逐。

[**赏析**]弯弯曲曲的碧绿小溪与岸边的绿树荫交相辉映,细雨好像在浮萍叶面撒上了一层沙。游弋在水中的鹅、鸭并不知道春天已经过去,只顾争着去追逐飘落到流水中的桃花。诗句在描写晚春景色中寄寓了作者的惜春心情。

游园不值

[宋]叶绍翁

应怜屐齿印苍苔,小扣柴扉久不开。
春色满园关不住,一枝红杏出墙来。

[**注释**]值:遇到,碰上。扉:门。

[**赏析**]或许园主人担心我的鞋会踩坏园里的青苔,我轻轻地叩门却久久没有人来开。虽然关着园门使我进不去,但春光是关不住的,你看呀,有一枝绯红的杏花从园墙上向外伸了出来,已透露出满园子的春意盎然。

减字木兰花·莺初解语

[宋]苏轼

莺初解语,最是一年春好处。
微雨如酥,草色遥看近却无。

[**注释**]酥:从牛羊奶中提取出来的脂肪称为酥油,或简称酥。

[**赏析**]黄莺开始歌唱了,这是一年中最美好的初春时节;细雨像酥油一样滋润着大地,刚长出来的春草远看是一片绿茵,走近反倒看不出来了。这里选的是全词的上片。词句描写初春时莺儿初啼、小草刚出的可人景象。

卜算子·送春

[宋]如晦

有意送春归,无计留春住。
毕竟年年用著来,何似休归去!
目断楚天遥,不见春归路。
风急桃花也似愁,点点飞红雨。

[注释]著:同"着"。

[赏析]送走春天心里真是不舍,但没有办法把春天留住。春天啊,既然你年年都要来,何不就不再回去了呢!楚地天空多么辽阔遥远望不到头,眼睛根本看不尽春天回去的路。风急急地刮着,桃花似乎也很忧愁,它迅速凋谢像点点红雨在飞落。词句表现作者对春天逝去的不胜惋惜又无奈的心情。

泛舟入后溪

[唐]羊士谔

雨余芳草净沙尘,水绿滩平一带春。
唯有啼鹃似留客,桃花深处更无人。

[注释]鹃:指杜鹃鸟。

[赏析]一阵雨涤净了芳草上沾染的沙尘,水面碧绿河滩漫平仍是春意盎然。似乎只有杜鹃的啼鸣在提醒人们挽留春天,桃林深处很幽静早已空无一人。全诗八句,这里选的是后四句。诗句描写作者雨后泛舟所见的一片绿色清爽但已显出春尽的景象。

落 花

[元]郝经

玉阑烟冷空千树,金谷香销漫一尊。
狼藉满庭君莫扫,且留春色到黄昏。

[注释]金谷:指西晋富豪石崇所建的金谷园,极为奢丽,故址在今河南洛阳市。尊:同"樽"。狼藉:乱七八糟的样子。

[赏析]繁花辉映的楼台玉栏千树花空烟冷凄清,奢丽的金谷园早已香消玉殒筵散只剩空酒樽。乱七八糟的庭院落花你就不用去打扫了,姑且留着这一点残余的春色到黄昏暗尽。全诗八句,这里选的是后四句。诗句描写花落春尽的空寥景象,反映出作者黯淡寂寞的怀旧心情。

水口行舟二首·其二

[宋]朱熹

郁郁层峦夹岸青,春山绿水去无声。
烟波一棹知何许,鹈鹕两山相对鸣。

[注释]水口:当时地名,位于福建古田溪汇入闽江处。棹:船桨。指代船。鹈鹕:古书上指杜鹃鸟。

[赏析]两岸层叠的山峦郁郁葱葱,春天的山峰,绿色的河流,船行其中悄然无声。云烟下水波上有一只船不知要到哪里去,两岸山上的杜鹃鸟在不断地啼鸣。诗句描写作者春天在水口地方坐船行进时所见的山水风光。

晚　起

[宋]饶节

月落庵前梦未回,松间无限鸟声催。
莫言春色无人赏,野菜花开蝶也来。

[**注释**]庵:作者出家为僧,自命其居所为倚松庵。

[**赏析**]月亮已经落下,我的梦还没有醒,我所住庵堂周边松树林里无数鸟儿在啼鸣着催促人们。不要说这里的美好春色没有人来游赏,野菜花开的时候蝴蝶也会飞来嬉戏追逐。诗句指出春天来临春色自会吸引人们,诗句也表现作者一种自适的心境。

徐　步

[唐]杜甫

整履步青芜,荒庭日欲晡。
芹泥随燕觜,蕊粉上蜂须。

[**注释**]晡:指申时(下午3—5时)。芹泥:水边长芹草的泥土,能为燕子筑巢所用。觜:同"嘴"。

[**赏析**]穿整齐鞋子到青草地上走一走,我到这荒疏的庭园里天光正在申时。芹泥被燕子的嘴叼来筑它的窠,蜜蜂的嘴须上沾满了花蕊上的蜜粉。全诗八句,这里选的是前四句。诗句描写作者到庭园散步时所见到的春天下午阳光下燕子衔泥、蜜蜂采蜜的生机勃发的景象。

望海潮·洛阳怀古
［宋］秦观

正絮翻蝶舞，芳思交加。
柳下桃蹊，乱分春色到人家。

[注释] 蹊：路径。

[赏析] 正是柳絮翻飞蝴蝶翩舞的时候，引得春思缭乱交加。柳荫下、小路边的桃花，乱纷纷地将春色送到万户千家。这里选的是全词的上片中的几句，词句表现春季到来时的一些自然景象。

过　湖
［宋］俞桂

舟移别岸水纹开，日暖风香正落梅。
山色蒙蒙横画轴，白鸥飞处带诗来。

[赏析] 我乘着小船离开湖岸，水面荡起波纹，感到天气日渐温暖，和风带来花香，梅花正在落谢。抬头望去，远处群山雾蒙一片，好像是画轴横在天地之间，白鸥在头上飞翔，唤起我的诗兴灵感。诗句表现作者在春暖花开时节游湖赏景所见到的景象，并因此萌发出诗兴。

观化十五首·其十
[宋]黄庭坚

竹笋初生黄犊角,蕨芽已作小儿拳。
试挑野菜炊香饭,便是江南二月天。

[注释]犊:小牛。蕨:野生植物,其嫩芽可食。

[赏析]春笋刚长出来时好似小黄牛的角,蕨菜嫩芽就像婴儿的手握成拳。在野地里挑些野菜烹煮了吃别有风味,这是江南春季二月时特有的景色和食物呀!

惠崇〈春江晚景〉二首·其一
[宋]苏轼

竹外桃花三两枝,春江水暖鸭先知。
蒌蒿满地芦芽短,正是河豚欲上时。

[注释]蒌蒿:一种多年生草本植物,多生长在洼地。芦芽:芦苇的幼芽。河豚:鱼名。肉味鲜美,但其内脏有剧毒。

[赏析]翠竹外开放着两三枝桃花,预告了春天来临的信息,江水渐暖,游在水面上的鸭子最先知道了这个变化。河滩上已长满了蒌蒿,芦苇也开始抽芽了,这正是河豚逆流而上去产卵的时节。这首诗是题画诗,用桃花初放、江暖鸭嬉等动植物情况勾勒出了早春江景,特别是把绘画没法表现的水温冷暖描写得富有情趣、美妙传神,透露出春天的无限生机和活力。

14. 夏

初　夏
〔元〕萧应元

半清半和白昼长，似无似有绿阴香。
儿童刻竹记新笋，一夜风吹一尺强。

[赏析]白昼长了，一半温热一半还有点清凉，绿荫丛中似有若无地散出来一股香。儿童在竹子上刻下痕迹，记下新生竹子的高度。新竹经过一夜和风吹拂，第二天又长高了一尺多。诗句描写初夏时的天气温度和新竹生长快速的特点。

夏　意
〔宋〕苏舜钦

别院深深夏席清，石榴开遍透帘明。
树阴满地日当午，梦觉流莺时一声。

[注释]别院：指正院旁的小院。席：一作"簟"（竹席）。

[赏析]夏日幽深的别院里,竹席清凉,透过窗帘能看到石榴树已开了很多花。中午时分阳光直射满地是树荫,午觉睡醒听到一声黄莺啼鸣在空中流过。诗句描写作者的别院在盛夏时的清凉静谧的景象。

洞仙歌·冰肌玉骨
[宋]苏轼

冰肌玉骨,自清凉无汗。水殿风来暗香满。
绣帘开、一点明月窥人,人未寝、欹枕钗横鬓乱。

[注释]水殿:指(五代后蜀国)建在摩诃池上的宫殿。欹:斜靠。

[赏析]冰一样的肌肤、玉一般的身骨,自然地遍身清凉没有汗。水上宫殿里清风徐来幽香弥漫。绣帘被微风吹开,一缕月光透进来把佳人窥探。佳人还未入睡,她斜倚绣枕金钗横插鬓发凌乱。从此词的序文可知,全词是描述五代时后蜀君主孟昶及其妃花蕊夫人夏夜在摩诃池上宫殿纳凉的情景。这里选的是全词的上片。词句着重描写花蕊夫人天生丽质、无汗有香、斜倚鬓乱的形象。

夏日三首·其一
[宋]张耒

长夏江村风日清,檐牙燕雀已生成。
蝶衣晒粉花枝舞,蛛网添丝屋角晴。
落落疏帘邀月影,嘈嘈虚枕纳溪声。
久斑两鬓如霜雪,直欲樵渔过此生。

[注释]檐牙：屋檐似牙齿状。

[赏析]夏时白天很长，江村风清日丽，屋檐上栖息着羽翼已长成的小燕雀。晴朗的午间，蝴蝶展开翅膀停在花枝上，蜘蛛则在屋角慢悠悠地织着网。月光照射在稀疏晃动的帘子上，斜倚在枕上听着杂乱的潺潺流水声。我的两鬓白如霜雪已经很久，真想去学渔翁樵夫悄悄地度过余生。诗句表现夏时乡野江村的景象和作者对清幽环境的喜悦心情，作者还表示有脱开世俗事务悠然悄度晚年的打算。

初夏戏题
[唐]徐夤

长养薰风拂晓吹，渐开荷芰落蔷薇。
青虫也学庄周梦，化作南园蛱蝶飞。

[注释]芰：古书上指菱。庄周梦：《庄子》里写庄周在梦中化成了蝴蝶，后世称为"蝴蝶梦"。

[赏析]长时间酝酿形成的暖风在清晨吹来，吹开了荷花和菱花，落谢了蔷薇。那些小青虫竟然也做起了"蝴蝶梦"，它们是真的化成了粉蝶在南园里乱飞。诗句表现夏季来临时的一些物候景象。

苦热行
[唐]王维

赤日满天地，火云成山岳。
草木尽焦卷，川泽皆竭涸。

[赏析]赤红的阳光布满天空灼热大地,火烧般的云层好像是连绵的山岳。树叶、庄稼、野草被晒焦卷了起来,河川湖泽都枯竭干涸了。全诗十六句。这里选的是开头四句。诗句描述盛夏阳光苦毒、天气极端炎热的景况。

初夏绝句
[宋]陆游

纷纷红紫已成尘,布谷声中夏令新。
夹路桑麻行不尽,始知身是太平人。

[赏析]红的紫的花朵已落谢成为尘泥,在布谷鸟的声声叫唤中进入了夏季。田野路边桑树及苎麻等作物望不到头,在这种情况下才感到人们是生活在太平时期啊!诗句表现作者在初夏时看到树木、作物等茂盛生长,而感到天下太平的喜悦心情。

江楼夕望招客
[唐]白居易

风吹古木晴天雨,月照平沙夏夜霜。
能就江楼消暑否,比君茅舍较清凉。

[注释]江楼:指杭州城东楼。
[赏析]晴天时风吹古树飒飒作响,好像雨在击打,夏夜里月光撒满平地,如同一层秋霜。能不能到江楼消避暑热呀?江楼上比起您的茅屋的确爽

快清凉。全诗八句,这里选的是后四句。诗句描写杭州城夏夜的景象及消暑纳凉的感觉。

忆王孙·夏词
[宋]李重元

风蒲猎猎小池塘,过雨荷花满院香。

沈李浮瓜冰雪凉。竹方床。针线慵拈午梦长。

[注释]沈:同"沉"。慵:困倦,懒。

[赏析]风吹着池塘里的蒲草猎猎作响,雨后的荷花散发着沁人芬芳,使得满院子都是清香。沉放在井水里的李子和瓜类,经冷水镇过像冰雪一样的又甜又凉。在竹制的方床上,懒得拿起针线做女红了,只想美美地睡个午觉呀!词句表现夏天风过池塘、院飘荷香,冷水镇过的水果馋人,女子在竹床惬意午睡等景象。

采莲曲二首·其二
[唐]王昌龄

荷叶罗裙一色裁,芙蓉向脸两边开。

乱入池中看不见,闻歌始觉有人来。

[注释]芙蓉:荷花。

[赏析]采莲少女的绿色罗裙同荷叶一样鲜艳,好像是由同一块材料裁

成；少女在荷花池塘里,好像荷花特意围绕少女的脸庞盛开。采莲女们各自进入莲池后就看不见了(因为她们的罗裙与荷叶一样颜色,难以分清哪是荷叶哪是衣裙人面),直至听到歌声才知道她们在里面。诗句描写了江南采莲女们的劳作生活和她们青春烂漫的快乐心情。

幽居初夏
[宋]陆游

湖山胜处放翁家,槐柳阴中野径斜。

水满有时观下鹭,草深无处不鸣蛙。

箨龙已过头番笋,木笔犹开第一花。

叹息老来交旧尽,睡来谁共午瓯茶。

[注释]放翁:陆游,字放翁。箨龙:即笋。木笔:花名,又名辛夷花。

[赏析]湖光山色的好地方是我陆放翁的家,槐、柳树荫下的村野小路弯曲清幽。湖水满溢时白鹭上下翻飞,湖畔草深处处青蛙鸣叫。今年的新笋早已长成,木笔花却是刚刚开放。唉,我年老了,过去朋友多已零落,午睡梦醒后谁来与我相聚喝茶。诗句描写作者晚年在初夏时所"幽居"环境的景象,及对年老孤寂的感慨。

早 夏
[唐]钱起

花萼败春多寂寞,叶阴迎夏已清和。

鹂黄好鸟摇深树,细白佳人著紫罗。

[注释]著:同"着"。

[赏析]花儿开败,春天过去,庭院寂寞,绿树成荫迎来夏季天晴气和。黄鹂等鸟儿躲进了树丛深处,肌肤白嫩的美丽女子穿上了紫色纱罗。全诗八句,这里选的是中间的第三至第六句。诗句描写夏季来临时的景色和美丽女子的曼妙与衣着。

道间即事
[宋]黄公度

花枝已尽莺将老,桑叶渐稀蚕欲眠。
半湿半晴梅雨道,乍寒乍暖麦秋天。

[注释]麦秋:指夏季麦收。

[赏析]枝上的花朵已经落尽,黄莺的啼鸣渐渐少了,桑叶被摘得稀疏,蚕也将三眠做茧。正在梅雨时节,天气忽晴忽雨,路上半湿半干;恰是麦熟该收,一会儿暖一会儿寒。全诗八句,这里选的是前四句。诗句描写作者在路途上所见的春天过去、梅雨时节、夏麦将收的景象。

[正宫]小梁州·夏
[元]贯云石

画船撑入柳阴凉,一派笙簧。
采莲人和采莲腔,声嘹亮,惊起宿鸳鸯。

[注释]笙簧:泛指竹管乐器。

[赏析]装饰华美的船儿撑到湖边柳树荫下乘凉,从中传出了一片管乐奏鸣的音响。那些说是来采莲的人和着"采莲腔"的乐调唱了起来,歌声多么嘹亮,惊起了在湖里住宿的鸳鸯。这里选的是全曲词的前半部分,描写夏季里一群青年男女以"采莲"的名义在游船里唱和玩乐的景象。

有 约

[宋]赵师秀

黄梅时节家家雨,青草池塘处处蛙。
有约不来过夜半,闲敲棋子落灯花。

[赏析]梅子黄熟的时候总是下着连绵的阴雨,在青草地和池塘里传来阵阵蛙鸣。已过了夜半,约好的友人还没有来到,我手指夹着棋子轻敲桌面一会儿就落下一条灯花。农历四、五月间,江南梅子黄熟时的连绵阴雨,因此称为"梅雨"。诗句实写夏季江南梅雨时节景象,也反映出作者因友人未如约来到而产生的焦灼心情。

玉山道中

[元]萨都剌

积雨千峰霁,溪流两岸平。
野花多映水,山鸟自呼名。

[注释]玉山:县名,今江西上饶市玉山县。霁:雨后或雪后放晴。

[赏析]多日下雨终于转晴显露出远处的山峰,溪流涨满几乎与两岸相

平了。溪边野花盛开倒映在水中,山林里的鸟儿叽喳欢叫像是在彼此呼唤着名字。全诗八句,这里选的是前四句。诗句描写夏天雨后山峰、溪流、野花、鸟儿等的自然、清新、欢快的景象。

采莲曲
[唐]贺知章

稽山罢雾郁嵯峨,镜水无风也自波。
莫言春度芳菲尽,别有中流采芰荷。

[注释]稽山:即会稽山,位于浙江绍兴市北部。嵯峨:山势高峻。镜水:即镜湖,在绍兴,作者故居在湖边。芰:古书上指菱,四角的称芰,两角的称菱。

[赏析]会稽山上的雾气散了,显出它的葱郁和高峻,没有风吹,镜湖水面也漾着微波。不要说春天的花朵芳香已经过去,夏天到了还可以到别的水流中去欣赏荷花,采摘菱角和莲蓬。作者晚年居住在越州(今浙江绍兴)家乡的镜湖旁。诗句描写初夏时作者在居处所见的会稽山和镜湖的美丽景色。

状江南·孟夏
[唐]贾弇

江南孟夏天,慈竹笋如编。
蜃气为楼阁,蛙声作管弦。

[注释]孟夏：即初夏，（农历）四月。慈竹：竹名，丛生，竿每节多分枝。蜃：大蛤蜊。古人把一种自然现象误认为蜃吐气可形成楼阁虚景，故称"蜃景"，通称海市蜃楼。

[赏析]江南初夏的时候，慈竹长出的笋像是编排起来的。蜃吐气形成海市蜃楼的幻影，蛙的鸣叫声像是管弦乐大合奏。诗句表现江南初夏时的某些特有的景象。

三月晦日偶题
[宋]秦观

节物相催各自新，痴心儿女挽留春。
芳菲歇去何须恨，夏木阴阴正可人。

[注释]晦日：指农历每月的最后一天。

[赏析]节令风物不断交替变换，痴心青年男女们为什么总想挽留住春天？五彩缤纷的花朵凋谢了何必有什么怨恨，夏天树叶繁茂碧绿浓密也一样使人欢欣。诗句作者以积极的心态表示不必眷恋惋惜春天的过去，而应及时欢迎夏天来临。

梦江南·兰烬落
[唐]皇甫松

兰烬落，屏上暗红蕉。
闲梦江南梅熟日，夜船吹笛雨萧萧。
人语驿边桥。

[赏析]似兰的烛芯已燃成灰烬而掉落,屏风上的美人蕉模糊暗淡。闲困在幽梦中的我回到了江南,恰是黄梅成熟的时光;夜晚在小船上吹起笛子,应和着细雨萧萧。在驿站旁的小桥上有人轻语悄悄。词句描写旅人梦中的江南初夏的迷人景象。

曲院风荷

[清]陈璨

六月荷花香满湖,红衣绿扇映清波。
木兰舟上如花女,采得莲房爱子多。

[赏析]六月里,荷花开满小湖,四周散发花香,粉红的荷花、碧绿的荷叶与清澈的湖水交相辉映。木兰小船上美丽如花的采莲女子摇摆多姿,荡着小船采摘莲房——它的多子是人们最爱的东西啊!诗句描写(农历)六月时荷花满湖、莲房饱满,采莲女如花多姿的美妙景象。

村居即事

[宋]范成大

绿遍山原白满川,子规声里雨如烟。
乡村四月闲人少,才了蚕桑又插田。

[注释]子规:杜鹃鸟。

[赏析]绿色遍及山坡原野,稻田里的水色映着天光,在一片蒙蒙细雨

中杜鹃鸟在声声啼叫。(农历)四月里的乡村很少有空闲的人,刚结束了养蚕收茧的事情又要忙插秧的事务了。诗句描写了初夏时节江南农村的旖旎风光和人们忙于农事的景象。

山亭夏日

[唐]高骈

绿树阴浓夏日长,楼台倒影入池塘。
水晶帘动微风起,满架蔷薇一院香。

[赏析]绿树荫浓郁郁葱葱夏日漫长,楼台倒映在池塘中。晶莹的珠帘在微风吹拂中摇动,满架开放的蔷薇花使院子充满芳香。诗句描写夏日里绿意盎然、蔷薇花香、微风拂帘的景象。

[双调·小圣乐]骤雨打新荷

[金]元好问

绿叶荫浓,遍池亭水阁,偏趁凉多。
海榴初绽,朵朵簇红罗。
老燕携雏弄语,有高柳鸣蝉相和。
骤雨过,有珍珠乱撒,打遍新荷。

[注释]海榴:即石榴。糁:米饭粒,谷类碎粒。
[赏析]绿叶繁茂一片浓荫,池塘里建有许多亭榭水阁,这里很凉快。石

原生态的瑰丽——古诗词里的美丽中国

榴花刚开,妖娆红艳散发着扑鼻香气。老燕带着小燕叽叽喳喳,蝉在高高的柳枝上鸣叫相和。一阵急雨飞来,像珍珠落下、像饭粒乱撒,打在池塘里的片片新荷上。这里选的是全曲的上片。曲词描写盛夏时池边绿荫石榴、池中亭阁趁凉、燕语蝉鸣、乱雨打荷等美妙盎然的景象。

鹤冲天·溧水长寿乡作

[宋]周邦彦

梅雨霁,暑风和,高柳乱蝉多。
小园台榭远池波,鱼戏动新荷。

[注释]溧水:宋时县名,今为江苏南京市溧水区,作者曾任溧水知县。霁:雨后或雪后放晴。

[赏析]梅雨停止天气放晴,暑天总算风清气和了,高高柳树上有许多蝉在乱叫。小园里亭台水榭有一池清波,鱼儿嬉戏触碰了新开荷花轻轻摇动。这里选的是全词的上片。词句描写溧水夏时清朗静谧的自然景象。

三衢道中

[宋]曾幾

梅子黄时日日晴,小溪泛尽却山行。
绿阴不减来时路,添得黄鹂四五声。

[注释]三衢:山名,位于今浙江衢州市常山县境内。

[赏析]梅子黄熟时候天气总是晴和,我乘着小船直到小溪尽头,再走山路继续前行。山路上绿树成荫,与来时路上一样浓密,只是多了森林丛中传出的黄鹂的啼鸣。诗句表现作者在赴衢州时在三衢山行进路途上所见的景象。

睡 起
[明]华幼武

梅子将黄杏子肥,绿阴门巷客来稀。
南窗一枕睡初觉,蝴蝶满园如雪飞。

[赏析]杏儿长得硕大时梅子也快黄熟了,绿荫已铺满小巷里的我家门墙,但很少有客人来访。我睡在南窗下一觉醒来,看见满园的蝴蝶上下飞舞多得像雪花一样。诗句描写作者夏日家居的状况。

闲居初夏午睡起
[宋]杨万里

梅子留酸软齿牙,芭蕉分绿与窗纱。
日长睡起无情思,闲看儿童捉柳花。

[赏析]梅子味道很酸,吃完了会倒牙,芭蕉叶子很大,它的绿色映衬到纱窗上。夏日白昼漫长,我午睡醒来,慵懒得没有情致和思绪,闲得无聊,去看孩子们在追逐风中飘荡的柳花。诗句描写作者夏时的闲适无事的生活情状。

首夏山中行吟

[明]祝允明

梅子青,梅子黄,菜肥麦熟养蚕忙。
山僧过岭看茶老,村女当垆煮酒香。

[**注释**]垆:酒店里安放酒瓮的土台子。借指酒店。

[**赏析**]梅子青了又黄了,菜蔬长大、麦子成熟、农家养蚕多繁忙。住在山里的僧人看到农人们在采摘山岭上的茶叶,村姑在酒肆酿酒味儿很香。诗句描写作者所在的苏州一带的夏季农作物成熟、村姑当垆煮酒等景象。

避暑纳凉

[唐]钱起

木槿花开畏日长,时摇轻扇倚绳床。
初晴草蔓缘新笋,频雨苔衣染旧墙。

[**注释**]木槿花:木槿树的花。

[**赏析**]木槿树花期长,但每朵花只开一日即谢。木槿花优美开放,可惜害怕夏日太长,很快凋谢。我常常靠着摇椅轻摇着扇子纳凉。天气晴好蔓草疯长爬满新竹,不断下雨苔藓地衣沾染着旧墙。全诗八句,这里选的是前四句。

梅 雨

[唐]杜甫

南京犀浦道,四月熟黄梅。
湛湛长江去,冥冥细雨来。
茅茨疏易湿,云雾密难开。
竟日蛟龙喜,盘涡与岸回。

[**注释**]南京:指成都府(唐朝安史之乱时,唐玄宗定该地为"南京")。犀浦道:属成都府,治所在郫县犀浦镇。

[**赏析**]清且深的河水流向长江,天空昏暗下着蒙蒙细雨。茅草苫盖的房顶已经湿透,云雾弥漫一时难以放晴。河里似有蛟龙整日在嬉戏翻腾,不断造成漩涡撞到岸边又返回。在成都一带不存在气象上所说的"梅雨"。诗句描写作者夏初经过犀浦一带时所见的雨中景象。

新 晴

[宋]刘攽

青苔满地初晴后,绿树无人昼梦余。
唯有南风旧相识,偷开门户又翻书。

[**注释**]梦余:指梦后醒来。

[**赏析**]午睡醒来,已是雨后初晴,只见窗外绿树荫下长满青苔。只有那南风是我的老相识了,它不声不响地吹开我家房门,还翻动了我的书页。诗句显示作者在夏日"新晴"后闲适的心情。

原生态的瑰丽——古诗词里的美丽中国

暑旱苦热
［宋］王令

清风无力屠得热,落日着翅飞上山。
人固已惧江海竭,天岂不惜河汉干?
昆仑之高有积雪,蓬莱之远常遗寒。
不能手提天下往,何忍身去游其间?

[注释]屠:这里选的是止住、驱除之意。

[赏析]清风没有力量驱除暑天的炎热,西坠的日头像长了翅膀飞到山上不下来。人们都担心这样的大旱会使河湖干涸水流枯竭,难道老天爷就不在乎银河也被晒干?高高的昆仑山有长年不化的积雪,遥远的蓬莱岛有永不消失的清凉。但是我不可能带着天下人一起去避暑,又怎能忍心独自到那儿去逍遥游历?诗句描写暑旱酷热,使人难耐,担忧干旱会严重损害民生;作者同时指出虽然还有凉爽的昆仑、蓬莱等好地方,但不可能让全天下人都去那儿避暑呀!

苦热夜坐
［清］厉鹗

晴电忽穿树,好风微动萍。
移床池上坐,相识有流萤。

[赏析]晴朗的夜空毫无雨意,忽然一道闪电穿过树林,一阵凉风吹来轻轻地拂动了池面的浮萍;我把床榻移到池边坐着乘凉,周围空无别人只有我认识的萤火虫在飞。诗句描写作者在闷热的夏夜到池塘边追求凉快的情景。

初夏二首·其二

[宋]范成大

晴丝千尺挽韶光,百舌无声燕子忙。
永日屋头槐影暗,微风扇里麦花香。

[注释]丝:指昆虫类吐出的丝。百舌:鸟名,其鸣声反复如百鸟之音。

[赏析]天气晴朗,树枝上悬挂着的长长虫丝来回游移似乎是要挽留美好春光,那百舌鸟还没有鸣叫燕子已忙得不可开交。浓重的槐荫遮住了屋上越来越强烈的阳光,在微风的吹拂下麦花飘散着清香。诗句作者通过描写小动物的活动,以及日光强烈、麦花放香等景象,表现夏季来临时的景象。

小 池

[宋]杨万里

泉眼无声惜细流,树阴照水爱晴柔。
小荷才露尖尖角,早有蜻蜓立上头。

[赏析]泉眼悄然无声是因为舍不得泉水细细地流,映在水池里的树荫显出晴日柔和风光。小小的荷花才露出尖尖的花苞,就有蜻蜓飞来停歇在它的上头。诗句描写初夏荷塘里泉眼流水、荷花露苞、蜻蜓飞来的景象。

原生态的瑰丽——古诗词里的美丽中国

苦热闻田夫语有感

[宋]朱淑真

日轮推火烧长空,正是六月三伏中。
旱云万叠赤不雨,地裂河枯尘起风。
农忧田亩死禾黍,车水救田无暂处。
日长饥渴喉咙焦,汗血勤劳谁与语。

[**注释**]禾、黍:古时指谷子(小米)、黍子(黄米),也泛指谷物(粮食作物)。

[**赏析**]赤日像燃烧的火轮在天空推转,现在正是(农历)六月三伏天最热的时候。层层叠叠的红云不下一滴雨,天旱得地裂了、河枯了、尘土扬起成了风。农人忧虑田亩里的作物的禾苗都会干死,就是车水去救暂时也没有用处。白天很长又热又渴喉咙都干得焦了,农人们付出的勤劳与血汗能去跟谁说。全诗十六句,这里选的是前八句。诗句描写酷热大旱所致的天地景象,以及农人们辛苦、焦急与无助的状况。

夏雨后题青荷兰若

[唐]施肩吾

僧舍清凉竹树新,初经一雨洗诸尘。
微风忽起吹莲叶,青玉盘中泻水银。

[**注释**]兰若:佛教用语。原意指森林,引申为寂静处、远离尘嚣处。青玉盘:形容莲叶(荷叶)。

[**赏析**]僧人住屋周边有许多竹林,一场雨后洗去了诸多灰尘,更使寺

庙和僧人住房清凉得很。微风吹拂池塘里的荷叶来回摇摆，荷叶上的水珠就像是水银滚动不定。诗句描写寺庙环境在夏雨后的清新，以及寺庙池塘里莲叶青青、水珠滚动的景象。

夏日南亭怀辛大

[唐]孟浩然

山光忽西落，池月渐东上。
散发乘夕凉，开轩卧闲敞。
荷风送香气，竹露滴清响。

[赏析]夕阳很快落下了西山，池塘东边明月渐渐升上来。披散头发今晚恰好乘凉，开窗随意躺着多么闲适舒畅。晚风送来荷花的香气，露水从竹叶上滴落发出清脆的声响。全诗十句，这里选的是前六句。诗句描写夏季傍晚日落、月上，作者在水亭纳凉的闲适状态。

陪郑广文游何将军山林十首·其五

[唐]杜甫

剩水沧江破，残山碣石开。
绿垂风折笋，红绽雨肥梅。

[注释]沧江：泛指江流。笋：这里指已破笋而出的嫩竹。梅：指杨梅，生时青熟时红。

[赏析]园林中的水塘似是江流决口涌过来的，假山则是由开采的碣石

堆积而成。被风吹弯低垂的嫩竹仍保持青绿的颜色,被雨滋润长成的杨梅已变红饱满得似乎要绽裂。全诗八句,这里选的是前四句。诗句表现"何将军山林"在初夏时的一部分景色。

初夏即事
[宋]王安石

石梁茅屋有弯碕,流水溅溅度两陂。
晴日暖风生麦气,绿阴幽草胜花时。

[**注释**]石梁:石桥。碕:弯曲的岸。陂:池塘。

[**赏析**]石桥和茅屋环绕在弯曲的河岸,潺潺流水进入两边的池塘。晴朗的天空、和暖的微风催熟着麦香,碧绿的树荫、幽静的青草胜过春花烂漫的时光。诗句表现初夏时的田野风光,指出麦子成熟比春花烂漫更显得重要。

子夜四时歌·夏歌·其九
[南北朝]南朝乐府

暑盛静无风,夏云薄暮起。
携手密叶下,浮瓜沉朱李。

[**赏析**]炎热时寂静无风,夕阳西下云起晚霞。二人手拉着手躲在密密树荫下,在泉水里浮着瓜沉放李子。诗句描写夏天炎热,人们躲在树荫下、在冷水里沉放瓜果。

夏日杂诗

[清]陈文述

水窗低傍画栏开,枕簟萧疏玉漏催。
一夜雨声凉到梦,万荷叶上送秋来。

[注释]簟:竹席。萧疏:这里指凉爽。玉漏:古时的一种玉质计时器。
[赏析]依傍雕画栏杆的临水窗户敞开着,躺在竹席上略感凉爽听着玉漏声声。下了一夜的雨使我在梦中都感受到了凉意,满池荷叶送来了夏末初秋的清爽。诗句描写盛夏将尽,一阵夜雨,带来了入秋的清凉。

池上早夏

[唐]白居易

水积春塘晚,阴交夏木繁。
舟船如野渡,篱落似江村。

[赏析]晚春初夏的雨使池塘积水很深,池边树木枝杈上叶子已长得繁盛。远处的那些船只散乱地停泊着,犹如江边村里人家篱笆的疏落无序。全诗八句,这里选的是前四句。诗句描写初夏时池塘、停船、村庄的自然景象。

客中初夏

[宋]司马光

四月清和雨乍晴,南山当户转分明。
更无柳絮因风起,惟有葵花向日晴。

[赏析]初夏四月天气清明和暖,一场雨过后天刚放晴,正对面的南山变得更加青翠明净。眼前已没有随风飘舞的柳絮,只有葵花开放总是随着太阳转动。诗句描写初夏时雨过天晴的景色,暗含作者托物言志之意,表明自己不是随风起舞、投机取巧的柳絮,而是像葵花那样永远向着太阳,即始终是忠诚于皇帝和朝廷的。

闲居初夏午睡起·其二
[宋]杨万里

松阴一架半弓苔,偶欲看书又懒开。

戏掬清泉洒蕉叶,儿童误认雨声来。

[注释]弓:古代丈量土地的度量单位。一弓相当于五尺之地。掬:两手捧。

[赏析]一株松树的树荫有二三尺,地面上长着青苔,我本想看点书又发懒没有把书打开。就随兴地捧起清冽的泉水洒在芭蕉叶上,淅沥滴落的水声使得孩子们误以为是下雨了。诗句描写作者在"初夏午睡起"后的生活即景。

浣溪沙·簌簌衣巾落枣花
[宋]苏轼

簌簌衣巾落枣花,村南村北响缫车,牛衣古柳卖黄瓜。

酒困路长惟欲睡,日高人渴漫思茶。敲门试问野人家。

[注释]簌簌:形容风吹叶子等的声音。缫:同"缲",把蚕茧浸在热水里抽出蚕丝。牛衣:蓑衣之类。这里指粗麻布衣服。野人:指乡村农人。

[赏析]衣巾在风中簌簌作响,枣花随风飘落在身上,村南村北都响着缫丝车的声音,穿着粗麻布衣服的农人在老柳树下卖黄瓜。路途遥远,酒意上来,只想休憩一番,太阳正高,口渴真想喝点茶。于是敲开农人家门问能否给碗茶。词句描写作者在徐州赴石潭求雨后又去谢雨,在路上所见的夏时农人劳作生活及自己疲困口渴等情况。

夏日登鹤岩偶成

[唐]戴叔伦

天风吹我上层冈,露洒长松六月凉。
愿借老僧双白鹤,碧云深处共翱翔。

[赏析]登上鹤岩高岗感受天空风吹,松树林的露水使我在六月盛夏享受清凉。真想向山庙里的老和尚借用一对白鹤,让我骑着它到云端自由翱翔。诗句描写作者在山岗松林里感受凉爽时内心的欢愉和对自由的遐想。

观刈麦

[唐]白居易

田家少闲月,五月人倍忙。
夜来南风起,小麦覆陇黄。
妇姑荷箪食,童稚携壶浆,
相随饷田去,丁壮在南岗。
足蒸暑土气,背灼炎天光。
力尽不知热,但惜夏日长。

[**注释**] 刈：割。妇姑：媳妇和婆婆。这里泛指妇女。箪：盛饭食的竹器。饷田：给在田里劳作的人送饭。丁壮：青壮年男子。

[**赏析**] 种田的农家很少有空闲的时光，到（农历）五月时农人倍加忙碌。夜里刮来了暖热的南风，覆盖田野使连片小麦都黄熟待割。妇女们提上装着食物的竹篮，孩子们拿着盛满汤水的壶，相伴着到田里送饭。青壮年男人们劳作在南面山岗，双脚被地里的热气蒸熏着，后背又受着烈日的照射烘烤。长时间割着麦子力气用尽，都对炎热没感觉了，只想着珍惜夏时天日长好多干点活。全诗二十六句，这里选的是前十二句。诗句作者真切而满怀同情地描写了在小麦成熟季节，农人在烈日下割麦的艰辛，以及家人去送饭等等景象。

始夏南园思旧里

[唐] 韦应物

夏首云物变，雨余草木繁。
池荷初帖水，林花已扫园。
萦丛蝶尚乱，依阁鸟犹喧。
对此残芳月，忆在汉陵原。

[**注释**] 萦：围绕，缠绕。汉陵：汉朝皇帝陵墓（在长安城周边）。

[**赏析**] 夏天开始万物都在变化，一场雨后草木繁茂生长。池塘里荷花伸出了水面，园林里已扫除了落花。蝶儿仍围绕着树丛乱舞，鸟儿还在楼阁间喧哗。面对这春去花残的景象，我不禁怀念起在长安的老家。作者是长安人，出身世家大族，但长期在外地为官。诗句描写夏初时自然界种种物候的景象，并勾起了作者"思旧里"的怀旧心情。

卜算子·五月八日夜凤凰亭纳凉

[宋]叶梦得

新月挂林梢,暗水鸣枯沼。
时见疏星落画檐,几点流萤小。
归意已无多,故作连环绕。
欲寄新声问采菱,水阔烟波渺。

[**注释**]采菱:指采菱人,代指歌女。

[**赏析**]弯弯的新月升上了树梢,一股潜流鸣响在干涸池沼。不时见到稀疏的星星落在雕梁画檐上,原来是几只萤火虫在飞流发光。思归的乡情已然淡漠,但仍会在心中缠绕。新谱了曲调想请那采菱人来唱,但水面辽阔烟波浩渺我到哪里去找。这首词是作者晚年闲居乡里时所作。词句描写了夏夜的自然景象,也流露出作者的退隐林下、淡泊无争的心境。

炎旱诗

[晋]傅玄

炎旱历三时,天运失其道。
河中飞尘起,野田无生草。

[**注释**]三时:指冬春夏三季。

[**赏析**]炎热和干旱已经持续了三个季度,老天的运行完全脱离了它原来的轨道。江河干涸的河床上飞扬起了尘土,原野田地里见不着还活着的禾草。全诗八句,这里选的是前四句。诗句描述天气极长时间的炎热致江河干涸、旱情非常严重的景况。

原生态的瑰丽——古诗词里的美丽中国

夏夜追凉
[宋]杨万里

夜热依然午热同,开门小立月明中。
竹深树密虫鸣处,时有微凉不是风。

[赏析]这个夏天夜里竟然跟中午一样热,且打开门到院子里月光下待一会儿。附近竹林树丛虫子的鸣叫一声声传来,有一阵清爽飘来,这不是风吹,或许只是宁静中的凉意吧。诗句描写盛夏夜热时作者追求凉爽的景况。

夏夜叹
[唐]杜甫

永日不可暮,炎蒸毒我肠。
安得万里风,飘飘吹我裳。
昊天出华月,茂林延疏光。
仲夏苦夜短,开轩纳微凉。

[注释]昊天:夏天。华月:明月。仲夏:夏季第二个月,即农历五月。

[赏析]白昼漫长似乎黄昏不会来到,蒸笼般的炎热使我浑身焦躁难熬。怎样才能有一场万里长风,不断吹拂我的衣裳。夏夜天空出现一轮明月,照透茂密树林中的空间。这五月的夏夜多么短暂,打开窗户或许能收纳一点清凉。全诗二十四句,这里选的是前八句。作者描写仲夏时白天夜晚炎热难熬的状态,盼望能得到一点凉爽。

初夏淮安道中

[元]萨都剌

鱼虾泼泼初出网,梅杏青青已著枝。
满树嫩晴春雨歇,行人四月过淮时。

[赏析]网中鱼虾蹦跳出来,正是春渔收获时候,梅树杏树已结了青青的子实。一阵暮春雨过后,满树是翠绿的嫩青叶,四月路过淮安的行人享受美景正当时。诗句表现作者赴任在"淮安道中"所见的初夏景象。

游东田

[南北朝]谢朓

远树暧阡阡,生烟纷漠漠。
鱼戏新荷动,鸟散余花落。
不对芳春酒,还望青山郭。

[注释]东田:地名。南朝齐朝某太子在建康(今南京市)钟山下建造了一些楼馆。后来东田成为游览胜地。暧:指昏暗不明。阡阡:同"芊芊",茂盛状。余花:指暮春初夏时的残花。

[赏析]远处树木葱郁茂盛,好像一片烟霭模糊迷离。鱼儿游戏触发新生嫩荷微微颤动,鸟儿从树上忽地飞散残花纷纷掉落。新酿的春酒暂且不喝了,还是多眺望一会城郭外的青山吧!作者因心中不乐而出外到东田游玩。全诗十句,这里选的是后六句。诗句描写东田地方生机盎然的景致,也显示出作者此时的愉悦心情。

苦旱

[清]袁枚

镇日炎风旱不禁,秧田望尽老农心。
夏云总被风吹去,教作奇峰莫作霖。

[赏析]整天刮着热风,怎能不成大旱,老农眼看着秧田干涸多么痛心。夏天的雨云总是被热风吹散,使山峰上的云不能成为雨霖。诗句描写夏日炎炎、热风阵阵、天旱不雨的严重旱情和农人极为焦灼的心情。

夏日登车盖亭

[宋]蔡确

纸屏石枕竹方床,手倦抛书午梦长。
睡起莞然成独笑,数声渔笛在沧浪。

[注释]车盖亭:在安州(今湖北安陆),作者被贬谪于安州。莞然:形容微笑。沧浪:这里指汉水。

[赏析]纸围当屏风石作枕头,卧在竹床上多么清凉,久举着书卷手已疲累,把书抛一边悠然午睡。醒来后不禁独自微笑,忽然听到了沧浪水面上传来渔笛几声。诗句描写作者谪居于此,夏日游览车盖亭,读书自乐,倦了就睡,安逸闲适,感觉真不如归隐为好的心情。

四时田园杂兴·其三十一
[宋]范成大

昼出耘田夜绩麻,村庄儿女各当家。
童孙未解供耕织,也傍桑阴学种瓜。

[注释]耘:锄草。绩:把麻搓成线。

[赏析]白天到田里锄草、夜晚在家里搓麻成线,村庄里的青壮男女各自承担着家庭的活计。儿童们还不懂得耕织劳作是为了生计,只是模仿长辈也在桑树荫下学着种瓜玩儿。诗句描写农人日夜辛勤劳作的生活,以及在父母长辈影响下,农家儿童在夏日里的生活和情趣。

奉和夏日应令诗
[南北朝]庾信

朱帘卷丽日,翠幕蔽重阳。
五月炎蒸气,三时刻漏长。
麦随风里熟,梅逐雨中黄。

[注释]重阳:指火热的阳光。刻漏:或称漏壶,古时漏水计时器。

[赏析]卷起珠帘阳光多么明亮,放下纱帐遮挡阳光热浪。五月夏时又热又湿像是蒸笼,白天的时间过得多么漫长。麦子在一阵阵热风里成熟,梅子在蒙蒙梅雨中由青变黄。全诗十四句,这里选的是前六句。诗句描写夏日阳光强烈、天气炎热,小麦、梅子等农作物逐渐成熟的景象。

初　夏

[宋]朱淑真

竹摇清影罩幽窗，两两时禽噪夕阳。
谢却海棠飞尽絮，困人天气日初长。

[**赏析**]微风中摇晃的竹影罩住了幽静的窗户，成双成对的鸟儿在夕阳下喧闹噪叫。在这海棠花落谢、柳絮飞尽的初夏，天气炎热使人困乏，白昼开始变得漫长。诗句描绘了春末夏初的景象，暗含作者困于寂寞的心绪。

首　夏

[唐]鲍溶

昨日青春去，晚峰尚含妍。
虽留有余态，脉脉防忧煎。
幽人惜时节，对此感流年。

[**注释**]首夏：即初夏，农历四月。青春：指春天。

[**赏析**]春天已经过去了，夕阳下的峰峦还含着一点春意。虽说仍留有春天的余韵，但这最后的春景难免使人产生忧愁煎迫的默然。幽居林下的人士珍惜时间，对季节的变化甚为敏感，对时光的流逝感慨万千。诗句描绘了春末夏初的山林景色，表现了作者伤春惜时的情怀和时不我待的感慨。

15. 秋

书河上亭壁四首·其三
[宋]寇準

岸阔樯稀波渺茫,独凭危槛思何长。
萧萧远树疏林外,一半秋山带夕阳。

[注释]河:指黄河。樯:桅杆。指代船。槛:栏杆。
[赏析]黄河岸宽水波渺茫航行的船只很少,我独自倚着岸边亭子的栏杆思绪似黄河水源源不断。萧瑟秋风中远处是稀疏的树林,林后山岭的这一半映照着秋天的夕阳霞光。这首诗是作者题写在黄河边一座亭子壁上的。诗句反映了作者遭受贬谪后忧愁、怅惘的心绪。

渔 父
[唐]张志和

八月九月芦花飞,南溪老人重钓归。
秋山入帘翠滴滴,野艇倚槛云依依。
却把渔竿寻小径,闲梳鹤发对斜晖。

[**注释**] 重钓：指在深水中钓鱼。槛：栏杆。

[**赏析**] 八月九月秋高气爽芦花飘飞，到溪流深处钓鱼的渔翁回家了。秋日的山峦仍是翠绿欲滴地映入眼帘，白云飘在天空，一条不知是谁家的船停靠在水亭的栏杆边。渔翁用钓竿探寻小路捷径，对着夕阳余晖不时梳一梳自己的白发。全诗八句，这里选的是前六句。诗句描写秋日明媚，山翠、水静、云依，渔翁回家，显示了作者淡定、隐逸、自适的心境。

楚辞·九辩
[先秦] 宋玉

悲哉秋之为气也，萧瑟兮草木摇落而变衰。

[**赏析**] 悲凉，是秋天带给人们的主要气息，秋风萧瑟，草木纷纷摇落、枯萎、衰败、凋零了。作者认为秋天时自然界的萧瑟、零落的景象很容易引起人们悲伤、哀愁的心绪。

苏幕遮·怀旧
[宋] 范仲淹

碧云天，黄叶地。
秋色连波，波上寒烟翠。
山映斜阳天接水。
芳草无情，更在斜阳外。

[赏析]蓝色的天空飘着白云,大地上落满枯黄的树叶;秋天萧瑟的景色映在碧波中,水波上笼罩着苍翠的寒凉的烟雾。远山被夕阳映照着,秋水与天际相连接。芳草与人们的忧乐不相干,自顾自地向着夕阳照不到的地方蔓延。这里选的是全词的上片。词句描绘了秋天江野的清旷辽阔苍茫的景色。

初 秋

[唐]孟浩然

不觉初秋夜渐长,清风习习重凄凉。
炎炎暑退茅斋静,阶下丛莎有露光。

[注释]莎:莎草,多年生草本植物。

[赏析]不知不觉已到了秋季,夜里的时间渐渐延长,清风徐徐吹来使人感觉很爽又有点凄凉。炎热暑气终于消退普通书斋也静凉了,台阶下的莎草丛里已有露珠在闪亮。诗句描写初秋来临时气候的转变和人们的凉爽感觉。

秋雨中赠元九

[唐]白居易

不堪红叶青苔地,又是凉风暮雨天。
莫怪独吟秋思苦,比君校近二毛年。

[注释]元九:即元稹,诗人,作者好友。作者年长元稹七岁。校:同"较"。二毛:斑白头发。

[赏析]青苔地上落满红叶,秋天的悲凉气氛已使人难堪,何况又赶上凉风

劲吹、暮雨潇潇的天气。不要怪我独自沉吟悲秋苦思老友,我比你年长,已近头发斑白的老年。诗句写景寓情、语调沉郁;作者向好友感叹年华易逝,老年将至。

秋日江行

[明]朱肇煇

策马行行出郭遥,平沙水落未生潮。
枫林两岸经霜老,红叶无风落小桥。

[**注释**]江:指长江。

[**赏析**]骑着马出了(南京)城郭行得很远了,没有潮水涌来,江水退落沙滩露出。经受了秋霜,两岸枫林的叶子逐渐衰老凋谢,即使没有风,枫叶也会悄然无声地掉落到小桥上。作者是明朝宗室(朱元璋之孙)。诗句描写作者在南京出城所见的秋季枫叶红了又飘落的萧瑟景象。

秋声赋

[宋]欧阳修

初淅沥以萧飒,忽奔腾而砰湃。
如波涛夜惊,风雨骤至。

[**注释**]砰湃:同"澎湃",波涛汹涌的声音。

[**赏析**]这声音初起时听来像淅淅沥沥的细雨,其中还夹杂着萧飒的风吹树木声,然后忽然呼呼地奔腾起来变得汹涌澎湃。就像是江河在夜间突然掀起波涛,风雨骤然而至。全赋很长,这里选的是第一大段中的几句,描写作

者对"秋声"刚起时的特殊的感觉。

长相思·山驿
〔宋〕万俟咏

短长亭,古今情。
楼外凉蟾一晕生,雨余秋更清。
暮云平,暮山横。
几叶秋声和雁声,行人不要听。

[**注释**]短长亭:古时五里一短亭,十里一长亭,供路人歇息。人们常在此送别。蟾:蟾宫,指月亮。凉蟾:指秋月。晕:月晕,月亮四周的光环。

[**赏析**]短亭长亭这种送别的地方,蕴含着古今人们多少离别之情。高楼外清冷的秋月罩着一圈光晕,雨后的秋天格外冷清。傍晚时分浮云淡淡,横着的远山一片苍茫。秋叶凋落的声音伴和着雁儿飞走的鸣叫,远游的行人不忍卒听。词句描写作者在山路的驿站上所见的秋季黄昏的萧瑟景象,以及羁旅之人的忧思凄清的心情。

念奴娇·断虹霁雨
〔宋〕黄庭坚

断虹霁雨,净秋空,山染修眉新绿。
桂影扶疏,谁便道,今夕清辉不足?
万里青天,姮娥何处,驾此一轮玉。
寒光零乱,为谁偏照醽醁?

原生态的瑰丽——古诗词里的美丽中国

[注释]断虹:指有一部分被云遮住的虹。霁:雨后或雪后放晴。桂影:指称月中阴影(因神话传说月中有桂树)。姮娥:即"嫦娥"。醽醁:一种名酒。

[赏析]雨后新晴,天边出现被云遮断一部分的彩虹,万里秋空一片净明。如秀眉般的山峦经雨后披上了一层新绿。月中桂树看去仍很茂密,谁能说今夜的月色不够明亮?万里晴天中嫦娥又在哪里?或许她正驾着这一轮圆月驰骋在夜空。月光寒冷,是为谁照射在这坛美酒上?此词题记表明此词作于宋哲宗元符二年(1099年)的(农历)八月十七日,当时作者被贬谪于戎州(今四川宜宾),作者与一些朋友游永安(即白帝城,在今重庆市奉节县)。这里选的是全词的上片。词句描写秋空、山绿、月影、寒光等景象,也显出作者面对命途坎坷时的旷达、傲岸的人生襟怀。

八声甘州·对潇潇暮雨洒江天
[宋]柳永

对潇潇暮雨洒江天,一番洗清秋。

渐霜风凄紧,关河冷落,残照当楼。

[赏析]面对着暮雨潇潇洒落在江面上,经过一番雨水清洗的秋景,分外寒凉孤清。凄厉的霜风一阵紧似一阵,关山江河一片冷落萧索,只有落日的余晖映照着江边高楼。这里选的是全词上片中的前半部分。词句表现暮秋傍晚,雨后江天,澄澈又萧瑟的秋景,反映出作者在羁旅中凄然、悲凉的心情。

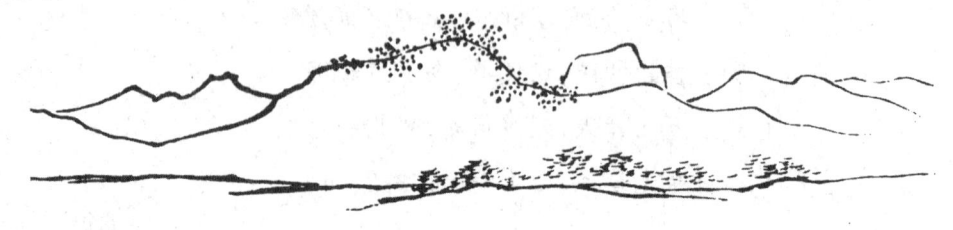

[正宫]小梁州·秋
[元]贯云石

芙蓉映水菊花黄,满目秋光。

枯荷叶底鹭鸶藏。金风荡,飘动桂枝香。

[注释]芙蓉:指芙蓉花(又名木芙蓉),秋季开花。鹭鸶:即白鹭。金风:秋风(在五行中秋天属金,故称。)

[赏析]芙蓉花倒映在湖面上,金黄的菊花在岸边绽放;已凋谢的枯荷叶下,鹭鸶藏头露尾。秋风阵阵,飘送来桂花的馨香。这里选的是全曲词的前半部分,描写杭州西湖的清丽明净、开阔秀美的秋季景象。

湖上寓居杂咏·其一
[宋]姜夔

荷叶披披一浦凉,青芦奕奕夜吟商。

平生最识江湖味,听得秋声忆故乡。

[注释]湖:指杭州西湖。披披:分散状。奕奕:摇曳状。商:古乐五音之一。商声激越肃杀,在四季中属秋。

[赏析]西湖里的荷叶已经稀疏披离,满湖透发着阵阵凉意。岸边的芦苇在秋天的晚风中摇曳,发出凄厉的声响。我一生颠沛流离,已尝够了浪迹江湖的苦涩滋味,如今听到这萧瑟的秋声,不禁深深地忆念起了故乡。诗句表现作者在秋凉时节,感受秋气秋声,想到自己辗转江湖、身世飘零、羁旅难归,而产生的秋愁悲凉的心情。

江村即事
[元]黄庚

极目江天一望赊,寒烟漠漠日西斜。

十分秋色无人管,半属芦花半蓼花。

[注释]赊:远。

[赏析]极目远眺江天景色一览无余,广大原野上只有寒凉的雾气和一抹夕阳。江边的秋色十分美好却没有人来欣赏,只有那芦花和蓼花开得正盛独占了秋光。诗句描写江边秋色中只有芦花蓼花却见不到人,表现出一种萧瑟的秋意和暮霭中的苍凉。

宿湘江
[唐]戎昱

九月湘江水漫流,沙边唯览月华秋。

金风浦上吹黄叶,一夜纷纷满客舟。

[注释]湘江:湖南省最大河流。金风:秋风。浦:水边。

[赏析](农历)九月里湘江水大四处漫流,在江边只能看到月亮映在水中。秋风刮来吹落了岸边发黄的树叶,一夜工夫这些纷纷扬扬的树叶已落满我留宿的船只。作者晚年曾在湖南零陵任职,诗句描述作者留宿船上所见秋时的湘江景象。

秋暮遣怀

[清]陶宗亮

篱前黄菊未花开,寂寞清樽冷怀抱。
秋风秋雨愁煞人,寒宵独坐心如捣。

[赏析]篱笆前的黄菊还没有开花,酒杯空空怀抱冷冷多么寂寞。萧瑟秋风绵绵秋雨让人忧愁万端,在这寒冷的夜里独自闷坐内心七上八下。全诗十四句,这里选的是其中四句。诗句表达作者在萧索灰暗的深秋时节的惆怅悲凉的心情。清末革命志士秋瑾在被捕后就义前曾手书"秋风秋雨愁煞人"句,表达其忧国忧民、壮志未酬、不惧牺牲的悲愤心情。

游赏心亭

[宋]王珪

六朝遗迹此空存,城压沧波到海门。
万里江山来醉眼,九秋天地入吟魂。

[注释]赏心亭:金陵(今南京)名胜,北宋时建。六朝:指三国吴,东晋、南朝的宋、齐、梁、陈,这六个王朝都曾建都金陵。九秋:指时长九十天的秋季。

[赏析](金陵)这个地方留有六朝的许多遗迹,强固险峻的城池把浩荡的长江水一直挤压到大海。万里江山都来到我的醉眼,秋季时节的天地景象都融入了我的诗魂。全诗八句,这里选的是前四句。诗句描写作者在赏心亭凭高远眺,视野开阔,感到一派江山奔到眼前的雄浑气势和景象。

北青萝

[唐]李商隐

落叶人何在,寒云路几层。

独敲初夜磬,闲倚一枝藤。

[注释]青萝:一种攀生在石岩上的植物,这里代指山。

[赏析]只见风吹落叶不知这个僧人在何处,冒着寒云寻找翻过好几层山路;黄昏时才见到他独自在敲击钟磬,悠闲自得地倚着一株枯藤。全诗八句,这里选的是其中的三至六句。诗句描写秋季山中孤僧超然独立的生活景象。

忆江上吴处士

[唐]贾岛

闽国扬帆去,蟾蜍亏复圆。

秋风吹渭水,落叶满长安。

此地聚会夕,当时雷雨寒。

兰桡殊未返,消息海云端。

[注释]处士:指有能力但隐逸不入仕的士人。闽国:指今福建省一带地方。蟾蜍:指代月亮(古代神话中认为月亮里有蟾蜍)。渭水:即渭河。兰桡:以木兰树木做的船桨。这里指代船。

[赏析]自从你扬帆去了闽地,月亮已几度缺了又圆。现在这里秋风吹动着渭水,落叶四处飘飞洒满长安。记得在给你饯行的夜晚,雷雨交加天气突然变得寒冷。你乘坐的船还没有返回,你的消息还远在海边云端。诗句描

写作者夏天时送别友人赴闽,现在已是秋季还没有友人的消息,表达对友人的深情怀念。

早寒有怀
[唐]孟浩然

木落雁南渡,北风江上寒。
我家襄水曲,遥隔楚云端。
乡泪客中尽,孤帆天际看。
迷津欲有问,平海夕漫漫。

[**注释**]襄水:指汉水流经襄阳的那一段。津:渡口。

[**赏析**]树叶飘落了大雁向南飞去,北风呼啸着江上分外寒冷。我住在弯弯曲曲的襄水边,与故乡远隔着迷茫的楚天云海。思乡的泪水已在旅途流尽,只能看看天边移动的孤帆。在风烟中想问渡口在哪里,只有茫茫江水的微波在夕阳下荡漾。诗句描写深秋时冷寂肃杀的景象和作者的无所归属的心境。

题淮南寺
[宋]程颢

南去北来休便休,白蘋吹尽楚江秋。
道人不是悲秋客,一任晚山相对愁。

[**注释**]淮南寺:寺名,在今江苏扬州。白蘋:沙洲上的蘋草,初秋时开白

花。道人：这里选的是作者自指（作者是理学家）。

[赏析]人们从北来向南去来来往往，想休息便休息各人自在自由，萧瑟秋风把江里的白蘋吹尽了，眼前是楚地一片清凉的晚秋景象。我是研究道学的人不是那种悲秋伤情的人，任凭楚江岸边的山峦在黄昏中对峙着各自发愁。诗句表示人们的生活忙碌和自由自适犹如时序更迭一样是正常的事项，又表现作者任凭气候变化、人生起伏而只管走自己研究学问之路。

秋 怀
[宋]苏舜钦

年华冉冉催人老，风物萧萧又变秋。
家在凤皇城阙下，江山何事苦相留。

[注释]冉冉：慢慢地。萧萧：形容风声。凤皇城：亦称凤城，古时指京城。北宋京城是汴京（今河南开封）。阙：宫门前的望楼，借指帝王住所。

[赏析]年华不断逝去催着人慢慢地变老，世间万物在萧萧风声中又进入了秋天。我的家原本在汴京里皇城脚下，这苏州的山水为什么要把我留在此地。作者原在京城为官，被罢职后流寓苏州。诗句表现时序不断更迭、年华逐渐老去，作者在秋天时伤感自己不能再回京城。

题宣州开元寺水阁阁下宛溪夹溪居人
[唐]杜牧

鸟去鸟来山色里，人歌人哭水声中。
深秋帘幕千家雨，落日楼台一笛风。

［**注释**］人歌人哭：人们的高兴和悲伤，指人们的日常生活。

［**赏析**］鸟儿在山色变幻中飞来飞去，人们在溪水的流淌声中过着平常日子。深秋时节的密雨像是给千家万户挂上了帘幕，夕阳映照下的楼台在晚风中传出悠扬笛声。全诗八句，这里选的是第三至六句。诗句描写宛溪两岸边百姓日复一日过着的平常生活和深秋时的风雨景象。

与高适、薛据同登慈恩寺浮图
［唐］岑参

青槐夹驰道，宫馆何玲珑。
秋色从西来，苍然满关中。
五陵北原上，万古青蒙蒙。

［**注释**］慈恩寺：在长安城郊外。浮图：同"浮屠"，即佛塔。馆：一作"观"。关中：指今陕西包括西安在内的渭河流域一带。五陵：指坐落在长安北面的汉代初期五个皇帝的陵墓。

［**赏析**］青青的槐树夹着笔直的官道，宫殿楼台馆阁何等气派又玲珑巧妙。秋天的秀色从关中西面漫了过来，布满了关中地域。长安城北面高处的五座汉代陵墓，千秋万古周围仍是一派葱茏。全诗二十二句，这里选的是其中的六句。诗句描写作者与友人登临长安慈恩寺高塔俯视京城秋色所见的多种景象。

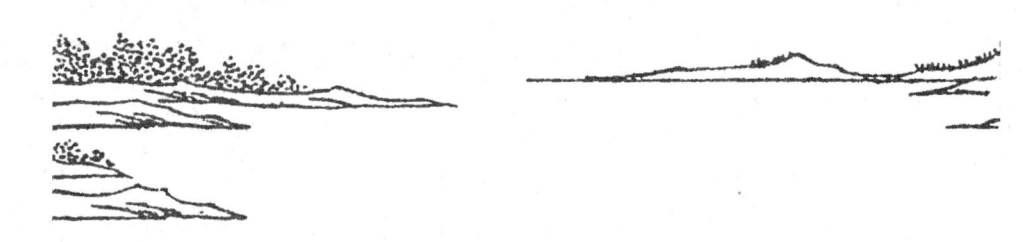

秋夕望月

[唐]张九龄

清迥江城月，流光万里同。
所思如梦里，相望在庭中。
皎洁青苔露，萧条黄叶风。
含情不得语，频使桂华空。

[**注释**]迥：远。

[**赏析**]清亮的月光远远照遍江城，银辉普照万里各处相同。我的思绪好像是梦中回了故乡，在庭院中与她相对凝望。青苔带着的露水皎洁圆润，萧瑟秋风吹得黄叶簌簌作响。她含情脉脉却没有说话，只是频频地看那桂花。诗句描写作者在秋月夜对妻子和家人的深切思念的心境。

秋 月

[宋]程颢

清溪流过碧山头，空水澄鲜一色秋。
隔断红尘三十里，白云红叶两悠悠。

[**赏析**]清澈的溪水流过碧绿的山头悬空而下，澄明的水流与夜空的月色互相映照成鲜亮的秋景。这美景把人世间的喧嚣烦扰隔断在几十里之外了。空中是悠闲的白云、山上是自在的红叶，多么幽静的秋色令人心旷神怡。诗句描写秋月下的小溪，表现作者希求超尘脱俗、闲适自在的情怀。

开愁歌
[唐]李贺

秋风吹地百草干,华容碧影生晚寒。
我当二十不得意,一心愁谢如枯兰。

[赏析]秋风瑟瑟吹得草木干枯,傍晚时分寒气袭人,路边的花树容颜惨淡。我已年过二十人生甚不得意,心中愁闷颓丧犹如衰枯的秋兰。作者参加科举考试受阻,这首诗是他再次赴长安应试途经华阴县时所写。总体是描写作者由悲秋而引发失落、愤激、绝望,终至自我解脱的情感变化的过程。全诗十二句,这里选的是开头四句,描写秋天寒凉肃杀和草木凋枯的景象,以及自己的抑郁悲愁的心境。

秋风辞
[汉]刘彻

秋风起兮白云飞,草木黄落兮雁南归。
兰有秀兮菊有芳,怀佳人兮不能忘。

[注释]刘彻:即汉武帝。

[赏析]萧瑟秋风吹得白云乱飞,草木叶子枯黄凋落,大雁飞归南方去过冬。秀美的是兰花、芬芳的是菊花,我思念美人啊永不能忘怀。这首诗是作者到汾阳县祭祀时,率领臣属乘坐楼船泛舟汾河即兴所作。全诗九句,这里选的是前四句。诗句描写深秋时的落寞景象和作者对美人的怀念。这首诗的末句是"少壮几时兮奈老何",与开头两句相呼应,显示这个帝王作者对年华老去的无奈的感叹。

秋风曲

[清]秋瑾

秋风起兮百草黄，秋风之性劲且刚。
能使群花皆缩首，助他秋菊傲秋霜。

[赏析]秋风一起原野上的草都枯黄了，秋风的性情是多么劲猛、强刚。秋风的力量使得百花都低头萎谢，秋风只帮助菊花开放使它傲视秋霜。全诗有二十句，其中用了十二个"秋"字。这里选的是开头四句，描写秋风的强劲力量。"秋"是作者的姓，诗句或有暗喻作者自己心性之意。

思吴江歌

[晋]张翰

秋风起兮木叶飞，吴江水兮鲈正肥。
三千里兮家未归，恨难禁兮仰天悲。

[注释]吴江：即吴淞江。

[赏析]秋风起了树叶凋落乱飞，这时吴江的鲈鱼正鲜又肥。离家三千里想回又不能回，思念家乡的忧愁怨恨压抑不住，只能仰天悲叹！诗句表现作者人在异地思念家乡的急切伤感的心情。

三五七言

[唐]李白

秋风清,秋月明。落叶聚还散,寒鸦栖复惊。
相思相见知何日？此时此夜难为情！

[赏析]秋风清凉,秋月明朗。落叶有时聚在一起转眼又被风吹散,寒鸦本在树上栖息忽又受惊飞起。朋友们互相思念,却不知何日能相见;在这样的秋时、这样的夜晚,思念的感情实在难以摆脱。全词十二句。这里选的是前六句。词句描写秋风起后的萧瑟景象,表现秋凉的景象更增加了作者对友人的思念。

秋宿湘江遇雨

[五代]谭用之

秋风万里芙蓉国,暮雨千家薜荔村。
乡思不堪悲橘柚,旅游谁肯重王孙。

[注释]芙蓉:荷花。芙蓉国:指湖南广大地域,其中多湖泊水泽,盛出荷花,故称。薜荔:常绿藤本植物,果实可做食物,茎叶可入药。橘、柚:这两种水果盛产于南方,秋冬季成熟。

[赏析]秋风劲疾吹动着湘江流域里大片大片的荷花,傍晚的秋雨洒落在千万农家的薜荔枝上。乡思难耐看见橘子柚子更难抑悲叹,谁会把出门游历的人当作王孙公子来看重呢？全诗八句,这里选的是其中的三至六句。诗句描写作者在湘江暮雨时所见的湖南广大地域的优美景色,以及自己孤独不遇的悲凉心情。

晚云高
[宋]贺铸

秋尽江南叶未凋，晚云高。
春山隐隐水迢迢，接亭皋。

[注释] 亭皋：水边的平地。

[赏析] 江南已到秋末，树木尚未凋零，傍晚浮云高飘。山岭隐隐约约，江水流向远方，连接广阔平原。这里选的是全词的上片。词句表现秋末时节江南天空、水流、原野的景象。

逆旅题壁，次周伯恬原韵
[清]龚自珍

秋气不惊堂内燕，夕阳还恋路旁鸦。
东邻嫠老难为妾，古木根深不似花。

[注释] 嫠：寡妇。

[赏析] 秋天的凉气惊动不了舒舒服服地躲在屋檐内的燕子，路旁的乌鸦被温煦的夕阳照着留恋自得。东面邻家的老妇很难再嫁成为小妾，古树虽然根深却远不如新开的花那般美丽。全诗八句，这里选的是其中第三至六句。诗句指出天气转凉夕阳西下自然界已然变化，而燕子、乌鸦却未能感受到仍安于现状的景象，暗喻清王朝运势已然衰颓，而庙堂上的当局者却麻木无感。

秋凉晚步

[宋]杨万里

秋气堪悲未必然,轻寒正是可人天。
绿池落尽红蕖却,荷叶犹开最小钱。

[注释]蕖:即芙蕖,荷花。

[赏析]人们常说秋气会使人感到悲伤,其实未必是这样,有一点轻微的寒凉不正是高爽宜人的季节吗?绿波池塘里的红色荷花虽已凋谢落尽,但荷叶还新长出来如铜钱般圆的小叶片呢!古人长期的心理定势是"悲秋",此诗作者却认为秋天虽有荷花落尽的一面,但又有荷叶新长出的一面。作者以积极的心态看到事物在衰落中蕴含和显现的生机。

木兰砦

[唐]王维

秋山敛余照,飞鸟逐前侣。
彩翠时分明,夕岚无处所。

[注释]夕岚:指傍晚山林的雾气。

[赏析]秋天的山峰衔着夕阳,天空中只留下一抹余晖,飞鸟开始归巢,后面的追逐着前面的伴侣。鲜艳翠绿的山色有时还看得清,山林间的雾气却飘忽不定。诗句描写秋天傍晚峰峦夕照、鸟群纷飞的景象。

望秦川
[唐]李颀

秋声万户竹，寒色五陵松。
客有归欤叹，凄其霜露浓。

[**注释**] 客：作者自指。古时在家乡以外的地方做官常称"作客他乡"。归：归去，指辞官回家乡。

[**赏析**] 秋风吹动着千家万户的竹林飒飒作响，五陵一带的松树蒙上了寒冷的气象。我辞官归家乡满怀感叹，这里霜重露冷内心深觉凄然。全诗八句，这里选的是后四句。诗句反映作者晚年官场失意、离开长安、回望秦川时的心绪。

秋词二首·其二
[唐]刘禹锡

山明水净夜来霜，数树深红出浅黄。
试上高楼清入骨，岂如春色嗾人狂。

[**注释**] 嗾：教唆，指使。

[**赏析**] 秋天到来，山明亮水干净，夜晚已经有霜，树叶经霜之后由绿转为浅黄，有的成为深红格外显眼。登上高楼，四望清秋，凉意入骨；但秋气不会像春色那样使人发狂。诗句描写秋季景色，又指出秋季的清爽只会使人心情肃然澄净。

唐子西语录·引唐无名氏诗句
[宋]唐庚

山僧不解数甲子,一叶落知天下秋。

[注释]甲子:指中国传统的"天干地支"纪年月日的历法。

[赏析]住在山里的僧人不知道用"干支历"计算、确定年月日,他们只是看见一片树叶掉落便知道秋天来临。此句后来化为成语"一叶知秋",含有以小见大、由个别现象推知事物本质和发展趋势的哲理。

暮秋
[宋]陆游

舍前舍后养鱼塘,溪北溪南打稻场。
喜事一双黄蛱蝶,随人来往弄秋光。

[注释]黄蛱蝶:一种常见的蝴蝶。

[赏析]我家房前屋后是养鱼的池塘,小溪的南北两面都是收打稻谷的晒场。要说令人高兴的事是看着那一对黄蛱蝶,在秋天的霞光里人前人后地翻飞上下。诗句描写作者抗金壮志未酬、晚年退居家乡后,秋季里自家田园的景象。

望阙台
[明]戚继光

十年驱驰海色寒,孤臣于此望宸銮。
繁霜尽是心头血,洒向千峰秋叶丹。

[**注释**]阙：指帝王的住所。望阙台：由作者自己命名的一个高台，故址在今福建省福清市。十年：指作者被调往浙江，再调到福建抗击倭寇的这一段时间。孤臣：作者自指。宸銮：皇帝的宫殿。

[**赏析**]在大海的寒波中，我受朝廷驱策在浙江、福建奔波驰骋，同倭寇战斗周旋已有十年之久，我在这里孤独地支撑着抗倭局面，内心遥望着京城宫阙。我的心血如同洒在千山万岭上的浓霜，把满布山岭的秋叶都染红了。作者被调往浙江、福建抗击并基本扫清了倭寇。诗句是作者在福建总督任上所作，表明作者忠诚保卫国家、江山百姓和明朝社稷的热血丹心。

秋日三首·其一

[宋]秦观

霜落邗沟积水清，寒星无数傍船明。
菰蒲深处疑无地，忽有人家笑语声。

[**注释**]邗沟：又名邗江。今江苏扬州西北入淮之运河。菰：多年生草本植物，其嫩茎俗称茭白。蒲：蒲草。

[**赏析**]秋霜落在邗沟，水流很是清澈，天上无数星星映在水中，好像就在船边。本以为水流深处生长菰蒲的地方是没有人家的，忽然传来了人们说笑的声音。诗句描写秋季降霜时，作者坐船夜过邗沟，满天星斗，听到水乡人语笑声等景象。

秋下荆门

[唐]李白

霜落荆门江树空，布帆无恙挂秋风。
此行不为鲈鱼鲙，自爱名山入剡中。

[**注释**]荆门：山名，位于今湖北宜都市西北长江南岸。布帆无恙：意指旅途平安、天从人愿。剡中：今浙江省嵊州市一带，自古多名山佳水。

[**赏析**]秋霜降落荆门，江边树叶凋零，山岭显得空落；江面开阔，秋风吹得船帆盈满，送我顺利前行。我这次离蜀出行不是为了去吃鲈鱼，只是因为喜爱名山才进入剡中这样的名山佳水之地。诗句描写作者第一次离蜀游历，在深秋时去荆门山及其他佳地的情景，并表现了作者对前路满怀希望的乐观心境。

荻港早行

[元]许有壬

水国宜秋晚，羁愁感岁华。
清霜醉枫叶，淡月隐芦花。

[**赏析**]处在水乡泽国秋天的夜晚似适宜休息，但羁旅之人免不了愁思更敏感于当时的物华。早晨，清凉的霜露使枫叶红颜如醉；入夜，浅淡的月色使芦花隐藏在一片微茫之中。全诗八句，这里选的是前四句。诗句描写旅人的心情和清秋的水乡景色。

原生态的瑰丽——古诗词里的美丽中国

新 凉
[宋]徐玑

水满田畴稻叶齐,日光穿树晓烟低。
黄莺也爱新凉好,飞过青山影里啼。

[注释]田畴:耕熟的田地。泛指田地。

[赏析]平野的水田一望无际、稻叶整整齐齐,晨光穿过树叶、农家炊烟升起。黄莺也喜欢凉爽的秋时天气,它飞过青山歇息啼叫在山阴里。诗句反映了作者对天气转凉、稻作成熟、鸟儿飞啼的秋熟景象的喜悦心情。

江乡故人偶集客舍
[唐]戴叔伦

天秋月又满,城阙夜千重。
还作江南会,翻疑梦里逢。
风枝惊暗鹊,露草泣寒蛩。
羁旅长堪醉,相留畏晓钟。

[注释]蛩:古书上指蟋蟀。

[赏析]秋夜里的满月高挂天空,光华洒满京城宫阙的千万重门户。在此地还能与江南故乡老朋友聚会,大家反而怀疑是梦中相逢。秋风惊动了栖宿枝头的鸟鹊,披满霜露的秋草里哭泣着怕冷的蟋蟀。羁旅异乡的游子且多喝点儿吧,相互慰藉怕听报晓的晨钟。诗句表现秋夜的沉寂和凄清,作者借此抒发身世飘零、宦海沉浮的痛楚心情。

秋思三首·其一
[宋]陆游

乌桕微丹菊渐开，天高风送雁声哀。
诗情也似并刀快，剪得秋光入卷来。

[注释]并刀：并州（今山西太原一带）产的刀，以锋利著名。

[赏析]乌桕树叶子微红菊花渐渐开了，天空高风送来南飞雁群的叫声带着悲哀。我心中涌起的诗情也像并州剪刀那样锋利呀，很快把这明媚的秋光剪下到我的诗卷里来。诗句描写秋高气爽时乌桕红菊花开雁南飞的景象。

酹江月·夜凉
[宋]黄昇

西风解事，为人间，洗尽三庚烦暑。
一枕新凉宜客梦，飞入藕花深处。
冰雪襟怀，琉璃世界，夜气清如许。
划然长啸，起来秋满庭户。

[注释]三庚：指三伏。（从夏至日起数到第三个庚日为初伏第一天。）

[赏析]西风很懂事啊，及时刮来为人间消尽三伏天的酷暑。秋天来临夜晚凉爽宜于做梦，梦中我来到荷花盛开的池塘深处。在这里感到冰凉雪洁充满心胸，眼前是琉璃晶亮的世界，夜晚的气息也是那么清新纯净。我一声长啸，起身到院中一看已是秋色盈满庭户。这里选的是全词的上片。词句描写天气入秋的状况，及作者在秋夜的凉爽感受。

原生态的瑰丽——古诗词里的美丽中国

始闻秋风

[唐]刘禹锡

昔看黄菊与君别,今听玄蝉我却回。
五夜飕飗枕前觉,一年颜状镜中来。

[注释]玄蝉:黑褐色的秋蝉。五夜:古时一夜分为五个更次,此指五更(凌晨3—5时)。飕飗:形容风声。颜状:容颜,容貌。

[赏析]去年赏菊花时我和您告别,今年听到秋蝉叫声我又回来了。五更时的飕飗声响催醒了人们,这一年来人们的容颜变化在镜子里都能反映出来。全诗八句。这里选的是前四句。诗句中的主体"我",指诗题中的"秋风","秋风"(我)在去年秋末之际离开,而在今年暑尽秋初时回来,与"君"(诗人)别离又重逢。诗句以拟人手法描写秋风,时令准确,情韵浓郁,意境高妙。

西江月·溪面荷香粲粲

[宋]米芾

溪面荷香粲粲,林端远岫青青。
楚天秋色太多情,云卷烟收风定。

[注释]粲:形容鲜明发亮。岫:山。楚:指古代属于楚国的地方,今湖南、湖北等广大地域。

[赏析]河溪上的荷花多么鲜艳芳香,树林远处山岭一片苍翠。云彩卷起雾气消散风也静定,楚地秋色真是多情令人陶醉。这里选的是全词的上片。词句描写楚地秋季的曼妙景象。

夜书所见
[宋]叶绍翁

萧萧梧叶送寒声,江上秋风动客情。

知有儿童挑促织,夜深篱落一灯明。

[**注释**]促织:即蟋蟀,有的地方俗称蛐蛐。

[**赏析**]萧萧的风声吹动梧桐树叶,送来了寒意阵阵,江上吹来秋风,引动了我这个旅居的过客的思乡之情。家里的孩子或许正在玩斗蟋蟀吧,夜深了篱笆门合上了却还亮着灯呢!诗句描写秋夜时寒气袭人,勾起了旅居在外的作者思念家乡和孩子的凄楚心情。

随园诗话·卷三记述吴修龄诗句
[清]袁枚

雁将秋色去,帆带好山移。

[**赏析**]大雁带着秋色飞到南方去了,坐在船里觉得船帆像是与高峻的山在一起移行。诗句描写雁飞船行的秋季景象,使人不免产生四时变化、生命随移的感慨。

秋 夕
[唐]白居易

叶声落如雨,月色白似霜。

夜深方独卧,谁为拂尘床?

[赏析]树叶纷纷凋落,声音如同下雨,月色皓白好似满地铺着清霜。夜深了我该独自去睡,谁能来为我拂扫床上的灰尘呢?诗句表现作者秋夜时孤寂的处境和心情。

离亭燕·一带江山如画

[宋]张昇

一带江山如画,风物向秋潇洒。
水浸碧天何处断,霁色冷光相射。
蓼屿荻花洲,掩映竹篱茅舍。

[注释]一带:指金陵(今南京)一带地区。霁:雨后或雪后放晴。蓼屿:生长着蓼草的小岛。荻:多年生草本植物,叶似芦苇,多生水边。

[赏析]金陵这一带地方的风光如画一般明丽,一切景物在秋天更显得高爽脱俗优雅。浩渺的水与碧蓝的天连成一片,晴空的无边亮色与秋水的清冷波光相互映照。江滩上生长着蓼草荻花,隐约可见几间竹篱环绕的草屋。这里选的是全词的上片。词句描写金陵一带山水秋日的风光和清韵。

[越调]天净沙·一行白雁清秋

[清]朱彝尊

一行白雁清秋,数声渔笛蘋洲,几点昏鸦断柳。
夕阳时候,曝衣人在高楼。

[**注释**]曝衣人：晾晒衣服的人。

[**赏析**]清凉的秋天，一行大雁在空中飞过；在长着蘋花的沙洲边有渔夫的吹笛声；在那断枝的柳树上有几只乌鸦栖留。夕阳快要沉落的时候，高楼上有人正在收起晾晒的衣服。曲词表现清秋时旷野里雁飞、鸦栖、渔笛声声的景象，以及有人正在收起晾晒的衣服的情景。

[越调]小桃红·一江秋水澹寒烟

[元]倪瓒

一江秋水澹寒烟，水影明如练。
眼底离愁数行雁。
雪晴天，绿蘋红蓼参差见。
吴歌荡桨，一声哀怨，惊起白鸥眠。

[**注释**]澹：同"淡"。

[**赏析**]秋天的江面上飘浮着淡淡的寒烟，江水明净得犹如一条白绢。远望有数行大雁正匆匆向南飞去，勾起我离愁满怀。在极为澄澈的晴空下，水边的绿蘋红蓼错落可见。人们摇荡着船桨唱着吴地的歌，忽然飙上去高声的哀怨，惊起了正在睡觉的白鸥。曲词描写深秋时节江南水乡的景象。

西塍废园

[宋]周密

吟蛩鸣蜩引兴长，玉簪花落野塘香。
园翁莫把秋荷折，留与游鱼盖夕阳。

[**注释**] 蛩：古书上指蟋蟀。蜩：古书上指蝉。

[**赏析**] 蟋蟀吟唱蝉儿鸣叫引出我的许多兴致，洁白如玉的玉簪花落了仍香满野塘。看管废园的老翁不必去整理那些凋残的荷叶，让它们在夕阳下像伞一样护着水里的鱼儿自在游戏吧。诗句表现秋季时"废园"里的种种物候景象，以及作者自由尽兴的心情。

山 行
[唐]杜牧

远上寒山石径斜，白云生处有人家。
停车坐爱枫林晚，霜叶红于二月花。

[**注释**] 寒山：指深秋时节的山。

[**赏析**] 深秋时节沿着山中蜿蜒的石头小路车行了很远，在云雾缭绕的地方隐约可以看见几户人家。因喜爱傍晚时枫树林的景色而停下车来观赏，那经过霜打的枫叶比二月里的春花还要红艳。诗句描写作者坐着车在山路上行进到高处所见的景象，特别是秋天的枫林更是火红热烈，显示经过霜打的枫叶更具有吸引人的生命力。

宿骆氏亭寄怀崔雍、崔衮
[唐]李商隐

竹坞无尘水槛清，相思迢递隔重城。
秋阴不散霜飞晚，留得枯荷听雨声。

[**注释**]竹坞：指竹林掩映的池边高地。水槛：指临水有栏杆的亭榭。这里指骆氏亭。

[**赏析**]骆氏亭外环绕着竹林，雨后亭外景物清新无尘；我对你们的思念飞向远方，可惜隔着一重重高城。秋日里浓重的阴霾笼罩不散，寒霜也下来得晚了，池塘里还残留着几枝枯荷，似乎是为了供人聆听雨珠滴答的响声。诗句描写雨后亭榭周边的清新以及晚秋阴霾笼罩、雨打残荷的萧索景象，抒发作者对友人的怀念和对人生凄清的感慨。

秋词二首·其一

[唐]刘禹锡

自古逢秋悲寂寥，我言秋日胜春朝。
晴空一鹤排云上，便引诗情到碧霄。

[**赏析**]自古以来人们总是悲叹说秋天萧索、寂寞、空落，我却要说秋天能够胜过春季时节。秋高气爽晴空万里，一只仙鹤推开层云，直冲到天上，它把我的诗情也带到了蓝天云霄。诗句一反人们常有的"悲秋"的伤感情绪，表现了作者当时豁达乐观、奋发向上的积极心态。

16. 冬

苦寒吟
[唐]刘驾

百泉冻皆咽,我吟寒更切。
半夜倚乔松,不觉满衣雪。

[赏析]天寒地冻使泉水的流动也哽咽不畅,我在此时吟诵更觉周身寒冷。夜半时分如果到大松树边待一会儿,很快衣服上就落满了雪。全诗十句,这里选的是前四句。诗句表现冬季严寒和大雪的景象以及作者的感觉。

雁门太守行
[唐]李贺

半卷红旗临易水,霜重鼓寒声不起。
报君黄金台上意,提携玉龙为君死。

[注释]雁门:郡名,约在今山西省西北部,是唐王朝与北方突厥部族交战的边防地带。黄金台:相传为战国时燕昭王所筑之台,故址在今河北省易

县东南。玉龙：宝剑的代称。

[赏析]把我军的红色旗帜卷掩起来，奔袭、逼近到易水边的敌方营垒，天寒霜重，战鼓都被凝冻得敲不响、声不振了。为了报答君王的赏赐和信任，我手持宝剑冲锋在前甘愿为君王而死。全诗八句，这里选的是后四句。诗句描写唐朝驻守边塞的太守带兵在严冬时与敌作战的情形，以及其矢志报效国家和君王的心情。

菩萨蛮·宜兴作

[宋]苏庠

北风振野云平屋，寒溪淅淅流冰谷。
落日送归鸿，夕岚千万重。

[注释]岚：山林的雾气。

[赏析]北风呼号扫过原野，彤云低垂几乎与屋顶相平，寒冷的溪水在结冰的河岸中间淅淅地流淌。鸿雁随着西下的夕阳飞归栖居地，落日映照着雾气蒙蒙的重重山峦。这里选的是全词的上片。词句描写了风卷平野、寒凝大地、夕阳晚照、山林笼雾的冬天景象。

转应曲·边草

[唐]戴叔伦

边草，边草，边草尽来兵老。
山南山北雪晴，千里万里月明。
明月，明月，胡笳一声愁绝。

[**注释**] 边草：指边地的白草。山：这里泛指边塞地域的山岭。胡笳：古代北方塞外民族的管乐器。

[**赏析**] 边地的白草呀，边地的白草呀，到冬天就枯萎了，戍边的兵卒也逐渐变老。重重山岭南北的广大边地雪停了、天晴了，千里万里的地方月亮都能照到。真是美妙的明月啊，在这月色中却又传来了声声胡笳，使不能还乡的征人们愁思难断。词句描写北方边塞雪晴月明的景象，又指出了戍边兵卒在严冬中面对明月仍不能回家的愁思。

山中雪后

[清] 郑燮

晨起开门雪满山，雪晴云淡日光寒。
檐流未滴梅花冻，一种清孤不等闲。

[**赏析**] 清晨起来打开门，看到山上已是白雪皑皑，天空放晴，白云淡淡，连阳光也显得冷寒。房檐积雪不化，庭院里的梅花枝条也被冰雪冻住，这样一种清冷孤寂的氛围是多么不平常啊！诗句描写了冬天雪后山野、房屋、树枝等的清冷凝冻的严寒景象。

题寒江钓雪图

[清] 释敬安

垂钓板桥东，雪压蓑衣冷。
江寒水不流，鱼嚼梅花影。

[赏析]在板桥东面垂钓,雪落满了蓑衣,使钓翁感到寒冷。天寒地冻江面结冰了,江里的鱼儿无饵可食,或许只能嚼食梅花映在江中的倒影吧。这是一首题画诗,表现严冬时由钓翁、雪、寒江、游鱼、梅影等所构成的画面和人与自然平和相处又突显清寒的意境。

冬夜答客
[唐]鲍溶

冬日诚可爱,不如夜漏多。
幸君霜露里,车马犯寒过。

[注释]夜漏:指夜间时刻(古时以铜壶滴漏计时)。

[赏析]冬季的白天诚然可爱,但总是夜间时刻更寒冷漫长。我深感幸运的是在满地霜雪的时候,您的车驾冒着严寒到我这儿过访。全诗十六句,这里选的是开头四句。诗句表现了作者感激老朋友在冬季冒着严寒来访的深情厚谊。

冬 日
[唐]方干

冻云愁暮色,寒日淡斜晖。
穿牖竹风满,绕庭云叶飞。

[注释]牖:窗户。

[赏析]黄昏时的云朵好像是冻凝住了,寒冷中的夕阳只剩下淡淡的一抹余晖。风从竹林里穿越又刮过窗户,绕着庭院飞舞掀起灰蒙蒙一片。全诗八句,这里选的是其中的第三句至第六句。作者描写了寒冷冬天里的云、日、风等自然景象。

对 雪
[宋]王禹偁

读书夜卧迟,多成日高睡。
睡起毛骨寒,窗牖琼花坠。
披衣出户看,飘飘满天地。
岂敢患贫居,聊将贺丰岁。

[注释]琼:美玉。这里"琼花"指雪花。

[赏析]夜里读书睡得晚了,常常睡到日头高挂。从床上起来感到寒冷彻骨,一看窗户上面已落满了美玉碎屑般的雪花。披上衣服出门一看,雪花飘飘满天满地。不敢说自己生活贫困,聊且看作瑞雪预兆丰年吧。全诗很长,这里选的是其中的八句。诗句描写了岁暮时下大雪天气十分寒冷的景况。

临江仙·寒柳
[清]纳兰性德

飞絮飞花何处是,层冰积雪摧残,疏疏一树五更寒。
爱他明月好,憔悴也相关。

[赏析]柳絮杨花飘飞到哪里去了？它们都被层层厚积的冰雪摧残完了；五更时分最为寒冷，连枝条稀疏的柳树都冻得难熬。只有可爱的明月无偏无私，不论柳树多么憔悴，一样关怀照亮。这里选的是全词的上片。词句描写严冬酷寒时杨柳树的景象，暗含作者对遭受摧残者的同情。

观 猎

[唐]王维

风劲角弓鸣，将军猎渭城。

草枯鹰眼疾，雪尽马蹄轻。

[注释]角弓：用兽角装饰的硬弓。渭城：秦时的咸阳城，汉时改称渭城。鹰：指猎鹰。

[赏析]劲风猛吹，紧绷的弓弦发出尖锐的颤音，将军在渭城郊外狩猎。冬季草枯了，猎鹰锐利的眼光很容易发现地面上的小兽；积雪化尽后，马跑起来脚步更加轻快。全诗八句，这里选的是前四句。诗句描写冬季将军打猎时猎鹰抓捕、快马追逐野生小动物的场景。

昼夜乐·冬

[元]赵显宏

风送梅花过小桥，飘飘。

飘飘地乱舞琼瑶，水面上流将去了。

[注释]琼瑶：美玉。这里形容雪花如白玉的碎屑。

[赏析]风吹送着雪花飞过小桥,飘呀飘,不断地飘,好像是白玉碎屑在狂舞乱跳,它落到河面融入水中流去不见了。这里选的是全词上片的前半。词句描写冬天里雪花飘飘落入水中流走的景象。从全词来看,作者是惋惜美丽女子离去不见了。

水仙子·舟中
[元]孙周卿

孤舟夜泊洞庭边,灯火青荧对客船。
朔风吹老梅花片,推开篷雪满天。
诗豪与风雪争先。雪片与风鏖战,
诗和雪缴缠。一笑琅然。

[注释]缴缠:纠缠。

[赏析]孤独的客船夜晚停泊在洞庭湖边,只有岸上的一盏荧荧青灯遥对着我的船。凛冽的北风呼啸着吹得梅花飘飞一片片,我推开船篷只见大雪满天。我要作诗与风雪争先。雪片与暴风混乱鏖战成一团,我的诗句也和雪互相纠缠。我朗声大笑心情畅然。词句表现作者"夜泊洞庭边"时听到北风呼啸、看到飞雪满天的严冬景象。

舒州岁暮
[宋]张弋

过寒梅树白全少,入腊草芽青渐生。
又是舒州一年了,怕看新历动乡情。

[**注释**]舒州：唐宋时州名。治怀宁（今安徽潜山）。腊：腊月，即农历十二月。

[**赏析**]过了寒冬还开着白花的梅树就很少了，到了腊月草儿便渐渐地生出青芽。我在舒州又待了一年，真怕旧岁结束、新年到来时会启动我的思乡情。全诗八句，这里选的是后四句。

雪 望

[清]洪昇

寒色孤村暮，悲风四野闻。
溪深难受雪，山冻不流云。
鸥鹭飞难辨，沙汀望莫分。
野桥梅几树，并是白纷纷。

[**赏析**]暮色苍茫中的孤寂山村，只有寒风在四野呼啸。溪流水深，雪花落入其中悄无声息地融化，山冻住了，天空的云也冷凝得不再流动。远远望去，飞翔的鸥鸟与鹭鸟难以识辨，水中沙滩与岸边陆地无法分清。连旷野桥边的那几株梅树，也都落满了厚厚的白雪。诗句描写白雪覆盖下的山村及其周边的溪流、山、云、飞鸟、树木等严冬景象。

冬 夕

[唐]岑参

浩汗霜风刮天地，温泉火井无生意。
泽国龙蛇冻不伸，南山瘦柏消残翠。

[**注释**]浩汗：即浩瀚,形容广大。

[**赏析**]大风夹杂霜雪猛烈肆虐着广阔的天地,温泉与火炉旁冷冷清清没有生气。严寒中河湖已像冻住了的龙蛇不能动弹,南山上瘦削的松柏也褪去了残存的翠衣。诗句表现作者在冬季傍晚感受到的边塞环境冷酷严寒的景象。

蝶恋花·南雁依稀回侧阵
[宋]晏殊

急景流年都一瞬。往事前欢,未免萦方寸。
腊后花期知渐近,寒梅已作东风信。

[**注释**]方寸：指人的内心,心绪。腊：腊月,即农历十二月。

[**赏析**]时光急匆匆、年华似流水,好像只在一瞬间。多少件往事、以前的欢愉,萦绕在心中。腊月一过,人们知道花儿盛开的时期渐渐接近,开在枝头的梅花已带来了春风的信息。这里选的是全词的下片。词句作者感慨时光匆匆,往事萦怀,一年又将过去,梅花已报告了春天将临的信息。

贺新郎·挽住风前柳
[宋]卢祖皋

江涵雁影梅花瘦,四无尘,雪飞云起,夜窗如昼。
万里乾坤清绝处,付与渔翁钓叟。

[**赏析**]江水里映着低飞的雁儿的影像,"钓雪亭"旁边开放着清瘦的

梅花。四野明净没有尘埃,只有雪花飞舞、层云滚动,入夜后窗外雪花覆盖,明亮如同白昼。这万里江山天地的清绝之处,就托付给渔翁钓叟们去玩吧!这里选的是全词的下片的前半。词句描写作者在冬季游览吴江的"钓雪亭"时所见下雪及入夜后的景象。

状江南·孟冬
[唐]谢良辅

江南孟冬天,荻穗软如绵。

绿绢芭蕉裂,黄金橘柚悬。

[注释]孟冬:即初冬,指冬季的第一个月,农历十月。荻:多年生草本植物,形状像芦苇,生长在水边。

[赏析]江南十月初冬时候,荻花细软如同丝绵。芭蕉成熟已与绿叶分开,金黄的橘子柚子悬挂在枝间。诗句表现江南冬天的一些物候景象。

状江南·仲冬
[唐]吕渭

江南仲冬天,紫蔗节如鞭。

海将盐作雪,出用火耕田。

[注释]仲冬:冬季第二个月,又称中冬,即农历十一月。

[赏析]江南冬天十一月里,紫色甘蔗一节节如同鞭子一般。海边盐场

原生态的瑰丽——古诗词里的美丽中国

晒出的盐恰似白雪,百姓用野火烧荒开辟出明年耕种的田。诗句表现江南十一月时的物候和制盐、烧荒等生产状况。

山 中
[唐]王维

荆溪白石出,天寒红叶稀。
山路元无雨,空翠湿人衣。

[**注释**]荆溪:又称浐水,源出秦岭,北流入长安附近的灞水。

[**赏析**]荆溪潺湲流淌水中露出白石,天寒地冷树上的红叶已很稀少。走在山路上本来没有下雨,但山中松柏终年长青翠绿使林中饱含着的水汽,似乎把衣裳都润湿了。诗句描写初冬时山中浓烈的"空翠"景象,使山景充满活力。

夜 行
[清]吴兆骞

惊沙莽莽飒风飙,赤烧连天夜气遥。
雪岭三更人尚猎,冰河四月冻初消。

[**赏析**]莽莽荒原风声猛烈令人惊悚,焚烧野草火焰连天疏离了寒夜气氛。白雪覆盖的山岭半夜三更还有人在狩猎,到了(农历)四月份冰河才开始消融。作者因"科场案"罹祸被流放宁古塔(今黑龙江宁安市地域)。全诗

八句,这里选的是前四句。诗句描写宁古塔地方荒沙莽莽、雪岭冰河、寒夜狩猎等冬季漫长又极为困苦的景况。

钓雪亭
[宋]姜夔

阑干风冷雪漫漫,惆怅无人把钓竿。
时有官船桥畔过,白鸥飞去落前滩。

[注释]阑干:即"栏杆"。

[赏析]寒冬冷风飕飕大雪弥漫满天,我独自倚着亭子的栏杆。连一个钓鱼的人都没有,真使我惆怅寂寞得难堪。常常有官船从桥旁驶过,几只白鸥飞来飞去停落在前面的沙滩。作者往日客居合肥时曾与一歌女相恋。诗句描写寒冬雪漫的景象,表现作者在严冬回忆往事时内心的寂冷伤感。

从拜陵登京岘诗
[南北朝]鲍照

孟冬十月交,杀盛阴欲终。
风烈无劲草,寒甚有凋松。
军井冰昼结,士马毡夜重。
晨登岘山首,霜雪凝未通。

[注释]拜陵:指祭拜山陵。岘:山名,在湖北襄阳。孟冬:冬季第一个月,即农历十月。

原生态的瑰丽——古诗词里的美丽中国

[**赏析**]到初冬十月秋季过去时,肃杀之气盛行阴凉就要结束。风刮得很猛烈,再坚韧的草也没有了,天气过于寒冷连松柏都有凋落的。军用的井在白天都结了冰,士兵和马匹夜里都盖着厚毛毡。清晨要去登岘山祭拜,山路上霜雪凝结无法通行。全诗二十句,这里选的是前八句。诗句描写严冬时的种种自然景象,表现要去祭拜山陵很困难。

初 冬
[宋]陆游

平生诗句领流光,绝爱初冬万瓦霜。
枫叶欲残看愈好,梅花未动意先香。

[**赏析**]我一生作的诗足以引领时韵风光,我还特别喜爱初冬时家家屋顶瓦片上有一层薄霜的那种景况。枫叶快凋零时红得更加好看,梅花还没有开放它的香气已能闻到。全诗八句,这里选的是前四句。诗句描写初冬景象,作者以此表现对自己一生的诗词写作和清高品格的自评和自得。

癸卯岁十二月中作与从弟敬远
[晋]陶潜

凄凄岁暮风,翳翳经日雪。
倾耳无希声,在目皓已洁。

[**注释**]凄:寒冷。翳:遮蔽。皓:洁白。

[**赏析**]在年末的时候寒冷的风刮着,整天下雪遮盖住了大地。仔细谛

听外面悄无声息,放眼望去已是洁白一片。全诗很长,这里选的是其中的四句。诗句描写冬末时节寒冷雪大的景象。

卜算子·雪江晴月(回文,倒读为《巫山一段云》)
[清]董以宁

晴浦晚风寒,青山玉骨瘦。
回看亭亭雪映窗,淡淡烟垂岫。

[赏析]晴天的江边晚风冷寒,远望山峰好像是一根根嶙峋的玉骨。回头一看亭榭花窗掩映在雪花中,远处的山间弥漫着淡淡的雪雾。这里选的是全词的下片。词句描写冬天雪晴后江边、远山、亭榭等的景象。全词是一首回文词,倒读起来成为另一首词《巫山一段云》。这个下片的倒读就是:"岫垂烟淡淡,窗映雪亭亭。看回瘦骨玉山青,寒风晚浦晴。"

逢雪宿芙蓉山主人
[唐]刘长卿

日暮苍山远,天寒白屋贫。
柴门闻犬吠,风雪夜归人。

[注释]芙蓉山:地名,在今湖南宁乡市境内。白屋:构建房屋的木材未予油漆,指贫家住房。

[赏析]夜幕降临,山峦在夜色苍茫中更显遥远;天气寒冷,我遇雪投宿在一户贫困人家。半夜里被简陋住房柴门的狗叫声惊醒,不知是这家里的谁

原生态的瑰丽——古诗词里的美丽中国

冒着风雪从外面回来了。诗句描写作者投宿山村时所遇情况和独特感受。

酬王二十舍人雪中见寄
[唐]柳宗元

三日柴门拥不开,阶平庭满白皑皑。
今朝蹋作琼瑶迹,为有诗从凤沼来。

[注释]王二十舍人:即王涯,作者同年友,时任中书舍人。蹋:同"踏"。琼瑶:白玉。凤沼:即凤凰沼,属京城禁苑中沼池,这里代指京城。

[赏析]村居中的柴门多日关闭不开,皑皑白雪已把庭院台阶漫平铺满。如今有人踏着白玉碎屑般的积雪来到,是友人从京城给我寄了诗来。作者被贬谪至永州(今湖南永州市),住在荒僻清冷的农村。诗句反映了作者在人生困境中的寂寞,作者也为友人从京城寄来诗信而高兴。

少室雪晴送王宁
[唐]李颀

少室众峰几峰别,一峰晴见一峰雪。
隔城半山连青松,素色峨峨千万重。
过景斜临不可道,白云欲尽难为容。
行人与我玩幽境,北风切切吹衣冷。
惜别浮桥驻马时,举头试望南山岭。

[注释]少室:山名,有三十六峰。在今河南登封市西北。

[**赏析**]少室山有众多山峰,其中几峰甚为特别,一峰晴朗阳光照耀,一峰铺满皑皑白雪。隔城遥望半山青松连着青松,千万重白色山岭多么巍峨。夕阳余晖斜照美不可言,白云若有若无难以形容。王宁与我兴致很高,一起玩赏雪后的清幽山境;只是北风凄厉呼啸,吹得我们寒冷彻骨。在桥头上依依惜别,紧紧勒住马的辔头。不忍分离频频回首,饱含友情眺望南面山岭。诗句描写作者为送别而与友人同游少室山时,所见到的冬日山岭的种种景象。

早 冬

[唐]白居易

十月江南天气好,可怜冬景似春华。
霜轻未杀萋萋草,日暖初干漠漠沙。
老柘叶黄如嫩树,寒樱枝白是狂花。

[**注释**]十月:农历时间,冬季第一个月。可怜:可爱。

[**赏析**]江南十月天气很好,入冬的景色竟像春天一样可爱。霜很少没能冻死茂密的野草,太阳暖和把地面都晒干了。老柘树叶子已黄仍像初生的样子,樱树不合时令地在寒冷时季开出枝枝白花。全诗八句,这里选的是前六句。诗句表现初冬时仍很温暖但有点儿反常的种种景象。

后赤壁赋

[宋]苏轼

霜露既降,木叶尽脱,人影在地,
仰见明月,顾而乐之,行歌相答。

[赏析]此时霜露已经降下,树叶全脱落了,我们的身影倒映在地面,抬头望见明月高悬;往四周看看心里很快乐,于是边走边吟诵相互酬答。全赋很长,这里选的是其中的几句,描写作者与友人再游赤壁时所见的初冬月夜江岸的景象。

菩萨蛮·朔风吹散三更雪
[清]纳兰性德

朔风吹散三更雪,倩魂犹恋桃花月。
梦好莫催醒,由他好处行。
无端听画角,枕畔红冰薄。
塞马一声嘶,残星拂大旗。

[注释]朔风:边塞外的北风。倩魂:本指少女美丽的魂灵。这里指作者自己的梦魂。画角:古管乐器,表面有彩绘,故称。画角声相当于今军号声。

[赏析]边塞外凛冽的北风将三更时还在下的雪吹得四处飞扬,睡梦中的他还迷恋于开满桃花的月夜。梦境那么美好,就不要催醒他,让他在美梦中多转悠一会儿吧。突然传来了画角声响,他惊醒过来枕边已由泪水凝成了薄薄的一层冰。只听见边塞马儿一声声的嘶鸣,看到的是残星下被风吹拂着的军中的大旗。词句表现征人在大雪严寒中宿营,而在睡梦里仍留恋着桃花与月夜的温馨生活;醒来后仍是风雪中的军号、马嘶和军旗。词句描写作者在塞外苦寒的军旅生活,境况旷阔、情调苍凉。

木兰诗

［南北朝］无名氏

朔气传金柝，寒光照铁衣。

[**注释**]朔气：北方的寒气。金柝：军营中的一种白天用来做饭、夜里用来报更的锅具。

[**赏析**]北方逼人的寒气中传来了击柝报更的声音，清冷的月光映照在战士们的铠甲上。全诗很长，叙述花木兰代父从军全过程。这两句描写花木兰从军后在前方的艰苦寒冷的生活景况的一方面。

岁宴行

［唐］杜甫

岁云暮矣多北风，潇湘洞庭白雪中。
渔父天寒网罟冻，莫徭射雁鸣桑弓。

[**注释**]潇湘：指今湖南一带地域。罟：捕鱼的网。莫徭：指当时潇湘地域的一个少数族人。

[**赏析**]到了岁末年关时候遍地刮着北风，潇湘和洞庭湖一带尽在皑皑白雪中。渔翁的渔网因天寒而冻结，只有莫徭人还能拉响桑木做的射雁的弓。全诗十八句，这里选的是开头四句。诗句描写年终时候潇湘地域天寒地冻的严冬景象，以及当地百姓的生产活动难以进行的境况。

苦寒吟
[唐]孟郊

天寒色青苍,北风叫枯桑。
厚冰无裂文,短日有冷光。

[注释]文:同"纹"。

[赏析]严寒的天气冻得大地一片苍黄,凛冽的北风呼啸着掠过没有叶的干桑枝。冰层很厚没有一点裂纹,白天很短,太阳只有阴冷的光。全诗八句,这里选的是前四句。诗句描述冬季严寒极冷的景象。

齐州送祖三
[唐]王维

天寒远山净,日暮长河急。
解缆君已遥,望君犹伫立。

[注释]齐州:唐时州名。治所在今山东济南历城区。祖三:即祖咏,诗人。长河:指济水。

[赏析]冬季天寒树叶凋尽,山上显得空旷秃净,太阳落山暮色苍茫,河水迅急地流去。解开船缆一会儿你已离得很远了,我遥望着你久久地伫立。全诗八句,这里选的是后四句。诗句描写作者在谪居齐州的不良境遇中,送别来访挚友的情景。

[双调]寿阳曲·江天暮雪
[元]马致远

天将暮,雪乱舞,半梅花半飘柳絮。
江上晚来堪画处,钓鱼人一蓑归去。

[赏析]天色将晚时,下起了大雪,飞舞的雪花像是盛开的梅花,又像是飘飞的柳絮。白茫茫一片,江天一色,如同画儿一般。吃不消寒冷的渔翁披着蓑衣,让船儿漂流归去。曲词描写冬日"雪乱舞"及由此形成的江天一色的景象。

洛桥晚望
[唐]孟郊

天津桥下冰初结,洛阳陌上人行绝。
榆柳萧疏楼阁闲,月明直见嵩山雪。

[注释]洛桥:又名天津桥,位于洛阳城西南洛水之上。嵩山:位于河南省西部,西邻洛阳,在五岳中称为"中岳"。

[赏析]洛桥下面的洛水刚结上冰,洛阳城道路上行人就很少了。榆、柳等树木萧条稀疏,那些酒楼游阁也清闲得没有客人;明亮的月光下,一眼便望见中岳嵩山上的积雪。诗句描写冬季到来,唐朝"东都"洛阳城冰封冷清的景象。

原生态的瑰丽——古诗词里的美丽中国

腊日游孤山访惠勤惠思二僧
[宋]苏轼

天欲雪,云满湖,楼台明灭山有无。
水清石出鱼可数,林深无人鸟相呼。

[赏析]天空将降瑞雪,湖上阴云密布,层层楼台、叠叠青山,隐隐绰绰,似有若无。我到孤山寻访二位僧人,山中溪水清澈,水中的石头和游鱼历历可数;树林幽深寂静无人,只能听到鸟儿喧叫着互相招呼。全诗二十句,这里选的是开头四句。诗句描写作者冬日到山中寻访二位僧人时所见的清幽、宁静的自然景象,表现出作者清逸、脱俗、自得的心情。

[正宫]小梁州·冬
[元]贯云石

彤云密布锁高峰,凛冽寒风。
银河片片洒长空,梅梢冻,雪压路难通。

[注释]彤云:下雪前密布的阴云。
[赏析]阴云密布围住了山峰,又刮着刺骨寒冷的风,天要下雪了。像是从银河倾泻下来的大片雪花洒满万里长空,梅树梢都凝冻了,大雪压住路面,道路很难通行。这里选的是全曲的前半。曲词表现雪前、下雪中、雪后的冬季景象。

南乡子·冬夜

[宋]黄昇

万籁寂无声,衾铁稜稜近五更。
香断灯昏吟未稳,凄清。只有霜华伴月明。

[注释]万籁:万物发出的一切响声。衾:被子。稜:同"棱"。

[赏析]夜里,一切响声都没有了,多么寂静;布被子冷硬得好像有棱角难以暖身。熬到五更,熏香尽了,残灯昏暗,诗也作不出、吟不成,实在凄凉冷清。凝望窗外,只有明月高悬,霜华遍地,空旷无边。这里选的是全词的上片。词句表现作者在寂静的深夜,被褥冷寒、香断灯暗、只有明月相伴的凄清空落的景象和心情。

早 梅

[唐]齐己

万木冻欲折,孤根暖独回。
前村深雪里,昨夜一枝开。
风递幽香去,禽窥素艳来。
明年如应律,先发映春台。

[注释]春台:指优美的游览地。

[赏析]万种树木被严寒冻得快要断折,只有梅树的根茎像是凝聚了地下的暖气而恢复了生机。在山村野外的一片皑皑深雪里,却有一枝梅花在昨天夜里悄然绽放。微风吹送着梅花的幽香,素雅的芳艳吸引着禽鸟来偷看。明年梅花如果仍按时节到来,希望它先开放在人们爱去的春台。诗句描绘了

雪掩孤村、梅花独放的奇丽景象,赞颂严冬里梅花的独立自在和不畏严寒的品性,并希望它年年这样开放。

边　词
[唐]张敬忠

五原春色旧来迟,二月垂杨未挂丝。
即今河畔冰开日,正是长安花落时。

[注释]五原:地名,唐代时属盐州,今内蒙古自治区五原县。河:指黄河。

[赏析]流经五原的黄河段是黄河纬度最高的一段。五原边地的春天向来就比长安来得晚,到(农历)二月时杨柳树还光秃秃的没有吐绿挂丝。到如今冰封的黄河刚开始解冻,长安城里的繁花已开始凋落了。诗句描写边地与内地的气候差异,也反映了驻扎在边地的军人怀念长安和家乡的心情。

塞下曲六首·其一
[唐]李白

五月天山雪,无花只有寒。
笛中闻折柳,春色未曾看。

[注释]天山:指今甘肃祁连山。折柳:指古乐曲《折杨柳》。

[赏析]到了（农历）五月天山仍是满山积雪，只有凛冽的寒气根本见不到花草。听到有人用笛子吹奏《折杨柳》，他大概想着家乡已是春景满园，而这里还未见到一点春色。全诗八句，这里选的是前四句。诗句描写边塞地方的五月仍是十分寒冷的冬季景象，与京城长安的春暖景色迥然有别。

庚子正月五日晓过大皋渡二首·其一

［宋］杨万里

雾外江山看不真，只凭鸡犬认前村。
渡船满板霜如雪，印我青鞋第一痕。

[赏析]大雾中对广阔的河山看不真切，只能凭着鸡狗的叫声去寻找前面的村庄。渡船上积满厚厚的一层如雪的霜，拂晓时踏上渡船，我的鞋在船板上印下了第一个痕迹。诗句描写深冬的"正月五日"，作者为赶路赴任在拂晓时第一个踏上渡船的景况。

冬 暖

［宋］杨万里

小春活脱是春时，霜熟风酣日上迟。
晚蝶频移猎残蕊，惊禽冲过倒垂枝。

[注释]小春：指农历十月时。活脱：活像，非常相似。
[赏析]十月份的气候与初春时非常相似，有了霜，风猛，作物成熟了太

阳出来得迟。还存活着的蝴蝶在猎取残剩的花蕊,受了惊吓的禽鸟冲过已折断倒垂着的树枝。全诗八句,这里选的是前四句。诗句描写秋末冬初的气候、田野及蝴蝶、禽鸟活动等自然景象。

长相思令·烟霏霏

[宋]吴淑姬

烟霏霏,雪霏霏。雪向梅花枝上堆,春从何处回?

[注释]霏霏:形容(雨、雪)纷飞,(烟、云等)很盛。

[赏析]云雾迷蒙,雪花纷飞。不停的雪落满梅树枝干,这让梅花如何开放引领春天到来?这里选的是全词的上片。词句描写雪花纷扬不停的严冬景象,这似乎是在压抑着时季不让春天来临。

除 夜

[宋]戴复古

野客预知农事好,三冬瑞雪未全消。

[注释]野客:田野里的人,泛指农人。三冬:指冬季的第三个月,即农历十二月。瑞雪:应时的好雪。

[赏析]农人都预感到明年的收成会很好,因为现在快到年底了,冬天下的雪还覆盖着田野没有消尽呢。全诗八句,这里选的是最后两句。民谚"瑞雪兆丰年",有一定的科学道理。诗句表现农人们在除夕夜对明年农事的良好收成的预测和希冀。

古从军行
[唐]李颀

野云万里无城郭,雨雪纷纷连大漠。

[赏析]旷野茫茫云雾万里见不到城郭,雨雪纷纷笼罩着无边的沙漠。全诗十二句,这里选的是其中两句。诗句描写边塞地域冬季的严酷寒冷的景象。

冬 景
[宋]刘克庄

叶浮嫩绿酒初熟,橙切香黄蟹正肥。
蓉菊满园皆可羡,赏心从此莫相违。

[注释]蓉:指木芙蓉。

[赏析]已经酿熟的新酒上面泛起嫩绿色的泡沫,切开的橙子和肥美的螃蟹又黄又香。满园盛开的木芙蓉和菊花多么赏心悦目,不要错过这样美妙快乐的时光。全诗八句,这里选的是后四句。诗句表现冬天到来时作者家里十分惬意的生活情景。

寒夜次潘岷原韵
[清]查慎行

一片西风作楚声,卧闻落叶打窗鸣。
不知十月江寒重,陡觉三更布被轻。

[**注释**]十月：农历十月，冬季第一个月。三更：旧时把夜里时间分为五个"更"，三更相当于现在的23时至次日1时。

[**赏析**]西风飕飕真像是楚地的歌声，我躺在船上听着落叶打着舫窗的鸣响。不知道十月时江上竟然已这样寒冷，睡到半夜三更陡然觉得盖的布被是那样轻。全诗八句，这里选的是前四句。诗句描写作者在船上过夜感觉天气寒冷、无法保暖的情景。

[越调]天净沙·冬
[元]白朴

一声画角谯门，半庭新月黄昏，雪里山前水滨。

竹篱茅舍，淡烟衰草孤村。

[**注释**]画角：古代军中用以报昏晓和军情的号角。谯门：建有瞭望楼的城门。

[**赏析**]冬日的黄昏，城门上的号角声已经响过，一轮新月挂在半空，山上白雪皑皑，山下水流潺湲。竹篱笆围着茅草房，孤村里只有淡淡炊烟和衰草一片。曲词描写冬季里守城的军事、雪后的山水、孤寂的村庄，一派寒冷、萧索、静寂、荒疏的景象。

夜 雪
[唐]白居易

已讶衾枕冷，复见窗户明。

夜深知雪重，时闻折竹声。

[注释]衾：被子。

[赏析]我在睡梦中冻醒,讶异于盖着的被子、头下的枕头竟这样冰冷,扭头一看窗户已被映得白亮。夜已深了,我知道外面的雪下得很大,我时不时听到雪重压折竹枝的声音。诗句描写作者对冬夜里下大雪所致的寒冷、白亮和大雪压枝的感觉。

渔家傲引·子月水寒风又烈
[宋]洪适

子月水寒风又烈。巨鱼漏网成虚设。……
昨夜醉眠西浦月。今宵独钓南溪雪。……

[注释]子月：即农历十一月。

[赏析]十一月的时候水已很冷风又猛烈；大鱼漏网使我的生活希望破灭……昨天夜里醉卧在河西边的月光下；今天夜里独自垂钓在南溪纷纷扬扬的雪中。……这里分别是全词的上片、下片中的两句。词句表现渔人在寒冬里捕鱼、垂钓的艰苦劳作景象。

苑中遇雪应制
[唐]宋之问

紫禁仙舆诘旦来,青旂遥倚望春台。
不知庭霰今朝落,疑是林花昨夜开。

[**注释**]应制：应皇帝旨意而作。诘旦：清晨，平明。旂：同"旗"。古代指有铃铛的旗帜。霰：小冰粒。又称雪子，雪糁。

[**赏析**]清晨朝阳升起，就像是皇上的銮驾从天边驶来，远远望去带响铃的青旗在望春台上随风飘扬。我不知道宫中庭院里今天早上已落下了雪花，还当是昨夜庭院的树枝上开满了花。诗句将皇宫庭院中的雪花比作昨夜刚开的林花，把冬景描写得充满了春天般的生机。诗句歌颂皇帝就像朝阳，还巧妙地夸赞皇帝所处的宫廷环境很优美。

17. 节　气

顾渚行寄裴方舟
[唐]释皎然

伯劳飞日芳草滋,山僧又是采茶时。
由来惯采无远近,阴岭长兮阳崖浅。
大寒山下叶未生,小寒山中叶初卷。
吴婉携笼上翠微,蒙蒙香刺罥春衣。
迷山乍被落花乱,度水时惊啼鸟飞。
家园不远乘露摘,归时露彩犹滴沥。

[注释]伯劳:鸟名。小型雀鸟,性凶猛。大寒、小寒:二十四节气中的第二十四、二十三个节气。叶:指茶树的叶。罥:挂。

[赏析]伯劳鸟飞的日子芳草繁茂滋长,又是山里僧人采茶的时候。从来采茶不在乎远近,背阴的岭上茶长得多,朝阳的山崖茶反而少。大寒节气时山下的茶叶尚未生长,小寒节气时山里的茶叶开始卷曲。吴地美女携带着采茶竹筐登上青翠的山岭,那弥漫的芳香细细地进入她们的春衣。山林里她们迷路,见遍地落花,涉水时,鸟儿啼叫飞起。家园附近的茶叶乘着露水去摘,采来的茶叶还滴沥着露水呢！全诗二十六句,这里选的是其中的十二句。诗句描写小寒大寒节气时茶叶生长的状况,以及山里僧人和青春女子们

在山里采摘茶叶时的情景。在中国茶史上,作者被认为是佛门茶事的集大成者,是中国茶道的创始者、"茶圣"陆羽的指导老师。

壶中天·人生有酒
[宋]朱元夫

蚕麦江村,梅霖院落,立夏明朝是。
樽前回首,去年四月十二。

[**注释**]壶中天:即"念奴娇"词牌。梅:指梅雨。立夏:二十四节气中的第七个节气。樽:酒杯。

[**赏析**]江南乡村已收获了麦子和蚕茧,梅雨霖霖不断地落在原野和庭院,明天就是立夏节气了。酒宴上回想起去年四月十二日给先生祝寿的情景。这里选的是全词上片中的后几句。词句表明"立夏"节气恰是在江南蚕麦已收和梅雨来临的时节。

从军行二首·其二
[唐]王昌龄

长风金鼓动,白露铁衣湿。
四起愁边声,南庭时伫立。

[**注释**]金鼓:分别指钲和鼓,古时军中用于号令的两种乐器。白露:二十四节气中的第十五个节气。此处亦是双关词,同时指清晨寒冷的露水。

南庭：指北方的南匈奴部族单于的住处。

[**赏析**]不停的冷风中响着钲、鼓的声音,在这白露节气时,寒凉的水汽把士兵们的铠甲都打湿了。经常响起边地征人特有的愁苦声音,虽然已占领了南匈奴单于的住地,士兵们还总是伫立南望,盼着回到自己的家乡。全诗十六句,这里选的是其中的四句。诗句表现秋末冬初时边塞战场的景况,以及士兵们期盼回家的心理。

大 暑

[宋]曾幾

赤日几时过,清风无处寻。
经书聊枕籍,瓜李漫浮沉。
兰若静复静,茅茨深又深。
炎蒸乃如许,那更惜分阴。

[**注释**]大暑：二十四节气中的第十二个节气。这里也可同时理解为大热的暑天。兰若：佛教用语,指森林,引申为寂静之处。茅茨：茅草屋,简陋的居室。

[**赏析**]赤红的阳光什么时候才能过去？没有地方能找到清凉的风。聊且把经书当枕头来睡觉,让瓜儿李子等水果浮在井水里冷镇。坐在"兰若"处使心绪更加宁静,躲在幽深的陋室里不要出门。炎热的暑时就是这样的情形,那更要珍惜凉爽时的每一分光阴。诗句描写大暑节气前后炎夏时光的生活情景,作者也积极地指出应珍惜平时的光阴。

421

原生态的瑰丽——古诗词里的美丽中国

长江二首·其一

[宋]苏泂

处暑无三日,新凉直万金。
白头更世事,清茶印禅心。

[**注释**]处暑:二十四节气中的第十四个节气。处:终止。处暑,表示暑热天气结束。直:同"值"。清茶:有的版本作"青草"。禅:佛教用语,指排除内心杂念。

[**赏析**]到了处暑这个节气,不出三天,炎炎夏日就过去了,新秋的凉爽值万金般宝贵啊。经历了多少世事变幻,现在头发白了,内心里也去除了各种杂念,就像是一杯淡淡的清茶。全诗八句,这里选的是前四句。诗句指出处暑节气是炎夏到凉秋的转折点,诗句也表现了作者对人生的一种体悟。

七绝·苏醒

[宋]徐铉

春分雨脚落声微,柳岸斜风带客归。
时令北方偏向晚,可知早有绿腰肥。

[**注释**]春分:二十四节气中的第四个节气。

[**赏析**]春分节气时春雨洒向大地声音细微,岸边杨柳在斜风中摇曳,把外出的亲人纷纷召回。今年这个时节北方的春天来得晚一些,而此刻各地本应该满眼绿遍。诗句指出到了春分节气,各地基本上进入了明媚的春天,只是北方与南方的春绿状况还有所差别。

蝶恋花·戊申元日立春席间作

[宋]辛弃疾

春未来时先借问。晚恨开迟,早又飘零近。
今岁花期消息定。只愁风雨无凭准。

[注释]戊申(年):按中国传统的"天干地支"的农历纪年方法,这个"戊申"(年)指南宋孝宗淳熙十五年(公元1188年)。元日:正月初一。立春:二十四节气中的第一个节气。

[赏析]今年春季未到时我就在探询花期。花儿开晚了让人等得不耐烦,开早了又担心会很快凋谢。今年正月初一恰好是立春节气,花期应该可以确定无疑。我是愁立春之后风风雨雨没有准儿,谁知道这一年的花开得能否合乎人意。这里选的是全词的下片。作者借这一年的正月初一恰巧与立春节气是同一天的时机,表达对春天花开会不会遭受风雨影响的担心。词句中"花期"又暗喻南宋朝廷北伐的日期,作者含蓄地表达内心的蕴积和忧虑:朝廷北伐恢复中原到底有没有定准和真意?

送令狐岫宰恩阳

[唐]韦应物

大雪天地闭,群山夜来晴。
居家犹苦寒,子有千里行。

[注释]大雪:二十四节气中的第二十一个节气。这里同时又指天下大雪。子:你。

[赏析]到了"大雪"节气,大雪覆盖天地,昨夜雪是停了,山岭一片白

茫茫。在家里待着尚且苦于严寒，你却有千里行程去就任新职。全诗十八句，这里选的是开头四句。诗句表现作者对友人在严寒时节千里赴任的慰勉。

阳羡杂咏十九首·茗坡

[唐]陆希声

二月山家谷雨天，半坡芳茗露华鲜。

春醒酒病兼消渴，惜取新芽旋摘煎。

[**注释**]山家：山野人家。谷雨：二十四节气中的第六个节气。芳茗：芳香四溢的茶。

[**赏析**]（农历）二月里的谷雨时节细雨绵绵，山坡上茶树的嫩芽多么新鲜。春天的新茶有醒酒、祛病、消渴的功效，要珍惜新芽及时采摘泡煎好茶。诗句指出在谷雨节气时正可采摘新茶泡煎芳茗。

邯郸冬至夜思家

[唐]白居易

邯郸驿里逢冬至，抱膝灯前影伴身。

想得家中夜深坐，还应说着远行人。

[**注释**]冬至：二十四节气中的第二十二个节气。邯郸：地名。今河北邯郸市。

[**赏析**]我住在邯郸的驿站里正赶上"冬至"节气，夜晚我抱着双膝坐

在灯前,只有影子与我做伴。我想家中亲人也会聚坐到深夜,他们必定会念叨我这个远行在外的人。诗句表现作者"冬至"夜里在异乡思念亲人的深情,并想象亲人也会在思念自己。

晚次宿预馆
[唐]钱起

回云随去雁,寒露滴鸣蛩。
延颈遥天末,如闻故国钟。

[注释]寒露:二十四节气中的第十七个节气。蛩:古书里指蟋蟀。

[赏析]翻滚的行云随着南飞的大雁远去,寒露节气时的冷水滴在鸣叫的蟋蟀身上。伸长脖颈遥望天际,犹如听到家乡的钟声。全诗八句,这里选的是后四句。诗句作者描写自己离开家乡跋涉千里留宿"预馆"中,在寒露节气时思念和遥望家乡的情景。

清　明
[宋]黄庭坚

佳节清明桃李笑,野田荒冢只生愁。
雷惊天地龙蛇蛰,雨足郊原草木柔。

[注释]清明:二十四节气中的第五个节气。冢:坟墓。蛰:蛰伏,指动物的冬眠状态。

[**赏析**]清明时节桃李花开争芳竞艳,但荒芜田野上的坟墓只会使祭扫的人心里难过愁容满面。春雷滚滚响彻天地使蛰伏的动物苏醒活跃起来,充沛的雨量使得郊外原野上草木蓬勃生长柔美喜人。诗句表现清明时节气候转暖自然界发生的变化和人们特有的哀思。

蝶恋花·春涨一篙添水面
[宋]范成大

江国多寒农事晚。村北村南,谷雨才耕遍。

秀麦连冈桑叶贱,看看尝面收新茧。

[**注释**]谷雨:二十四节气中的第六个节气。

[**赏析**]今年江南春天寒冷延续,使得各项农事往后推迟。村北村南各处,到了谷雨节气才把田耕遍。小麦秀穗随风起伏,在山冈连成一片,桑树茂盛桑叶又多又贱,眼看就可以品尝新面粉收获新蚕茧。全词描写江南水乡田园的风光和农事的景象。这里选的是全词的下片,着重描写到了谷雨节气时农事的景况。词句表现了作者隐居乡里(苏州一带)时的心情。

雨水时节
[宋]刘辰翁

郊岭风追残雪去,坳溪水送破冰来。

顽童指问云中雁,这里山花那日开?

[**注释**]雨水:二十四节气中的第二个节气。

[赏析]"雨水时节"也泛指一般的雨水多的时季。坳:山间平地。郊外山岭吹来的风把残雪扫尽,山间的溪水破除了地面的冰冻。顽皮的儿童在田野里指着空中的大雁问,这里山野的春花什么时候开呀?诗句指出到了"雨水"节气,雪融、冰消、雁飞、花开的春天即将来到。

偶成转韵七十二句赠四同舍

[唐]李商隐

诘旦九门传奏章,高车大马来煌煌。

路逢邹枚不暇揖,腊月大雪过大梁。

[注释]诘旦:清晨,平明。九门:指皇宫之门。奏章:指卢弘止(武威将军)请求皇帝批准让李商隐入其幕府任职的奏章。邹枚:指汉代邹阳、枚乘,此二人皆以才辩著名,后借指能言善辩之名士。腊月:农历十二月。大雪:指二十四节气中的第二十一个节气。大梁:战国时魏国都城,当时的大都市,在今河南开封市西北。

[赏析]天明一早从皇宫传来已批准了武威将军奏章的消息,卢将军派高车大马来送我赴徐州就任。在路上即使碰见邹阳、枚乘那样的著名人士,我都没工夫下车向他们作揖问候,我在腊月的大雪节气时经过大梁也没停下来游玩一番。这里选的是一首长诗(共七十二句)中的四句,表现出作者将去就任高职时的振奋的精神和得意的心态。

原生态的瑰丽——古诗词里的美丽中国

[双调]清江引·立春
[元]贯云石

金钗影摇春燕斜,木杪生春叶。

水塘春始波,火候春初热。土牛儿载将春到也。

[注释]立春:二十四节气中的第一个节气。杪:梢。火候:这里指天气温度。土牛儿:即春牛。古代逢立春有迎春仪式,象征春耕开始。

[赏析]女子头上摇动着金钗和彩绸扎成的春燕;树梢长出了小叶,池塘水多漾起微波,天气开始温暖起来。牛儿也开始耕作,春天到来了。曲词描写春季开始时树木、池塘、气温等景象,以及春耕开始的仪式。

九日登李明府北楼
[唐]刘长卿

九日登高望,苍苍远树低。

人烟湖草里,山翠县楼西。

霜降鸿声切,秋深客思迷。

无劳白衣酒,陶令自相携。

[注释]九日:指(农历)九月初九,重阳节。霜降:二十四节气中的第十八个节气。鸿:鸿雁,大雁。

[赏析]重阳节日登上高楼眺望,远处的树木低矮莽苍。湖边的草丛里时有人影出现,城楼西边的山翠绿依旧。到了霜降节气,南飞大雁的叫声多么凄切,在这深秋时节客居他乡的人思绪迷惘。既然是老友相聚,不必劳烦派人送酒,我会自己携带酒水赴约。诗句表现时令既逢重阳节,又遇霜降节

气,描写作者登楼与友人相聚时所见周边景象及自己的心情。

与韩愈、李翱、张籍话别
［唐］孟郊

客程殊未已,岁华忽然微。
秋桐故叶下,寒露新雁飞。

[**注释**]客：作者自指。寒露：二十四节气中的第十七个节气。

[**赏析**]诸位好友啊,我的行程还长着呢,远没有结束,一年的时光却很快地奔向岁尾。秋天的梧桐叶纷纷飘落,寒露节气时今年出生的雁儿已向南飞去。全诗十六句,这里选的是其中的四句。诗句表现作者与三位好友"话别"时所产生的"岁月不居、寒冷来临、前路漫漫"的深长感慨。

秋晚登楼望南江入始兴郡路
［唐］张九龄

潦收沙衍出,霜降天宇晶。
伏槛一长眺,津途多远情。
思来江山外,望尽烟云生。
滔滔不自辨,役役且何成。

[**注释**]潦：雨水大。霜降：二十四节气中的第十八个节气。

[**赏析**]大雨水收住沙滩露出,霜降节气时天空落下冰晶。登楼趴在窗

原生态的瑰丽——古诗词里的美丽中国

槛上远望,通往渡口的路途多有深情。想着天下江山的内外,看尽无数烟云的生灭。朝中事情用不着我去滔滔不绝地辨析,劳苦服役也见不到有多少成绩。全诗十八句,这里选的是前八句。作者曾任唐朝开元年间的宰相。诗句描写作者在霜降节气时登楼远望而生出了事功难成的感慨。

苏堤清明即事
[宋]吴惟信

梨花风起正清明,游子寻春半出城。
日暮笙歌收拾去,万株杨柳属流莺。

[注释]苏堤:宋代苏轼主政杭州时在西湖修建的一条堤路。清明:二十四节气中的第五个节气。梨花风:指按梨花花期而来的花信风,梨花风来后即到了清明。

[赏析]梨花盛开,信风准时来临,正是清明时节,一半人纷纷出城到西湖野外寻芳踏春。傍晚时分游人渐渐散去,笙歌停歇,西湖周边万株杨柳上只有黄莺还在不断啼鸣。诗句描写清明节气时杭州西湖游人如织、笙歌阵阵的繁华美妙的景象。

答侯少府
[唐]高适

吏道顿羁束,生涯难重陈。
北使经大寒,关山饶苦辛。

[**注释**]羁:拘束。大寒:二十四节气中的第二十四个节气。饶:丰富,多。

[**赏析**]处在官吏队伍里随时受着官规的约束,接到皇上诏命难以再禀陈自己的困难。派我出使北地边塞要经历最冷的大寒节气,一路上过关隘涉山岭会有多少苦辛。全诗八句,这里选的是前四句。诗句作者表现自己奉命"北使"的不得已和难言的苦衷。

夜喜贺兰三见访
[唐]贾岛

漏钟仍夜浅,时节欲秋分。
泉聒栖松鹤,风除翳月云。

[**注释**]漏钟:指滴漏计时器。秋分:二十四节气中的第十六个节气。翳:遮蔽。

[**赏析**]滴漏时钟显示还未到夜深,节气快要到秋分。泉水哗哗打扰了在松树上栖息的鹤,大风吹散了遮蔽月亮的云。全诗八句,这里选的是前四句。诗句描写秋分节气来到前,夜晚的一些自然景象。

立春偶成
[宋]张栻

律回岁晚冰霜少,春到人间草木知。
便觉眼前生意满,东风吹水绿参差。

原生态的瑰丽——古诗词里的美丽中国

[注释]立春：二十四节气中的第一个节气。律回：指大地按照时序节律的轮回。岁晚：年末（指新一年立春节气恰巧出现在上一年年末时）。

[赏析]今年立春时天气已经转暖，冰雪融化剩下很少了，草木发芽变绿，它很知道春天已到人间。人们觉得眼前的一片绿色充满了生机，阵阵东风吹来使水面碧波荡漾。诗句指出今年立春节气来得晚，自然界已是春意盎然，也表明自然界的季候变化是及时和准确的。

立 冬

[宋]紫金霜

落水荷塘满眼枯，西风渐作北风呼。
黄杨倔强尤一色，白桦优柔以半疏。
门尽冷霜能醒骨，窗临残照好读书。
拟约三九吟梅雪，还借自家小火炉。

[注释]立冬：二十四节气中的第十九个节气。三九：指冬至后第十九天至第二十七天的这段时间，一般是一年中最冷的时段。

[赏析]池塘水很浅荷叶枯了，西风渐渐变成呼啸的北风。黄杨树倔强地挺立着成了一道风景，白桦树剩下一半叶子还想显现柔美。家门前铺满白霜，寒冷刺及骨头，窗户照进的残阳正好让我读书。我准备在三九天吟诵描写梅和雪的诗句，但是在这最冷时候还得靠家里的小火炉呀！诗句描写立冬节气后野外的种种萧索景象，以及作者感到在"三九"最冷时家里还得有个小火炉来取暖的心绪。

书 异
[唐]元稹

孟冬初寒月,渚泽蒲尚青。
飘萧北风起,皓雪纷满庭。
行过冬至后,冻闭万物零。
奔浑驰暴雨,骤鼓轰雷霆。
传云不终日,通宵曾莫停。

[注释]孟冬:冬季第一个月,即农历十月。渚:水中间的小块陆地。冬至:二十四节气中的第二十二个节气。

[赏析]冬初刚冷的十月,水泽沙洲上的蒲草还是青的。飘飘萧萧的北风刮起来了,纷纷扬扬的白雪铺满庭院。时光一过了冬至节气,数九寒天把万物冻得不能动弹。有时一阵暴雨奔涌着袭来,好像急骤地敲着大鼓打着响雷。天空中并不整天飘动着云,但在夜里云的飘移却不会歇停。全诗三十二句,这里选的是前十句。诗句描写一过"冬至"节气进入了一年中最寒冷时候的天气状况。

大寒出江陵西门
[宋]陆游

平明羸马出西门,淡日寒云久吐吞。
醉面冲风惊易醒,重裘藏手取微温。

[注释]大寒:二十四节气中的第二十四个节气。羸:瘦,弱。
[赏析]天亮的时候骑着瘦弱的马出了江陵的西门,阳光淡薄云气寒凝,

大寒节气时总是这个样子。微醉带着红晕的脸被冷风吹得清醒,袖手在厚重的毛皮衣里获取暖温。全诗八句,这里选的是前四句。诗句描写作者在最冷的大寒节气时出门的瑟缩情景。

袭美见题郊居十首,因次韵酬之以伸荣谢
[唐]陆龟蒙

强起披衣坐,徐行处暑天。
上阶来斗雀,移树去惊蝉。
莫问盐车骏,谁看酱瓿玄。
黄金如可化,相近买云泉。

[**注释**]处暑:二十四节气中的第十四个节气。骏:好马。瓿:小瓮。玄:黑色。

[**赏析**]勉强起来披上衣服坐坐,在处暑日慢慢走走。上到庭阶驱赶了雀鸟,走近树下惊动了"知了"。不过问拉盐车的马怎么样,也不去看酱瓮是否装满。如果有黄金可以花出去,我就拿它去买附近的云和泉。诗句描写作者在暑天身体不适,到处暑日天气开始转凉时出来走走的状况和心情。

清明日
[唐]温庭筠

清娥画扇中,春树郁金红。
出犯繁花露,归穿弱柳风。
马骄偏避幰,鸡骇乍开笼。
柘弹何人发,黄鹂隔故宫。

[注释]清明:二十四节气中的第五个节气。习俗为扫墓、踏青。娥:又作"蛾"。春树:指桃树。出犯:指外出踏青。幰:车的帷幔。柘弹:用弹弓发射飞弹。宫:泛指庭院的房屋。

[赏析]这个清明日的清晨,清蛾飞舞色彩斑斓,犹如在画扇中;春树满园,郁金花红遍四野。人们外出踏青时露水还滴在各色花瓣上,回归时微风穿过柳枝拂面而来。马匹在帷幔旁昂首嘶鸣,笼子一打开群鸡就蹿出来抢着觅食。不知是谁在用弹弓射树上的鸟儿,黄鹂在隔壁的古老庭院里婉转啼鸣。诗句描写清明日人们踏青时所见的美好的自然景象。

警世通言·第十六卷·小夫人金钱赠年少
[明]冯梦龙

清明何处不生烟,郊外微风挂纸钱。
人笑人歌芳草地,乍晴乍雨杏花天。
海棠枝上绵蛮语,杨柳堤边醉客眠。
红粉佳人争画板,彩丝摇拽学飞仙。

[注释]绵蛮:泛指鸟语。画板:指秋千。

[赏析]清明节时有哪个地方不在祭祀祖先点燃香火?郊外墓地上微风吹得满地都是纸钱。踏青的人们在芳草地上又笑又唱,这杏花盛开时节天气一会儿晴一会儿雨常常变脸。鸟儿在海棠树枝头鸣叫,杨柳岸边游人醉眠。衣着鲜亮的年轻女子争着荡秋千,摇曳彩绳要学仙女翱翔飞天。诗句描写清明时节天气多变,人们扫墓踏青和女子游荡秋千等景象。

原生态的瑰丽——古诗词里的美丽中国

采桑子十三首·其六
[宋]欧阳修

清明上巳西湖好,满目繁华,
争道谁家,绿柳朱轮走钿车。
游人日暮相将去,醒醉喧哗,
路转堤斜,直到城头总是花。

[注释]上巳:汉代前指农历三月上旬的巳日,后三月三日固定为上巳节。

[赏析]清明,上巳,正是西湖美好的时节,满眼绿叶红花,到处仕女如云。为了争道路,不知谁家装饰亮丽的车驾,从道旁柳树行中抢先过去。黄昏的时候,大家要回去了,有清醒的有喝醉的又唱又笑高声喧哗,随着弯斜的堤岸一路走到城头,沿途开满鲜花。词句描写清明、上巳时,季节美好、花团锦簇,人们赏春郊游、车子抢道、热烈喧闹的景象。

庚辰西域清明
[元]耶律楚材

清明时节过边城,远客临风几许情。
野鸟间关难解语,山花烂熳不知名。

[注释]间关:拟声词,状鸟叫声。烂熳:同"烂漫"。

[赏析]庚辰年清明时节我来到这边塞的城,作为远来的客人临风而至心怀友情。野鸟叫声婉转我难以理解其中含义,山花烂漫盛开我也叫不出它们的名称。全诗八句,这里选的是前四句。诗句表现作者在清明时节来到陌生的"西域""边城"时不免忐忑的心情。

清 明

[唐]杜牧

清明时节雨纷纷,路上行人欲断魂。
借问酒家何处有？牧童遥指杏花村。

[赏析]江南清明时节春雨绵绵飘洒纷纷,使得各种赶路行人困苦不堪落魄断魂。向当地人问何处可以买酒消愁？放牛的孩子向远处一指,说去杏花村那里吧。诗句朴实地描绘了清明时节(不仅是清明这一天)的天气状况和行人们的窘迫心情。

秋分前三日偶成

[宋]释文珦

秋光几一增,在候已无雷。
颢气凝为露,嘉禾秀出胎。
燕衔余暑去,虫唤嫩寒来。
泡影非能久,流光又苦催。

[注释]秋分:二十四节气中的第十六个节气。

[赏析]秋色渐浓,已经没有雷声。白亮的湿气凝结为露水,上好的禾苗已长成为籽粒。燕子衔着剩余的暑气飞走,秋虫叫来了秋季的初寒。人生希冀的泡影不能长久,时光流走,困苦又在催人。作者是"释"(信佛教的僧人)。诗句描写秋分节气前后的自然景象,说到人生,不免带着悲凉之气。

立 冬
[唐]杜甫

秋尽霜催大地凉,立冬新始独徜徉。
浮云静赏悠悠过,木叶闲观瑟瑟黄。
雨霁疏枝天荡荡,风寒陌路野苍苍。
莫忘松柏长青树,残菊鲜妍散郁香。

[注释]立冬:二十四节气中的第十九个节气。

[赏析]秋天结束,水汽成霜大地凉了,立冬是冬季起始,我独自信步徜徉。静静地欣赏浮云悠悠飘过,观看发黄的树叶萧瑟凋零。雨过天晴,树枝稀疏,天上空空荡荡,寒风吹过道路,田野莽莽苍苍,只有那长青的松柏使人无法忘怀,残留的菊花依然鲜艳,散发着浓香。诗句详细地描写了立冬节气时天空、大地、松柏、菊花等的景象。

立 秋
[宋]刘翰

乳鸦啼散玉屏空,一枕新凉一扇风。
睡起秋声无觅处,满阶梧叶月明中。

[注释]立秋:二十四节气中的第十三个节气。

[赏析]小乌鸦的叫声散去了,室内只有空立着的玉屏风;秋风习习吹来一阵清凉,好像有人在床边扇着扇子一样。睡梦中似乎听到萧瑟的秋声,起来察看却已无处可寻,只见落满台阶的梧桐叶映在明亮的月光中。诗句描写立秋节气一到,秋风习习,梧桐树叶凋落,室内已凉爽的景象。

缫 车

[宋]邵定

缫作缫车急急作,东家煮茧玉满镬,西家捲丝雪满簨。

汝家蚕迟犹未箔,小满已过枣花落。

夏叶食多银瓮薄,待得女缫渠已着。

[**注释**]缫:把蚕茧浸在热水里,抽出蚕丝。镬:大锅。簨:绕丝、纱等的工具。汝:你。箔:指蚕箔(用竹篾等编成的养蚕器具)。小满:二十四节气中的第八个节气。

[**赏析**]缫车缫呀缫呀急急地在热水里抽丝操作,东边那一家煮着蚕茧满锅犹如白玉,西边那一家雪白的丝已经满卷。你家的蚕宝宝养得晚了,还没有上蚕箔;现在已过了小满节气枣花都落了。夏时的蚕吃得多,白瓷瓮里储备的桑叶日渐减少,等到你家女人缫丝时别家已经完事了。这里选的是全诗的前面大部分。诗句描写农家收获蚕茧后辛勤缫丝劳作的景象,又指出某个农家的养蚕事务迟了节气一步。作者在上述诗句后面还有"懒归儿,听禽言。一步落人后,百步输人先。秋风寒,衣衫单"等警示劝谕语。

山中何太冷——诗三百三首·其六十七

[唐]寒山

山中何太冷,自古非今年。

沓嶂恒凝雪,幽林每吐烟。

草生芒种后,叶落立秋前。

此有沉迷客,窥窥不见天。

[注释]沓：多而重复。芒种：二十四节气中的第九个节气。立秋：二十四节气中的第十三个节气。

[赏析]山里为何那么寒冷，自古就是这样并非今年如此。重峦叠嶂终年积雪，幽静森林雾气缭绕。过了芒种节气草花才发芽吐蕊，不到立秋节气树叶就飘落了。山里只有沉迷其间的老僧，在深林里生活难以见到天日。作者是僧人。诗句描写只有僧人才生活在峻峭幽深的寒冷山谷里，远离红尘，不见天日，超然清修。

夏日无雨

[宋]释契嵩

山中苦无雨，日日望云霓。
小暑复大暑，深溪成浅溪。
泉枯连井底，地热亢蔬畦。
无以问天意，空思水鸟啼。

[注释]小暑、大暑：二十四节气中的第十一个、第十二个节气。亢：极，很。

[赏析]这山里苦于没有下雨，天天盼望出现云彩和虹霓。小暑节气过去接着是大暑节气，深深溪水流成了浅浅小溪。泉水枯竭井见了底，热得菜地干旱至极。没法儿去问老天：这么热是什么用意？只希望早点儿听见水鸟的鸣啼。诗句描写夏天小暑、大暑节气时天气太热又不下雨所致的严重旱象。

小雪后书事

[唐]陆龟蒙

时候频过小雪天,江南寒色未曾偏。
枫汀尚忆逢人别,麦陇唯应欠雉眠。
更拟结茅临水次,偶因行药到村前。
邻翁意绪相安慰,多说明年是稔年。

[注释]小雪:二十四节气中的第二十个节气。同时指下小雪的天气。汀:水边平地。雉:鸟名,通称野鸡、山鸡。行药:指吃药后散步以利于药物的吸收。稔:庄稼成熟。

[赏析]时光到了小雪节气频频下雪,江南的寒冷和天色合乎常规没有偏离。我常想起在水边枫树下告别友人的情景,在夏日的麦田里只是没有看到野鸡在那里休眠。我还想在水边盖几间普通房屋住住,有几次吃药后散步偶然走到村庄前,听到老农们心绪甚好互相安慰,都在说明年会是个丰年啊!诗句描写作者归隐农村后的情景,并且认为今年冬天气候正常,瑞雪预兆明年有好年景。

时 雨

[宋]陆游

时雨及芒种,四野皆插秧。
家家麦饭美,处处菱歌长。
老我成惰农,永日付竹床。
衰发短不栉,爱此一雨凉。

[注释]芒种：二十四节气中的第九个节气。枾：梳子，梳（头发）。

[赏析]到了芒种节气雨水就多了，四周田野上农人忙于插秧。家家都吃上了新收的麦子做的饭食，处处河塘里传来了姑娘们采菱的欢歌声。我已年老成了懒惰的农人，成天坐、躺在竹床上。头发短稀用不着梳，喜爱下雨带来的清凉。全诗十六句，这里选的是前八句。诗句描写芒种节气前后是南方地区农人收麦子、插稻秧的忙碌和愉悦的时候。作者还表述了自己年老衰弱的状态。

洞庭秋月行

[唐]刘禹锡

是时白露三秋中，湖平月上天地空。

岳阳楼头暮角绝，荡漾已过君山东。

[注释]白露：二十四节气中的第十五个节气。三秋：指秋季的三个月。岳阳：洞庭湖边的城市（属湖南省）。其中的岳阳楼与湖北武汉的黄鹤楼、江西南昌的滕王阁并称为"江南三大名楼"。君山：洞庭湖中的一个岛。

[赏析]这个时候正是秋季里的白露节气，洞庭湖一片平静，月亮高挂天地空旷。已听不到岳阳楼上傍晚的号角声，昔时的号角声早已随着荡漾的碧波远远传过君山的东面。全诗二十句，这里选的是其中的四句。诗句描写在白露节气时，月光笼罩下的洞庭湖边的岳阳楼、洞庭湖中的君山岛相互关联的景象。

小暑六月节

[唐]元稹

倏忽温风至，因循小暑来。

竹喧先觉雨，山暗已闻雷。

户牖深青霭，阶庭长绿苔。

鹰鹯新习学，蟋蟀莫相催。

[注释]小暑：二十四节气中的第十一个节气。倏忽：很快地，忽然。牖：窗户。霭：云气。鹯：古书上指一种猛禽。

[赏析]温热的风迅猛地刮来，它是跟着小暑节气来到的。竹林喧响人们感觉大雨将至，山岭昏暗已听到隆隆雷声。大门和窗户外是一片青色的云气，庭院台阶上长出了绿色的苔。鹰、鹯在学习擒拿搏击的本领，蟋蟀在墙角鸣叫催促着时光。诗句描写暑热到来时的天气及一些物候景象。

月夜忆舍弟

[唐]杜甫

戍鼓断人行，边秋一雁声。

露从今夜白，月是故乡明。

[注释]舍弟：谦称自己的弟弟。戍鼓：戍楼上用以报时或告警的鼓声。断人行：指戍楼鼓声响起后就开始宵禁。

[赏析]戍楼上鼓声响起禁止人们通行，秋夜传来了从边塞飞来的孤雁的哀鸣。从今夜起进入了白露节气（白露是二十四节气中的第十五个节气）；仰望夜空，感到还是故乡的月儿最明亮。全诗八句，这里选的是前四句。全诗

表现作者在白露节气天气开始寒冷时,对自己因战乱而分散在多地的弟弟的忧虑和思念。

立 夏
[宋]赵友直

四时天气促相催,一夜薰风带暑来。
陇亩日长蒸翠麦,园林雨过熟黄梅。
莺啼春去愁千缕,蝶恋花残恨几回。
睡起南窗情思倦,闲看槐荫满亭台。

[注释]立夏:二十四节气中的第七个节气。薰风:和暖的南风。

[赏析]春夏秋冬四季气候相互催促交替,一夜的和暖南风就把暑热带来了。田间地垄的翠麦在骄阳的长晒下开始泛黄,园林经过雨淋黄梅就成熟了。黄莺啼鸣声中对春天的过去似有愁思千缕,花儿凋零,彩蝶因不能留驻总是怀有幽恨。午睡起来倚着南窗情思倦怠,一眼望去槐荫已遮满楼台,我心飞天外。诗句作者描写立夏节气到、春去夏来的种种自然景象及自己的心情。

小 至
[唐]杜甫

天时人事日相催,冬至阳生春又来。
刺绣五纹添弱线,吹葭六琯动浮灰。
岸容待腊将舒柳,山意冲寒欲放梅。
云物不殊乡国异,教儿且覆掌中杯。

[注释]小至：指冬至节气的前一天。冬至：二十四节气中的第二十二个节气。五纹：五色彩线。六琯：指用玉制成的确定音律的律管，共十二支，分六律、六吕，故称。

[赏析]天时节气、人间事情日日都在紧催着人，一到冬至阳气渐长春天即将来临。刺绣姑娘添丝加线赶做春衣，律管里的灰飞出则知冬至已到。堤岸似在等待腊月快点儿过去好让柳树舒展枝条，山中的蜡梅要冲破寒气傲然绽放。此地的物华与故乡的景致相差无几，就让孩子们把杯中美酒喝光尽兴。诗句描写随着冬至到来春天即将来临的种种情形，并表现作者自己的心情。

观田家

[唐]韦应物

微雨众卉新，一雷惊蛰始。
田家几日闲，耕种从此起。
丁壮俱在野，场圃亦就理。
归来景常晏，饮犊西涧水。

[注释]惊蛰：二十四节气中的第三个节气。景：同"影"，指日光。晏：迟，晚。

[赏析]微细的春雨让各种花草迸发出新的生机，春雷响起就到了惊蛰节气。种田人家一年里能有几天空闲，惊蛰后春耕等劳作又要忙起。年轻力壮的都在田野里辛勤耕作，场院先辟为菜圃园地整理停当。人们从田地里回来，常常要在太阳落尽以后，还要牵着牛到西边山涧饮水。全诗十四句，这里选的是前八句。诗句指出惊蛰是新的一年春耕等农事开始的节气，作者还描写了农村人家辛苦劳作的情形。

减字木兰花·乙亥上元

[宋]刘辰翁

无灯可看。雨水从教正月半。
探茧推盘。探得千秋字字看。

[注释]上元：古时正月十五日为上元节，又称灯节。雨水：二十四节气中的第二个节气。探茧：一种占卜活动（把做成蚕茧状的面团蒸上，馅儿里放置占卜内容）。推盘：类似推算命相的活动。

[赏析]这个乙亥年的雨水节气恰在正月十五，雨水按节气下来，使得过灯节时却没有灯可看了。人们"探茧推盘"，仔细看着其中的每一个字，都想从中获知自己的流年好运。全词八句，这里选的是前四句。词句描写这一年的"雨水"节气恰巧下雨，以及人们的一些民俗活动。

清明呈馆中诸公

[明]高启

新烟着柳禁垣斜，杏酪分香俗共夸。
白下有山皆绕郭，清明无客不思家。

[注释]清明：二十四节气中的第五个节气。馆：指朝廷翰林院的编修馆。新烟：寒食节时不生火，只吃冷食。过后重新生火，曰新烟。禁垣：皇宫的围墙。杏酪：当时习俗，煮粳米及麦为酪，捣杏仁做粥。白下：南京古时的一个别称。郭：在城的外围加筑的一道城墙。

[赏析]新火的轻烟拂过杨柳，沿着宫墙消散，杏仁粥、粳米酪香气四溢人人夸赞。南京城郭四周环绕着群山，眼下又到了清明时节，没有一个客居

此地的同人会不思念自己的家乡。全诗八句,这里选的是前四句。诗句表现作者十分理解和同情客居此地的诸位同人在清明节时思家的心情。

义雀行和朱评事

[唐] 贾岛

玄鸟雄雌俱,春雷惊蛰馀。
口衔黄河泥,空即翔天隅。
一夕皆莫归,哓哓遗众雏。
双雀抱仁义,哺食劳劬劬。
雏既逦迤飞,云间声相呼。
燕雀虽微类,感愧诚不殊。
禽贤难自彰,幸得主人书。

[**注释**] 玄鸟:燕子。惊蛰:二十四节气中的第三个节气。哓哓:形容鸟类因恐惧而发出的鸣叫声。劬:勤劳。逦迤:连续不断的样子。

[**赏析**] 春雷响起,过了惊蛰节气,雌雄燕子双双外飞。它们嘴里衔来泥土筑巢,一有空就翱翔在天际,到了晚上也不回来,巢里的小燕子饿得哓叫不休。有一对麻雀怀抱仁义,勤劳地给小燕哺喂食物。小燕长大能飞到长空云间,它们不断地向麻雀召唤呼叫。啊,燕子、麻雀虽然只是小动物,但它们也有感恩的诚意,与人类没有殊异。这些鸟儿不会自我表彰美好心意,幸亏有我来记写它们的仁义。作者认为燕子等小动物也知道报恩,鉴于此,人类更应该实行仁义。

夏至日作

[唐]权德舆

璇枢无停运,四序相错行。

寄言赫曦景,今日一阴生。

[**注释**]夏至:二十四节气中的第十个节气。璇:同"璇"。璇枢:指星星。曦:阳光(多指清晨的)。

[**赏析**]天上的星星不会停止运转,一年四季相互交替行进。这煊赫的晨曦景色告诉人们,从今天夏至节气起,阴气开始生长,白天渐渐缩短。诗句指出一种天文现象:夏至日是阳与阴的转捩点,这一日白天时间最长,之后渐渐缩短。

浣溪沙·细雨斜风作晓寒

[宋]苏轼

雪沫乳花浮午盏,蓼茸蒿笋试春盘。人间有味是清欢。

[**注释**]雪沫乳花:形容煎茶时白沫浮上来。蓼茸:蓼菜的嫩芽。春盘:古时习俗,立春节气时把蔬菜、糕饼等装盘馈赠亲友。

[**赏析**]午间沏上雪白如乳的好茶在杯盏,新春生长的鲜嫩菜蔬装在盘里馈赠亲友,都很好啊!只是人间真正有味的还是淡泊的欢愉。这里选的是全词的下片。作者认为人生在精神上的愉悦、淡泊,比在物质上享受雪白的好茶、鲜嫩的春菜要美好、有味道。

癸丑春分后雪

[宋]苏轼

雪入春分省见稀,半开桃李不胜威。
应惭落地梅花识,却作漫天柳絮飞。
不分东君专节物,故将新巧发阴机。
从今造物尤难料,更暖须留御腊衣。

[注释]癸丑:按中国古代"天干地支"纪年法,这个癸丑年指宋神宗熙宁六年(公元1073年),当时作者任杭州通判。春分:二十四节气中的第四个节气。时为三月十四日。

[赏析]这种过了春分还下雪的情况确实少见,半开的桃杏李花不能经受雪寒的威严。春花惭愧自己没有梅花的见识而掉落满地,然后就跟柳絮一样随风漫天乱飞。专司造物的东君本来就是这样,他故意发出新的妙招计谋捉弄凡物。从今以后对东君的操纵时运造化万物更难预料,还是在天气暖和时先准备好御寒的冬衣吧。诗句描写春分节气后还下雪的异常气象,暗含作者对主宰官吏命运的"东君"(皇帝)的不满和怨尤。

答李滁州题庭前石竹花见寄

[唐]独孤及

殷疑曙霞染,巧类匣刀裁。
不怕南风热,能迎小暑开。
游蜂怜色好,思妇感年催。

[注释]殷:这里读音 yān,赤红色,赤黑色。小暑:二十四节气中的第

十一个节气。

[赏析]石竹花的殷红疑似由曙光的霞彩染成,它巧妙规整的形状好像是经过了匠刀的裁剪。它不怕温热南风的吹熏,迎着小暑节气傲然开放。那些蜂蝶纷纷飞来追逐它的艳丽色彩,楼阁里的思妇看着它按时开放不禁感叹自己青春不再。全诗八句,这里选的是前六句。诗句着重描绘了石竹花的艳丽形象和不怕暑热的特点。

小 满
[宋]欧阳修

夜莺啼绿柳,皓月醒长空。
最爱垄头麦,迎风笑落红。

[注释]小满:二十四节气中的第八个节气。

[赏析]碧绿柳树上夜莺在歌唱,万里晴空月亮明光照耀。我最喜爱田垄上麦子在灌浆,它迎风摇摆笑那些花儿已谢落。诗句描绘了初夏时柳绿、莺啼、夜晴、麦子茁壮成长等令人欣喜的田野景象。

自桃川至辰州绝句四十有二
[宋]赵蕃

一春多雨慧当悭,今岁还防似去年。
玉历检来知小满,又愁阴久碍蚕眠。

[注释] 悭：吝啬，缺欠。

[赏析] 春天多雨晴天的惠顾欠缺，今年还得防备与去年相似。检点历书知道已到小满节气，又在发愁天阴太久妨碍蚕儿上眠作茧。诗句描写这个春天阴沉多雨，作者忧虑这样的天气会影响农作物和养蚕的收成。

和梦得夏至忆苏州呈卢宾客

[唐]白居易

忆在苏州日，常谙夏至筵。
粽香筒竹嫩，炙脆子鹅鲜。
水国多台榭，吴风尚管弦。
每家皆有酒，无处不过船。

[注释] 夏至：二十四节气中的第十个节气。谙：熟悉。

[赏析] 回忆起在苏州的日子，对夏至日的宴席是多么熟悉。粽子带着嫩竹叶的香气，烧鹅皮脆肉软味道很鲜。江南水乡多亭榭楼台，吴地民风喜欢管弦音乐。家家都酿造了美酒，处处都有船只往来。全诗十六句，这里选的是前八句。诗句描写作者主政苏州时，江南水乡夏至节气时当地的生活景况。

踏莎行·雨霁风光

[宋]欧阳修

雨霁风光，春分天气。千花百卉争明媚。
画梁新燕一双双，玉笼鹦鹉愁孤睡。

原生态的瑰丽——古诗词里的美丽中国

[注释]霁：雨后或雪后放晴。春分：二十四节气中的第四个节气。

[赏析]雨后放晴的美好天气，正是春分节气时的风光。千百种花卉争奇斗艳多么明媚。雕梁画栋上停着一双双新生雏燕，金贵笼子里的鹦鹉为独自一个而愁闷不愿入眠。这里选的是全词的上片。词句描写春分节气时百花盛开，燕子、鹦鹉等鸟类开始活跃的景象。

小雪日观残菊有感
[元]方回

欲雪寻梅树，余霜殢菊枝。
每嫌开较晚，不道谢还迟。
早惯饥寒困，频禁盗贼危。
少陵情味在，时讽浣花诗。

[注释]小雪：二十四节气中的第二十个节气。殢：滞留，纠缠。少陵：指唐代诗人杜甫。

[赏析]天将下雪梅花快要开放，菊枝上还滞留着残霜。人们常嫌菊花开得晚，却不想着它落谢也迟。人生中早已习惯了饥寒困境，还频频遭到盗贼的危害。杜甫的境遇和诗情仍然存在，我与他的满纸风霜的情致何其相似。诗句表现作者在"小雪日观残菊"时产生的无限感慨。

萤

[唐]徐夤

月坠西楼夜影空,透帘穿幕达房栊。
流光堪在珠玑列,为火不生榆柳中。
一一照通黄卷字,轻轻化出绿芜丛。
欲知应候何时节,六月初迎大暑风。

[注释]大暑:二十四节气中的第十二个节气。

[赏析]月亮已落在西楼后面,天上空空,它的光影透过帘幕映入房间。萤火虫一闪一闪犹如珍珠流明,它像火光却不是由榆柳等树木所产生。萤火能照出发黄的书卷里的字,萤火虫却是轻盈地从芜杂的绿草丛里化出。想知道萤火虫出现在什么节气吗?告诉你吧:它产生在六月刮风、地面潮湿、天气很热的大暑节气。诗句描写了萤火虫的特点、作用和产生等种种情形。

春分日

[唐]徐铉

仲春初四日,春色正中分。
绿野徘徊月,晴天断续云。
燕飞犹个个,花落已纷纷。
思妇高楼晚,歌声不可闻。

[注释]春分:二十四节气中的第四个节气。仲春:春季第二个月,即(农历)二月。

[赏析]二月四日正逢春分节气,春季中分,春分日恰好在其中间。田野

原生态的瑰丽——古诗词里的美丽中国

已是绿色,月儿徘徊徐行,晴朗的天空中云彩断断续续一片一片。燕子一只只地飞过,花儿已纷纷谢落。天色渐晚高楼上的思妇多么烦闷,她的歌声太过凄婉,不忍卒听。诗句描写春分节气时的一些景象和情状。

秋日后
[唐]王建

住处近山常足雨,闻晴曝曝旧芳茵。

立秋日后无多热,渐觉生衣不著身。

[**注释**]曝:同"晒"。茵:垫子,褥子。立秋:二十四节气中的第十三个节气。著:即"着"。

[**赏析**]我住的地方在山脚下常常下雨,遇到晴天赶紧把放着的旧被褥拿出来晒晒。过了立秋节气再没有多少热天,渐渐觉得只穿单薄衣服不行了。诗句指出立秋是由夏到秋、由热至凉转变的节气。

18. 节　日

压岁钱
[清]吴曼云

百十钱穿彩线长,分来角枕自收藏。
商量爆竹饧箫价,添得娇儿一夜忙。

[赏析]百十来个铜钱用彩线穿成串,孩子们把得到的压岁钱收藏在自己枕头底下。孩子们商量计算能买多少个爆竹和饧箫等玩意儿,忙乎了一夜兴致十分高涨。诗句描写春节时孩子们得到压岁钱后的景况,体现出春节时家庭里的温情和孩子们的快乐。

元　日
[宋]王安石

爆竹声中一岁除,春风送暖入屠苏。
千门万户曈曈日,总把新桃换旧符。

[注释]元日:指农历正月初一。屠苏:指用屠苏草泡制的酒,古时有饮

屠苏酒庆祝新年的习俗。瞳瞳：日出时光辉而温暖的样子。桃符：一种绘有神像、挂在门上用以辟邪的桃木板。

[赏析]在此起彼伏的爆竹声中，旧的一年过去了，吹来了和暖的春风，人们伴随着欢欣喜悦的心情，喝着屠苏酒。天亮日出，光辉照耀，千家万户都取下旧桃符换上新桃符。诗句描写正月初一广大百姓迎接新年到来的热闹景象。

醉花阴·薄雾浓云愁永昼

[宋]李清照

薄雾浓云愁永昼，瑞脑销金兽。
佳节又重阳，玉枕纱厨，半夜凉初透。
东篱把酒黄昏后，有暗香盈袖。
莫道不销魂，帘卷西风，人比黄花瘦。

[注释]瑞脑：一种熏香名，又称龙脑，即冰片。金兽：指兽形香炉。重阳：即（农历）九月九日重阳节。纱厨：指防蚊蝇的纱质床帐。东篱：指采摘菊花之地。

[赏析]薄雾弥漫，云层浓密，天天感到烦愁，龙脑香在兽形香炉里袅袅消散不断。又到了重阳佳节，卧在纱帐里的玉枕上，夜半的凉气把我全身浸透。在东面篱笆旁独酌直到黄昏后，黄菊的幽香透进了我的衣袖。不要说什么没有黯然的忧愁，秋风吹卷珠帘凉飕飕，帘内多情的人儿呀，比黄菊花还要消瘦。词句描写作者（思妇）深秋夜怀人的凄清寂寞愁苦的心情。

元夕四首·其二
［宋］范成大

不夜城中陆地莲，小梅初破月初圆。
新年第一佳时节，谁肯如翁闭户眠。

[**注释**] 元夕：指正月十五日元宵节夜晚。

[**赏析**] 元宵节夜晚城里到处是莲花灯，好像莲花在陆地上开放，春梅刚绽放迎来了今年第一次月儿圆。这是新的一年里第一个最佳时节，谁会像老翁那样关门闭户在家里睡觉呢。诗句描写新年时元宵节的景况。

七 夕
［唐］崔颢

长安城中月如练，家家此夜持针线。
仙裙玉佩空自知，天上人间不相见。

[**注释**] 七夕：神话故事中牛郎和织女一年一次相会的时间。古代以（农历）七月初七为七夕节（又称乞巧节）。是夜，女子们跪拜上苍，并以五彩丝线穿七孔针等活动，祈求保佑自己心灵手巧。练：白绢。

[**赏析**] 七月七日夜里长安城月光皎洁使得地上犹如铺满了白绢，家家户户的女子都在这个夜里穿针引线祈求上苍赐予幸福。穿着靓丽的裙裾，佩上晶莹的玉佩，空有一番只是自己知道的心愿，天上的神仙可能并不知道而赐福给她们。诗句描写了唐代长安城七夕节民间穿针乞巧的习俗，但作者同时又认为这不管用，解决不了什么问题。全诗八句，这里选的是前四句。在后面四句，作者用班婕妤被汉成帝抛弃的遭遇表达了自己的冷峻看法。

九日齐山登高

[唐]杜牧

尘世难逢开口笑,菊花须插满头归。
但将酩酊酬佳节,不用登临恨落晖。

[**注释**]九日:农历九月九日,重阳节。古时在这一天有登高、饮菊花酒等习俗。齐山:在今安徽池州市境内。作者曾任池州刺史。

[**赏析**]尘世烦扰人生难逢开口一笑,重阳节正在菊花盛开之时,就让菊花插满头上乘兴而归吧。把酒喝得酩酊大醉来酬答这个佳节良辰,不必因为登临山岗看到夕阳西下、感到人生迟暮而有任何恨怨。全诗共八句,这里选的是其中的第三至六句。诗句表达作者在重阳节与友人登山时力求豁达自解的心情。

九日水阁

[宋]韩琦

池馆隳摧古榭荒,此延嘉客会重阳。
虽惭老圃秋容淡,且看寒花晚节香。

[**注释**]九日:农历九月九日,重阳节。水阁:临水而建的小阁。隳摧:颓坏,倾毁。榭:建筑在台上的房屋。寒花:天冷时节开放的花。这里指菊花。

[**赏析**]池边的馆舍已经颓坏,古老的台阁一片荒凉,我在此地延请嘉宾在重阳聚会。虽然很惭愧这老旧的园圃在秋季里更显疏淡,好像我的面容一样,姑且请欣赏一下园里的菊花在节气已晚时仍在飘香。全诗八句,这里选的是前四句。作者曾任北宋的宰相、将军。诗句借景言情、托物言志,表面

是说重阳节时的菊花,实际上包含着作者的情况:我虽已到了人生的秋季,容颜黯淡,但晚年仍然保持着高标准的节操。

重阳感怀二首·其一
[唐]刘兼

重阳不忍上高楼,寒菊年年照暮秋。
万叠故山云总隔,两行乡泪血和流。

[注释]重阳:重阳节。

[赏析]重阳节时实在不忍心登上高楼,菊花年年在寒风中绽放映照着深秋。故乡在万重山岭之外隔着层层叠叠的云,思乡的内心在泣血,热泪禁不住往下流。全诗八句,这里选的是前四句。诗句表现作者重阳节时思念家乡和亲人的伤感心情。

卖痴呆词
[宋]范成大

除夕更阑人不睡,厌禳钝滞迎新岁。
小儿呼叫走长街,云有痴呆召人买。
二物于人谁独无?就中吴侬仍有余。
巷南巷北卖不得,相逢大笑相揶揄。
栎翁块坐重帘下,独要买添令问价。
儿云翁买不须钱,奉赊痴呆千百年。

[注释]更阑：午夜时分。厌禳：指以巫术祈祷鬼神除灾降福或降伏某秽物。挪揄：嘲笑，讥讽。

[赏析]除夕从入夜直到午夜时分人们都没有睡，都在祈求神灵降福除灾，耐心地等待着新年来临。孩子们到大街上玩儿叫卖，说有个叫"痴呆"的东西便宜卖了。"痴"与"呆"这两样东西谁人没有？就是吴地这里的你我都多得有余。孩子们从巷南走到巷北也没有卖出去，孩子们碰见了便互相嘲笑感到十分好玩。树旁一家厚门帘里坐着一位老翁，独独要买这个"痴呆"，问要多少钱。孩子们说老人家要买就不要钱了，称其买了"痴呆"可以用千百年。作者描写除夕夜的一种民俗"卖痴呆"，以及孩子们以此玩乐辟除凶邪、招来智慧的有趣情景。

醉落魄·重午

[宋]赵长卿

淡妆浓抹。西湖人面两奇绝。
菖蒲角黍家家节。水戏鱼龙，十里画帘揭。

[注释]重午：指农历五月五日，端午节。角黍：即粽子。

[赏析]无论是淡雅素面还是浓妆艳抹，西湖和美人的容颜一样，两种状况都是美艳奇绝。家家都在插菖蒲、包粽子，过端午节。还有湖面上在赛龙舟，十里长街家家户户都掀起门帘出来观看。这里选的是全词的上片，词句描写西湖及整个杭州城在端午节时的盛况。

蝶恋花·密州上元

[宋]苏轼

灯火钱塘三五夜,明月如霜,照见人如画。
帐底吹笙香吐麝,更无一点尘随马。

[注释]密州:古时州名,今山东诸城。上元:上元节,即正月十五元宵节,亦称灯节。钱塘:指代杭州。三五:即每月十五,此处指正月十五。

[赏析]杭州城的元宵夜灯火辉煌,月光照在地上好似一层霜,把人们照得那么美好,像画儿上的一样。富贵人家挂着帷帐,吹着笙歌,燃着的香气味如同麝香。气候清润,没有一点尘土会随着马跑而飞扬。作者从杭州调任密州。在上元节时对比两地过节情况。这里选的是全词的上片,作者忆写杭州上元节的盛况。

元夕雪二首·其一

[清]戴梓

帝城元夕物华新,朔气无端布玉茵。
天上不教灯寂寞,梅花忽放塞垣春。

[注释]元夕:古时农历正月十五为上元节,又称灯节,是夜称元夕。物华:自然景物。朔:北方。茵:垫子,褥子。

[赏析]京城灯节夜里各种景物多么新,北方的冷气无缘无故地把白玉碎屑布撒满地。大概是上天不让这夜里的灯太寂寞,叫梅花忽然开放使要塞城垣好像春天一般。诗句描写元夕时天空突然降雪,落满京城的景象。

原生态的瑰丽——古诗词里的美丽中国

青玉案·元夕
［宋］辛弃疾

东风夜放花千树,更吹落、星如雨。
宝马雕车香满路。
凤箫声动,玉壶光转,一夜鱼龙舞。

[注释]东风:春风。

[赏析]上元节夜晚花灯灿烂,好像是春风在一夜之间吹绽千树繁花,又像是吹得满天繁星似雨落下。宝马雕车的芳香满街飘洒。悠扬的凤箫声四处回响,玉壶般的明月光亮渐渐西斜,整夜鱼龙飞舞笑语喧哗。这里选的是全词的上片。词句描写了元宵节夜晚花灯极多、全城流光溢彩的喜庆繁丽的景象。

九月九日忆山东兄弟
［唐］王维

独在异乡为异客,每逢佳节倍思亲。
遥知兄弟登高处,遍插茱萸少一人。

[注释]山东:这里指华山以东。作者的家乡是蒲州(治今山西永济西南蒲州镇)。山西晋南一带位于华山东向偏北。作者此时在长安,故称。茱萸:一种常绿带香气的植物,也是一味中药。古时习俗在重阳节时要身插茱萸或佩戴装着茱萸的香囊以辟邪。

[赏析]我独自在异乡做事谋生,每逢佳节会感到特别孤单冷清,而更加思念家乡亲人。我知道兄弟们在家乡会登高远望,每人身上都插着茱萸,全家唯独少了我一人。诗句描写作者在重阳节时想到家乡的亲人会十分思念自己,表现了作者与家人之间的浓浓亲情。诗句表现出了人们每当节日时

会格外思念亲人的普遍性、共同性的心理。

社 日
[唐]王驾

鹅湖山下稻粱肥,豚栅鸡栖半掩扉。
桑柘影斜春社散,家家扶得醉人归。

[注释]社日:古时农村祭祀土地神的日子。鹅湖:山名,在江西省铅(读yán)山县北。粱:古代对粟的优良品种的通称。豚:小猪,泛指猪。桑柘:桑树和柘树,古时农村人家常有的树。春社:古时有春秋两次祭祀土地神的习俗,春社即春祭,在立春后第五个戊日进行。

[赏析]鹅湖山下稻粱长得很好,丰收在望,农家的猪圈鸡舍都满满当当,柴门半掩半开。夕阳西下,桑树、柘树的树影越来越长,农人的春社和会餐也结束了,家家户户都扶着喝醉了的家人回去。诗句描写农人们在春祭土地神时相聚畅饮的欢愉热闹的情景。

解语花·上元
[宋]周邦彦

风销绛蜡,露浥红莲,
灯市光相射。桂华流瓦。
纤云散,耿耿素娥欲下。
衣裳淡雅,看楚女纤细一把。
箫鼓喧,人影参差,满路飘香麝。

[**注释**]绛蜡：即红烛。浥：沾湿。红莲：指莲花灯。桂华：指月色。

[**赏析**]通明的红烛在风中烧残销蚀，灯光映射下的莲花灯宛如沾湿了清露。月色里有桂树流香。薄云散开，嫦娥飘飘然似要下凡。那些南国少女腰身纤细、衣裳淡雅。锣鼓喧天，箫声悠扬；人影攒动，熙熙攘攘；路上飘着浓味的麝香。这里选的是全词的上片，词句描写宋朝都城汴京元宵夜的热闹景象。

诉衷情·芙蓉金菊斗馨香
[宋]晏殊

芙蓉金菊斗馨香，天气欲重阳。

远村秋色如画，红树间疏黄。

[**注释**]芙蓉：指芙蓉花（又名木芙蓉，秋季开花）。重阳：农历九月九日，重阳节。

[**赏析**]在接近重阳节的时候，芙蓉花和金黄的菊花斗妍比胜，竞芳香。远处的乡村秋色如画一般美丽，树林里浓密的红叶中稀疏地间杂着黄色。这里选的是全词的上片。词句描写作者在临近重阳节时登高所见的景色。

上元应制
[宋]蔡襄

高列千峰宝炬森，端门方喜翠华临。

宸游不为三元夜，乐事还同万众心。

天上清光留此夕，人间和气阁春阴。

要知尽庆华封祝，四十余年惠爱深。

[**注释**]上元：指上元节。应制：应皇帝之命而作诗文。千峰：指灯多如千座山峰。端门：皇宫的正门。翠华：翠鸟羽毛装饰的旗帜，用作皇帝的仪仗，此处代指君王。宸游：皇帝出游。三元：农历正月、七月、十月的十五为上元、中元、下元，合称三元。阁：同"搁"。华封祝：传说华州人祝帝尧长寿、富有、多男。后人称之为"华封三祝"。四十余年：指宋仁宗在位时间（四十二年）。

[**赏析**]宫外千座灯山高高耸立，无数宝烛点燃到处亮明。皇上的车驾来到了端门，多么喜庆。皇上巡游不是为了观赏元宵美景，皇上与万民同心才是全国最喜庆的事情。天上明月的清光驻留在今夜辉映，人间的祥和之气停搁在初春的光阴。要知道为什么普天同有华封的祝庆，就是因为皇上四十多年里对臣民惠爱至深。诗句描写"天上清光"与"人间和气"交相融合的良辰美景，歌颂皇帝（宋仁宗）四十多年的统治是美好至极的。这首诗是"应制"之谀诗，极尽歌颂皇帝之能事。

临江仙·高咏楚辞酬午日

［宋］陈与义

高咏楚辞酬午日，天涯节序匆匆。
榴花不似舞裙红。无人知此意。
歌罢满帘风。

[**注释**]午日：指端午日，农历五月五日。

[**赏析**]我以高声吟诵楚辞来酬答端午，我漂泊天涯节令时序匆匆度过。石榴花再红也比不上京城里舞姬裙衫的艳丽。没有人能理解我心中的意绪。我吟诵高歌后只有一阵风掠过帘栊。这里选的是全词的上片。作者处在南宋时期，流寓湖南一带，感到国事日衰、憾恨深重而在纪念屈原的端午节时生此感慨。

原生态的瑰丽——古诗词里的美丽中国

永遇乐·五日
[宋]周紫芝

槐幄如云,燕泥犹湿,雨余清暑。
细草摇风,小荷擎雨,时节还端午。

[注释]五日:农历五月初五日,端午节。擎:向上托,举。

[赏析]槐树枝叶茂密犹如篷帐云盖,燕子筑巢的泥还是湿的,暑热中雨后有一股清凉。微风吹得小草摇摆,小小荷叶擎着水珠。这一天恰是端午节。全词较长,这里选的是全词上片的前几句。词句描写夏时端午节这天雨后的景象。

九 日
[唐]杨衡

黄菊紫菊傍篱落,摘菊泛酒爱芳新。
不堪今日望乡意,强插茱萸随众人。

[注释]九日:农历九月九日,重阳节。

[赏析]竹篱笆边的黄菊花、紫菊花已开过将要凋落,摘一些新开的菊花泡酒充满芳香令人喜爱。人在外地深念家乡,也只能附随众人遍插茱萸聊以过节吧。诗句表现作者在外地过重阳节时思念家乡又不得不勉强从众的苦涩心情。

元夜三首·其三
［宋］朱淑真

火烛银花触目红，揭天鼓吹闹春风。
新欢入手愁忙里，旧事惊心忆梦中。

[注释]元夜：指正月十五日上元节（又称灯节）夜晚。

[赏析]上元节夜晚灯火辉煌、耀眼通红，鼓乐齐鸣如喧闹的春风，好像要揭开天穹。新春的欢乐流入我的悲思愁绪里，忆起惊心往事恍若在梦中。全诗八句，这里选的是前四句。诗句描写上元节夜晚灿烂欢闹的景象，却反而勾起作者对往事的回忆及内心痛楚。

正月十五日夜
［唐］苏味道

火树银花合，星桥铁锁开。
暗尘随马去，明月逐人来。

[注释]正月十五日：古时为上元节，又称灯节。火树：指用灯、彩色饰物装点的树。

[赏析]正月十五日夜里，满城灯火，树木装点着彩色饰物，映照得绚丽辉煌，（连接洛水两岸的）桥上的铁锁打开，宵禁取消，百姓可以自由通行。飞扬的尘土随着夜色到来、马儿回家逐渐落定，月光追逐着夜游的人而亮起来。全诗八句，这里选的是前四句。诗句描绘上元节夜晚满城灯光、游人如织、月光照亮的热闹景象。

寒食书事
［宋］赵鼎

寂寞柴门村落里，也教插柳纪年华。
禁烟不到粤人国，上冢亦携庞老家。

[**注释**]寒食：古时有寒食节，在清明前一天或两天。其时不生火，只吃冷食。粤人国：泛指岭南广大地方（今广东、海南地域）。冢：坟墓。庞老：指东汉时的隐士庞德公，他在清明时也去扫墓。

[**赏析**]寒食节这天村里冷冷清清，家家的柴门也都插着柳枝作为节日的标志。岭南这里没有禁烟火的习俗，但也像庞德公那样带着全家去扫墓。全诗八句，这里选的是前四句。作者在南宋高宗时曾任宰相，后被贬谪至吉阳军（治今海南三亚市崖州区），愤郁而死。诗句指出在这荒凉的岭南地方，风俗虽有所不同，但祭祀先人的习俗与中国其他地方是一样的。

应诏赋得除夜
［唐］史青

今岁今宵尽，明年明日催。
寒随一夜去，春逐五更来。
气色空中改，容颜暗里回。
风光人不觉，已著后园梅。

[**注释**]应诏：指奉皇帝之命（作诗作文）。除夜：即除夕夜。著：即"着"。

[**赏析**]今年在今天夜里就结束了，明年从明天开始催时又催人。寒冷的冬天在今夜中过去，春天追逐着今夜五更而到来。天地间的气候和景色要

改变了,原野的美丽容颜已悄然回归。人们还未觉察春光的来临,后园里梅花已经开放。诗句指出"除夜"是冬去春来、时序更新的节点。据说这里是作者"应诏"在五步内吟成的诗句。

客中除夜

[明]袁凯

今夕为何夕,他乡说故乡。
看人儿女大,为客岁年长。
戎马无休歇,关山正渺茫。
一杯柏叶酒,未敌泪千行。

[**注释**]柏叶酒:用柏叶浸过的酒。因柏叶后凋,取其长寿之意。

[**赏析**]今夜真是除夕吗?没错啊!可是我不能回去与家人团聚,只能在他乡怀念自己的故乡。眼看别人的儿女一天天长大,自己却是客居生活一年年增长。战事不断,戎马倥偬,无休无歇,关山重重,回归故乡,路途渺茫。在除夕即使饮一杯长寿柏叶酒,也止不住思念亲人泪落千行。诗句表现作者长期漂泊在外,在除夕时怀念家乡和亲人的痛苦和无奈的心情。

鹊桥仙·七夕

[宋]秦观

金风玉露一相逢,便胜却人间无数。

[**注释**]七夕:农历七月七日。古时有"七夕节",是神话传说里牛郎与

织女一年一次相会的日子。金凤:即秋风(秋天在五行中属金)。玉露:秋夜的露水。

[赏析]即使只是在每年的七月七日秋夜里相会一次,便胜过了人间情侣的无数次在一起。这里选的是全词上片中的后两句。词句表现牛郎和织女一年只能在"七夕"相会一次,因而更显得二者爱情的珍贵和坚贞。

九日龙山饮

[唐]李白

九日龙山饮,黄花笑逐臣。
醉看风落帽,舞爱月留人。

[注释]九日:指农历九月九日,重阳节。龙山:在宣州当涂县(今安徽马鞍山市当涂县)东南。黄花:菊花。

[赏析]九月九日重阳节,我来到龙山饮酒,连菊花都嘲笑我这个被放逐的人。我才不管呢,酒喝得醉了,风吹落我的帽;我自舞自唱,月亮也喜爱我,舍不得我离开。诗句表现作者在流放地、在重阳节时,落拓不羁、自醉自舞、心怀冤屈、发泄不满的情景。

西江月·世事一场大梦

[宋]苏轼

酒贱常愁客少,月明多被云妨。
中秋谁与共孤光。把盏凄然北望。

[赏析]酒卖得便宜还常常发愁酒客太少,月光虽明亮却总是被层云妨碍遮挡。中秋之夜谁来与孤独的我共同欣赏美妙月光?手里拿着酒杯只得凄然向北怅望。这里选的是全词的下片。词句表现作者被贬官至黄州后在中秋节时的落寞孤独的心情。

五日观妓
[唐]万楚

眉黛夺将萱草色,红裙妒杀石榴花。

新歌一曲令人艳,醉舞双眸敛鬓斜。

[注释]五日:农历五月初五,端午节。萱草:多年生草本植物,花橙红色或黄红色。

[赏析]看那美人的眉毛青黑莹莹胜过了萱草的颜色,裙子红艳艳使得石榴花都嫉妒死了。听她唱了一曲新歌,人们都艳羡不止,她两眼如秋水盈盈,随手拢一拢倾斜了的鬓发,扭摆的舞姿如同喝醉模样,真具有摄人心魄的魅力。作者在端午节时观看乐伎的表演。全诗八句,这里选的是其中的第三至六句。诗句描绘乐伎色艺俱佳、光彩迷人的形象。

同比部杨员外十五夜游有怀静者季
[唐]王维

陌头驰骋尽繁华,王孙公子五侯家。

由来月明如白日,共道春灯胜百花。

原生态的瑰丽——古诗词里的美丽中国

[注释] 十五：指正月十五日（上元节）。五侯：泛指贵族豪门。

[赏析] 骑着高头大马在路上驰骋尽显跋扈飞扬，这都是那些显贵豪族家的王孙公子呀！上元节夜晚的月亮向来都是照得明如白昼，大家一起游乐时都说上元节花灯的美丽胜过各种鲜花。全诗很长，这里选的是其中四句。

守 岁
[唐]李世民

暮景斜芳殿，年华丽绮宫。
寒辞去冬雪，暖带入春风。
阶馥舒梅素，盘花卷烛红。
共欢新故岁，迎送一宵中。

[注释] 李世民：唐朝第二个皇帝（唐太宗）。守岁：古代习俗，除夕整夜不睡，迎接新年到来。芳殿、绮宫：指华丽的宫殿。馥：香气。盘花：指（敬神祭祖的）供品。

[赏析] 夕阳斜照着高大的殿堂，美好的光景使宫廷更添华丽。严寒褪去冬雪渐次消融，温暖的楼阁吹进了春风。梅花的幽香飘过庭院台阶，点燃的红烛使供品更显花样簇新。君臣欢宴共同喜度良宵，送旧岁迎新年达旦通宵。诗句表现作者对唐朝贞观年间朝廷状况的自我感觉良好，显示皇宫中守岁时的热烈气氛。

阳关曲·中秋作
[宋]苏轼

暮云收尽溢清寒,银汉无声转玉盘。
此生此夜不长好,明月明年何处看?

[**赏析**]夜幕降临,云气收尽,天地间充溢着寒气;银河流泻无声,玉盘似的月亮转到了当空,皎洁如银。我的人生每逢中秋夜月光多为风云遮掩,很少见到今夜这样的月亮,明年中秋我将会在何处观赏明月呢?词句叙写作者与弟弟苏辙久别重逢共度中秋的赏心乐事,同时又抒发了对人生的不确定性及兄弟不能长相聚的慨叹和伤感。

癸巳除夕偶成二首·其一
[清]黄景仁

千家笑语漏迟迟,忧患潜从物外知。
悄立市桥人不识,一星如月看多时。

[**注释**]漏:指滴漏计时器。

[**赏析**]除夕夜在千家万户的欢声笑语中慢慢流逝,感觉似乎有某种危机在这景象中暗暗地袭来。悄然地站在闹市的桥上谁也不知道我在想什么,我仰望夜空把一颗颗星星当作月亮观看良久。此诗作于癸巳年(清朝乾隆三十八年)除夕(公历是1774年1月26日)。那时正处在清王朝的"康乾盛世",但作者却认为在"千家笑语"的除夕夜里,社会上潜藏着某种危机和衰颓的迹象,显示出作者敏感的忧患意识。

正月十五夜灯

[唐]张祜

千门开锁万灯明,正月中旬动帝京。
三百内人连袖舞,一时天上著词声。

[**注释**]三百:形容人数众多,非实指。内人:指皇宫里蓄养的歌舞艺伎。

[**赏析**]皇宫里千扇门都打开了锁,宫廷和街上万盏灯火通明,正月十五元宵节夜晚京城里多么热闹。几百个宫女艺伎挥袖表演歌舞,一时间舞乐歌声直冲云霄。诗句描写正月十五元宵夜,京城从宫廷到民间热闹欢庆的景象。

行军九日思长安故园

[唐]岑参

强欲登高去,无人送酒来。
遥怜故园菊,应傍战场开。

[**注释**]古时有登高、赏菊、饮酒等习俗。送酒:史书记载,陶渊明有一次过重阳节,没有酒喝,独自在菊花丛中闷坐。后来是王弘送酒来了,陶渊明才醉饮而归。

[**赏析**]重阳节这天,我勉强地想按照习俗也去登高饮酒,可惜在这战乱之时没有王弘这样的人给我送酒来。我只能遥想长安家中园子里的菊花,正在战火纷飞的断壁残垣间开放着吧。这首诗是作者在安史之乱、长安陷落时,随唐肃宗车驾行军时所写。诗句表现作者在战乱中度重阳节,感受战乱带来的巨大破坏的痛惜心情。

浣溪沙·端午

[宋]苏轼

轻汗微微透碧纨,明朝端午浴芳兰。流香涨腻满晴川。

彩线轻缠红玉臂,小符斜挂绿云鬟。佳人相见一千年。

[注释]碧纨:绿色薄绸。芳兰:这里指女子。

[赏析]穿着绿色薄绸的丰腴身体出了汗,明天女子们去沐浴迎接端午节。有着脂粉香味的水流满晴天的河川。女子们玉臂缠着红色彩线,祛邪祟保平安的符斜插在云状发髻间。佳人们相见互祝端午节吉祥千年。词句描写女子们端午节前沐浴、端午节时互致祝词的景象。

浣溪沙·竹洲七夕

[宋]吴儆

秋到郊原日夜凉。

黍禾高下已垂黄,荷花犹有晚来香。

天上佳期称七夕,人间好景是秋光。

竹洲有月可徜徉。

[注释]七夕:神话故事中牛郎与织女一年一次相会的日子。古代有七夕节(又称乞巧节)。黍禾:泛指粮食作物。徜徉:悠闲自在地步行。

[赏析]秋天时我来到郊野感到白天夜晚都很凉了。田里的粮食作物高的矮的已经黄熟垂下了头,只有荷花还在开放散发芳香。七月初七是天上的牛郎织女相会的日子,人间则是收获秋粮景色美好的时光。竹洲地方月光皎洁可以安闲自在地悠游呀。词句表现作者七夕时在郊野看到的美好秋景。

除　夕

[明] 文徵明

人家除夕正忙时，我自挑灯拣旧诗。
莫笑书生太迂阔，一年功课是文词。

[注释] 除夕：指农历一年里的最后一天。迂阔：指思想行为不切合实际事理。

[赏析] 别人在除夕时忙着过年的事务，我却独自在灯下挑选过去作的诗。不要笑话我这个书生太老朽迂阔，我一年到头的事情就是写文章作诗词呀！作者是画家、书法家、文学家。作者八十九岁时作此诗。诗句表明作者人生的勤奋和追求。作者认为其他什么都是过眼云烟，只有读写"文词"才是他的人生价值和心灵寄托之所在。

水调歌头·明月几时有

[宋] 苏轼

人有悲欢离合，月有阴晴圆缺，此事古难全。
但愿人长久，千里共婵娟。

[注释] 婵娟：这里指月亮。

[赏析] 人生有喜有悲有离有合，就好像天空有时阴有时晴月亮有时圆有时缺；无论是人间还是天上，自古以来都做不到完美无缺。只希望人们都生活得平安长久，即使亲人相隔很远仍能同享这美妙的月光。作者在中秋节时作此词。这里选的是全词下片中的后半。词句表现一种人间、天上都不可能十全十美的哲思，而人生当以平安长久为旨归。

除 夜

[宋]戴复古

扫除茅舍涤尘嚣,一炷清香拜九霄。
万物迎春送残腊,一年结局在今宵。
生盆火烈轰鸣竹,守夜筵开听颂椒。

[**注释**]腊:腊月,即农历十二月。残腊:指残冬。颂椒:古人在农历正月初一用椒柏酒祭祖或献之于家长,表示祝寿拜贺。

[**赏析**]简陋的房屋进行大扫除,洗涤掉尘世的各种喧嚣,点上一炷清香敬拜上苍。让万物清洁地迎来春天送走腊月残冬,今天晚上就是旧的一年的结束。火盆烈烈燃烧爆竹轰然鸣响,吃着年夜饭守岁不睡觉,向祖先和家中老人献上椒柏酒祝福拜贺。全诗八句,这里选的是前六句。诗句描写古代除夕夜辞旧迎新的风俗习惯。

端午日

[唐]殷尧藩

少年佳节倍多情,老去谁知感慨生。
不效艾符趋习俗,但祈蒲酒话升平。

[**注释**]艾符、蒲酒:指端午节的民间习俗,有挂艾草、戴祥符、佩香袋、饮蒲酒、吃粽子、赛龙舟,等等。

[**赏析**]年轻的时候到了端午节会涌现丰富的情感,谁知道年老时到了端午节只生出许多感慨。也不再随着习俗去搞挂艾草、戴祥符之类的事了,只是喝点儿蒲酒祈求社会太平、家人安好罢了。诗句表现端午节时老年人的

原生态的瑰丽——古诗词里的美丽中国

不趋习俗,只求平安的一种心态。

竞渡诗 / 及第后江宁观竞渡寄袁州刺史成应元
[唐]卢肇

石溪久住思端午,馆驿楼前看发机。
鼙鼓动时雷隐隐,兽头凌处雪微微。
冲波突出人齐譀,跃浪争先鸟退飞。
向道是龙刚不信,果然夺得锦标归。

[**注释**]鼙鼓:古代军队中用的小鼓。譀:吼叫,叫喊。

[**赏析**]在石溪住久了思念端午节时的竞渡场景,在驿馆楼前观看开始竞渡的时机。鼙鼓敲响好像有一阵隐隐的雷声,赛船刚行进时波浪只有雪花般细微。兽头突出人们齐声叫喊,波浪排开跳跃鸟儿后退翻飞。听人说这条船是龙刚才还不相信,它果然夺得了锦标获胜归来。诗句描绘了端午节时龙舟竞赛的热闹场景。

客中守岁(在柳家庄)
[唐]白居易

守岁尊无酒,思乡泪满巾。
始知为客苦,不及在家贫。
畏老偏惊节,防愁预恶春。
故园今夜里,应念未归人。

[注释]尊：同"樽"，酒具。

[赏析]我在柳家庄守岁都没有酒喝，思念家乡眼泪沾湿了衣襟。这才深切体会到客居他乡是多么痛苦，宁可在家里守着穷日子。畏惧年老在节令时尤其明显，害怕忧愁到春季里更易伤感。在这除夕夜的老家里，亲友必定是在想念没有回家的我。诗句表现作者在陌生的外乡独自守岁，十分思念家乡亲人的孤寂心情。

介 雅

[南北朝]萧子云

四气新元旦，万寿初今朝。

[注释]元旦：一年开始的第一天，又称新年；旧时指农历正月初一（现代我国分别称公历1月1日为元旦，称农历正月初一为春节）。

[赏析]一年四季今天是新年元旦，万岁长寿今朝又是一个初始。这首诗的全部内容和本意是歌颂"明君"和"皇运"的，这里选的是开头的两句。据称"元旦"这个词语在历史上是从这里开始使用的。

除夜有怀

[唐]崔涂

迢递三巴路，羁危万里身。
乱山残雪夜，孤烛异乡人。
渐与骨肉远，转于僮仆亲。
那堪正漂泊，明日岁华新。

[注释]迢递：形容遥远。三巴：巴郡、巴东、巴西的合称。今四川东部一带。

[赏析]跋涉在崎岖又遥远的三巴路上，羁旅在离家万里的危险地方。在错落嶙峋的山峦下、在大雪纷乱的寒夜里，我这个异乡人孤守着一支残烛。离亲人越来越远了，只与书童、仆人逐渐亲近。不论在漂泊中度过除夕是多么难过，明天仍将是岁月更替的新的一年。诗句描写作者除夕之夜在羁旅多年的艰困之地的孤寂情怀。

插花吟

[宋]邵雍

头上花枝照酒卮，酒卮中有好花枝。
身经两世太平日，眼见四朝全盛时。
况复筋骸粗康健，那堪时节正芳菲。
酒涵花影红光溜，争忍花前不醉归。

[注释]插花：宋时习俗，在重阳节时，皇帝赏赐百官用丝绸捆扎成的假茱萸、假菊花，让百官插戴在头上。卮：古代盛酒的器皿。两世：一世为三十年，两世即六十年。四朝：指宋朝的真宗、仁宗、英宗、神宗四代皇帝统治时期。这四朝边境较宁静，算是"太平"。

[赏析]头上的花朵映照在酒杯中，清清的美酒倒映出美丽的花儿。我亲身经历了两世的太平日子，亲眼见到了四朝全盛的时光。况且我的筋骨还算康健，又喜逢百花盛开的芳菲时节。看着美酒里花影荡漾红光流转，我怎能忍心不醉饮后才回还。诗句作者在重阳节时歌颂他一生遇上了"两世""四朝"的太平日子，并表示一定要开怀畅饮，以感激皇帝赏赐的欢愉心情。

七 夕
[宋]杨朴

未会牵牛意若何,须邀织女弄金梭。
年年乞与人间巧,不道人间巧已多。

[注释]七夕乞巧:古代风俗,每年"七夕"(农历七月初七)是(神话故事里)牛郎织女相会的日子。在这一天,女子们会焚香供花果向织女"乞巧",即乞求织女保佑她们心灵手巧能纺织出更多更好的衣料。

[赏析]真弄不明白牛郎是怎么想的,每年七夕总要邀请织女在天上穿梭织锦。人间女子年年向织女乞求穿梭纺织的技巧,岂不知人间的智谋机巧已经够多的了。诗句以描写七夕为由头,看似平实,却利用"巧"字的双重含义(手的技巧、心的机巧)感叹和讽喻人世间的一种不正常现象,即人们在相互关系中过多使用机巧而缺乏真诚。

竞渡歌
[唐]张建封

五月五日天晴明,杨花绕江啼晓莺。
……
鼓声三下红旗开,两龙跃出浮水来。
棹影斡波飞万剑,鼓声劈浪鸣千雷。
……

[注释]棹:桨。斡波:划水。

[赏析]五月五日端午节天气晴好朗明,江边的杨柳吐絮,莺儿一早就

在啼鸣……鼓声敲了三下红旗展开指挥,两条龙舟跃在水上快速前进。船桨划水好像万条剑在舞动,劈开波浪鼓声如同天上响雷。全诗很长,有二十八句,详细描写端午节赛龙舟全过程盛况。这里摘录了其中几句表现龙舟竞渡的激烈场面。

八月十五日夜湓亭望月
[唐]白居易

西北望乡何处是,东南见月几回圆。
临风一叹无人会,今夜清光似往年。

[**注释**]湓:湓水,唐时在江州(今江西省九江市),流入长江。

[**赏析**]向西北方望去我的家乡在哪里?我在这东南地方已几次看到中秋月圆。我临风嗟叹命途多舛没有人理会,今夜只有月光仍然跟往年一样清亮。此诗是作者被贬官任江州司马时在江州所作。全诗八句,这里选的是后四句。诗句表现作者在中秋节夜晚于"湓亭望月"时产生的思乡、失落、孤苦的心情。

新年作
[唐]刘长卿

乡心新岁初,天畔独潸然。
老至居人下,春归在客先。
岭猿同旦暮,江柳共风烟。
已是长沙傅,从今又几年。

[**注释**]新年：指（农历）新的一年的正月初一。天畔：天边。作者被贬官至潘州任南巴（今广东茂名）尉，地近南海，故称"天边"。长沙傅：指汉朝时的贾谊。贾谊被贬官至长沙，任长沙王太傅。

[**赏析**]新的一年来临思乡之心更为深切，独自伫立天边不禁潸然泪下。到了老年被贬谪居于人下，春天归来反倒走在了我的前面。只有山中猿猴和我同度昏晓，还有江边杨柳与我共担愁烦。我的遭遇已和长沙王太傅贾谊一样，这种日子不知还有多少年才能到头。诗句表现作者在谪居地到新年时的困苦悲愤的心情。

元夜三首·其二

[宋]朱淑真

压尘小雨润生寒，云影澄鲜月正圆。
十里绮罗春富贵，千门灯火夜婵娟。
香街宝马嘶琼辔，辇路轻舆响翠軿。
高挂危帘凝望处，分明星斗下晴天。

[**注释**]元夜：农历正月十五日（古时称上元节、灯节）夜晚。婵娟：美好（多形容女子），又指月亮。这里有两方面的意思。辔：驾驭牲口的嚼子和缰绳。翠軿：青色有篷的车（多为女子专用）。

[**赏析**]一阵小雨压住了街上的尘埃，夜空中的寒意侵袭着赏灯的人；天上的云彩格外绚丽，上元节的月亮团圆如轮。十里长街挤满了盛装的男女，满面春色凸显富贵，千家万户灯火辉煌多么美好欢欣。宽广道路上装饰华美的骏马发出嘶鸣，又夹杂着娇贵女子车驾的辚辚响声。我在高楼上掀开帘子凝望，这一片灯火分明是满天星斗在人间降临。诗句描写上元节夜晚景

483

色绚丽、人们喧闹欢乐的景象。

重阳日有作
[唐]杜荀鹤

一为重阳上古台,乱时谁见菊花开。
偷持白发真堪笑,牢锁黄金实可哀。
是个少年皆老去,争知荒冢不荣来。
大家拍手高声唱,日未沉山且莫回。

[**注释**]持:扯,拔。冢:坟墓。

[**赏析**]因为是重阳节,我登上了荒古的高台,在这乱世谁还有心情去欣赏菊花盛开。想偷偷拔掉白发以显得年轻这种行为真是可笑,牢牢锁守着金银财宝的人实在悲哀。每个青年都会老去,怎能知道不会进入荒野的坟墓呢。咱们一块儿拍手歌唱吧,夕阳不沉落到山后就不回还。诗句表现作者在世事混乱之中过重阳节时,对于人生的似为豁达实感苦涩的复杂心情。

元 宵
[明]唐寅

有灯无月不娱人,有月无灯不算春。
春到人间人似玉,灯烧月下月如银。
满街珠翠游村女,沸地笙歌赛社神。
不展芳尊开口笑,如何消得此良辰?

[**注释**]社神：土地神。古代有每逢社日（又分春社、秋社两种）祭拜土地神、祈祝丰收的习俗。尊：同"樽"，酒具。

[**赏析**]这个元宵节夜晚如果只有各种灯没有十五的月亮就不能尽兴娱乐，如果只有皎洁的月光没有灿烂的灯火就不算春天已来临。春天来到人间美人如花似玉，彩灯悬挂在月光下月亮犹如银盘。满街闪耀珠宝翡翠那是游逛的村女，到处唱歌吹笙犹如在社日赛社神。如果不举杯喝酒大声欢笑，怎么才能度过这个吉日良辰？诗句描写元宵节夜晚，在明月当空、灯笼红亮之中所呈现出来的农村人们欢度元宵节的景象。

上元夜六首·其一

[唐]崔液

玉漏银壶且莫催，铁关金锁彻明开。
谁家见月能闲坐？何处闻灯不看来。

[**注释**]上元：农历正月十五日，古时为上元节，又称灯节，夜晚有赏灯习俗。玉漏银壶：指古代以漏壶刻度之法计时的器具。

[**赏析**]上元节夜里解除宵禁，不关城门，但钟鼓楼仍按时报更。计时报更的玉漏银壶请不要一声声地催促呀，今夜的长安城门一直开着到天明。谁人还闲坐在家里不出来看月亮？何处没有花灯不引来人们观赏。诗句描写上元夜花灯闪烁、家家户户出门赏月观灯的繁丽景象。

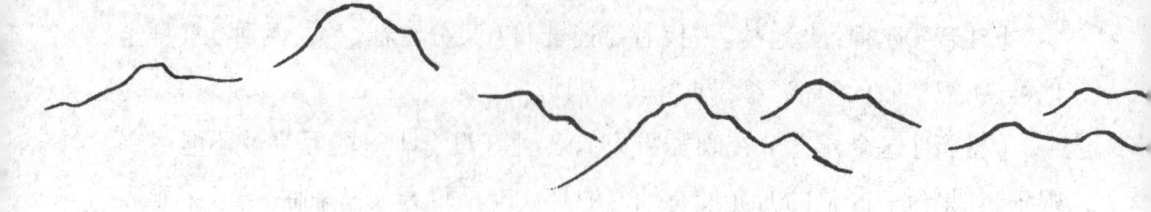

原生态的瑰丽——古诗词里的美丽中国

永遇乐·落日熔金
[宋]李清照

元宵佳节，融和天气，次第岂无风雨？
来相召、香车宝马，谢他酒朋诗侣。

[赏析]这元宵佳节里天气融和，怎能知道不会再有风雨来临？那些坐着华丽熏香车驾的酒朋诗友来相召，我只能婉言相谢，因为我心中焦愁烦闷。这里选的是全词上片的后半部分。作者此时已流寓南方。词句表现作者在元宵节时，因为国难家愁而产生特有的烦闷、沉重的心情，故对过元宵节再无意趣。

猿
[唐]杜牧

月白烟青水暗流，孤猿衔恨叫中秋。
三声欲断疑肠断，饶是少年今白头。

[赏析]月色明净，青烟蒙蒙，秋水悄然潜流，一只孤猿含着满腹怨恨，啼叫在这凄清的中秋。断续的叫声哀怨欲绝，似乎肝肠都要断了，即使是黑发少年，听闻这叫声也会痛切得白了头。诗句表现中秋之际，有一只孤猿啼恨，猿声之哀切凄惨，撼人心魄。

奉和圣制从蓬莱向兴庆阁道中留春雨中春望之作应制
[唐]王维

云里帝城双凤阙，雨中春树万人家。
为乘阳气行时令，不是宸游玩物华。

[注释] 圣制：指皇帝写的诗文。应制：奉皇帝之命而作。阙：宫门前的望楼。双凤阙：指唐朝宫殿大明宫含元殿前东西两侧的翔鸾、栖凤二阙。宸：北辰所居，借指皇帝居所，进而代称帝王。宸游：指皇帝出游。物华：美好的景物。

[赏析] 云雾弥漫，独有皇宫里的一双凤阙高耸突出，春雨绵绵中树色葱茏掩映着千家万户。皇上是为了乘着阳气升、春光好的时令而出巡宣导万物体察民情，并不是为了玩赏春光而驾车游逛美景。古代臣民"应制"之作都是歌功颂德之词，这首诗也不例外。全诗八句，这里选的是后四句。诗句把皇帝和后妃外出春游夸饰为顺天道、行时令、抚民心的崇高举动。

十五夜望月寄杜郎中
[唐]王建

中庭地白树栖鸦，冷露无声湿桂花。
今夜月明人尽望，不知秋思落谁家。

[注释] 十五：农历八月十五日（中秋节）。

[赏析] 庭院的地上被月光照得像铺了一层白霜，树枝上栖息着乌鸦，清冷的秋露悄然无声地打湿了庭院树上的桂花。人们都在望着今夜的明月，享受着全家团圆的天伦之乐，但不知这秋夜的愁思会落到哪些人家。诗句反

映出作者在中秋团圆之夜时内心的某种愁思。

除 夕
[清]赵翼

烛影摇红焰尚明,寒深知已积琼英。
老夫冒冷披衣起,要听雄鸡第一声。

[注释]除夕:农历一年最后一天的夜晚,也指农历一年的最后一天。琼:美玉。琼英:这里喻雪花。

[赏析]蜡烛的红色光焰摇曳着甚是明亮,在这严寒的深夜里我知道雪已积得很深。虽然天还没亮,老汉我就冒着寒冷披衣起来了,我要谛听雄鸡在新一年的第一声啼鸣。作者作此诗时已八十五岁。诗句显示了作者老当益壮、惜时奋进的情怀。

田家元日
[唐]孟浩然

昨夜斗回北,今朝岁起东。
我年已强壮,无禄尚忧农。
桑野就耕父,荷锄随牧童。
田家占气候,共说此年丰。

[注释]元日:指农历正月初一。斗:指北斗星。回北:指北斗星的斗柄

从指向北方转而指向东方。

[**赏析**]昨天夜里北斗星已转而指向东方,今天早上是新一年的起始。我已到了四十岁壮年,虽没有官职仍忧虑农事。我在种着桑树的田野里与耕作的农夫接近,还扛着锄头与放牛的孩子一同行进。农家人在观测今年的气候天象,都说今年很可能是丰收年。诗句表现作者隐居农村,在"元日"时,关心农事、与农人一起盼望丰年的情景。

第五章 花开景象

桃李飞花春渐老,海棠次第芬芳。

庭前红药已成行。酴醾开未到,犹更有花王。

——《临江仙·桃李飞花春渐老》([宋]姜特立)

这里是第五部分花开景象。

物候,是指生物的周期性现象(如植物的发芽、开花、结实,候鸟的迁徙,某些动物的冬眠等)与季节气候的关系,也指自然界的非生物变化(如初霜、解冻等)与季节气候的关系。

物候学,也称"生物气候学",是研究生物的生命现象与季节气候变化关系的科学。

我国是世界上研究物候学最早的国家。

出自先秦的《夏小正》是中国最早的物候专著,记录了物候、气候、天象和重要的农事、政事等活动。

我国古代认为,三天一气,五天一候,十天一旬,十五天一节,九十天一季,四季轮回,年复一年。

之后,一年二十四个节气和七十二候发展而成。

清康熙帝命人编撰的《广群芳谱》中就有了"二十四番花信风"的记载。

我国古代确立的二十四节气中,从"小寒"到"谷雨"八个节气里共有二十四候,每候都有某种花卉绽蕾开放,于是便有了"二十四番花信风"之说。

人们在二十四候每一候内开花的植物中,挑选一种花期最准确的植物为代表,叫作这一候的花信风。

这二十四番花信风是:小寒,一候梅花、二候山茶、三候水仙;大寒,一候瑞香、二候兰花、三候山矾；立春，一候迎春、二候樱桃、三候望春；雨水，一候菜花、二候杏花、三候李花；惊蛰，一候桃花、二候棠梨、三候蔷薇；春分，一候海棠、二候梨花、三候木兰；清明，一候桐花、二候麦花、三候柳花；谷雨，一候牡丹、二候荼蘼、三候楝花。

从这里可以得知，一年花信风梅花最先、楝花最后。

经过二十四番花信风之后，以立夏为起点的夏季便来临了。

二十四番花信风不仅反映了花卉与时令相关的自然现象，更重要的是人们可以利用这种自然现象掌握农时，安排农事活动。

中国幅员辽阔、地形多样、四季分明，使得世界上大多数农作物和动植物都能在中国广袤的国土上得到适宜生长的条件，从而使中国国土上自生的和经过长期栽培驯育的动植物资源非常丰富。

千万种动植物的"原生态"呈现出无限绚丽、仪态万方的美妙景象；其自身的生长发展、开花结果、传种繁衍等又表现出规律性、独特性和适应性，更显多姿多彩，令人目不暇接。

中国人几千年来是以农耕为基本的生产方式，并在开拓、耕种田野的基础上形成村落定居的生活方式。农耕生产方式和定居生活方式，使中国人形成了对季候变化的节气轮回和物候规律的深刻和精细的认识。世世代代在种种自然现象及其与人们利益的相关性的基础上，形成了种种喜怒哀乐的情感以及多种节令和风俗习惯。世俗关切、人文情怀的渗透融入，社会情形、时代特点的烙印其中，在古诗词中成为极具中国特色的种种瑰丽景象、丰富想象和美学意蕴、语言魅力。这使得当今人们仍能不断地、不竭地从中得到无数的知识和愉悦的审美体验……

19. 物　候

题李次云窗竹
[唐]白居易

不用裁为鸣凤管,不须截作钓鱼竿。
千花百草凋零后,留向纷纷雪里看。

[赏析]不必裁量竹子做成笛、箫等能发出凤凰和鸣般声音的管乐器,也不需要截取它来做长而有弹性的钓鱼竿。在严寒冬日千花百草都凋零之后,在大雪纷飞时候你再去看吧,只有窗前的竹子仍然青翠、昂然挺立。诗句描绘竹子特有的物性,赞扬它修直挺拔、青翠素淡、高洁脱俗、不惧严寒的品质,并喻之为君子的品性。

戏答元珍
[宋]欧阳修

残雪压枝犹有橘,冻雷惊笋欲抽芽。
夜闻归雁生乡思,病入新年感物华。

[赏析]未融尽的雪还压着枝条,树丫上尚留挂着去年结出的橘子,春雷初响惊动了地下的竹笋,不久就要抽出嫩芽。夜间难以入睡,听到北归的雁鸣勾起我无限的乡思;病中的我进入新年,感受眼前的物候景象,不禁思绪如麻。作者被贬谪至夷陵(今湖北宜昌市夷陵区)任职。全诗八句,这里选的是其中的第三至六句。诗句表现作者在冬末春初看到的物候景象而产生的感慨。

贫女词寄从叔先辈简

[唐]孟郊

蚕女非不勤,今年独无春。
二月冰雪深,死尽万木身。
时令自逆行,造化岂不仁。

[注释]造化:自然界的创造、化育;(人力不能控制的)命运。

[赏析]并不是养蚕女子不勤劳,只是因为今年春天迟迟不来到,没有桑叶喂蚕宝宝。已是(农历)二月,原野上还覆盖着深厚的冰雪,各种树木都冻死了。时令逆转、冬春颠倒,这天地造化岂不是太不仁义了。全诗十句,这里选的是前六句。诗句表现这一年春天气候太冷、物候反常的特殊景象。

日出入行

[唐]李白

草不谢荣于春风,木不怨落于秋天。
谁挥鞭策驱四运,万物兴歇皆自然。

[注释] 谢：感谢。

[赏析] 花草不会去感谢春风使自己繁荣开放，树木也不会怨恨秋天使自己的叶子凋落飘零。哪里会有谁在鞭策驱使四季运行，万物的兴盛衰歇都是出于自然的事情。全诗较长，这里选的是其中四句。诗句指出草木的荣枯只是与季节相应的物候现象，天地万物的兴衰变化首先是由其本性即其内在的因素和规律所决定的。

桃花源诗

[晋]陶潜

草荣识节和，木衰知风厉。
虽无纪历志，四时自成岁。
怡然有余乐，于何劳智慧？

[赏析] 野草长得茂盛，人们都知道时节和顺春季来临；树叶都凋落了，可以得知寒风凌厉的冬天快到了。虽然这里没有历法记载着时日，但四季的不断推移是自然而然的岁月。内心总感到有许多快乐，又何必去开动脑筋多生智慧？全诗有三十二句，这里选的是其中的六句。作者指出即使在"桃花源"里，时序的演进仍是自然的物象，符合客观的规律，因而感到日常的顺时的生活很快乐。

夜 深

[唐]韩偓

恻恻轻寒翦翦风,小梅飘雪杏花红。
夜深斜搭秋千索,楼阁朦胧烟雨中。

[**注释**]恻:悲伤。这里指身体对天气寒冷的感受。翦:同"剪"。翦翦:指春风寒利,刺人肌肤。

[**赏析**]春寒凄恻,冷风刺面,梅花如同雪花般纷纷飘落,杏花迎春开放正在粉红美妙之时。夜深了,斜搭着的秋千绳索静静地悬着,烟雨朦胧中那座楼阁隐约可见。诗句描写早春乍暖还寒时节的物候景象和人们对天气的感受,以及作者对某种往事的忆念。

新 秋

[唐]杜甫

蝉声断续悲残月,萤焰高低照暮空。
赋就金门期再献,夜深搔首叹飞蓬。

[**赏析**]进入秋季,蝉在残月下断断续续地悲伤鸣叫,萤火虫的微光忽高忽低地在夜空中闪烁。写就一篇赋期望到宫门再次献给皇上,夜深人静搔搔头皮感叹命运像蓬草随风飞转不能自控。全诗八句,这里选的是后四句。诗句描写秋季的蝉鸣、萤飞等物候特征,作者又感叹自己空有才华而没有进身机会。

绝句漫兴九首·其五
[唐]杜甫

肠断江春欲尽头,杖藜徐步立芳洲。
颠狂柳絮随风去,轻薄桃花逐水流。

[**注释**]芳洲:长满花草的水中陆地。颠狂:同"癫狂"。

[**赏析**]江上春光将尽使人遗憾肠断,拄着藜杖漫步在长满花草的小洲。那些如癫似狂的柳絮跟着春风乱飘,而轻薄不自重的桃花则在随波逐流。诗句表现对春尽的遗憾。作者描写暮春时的物候景象,暗含对势利小人追风逐流投机取巧行为的讥刺。

诗四首·其三
[宋]赵构

陈留春色撩诗思,一日搜肠一百回。
燕子初归风不定,桃花欲动雨频来。

[**注释**]赵构:即(南宋)高宗。陈留:古地名。在北宋都城汴京附近。今河南开封市有陈留镇。

[**赏析**]陈留这个地方的美丽春色撩动了我的诗兴,一天到晚搜肠刮肚想写出好诗。燕子回来的时候,风没有一个确定的方向,桃花要开的时候,多雨的时节就到来了。全诗八句,这里选的是前四句。作者或许想起了(北)宋汴京的春天。诗句表现春初的燕子归、桃花开等物候景象。

原生态的瑰丽——古诗词里的美丽中国

早春送宇文十归吴

[唐] 窦巩

春迟不省似今年,二月无花雪满天。
村店闭门何处宿?夜深遥唤渡江船。

[赏析]今年春天的景色迟迟不醒悟过来,到了(农历)二月还没有花开仍有飞雪满天。村里旅店关门闭户,叫我二人到哪里投宿?深夜里不得不呼唤远处的渡江船过来。诗句描写作者送友人"归吴"时赶上春寒下雪,也表明这一年春季物候偏迟的景象。

长恨歌

[唐] 白居易

春风桃李花开日,秋雨梧桐叶落时。
西宫南内多秋草,落叶满阶红不扫。

[注释]西宫南内:皇宫内称为"大内"。唐朝西宫指西内太极宫,南内为兴庆宫。唐玄宗经安史之乱、缢杀杨贵妃返回长安后,初居南内,后迁往西内。

[赏析]春风中桃李花开之时,使人心旷神怡;秋雨下来淅淅沥沥,梧桐树叶纷纷凋落。西宫南内秋草很多,一片萧索,台阶满是枫红落叶,长久无人打扫。这里选的是这首长诗中的四句。诗句表现回到长安宫中的唐明皇面对春秋两季的物候现象不免怀念杨贵妃的低落情绪。

四 气

[唐]雍裕之

春禽犹竞啭,夏木忽交阴。
稍觉秋山远,俄惊冬霰深。

[**注释**]俄:突然间。霰:空中降下的白色不透明的小冰粒,有的地区称为雪子、雪糁。

[**赏析**]春天的鸟儿还在竞相婉转歌唱,夏天的树木很快地长成浓密的绿荫。天空寥旷让人觉得秋天的山显得远了,突然间冬天大雪前降下的小冰粒已铺满了一地。诗句描绘了四季的典型物候景象。

春 怨

[唐]郑愔

春朝物候妍,愁妇镜台前。
风吹数蝶乱,露洗百花鲜。

[**注释**]物候:指自然界的生物和非生物受气候和其他环境因素的影响而周期性、及时性出现的现象。妍:美丽。

[**赏析**]春天来临,各种花鸟等物候景象多么美丽,却有妇人在镜台前满怀春情愁怨。春风吹得多少蝴蝶狂乱飞舞,露水滋润得百花十分鲜艳。全诗十句,这里选的是前四句。

离别难

[唐]武后宫人

此别难重陈,花飞复恋人。
来时梅覆雪,去日柳含春。
物候催行客,归途淑气新。
剡川今已远,魂梦暗相亲。

[注释] 剡川：指剡溪（在今浙江奉化市西北），或指奉化一带地方。

[赏析] 在这离别的时候我很难再说什么,花儿谢了、相恋的人也要走了。你来的时候早梅刚在雪中绽开,你离去的时候柳色春意浓浓。物候准时出现催着你出行,你回去的路上气象美好清新。剡溪现在离你已很遥远,只有在魂梦中才能与你相见亲近。诗句表现作者与恋人相聚又离别的景况,以梅开、柳绿等物候信息表明恋人来和去的时间。

仲春郊外

[唐]王勃

东园垂柳径,西堰落花津。
物色连三月,风光绝四邻。
鸟飞村觉曙,鱼戏水知春。
初晴山院里,何处染嚣尘。

[注释] 仲春：春季的第二个月,即农历二月。堰：水坝。津：渡口。

[赏析] 东面园圃的小路,垂柳掩映；西面水坝的渡口旁边,落花缤纷。美好景色会连续几个月,这样的风光周边无处去寻。鸟儿在村里飞翔,人们便感觉已到天亮；鱼儿在水中游戏,人们都知道春天来临。刚刚雨过天晴,山

村的庭院里怎会染上俗世的杂尘。诗句描写二月时郊外种种物候景象,抒发了作者向往幽美清净的山水田园的情怀。

春日即事
[金]周昂

冻柳僵榆未改容,狐裘貂帽尚宜风。
欲寻把酒浑无处,春在鸣鸠谷谷中。

[注释]谷谷:指鸟叫声。

[赏析]柳树仍被冻住、榆树冷得发僵,没有一点儿改变;人们穿着狐皮大氅、戴着貂皮帽子抵御寒风。想找个喝酒的地方哪儿都找不到,只有从鸠鸟咕咕的叫声中人们才能感知春天来了。诗句表现北方早春时仍很寒冷,只有鸟鸣是春天来临的物候景象。

和晋陵陆丞早春游望
[唐]杜审言

独有宦游人,偏惊物候新。
云霞出海曙,梅柳渡江春。
淑气催黄鸟,晴光转绿蘋。
忽闻歌古调,归思欲沾巾。

[注释]宦游人:指离家在外做官的人。

[赏析]只有远离家乡外出在仕途奔波的人,才特别敏感于不同地方物

候的转变更新。海上云霞灿烂旭日正在升起,江南先发的梅柳已报阳春。和风催促着黄莺的啼鸣,丽日映照的绿蘋颜色转深。在如此春光中忽然听到有人歌唱乡音古调,更勾起了我的思乡之情,不禁泪湿衣襟。诗句描写作者"宦游"时所感到的春天来临的景象和物候的光辉清新,以及由此勾起的对家乡的怀恋与归思。

水调歌头·杜宇伤春去
[宋]葛长庚

杜宇伤春去,蝴蝶喜风清。
一犁梅雨,前村布谷正催耕。

[注释]杜宇:即杜鹃鸟,其啼声哀切。布谷:鸟名(学名大杜鹃),因其叫声如"布—谷"而得名。

[赏析]杜鹃鸟为春天归去而伤感,蝴蝶喜欢风清日丽的时光。到了犁田时节梅雨潇潇不停,布谷鸟的叫声催促村里农人快去耕种。这里选的是全词上片的前半。词句描写了几种物候现象与时季、农耕的关系。

梁州令·二月春犹浅
[宋]晁补之

二月春犹浅。去年樱桃开遍。
今年春色怪迟迟,红梅常早,未露胭脂脸。
东君故遣春来缓。似会人深愿。

[**注释**]东君：司春之神。

[**赏析**]已是二月份了，还很少有春天的气息。去年这个时候樱桃花已开遍。今年春色迟来令人奇怪，本来红梅早该开了，但它的胭脂红脸还没有露出来。或许是春神故意让春天来得缓慢，或许这样也符合一些人深藏着的心愿。这里选的是全词的大部分。词句描写这一年春天来得晚、物候偏迟的现象。

梅 花

[唐]罗邺

繁如瑞雪压枝开，越岭吴溪免用栽。
却是五侯家未识，春风不放过江来。

[**注释**]五侯：泛指贵族豪门。

[**赏析**]梅花开放得繁盛好像是一场瑞雪压在了梅树枝头，江南吴越地带的山岭、溪边的梅花用不着人们去刻意栽培。倒是那些贵族豪门之家不明白梅树的坚毅品性，以为和煦的春风迟迟不肯过江北来。梅树喜欢温暖潮湿气候，花期多在冬末春初的（农历）一月到三月间，故在长江沿岸及江南丘陵山地多梅花。诗句反映了这种物候情况。

春 暮

[明]刘侃

风吹山色度帘栊，指点荼蘼半已空。
二十四番花信过，独留芳草送残红。

[注释]帘栊:带帘子的窗户。荼蘼:花名,是春季最后开的花。

[赏析]风从山里吹来又吹过带着帘子的窗户,告诉人们荼蘼花大半已经凋谢。二十四种代表性的花都已准时开过了,只留有郁郁芳草送别最后的一点残花。诗句描写"春暮"时的物候现象——各种花都已凋谢,美丽的春季过去了。

菩萨蛮·芭蕉
[宋]张镃

风流不把花为主,多情管定烟和雨。
潇洒绿衣长,满身无限凉。

[赏析]芭蕉并不以绚丽的花朵来展露风流,只在烟雨空蒙的时刻撩拨人们的情思。一身绿叶外衣伸展开来自有潇洒风韵,浑身上下透出无限的清凉。这里选的是全词的上片。词句刻画芭蕉独特的物性和风姿,指出它的清逸脱俗别有一番风采、情韵。

清风戒寒
[唐]穆寂

风清物候残,萧洒报将寒。
扫得天衢静,吹来眼界宽。
条鸣方有异,虫思乱无端。

[注释]衢:大路。

[赏析]风吹来了清凉使得物候显出凋残之象,潇潇雨声报知人们天将寒冷。雨把天街大路扫得一片清净,风把地前吹得非常宽广一望无际。树木枝条的鸣响已然不同,各种虫儿乱了方寸无处躲藏。全诗十二句,这里选的是前六句。诗句描写秋风一起自然界物候发生巨大变化的景象。

蓦溪山(寄宝学)

[宋]刘子翚

浮烟冷雨,今日还重九。
秋去又秋来,但黄花、年年如旧。

[注释]黄花:菊花。

[赏析]天空笼罩着寒冷的烟幕雨雾,今天又到了九九重阳节。去年的秋天过去,今年的秋天又来了,菊花的开放年年都在这个时候。这里选的是全词上片的前半。词句指出了季节与物候相关的周期性现象。

春 日

[南北朝]闻人蒨

高台动春色,清池映日华。
绿葵向光转,翠柳逐风斜。
林有鸣心鸟,园多夺目花。
相与咸知节,叹子独离家。
行人今不返,何劳空折麻。

[**注释**]折麻：指使用麻类材料来做衣裳的活动。

[**赏析**]高地里飘动着春色，清澈河池映照出红日光华。绿色的葵叶总是向着太阳转动，翠嫩的柳枝被风吹得歪斜。树林里鸟儿啼鸣着心声，园苑里花儿艳丽夺人目光。相识的亲友都知道季节时令，叹息你一个人离家外出令人牵挂。外出的人至今没有回来，为他准备衣裳是空劳碌一场。诗句描写春季里自然界种种物候景象，并由此感叹外出的亲人没在家。

月 夜

[唐]刘方平

更深月色半人家，北斗阑干南斗斜。
今夜偏知春气暖，虫声新透绿窗纱。

[**注释**]更：古时把夜里时间分为五个"更"，一"更"为两小时。更深：指夜深。阑干：这里指横斜状。偏知：才知（表示出乎意料）。

[**赏析**]夜已深了，月光斜照着半个庭院，北斗星还横在天上，南斗星已经西斜。今夜出人意料地有了初春的融融暖意，春虫的叫声透过绿窗纱传了进来。诗句描写了大地回春、暖意着人、虫声入耳等"惊蛰"节气时的物候景象。

上 方

[唐]司空图

花落更同悲木落，莺声相续即蝉声。
荣枯了得无多事，只是闲人漫系情。

[赏析]人们伤感花儿的败谢,同样又悲叹木叶的凋落;莺儿的鸣啼停止了,跟着就是蝉儿的叫声。啊,这草木的荣枯本不是什么了不得的事情,只是那些闲人自己在那儿漫然移情。诗句指出花木荣枯、莺啼蝉鸣本是自然的物候现象,只是人们自作多情借以抒发,寄托心中的思绪而已。

首 夏

[宋]俞桂

槐幄阴阴蔽绿扉,池抽荷叶落蔷薇。
梁间紫燕新雏弱,来傍檐前旋学飞。

[赏析]槐树枝叶茂密犹如篷帐,形成大片绿荫遮住了门扉,池塘里的莲藕不断抽出荷叶,蔷薇花落谢了。房梁上燕巢里的雏燕还很幼弱,它们小心地来到屋檐下旋即开始学习飞翔。诗句表现夏季来临时一些动植物的物候景象。

秋怀十首末章稍自振起亦古义也

[宋]陆游

皇天本无心,万物各有时。
飞鸿何预人,南翔每如期。
仰看霜露坠,俯叹草木衰。
英英篱下菊,秀色独满枝。

[赏析]上天本没有特别的心意和安排,万物的生死荣枯各有自己的时

季。天空中的鸿雁何曾向人们预告什么,但它们每年总是如期南飞。向上看那些霜露在落下,向下叹息那些草木在衰败。竹篱下英气焕发的菊花,独自开放着,满枝的秀色。全诗十二句,这里选的是前八句。诗句指出各种物候现象都是与季节、气候自相适应的。

早 春
[宋]张耒

辉辉暖日弄游丝,风软晴云缓缓飞。
残雪暗随冰笋滴,新春偷向柳梢归。

[**赏析**]光辉温暖的阳光照耀着摇曳的柳丝,轻软的风儿吹动起白云缓缓地飞移。残存的雪随着冰凌的滴落消融净尽,柳树枝梢吐绿表明新一年的春天已悄然来临。全诗八句,这里选的是前四句。诗句描写早春时显现的雪消柳绿等物候景象。

建元寺
[唐]李绅

江城物候伤心地,远寺经过禁火辰。
芳草垄边回首客,野花丛里断肠人。
紫荆繁艳空门昼,红药深开古殿春。

[**赏析**]这江城的物候我很清楚,那里是我伤心之地,在禁用烟火的时

辰我远远地经过那寺庙。在长满芳草的田垄边我回望那个地方,在这野花丛中想起了令人断肠的往事。佛门的白天紫荆花多么繁盛艳丽,红芍药花在古旧殿堂深处显示着春天。据记载,作者少时家境困窘,曾在寺庙(无锡惠山寺)里蹭着读书。全诗八句,这里选的是前六句。作者见到曾生活过的寺庙周边的物候景象,回忆往事而生出无限感慨。

秋　事
[唐]吴融

江天暑气自凉清,物候须知一雨成。
松竹健来唯欠语,蕙兰衰去始多情。

[**注释**]蕙兰:兰花的一种。

[**赏析**]江河天空的暑气消退,变得凉爽廓清,经过一场秋雨,物候也都变化换新。松柏竹林仍然挺拔,只是它们不会说话,蕙兰在衰败的时候更显出情韵。全诗八句,这里选的是前四句。诗句表现秋季来临时物候变化的自然景象。

舍北摇落景物殊佳偶作五首·其一
[宋]陆游

今年冬候晚,仲月始微霜。
野日明枫叶,江风断雁行。

[**注释**]仲月：每季的第二个月。这里指（农历）十一月。

[**赏析**]今年冬季物候显得晚了，到十一月才出现薄薄的霜。原野里的枫叶仍然亮红，江上的风中未见南飞的雁行。全诗八句，这里选的是前四句。诗句表现这一年冬季物候偏迟的景象。

杂 诗
[唐]无名氏

近寒食雨草萋萋，著麦苗风柳映堤。
等是有家归未得，杜鹃休向耳边啼。

[**注释**]著：即"着"，这里指吹拂。杜鹃：鸟名，又称子规，啼声凄切，其声如在说"不如归去"。

[**赏析**]时令接近寒食节，绵绵春雨使春草长得茂盛，春风吹拂麦苗长得很快，堤上杨柳依依。只是我有家却回不去，杜鹃鸟啊你就不要在我耳边悲啼"不如归去"。诗句描写清明节气即将到来时的物候景象，并表现漂泊在外的游子此时不能回家的凄苦、无奈的心情。

自京赴奉先县咏怀五百字
[唐]杜甫

葵藿倾太阳，物性固难夺。
顾惟蝼蚁辈，但自求其穴。

[**注释**]葵：葵花，向日葵。藿：豆类植物的叶子。

[**赏析**]葵花和豆叶总是倾向着太阳，事物的本性是稳固而难以移夺的。而那些蝼蛄蚂蚁之类，只顾谋求自己需要的巢穴。全诗很长，这里选的是其中四句。诗句描写葵、藿永远向阳的物性特点，以及"蝼蚁辈"只顾自己私利的品性，作者借以表达自己忠君爱国忧民的秉性和情怀是永远不会改变的。

赋得春风扇微和
[唐]陈九流

兰荪才有绿，桃杏未成红。
已觉寒光尽，还看淑气通。
由来荣与悴，今日发应同。

[**注释**]荪：古书上说的一种香草。

[**赏析**]兰、荪才吐露一点绿芽，桃杏还没有开出红花。人们已感觉寒冷的时光要结束了，还在等待美好的气息渐渐顺通。从来草木的繁荣与衰悴都是自然的事情，现今阳气上升、春风吹拂的生发结果也与过去相同。全诗十二句，这里选的是后六句。诗句指出物候的变化是与气候、季节相应的规律性的古今同样的现象。

未展芭蕉
[唐]钱珝

冷烛无烟绿蜡干，芳心犹卷怯春寒。
一缄书札藏何事？会被东风暗拆看。

[注释]缄：封闭。特指为信封封口。

[赏析]尚未展开的芭蕉像一支没有点着的绿色蜡烛无焰无烟,卷着的芭蕉心仿佛是一位少女的心思害怕初春的冷寒。犹如是封着口的书信,里面会藏着什么秘密呢？和煦的春风吹来把它慢慢展开,就像是密封的情书被人暗暗拆开偷看。诗句反向地以人状物,以少女情性比作未展露的芭蕉,形象新奇迷人。

朝中措·杜鹃声断日瞳昽
[宋]王炎

柳梢飞絮,桃梢结子,断送春风。
莫恨春无觅处,明年还在芳丛。

[赏析]柳絮四处飞扬,桃树枝头结果,这些物候景象出现就送走了春天。不要怨恨春天再也无处寻觅,且等到明年,春天又会出现在芬芳的花丛之间。这里选的是全词的下片。词句指出物候变化是季节轮替的周期性的自然现象。

赠胡子显八首·其七
[宋]惠洪（释德洪）

弄晴雨过秧针出,花信风来麦浪寒。

[注释]花信风：指初春至初夏花开季节会按时来到的风。历来相传花

信风共有二十四番。

[**赏析**]雨过天晴,稻田秧苗如针般地长出来了,等到花季的信风不断吹来,大地上的麦田将逐渐地出现麦浪滚滚的景象。全诗四句,这里选的是前两句。诗句表现我国季风气候的特点,及其与我国的稻、麦两种基本农作物生长之间的密切关联。

[中吕]喜春来·春宴二
[金]元好问

梅残玉靥香犹在,柳破金梢眼未开。

东风和气满楼台。桃杏拆,宜唱喜春来。

[**注释**]靥:本意指脸上的酒窝,代指脸颊,这里指梅花花朵。拆:裂开。

[**赏析**]梅树的白玉般的花朵已经凋残,只有馥郁的芳香仍然存在;柳芽在金黄的柳条上刚吐出,犹如小孩的眼睛未张开。东风吹来的和煦春气已充满楼台。桃花杏花绽放,在这春光美好的时候非常适宜唱一曲《喜春来》。曲词反映了初春到来时先后出现的物候现象。

春 暮
[宋]曹豳

门外无人问落花,绿阴冉冉遍天涯。

林莺啼到无声处,青草池塘独听蛙。

[**注释**]冉冉:慢慢地。

[赏析]再也没有人去过问门外路上的满地落花,绿荫渐渐地铺满大地直至天涯。树林里莺儿的啼声已悄然消失,长满青草的池塘里只有青蛙叫呱呱。诗句表现暮春时节落花、绿荫、蛙鸣等典型的物候景象。

题净因壁

[宋]苏轼

瞑倚蒲团卧钵囊,半窗疏箔度微凉。
蕉心不展待时雨,葵叶为谁倾夕阳?

[注释]瞑:闭眼。钵:形状像盆而较小的器具(多为僧人使用)。箔:用苇或秫秸编成的帘子。时雨:江南地区专指夏至节气后半个月里下的雨。

[赏析]闭着眼睛坐倚蒲团,旁边放着装钵的布袋,半扇窗户是稀疏的箔使屋里稍觉凉爽。芭蕉没有展开卷着的心,是在等待夏至后的时雨,葵叶又是为了谁才去倾向那傍晚的太阳?诗句描写僧人的生活状态,以及芭蕉、葵花的物性特点。诗句亦暗喻作者不甘于自身遭际而有所等待。

南中感怀

[唐]樊晃

南路蹉跎客未回,常嗟物候暗相催。
四时不变江头草,十月先开岭上梅。

[注释]蹉跎:光阴白白地过去。

[赏析]我滞留南方光阴白白溜走,常常嗟叹物候的变化是在暗中催促

人们要把时间和生命抓紧。四季里不变的只有那江边的青草,到了农历十月山岭上梅花已率先开放。诗句表现时光匆匆,物候变化;作者感叹自己滞留异乡,白白耗费了光阴。

村居杂兴三首·其一
[明]黄翼圣

廿四番风取次来,梅花落尽杏花开。
画梁无数空巢在,社雨萧萧燕未回。

[注释]廿:二十。风:指花信风,即应花期而来的风。廿四番风:即二十四番花信风。自小寒至谷雨,四个月,共八个节气,一百二十日,每五日一候,计二十四候,每候一种花的信风。社雨:社日下的雨(社日是古时农人祭祀土地神的节日)。

[赏析]二十四番花信风依次而来,梅花落谢杏花就开。那么多雕梁画栋上有无数个燕子的空巢存在,社日已过,春雨潇潇,但燕子还没有归巢。诗句指出信风吹来、花开花落、春雨连绵、燕子归来都是自然界客观存在的物候景象,但今年存在燕子未及时归来的物候偏迟的情况。

苏幕遮·燎沉香
[宋]周邦彦

鸟雀呼晴,侵晓窥檐语。
叶上初阳干宿雨。
水面清圆,一一风荷举。

原生态的瑰丽——古诗词里的美丽中国

[**赏析**] 天晴了,鸟雀高兴地欢呼,清早就在屋檐下噪叫不停。晨晖升起把荷叶上隔夜的雨珠照干。水面清净荷叶圆润,晨风吹来,枝干一一举着荷叶在碧波中挺立。这里选的是全词的上片的一部分。词句描写荷塘在雨后的清爽景象。

秋兴三首·其二
[宋]陆游

蓬蒿门巷绝经过,清夜何人与晤歌?
蟋蟀独知秋令早,芭蕉正得雨声多。

[**赏析**] 长满蓬蒿杂草的门巷没有人会经过,夜色虽然清和又有谁会来与我相会作诗咏歌?只有蟋蟀早早感知秋天的气息而鸣叫不已,秋雨打在大而密的芭蕉叶上发出很多声响。全诗八句,这里选的是前四句。诗句描写一个人在处境困窘时没有人会来过问,只有蟋蟀照旧会叫、雨打芭蕉仍然动听,也就是说秋季来临时的这些物候特征不会变化。

春日看梅二首·其一
[隋]侯夫人

砌雪无消日,卷帘时自颦。
庭梅对我有怜意,先露枝头一点春。

[**注释**] 颦:皱眉。
[**赏析**] 台阶下的雪好像没有消融的日子,卷起门帘看着这个景象我时常皱

起眉头。庭院里的梅树似乎也通人性对我有怜爱之意,先在枝头绽露梅花报告春天即将来临。诗句显示作者的孤寂,也表明梅花开是春天将临的物候景象。

菩萨蛮·墙根新笋看成竹
[宋]韩元吉

墙根新笋看成竹。青梅老尽樱桃熟。
幽墙几多花,落红成暮霞。

[赏析]墙边今年的新笋眼看着长成为竹子。青梅已摘光,樱桃也熟了。清幽的篱笆周围那么多花儿,纷纷凋落红红一片,好像晚霞映照在地面。这里选的是全词的上片。词句描写随着时间推进、春天归去,多种物候发生变化的景象。

春 风
[唐]李咸用

青帝使和气,吹嘘万国中。
发生宁有异,先后自难同。

[注释]青帝:指司春之神。

[赏析]春神发出了和煦的春风,把它吹遍天下各个地方。各种花木的生长开花结果是不一样的,有先有后难以同时发生。全诗八句,这里选的是前四句。诗句指出春天来了,先后发生的各种物候现象是自然而然又不同时的。

原生态的瑰丽——古诗词里的美丽中国

啼　鸟
[宋]欧阳修

穷山候至阳气生，百物如与时节争。
……
花深叶暗耀朝日，日暖众鸟皆嘤鸣。

[赏析]即使是穷山僻壤天时季候一到阳气也升上来，各种动物植物争先恐后地出来。花儿美艳树叶茂密阳光明媚，天气和煦温暖众多鸟儿鸣叫嘤嘤。诗句表现春季来到各种动物植物应时生长繁荣的物候景象。

初夏游张园
[宋]戴复古

乳鸭池塘水浅深，熟梅天气半晴阴。
东园载酒西园醉，摘尽枇杷一树金。

[赏析]小鸭在不同深浅的池塘里嬉戏，梅子黄熟时的天气阴晴不定。载酒宴游了东园又游了西园，乘兴把园子里金黄的枇杷摘得干干净净。诗句描写了梅子、枇杷黄熟的物候景象，以及作者与友人游园喝酒摘果的欢畅情况。

春日餐霞阁
[唐]施肩吾

洒水初晴物候新，餐霞阁上最宜春。
山花四面风吹入，为我铺床作锦茵。

[**赏析**]洒完雨露天空放晴物候焕然一新,到了餐霞阁上最能体味春天的来临。山花的芳香被风从四面八方吹来,山花的艳丽仿佛为我铺下满床的锦褥彩被。诗句描写春天时作者见到各种花儿竞相开放所显现的美丽的物候景象。

舶趠风

[宋]苏轼

三时已断黄梅雨,万里初来舶趠风。
几处萦回度山曲,一时清驶满江东。

[**注释**]趠:远来。舶趠风:指东南季风。三时:指"夏至"后的十五天。黄梅雨:指长江中下游地区在6、7月间持续天阴有雨的气象。

[**赏析**]此时正是江南梅子成熟期,故称此时的雨为"梅雨"。夏至后的时间黄梅雨已经结束,从万里之外刮来了东南清风,出海的船舶也回来了。我转任在几个山间闭塞的地方,现在乘着这股风驶到了浙江湖州。作者此诗作于浙江湖州任上。全诗八句,这里选的是前四句。诗句描写梅雨、季风等气候现象,也表现作者转任至湖州后的愉悦心情。

春日出苑游瞩

[唐]李隆基

三阳丽景早芳辰,四序佳园物候新。
梅花百树障去路,垂柳千条暗回津。
鸟飞直为惊风叶,鱼没都由怯岸人。

[注释]三阳：唐代宫殿名。

[赏析]冬去春来三阳宫的美丽景色早于各种芳园的时辰,四季时序轮转佳美园苑里的物候不断更新。梅花等各种树挡住了人们行走的路,千万条杨柳细枝已悄悄地回到了各个渡口等重要的地方。鸟因为风吹动树叶而受惊飞走,鱼由于畏怯岸边的人而沉入水底。这首诗是李隆基（唐玄宗）做太子时写的。全诗八句,这里选的是前六句。诗句描写了春天里的一些物候现象。

樱 桃
[唐]张祜

石榴未拆梅犹小,爱此山花四五株。
斜日庭前风袅袅,碧油千片漏红珠。

[赏析]这个时节石榴和梅子都很小未成熟,这四五株山樱桃树花使我深爱。斜阳照着庭院前面的樱桃,树梢随风摇曳,千万片绿油油的树叶中垂着的樱桃鲜红艳艳犹如珍珠。诗句指出樱桃先于石榴、梅子成熟的物候时序和景象。

感 秋
[唐]姚伦

试向疏林望,方知节候殊。
乱声千叶下,寒影一巢孤。
不蔽秋天雁,惊飞夜月乌。
霜风与春日,几度遣荣枯。

[赏析]只要看一下那疏阔的树林,就知道季节物候大不一样了。树叶在簌簌的声响中落下,鸟巢在寒冷的光影中孤零零。它已不能遮蔽秋天的大雁,乌鸦也会在夜月中惊飞。严霜、寒风与融融春日,使得树林多少次从荣到枯又从枯到荣。诗句表现秋季时物候变化的萧索景象,作者感慨自然界年年不断地轮转荣枯。

元日述怀

[唐]卢照邻

筮仕无中秩,归耕有外臣。
人歌小岁酒,花舞大唐春。
草色迷三径,风光动四邻。
愿得长如此,年年物候新。

[注释]元日:(农历)正月初一。筮:用蓍草占卦。筮仕:古人初次做官或出外做官时,先占卜问吉凶。这里泛指做官。中秩:中等官位。无中秩:即只是低级官员。小岁:指"腊八"的第二天(十二月九日)。三径:指通往居家的小路。

[赏析]我初次做官时职级低微,宁愿回家种地做隐居在外的小臣。今天家人团聚庆贺高歌欢饮,厅堂里摆着鲜花欢乐起舞,庆祝大唐又一个春天来临。青草嫩绿铺满家边的小路,美好风光使四邻与我一样感到高兴。但愿人生永远能像今天一样乐呵,年年岁岁四时物候都按时生长常新。诗句描写作者做官初期回家过年及看到"物候新"的景象时的愉悦心情。

除架

[唐]杜甫

束薪已零落,瓠叶转萧疏。
幸结白花了,宁辞青蔓除。
秋虫声不去,暮雀意何如。
寒事今牢落,人生亦有初。

[注释]除架:拆除种瓜果用的木架。薪:指木棍。

[赏析]用木棍捆扎起来的架子已经拆除,瓠瓜叶子都已萎谢。瓜儿开过花、结下果,完成了一生的使命,萎谢的枝蔓也可剪除了。木架下的蟋蟀叫声仍不绝,傍晚时麻雀还会飞来,只是已无瓜架可以停落。天气寒冷今年的农事结束了;人生都有开始,但都能很好地结束吗?诗句表现作者拆除自家瓜架的事,又从一年农事的结束感慨人生道路不知将会如何。

送陈章甫

[唐]李颀

四月南风大麦黄,枣花未落桐叶长。
青山朝别暮还见,嘶马出门思旧乡。

[赏析](农历)四月里的南风吹得大麦一片金黄,枣树的花儿还未凋落梧桐树叶已抽得很长。清晨离别青山傍晚回来还能见到它,马嘶叫声中我出家门远行总是思念家乡。全诗十八句,作者对友人陈章甫的志节操守有较详细的描述。这里选的是开头四句,作者描写送别友人还乡时的四月里原野的一些物候景象。

赠从弟三首·其二

[三国]刘桢

亭亭山上松,瑟瑟谷中风。
风声一何盛,松枝一何劲。
冰霜正惨凄,终岁常端正。
岂不罹凝寒,松柏有本性。

[注释]从弟:堂弟。亭亭:高耸状。罹:遭遇,遭受(灾祸,疾病)。

[赏析]山上挺拔高耸的松树,禁得住山谷间瑟瑟呼啸的狂风。风势是多么的猛烈,而松枝是如此的刚劲。任由满处的冰霜惨切凄冷,松树的枝干终年端端正正。难道松树不会遭受凝重寒冷的侵袭?只是因为松柏具有不畏严寒的本性。诗句描写松柏,并由此喻人应有独立高洁、不怕困难、不随流俗的品格和操守,作者以之勉励"从弟"。

春日田园杂兴十二绝·其二

[宋]范成大

土膏欲动雨频催,万草千花一饷开。
舍后荒畦犹绿秀,邻家鞭笋过墙来。

[注释]饷:即"晌",片刻的意思。舍:指房屋。鞭笋:竹根。

[赏析]春天来了,土地融化滋润,春雨频落催生万物,万样草千种花一下都出芽开放了。房屋后面的那片荒地也长满了野花野草葱绿秀美,邻居家的竹根从院墙下穿过来还长出了嫩嫩的春笋。诗句表现了春回大地一派生机勃勃的物候景象。

原生态的瑰丽——古诗词里的美丽中国

浣溪沙·一曲新词酒一杯
［宋］晏殊

无可奈何花落去，似曾相识燕归来。
小园香径独徘徊。

［赏析］满树盛开的花朵已经飘落而去，真是无可奈何，燕子却翩翩归来好像是旧时曾经相识。痴情的人惆怅伤感，独自在花园小径上寂寞地徘徊。这里选的是全词的下片。词句伤春惜时，感怀旧情。词句在表达"无奈"的同时，也指出了时序更替、去去来来的物候变化是自然界和人生的常规，因此不必为不可避免的失去而伤感，也不必为新的得到而过于欣喜，尽力把握现时、珍惜已有。

游前山
［宋］陆游

兀兀无欢意，闲游未拟回。
屐声惊雉起，风信报梅开。

［注释］兀兀：犹"兀自"，仍旧，还是。屐：木头鞋，泛指鞋。雉：鸟名，通称野鸡，有的地方叫山鸡。风信：不同的季节有不同的风，可因风而知道某一季节的到来，风也有信用，故称"风信"。

［赏析］我没有什么欢欣的意兴，只是在山间闲逛还没有打算回去。鞋靴踏出的声响使受惊的野鸡突然飞起，应时而来的风报告梅花开了。全诗八句，这里选的是前四句。诗句描写作者游山时所见的物候景象。

短　歌
[唐]王贞白

物候来相续,新蝉送晚莺。
百年休倚赖,一梦甚分明。

[赏析]与季节、气候相关的生物的周期的来到和变化是互相关联和连续的,新生的蝉儿一出来,夜莺就离去了不再歌唱。不必去多想,人生百年时间还长着呢,一场梦醒来,物候的变化已把世事人生说得分明。全诗八句,这里选的是前四句。诗句指出物候变化是世间常规,作者劝喻世人与其追逐名利,"不如早立德,万古有其名"为更好。

小重山·谢了荼蘼春事休
[宋]吴淑姬

谢了荼蘼春事休。
无多花片子,缀枝头。
庭槐影碎被风揉。
莺虽老,声尚带娇羞。

[注释]缀:连接,装饰。

[赏析]荼蘼花谢春天就结束了。没有几朵残花还连接在枝头。风把春天吹走,把庭院里槐树的影子揉碎。莺儿也老了,只有它的叫声还带点儿娇羞。这里选的是全词的上片。词句表现春末夏初时作者在庭院所见的物候景象。

朝中措·腊日·三

[宋]张纲

休惊初腊冻全消,旬日是春朝。
梅吐芳心半笑,柳含青眼相撩。

[注释]腊:指腊月(农历十二月)。

[赏析]进入腊月不久寒冻似乎都消失了,对这种天气景况人们不必惊慌,再过十几天便到了明年春朝。梅花半开吐露芳心含笑盈盈,柳枝着绿细叶恰似媚眼会撩动人们的春心。这里选的是全词的上片。词句表现冬季将过、春天将临及物候变化的景象。

雪 竹

[明]朱元璋

雪压枝头低,虽低不着泥。
一朝红日出,依旧与天齐。

[赏析]雪落在竹叶上压得竹枝低垂,但竹枝绝不会着地啃泥。待到天晴红日出来,它抖落了雪花仍会傲然挺立直指云天与天相齐。诗句表现了竹子的物性,又暗喻作者虽然受屈但绝"不着泥",一旦伸展将"与天齐"的内心思绪和宏大抱负。

破阵子·春景
〔宋〕晏殊

燕子来时新社,梨花落后清明。
池上碧苔三四点,叶底黄鹂一两声。日长飞絮轻。

[注释]社:指农人祭祀土地神的活动。

[赏析]燕子飞来正赶上春天社祭时候,清明时节恰好梨花落谢纷纷。几片青苔点缀在池塘水面,黄鹂的歌声萦回在树枝中间。天日长了柳絮在轻轻飘飞。这里选的是全词的上片。词句描绘了春日时物候的美好景象。

鸟 啼
〔宋〕陆游

野人无历日,鸟啼知四时:
二月闻子规,春耕不可迟;
三月闻黄鹂,幼妇悯蚕饥;
四月鸣布谷,家家蚕上簇;
五月闻鸦舅,苗稚忧草茂。

[注释]诗句中的月份都是农历时间。子规:即杜鹃鸟。鸦舅:指乌鸦。

[赏析]乡野农人不是按照历法过生活,他们仅凭禽鸟的啼鸣就知道四时的变化:二月时听到杜鹃鸟叫了,就抓紧春耕不会延迟;三月时听到黄鹂歌唱,农妇和小孩就会去喂饥饿的蚕宝宝;四月时布谷鸟啼唤,家家户户就让蚕上簇结茧;五月里听到乌鸦一叫,田里秧苗还小要抓紧去锄草。全诗十八句,这里选的是前十句。诗句具体地描述了春夏季节的物候及其与南方农业生产活动的对应关系。

原生态的瑰丽——古诗词里的美丽中国

杨柳枝词·永丰坊园中垂柳
[唐]白居易

一树春风千万枝,嫩于金色软于丝。
永丰西角荒园里,尽日无人属阿谁?

[注释]永丰坊:唐代洛阳城里的一个街巷。

[赏析]春风和煦吹出柳树千万枝条,柳枝的细叶新芽一片鹅黄比丝缕还要柔软。永丰坊西角的荒园里,整天没有人来,这里的美妙柳枝该属于谁来欣赏?诗句描写春风吹拂使绿柳生长,金黄柔嫩、婀娜多姿。这里选的是早春最常见、最典型的物候景象。

晚桃花
[唐]白居易

一树红桃亚拂池,竹遮松荫晚开时。
非因斜日无由见,不是闲人岂得知。

[注释]亚:通"压"。

[赏析]有一株桃树盛开着红桃花,花枝斜垂在池塘水面上,因为旁边有竹林松树遮住了阳光,所以它开放得晚了。若不是夕阳斜照透进了林中,真不能发现这里还有一树桃花,要不是我这个闲人喜欢寻幽探胜,谁会知道它的存在。全诗八句,这里选的是前四句。作者惋惜桃花生长在偏僻地方不为人知。诗句指出因受植物群落的影响,桃花晚开的一种物候现象。

杂曲歌辞·杨柳枝
[唐]白居易

依依袅袅复青青,勾引春风无限情。
白雪花繁空扑地,绿丝条弱不胜莺。

[**注释**]袅袅:形容细长柔软的东西随风摆动。

[**赏析**]柳枝相依相偎随风摇曳一片青青,引来春风不断吹拂似有无限柔情。柳絮雪花般飘舞扑落地面成团翻滚,枝条嫩绿柔弱还站不住一只黄莺。全诗三十二句,这里选的是其中四句。诗句描写早春时柳枝长叶初期的柔美景象。

咸通十四年府试木向荣(题中用韵)
[唐]郑谷

园林青气动,众木散寒声。
败叶墙阴在,滋条雪后荣。
欣欣春令早,蔼蔼日华轻。
庾岭梅先觉,隋堤柳暗惊。
山川应物候,皋壤起农情。
只待花开日,连栖出谷莺。

[**注释**]庾岭:山名,即大庾岭,为华南五岭之一。在今江西大余县和广东南雄市交界处。皋:(水边的)高地。

[**赏析**]园林里的青绿春气发动起来,有各种树木散去寒气的声音。那些凋落的树叶瑟缩在阴暗的墙角,树木的新枝条在冬雪融化后开始茂盛。欣

欣向荣的春天来得早，和煦的光华轻柔地照耀。大庾岭的梅花在春气中最先觉醒，隋朝开凿的大运河堤上的绿柳潜滋暗长。山岭河川的状态与物候的变化互相感应，高地和平野的农事随之进行。等到百花开放的时日，那在山谷里栖息的莺儿都会出来啼鸣。诗句表现春天来临时天气、大地、山川与物候互相呼应的种种景象。

闻蝉十二韵

[唐]许棠

造化生微物，常能应候鸣。
初离何处树，又发去年声。

[注释]造化：自然界的化育、创造。

[赏析]蝉是自然界化育出的一种小（昆虫）物种，它总是在一定的季候鸣叫。它出生不久就会爬到树上，又会发出与往年同样的叫声。全诗二十四句，描写了蝉的一生的种种状况。这里选的是前四句，指出蝉总是年年到时出生、爬到树上、发出同样鸣声的一种物候现象。

20. 花事一般

观落花

[宋]翁卷

才看艳蕾破春晴,又见飞花点点轻。
纵是闲花自开落,东风毕竟亦无情。

[赏析]刚看到鲜艳的花蕾在早春晴天从树枝上绽出,时间不长却又看到花瓣纷谢随风轻飞。纵然它只是人们不看重的闲花在那里自开自落,毕竟也显示东风劲吹、季节更替对花儿的无情啊!诗句指出任何花朵都要开放又都会落谢,是无法超脱的自然现象和常规。

[中吕]阳春曲·春景

[元]胡祗遹

残花酝酿蜂儿蜜,细雨调和燕子泥。
绿窗春睡觉来迟。谁唤起?窗外晓莺啼。
一帘红雨桃花谢,十里清阴柳影斜。
洛阳花酒一时别。春去也,闲煞旧蜂蝶。

[**赏析**]蜜蜂把百花采得凋残而酿出了甘甜的蜜,燕子用春雨调和衔来的草与泥筑起了巢。在绿荫窗下睡得深沉醒来已很晚了。是谁把我叫醒?是早晨在窗外啼鸣的黄莺。桃花凋谢就像是一帘红雨落下,十里长街柳树阴影歪歪斜斜。来洛阳旅游赏花饮酒的人纷纷告别。春天归去了,前些时候忙着采花的蜂儿蝶儿闲得要死。这里选的是全曲三段中的第二、三段。曲词既描写了蜂儿采蜜、燕子筑巢、黄莺啼鸣等典型的春天来到的景象,又描写了花儿凋残、柳树成荫、游人回返、蜂蝶"闲煞"的春天过去的情景。

曲江对雨

[唐]杜甫

城上春云覆苑墙,江亭晚色静年芳。
林花着雨胭脂湿,水荇牵风翠带长。

[**注释**]曲江:唐代皇家园林所在地,有诸多名胜景点,位于长安城东南部。水荇:多年生水草。

[**赏析**]春天的彩云覆盖在宫苑的墙上,曲江的亭榭矗立在美好寂静的暮色中。树上的花朵因为雨水的泽被显得胭脂般湿润艳红,水面上的荇草像长长的翠带被风吹动摇曳。全诗八句,这里选的是前四句。诗句描写曲江及林苑花卉在雨中的清丽景色。

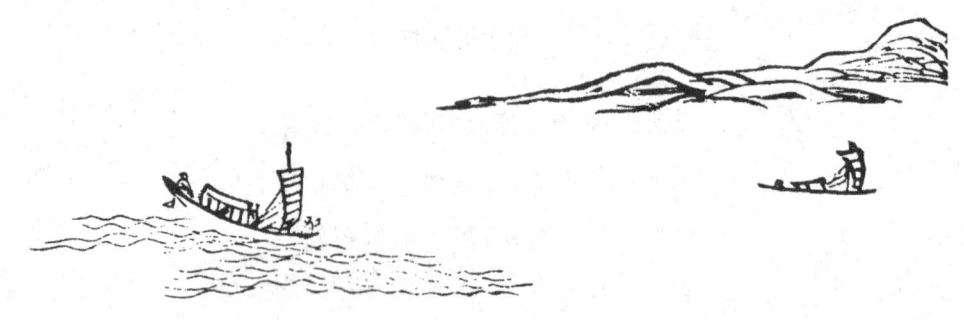

夜下征虏亭

[唐]李白

船下广陵去,月明征虏亭。
山花如绣颊,江火似流萤。

[注释]征虏亭:东晋时征虏将军谢石所建。故址在今南京市南郊。广陵:郡名,今江苏省扬州市地域。绣颊:唐代女子以胭脂点颊,色如锦绣,这种妆容称为绣颊。江:指长江。

[赏析]船顺流而下朝广陵驶去,明月照亮了征虏亭。在船上远望山花犹如女子的绣颊那般娇艳,江面上船家的渔火星星点点好像是成群的萤火虫在流飞。诗句描写作者从金陵(今南京)坐船去广陵时在长江中所见的夜景。

落 花

[唐]严恽

春光冉冉归何处,更向花前把一杯。
尽日问花花不语,为谁零落为谁开?

[赏析]春光柔媚美好不知道终将去哪里,且在春花面前喝上一杯吧。总是盼望花开,花开了、又落了,却从不说话。人们不禁要问:花呀,你到底是为谁开放又是为谁零落了?作者科考进士不第。诗句里暗喻花开为考中得意,花落为落第失意。作者因科场失意而产生了对参加科举考试的意义和价值的苦涩思考与诘问。

卜算子·春事到清明

[宋] 郭应祥

春事到清明,过了三之二。
秾李夭桃委路尘,太半成泥滓。
只有海棠花,恰似杨妃醉。
折向铜壶把烛看,且莫教渠睡。

[注释] 秾：花木茂盛。铜壶：指用于计时的铜质漏壶。渠：他，它（这里指海棠花）。

[赏析] 春天的花事到清明时节已过去了三分之二。浓丽妖冶的桃李花已萎谢落在路上，大半成了泥土渣滓。只有海棠花盛开着，像是醉了的杨贵妃那么迷人。赶紧拿起烛台去看看铜漏的时辰，可别让海棠花睡着了呀。

南行别弟

[唐] 韦承庆

澹澹长江水，悠悠远客情。
落花相与恨，到地一无声。

[注释] 澹：同"淡"。远客：作者自谓。

[赏析] 长江水淡然地流着一直向东，远行客内心离情悠远绵长。落花也许有同样的怨恨，无可奈何落到地上悄然无声。诗句以落花的"无声有恨"来表现作者被贬谪至南方（广东高要）与亲人告别时，内心充满离情别怨又相对无语的情景。

阙 题

[唐]刘眘虚

道由白云尽,春与青溪长。
时有落花至,远随流水香。

[**赏析**]山路似被白云隔断在现实环境之外,春光伴随着清清的溪水源远流长。时常有花儿凋落到溪流中,花香随着流水飘送到远方。全诗八句,这里选的是前四句。诗句描写友人在山中的隐居处所清逸幽雅、宁静芳香的景象。

落 花

[唐]李商隐

高阁客竟去,小园花乱飞。
参差连曲陌,迢递送斜晖。
肠断未忍扫,眼穿仍欲归。
芳心向春尽,所得是沾衣。

[**注释**]参差:形容杂沓。迢递:形容遥远。

[**赏析**]高阁上的游人竟然都已离去,小园里的春花随风凋落乱飞。落花杂沓接连着曲折的小路,远望落花旋舞映着斜阳的余晖。我太痛惜落花不忍把它扫去,望眼欲穿盼来的春天还是要回归。盛开的鲜花终将随着春天的归去而落尽,面对这样的结局我泪下不止沾湿了衣襟。全诗表现作者惜春伤花、思绪绵绵的伤感心情。

寒食汜上作

[唐]王维

广武城边逢暮春,汶阳归客泪沾巾。

落花寂寂啼山鸟,杨柳青青渡水人。

[注释]汜:汜水,流经广武城。广武:古城名,故址在今河南荥阳东北广武山上。汶:汶水,今山东境内之大汶河。汶阳:指汶水之北。济州在汶水之北,作者任职期满,自济州向西回归洛阳、长安,故自称"汶阳归客"。

[赏析]三月暮春时到达广武城边,使我这个从汶水之北归来的过客泪湿衣襟。山里的野花悄然无声地落谢了,只有那些鸟儿在空自啼鸣;汜水岸边杨柳青青,有人正在渡口等待过河。诗句描写作者在汜水上途经广武时的心情和所见的山间清幽、人在河边的景象。

己亥杂诗·其五

[清]龚自珍

浩荡离愁白日斜,吟鞭东指即天涯。

落红不是无情物,化作春泥更护花。

[赏析]离别京都我的愁思如落日斜照下的浩荡水波,吟诵之中马鞭向东一指就感到自己已在天涯。花儿虽从枝头掉落却并不是无情无用之物,它融入泥土将成为护佑树木次年生长开花所需要的养料。诗句作者以落花自喻,表明自己虽处境艰困,但忠贞报国之心是不变的。

村居书喜

[宋]陆游

红桥梅市晓山横,白塔樊江春水生。
花气袭人知骤暖,鹊声穿树喜新晴。

[赏析]村里桥边红梅盛开,远处山峦横亘青青,白塔下的樊江春水潺潺很快上升。花的香味扑面而来便知天气迅速变暖了,喜鹊的叫声穿过树林传来表明天气已经转晴。全诗八句,这里选的是前四句。诗句描写梅开、山青、春水、花香、鹊叫等春天来临的美好喜人的景象。

丰乐亭游春三首·其三

[宋]欧阳修

红树青山日欲斜,长郊草色绿无涯。
游人不管春将老,来往亭前踏落花。

[注释]丰乐亭:在安徽省滁州市西丰山北麓,为作者任滁州知州时所建。

[赏析]西斜的太阳映照着青山上的满树红花,广阔郊野绿油油的蔓草铺陈得一望无涯。喜欢游春的人不管春天将过去、遍地是落花,仍络绎不绝地来到丰乐亭一带踏青游览。诗句表现作者对自己任上所建亭台为众多游人喜爱的满意心情。

原生态的瑰丽——古诗词里的美丽中国

看 叶
[宋]罗与之

红紫飘零草不芳,始宜携杖向池塘。
看花应不如看叶,绿影扶疏意味长。

[**注释**]扶疏:枝叶茂盛、高低疏密有致的样子。

[**赏析**]花朵凋零、芳草枯萎、缤纷已尽,我且拄着拐杖去俯视池塘。与其看绚丽短暂的花朵,倒不如来欣赏绿叶,它纷披繁茂,高低疏密有致,生机盎然,意味深长。诗句描写树木先开花后长叶的顺序递进的实际景象,同时包含着一种不必慕繁华、淡泊更深长的人生思考。

落梅其一
[宋]胡仲弓

花本无情却有情,谁将开落拟浮生。
盈虚自是天机事,错认楼前羌笛声。

[**赏析**]花本身无情感可言人们又说它有情感,不知是谁将花的开落比拟为短暂人生的浮沉。事物的盈满和亏虚自是由上苍的天机决定,一些人却错误地认为是羌笛吹奏《梅花落》等曲调导致的情形。诗句指出花开花落只是一种自然现象,将它与人生的浮沉等情况相比拟是没有根据和意义的。

蝶恋花·春景
[宋]苏轼

花褪残红青杏小。
燕子飞时,绿水人家绕。
枝上柳绵吹又少,天涯何处无芳草。

[赏析]红艳的春花已经凋残,刚长出的杏儿还很青涩很小。燕子很活跃地来回翻飞,春水涨起绕着村居人家流淌。柳枝上的柳絮被风吹得越来越少,但天涯何处不生长着茂盛的芳草?这里选的是全词的上片。词句描写水乡农村的春末景色。作者在伤春情绪中,表现了对现实人生的乐观热切的期望。

红楼梦·第二十七回《葬花吟》
[清]曹雪芹

花谢花飞花满天,红消香断有谁怜?
游丝软系飘春榭,落絮轻沾扑绣帘。

[赏析]花儿枯萎凋谢了,风吹着落花满天乱飞;花儿红艳褪尽、芳香消失,谁会对它同情哀怜?还有几朵残花软耷耷地飘荡在庭榭树间,随风飞扬的柳絮却轻快地粘住了绣花的门帘。诗句表现美艳花朵落谢时凄清、无助的状态。这里选的是《红楼梦》里长诗《葬花吟》的开头四句。在《红楼梦》中作者安排整首诗为林黛玉所作,以此表现林黛玉感叹哀怜自己的身世命运。

原生态的瑰丽——古诗词里的美丽中国

南园十三首·其一
[唐]李贺

花枝草蔓眼中开,小白长红越女腮。
可怜日暮嫣香落,嫁与春风不用媒。

[**注释**]嫣香:娇艳、芳香,这里指花。

[**赏析**]枝头上草蔓中,眼前是百花盛开,大的小的有白有红,恰似越国美女的香腮。可惜时光流逝,当黄昏风起时,娇艳芳香的花儿就会凋落,它随着春风乱飞,好像是身不由己地嫁给了春风,连媒人都不需要。诗句描绘南园景色,慨叹春暮花落,随风逝去。作者以花开花落比喻女子青春的娇艳芳香和容易憔悴。

柳州二月榕叶落尽偶题
[唐]柳宗元

宦情羁思共凄凄,春半如秋意转迷。
山城过雨百花尽,榕叶满庭莺乱啼。

[**注释**]榕:指大叶榕树,叶子有手掌大,产于广东、广西等地。山城:指柳州,作者在朝中罹祸被贬谪,时任柳州刺史。

[**赏析**]官场失意羁留他乡凄凉忧思一同涌上心头,本是阳春二月却如同到了寒秋心意很是凄迷。一场大雨过后这个山城百花凋零落尽,榕树叶落满庭院,黄莺叽叽喳喳地乱叫。诗句直抒作者当时的悲凉心境,描写山城雨后寥落纷乱的景象。所谓"莺乱啼",有暗喻当时的守旧派人物把持朝政之意。

马射赋
[南北朝]庾信

皇帝幸于华林之园，千乘雷动，万骑云屯。

落花与芝盖同飞，杨柳与春旗一色。

[注释]皇帝：指南朝梁武帝（萧衍）。芝盖：指车盖或伞盖。芝形如盖，故名芝盖。

[赏析]三月三日，皇帝游幸来到了华林园，成百上千辆车的行进像打雷般轰响，几近万匹的马像厚厚的云层聚集。园中五彩缤纷的落花与皇帝、嫔妃、大臣们的无数华丽的车盖伞盖一同飞扬，园里的绿杨垂柳与龙车凤辇及近臣、侍卫的马队上方飘动着的旗帜的色彩浑然一片。全赋很长，这里选的是其中的几句，描写皇帝及嫔妃、大臣等一大群人来到华林园游乐时的极度奢华繁丽的景象。

江畔独步寻花七绝句·其六
[唐]杜甫

黄四娘家花满蹊，千朵万朵压枝低。

留连戏蝶时时舞，自在娇莺恰恰啼。

[注释]蹊：小路。

[赏析]邻居黄四娘家花开茂盛把小路遮蔽，千朵万朵竞相开放压得枝条很低。彩蝶留恋芬芳不断地在花间飞舞，自由自在的黄莺娇声地鸣啼。诗句描绘作者所居地方的明媚春光，显现自然万物自身本有的生机活力，也反映了作者轻松自适的心情。

韦员外家花树歌

[唐]岑参

今年花似去年好,去年人到今年老。
始知人老不如花,可惜落花君莫扫。

[赏析]今年的花开得与去年的花一样美好,而今年的人却比去年的人要老一些了。这才知道人是渐渐衰老不如花之年年美好,人们都要爱惜花呀,就不要把落花扫掉了吧!全诗八句,这里选的是前四句。诗句借花之年年艳丽感叹人的年华易逝,劝人珍惜有限光阴,爱惜美好景物。

浪淘沙·把酒祝东风

[宋]欧阳修

聚散苦匆匆,此恨无穷。
今年花胜去年红,可惜明年花更好,知与谁同?

[赏析]朋友的欢聚和散去总是那么匆忙,人们的这种怨恨无尽无穷。今年的花开得比去年的更加红艳,明年的花或许会比今年的花开得更好,可惜的是不知道那时候谁会来与我一起欣赏。全词是作者与友人重游洛阳故地时所作。这里选的是全词的下片。词句指出自然景色能周而复始,而人们的聚散却无常难期,表露了作者孤寂苍凉的心境。

第五章　花开景象

春夜宴从弟桃李园序
[唐]李白

开琼筵以坐花，飞羽觞而醉月。
不有佳咏，何伸雅怀？

[注释]从弟：堂弟。琼筵：华美的筵席。坐花：坐在花丛中。羽觞：古代的一种酒器，鸟雀状。

[赏析]摆开华美的筵席来这里坐赏名花，快速地递送着酒杯醉倒在月光下。在这样美好的情境下，没有好的诗词吟咏，怎能抒发高雅的情怀？作者与堂弟春夜在桃李园里宴饮赋诗，并为之作序文，这里选的是其中的几句。

感遇十二首·其一
[唐]张九龄

兰叶春葳蕤，桂华秋皎洁。
欣欣此生意，自尔为佳节。
谁知林栖者，闻风坐相悦。
草木有本心，何求美人折。

[注释]葳蕤：草木枝叶茂盛的样子。皎洁：这里形容桂花晶莹、明亮。林栖者：指隐士（栖身于山林间的人）。本心：草木的根与茎干，指固有天性。

[赏析]春天里幽兰翠叶茂盛，秋天里桂花晶莹清新。世间花朵草木的勃勃生机，都是各自顺应了美好的季节。隐逸在山林间的高士，闻到芬芳会满怀喜悦。花草的生长和芳香都源于其本性，并不需要观赏者的青睐和攀

折。诗句表现花草的生机和芳香都源于其本性。作者托物言志,表明自己守正不阿、志洁行方,乃是自己的品性和节操,既不怕遭到排挤,也不需要别人赞誉。

落　花
[宋]朱淑真

连理枝头花正开,妒花风雨便相催。
愿教青帝常为主,莫遣纷纷点翠苔。

[**注释**]连理枝:枝干合生在一处的两棵树。多用以比喻恩爱夫妻。青帝:神话传说中的司春之神。

[**赏析**]连理枝的两棵树上的艳丽鲜花正在盛开,嫉妒鲜花美丽的风雨就不断袭来促使花朵凋谢。司春的青帝啊,请你常为花儿做主,莫让花儿失去芬芳凋落在翠绿的苔藓间。诗句描写花儿脆弱、春景不常,喻指世上美好的人和事常被嫉妒、常遭摧残。诗句抑或是作者敏感的自怜。

安乐窝中吟
[宋]邵雍

美酒饮教微醉后,好花看到半开时。
这般意思难名状,只恐人间都未知。

[**注释**]安乐窝:作者邵雍是北宋哲学家,自号安乐先生,名其居为"安

乐窝"。泛指安静舒适的居所。

[赏析]喝美酒喝到微醉为止最适当,美丽花朵在它半开时最好看。这个意思难以名状说不清楚,只恐怕人们都不知道其中的妙处。全诗八句,这里选的是后四句。诗句有点儿哲学意味,似是说做什么事情都要有"度",在意犹未尽时最美妙,似乎也是指凡事需有"适可而止"的节点。

渡江云·揭浩斋送春和韵
[元]吴澄

名园花正好,娇红姹白,百态竞春妆。
笑痕添酒晕。丰脸凝脂,谁与试铅霜。
诗朋酒伴,趁此日、流转风光。
昼夜游、不妨秉烛,未觉是疏狂。

[注释]铅霜:涂抹脸面的脂粉。

[赏析]在这著名的园林里,花儿开得多么美好,红的白的娇艳繁茂,千姿百态竞相展现最美的春妆。红花艳丽,好像女子喝了酒笑脸上添了红晕;白花又似丰腴的颜面抹了香脂更显嫩滑柔润,不知是谁替美人的脸面敷上了脂粉。一群诗朋酒友,趁此时候在这里闲逛流连春光;甚至在夜里也要拿着蜡烛转悠,也不觉得是轻浮不羁太狂放。这里选的是全词的上片。词句反向地以美女形容花朵,描绘群花竞艳的美景,表现作者及其"诗朋酒伴"们对春光的陶醉和眷恋。

代悲白头翁

[唐]刘希夷

年年岁岁花相似,岁岁年年人不同。

[赏析]一年年一岁岁花朵的鲜艳美丽几乎是一样的,但每岁每年看花人的容貌和境况却是不同和变化的。诗句以花朵的年年相似对比看花人的逐年不同,反映了时序演进的必然和人们的不断变化之情形以及逐步走向衰老之无奈。

卜算子·片片蝶衣轻

[宋]刘克庄

片片蝶衣轻,点点猩红小。
道是天公不惜花,百种千般巧。
朝见树头繁,暮见枝头少。
道是天公果惜花,雨洗风吹了。

[赏析]片片花瓣像蝴蝶翅膀那般薄那般轻,点点花萼像猩猩鲜血那样殷红。如果说上天是不爱惜花朵的,又把它们造化得百种千样如此巧妙。早上还见到树枝上繁花似锦,到傍晚树枝上花儿已剩下不多。如果说上天是爱惜花朵的,又任凭风吹雨打把它们摧残掉。词句表现花儿开放时艳丽繁盛,以及它们被风吹雨打后衰败凋落的自然景象;又表现出对"天公"既造就了花朵又摧残了花朵的不满,实则含蓄地表达作者内心的怀才不遇、屡遭压抑的凄楚情怀。

谢判官幽谷种花
[宋]欧阳修

浅深红白宜相间,先后仍须次第栽。
我欲四时携酒去,莫教一日不花开。

[赏析]在幽谷里种花,红的白的、种得深的种得浅的应适当间隔错落,而且要按开花时间先后分步栽种。一年四季我随时准备带着酒到这个幽谷里来赏花,可不能让花儿有一天不开放啊!诗句表现作者向往徜徉田野、寄情幽谷、赏花饮酒、自在悠闲的生活,表现作者希求高雅隐逸的情怀。

浣溪沙·青杏园林煮酒香
[宋]晏殊

青杏园林煮酒香,佳人初著薄罗裳。
柳丝摇曳燕飞忙。
乍雨乍晴花自落,闲愁闲闷昼偏长。
为谁消瘦损容光。

[注释]著:即"着"。

[赏析]园林里挂满青杏煮着美酒,美人刚换上薄罗的新衣裳。柳丝轻软地随风摇曳,燕子忙碌地飞来飞去。一会儿下雨一会儿放晴,这样的天气使花瓣都凋落了;闲待在家里又愁又闷,白天显得格外漫长。美人的心不知道为谁而无法安宁,身体日见消瘦,脸色暗淡无光。词句描写晚春的天气、花落、燕飞等景象和美人的愁闷心绪,也暗喻作者自己的伤感心态。

原生态的瑰丽——古诗词里的美丽中国

临江仙·桃李飞花春渐老
［宋］姜特立

桃李飞花春渐老,海棠次第芬芳。
庭前红药已成行。
酴醾开未到,犹更有花王。

[注释]酴醾:同"荼蘼"。红药:指芍药花。花王:指牡丹花。

[赏析]桃花李花飞落,春天渐渐过去,海棠花跟着开放充满芬芳。庭院前的芍药花排成一行行。虽然最后来到的荼蘼花还没有开放,但牡丹花已经登场占为花王。这里选的是全词的上片。词句描写春季主要花卉品种陆续开放的盛大景象。

游开元精舍
［唐］韦应物

夏衣始轻体,游步爱僧居。
果园新雨后,香台照日初。
绿阴生昼静,孤花表春馀。
符竹方为累,形迹一来疏。

[注释]开元精舍:指某寺院的僧人住所。

[赏析]换上夏天衣服身体颇感轻松,走到僧人居住的开元精舍。这里的果园、香台在雨后的阳光照耀下格外清新。浓绿的树荫使这里在白天也非常宁静,孤零零的几朵残花表明春天已经过去。周边茂密的竹林把精舍围住了,使我对这个过去常来的地方反而感到有些陌生。诗句描写夏初的一个僧

人住所里花朵凋残、树荫茂密、宁静寂寥的景象。

东　溪

[宋]梅尧臣

行到东溪看水时,坐临孤屿发船迟。
野凫眠岸有闲意,老树着花无丑枝。

[注释]东溪:即宛溪,在作者家乡安徽宣城。屿:小岛。凫:野鸭。

[赏析]我来到东溪观赏溪流景色,船靠在溪中的小岛边迟迟舍不得离开。野鸭在岸边歇着好像很悠闲自在,老树仍绽放着朵朵鲜花让人觉得它的枝杈并不老丑。全诗八句,这里选的是前四句。诗句描写作者游览东溪的情况,也反映出作者的闲逸并以仍能开花的"老树"自喻的心情。

村居杂兴·其二

[明]黄翼圣

休夸红紫斗芳菲,开到荼蘼春已非。
耻逐游蜂与舞蝶,别寻一径绿阴归。

[赏析]不必再夸耀各色花儿的芳香和艳丽,荼蘼花一开春天和花季就结束了。再不要追逐那些蜜蜂蝴蝶来嬉闹,单独寻找一条绿荫小径归去。诗句指出荼蘼花开就是春天花季的结束,到此时只有绿荫遍地的景象了。

花下醉

[唐]李商隐

寻芳不觉醉流霞,倚树沉眠日已斜。
客散酒醒深夜后,更持红烛赏残花。

[**注释**]流霞:神话传说中的一种仙酒。

[**赏析**]寻找和欣赏艳丽芳菲,喝着浓香的流霞酒,我完全迷醉了,倚在花树旁沉沉睡去,浑然不觉太阳已经西斜。到了酒醒客散时已然夜深,我还要举着红烛独自欣赏残花。诗句描写作者赏花喝酒、身心俱醉,客散夜深时尚且独自秉烛赏花的超然洒脱的境界。

梦中作

[宋]欧阳修

夜凉吹笛千山月,路暗迷人百种花。
棋罢不知人换世,酒阑无奈客思家。

[**注释**]千山:极言山多。阑:将尽。

[**赏析**]夜凉如水,月光照着远近无数山头,凄清的笛声飘散到远方;走在昏暗的路上,百种花儿开在路边,色彩鲜艳迷人。看别人下完一盘棋才发现世上已换了人间;酒快喝光了,仍无法排遣思乡的心绪。作者写此诗时,被贬谪在颍州(今安徽阜阳市)做官。诗句描写扑朔迷离的梦境,隐含作者内心的无奈和感慨。

戏答元珍

[宋]欧阳修

夜闻归雁生乡思,病入新年感物华。
曾是洛阳花下客,野芳虽晚不须嗟。

[**注释**]花下客:当时的洛阳花木繁盛,作者曾在那里做过官,故自称为花下客。

[**赏析**]夜间听闻大雁飞归北方的声音也使我产生了乡思,我在病中进入新一年的春天也为美好的景物所感染。我曾经在洛阳繁盛的花丛中领略过美妙的春光,这山城的野花虽然开得晚些也不必为此嗟叹惊讶。作者被贬官至山城(峡州的夷陵,今属湖北宜昌市)。全诗八句,这里选的是后四句。诗句表现作者在被贬谪之地的寂寞和思乡的情怀,但也透出其某种达观的人生态度。

蝶恋花·庭院深深深几许

[宋]欧阳修

雨横风狂三月暮,门掩黄昏,无计留春住。
泪眼问花花不语,乱红飞过秋千去。

[**注释**]乱红:指落花。

[**赏析**]暮春三月风狂雨骤,关上重重门户掩住黄昏景色,也没法把春光留住。含着眼泪去问花为什么(春天要走),花始终一言不发,只是纷乱地飞掠过秋千架向远处飘去。这里选的是全词的下片。词句通过落花纷飞描写春天过去无法留住,结合上片也表现出暮春时节女主人公对游冶不归的丈夫既怨恨又无奈的惆怅伤感的心情。

原生态的瑰丽——古诗词里的美丽中国

雨　晴

[唐]王驾

雨前初见花间蕊，雨后全无叶底花。
蛱蝶飞来过墙去，却疑春色在邻家。

[赏析]下雨之前刚看见花开展现花蕊，一阵风雨过后花儿竟都落下。蝴蝶没有花粉可采，都飞过院墙到别人家去了，让人产生了春光美景只在邻家的疑惑。诗句表现雨后花落蝶飞走的景象，反映了人们切盼春光驻留的心情。

壬戌清明作

[清]屈大均

朝作轻寒暮作阴，愁中不觉已春深。
落花有泪因风雨，啼鸟无情自古今。

[注释]壬戌：按中国古时天干地支纪年法，以作者生活时世计算，应是指清康熙二十一年（公元1682年）。

[赏析]清晨弥漫着阵阵轻寒，傍晚笼罩了片片阴云，我在愁思中竟未觉察到春意已深。花儿凋落流泪是因为受到风雨打击，鸟儿自己啼鸣自古至今都不是对人有什么情意。作者是清初抗清人士。全诗八句，这里选的是前四句。全诗在描写落花、啼鸟的自然景象中表现作者心中不满"风雨"无情的意蕴，抒发了作者在清明节气时感到反清无果的幽愤和悲怆。

莺 梭

[宋]刘克庄

掷柳迁乔太有情,交交时作弄机声。
洛阳三月花如锦,多少工夫织得成。

[赏析]黄莺飞动迅速,穿梭于园林间,时而在柳树上,时而在乔木上,似乎对林间的一切都怀有深情,黄莺的交交啼鸣就像踏动织布机时发出的声音。洛阳城三月时节百花竞相开放犹如锦绣一般,这需要黄莺花费多少工夫精力才能织成。诗句描写三月期间黄莺的忙碌辛劳和洛阳地域花开似锦的艳丽景象。

落 花

[宋]宋祁

坠素翻红各自伤,青楼烟雨忍相忘。
将飞更作回风舞,已落犹成半面妆。

[注释]坠素翻红:坠落的白花、凋谢的红花。青楼:泛指豪华精致的楼房,汉唐时指贵妇人住所。回风舞:据说汉武帝时有宫人唱《回风曲》,致使庭院中的花皆翻落。半面妆:只化了一半的妆。

[赏析]凋落的花朵满天翻飞带着各自的忧伤,怎能忘记烟雨迷蒙的青楼里赏花的故人。花儿似乎是随着美人的吟唱、舞蹈而飘谢,犹如只化了一半妆的美人内心多么空落。全诗八句,这里选的是前四句。诗句描写落花,在咏物中融入缠绵悱恻的深情,意象迷离,寄托遥深。

原生态的瑰丽——古诗词里的美丽中国

点绛唇·醉漾轻舟
[宋]秦观

醉漾轻舟,信流引到花深处。
尘缘相误,无计花间住。
烟水茫茫,千里斜阳暮。
山无数,乱红如雨,不记来时路。

[**注释**]信:听凭,放任。尘缘:本是佛教用语,指人心被世俗的生活和欲望所牵累;泛指世俗的缘分。

[**赏析**]我酒醉后驾着小船荡漾在湖中,听任流水把小船推向花草深处。我被世俗生活所缠绕拖累,没有办法脱身到这仙境花间去住。啊,烟水茫茫,暮色千里还有夕阳余晖照着我。两岸山峦重叠,晚风吹落花朵如下雨,我竟然已记不清来时的路了。此词是作者于谪徙途中所作。词句描写了作者所向往的清丽景色,又反映了作者因"尘缘相误"而产生的迷惘凄楚的心境。

春 雨
[唐]窦群

昨日偷闲看花了,今朝多雨奈人何。
人间尽似逢花雨,莫爱芳菲湿绮罗。

[**赏析**]昨天偷个空去郊野游看花儿盛开,现今多有春雨让人心烦又很无奈。人间的生活就好像花开时节又逢上雨水连绵,可不要因为喜爱美丽的花朵而弄湿了珍贵的绮罗衣裳。诗句描写了花开与春雨、赏花与湿衣同时存在的矛盾,表现了时事驳杂与人心纠结并存的世俗情理。

21. 桃李杏花

江南春·波渺渺
[宋]寇准

波渺渺,柳依依。
孤村芳草远,斜日杏花飞。
江南春尽离肠断,蘋满汀洲人未归。

[**注释**]蘋:多年生水生植物,古代常用蘋花迎送人。

[**赏析**]烟波渺渺,垂柳依依,萋萋芳草蔓延至孤寂的村落,在夕阳余晖的映照中有不少杏花飘飞。江南的春天已经过去,思念外出的人愁肠欲断;汀洲长满蘋花,已到夏初时令,心上人还未回归。词句表现春末夏初景象中女子怀人伤春的情愫。

吴门晚泊寄句曲道友
[唐]罗隐

采香径在人不留,采香径下停叶舟。
桃花李花斗红白,山鸟水鸟自献酬。

[**注释**]采香径：一条山间小路，位于今江苏张家港市香山东南麓，长约3千米。

[**赏析**]走在采香径上目不暇接不会停留，在采香径山路下江边停着我的一叶扁舟。桃花和李花似乎在比斗红与白哪种色彩更艳丽，而山鸟和水鸟各有自己的活动场域，各喂自己的幼雏互不打扰。全诗八句，这里选的是前四句。诗句描写采香径山路及其周边的美丽景象。

春思二首·其一
［唐］贾至

草色青青柳色黄,桃花历乱李花香。
东风不为吹愁去,春日偏能惹恨长。

[**注释**]历乱：指烂漫状。东风：春风。

[**赏析**]春天来临，青草蔓生，柳树抽出黄芽，桃树枝头桃花烂漫，一丛丛李花向远处飘香。但是春风吹不散我心头的烦恼忧愁，我的情愁怨恨偏偏在春天里不断滋长。诗句描写草青柳芽黄、桃李花盛开的春天景象，表现作者被贬官后的愁思怨恨。在一般意义上，诗句也可理解为春天来到会引发、促进人们的情愁爱怨。

思帝乡·春日游
［唐］韦庄

春日游,杏花吹满头。
陌上谁家年少,足风流。

[**赏析**]春日出外踏青郊游。风吹杏花掉我满头。田间路上见到的那个小伙子,多么俊俏倜傥风流,他是谁呀?这里选的是全词的前半。词句表现少女对偶遇的陌生的"风流"少年产生了爱情遐想。

如梦令·道是梨花不是
[宋]严蕊

道是梨花不是,道是杏花不是。
白白与红红,别是东风情味。
曾记,曾记,人在武陵微醉。

[**注释**]东风:春风。武陵:古代郡名,治所在今湖南常德境内。晋陶潜《桃花源记》中有所谓"武陵渔人"发现"世外桃源"之说。在宋词语境中习以"桃源"等语暗指妓女居所。

[**赏析**]说它是梨花并不是梨花,说它是杏花也不是杏花。它是桃花呀,白色的桃花与红色的桃花,别有一番春天的风情韵味。我还记得、还记得,有人当年曾陶醉在武陵的桃花源里。作者是才女,曾为"(军)营妓"。词句描写桃花的风姿情韵,也隐含作者想要超越曾陷入"桃源"的身世,自嗟自叹之意。

玉楼春·春景
[宋]宋祁

东城渐觉风光好。縠皱波纹迎客棹。
绿杨烟外晓寒轻,红杏枝头春意闹。

[**注释**]縠:有波纹的纱。棹:桨,指代船。

[赏析]来到城东感觉春光越来越好。绉纱般的水面上迎客的船儿慢慢摇荡。绿杨垂柳在清晨的轻轻寒风中被雾气笼罩,粉红的杏花开满枝头,春意跃动妖娆。这里选的是全词的上片。词句描写作者早春时游湖所感受到的绿杨红杏欢跃的美好春景。

杏林春燕
[明]唐寅

红杏梢头挂酒旗,绿杨枝上啭黄鹂。
鸟声花影留人住,不赏东风也是痴。

[注释]酒旗:酒店门口挂的幌子。

[赏析]开着红杏花的树梢上挂着酒店的幌子,停在绿色杨柳树上的黄鹂婉转地鸣啼。这鸟叫声和红杏花吸引着客人驻足,谁如果不来欣赏这春风吹拂下的美景,未免有点儿痴傻了。这里选的是题画诗,作者描述了画面上的红杏、绿树、鹂鸟、酒幌等春天景象。

江畔独步寻花七绝句·其五
[唐]杜甫

黄师塔前江水东,春光懒困倚微风。
桃花一簇开无主,可爱深红爱浅红。

[注释]江:指成都锦江。师:蜀地指称僧人。塔:墓地。

[赏析]黄姓僧人墓前江水向东流去,我在温暖春光微风中独行有点儿倦

懒。这一丛盛开的桃花没有主人无人照看任人观赏,使我真不知是喜爱深红的好呢还是喜爱浅红的好。诗句表现桃花美艳,使作者感到美不胜收而赞叹不已。

清明日南湖泛舟
[清]查慎行

积雨初霁交清明,桃花杏花飘满城。
城南水色绿于酒,鹅鸭一滩春草生。

[**注释**]霁:雨后或雪后放晴。

[**赏析**]下了很多天雨的天气终于在清明时放晴了,桃花杏花满城开放香飘四处。城南湖中水色比酒还绿,鹅呀鸭呀都在湖边草滩上逐食。诗句描写清明时节花开水绿鹅鸭满滩的春天景象。

李花赠张十一署
[唐]韩愈

江陵城西二月尾,花不见桃惟见李。
风揉雨练雪羞比,波涛翻空杳无涘。

[**注释**]张十一署:即张署。十一:指行第。江陵:今湖北江陵县。当时作者被贬谪与张署同在江陵任职。涘:水边。杳无涘:无边无涯。

[**赏析**]二月末的江陵城西郊野,已看不见红色的桃花,只能见到遍野的李花。春风揉搓春雨洗练,李花的洁白连雪花也羞于相比,无边无涯的李花盛开得像翻滚的波涛一样。全诗十九句,这里选的是开头四句。后面的诗

句进一步描写李树林繁花之盛、景象之奇,及因之形成的非凡气势。全诗寄托了作者的内心精神,作者之歌颂李花也可以说是对自己的勉励和鞭策。

鹧鸪天·建康上元作
[宋]赵鼎

客路那知岁序移,忽惊春到小桃枝。
天涯海角悲凉地,记得当年全盛时。

[注释]建康:今江苏南京。上元:指上元节,正月十五日。那:同"哪"。

[赏析]身居异乡漂泊不定的人哪里会去注意岁月时序的推移,忽然惊奇地发现桃花开了才意识到春天已来临。天涯海角无论哪里都是我们宋朝臣子的悲凉之地,我多么清楚地记得宋朝全盛时的情形。这里选的是全词的上片。作者曾是宋朝高官。词句描写作者因金兵南侵自己流寓建康,后又被贬至海南,对时光流逝和昔日宋朝繁盛的感慨悲情。

将进酒
[唐]李贺

况是青春日将暮,桃花乱落如红雨。
劝君终日酩酊醉,酒不到刘伶坟上土。

[注释]刘伶:晋代人,以嗜酒著称。

[赏析]全诗十三句,这里选的是最后四句。前面的诗句描写一场奢侈宴会时炙烤肉品、豪饮美酒、锦绣帷幕、吹奏舞蹈等等醉生梦死欢娱终日的

情形。但是他们终日欢乐宴饮,把青春时光白白耗费,犹如桃花被鼓声震落,被舞曲拂乱,而如红雨般飘落。现在春天将过去了,我劝你们倒不如终日喝个酩酊大醉,把酒喝光了,也就不用把酒洒到酒鬼刘伶的坟头上去了。作者指出这样奢靡地虚度年华的生活已到黄昏花落时候,美妙的日子即将惨淡结束。诗句透露出诗人内心中隐藏的深沉的悲凉。

渔父二首·其一
[五代]李煜

浪花有意千重雪,桃李无言一队春。
一壶酒,一竿纶,世上如侬有几人?

[注释]千重:一作"千里"。侬:我。

[赏析]江河水似是有意欢迎我而翻滚起千万重雪白的浪花,灼灼桃花、洁白李花默默地排着队开放让我感觉春天的来到。带着一壶酒,手持钓鱼竿,这世上像我这样快活洒脱的能有几个人?诗句拟人地描写江河卷浪、桃李盛开的春天来临时的景象,作者似乎又在表达自己规避宫廷斗争的想法。

寒食游陈园
[元]仇远

梨花李花白斗白,桃花杏花红映红。
疏篱曲径锦步障,间以巨竹青玲珑。
……
清明天气晴更佳,山林川谷多莺花。
……

[**注释**]寒食:古时有寒食节,在清明日的前一天或两天。

[**赏析**]梨花与李花彼此比斗谁开得最白,桃花与杏花互相映衬更显现红艳。疏朗的篱笆、曲折的小路、花样的铺设,间或还栽种着高大又玲珑的青竹。……清明时节的天气恰好晴朗更显佳美,陈园的山林川谷里又有那么多的莺儿和花朵。……全诗二十四句,这里选的是其中的几句。诗句描写作者在寒食节游览陈园时所见的美好精致的景象。

李月野舍旁之李花于梅时郡斋有诗遂次其韵

[宋]赵必瑑

李花不减梅花白,闲与梅花争几回。
惟有暗香疏影句,承当不下还让梅。

[**注释**]暗香疏影:宋代林逋《山园小梅》诗中有句"疏影横斜水清浅,暗香浮动月黄昏"传诵甚广。后有些文人遂以"暗香疏影"指代梅花。

[**赏析**]李花的白一点儿不输于白梅花的白,李花也不屑于与梅花比拼、争胜。只是诗人描写的梅花"暗香疏影"的特色,这一点李花还真承当不了,得让梅花占得头魁。

李 花

[宋]杨万里

李花宜远更宜繁,惟远惟繁始足看。
莫学江梅作疏影,家风各自一般般。

[赏析]观赏李花宜在远处,更适宜在李花繁盛茂密时候,只有在远处看繁密的李花,才能符合人们意愿看个够。不必都学梅花那样表现出疏朗的清影才算最美,各种花有其自身特色、风格,才是非同一般呀!

春居杂兴
[宋]王禹偁

两株桃杏映篱斜,装点商州副使家。
何事春风容不得?和莺吹折数枝花。

[注释]商州副使:作者当时被贬谪至商州(今属陕西商洛市范围)任团练副使。

[赏析]两株桃树和杏树斜映着篱笆,点缀着我这个商州团练副使的家。为什么春风竟然容不下这小小景色,惊走了树上的黄莺还吹折了几枝花。诗句表现了作者居所状况及风吹花折的景象,暗喻自己对遭到贬谪排挤的不平和内心的隐痛。

二月一日晓渡太和江三首·其一
[宋]杨万里

绿杨接叶杏交花,嫩水新生尚露沙。
过了春江偶回首,隔江一片好人家。

[注释]太和江:在今江西省南部。春江:指太和江。
[赏析]密集的杨柳长出绿叶,杏树开满了花,河水缓缓上涨,水浅的地

方仍露着河床的沙滩。渡过太和江偶然回头一望,隔着江看到的是一片美好人家。诗句描写初春时树绿花开、江水上涨及作者渡过江后回望来地所见的美好景象。

有所思
[唐]贾曾

洛阳城东桃李花,飞来飞去落谁家。
幽闺女儿爱颜色,坐见落花长叹息。
今岁花开君不待,明年花开复谁在。
故人不共洛阳东,今来空对落花风。
年年岁岁花相似,岁岁年年人不同。

[赏析]洛阳城东面的桃花李花随风飘转,飞来飞去最终不知落入谁家。闺中少女喜爱艳丽春色,眼看花朵飘落不禁忧愁叹息。今年花开季节不见你来,明年花开时候不知谁还会在。过去在洛阳城东相识时未能共情,今年你即使来了也只能空对吹落花的风。是呀,年年岁岁花的美艳虽是相似的,但岁岁年年有情相恋的男女却是不同的了。诗句描写洛阳女子感伤落花,表现闺中女子对爱情的希冀和遗憾,已不可能如愿的幽怨空落的心情。

画堂春·落红铺径水平池
[宋]秦观

落红铺径水平池,弄晴小雨霏霏。
杏园憔悴杜鹃啼,无奈春归。

[**赏析**]飘落的花瓣铺满园中小路,池水上涨已与岸边齐平,小雨霏霏似乎是在逗弄晴天。杏花凋零,杏园像是容颜憔悴的女子,杜鹃鸟在枝头泣血啼鸣,也唤不回逝去的春天。这里选的是全词的上片。词句描写春天过后花园里的残败景象,表现作者伤春又无奈的心情。

李花二首·其一

[宋]朱淑真

满园花发白于梅,又与红桃并候开。
可口直须成实后,莫将苦种路旁栽。

[**赏析**]满园盛放的李花比梅花还白,它又是与红艳的桃花同时开放。李树的美味果实要到成熟后才好吃,不要把果实苦涩的李子树栽种在路边啊。

酬从弟惠连

[南北朝]谢灵运

暮春虽未交,仲春善游遨。
山桃发红萼,野蕨渐紫苞。
鹦鸣已悦豫,幽居犹郁陶。
梦寐伫归舟,释我吝与劳。

[**注释**]从弟:堂弟。暮春、仲春:分别指春季的三月、二月。蕨:多年生

草本植物,生长在草地上,茎长横生,嫩叶可食。豫:欢喜;快乐。郁陶:忧思。

[赏析]虽然还没有到暮春三月,二月里也适合遨游山峦。山里的桃树长出了红红的花萼,原野上的蕨菜渐渐显现紫色的护花小叶片。那些嘤嘤鸟鸣使我感到欢悦,幽居山中却会增添我的忧思。我做梦也希望能伫立在归舟之上,这样才能让我内心休息一下。全诗很长,有三十八句,这里选的是最后八句。诗句作者描写家乡春季的美景,向堂弟表示自己想回归家乡。

后园咏
[明]罗洪先

南村云雨北村晴,晴鸠雨鸠更互鸣。
东风吹雨衣不湿,我在桃花深处行。

[注释]东风:春风。

[赏析]南村下着雨北村却天晴,晴中的鸠鸟和雨中的鸠鸟都在鸣啼互相应和。春风夹着春雨吹过我身,却没有把我的衣服打湿,因为我是在桃林深处游赏,这里的桃叶、桃花十分茂密足以遮身。诗句描写春天的后园里桃林茂密、桃花盛开的景象。

杏 花
[唐]罗隐

暖气潜催次第春,梅花已谢杏花新。
半开半落闲园里,何异荣枯世上人。

[赏析]渐渐变暖的天气暗中催促着春天的进程,冬日里的梅花已经落谢杏花开始新生。空落闲静的园子里有的花开了有的花在凋零,就像是这世间的人有的荣耀热闹有的落寞萎顿。诗句表现季节更迭花开花谢的物候变化,并慨叹人生的变动浮沉亦是如此。

辛酉正月十一日,东园桃李盛开
[宋]杨万里

千万重山见复遮,两三点雨直还斜。
行穿锦巷入雪巷,看尽桃花到李花。

[赏析]远处的重重山峦在春雨中时现时隐,霏霏雨点一会儿直落一会儿又飘斜。我穿过红色锦绣般的林路,又进入如同白雪覆盖的巷道,啊,我是看尽了艳丽桃花又看到了漫漫李花。

访戴天山道士不遇
[唐]李白

犬吠水声中,桃花带雨浓。
树深时见鹿,溪午不闻钟。

[注释]戴天山:位于今四川江油市西。作者早年曾在山中大明寺读书。
[赏析]水声潺潺远处隐约有狗叫声传来,路边的桃花挂着明净清亮的露珠十分浓艳。树茂林寂时见野鹿出没,阳光直射溪水已到正午,还听不到

山寺的钟声。全诗八句,这里选的是前四句。诗句描写作者往戴天山访道士时沿路所闻所见的一些景象。

大林寺桃花
[唐]白居易

人间四月芳菲尽,山寺桃花始盛开。
长恨春归无觅处,不知转入此中来。

[赏析]（农历）四月时春去夏来,山下人间的百花都已凋谢,而山上大林寺里桃花刚开始盛开。我常常遗憾春光逝去无处寻觅,却不知道它已转移到这里来了。诗句表明山下、山上因气候差异而花开早晚不同,也暗喻山上寺院与山下世俗之间人们生活状态与心境的差异。

竹枝词九首·其二
[唐]刘禹锡

山桃红花满上头,蜀江春水拍山流。
花红易衰似郎意,水流无限似侬愁。

[注释]蜀江:指长江流经四川的一段。侬:我。

[赏析]红艳艳的山桃花开满了枝头,蜀江的春水拍打着山岸向前奔流。花儿开得火红衰败也会很快,就像是郎君的心思情意之迅速变化,使我心中的惆怅和哀怨如水流一样无尽无休。诗句描写花红水流的春天状况,转而以"水流无限"比喻失恋女子的痛苦心情。

过旧宅看花
[唐]雍陶

山桃野杏两三栽,树树繁花去复开。
今日主人相引看,谁知曾是客移来。

[**注释**]两三栽:两三株。

[**赏析**]我住过的宅院里有两三株桃树杏树,树树都有繁盛的花朵,谢了又开多么艳丽。今天这个住宅的主人引导我去观赏,他哪里知道这些树本就是我这个客人当年移栽过来的。作者到他住过的"旧宅"去,看到那些桃树杏树繁花依旧,只是已经换了主人,使这位旧主人生出许多难言的感慨。

临安春雨初霁
[宋]陆游

世味年来薄似纱,谁令骑马客京华。
小楼一夜听春雨,深巷明朝卖杏花。

[**注释**]京华:指当时南宋都城临安(今浙江杭州)。

[**赏析**]如今的世态人情淡薄得似一层纱,谁让我骑马来到临安做客看到各种繁华。住在小楼阁上听了一夜春雨的淅沥声,明天一早深巷里就会传来叫卖杏花的声音。全诗八句,这里选的是前四句。诗句作者在感叹京都的"世味"淡薄如纱之时,又感到存在春雨过后叫卖杏花的一丝春意。

东鲁门泛舟二首·其二

[唐]李白

水作青龙盘石堤,桃花夹岸鲁门西。
若教月下乘舟去,何啻风流到剡溪。

[**注释**]东鲁门:在兖州(今山东济宁市兖州区)城东。何啻:何异,岂止。剡溪:古水名。在今浙江嵊州市。

[**赏析**]水流像一条青龙盘绕石堤而行,桃花沿着东鲁门西边的江岸一路盛开。倘若月色下在这样的水流里泛舟,何异于古人在剡溪里的那种潇洒风流。诗句描述东鲁门岸边流水潺潺、桃花盛开的景象,感觉若在这种美景中泛舟该是多么倜傥风流。

苏溪亭

[唐]戴叔伦

苏溪亭上草漫漫,谁倚东风十二阑。
燕子不归春事晚,一汀烟雨杏花寒。

[**注释**]苏溪亭:在今浙江省义乌市。十二阑:乐府古曲中有阑干十二曲。燕子不归:喻指远行的游子未归。汀:水边的平地。

[**赏析**]在苏溪亭上放眼望去,田野碧草漫无边际,会有谁在随着春风唱着阑干十二曲?燕子还没有回到旧巢,而春光将尽,农事要往后推延了;烟雨蒙蒙笼罩着水边沙洲,正开放的杏花也感到寒意料峭。诗句描绘暮春还寒的景象,表面是写景,暗喻人情:游子未归,杏花失容。

第五章　花开景象

邠州七绝

[清]谭嗣同

棠梨树下鸟呼风,桃李蹊边白复红。
一百里间春似海,孤城掩映万花中。

[**注释**]邠州:今陕西省彬州市旬邑等四县地域。棠梨:野生梨,果酸涩,根、叶、果等能入药。蹊:小路。

[**赏析**]风吹打着原野的棠梨树和栖息其间的鸟儿,路边的桃李花一天一天由白转红。这百里方圆的春景似海洋般广阔,邠州城掩映在这万花美景中。诗句由近及远地描写邠州四野梨花李花白、桃花红,生机盎然的春天景象。

田园乐七首·其六

[唐]王维

桃红复含宿雨,柳绿更带朝烟。
花落家童未扫,莺啼山客犹眠。

[**注释**]宿雨:昨夜下的雨。

[**赏析**]艳红的桃花还带着昨夜下来的雨滴,翠绿的柳枝笼罩在清晨的雾气中。我家僮仆尚未清扫庭院里的落花,莺儿啼鸣不已,住在山中的人还在睡觉。诗句描写作者所住别业田园春天早晨的沁人、清新的景象,反映了作者怡然自适的愉悦心情。

573

春 日

[宋]汪藻

桃花嫣然出篱笑,似开未开最有情。
茅茨烟暝客衣湿,破梦午鸡啼一声。

[**注释**]茅茨:茅草屋。烟暝:烟雨迷蒙状。

[**赏析**]桃花将开伸出篱墙好像在嫣然微笑,这种似开未开的姿态最富有情韵。茅草屋外烟雨霏霏打湿了行客的衣裳,一声鸡叫将客人从午梦中惊醒。全诗八句,这里选的是后四句。诗句描写作者春日出游时所见的"桃花出篱",及遇雨在村屋里休憩的情景。

桃花庵歌

[明]唐寅

桃花坞里桃花庵,桃花庵里桃花仙。
桃花仙人种桃树,又摘桃花换酒钱。
酒醒只在花前坐,酒醉还来花下眠。
半醒半醉日复日,花落花开年复年。
但愿老死花酒间,不愿鞠躬车马前。

[**注释**]桃花坞:位于苏州金阊门外。唐寅于桃花坞建屋,故名桃花庵。

[**赏析**]桃花坞里有一座桃花庵,桃花庵里住着桃花仙。桃花仙人种了很多桃树,他摘下桃花去换取酒钱。酒醒的时候他静静地坐在桃花间,酒醉后就在桃花下睡眠。他这样半醒半醉地过着一天又一天,桃花开了又落了一年又一年。他只想老死在桃花和美酒之间,并不愿意在达官显贵的高车大马

前鞠躬行礼讨得喜欢。这些诗句直白地表现作者宁愿在这桃花庵里与桃花为伴,过着半醒半醉、是人似仙的生活,也不愿去逢迎权贵以讨得一官半职。全诗二十句,这里选的是前十句。全诗末尾四句是:"别人笑我忒风颠,我笑他人看不穿。不见五陵豪杰墓,无花无酒锄作田。"(别人笑话我疯疯癫癫是个傻呆,我却要笑别人看不透人生世事的烦扰。难道你们都没有看见汉代五个皇帝以及那些豪门贵族,虽然一时显赫辉煌,但他们的巨大陵墓,既没有花也没有酒,最后都被铲平做了农田。)作者是个平民书画家。这首诗表现了作者淡泊功利、鄙弃世俗、落拓不羁的人生观念和人生态度。

李　花

[宋]李复

桃花争红色空深,李花浅白开自好。
立日含青意涩缩,今晨碎玉乱高杪。
暖风借助开更多,余阴郁芘花还少。
天晴不愁不烂漫,后花开时先已老。

[注释]杪:梢,尖。

[赏析]桃花盛开争相显现红色的深艳,李花颜色浅白只愿自己开好。前日李花花苞还青涩地收着,今天清晨就像碎玉开在高高树梢。借助和暖春风的吹拂会开得更多,茂密树荫的遮蔽使李花显得少。在天气晴朗时它不愁不烂漫,一到后来的花开放,先开的花就老掉了。诗句描写李花开放的全过程及其特色景象。

诗经·周南·桃夭

桃之夭夭,灼灼其华。之子于归,宜其室家。

[注释]夭夭:茂盛而艳丽的样子。灼灼:鲜明的样子。

[赏析]晨光映照着桃树林,桃花开得多么妖艳明丽。姑娘今天出嫁了,但愿她到那个家里能适宜和顺。诗句是婚礼上的唱和诗句,比喻新娘貌美艳丽,也是祝福婚姻美满。全诗三段,这里选的是第一段。

古风五十九首·其十八
[唐]李白

天津三月时,千门桃与李。
朝为断肠花,暮逐东流水。
前水复后水,古今相续流。
新人非旧人,年年桥上游。

[注释]天津:桥名,在洛阳洛水之上。断肠花:指极美丽、使人思恋不已的花朵。

[赏析]三月时洛阳的天津桥一带,桃花李花掩映着千家万户。花蕊在早上还那么艳丽多姿,到傍晚时分就萎谢坠入水里向东流走。前后的波浪互相追赶覆盖,古往今来继续不停地流。年年日日,天津桥上的游客,新人换旧人面孔都不同。全诗较长,有三十二句,这里选的是前八句。诗句感叹时序更迭,韶光易逝,好物易碎,新旧不断。

山中问答

[唐]李白

问余何意栖碧山,笑而不答心自闲。
桃花流水窅然去,别有天地非人间。

[注释]余:我。碧山:一种说法是山名,山在湖北安陆;一种理解是形容山色青苍翠绿。窅然:深远的样子。

[赏析]有人问我为何幽居在青苍翠绿的山间,我笑而不答内心坦然自若。山中的桃花随着流水漂向远方,这里就像是桃花源别有一番天地不是一般的人间。诗句抒发了作者对隐逸生活及天然自在情趣的向往。

寄黄幾复

[宋]黄庭坚

我居北海君南海,寄雁传书谢不能。
桃李春风一杯酒,江湖夜雨十年灯。

[赏析]我住在北方海边,你住在南方海滨,想托鸿雁传书而雁飞不过衡阳。十年前在桃李花下,春风和煦,我俩一起喝酒多么快乐,如今人在江湖天各一方,凄风苦雨孤灯一盏,思绪难平。作者作此诗时在德州任职,而黄幾复正在广东任四会县令。全诗八句,这里选的是前四句。诗句描写作者与好友此刻相距很远,各在江湖上翻滚了十年,前后对比,突显了作者的孤寂心境,更加思念友人。

过西京

[宋]穆修

西京千古帝王宫,无限名园水竹中。
来恨不逢桃李日,满城红树正秋风。

[注释]西京:北宋时指洛阳。北宋的都城是汴京(又称东京,今河南开封)。

[赏析]洛阳曾长期是帝王宫殿之所在,有无数著名园林在其中,景色非常美好。遗憾的是我来洛阳的时候不是桃李盛开的春天,遇上的是满城树叶已变得深黄枫红,在秋风怒号中不断凋落。诗句作者描写在萧瑟秋季时来到"西京",暗喻自己的仕途没赶上好时光。

[双调]新水令·题西湖四时

[元]马致远

向人娇杏花,扑人衣柳花,迎人笑桃花。
来往画船游,招飑青旗挂。

[注释]招飑:招展,飘动。

[赏析]杏花像是在向人撒娇献媚,柳絮飞舞扑在人们的衣服上,桃花绽开直迎着人笑。彩画的游船在西湖里来来往往,酒家的青旗高挂着迎风飘摇。这里选的是此曲的后半,描写杭州西湖春天时的一些景象。

淮村兵后

[宋]戴复古

小桃无主自开花,烟草茫茫带晚鸦。
几处败垣围故井,向来一一是人家。

[注释]淮村:淮河边一带的村庄。小桃:一种初春即开花的桃树,亦指小的桃树。

[赏析]一棵已没有主人家的小桃树,自己默默地开着红花,周围荒野满是杂乱的春草,笼罩着迷蒙的雾气,黄昏时刻空中盘旋着几只乌鸦。一处处毁坏倒塌的矮墙环绕着废弃的水井,原先这些地方都住着人家。诗句描写淮河边一带(南宋与金交战前线)的村庄在经历不断的战争后的破败衰颓的景况。

李花二首·其二

[宋]朱淑真

小小琼英舒嫩白,未饶深紫与轻红。
无言路侧谁知味,惟有寻芳蝶与蜂。

[注释]琼:美玉,泛指精美东西。饶:表示让步。

[赏析]小小的李花舒展开放如美玉般嫩白,一点儿也不输于轻红和深紫颜色的花朵。李花默默地开在路边谁会知晓它美好的韵味情致,只有那到处寻芳觅甜的蝶与蜂才清楚。作者指出李花的美丽色彩与芳香甜蜜,亦即李花的真正价值,常常不为俗人所知。

原生态的瑰丽——古诗词里的美丽中国

浣溪沙·百亩中庭半是苔

[宋]王安石

小院回廊春寂寂,山桃溪杏两三栽。为谁零落为谁开?

[赏析]春天到来,庭院里曲折的回廊寂无声息;山上溪边生长着三三两两的桃树杏树。这桃花杏花知道自己是为谁艳丽开放,又是为谁零落凋谢的吗?这首词是作者晚年退隐后所写。这里选的是全词的下片。作者以桃花杏花自开自落、无人欣赏自况,反映了作者的一种闲逸、落寞的心情。

玉楼春·洛阳正值芳菲节

[宋]欧阳修

杏花红处青山缺,山畔行人山下歇。
今宵谁肯远相随,惟有寂寥孤馆月。

[赏析]红艳艳的杏花开满了一大片青山,我绕着山边的道路行进中途在山下的驿站停歇。今天晚上有谁肯跟随我离开洛阳远去,在这孤独的驿馆里只有寂寥的月亮陪伴我。这里选的是全词的下片。词句表现作者正值芳菲时节离开洛阳,旅途见到的春山杏花盛开的景象和在驿站里内心孤独寂寥的感受。

第五章　花开景象

北陂杏花
[宋]王安石

一陂春水绕花身，花影妖娆各占春。
纵被春风吹作雪，绝胜南陌碾成尘。

[注释]陂：水边，岸。妖娆：娇艳美好。陌：田间道路。

[赏析]北面水流的岸边长了很多杏花，杏花妖娆娇艳占据着美好春天。杏花谢了，它纵使被春风吹得像雪花一样飞落，也比掉在路上被车碾马踏成尘要幸运得多。诗句表现杏花的开放和谢落，暗含作者对人生命运的感慨。

桃花溪
[唐]张旭

隐隐飞桥隔野烟，石矶西畔问渔船。
桃花尽日随流水，洞在清溪何处边？

[注释]矶：水边突出的或水中的石滩。

[赏析]溪上飞架的高桥隐隐约约在山谷烟云间，在水边石滩西侧问捕鱼归来的渔夫。这里的桃花随着溪水终日漂流不尽，你是否知道桃花源的洞口在清溪的哪一段哪一边？诗句借陶潜《桃花源记》的意境而描写山谷、溪桥、桃花、流水，寻找桃花源，景幽情深。

桃源行

[唐]王维

渔舟逐水爱山春,两岸桃花夹古津。
坐看红树不知远,行尽青溪不见人。

[注释]古津:指古渡口。

[赏析]渔船顺着溪流而行观赏山水间的美妙春景,古老渡口两岸的桃花艳丽缤纷。坐着船看一树树红桃花已不知行进了多远,到了青青溪流尽头却是空空荡荡没见到什么人。全诗很长,有三十二句,是作者依托陶潜的《桃花源记》故事所写,这里选的是开头四句。作者描写自己坐船在山水间行进所见到的艳丽桃花等风光。

曲江对酒

[唐]杜甫

苑外江头坐不归,水精宫殿转霏微。
桃花细逐杨花落,黄鸟时兼白鸟飞。

[注释]曲江:即曲江池,唐时长安第一胜景,在长安东南。苑:指芙蓉苑,其中有宫殿,在曲江西南,是帝妃游幸之所。霏微:迷蒙状。

[赏析]我坐在芙蓉苑外的曲江池边不想回去,就看着芙蓉苑里的水晶宫殿迷蒙衰微的样貌。桃花与杨花慢慢地随着轻风飘落在地,黄色鸟群时时地夹着白色的鸟儿一起翻飞。全诗八句,这里选的是前四句。诗句描写战乱后春日里宫苑衰微与花落鸟飞的颓败景象。

李 花

[宋]王安石

朝摘桃花红破萼,莫摘李花繁满枝。
客心浩荡东风急,把酒看花能几时。

[**注释**]客:作者自指。

[**赏析**]清晨可以摘刚绽开的红桃花,不要去摘繁星般满枝的李花。我的心思仍像浩荡的东风吹得很急,还是静下心来喝点儿酒欣赏眼前的李花吧,这样的日子还能有多少呢!诗句表现了作者在退养后的一种自我克制、自我修养的心情。

李 花

[宋]汪洙

枝缀霜葩白,无言笑晓风。
清芳谁是侣?色间小桃红。

[**注释**]缀:使连接,装饰。葩:花。

[**赏析**]霜雪般的白花缀满枝条,默默地在晨风中含笑绽放;谁能成为她的侣朋,应和她的清丽芬芳?嫣红的小桃花映衬在她的身旁。诗句描写李花的洁白芬芳的性状。

22. 梅兰菊花

旅次寄湖南张郎中
[唐]戴叔伦

闭门茅底偶为邻,北阮那怜南阮贫。
却是梅花无世态,隔墙分送一枝春。

[注释]北阮、南阮:指聚居一处而贫富分殊的同族人家。

[赏析]自己住着茅屋偶然与那富裕人家是邻居,虽是同族,但富裕的哪会怜惜贫困的。倒是梅花没有一点儿世态炎凉的那种俗念和偏见,还隔着墙探过来一枝花蕾送给我一份春意。诗句作者借梅花分送春意的"朴实"可爱,讽喻世俗人们的势利和人情的淡薄。

兰 花
[明]张天赋

碧影摇阶春昼长,天然灵卉异群芳。
东风真解幽人意,时递清香入讲堂。

[赏析]碧绿的叶片在渐长的春季白天里不断摇晃,兰花有天生的灵慧跟其他花儿不一样。春风真是了解幽居人们的心意,不时地把兰花的清香递送进讲堂里来。

清平乐·别来春半

[五代]李煜

别来春半,触目柔肠断。
砌下落梅如雪乱,拂了一身还满。

[注释]砌:台阶。

[赏析]离别以来春天已过去了一半,眼前的景色触动得我柔肠寸断。台阶下的白梅花瓣不停地凋落多得如雪花乱飞,刚把落到身上的梅花拂去,很快我一身又落满。作者作为南唐君主派弟弟李从善到宋朝都城汴京去谈判,李从善被扣留不得归。这里选的是全词的上片。词句以落梅"拂了一身还满"喻作者思念弟弟的愁思欲去而还来、欲罢而不能的极为无奈的心情。

白 梅

[元]王冕

冰雪林中著此身,不同桃李混芳尘。
忽然一夜清香发,散作乾坤万里春。

[赏析]冰天雪地里生长着白梅,它在严冬中傲然开放,不与在春风中

开放的桃李花相混同。忽然一夜之间白梅花开了,芳香散遍天下,引发世间千万里地方的春天。诗句歌咏了严冬季节梅花凌寒开放的高洁,也表达了作者不与世俗同流合污的心态。

上堂开示颂
[唐]黄檗禅师

尘劳迥脱事非常,紧把绳头做一场。
不是一番寒彻骨,怎得梅花扑鼻香?

[注释]尘劳:佛教观念指世俗事务的烦劳。迥:远。迥脱:指远离,超脱。

[赏析]要摆脱世俗的心性和烦恼并不是容易的平常事,必须拉紧绳子毫不松懈地去做该做的。不是经过了一番彻骨寒冷的磨砺,梅花怎么会有扑鼻的香气呢?诗句本是以梅花凌寒开放的特性,教谕佛门信徒只有经过刻苦的修炼才能悟得禅机佛理。诗句的一般意义是喻指无论做什么事,不经历一番艰苦奋斗,不可能取得巨大的成就。

兰花二首·其一
[宋]易士达

春到兰芽分外长,不随红叶自低昂。
梅花谢后知谁继,付与幽花接续香。

[赏析]春天来了兰花幼芽不断生长,它不与红花绿叶去比拼,自是低

调不愿张扬。梅花落谢后谁能继承梅花的高雅格调？只有幽静的兰花才能接续梅花清爽的芳香。

春　风
[唐]白居易

春风先发苑中梅，樱杏桃梨次第开。
荠花榆荚深村里，亦道春风为我来。

[赏析]春风先吹开了京城苑园里的梅花，接着樱花、杏花、桃花、梨花也依次一一绽放。深冷山村里的荠菜花、榆荚也开了，它们也欣喜地说：春风为我而来。诗句描写春风吹来使百花依次开放、竞相斗艳的繁丽景象。

梅花二首·其一
[宋]苏轼

春来幽谷水潺潺，的皪梅花草棘间。
一夜东风吹石裂，半随飞雪渡关山。

[注释]的皪：光亮、鲜明的样子。

[赏析]春天里的深山幽谷水流潺潺，梅花开在衰草瘦棘之中多么光亮艳丽。夜里猛烈的东风似乎要把石头吹得裂开，有一半梅花被风裹挟而去远渡关山。诗句描写梅花生长在深山幽谷、溪水之畔，而被烈风吹去一半，这也意味着还有一半梅花仍在艰困中生存着。作者因"乌台诗案"被贬谪至黄州，诗句或含有作者借梅花自况之意。

题杨次公春兰

［宋］苏轼

春兰如美人，不采羞自献。
时闻风露香，蓬艾深不见。

[赏析]春天的兰花如同美人一样，人们不去采摘它，它羞于自我献媚露脸作态。蓬、艾等蒿草长得再多再高也遮盖不住兰花的存在，清风不时吹来会使人闻到它沁人的馨香。全诗八句，这里选的是前四句。诗句描写兰花美人般的风姿和自尊。

不第后赋菊

［唐］黄巢

待到秋来九月八，我花开后百花杀。
冲天香阵透长安，满城尽带黄金甲。

[注释]不第：参加科举考试未及第（没考上）。九月八：古时九月九日为重阳节，写成"九月八"大概是为了语音押韵。

[赏析]等到秋天九月重阳节的时候，我喜爱的菊花盛开，其他百花都凋落了。菊花香气冲天一阵阵弥漫在长安城，满城里都撒满了像是黄金甲片般的菊花花瓣。作者对菊花的描写透出自己"不第"后心有不甘的一股愤懑之气。

古风·孤兰生幽园

[唐]李白

孤兰生幽园,众草共芜没。
虽照阳春晖,复悲高秋月。
飞霜早淅沥,绿艳恐休歇。
若无清风吹,香气为谁发?

[赏析]兰花孤独地生长在幽静田园,被众多杂草共同遮掩。虽然有春日晖照,仍躲不开高空秋月来临时的悲凉。飞霜淅淅沥沥地早早下来了,艳丽的绿色只能零落休歇。如果没有和煦清风的吹拂,兰花的馨香能为谁显露散发呢?诗句描写了兰花的性情和不幸遭际。历代诗家多认为这也是作者的自我哀伤、愤愤不平,又对君主抱有希冀和幻想之作。

赠刘景文

[宋]苏轼

荷尽已无擎雨盖,菊残犹有傲霜枝。
一年好景君须记,最是橙黄橘绿时。

[注释]刘景文:时任两浙兵马都监,驻杭州。作者时任杭州太守。擎:举。

[赏析]荷花凋落,连那像一把把举着的伞的荷叶也败尽了;菊花萎谢,但菊枝仍不惧霜雪地傲然挺立着。一年中最好的景致请你一定要记住,那就是橙子已金黄而橘子尚青绿的秋末冬初的时候。诗句对比夏荷和秋菊,赞誉菊枝坚忍不拔的品性。作者托物言志又言情,借以慰勉和支持好友。

原生态的瑰丽——古诗词里的美丽中国

残 菊

[宋]王安石

黄昏风雨打园林,残菊飘零满地金。
揽得一枝犹好在,可怜公子惜花心。

[注释]揽:整理须发状的东西,分理。

[赏析]黄昏时候狂风暴雨吹打着园林,吹得菊花四处飘零,花瓣落到地上,仿佛满地都是黄金。拣理残菊终于得到一枝完好的菊花,真是多亏了公子爱惜菊花的好心呀!

杂诗三首·其二

[唐]王维

君自故乡来,应知故乡事。
来日绮窗前,寒梅著花未?

[注释]绮窗:指雕画花纹的窗户。

[赏析]您刚从咱家乡来,一定了解家乡的情况;您来的时候我家雕画花纹的窗户前,那株蜡梅花开了没有?诗句表现作者对家乡人的情意和对家里事情的关切。

种 兰
[宋]苏辙

兰生幽谷无人识,客种东轩遗我香。
知有清芬能解秽,更怜细叶巧凌霜。
根便密石秋芳早,丛倚修筠午荫凉。
欲遣蘼芜共堂下,眼前长见楚词章。

[注释]轩:窗户。遗:馈赠。筠:本指竹子的青皮,借指竹。蘼芜:古时指川芎的苗,叶有香,是一种香草。

[赏析]兰花生长在幽静山谷没有人知晓,友人在东窗下种着兰花把芳香惠赠给我。我明白兰花的清香能去除秽气,我更怜爱兰花的叶片不怕冷霜。兰花根系扎在石缝一到秋天就散发芳香,它倚凭修长的竹子享受荫凉。我想把兰花和蘼芜一起放在家里,眼前能经常见到屈原词章里所歌颂的香草,使我精神振奋舒畅。

猗兰操
[唐]韩愈

兰之猗猗,扬扬其香。
不采而佩,于兰何伤。

[注释]操:古代特指琴曲、鼓曲名。猗:盛美的样子。

[赏析]兰花盛美,当它开放时,在远处就能闻到它的幽幽清香。如果没有人采摘兰花而佩戴它,这对兰花本身又有什么损伤呢!全诗十六句,这里选的是前四句。研究家认为全诗是作者对孔子的"兰当为王者香"的诗句的

唱和与揄扬,实际上也是对孔子人生的讴歌。

幽兰花
[宋]苏辙

李径桃蹊次第开,秾香百和袭人来。
春风欲擅秋风巧,催出幽兰继落梅。
珍重幽兰开一枝,清香耿耿听犹疑。
定应欲较香高下,故取群芳竞发时。

[注释]秾:花木茂盛。擅:独占。耿耿:耿直,明亮。

[赏析]在原野的小路边李花桃花依次盛开,各种花草香味和合扑面而来。春风要独占精巧而胜过秋风,在梅花落谢之后又吹开了兰花,让它散发出浓郁幽香。幽幽兰花自我珍重只开一枝,忠贞清香不在乎各种怀疑。它准是要与其他芳香一争高下,所以开在各种花朵竞相斗艳之时。诗句描写幽兰与桃李等花同时开放的特色景象。

十一月二十六日,松风亭下,梅花盛开(其二)再用前韵
[宋]苏轼

罗浮山下梅花村,玉雪为骨冰为魂。
纷纷初疑月挂树,耿耿独与参横昏。

[注释]罗浮山:山名,位于广东博罗县西北。耿耿:明亮,形容忠诚。

[赏析]罗浮山下的村庄里开满梅花,它的骨犹如由雪白的玉铸成,它的魂好似是冰又清又硬。人们纷纷疑惑是不是月亮挂在了树梢,实际上在黄昏时独有它显得那么靓丽忠诚。全诗较长,有十六句,这里选的是开头四句,表现了梅花冰清玉洁、凌寒开放的温婉坚贞的形象。前两句最为著名。在历史上,苏轼因"乌台诗案"被贬谪居岭南时,只有侍女王朝云跟随。有人认为这首诗是描写王朝云的,作者以玉骨冰姿的梅花喻之。

题徐圣可知县所藏扬补之二画
[宋]楼钥

梅花屡见笔如神,松竹宁知更逼真。
百卉千华皆面友,岁寒只见此三人。

[赏析]屡次看到画家笔下的梅花多么传神,宁愿知道画中的松和竹更加逼真。千百种美丽的花卉都不过是表面上的朋友,到了冬季严寒之时只能见到"松、竹、梅"这三个真正的友人。这里选的是一首题画诗,描写的是画的意境。古人崇尚松、竹、梅不怕寒冷的品性,称三者为"岁寒三友",喻为人生困境中的真朋友。

雪梅二首·其一
[宋]卢梅坡

梅雪争春未肯降,骚人阁笔费评章。
梅须逊雪三分白,雪却输梅一段香。

[**注释**]骚人：诗人。

[**赏析**]梅花和雪花都认为自己占尽了春色，谁也不服谁；这使得诗人很难下笔写评判的诗章。其实啊，公平地说，梅花的白比雪花的白逊色三分，雪花却没有梅花那种沁人心脾的芳香。诗句是说梅花与雪花都十分美丽又很相似，若两相比较各有其特点和优势。现在常以此诗句比喻人或事物各有其特点、长处。

乙亥新正十日过陈湖二绝·其一
[明]王鏊

漠漠湖光隐碛沙，陈湖东畔是君家。
春来十日无人见，一树寒梅已著花。

[**注释**]陈湖：湖名，今江苏省苏州市东南澄湖，东通淀山湖，西通吴淞江。漠漠：云烟密布状。碛：沙漠。

[**赏析**]陈湖之上密布云烟好像蒙着许多沙尘，陈湖东面岸边就是我的家呀。春天来临已有十天人们还没有感觉，只有不怕寒冷的梅树闻着春天气息迅即开满一树的花。诗句作者描写其家乡在春初时只有梅花开放。

早 春
[宋]白玉蟾

南枝才放两三花，雪里吟香弄粉些。
淡淡著烟浓著月，深深笼水浅笼沙。

[注释]弄：欣赏。粉：白色。此处指白梅花的白色。著：即"着"。

[赏析]南面朝阳的梅枝刚开两三朵花又赶上下雪，我在月光下雪地里体味白梅花的清香。初开的梅花色有浓淡，在夜雾和月色下，色浓的犹如笼罩着寒冷的水，色淡的就像附着一层明净的白沙。诗句描写早春时首先绽放的白梅花的颜色浓淡深浅不一的独特景象。

咏兰花

[元]张羽

能白更兼黄，无人亦自芳。
寸心原不大，容得许多香。

[赏析]兰花是白色中带着点黄，即使无人来观赏它仍能自持和散发芬芳。兰花的花心并不大，但其中蕴含着许多幽远的芳香。诗句描写兰花具有色彩淡雅、蕴含芬芳、香多溢远的特殊和优异的品性。

高山幽兰

[清]郑燮

自古幽贞是此花，不求闻达只烟霞。
采樵或恐通来径，更写高山一片遮。

[注释]樵：柴，打柴。

[赏析]自古最幽静贞洁的花就是这个兰花，它不求闻名显达只愿做烟

原生态的瑰丽——古诗词里的美丽中国

雾般的云霞。那些采药砍柴的人或许知道到哪里能找到它,但是它更愿藏在高山后面遮蔽着自若自得。诗句表现、强调、尊重兰花"幽贞"自持的秉性品格。

梅 花
[宋]王安石

墙角数枝梅,凌寒独自开。
遥知不是雪,为有暗香来。

[赏析]墙角有几枝梅花冒着严寒独自开放。远远看去就知道是洁白的梅花而不是雪花,那是因为梅花的香气隐隐传来。诗句描写梅花"独自开"的冰清玉洁,又指出梅花特有"暗香"而胜过雪,表明其高洁独特的品格所具有的魅力。

峤壁兰
[清]郑燮

峭壁一千尺,兰花在空碧。
下有采樵人,伸手折不得。

[注释]峤:山尖而高。峭壁:陡直的山崖。
[赏析]陡直的山崖有一千尺高,那里有一株兰花犹如生长在碧空云霄。山崖下有打柴的人,想采折这兰花手伸得再长也得不到。诗句夸张地表现兰

花具有横空出世、独立不阿的高傲姿态,使世俗之人根本够不着。

梅花九首·其一
[明]高启

琼姿只合在瑶台,谁向江南处处栽?
雪满山中高士卧,月明林下美人来。
寒依疏影萧萧竹,春掩残香漠漠苔。
自去何郎无好咏,东风愁寂几回开。

[注释]何郎:指南朝诗人何逊。

[赏析]梅花有瑰丽的姿容本应留在瑶台仙境,是哪个仙人把它栽到了江南各处地方?即使如此,梅花仍是被纷飞大雪盖满的山岭里的孤高之士,又是皎洁月光映照的树林中款款走来的美人。面对梅花在清寒中的疏朗身影,山间竹林献出了萧萧的声音,连林地中那最不起眼的密布的青苔也想掩留住梅花的清香。自从何逊逝去后,再没有好的诗歌来咏扬梅花了,独自愁闷寂寞的梅花在浩荡东风中能开几回呢?诗中把梅花比喻为超凡脱俗的"高士""美人",表现梅花孤傲高洁、特立独行的特点和品性。

菊 花
[唐]元稹

秋丛绕舍似陶家,遍绕篱边日渐斜。
不是花中偏爱菊,此花开尽更无花。

[**注释**]陶：指东晋诗人陶潜。

[**赏析**]丛丛秋菊围着房舍，好似到了陶潜的故居。绕着篱笆转了一圈观赏菊花，太阳已渐渐西斜。不是我偏爱菊花，而是一年之中，秋天在菊花开过之后，再没有别的花开放，再没有赏花的机会了，所以我才喜爱和留恋它呀。

题菊花

[唐]黄巢

飒飒西风满院栽，蕊寒香冷蝶难来。
他年我若为青帝，报与桃花一处开。

[**注释**]青帝：神话传说中掌管春天的神。报：告诉，告知，这里有命令的意思。

[**赏析**]满院里栽植的菊花在飒飒秋风中傲霜开放，花蕊散发着冷香，怕冷的蝴蝶不敢飞来。将来我要是成了掌管春天的天神青帝，就命令菊花在春天与桃花争奇斗艳一起开放。诗句托物言志，表达了作者的内心抱负：希望有朝一日自己能成为"青帝"，以能主宰菊花开放的时令，与桃花一起招蜂引蝶共享美好春天。

题画兰

[清]郑燮

身在千山顶上头，突岩深缝妙香稠。
非无脚下浮云闹，来不相知去不留。

[**赏析**]兰花生长在山顶上突出的岩石缝中,它散发的香气浓郁芬芳。不是没有浮云在它的脚下喧闹翻滚,只是兰花不愿理睬它们,不管浮云何时来到,也不会挽留它的流走。这里选的是题画诗。诗句表现兰花孤高生长、独自芬芳,不理睬浮云,不参与喧闹。诗句暗喻某些孤高士人不愿与世俗同流的品性。

咏兰三首·其一

[元]余同麓

手培兰蕊两三栽,日暖风和次第开。
坐久不知香在室,推窗时有蝶飞来。

[**赏析**]气温回暖,和风吹拂,我亲手栽下的几株兰花,一朵一朵地挨着开放了。坐在屋里时间一长反而感觉不到室内的兰花芳香,当推开窗子时敏感的蝴蝶闻到香味飞进来了。诗句描写作者在自己家室内种的兰花幽香清远的特点。

梅 花

[宋]陈亮

疏枝横玉瘦,小萼点珠光。
一朵忽先发,百花皆后香。
欲传春信息,不怕雪埋藏。
玉笛休三弄,东君正主张。

原生态的瑰丽——古诗词里的美丽中国

[注释]三弄：指古笛曲《梅花三弄》，曲中含有感谢梅花之意。东君：神话传说中的司春之神。

[赏析]梅树枝条稀疏横斜却洁白如玉刚劲有力，小小花萼点缀着颗颗雪珠反射出晶莹的光彩。忽然有一朵梅花率先开放了，就会引来百花陆续开放竞吐芳香。梅花为了传递春天来临的信息，它不怕严冬的冰雪压在身上，也不需要玉笛吹奏《梅花三弄》对它表示感谢；春神主宰着世间物候正在让春天来到。诗句歌咏梅花不怕严寒雪压，率先开放、传递春讯、引导百花的品性和精神；诗句也含有作者自况之意蕴。

裴六书堂
[宋]释永颐

数峰相对夕阴遮，新占书堂旧竹斜。
地冷石阶秋菊小，一丛开得两三花。

[赏析]几座山峰对峙把夕阳遮住了，这个新作为书房的旧屋还有竹林环绕。书房外面石阶下的空地寒冷，秋天的菊花开得小又少，一丛中只有两三朵。作者指出"裴六书堂"处在背阴冷地的小环境中，所以秋天里菊花开得很小且少。

虞美人·宜州见梅作
[宋]黄庭坚

天涯也有江南信，梅破知春近。
夜阑风细得香迟。不道晓来开遍向南枝。

[注释] 宜州：宋代州名。今属广西河池市范围。作者家乡在江西。

[赏析] 在天涯地角的宜州也有江南春天的信息，看到梅花开放可知春天即将来临。夜尽时微风吹来还未闻到梅花香味。没想到早晨起来时，就发现面南的枝条上已开满了梅花。这里选的是全词的上片。作者罹祸被贬谪至宜州。词句表现作者在人生困境中见到梅花开放的景象，在不平和愤懑中看到春天和希望，感到欣喜。

扬州法曹梅花盛开
[南北朝] 何逊

兔园标物序，惊时最是梅。
衔霜当路发，映雪拟寒开。
枝横却月观，花绕凌风台。
朝洒长门泣，夕驻临邛杯。
应知早飘落，故逐上春来。

[注释] 兔园：本是汉梁孝王所筑的园林名，这里借指扬州的林园。却月观、凌风台：扬州的观、台名。长门：汉宫名。汉武帝的陈皇后被汉武帝遗弃后所住地方。临邛：汉县名。司马相如结识卓文君的地方。上春：指孟春正月。

[赏析] 花园里标示的时节、物候的变化容易看到，其中最惊人的时序标志物是梅花，它衔着霜、映着雪在冷寒路边开放了。梅花的枝叶和花朵开遍扬州的各个观、台。梅花盛开之际使被遗弃者有感而啜泣，又使有情之人触景更伤情。梅花知道自己飘落得早，所以赶在正月里就开放了。诗句描写梅花凌寒独放的高洁品性。作者亦以之表现自己的志向和情操。

题徐明德墨兰

[明]薛纲

我爱幽兰异众芳,不将颜色媚春阳。
西风寒露深林下,任是无人也自香。

[赏析]我喜爱幽静的兰花之不同于众多的其他花,在于它不凭借艳丽色彩在春日阳光中献媚争宠。而当西风凛冽、寒露深透林野之际,即使无人欣赏它也能自己散发芳香。诗句表现了幽兰的"不媚"和"自香"的特性。

墨 梅

[元]王冕

我家洗砚池边树,朵朵花开淡墨痕。
不要人夸好颜色,只留清气满乾坤。

[注释]乾坤:本是《易经》里的乾卦和坤卦,借指天地、江山、局面。

[赏析]我家洗砚池边生长的一棵梅树,开出的朵朵梅花似乎都留有淡淡的墨痕。梅花不需要人们来夸赞它的颜色好看,它只求保留自己的清香气味在天地之间。作者是画家,尤以画梅花著名。这里选的是作者题在自己画的一幅《墨梅》上的一首诗,表现了作者清白为人、守洁处世的人生态度。

除夜自石湖归苕溪十首·其一
[宋]姜夔

细草穿沙雪半销，吴宫烟冷水迢迢。
梅花竹里无人见，一夜吹香过石桥。

[注释]销：同"消"。

[赏析]积雪已消融了不少，软湿的沙地上钻出了点点细细的芽草。古代吴王的宫殿早已湮灭，只有水流迢遥渺渺。竹枝上还留着残雪，掩映着梅花悄然开放。深深的竹林里，藏着几树梅花，虽然无人欣赏，但是梅花的香气却一夜间就随着清风飘过了石桥。诗句描写除夕寒夜里竹丛中的梅花幽香缥渺，显现一种静谧、清幽、空灵的意境。

落梅二首·其一
[宋]陆游

雪虐风饕愈凛然，花中气节最高坚。
过时自合飘零去，耻向东君更乞怜。

[注释]饕：本指贪食。东君：神话传说中指司春之神。

[赏析]风雪愈加肆虐梅花愈是凛然开放，在所有花中梅花的气节最是坚毅高洁。过了时季它自会飘零凋谢，而耻于向春神乞求怜悯让它再开一段时间。诗句拟人化地描写梅花具有高坚的节操。诗句作者以梅花自喻，表示自己宁愿落魄民间，也要坚持自己的正确主张，不会去迎合、依附奸佞的当权者。

早 梅

[唐]戎昱

一树寒梅白玉条,迥临村路傍溪桥。
不知近水花先发,疑是经冬雪未消。

[**注释**]迥:远。

[**赏析**]有一树梅花凌寒开放,枝条洁白如玉,它远离人来车往的村路傍着溪水小桥。人们不知道这株梅树是因为靠近水边而开花早,还是落在枝头上的白雪经过一个冬天仍没有融消。诗句歌咏白梅的早开令人惊艳。此诗作者一说为张谓。

卜算子·咏梅

[宋]陆游

驿外断桥边,寂寞开无主。
已是黄昏独自愁,更著风和雨。
无意苦争春,一任群芳妒。
零落成泥碾作尘,只有香如故。

[**赏析**]驿站外靠近断桥的旁边,一株没有主人的梅树寂寞地把花绽开,到了黄昏时候又遇着刮风下雨,使它更显得愁苦孤单。梅花根本没有与群芳争春斗艳的意思,任凭群芳嫉妒排斥去吧;即使凋谢零落被人踏车碾成了泥土尘埃,但梅花的香气仍然像过去一样。诗句描写梅花流离沦落,所居非地,又备受风雨摧残,所遇非时。作者歌颂梅花在这样恶劣的环境中仍顽强生存傲然开放的高洁品格。作者以之自况,自明心迹,自抒怀抱。

寻　梅
[宋]胡仲弓

因探梅花踏晓云,隔墙时有暗香闻。
枝头才漏春消息,便带春愁一二分。

[赏析]为了探寻梅花开放的情况我一早就起来出门了,闻到一股香气不时从墙那边飘过来。这里是梅树枝头透露出来的春天信息呀,似乎还带着一两分青春的闷愁。

鹦鹉洲
[唐]李白

鹦鹉西飞陇山去,芳洲之树何青青。
烟开兰叶香风暖,岸夹桃花锦浪生。

[注释]鹦鹉洲:湖北武汉市西南长江中的一个沙洲。

[赏析]鹦鹉已向西飞回陇山去了,鹦鹉洲上花香四溢草木青青。春风和暖吹开了烟霭送来阵阵浓郁的兰香,两岸桃花盛开映照得江浪如锦绣般绚丽。全诗八句,这里选的是其中的第三至六句。诗句描写了鹦鹉洲的艳丽春景。

饮酒二十首·其十七

[晋]陶潜

幽兰生前庭,含薰待清风。
清风脱然至,见别萧艾中。
行行失故路,任道或能通。
觉悟当念还,鸟尽废良弓。

[注释]薰:香气。萧、艾:指杂草。

[赏析]幽幽兰花在庭院里生长,含着浓郁芳香等待清风到来。清风轻轻地吹来,兰花就可以与萧、艾等杂草分别开来。我不停地前行迷失在仕途旧路,若是顺应自然或许能走通前面的路。既然已醒悟就该回去了,小心没有了飞鸟良弓就会被废弃呀!诗句指出"幽兰"与"萧艾"有别,作者自悟不能再继续仕途,还是弃官回乡为好。

雪中寻梅

[宋]陆游

幽香淡淡影疏疏,雪虐风饕亦自如。
正是花中巢许辈,人间富贵不关渠。

[注释]雪虐风饕:虐,暴虐;饕,贪残。形容风雪猛烈,天气严寒。巢许:指巢父、许由,古人认为此二人是上古时代的隐士。渠:第三人称代词,他。

[赏析]梅花的香气清幽淡远,花朵稀疏影影绰绰,在狂风暴雪的肆虐中它仍然自如开放。梅花正是花里像巢父、许由那样的隐士啊,它不关心、不追逐人间俗世的富贵。诗句表现梅花香淡影疏,在风雪交加中仍傲然开放的品性和精神。

赠范晔

[南北朝]陆凯

折梅逢驿使,寄与陇头人。
江南无所有,聊赠一枝春。

[注释]驿使:古时专事传递政府文书的人员。陇头人:泛指在边地服役的人。

[赏析]碰到传递政府文书的公人,我折下一枝梅花,请托他带给戍守边地的友人。这江南一带没有什么好东西,姑且送给友人一枝春天来临的代表景物吧。诗句作者以高洁的梅花作为赠友的物品,反映了作者与赠送对象之间的深厚、真挚的友情。后世人们以"一枝春"作为梅花或其他馈赠物的代称。

山园小梅二首·其一

[宋]林逋

众芳摇落独暄妍,占尽风情向小园。
疏影横斜水清浅,暗香浮动月黄昏。
霜禽欲下先偷眼,粉蝶如知合断魂。
幸有微吟可相狎,不须檀板共金尊。

[注释]暄:(阳光)温暖。妍:美丽。霜禽:这里指白鹤。断魂:犹销魂,神往。狎:态度不庄重的亲近。檀板:打击乐器,用以掌控节拍,多用檀木制作。尊:同"樽"。

[赏析]百花凋落独有梅花凌寒盛开,它在阳光下的艳丽占尽了小园风

光。稀疏横斜的梅影倒映在清浅的水中,清幽的香气在朦胧的月色里轻轻飘动。白鹤要飞下来会先偷看梅花几眼,粉蝶如果知道梅花这样美早就魂飞魄散了。幸喜我能低声吟诗,和梅花亲近用不着敲击檀板唱歌,一边拿着金杯饮酒一边就能欣赏它了。全诗描写了梅花的美姿和香气。其中第三、四句最为脍炙人口,历来为诗家称道。后人常以"暗香疏影"作为梅花的代称。

梅
[元]张庸

拄杖寻春路不赊,小桥流水野人家。
千年老干屈如铁,一夜东风都作花。

[注释] 赊:远。

[赏析] 拄着拐杖去寻春色路不远,那里有小桥流水和农村人家。千年梅树的虬曲树干跟铁一样坚硬,春风吹拂一夜它仍能满树开花。诗句描写梅树虽老仍具有旺盛的生命力。诗句亦可比喻人在老年时期仍能有所作为取得成就。

九月十日即事
[唐]李白

昨日登高罢,今朝更举觞。
菊花何太苦,遭此两重阳?

[**注释**]觞：古代喝酒用的器具。两重阳：唐宋时期，又把九月十日称为"小重阳"。

[**赏析**]昨日是重阳节到山上登高刚结束，今天是小重阳又要举杯饮酒祝贺。菊花为何要承受如此痛苦，在两个重阳时被人两次采摘。诗句表面上是站在菊花的角度描述菊花遭受两次摘折之痛苦，实际上是作者借以抒发自己遭际的不幸和内心的苦闷。

23. 其他花卉

苔二首·其一
[清]袁枚

白日不到处,青春恰自来。
苔花如米小,也学牡丹开。

[**注释**]苔:苔藓植物的一类,多寄生于阴暗潮湿之处。

[**赏析**]阳光照不到的地方,苔的青春生命恰在这里出现。苔的花儿小得如同米粒一般,竟也敢像牡丹花那样恣意盛开。诗句指出苔花很小,但也同样有生命本能和生活勇气;在生命的意义上它是积极奋发的,与富贵的牡丹花是同等的。

晓出净慈寺送林子方二首·其二
[宋]杨万里

毕竟西湖六月中,风光不与四时同。
接天莲叶无穷碧,映日荷花别样红。

[赏析]六月里杭州西湖的景色风光,到底是和其他时季不相同的。你看:那些碧绿的莲叶无边无际,好像要与天连接上了,荷花映着阳光有着与别的花朵不一样的艳丽红晕。作者歌咏西湖夏时风光,特别指出荷花的红丽的特色。

碧 瓦

[宋]范成大

碧瓦楼头绣幕遮,赤栏桥外绿溪斜。
无风杨柳漫天絮,不雨棠梨满地花。

[注释]棠梨:又称杜梨,高大落叶乔木,野生,花白色。

[赏析]屋顶是碧绿的琉璃瓦,楼房门头挂着彩绣的帷帐遮挡着,红色栏杆的小桥外横斜着青绿的溪流。虽然没有风柳絮仍在漫天飞舞,虽然没下雨棠梨花还是飘落满地。诗句描写达官贵人的奢华房舍,以及柳絮飘飞、棠梨花落的暮春景象。作者暗喻南宋朝廷正处于飘摇没落的危机中。

江城子·赋水仙

[元]赵孟頫

冰肌绰约态天然。淡无言。
带蹁跹。遮莫人间,凡卉避清妍。
承露玉杯餐沆瀣,真合唤,水中仙。

[注释]遮莫:尽教。凡卉:普通花卉。承露玉杯:指汉武帝时所铸铜人

手里捧着的承露盘。沉瀣：指夜间的水汽。

[赏析]它冰肌玉骨风姿绰约完全出于天然，淡雅素洁不言语，和风拂过如带翠叶起舞翩跹。尽教人间的其他花卉失色自惭，避免和它的清高争妍。它的花好像是铜仙人手中的承露盘，吸收夜间的水汽存活着，它真正应该称为水中仙子呀！这里选的是全词的上片。词句描写水仙花的姿态，并拟人地解析为什么这种花称"水仙"。

雨后慰池上芙蓉
[明]徐贲

池上新晴偶独过，芙蓉寂寞照寒波。
相看莫厌秋情薄，若在春风怨更多。

[注释]芙蓉：荷花。

[赏析]雨后新晴的秋日偶然独自经过一个池塘，见到荷花在寒凉的微波中仍开着。即将凋谢的荷花呀，你不要抱怨秋天的无情，如果你在春天开放却无人欣赏，你的哀怨会更多。诗句"劝慰"荷花不必为即将凋谢而埋怨秋天。作者托物自况，表达自己怀才不遇的苦衷，也"庆幸"自己早年未出仕而不至于罹祸。

即 事
[宋]俞桂

吹落杨花春事了，小池新绿雨添痕。
育蚕时节寒犹在，村落人家半掩门。

[注释]杨花：即柳絮。

[赏析]柳絮被风吹落四处飘散，春天的花事就算结束了；小雨落在池塘的碧波上，不断溅起点点雨痕涟漪。这个养育蚕宝宝的时候，天气还是寒冷，村里农家的门扉半闭半开，有的还在家里干活，有的已去田里耕种。诗句描写柳絮飞舞时候的农村景色和农家的忙碌情形。

海 棠
[宋]苏轼

东风袅袅泛崇光，香雾空蒙月转廊。
只恐夜深花睡去，故烧高烛照红妆。

[注释]东风：春风。袅袅：形容微风轻拂状。红妆：指代海棠花（以红妆少女比喻海棠花）。

[赏析]春风轻轻吹拂，暖意融融、辉光闪耀，花朵的香味弥漫在雾气里，朦胧的月光已移过回廊。只恐怕夜深人静花儿太寂寞而睡过去了，特地点燃蜡烛高高地照着美丽的海棠花朵。诗句歌颂海棠花像红妆少女一样可爱，需要高燃蜡烛照着她的美貌。

杜鹃花
[清]秋瑾

杜鹃花发杜鹃啼，似血如朱一抹齐。
应是留春留不住，夜深风露也寒凄。

[**注释**]杜鹃：花名，又是鸟名。古代传说是杜鹃鸟啼的血染成了杜鹃花的红色。

[**赏析**]杜鹃花盛开时杜鹃鸟高声鸣啼，人们说是杜鹃鸟啼血染得杜鹃花红得似血一般艳丽。杜鹃鸟啼血是要留住春天而未能实现，但到了夜深时刻这世间的风露也确实寒冷凄凄。作者是清末革命志士。诗句隐含作者以杜鹃啼血自喻之革命意涵。

杜鹃花
[五代]成彦雄

杜鹃花与鸟，怨艳两何赊。
疑是口中血，滴成枝上花。

[**赏析**]杜鹃花和杜鹃鸟呀，鸟的怨尤和花的艳丽本不相干、互不赊欠。不过是人们在传说中怀疑是杜鹃鸟口中啼的血，滴成了杜鹃花的红艳。杜鹃鸟的口腔上皮和舌部都呈红色，人们认为是它的啼叫致满嘴流血。杜鹃鸟高歌之时恰是杜鹃花盛开之际，所以有杜鹃花的红色是由杜鹃鸟啼的血染成之传说。又有一种传说：杜鹃鸟是古代蜀地的杜宇（自立为王，称"望帝"）死后的化身。全诗八句，这里选的是前四句。

夏日村居戏作吴中田妇诗十首·其二
[清]朱昆田

短鬓低鬟黑似鸦，爱他总不御铅华。
自从四月收蚕后，头上惟簪茧子花。

[**注释**]他：这里即"她"（民国新文化运动以前尚无"她"字）。铅华：指古代女子用来搽脸的粉（内含铅的成分）。茧子花：简称茧花，学名白鹃梅；收获蚕茧时开放，花白。

[**赏析**]农家女子短短的鬓发、低低的云鬟乌黑发亮，我喜爱她们总是素面朝天不施铅华。自四月份农家收获蚕茧时茧子花开放后，她们的头上只爱簪着雪白的茧子花。诗句描写江南地方农家女子喜爱戴着雪白的茧子花的风情。

春 寒
[宋]陈与义

二月巴陵日日风，春寒未了怯园公。
海棠不惜胭脂色，独立蒙蒙细雨中。

[**注释**]巴陵：古郡名，时属南宋辖地范围，称岳州，治所在今湖南岳阳市。园公：园，指作者为避金兵南侵所借居的太守的庭园。园公是作者自指。

[**赏析**]二月的巴陵地方几乎天天刮风，料峭春寒还未结束使我身寒心怯。娇艳的海棠花似乎并不吝惜自己的胭脂红色，傲然独立地开放在细雨冷风中。诗句歌咏海棠花在春寒料峭中不惧凄雨冷风而顽强开放，这也是作者对自身的艰困处境和孤高品性的写照。

踏莎行·杨柳回塘
[宋]贺铸

返照迎潮，行云带雨。依依似与骚人语。
当年不肯嫁春风，无端却被秋风误。

[**注释**]骚人：诗人。

[**赏析**]夕阳余晖照着的晚潮涌进荷塘，流动的云层带来点点细雨。荷花随风摇曳似乎在向诗人诉说衷肠：当年不肯随俗在春风中开放，现在却无缘无故地被秋风吹得凋落受尽凄凉。这里选的是全词的下片。词句描写荷花不在春天开放，而是到了夏天才开，随着秋季来到就凋谢的情形。词句是作者借荷花的物性说心事，暗喻自己不肯随俗"来事儿"，以致抱负难以施展，终至要抱憾老去；也可能是作者对自己早年过于孤高自傲的悟彻。

水　仙

[宋]释智愚

芳心尘外洁，道韵雪中香。
自是神仙骨，何劳更洗妆。

[**赏析**]她的白洁的心性不染红尘，她的有道的香韵在雪中散发。她本来就有神仙的风骨，用不着再去梳妆打扮提振精神。诗句喻水仙花为得道仙女的化身。

灵隐寺

[唐]宋之问

桂子月中落，天香云外飘。
扪萝登塔远，刳木取泉遥。
霜薄花更发，冰轻叶未凋。

[注释]灵隐寺：杭州的著名佛寺。桂子：桂花。天香：这里指寺庙中礼佛的香。扪：按，执。刳：剖开，挖空。

[赏析]中秋前后开放的桂花好像是从月亮中洒落下来的，祭神拜佛的香烟一直飘散到云外九天。人们像藤萝攀援树木一样直登古塔高处，挖空树木做成水管从远处把泉水引来。已有了秋天的薄霜桂花反倒开得更加奋发，树叶也没有因为寒冷而凋落下来。全诗十四句，这里选的是其中的六句。全诗描述杭州灵隐寺的环境等种种情形，这几句描写寺中的桂花开放等景象。

摊破浣溪沙·菡萏香销翠叶残

[五代]李璟

菡萏香销翠叶残，西风愁起绿波间。
还与韶光共憔悴，不堪看。

[注释]菡萏：荷花的别称。

[赏析]荷花飘零香气消尽，荷叶凋落一片枯残，深秋的西风拂起绿水的涟漪，使人愁绪满怀。我的人生好时光与这荷花一样，已憔悴得不忍卒看。这里选的是全词的上片。词句表现深秋时节荷花荷叶凋残的景象，以及观荷人（作者）凄清悲凉的心境。

静坐池亭二首·其二

[宋]杨万里

荷边弄水一身香，竹里招风满扇凉。
道是秋来还日短，秋来闲里日偏长。

[赏析]在荷花塘里玩水,染得全身都是荷花的清香;在竹园里,轻风吹过好像满园子里扇着清凉的风。说是秋天来到白天会逐渐缩短,但在秋天里闲暇时反而感觉白天很长。

题何氏宅园亭
[宋]王安石

荷叶参差卷,榴花次第开。
但令心有赏,岁月任渠催。

[注释]参差:不整齐,不一致。

[赏析]荷叶生出来时高高低低地卷着,一到夏天石榴花就跟着开放。只要有一个心仪的对象可以欣赏,任凭光阴怎么流逝也无妨。诗句喻指一个人只要内心有理想,愿终生专注,为之努力,就是美好的生活。诗句反映了作者历经宦海波澜后的一种人生体悟。

采莲曲
[唐]王昌龄

荷叶罗裙一色裁,芙蓉向脸两边开。
乱入池中看不见,闻歌始觉有人来。

[注释]芙蓉:荷花。

[赏析]采莲少女的绿色罗裙就像荷叶一样鲜艳,好像罗裙与荷叶是由

同一块材料裁剪出来的；少女的美丽脸庞显露在荷花中间，好像是荷花特意围绕少女的美丽而盛开。采莲少女们进入莲池后就看不见了，因为她们的罗裙与荷叶一样颜色，难以分清哪是荷叶哪是衣裙人脸，直到听闻歌声才知道她们在里面。诗句赞誉采莲少女脸庞似荷花、衣裙如荷叶，美丽又清新，描写采莲少女们的劳作生活和青春烂漫的快乐心情。

和范景仁王景彝殿中杂题三十八首并次韵其三
[宋]梅尧臣

花非龙香叶非柏，独窃二美夸芳蕤。
苦练不分颜色近，紫荆未甘开谢迟。

[注释]龙柏：龙柏是一种柏树，有香气。这里指的是白鹃梅。蕤：草木的花下垂状。

[赏析]这个花的香不是龙柏树的香，这个叶也不是柏树的那种叶，它却获取了花的下垂和树的香味这两种特性。这个花的白素色是勤苦的精气凝结而成，紫荆花别不甘心你虽然花期长也难以与之比美。全诗六句，这里选的是前四句。诗句指白鹃梅花（宫廷里称龙柏花）的特性。

咏蝴蝶
[宋]谢逸

狂随柳絮有时见，舞入梨花何处寻。
江天春晚暖风细，相逐卖花人过桥。

原生态的瑰丽——古诗词里的美丽中国

[注释] 见：同"现"。

[赏析] 蝴蝶在狂放追随柳絮时隐时现，它们一旦随风飞入梨花林中就没地方寻找了。在这风和日暖的傍晚的寥廓江天里，蝴蝶又追逐着卖花人飞舞过了小桥。诗句描写了蝴蝶、柳絮、花朵，蝴蝶与人们纷飞相随的春季里动态迷幻的景象。

东栏梨花

[宋] 苏轼

梨花淡白柳深青，柳絮飞时花满城。
惆怅东栏一株雪，人生看得几清明？

[赏析] 梨花淡雅雪白，柳树青绿深碧，柳絮飞扬时刻，梨花开满全城。看着东边园栏里的雪白梨花不免心生惆怅，人生在世能有几次看到如此纯白清明的梨花呢？作者赞美梨花，进而感叹人生匆促、美景易逝，这种清纯美好的景物难以经常看到。

王充道送水仙花五十枝欣然会心为之作咏

[宋] 黄庭坚

凌波仙子生尘袜，水上轻盈步微月。
是谁招此断肠魂，种作寒花寄愁绝。
含香体素欲倾城，山矾是弟梅是兄。
坐对真成被花恼，出门一笑大江横。

[**赏析**]它像是美丽女仙脚穿罗袜,徐步在水波之上像月儿移动多么轻盈。是谁有此法力把女仙断肠之魂愁绝之思化作这凌寒的花。它饱含香气体态素雅美色倾城,只有山矾花和梅花称得上是它的弟兄。静坐面对水仙花,我的心似乎真被花缭乱了;起身走出门外,不禁粲然一笑,似乎有浩荡奔流的大江横在我的眼前。诗句描写水仙花素雅的姿态和孤高的品格,也表现作者对美妙动人的花朵"欣然会心"的意境。现在常以此诗的最后两句劝人不管遇到什么事情都要保持豁达乐观的心态。

菩萨蛮·荼蘼

[宋]王千秋

流莺不许青春住。催得春归花亦去。
何物慰侬怀。荼蘼最后开。
青衫冰雪面,细雨斜桥见。
莫浪送香来,等闲蜂蝶猜。

[**注释**]侬:我。见:同"现"。等闲:平常,轻易。

[**赏析**]莺儿婉转歌唱不让青春留驻,催促得春天归去花儿也落尽。还有什么东西能安慰我的心?怕只有到最后才开放的荼蘼花情。荼蘼绿色的枝叶花白如冰雪,细雨斜风中在桥畔靓现。不必轻浮地把香气弥散,让那些普通的蜂蝶猜一猜是什么花开了。词句描写荼蘼的花情,指出荼蘼花是春季最后开放的花,荼蘼花开意味着春天花季结束。

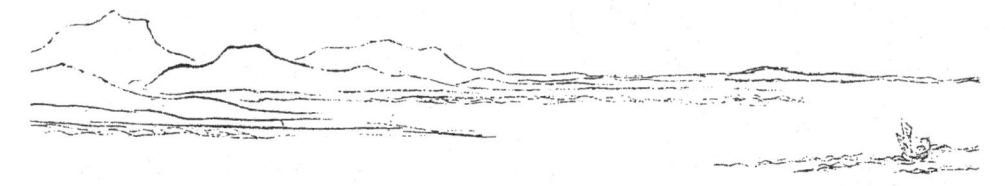

原生态的瑰丽——古诗词里的美丽中国

赋水仙花

[宋]朱熹

隆冬凋百卉,江梅厉孤芳。
如何蓬艾底,亦有春风香。
纷敷翠羽帔,温靓白玉相。
黄冠表独立,淡然水仙装。
弱植愧兰荪,高操摧冰霜。

[注释]兰、荪:皆为香草。帔:古代披在肩背上的服饰。

[赏析]严冬季节百花凋残,只有江边梅花孤芳自赏,还有水仙花在蓬艾杂草底下由春风送来芳香。它枝叶纷呈一如翠羽霞帔,花朵温青色本是玉质天生。黄色花冠独立其上,恰似凌波仙子的淡雅装扮。若与香草兰荪相比似嫌柔弱,但它的高洁情操能摧裂冰霜。全诗二十句,这里选的是前十句。诗句描写水仙花的形象和特点,认为水仙花具有高洁的情操和不怕寒冷的坚毅品性。

渌水曲

[唐]李白

渌水明秋月,南湖采白蘋。
荷花娇欲语,愁杀荡舟人。

[注释]渌水曲:古乐府曲名。渌水:一说为水名,发源于江西,流入湘江;一说指绿水。南湖:指洞庭湖。白蘋:一种水生植物,根系在水底泥里,叶子浮在水面。杀:同"煞"。

[赏析]清澈的湖水在秋夜的月光下波光粼粼,我来到南湖上采摘白蘋。

湖中的荷花娇艳欲滴像一位多情的少女仿佛要说什么话,这可愁煞了摇船过来采撷白蘋的人,怎能忍心把它们都采下。诗句通过描写采蘋人的心态表现荷花的清纯娇艳。

苏幕遮·露堤平
[宋]梅尧臣

落尽梨花春又了。
满地残阳,翠色和烟老。

[赏析]眼看梨花落尽,又一个春天结束了。夕阳渐暗,暮霭沉沉,草色的碧绿青翠和人生烟云一起转向苍老。这里选的是全词的下片的后几句。词句描写暮春时原野景色的转换,作者又暗喻人生和仕途的春天已经消逝。

清平调词三首·其三
[唐]李白

名花倾国两相欢,长得君王带笑看。
解释春风无限恨,沉香亭北倚阑干。

[注释]名花:指牡丹花。倾国:指女子的美色达到"使全国人倾倒"的地步。这里喻指杨贵妃。解释:这里选的是消解、消散之意。春风:喻指唐玄宗。沉香亭:亭名,由沉香木构筑而成。阑干:即栏杆。

[赏析]极负盛名的牡丹花和倾国的绝色美人相得益彰,使皇上满面笑

容长久不停地看。皇上和贵妃在沉香亭北边倚着栏杆,皇上的无限春愁和种种烦恼都消散了。词句描写皇帝(唐玄宗)与杨贵妃一起欣赏牡丹花,阿谀皇帝在赏花观人的极度高兴中把一切烦恼都抛开扔掉了。

蝶恋花·侬是江南游冶子
[元]赵孟𫖯

侬是江南游冶子,乌帽青鞋,行乐东风里。
落尽杨花春满地,萋萋芳草愁千里。

[注释]侬:我。萋萋:草长得茂盛状。

[赏析]我是江南的浪荡才子,穿着闲居的平常衣服,在春风里尽情游乐。杨花落满地春天就要过去,勾起我满腹愁绪像茂盛的芳草绵延千里。这里选的是全词的上片。作者作为宋朝皇室赵氏的后裔,却出仕元朝,既在心里有故国之思,又在现实中受同僚排挤,故在词句中抒发出哀怨愁绪。

春雨绝句六首·其二
[宋]陆游

千点猩红蜀海棠,谁怜雨里作啼妆。
杀风景处君知否,正伴邻翁救麦忙。

[赏析]蜀地千百朵海棠花红艳得像猩猩血,在春雨中好像是美人在哭泣,但谁会来赏识和怜惜她的娇媚与怨艾呢!你知不知道最煞风景的是我

现在没有工夫呀,我正忙着帮邻居老翁抢收麦子呢。诗句作者描写自己正忙于帮邻近老农在雨中收麦,海棠花再美也顾不上来欣赏了。

处士卢岵山居

[唐]温庭筠

千峰随雨暗,一径入云斜。
日暮鸟飞散,满山荞麦花。

[注释]处士:旧时泛指没有做官(或不愿做官)的读书人。

[赏析]众多山峰在雨幕中幽暗看不清,通往卢岵山居的小路高峻弯曲转入烟云深处。傍晚鸟儿飞散天色渐暗,才显出满山的荞麦花一片洁白。全诗八句,这里选的是后四句。诗句描写"满山荞麦花"等表现卢岵处士幽寂古朴的生活景况。

茧漆花

[宋]刘侁

清晨步上金鸡岭,极目漫山茧漆花。
雪蕊琼丝亦堪赏,樵童蚕妇带归家。

[注释]茧漆花:又称茧子花(茧花),江南茧熟缫丝时开花,学名白鹃梅。

[赏析]清晨时我走上金鸡岭,一眼望去漫山遍野开着茧漆花。这茧漆

花的雪白花蕊像白玉丝,让人欣赏不已,砍柴的少年、养蚕的妇人都把它采摘带回家。诗句描写江南萤漆花(白鹃梅花)开放的盛大景象。

吉祥寺赏牡丹
[宋]苏轼

人老簪花不自羞,花应羞上老人头。
醉归扶路人应笑,十里珠帘半上钩。

[**注释**]吉祥寺:寺名,在杭州。作者当时在杭州主政。簪:插在头发上。

[**赏析**]人已年老竟把牡丹花插在头上还不知道害羞,反倒是牡丹花感到难为情,不愿待在老人头上。这个老人是喝醉了回去才这样,引起路人哄笑;以至十里路上半数人家卷起了珠帘,来观看这个官儿的怪模样。诗句描写作者在吉祥寺赏牡丹后回家时的怪异情景。诗句既夸赞了牡丹花吸引人的美艳,又表现出作者不拘礼法、旷达忘忧的性情。

日 出
[宋]裘万顷

日出柴门尚懒开,绿阴多处且徘徊。
槐花满地无人扫,半在墙根印紫苔。

[**赏析**]雨后,太阳很高了我还懒得出门,多株槐树绿荫浓密来回移动。槐花落得满地都是却无人清扫,许多槐花被风吹到墙根生成了苔。

念奴娇·闹红一舸

[宋]姜夔

日暮,青盖亭亭,情人不见,争忍凌波去。

只恐舞衣寒易落,愁入西风南浦。

[注释]青盖:指荷叶。情人:这里喻指荷花。南浦:南面的水边。常用以指称送别之地。

[赏析]傍晚时分,荷叶仍如青翠的伞盖亭亭玉立,荷花艳姿已隐然不见,我怎能忍心乘舟荡波离去?只恐怕这寒秋时节,舞衣般轻飘的荷花瓣容易凋落,西风吹得南浦一片狼藉和愁怨。全词咏荷花,这里选的是全词下片的前几句,描写作者欣赏爱恋荷花的心灵感受;也有借荷花寄托身世之感。

茉莉花

[明]沈宜修

如许闲宵似广寒,翠丛倒影浸冰团。

梅花宜冷君宜热,一样香魂两样看。

[赏析]这样空闲的夜晚却冷得像进了广寒宫,翠绿的叶丛看来像沉浸在冰水中。梅花喜爱在寒冷季节开放,茉莉花则适宜生长在温热地方,都具有一样的芳香之魂,却是两种品性的花,应该分别看待培养。诗句是说不同的花有不同的品性,应该不同地对待,用适宜其特性的方法培育。

野茶花

[清]戴亨

塞上牧马儿,采叶调酥酪。
空有珍珠花,随风开自落。

[注释]野茶花、珍珠花:指白鹃梅(此花有三种。这里指生长在塞上的齿叶白鹃梅,灌木,其嫩叶和花可食)。塞上:指今河北省北部及内蒙古自治区一带的广大地域。

[赏析]那些生活在塞上的牧牛马羊的人,采来白鹃梅的嫩叶和花代替茶叶调入奶茶中。这种花空有"珍珠"的美名,在塞上只能是随人之意或自开自落呀。诗句描写白鹃梅的生态及为牧人利用的情况。

春 怨

[唐]刘方平

纱窗日落渐黄昏,金屋无人见泪痕。
寂寞空庭春欲晚,梨花满地不开门。

[注释]金屋:本指妃嫔所居宫室,泛指华美居室。

[赏析]纱窗外夕阳西下已近黄昏,华美居室里她独自一人挂满泪痕。空落的庭院、寂寞的心绪,春天就要过去,梨花凋落满地院门紧闭多么冷清。诗句描写居室、庭院寂寥冷清,梨花落尽,多情女子对春光流逝备感落寞无奈的伤感心情。

菩萨蛮·水晶帘外娟娟月

[明]杨基

水晶帘外娟娟月,梨花枝上层层雪。
花月两模糊,隔窗看欲无。
月华今夜黑,全见梨花白。
花也笑姮娥,让他春色多。

[注释]娟娟:美好的样子,指月光皎洁、月色妩媚。姮娥:即嫦娥。

[赏析]闺房珠帘外面皎洁的月色多么妩媚,庭院里的梨花好像是梨树枝上覆盖着层层雪花。隔着窗看过去,月色与梨花互相映衬,反而都有点儿模糊不清了。今夜天暗没有月光,只能看到一片雪白梨花。梨花展颜笑对嫦娥,定是想让嫦娥也看看春色是多么艳丽。

凝露堂前紫薇两株每自五月盛开九月乃衰·其一

[宋]杨万里

似痴如醉丽还佳,露压风欺分外斜。
谁道花无红百日,紫薇长放半年花。

[注释]紫薇:落叶灌木或小乔木,夏秋季开花,花期长,有"百日红"之称。

[赏析]紫薇花开时好像痴情女子有点儿醉意多么佳好艳丽,露水浸湿风吹欺压使它枝条倾斜反而更显姿色。谁说花的红艳没有能超过一百天的,紫薇能长期开花达半年之久。诗句赞扬紫薇生命力顽强,花期长,观赏价值高。

牡丹花

[唐]罗隐

似共东风别有因,绛罗高卷不胜春。
若教解语应倾国,任是无情也动人。
芍药与君为近侍,芙蓉何处避芳尘。

[注释]芙蓉:荷花。

[赏析]花朵似乎都是被春风吹得凋落,其实(牡丹的凋落)是别有原因,绛红色的牡丹花层层叠叠好像是承受不住春风。如果牡丹花能理解人的语言,她就是倾国倾城的美女,纵然她含情不露,也足有动人心弦的魅力。芍药花只能充当她的近侍,荷花也得找个地方远远躲避。全诗八句,这里选的是前六句。诗句描写牡丹花艳冠群芳,人人喜爱,使人动情(古今诗评家对此诗的寓意有不同的解析,这里只从牡丹花本身的美艳去理解,不涉及最后两句)。

白 莲

[唐]陆龟蒙

素花多蒙别艳欺,此花端合在瑶池。
无情有恨何人觉,月晓风清欲堕时。

[注释]瑶池:神话传说中的仙境,西王母所居之地。

[赏析]素雅的花常会遭受艳丽花朵的欺负,这冰清玉洁的白莲花真应该生长在西王母的瑶池仙境与人世隔离。残月尚在天将晓,清爽晨风吹过来,白莲花要凋谢了,它好像无情有恨,因为人们对它太不理解。诗句表现白

莲花高洁无华而遭受鄙弃，人们只喜欢艳丽多姿的花朵，白莲花含着怨恨在不知不觉中凋零。

后园续咏
[明]罗洪先

棠梨花开深浅黄，燕子初飞日渐长。
草亭坐久客不到，半雨半风春太狂。

[注释]棠梨：又称杜梨，高大落叶乔木，野生，花白色，花期、果期都长，可用作嫁接各种梨树的砧木。

[赏析]棠梨花开，深的浅的白色带点儿黄，小燕子开始学飞，白天渐渐变长。久坐在草亭上等待，客人还没有到，又刮风又下雨，这个春天实在太狂。诗句描写初春的一些景象及作者在等待的客人未来到时的焦灼心情。

寒食野望吟
[唐]白居易

棠梨花映白杨树，尽是死生离别处。
冥冥重泉哭不闻，萧萧暮雨人归去。

[注释]寒食：古时节日，在清明前一日或二日。重泉：俗称黄泉，古时认为是人死亡后的归宿地。

[赏析]棠梨花掩映着白杨树，这里都是人们生死离别的地方啊。亡者

在昏暗的地下黄泉听不到亲人的哭声,在傍晚的潇潇雨声里来祭奠扫墓的亲人——回去了。全诗八句,这里选的是后四句。诗句描写寒食节时亲人在野外墓地祭扫已经亡故的亲人的情景。

赏牡丹

[唐]刘禹锡

庭前芍药妖无格,池上芙蕖净少情。
唯有牡丹真国色,花开时节动京城。

[注释]芙蕖:荷花。京城:长安城。

[赏析]庭院里的芍药妖娆艳丽却缺少高雅格调,池塘中的荷花洁净清雅却缺乏热情风韵。只有牡丹花才真正具有国色天香,在它开花时节会惊动整个长安城的人争相去观赏。诗句极力赞赏牡丹花的富丽、大气之美。

题张十一旅舍三咏·榴花

[唐]韩愈

五月榴花照眼明,枝间时见子初成。
可怜此地无车马,颠倒青苔落绛英。

[注释]榴花:石榴花。绛:大红色。英:即"花"。

[赏析]五月里石榴花开了,红艳似火耀眼夺目,在枝间已结出了石榴子。可惜啊,这么美艳的花却没有贵人佳丽乘着车马来观赏,红色的石榴花

遭到人们颠倒错落的冷漠,只能飘零在长满青苔没有人迹的地上。诗句描写石榴花的绚丽情状,又暗喻对人才不被赏识、寂寞而终的情况的愤懑不平。

偶 成

[清]刘廷玑

闲花只好闲中看,一折归来便不鲜。

[赏析]那些在山野里自生自灭的野草闲花只能在闲逛时随便看看,如果把它摘取回来在家里摆放它就不新鲜可爱了。诗句是说野草闲花只适合在野外生长和欣赏,也就是说许多事物只有在适合它的环境里存在才能保持它的美好和特色。

紫薇花

[唐]杜牧

晓迎秋露一枝新,不占园中最上春。
桃李无言又何在,向风偏笑艳阳人。

[赏析]紫薇花在秋露里迎来了清晨,而不是生长在花园中在早春与百花竞艳。春风里的桃李花艳丽动人却早已凋谢,唯独紫薇花迎风向阳含笑对人从夏开到秋。诗句指出紫薇花花期悠长、品质上佳。

窗前木芙蓉

[宋]范成大

辛苦孤花破小寒,花心应似客心酸。
更凭青女留连得,未作愁红怨绿看。

[**注释**]木芙蓉:落叶灌木。秋天开花,甚为艳丽。为避免与芙蓉(荷花)混淆,故称"木芙蓉",又称木莲。小寒:指天气稍寒冷,非指"小寒"节气。青女:指霜神。

[**赏析**]孤单的木芙蓉冒着秋季的初寒辛苦地开放,花儿心中的苦楚恰似客居他乡游子的心酸。任凭盘桓流连的风霜不断地摧残,木芙蓉也不会像那些凋败的红花绿草满含愁怨。诗句表现木芙蓉开花的艰辛和其内心的坚贞。

代迎春花招刘郎中

[唐]白居易

幸与松筠相近栽,不随桃李一时开。
杏园岂敢妨君去,未有花时且看来。

[**注释**]刘郎中:指刘禹锡。筠:竹子的青皮,借指竹。杏园:园名,在长安。唐时常为新科进士游宴之地。

[**赏析**]幸亏与松竹栽在一起,迎春花不愿随着桃李花一块儿开。哪里敢妨碍您去杏园游玩,那儿没有花的时候您且来我这儿看看。诗句描写迎春花宁愿与高洁的松竹为邻,也不愿与艳丽的桃李为伍。诗句蕴含作者对人生和仕途的一种感喟。

粉蝶儿·绕舍清阴

[宋]曹冠

休怨春归,四时有花堪醉。
渐红莲,艳妆依水。
次芙蓉岩桂,与菊英梅蕊。
称开尊,日日殢香偎翠。

[注释]芙蓉:即荷花,莲花。尊:同"樽"。殢:滞留,纠缠。

[赏析]不必怨春天的归去,四季都有花开足以令人陶醉。春花谢后,就有莲花红妆艳丽浮在水面上。在莲花之后,岩桂花又开了,接着还有菊花的英姿和梅花的香蕊。且称心如意地摆开酒杯吧,让你天天都能依偎在花丛旁留驻在花香里。这里选的是全词的下片。词句描写四季都有花开花香,让人流连陶醉。

踏莎行·杨柳回塘

[宋]贺铸

杨柳回塘,鸳鸯别浦。绿萍涨断莲舟路。
断无蜂蝶慕幽香,红衣脱尽芳心苦。

[注释]别浦:江河支流入水口。红衣:形容荷花的红色花瓣。芳心:指莲子心(味苦)。

[赏析]杨柳围绕着环曲的池塘,一对鸳鸯在池塘进水口处嬉戏。池塘水面满布绿色浮萍,挡住了采莲姑娘的小船。没有蜜蜂和蝴蝶会飞来倾慕荷花的幽香,荷花的红色花瓣在秋光中凋落后,结出的莲子的心很苦涩。这里

选的是全词的上片。词句描写荷花及莲子心的物性特点；作者表现荷花及莲子的高洁品性和凄苦心境，暗喻卓尔不群的美人或君子的品格。

春暮游小园
［宋］王淇

一从梅粉褪残妆，涂抹新红上海棠。
开到荼蘼花事了，丝丝天棘出莓墙。

［赏析］粉红的梅花零落了，犹如女子褪去面妆、卸下饰物；接着是海棠花开放，就像少女涂抹了艳丽的新红。待到荼蘼花开的时候，春天的花事就结束了，这时只有荼蘼带刺的枝蔓以及丝丝天棘在长满莓苔的墙上伸了出来。诗句从梅花落谢写到荼蘼花开，表示时序推移、春事将尽、夏季来临。旧时常以荼蘼花开比喻女子的青春时期要过去了。

春日五首·其二
［宋］秦观

一夕轻雷落万丝，霁光浮瓦碧参差。
有情芍药含春泪，无力蔷薇卧晓枝。

［注释］霁：雨后或雪后放晴。参差：高低、长短不齐。

［赏析］在轻轻的雷声里下了一夜绵绵细雨，天晴后晨曦在屋顶碧玉般的琉璃瓦上照射出明暗不一的亮光。雨后的芍药像是多情的女子含着点点

泪珠,妩媚柔弱的蔷薇枝条静卧在熹微晓光里。诗句描绘出春雨过后庭院里花朵清新婉丽的韵味和情致。

清平调词三首·其二
[唐]李白

一枝秾艳露凝香,云雨巫山枉断肠。
借问汉宫谁得似,可怜飞燕倚新妆。

[**注释**] 秾:一作"红"。一枝秾艳:指牡丹花。云雨巫山:指巫山神女与楚王欢会的神话故事。飞燕:指汉成帝皇后赵飞燕。

[**赏析**] (杨)贵妃美丽得像是一枝凝香带露的红牡丹,那与楚王相会的巫山神女与之相比也是枉然悲伤断肠。若问汉朝宫中的嫔妃谁能与她相比,即使是赵飞燕也得凭借新的衣裳妆扮。词句直白地歌颂杨贵妃与红牡丹一样艳丽,汉宫里的赵飞燕也赶不上她漂亮。

海棠花
[宋]刘子翚

幽姿淑态弄春晴,梅借风流柳借轻。
初种直教围野水,半开长是近清明。
几经夜雨香犹在,染尽胭脂画不成。
诗老无心为题拂,至今惆怅似含情。

[**注释**]胭脂:女子的化妆品,也可用作绘画的颜料。

[**赏析**]海棠花在晴朗的春天是那么幽静娴淑,它没有梅花那样的风流雅致,也不像柳絮凭借轻盈婀娜多姿。它种下后需要田野水流多浇灌,到刚开之时已接近清明时节。经过几番夜雨的摧折已然凋落,但它的芳香仍然存在,即使染尽了胭脂也难以描画出它的遗馨和气韵。我这个老诗翁没有心力为它题写什么,但我对它的情感至今仍惆怅莫名。诗句赞美海棠花的"幽姿淑态"和气质馨香,对于它的凋谢感到惋惜和挂念。

清平调词三首·其一

[唐]李白

云想衣裳花想容,春风拂槛露华浓。
若非群玉山头见,会向瑶台月下逢。

[**注释**]槛:栏杆。群玉:山名,神话传说中西王母所住的地方。瑶台:神话传说中西王母所居的宫殿。

[**赏析**]见到云就想到她(杨贵妃)华彩的衣裳,见了牡丹花就想到她美丽的容颜。春风轻拂着宫苑的栏杆,露水润泽下的牡丹花更为浓艳。如果不是在神仙居住的群玉山,这样的美人无法见到,或许只有在西王母居住的瑶台里才能遇着。作者在长安供奉翰林时,一次唐玄宗和杨贵妃观赏牡丹花,作者奉诏而作此词(三首)。这一首词歌颂杨贵妃与牡丹花人即是花、花即是人,融为一体,又蒙皇上雨露恩泽而更加美艳。

秋海棠

[清]秋瑾

栽植恩深雨露同,一丛浅淡一丛浓。
平生不藉春光力,几度开来斗晚风!

[赏析]各种花受到同样栽培的恩惠和雨露的滋润,开出来的花朵颜色却不相同,有的浅淡有的浓艳。秋海棠一生没有借春光的力量就开放得很美丽,它还敢不断地与秋季的烈风抗争。诗句表现秋海棠开放的特色和气韵。诗作者是清末革命志士。作者似以秋海棠的状况暗喻自己所嫁非偶、身世苍茫,却有在痛苦和风雨中敢于抗争的高洁品格和志向。

金钱花

[唐]罗隐

占得佳名绕树芳,依依相伴向秋光。
若教此物堪收贮,应被豪门尽劚将。

[注释]金钱花:花名,学名旋覆花,是一味中药。占得佳名:指"金钱花"这个名字起得好。劚:大锄。引申为斫、掘。

[赏析]有个好名字的金钱花围绕着树干生长发出阵阵芳香,一朵挨着一朵开得丛丛簇簇,为这个渐凉的秋天增添了多少光彩。如果这金钱花真的是金钱而且可以收藏贮存的话,那必然早就被豪门权贵把它全部掘尽砍光了。诗的前两句似乎只是在描写、欣赏一种花,但后面两句就很冷峻、犀利了。作者借物言意,直刺豪门权贵贪婪冷酷、攫取无度的本性。

原生态的瑰丽——古诗词里的美丽中国

鹧鸪天·祝良显家牡丹一本百朵
[宋]辛弃疾

占断雕栏只一株,春风费尽几工夫。

天香夜染衣犹湿,国色朝酣酒未苏。

[**赏析**]在雕画栏杆的家园里只有这一株牡丹花,春风要吹动它还费了不少工夫。它夜晚散发的香气熏染了的衣服似有点儿湿味,它色彩艳丽好像美人喝酒后脸上的红晕。这里选的是全词的上片。词句描写这棵硕大的牡丹花开放时的浓香、红艳的韵味。后来人们常以"天香国色"(或"国色天香")来形容和赞誉牡丹花。

池　上
[宋]赵师秀

朝来行药向秋池,池上秋深病不知。

一树木犀供夜雨,清香移在菊花枝。

[**注释**]行药:指服药后散步以散发药性、吸收药力。木犀:亦称"木樨",即桂花。

[**赏析**]早晨服药后到池塘边走一走,多日生病不知道这里秋色已很深。一树桂花上还留着昨夜的雨滴,菊花枝头散发出清新的香气。诗句描写生病的作者在服药后到池塘边散步时所感受到的秋天的桂花、菊花的气息。

同儿辈赋未开海棠二首·其二
〔金〕元好问

枝间新绿一重重,小蕾深藏数点红。
爱惜芳心莫轻吐,且教桃李闹春风。

[赏析]海棠一重重浓郁的新绿中,只有几点红色花蕾深藏其中。海棠自爱持重,不轻易开放花红,姑且让先花后叶的桃李在春风中热闹一阵。诗句表现海棠花的物性特点,并赋予它以矜持自重、芬芳不争的品格。

忆溪居
〔五代〕李中

竹轩临水静无尘,别无凫鹭入梦频。
杜若菰蒲烟雨歇,一溪春色属何人。

[注释]凫:野鸭。鹭:古书上指鸥。杜若:花名,又称竹叶花。菰:水生草本植物,其嫩茎俗称茭白。

[赏析]临水有窗的竹屋十分安静没有尘埃,也没有野鸭鸥鸟频频地来打扰我的清梦。生长着杜若和菰蒲的山溪边,蒙蒙细雨已该停歇,我住过的那个地方的美妙春色现在不知已属于谁了。诗句表现作者离开山溪边的旧居后淡淡的回忆和留恋之情。

紫薇

[明]薛蕙

紫薇开最久,烂熳十旬期。
夏日逾秋序,新花续故枝。

[注释]旬:十日为一旬。

[赏析]紫薇开花时间最长,烂熳绚丽能有一百天。从炎炎夏日一直到秋天,它的新花不断地绽放在旧枝间。全诗八句,这里选的是前四句。诗句着重指出紫薇花花期很长。

如梦令·昨夜雨疏风骤

[宋]李清照

昨夜雨疏风骤,浓睡不消残酒。
试问卷帘人,却道海棠依旧。
知否,知否?应是绿肥红瘦。

[赏析]昨夜雨虽稀疏风却刮得很猛,我酣睡一夜,醒来仍觉酒意没有消尽。我问正在卷帘的侍女,院子里的情况如何,她只说海棠花还那样。知道吗,知道吗?它应是绿叶繁茂、红花凋零。词句描写夜里刮风下雨,作者睡醒后询问院子里的花事及对侍女的指正,含蓄地反映出作者惜花伤春的哀婉心情。

第六章 人居环境

银桥观山隐约间,金台夕照晚云烟。

居庸叠翠三边好,琼岛春阴二月间。

太液晴波情不尽,卢沟晓月月阑珊。

蓟门烟雨空余树,玉泉垂虹八景全。

——《燕京八景》([清]无名氏)

这里是第六部分人居环境。

人类是群体性的动物,人类从一出现就过着聚集群居的生活。

在中国广袤的国土上,存在着众多远古人类。

据考古发现其重要的有:云南元谋地方的"元谋人",生活在约170万年前;陕西蓝田地方的"蓝田人",生活在115万至65万年前;北京周口店地方的"北京人",生活在70万～23万年前,等等。

这些生活在旧石器时代的远古人类,从一开始就作为群体而生活、存在,他们使用简单的石器和木棍等作为工具来猎取野兽,并懂得采集野果来充饥,"北京人"已学会使用火。

到了新石器时代,古人类开始制造和使用磨制石器。发明了陶器。这时,出现了原始的农业和养畜业,人类的生活地域逐渐稳定。

中国的古代人类文化遗存分布广泛。

如:黄河中上游地区的仰韶文化,黄河下游地区的大汶口文化、龙山文化,长江下游地区的河姆渡文化、良渚文化,北方辽河上游地区的红山文化,等等。

这些古代先民已能栽培粟、水稻等作物,掌握了养蚕缫丝技术,能制作彩色陶器、精美玉器等。

夏、商、周时期,完整的国家政权和相当规模的城市形成了。

中国的考古学已确切地证实,中国有五千年没有间断的文明史。

在以农耕生产方式为主的基础上,中国古代先民在以中原为中心的各处土地上发展,几千年来逐渐向周围、边域、平原、山林、岛屿、海洋等扩展、开拓出生活在其中的原野、田园、村庄、林苑、城市等等。其种种模式下繁荣、成熟、瑰丽的景象,有着无穷的魅力,是世界所罕见,为世界所惊叹。

这里面生发着、层叠着、蕴含着世世代代中国人的经验、智慧、精神、情怀,又渗透、融入、贯穿、烙印着中国悠久历史的时代和社会的特点,而形成和呈现为极具中国特色的种种景象。

现在,我们从古诗词中回望古代那些田园、村庄、林苑、城市的种种景象,无不会从它们的自然与人文的交织中深切感受到中国特色、中国气象、中国意境、中国美蕴、中国精魂、中国魅力。

本部分仅撷取描写田园、村庄、林苑、城市等方面的古诗词中的极小部分。

24. 田 园

秋夜喜遇王处士
[唐]王绩

北场芸藿罢，东皋刈黍归。
相逢秋月满，更值夜萤飞。

[注释]处士：古时指有德才而没能做官或不愿做官的士人。芸：通"耘"。藿：指豆叶。皋：水边高地。刈：割。黍：黍子，俗称黄米；泛指粮食作物。

[赏析]在居屋北面的田园锄完豆秧旁的杂草，又到东边高田里收割黍子，回家已是夜晚。在这月圆的秋夜，恰巧与老友王处士相遇，身旁有许多萤火虫在乱飞。诗句描写作者在秋季的田园里劳作至夜晚，并遇见老友的景象；诗句也表现出作者归隐田园、恬淡自适的心情。

腊日游孤山访惠勤、惠思二僧
[宋]苏轼

出山回望云木合，但见野鹘盘浮图。
兹游淡薄欢有余，到家恍如梦蘧蘧。

[注释]孤山：山名，在杭州西湖周边。隼：部分隼属动物的旧称。浮图：同"浮屠"，塔，古时僧人死后骨灰埋藏处。

[赏析]我从孤山出来回头望去，只见孤山上面云和树连为一片，广阔田野里有游隼在佛塔上空盘旋。这次游孤山虽然淡泊平常，但我心中洋溢着快乐；回到家里，神情恍惚，真像是刚从梦中醒来。全诗较长，这里选的是其中四句。诗句描写作者隆冬时游孤山访二僧后回来时所见的田野景象和到家后自己的心情。

书王定国所藏烟江叠嶂图（王晋卿画）
[宋]苏轼

川平山开林麓断，小桥野店依山前。
行人稍度乔木外，渔舟一叶江吞天。

[赏析]水道平坦，山野开阔，到了山脚林莽断绝，山前江上小桥连着店家茅舍。行人穿过高大的树木，天空倒映在江水中，江上的渔船就像一片树叶。这里选的是一首题画诗。全诗二十八句，这里选的是其中四句。诗句从近处描述画卷里水流到山脚下所呈现的田园景象。

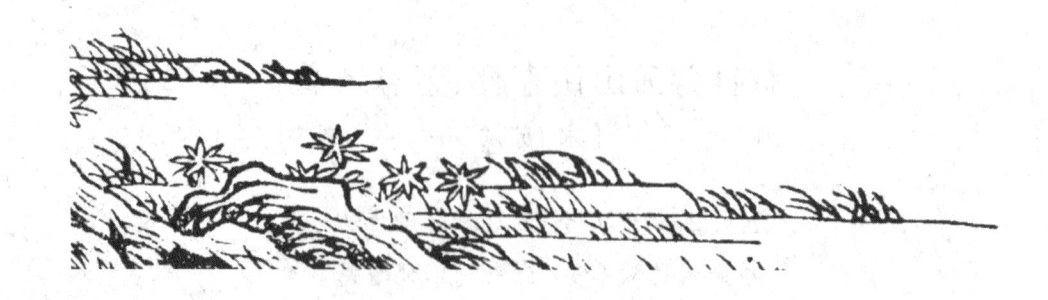

野步即事
[宋]释文珦

叠巘复平原,行行足力烦。
野程难较里,旅食暂依村。
枣熟儿童聚,禾收乌鹊喧。
徘徊顾风景,不觉念丘园。

[注释]巘:山峰,山顶。

[赏析]走过层层叠叠的山又行进在广阔原野,不断地走啊走啊使我脚力疲累心里很烦。田野里的路很难计算里程,旅宿吃饭暂时只能依托村庄。枣子成熟儿童聚在树下,稻谷收获鸟儿十分喧闹。我在田野徘徊顾看这些风景,不知不觉地想起家里的丘垅田园。诗句描写作者在山野行走及所见农村收获季节的状况,并因而念及自己的家乡、田园。

暮春归故山草堂
[唐]钱起

谷口春残黄鸟稀,辛夷花尽杏花飞。
始怜幽竹山窗下,不改清阴待我归。

[注释]故山:指作者久居的蓝田谷口,作者视之为故乡。辛夷:木兰树的花,又称木笔花、迎春花。

[赏析]暮春时节的山谷口一带,已听不到黄莺的叫声,迎春花早开过,杏花已经飘飞。这才感到窗下的修竹是多么可爱,它仍然苍翠幽雅,在等待我归来。诗句描写暮春时节作者久居地方的田园景象。

过故人庄
[唐]孟浩然

故人具鸡黍,邀我至田家。
绿树村边合,青山郭外斜。
开轩面场圃,把酒话桑麻。
待到重阳日,还来就菊花。

[注释]过:到访。黍:一种粮食作物,籽实去皮后叫黄米,煮熟后有黏性。轩:窗户。

[赏析]老朋友准备下丰盛的菜肴,邀我到他在村庄的家里做客。村庄掩映在绿树林中,村庄外横斜着一脉青山。推开窗户面前是谷场菜园,共饮美酒闲聊桑麻之类的农事。等到九月初九重阳节时,我还要来这里观赏菊花。诗句描写作者到老朋友所在村庄的家里吃饭叙谈的情景,表现了自然的田园风光和淳朴的友情。

听角思归
[唐]顾况

故园黄叶满青苔,梦后城头晓角哀。
此夜断肠人不见,起行残月影徘徊。

[注释]角:指军中的号角声。

[赏析]我在梦里见到故乡的家里满园黄叶满地青苔,拂晓梦醒后听到城头上号角声似在哀鸣。夜晚思归愁肠欲断家人不会知道,起来出帐唯有残月照着我独自徘徊。诗句抒发了戍边者思念家园的孤寂心情。

病起荆江亭即事十首·其一

[宋]黄庭坚

翰墨场中老伏波,菩提坊里病维摩。
近人积水无鸥鹭,时有归牛浮鼻过。

[注释]翰墨:笔墨,借指文章书画。伏波:指汉代名将马援,他被封为伏波将军。菩提:佛教用语,指觉悟的境界。菩提坊:泛指笃信佛教者居住的地方,即庙宇一类地方。维摩:即维摩诘,佛经里说的一个有学问和文采的人。

[赏析]我是写诗作文的文坛里犹如马援那样的老将,又像是住在庙宇里的生病的维摩诘。住在这个积水很深的荒僻地方,连鸥鹭等鸟儿都不敢接近,只有耕牛在傍晚回归时露着鼻子从水中浮过来。诗句作者表示自己虽已老迈仍可为朝廷所用,而自己目前生活在田园里处境很差。

旅次洋州寓居郝氏林亭

[唐]方干

举目纵然非我有,思量似在故山时。
鹤盘远势投孤屿,蝉曳残声过别枝。
凉月照窗欹枕倦,澄泉绕石泛觞迟。

[注释]洋州:今陕西洋县。屿:小岛。欹:倾斜。泛觞:古时宴饮时的一种游戏。

[赏析]抬头所见纵然不是我曾有的家乡,仔细想来一切却似是我在故乡时的景象。白鹤从高空盘旋而下到孤零零的小岛,蝉鸣不已拖着尾声飞向别的树枝。秋凉时的月光透过窗户照着斜倚在枕上的疲倦孤独的我,我只能

原生态的瑰丽——古诗词里的美丽中国

神游在绕过山石的清泉中,回忆与朋友宴饮时做"泛觞"游戏的时光。全诗八句,这里选的是前六句。诗句描写作者仕途不顺羁旅洋州时忆及家乡田园以及当前的境况。

凉 思
[唐]李商隐

客去波平槛,蝉休露满枝。
永怀当此节,倚立自移时。

[注释]槛:栏杆。

[赏析]当初你离去时春潮漫平田园栏杆,如今秋蝉不再鸣叫露水挂满树枝。我永远怀念那美好时节,今日倚立栏杆深感光阴易逝。全诗八句,主旨是怀念旧友,寄托对友人的思念和期待。这里选的是前四句,描写过去及当前田园原野的景象。

晚步西园
[宋]范成大

料峭轻寒结晚阴,飞花院落怨春深。
吹开红紫还吹落,一种东风两样心。

[注释]料峭:形容微寒(多指春寒)。晚阴:指傍晚时的阴霾。

[赏析]轻轻的寒意凝结着傍晚的阴霾,飞到庭院里的落花抱怨春时已晚。东风吹开了春花又吹落了春花,同一种东风前后却是两种不同的心灵。

诗句是说春风既吹开田园庭院里的百花又吹落了百花,既有情又无情——这里选的是作者"晚步西园"时的感想:同一事物在不同条件下具有不同的甚至是相反的作用啊。

齐安郡后池绝句
[唐]杜牧

菱透浮萍绿锦池,夏莺千啭弄蔷薇。
尽日无人看微雨,鸳鸯相对浴红衣。

[赏析]菱叶浮萍铺满池塘水面成为一片绿锦,黄莺停在蔷薇花枝上婉转歌唱。田园水池边一天到晚也没有人来欣赏雨景,池塘中只有一对鸳鸯亲密嬉戏,沐浴着它们的红色羽毛。诗句表现田园绿色池塘、蔷薇花开、黄莺歌唱、鸳鸯嬉游的美妙的自然景象。

贺新郎·别茂嘉十二弟
[宋]辛弃疾

绿树听鹈鴂,更那堪、鹧鸪声住,杜鹃声切。
啼到春归无寻处,苦恨芳菲都歇。算未抵、人间离别。

[注释]鹈鴂:这里指伯劳鸟。鹧鸪:鸟名,其叫声如说"行不得也哥哥"。杜鹃:鸟名,其叫声如说"不如归去"。

[赏析]听着田园绿树荫里伯劳鸟叫声凄切,更有那鹧鸪在叫着"行不

得也哥哥",它的啼鸣刚停住,杜鹃又发出"不如归去"的呼号。这些鸟儿一直啼叫到春天归去再也无处寻觅,芬芳的百花都枯萎了,令人多么痛苦可惜。但这些悲切恨怨算起来都抵不上人间生离的痛苦啊!这里选的是全词上片的前大半。词句表现田园里春天逝去时鸟儿悲鸣、花儿凋零的令人惋惜的景象,表达作者不忍与族弟(茂嘉)离别的手足情。

野 步
[宋]周密

麦陇风来翠浪斜,草根肥水嗅新蛙。
羡他无事双蝴蝶,烂醉东风野草花。

[注释]麦陇:麦田。

[赏析]和煦的风吹斜了麦田里的新麦苗,在水洼草根处的小青蛙不停地叫着。无所事事的蝴蝶飞来飞去令人羡慕,春风吹拂着野草闲花的景色使我陶醉。诗句描写南方春末麦稻连作、蛙叫蝶飞、野草闲花等生机盎然的田野景象,也表现出作者陶然惬意的心情。

书湖阴先生壁二首·其一
[宋]王安石

茅檐长扫净无苔,花木成畦手自栽。
一水护田将绿绕,两山排闼送青来。

[注释]畦：田园中分成的整齐小块。闼：小门。排闼：开门。

[赏析]茅屋庭院因经常打扫，洁净得没有一丝青苔；多种的花木分畦整齐，都是主人亲手所栽。庭院外一条小河环绕保护着绿色的农田，两座青山通过推开的两扇门送来青绿一片。这首诗是王安石退居金陵（今南京）后题写在邻居和朋友"湖阴先生"（杨德逢）屋壁上的。诗句描写杨家庭院洁净清幽，被绿色环绕，表明杨家周边田园生态环境优美、生活情趣高雅。

四时田园杂兴六十首·其二十五
[宋]范成大

梅子金黄杏子肥，麦花雪白菜花稀。
日长篱落无人过，惟有蜻蜓蛱蝶飞。

[赏析]一树树梅子已是金黄，杏儿也越来越大了；荞麦花雪白一片，油菜花反显稀落。白天长了，篱笆的影子越来越短，没有人走过；只有蜻蜓蝴蝶绕着篱笆来回飞舞。诗句实写初夏时江南的田园景色。

原生态的瑰丽——古诗词里的美丽中国

读《山海经》十三首·其一

[晋]陶潜

孟夏草木长,绕屋树扶疏。
众鸟欣有托,吾亦爱吾庐。
既耕亦已种,时还读我书。
穷巷隔深辙,颇回故人车。
欢言酌春酒,摘我园中蔬。
微雨从东来,好风与之俱。

[注释]孟夏:即初夏,农历四月。

[赏析]进入夏天草木旺盛生长,房屋周围长着许多棵树。鸟儿因有树可栖而欣喜,我也很喜爱我家庐舍。在田园里耕种劳作完了,我就在家里读我的书。住在僻静村巷隔开车马喧嚣,老朋友乘车而来也会掉头回去。我欢欣地饮酌春酒,采摘自家田园的菜蔬。细雨从东方向这里飘洒,清爽的风也一起吹过来。全诗十六句,这里选的是前十二句。诗句描写作者自己耕作田园、享用自家农作物、空闲时读书为乐的生活境况。

归去来兮辞·并序

[晋]陶潜

木欣欣以向荣,泉涓涓而始流。
善万物之得时,感吾生之行休。

[注释]涓涓:细水慢流状。善:喜好,羡慕。行休:将要结束(指死亡)。

[赏析]葱茏的树木欣欣向荣,细小的泉水缓缓流动;我羡慕世间万物各得其时,感叹自己人生行将告终。词句描写田园里的勃勃生机,出自作者

肺腑,真挚亲切,也显示作者在田园生活中自足安命的心情。

晚　眺
[宋]朱继芳

鸟飞欲尽暮烟横,一笛西风万里晴。
山外有山青不见,微云映出却分明。

[赏析]黄昏时候,万里晴和,炊烟四起,不知哪里发出的悠扬笛声在西风中吹送,伴着鸟儿飞回巢中。这山之外还有那山,一片青翠看不清楚,朵朵白云悠然飘动,把山峦映衬得格外分明。诗句描写作者在"晚眺"中见到的田园和青山、白云这样的广阔恬静的自然景象。

鹧鸪天·博山寺作
[宋]辛弃疾

宁作我,岂其卿。人间走遍却归耕。
一松一竹真朋友,山鸟山花好弟兄。

[赏析]宁愿做一个现在的真我,我岂会是什么卿相贵人?我走遍人间各地做过许多事,最终还是归耕田园。这些松树、竹林才是我的真朋友,这山中的鸟儿、花朵才是我的好弟兄。作者在南宋为官,积极主张抗金去收复中原,但遭嫉恨,几次被贬,终至罢职。此词是作者归田后所作。这里选的是全词的下片。词句描写自己的本性和田园的景象,表示自然界的事物才是自己的真朋友、好弟兄,感慨深沉。

苏秀道中

[宋]曾幾

千里稻花应秀色,五更桐叶最佳音。
无田似我犹欣舞,何况田间望岁心。

[注释]苏秀:苏指苏州(今江苏苏州);秀指秀州(今浙江嘉兴)。五更:"更"是古时夜间计时单位,一夜分为五个"更";五更相当于现今凌晨3~5时。

[赏析]下了一场大雨,千里平野的稻田自应呈现秀丽绿色,在五更时听到雨打桐叶的声音,真是一种最动人的声响。我这个没有田亩的人尚且对这场雨感到欢欣鼓舞,而那些切盼丰年的田间农人又该会多么高兴!全诗八句,这里选的是后四句。诗句表现作者因为下了一场大雨十分有利于滋润庄稼而感到喜悦的心情,显示作为官吏的作者对农人的同理心和同情心。

浣溪沙·游蕲水清泉寺

[宋]苏轼

山下兰芽短浸溪,松间沙路净无泥。萧萧暮雨子规啼。

[注释]兰:这里指野草野花。子规:即杜鹃鸟。

[赏析]山下溪水潺潺,溪边的野草野花才抽芽,还浸在溪水中,松柏夹道的沙石小路,经过春雨的淋洗洁净无泥。傍晚时分杜鹃鸟在潇潇细雨中哀怨鸣啼。这里选的是全词的上片。词句描写早春时山野中溪水、小路的景色。

自巴陵略平江临湘入通城无日不雨,至黄龙奉谒清禅师,继而晚晴,邂逅禅客戴道纯,款语作长句,呈道纯

[宋]黄庭坚

山行十日雨沾衣,幕阜峰前对落晖。
野水自添田水满,晴鸠却唤雨鸠归。

[注释]幕阜:幕阜山,盘亘于湖南、湖北、江西边界的山脉。幕阜峰是它的一座山峰,和武宁的黄龙山相对。鸠:鸠鸟,公鸟、母鸟相偕一起觅食。

[赏析]在山路上走了十天,天天下雨,把衣服都淋湿了;到黄龙山才放晴,见到幕阜峰与黄龙山对峙映照着落日余晖。山野流下的雨水把稻田灌满了;天刚放晴,鸠鸟一声声地呼唤被雨淋着的伴侣快回来。诗题写明了作者长途跋涉的路径。全诗八句,这里选的是前四句。诗句描写作者在雨中跋涉及天晴后所见的田野景象。

归园田居五首·其一

[晋]陶潜

少无适俗韵,性本爱丘山。
误落尘网中,一去三十年。
羁鸟恋旧林,池鱼思故渊。
开荒南野际,守拙归园田。
方宅十余亩,草屋八九间。
榆柳荫后檐,桃李罗堂前。

[注释]三十年:系"十三年"之误(陶潜做官十三年)。

原生态的瑰丽——古诗词里的美丽中国

[赏析]我从小就没有适应世俗的气韵,性格本来爱好山丘田野。错误地落入官场罗网,一去就是三十(十三)年。笼中的鸟恋想居住过的树林,池塘里的鱼思念生活过的深渊。到南边的原野里去开荒,持守愚拙的心性耕作家边的园田。住宅周边有十多亩地,茅草房子有八九间。榆树柳树荫盖着后面房檐,桃树李树罗列在堂屋面前。全诗二十句,这里选的是前十二句。诗句描写作者辞官归隐后在农村的园田和房舍等情况。

满江红·田家四时苦乐歌

[清]郑燮

疏篱外,桃华灼。

池塘上,杨丝弱。

渐茅檐日暖,小姑衣薄。

春韭满园随意剪,腊醅半瓮邀人酌。

喜白头人醉白头扶,田家乐。

[注释]醅:没滤过的酒。

[赏析]疏朗的篱笆外,桃花盛开红艳;池塘边的杨柳,细枝随风摇曳。阳光把茅屋门檐晒得温暖,姑娘们的衣服已然单薄。菜园里的春韭可随意剪取,腊月里酿制的粗酒还有半瓮等着友人来喝。老人喝醉了由别的老人扶着回家,农村人家的生活自有他的快乐。全词很长,分别描写农家在四季里的苦与乐。这几句描写的是农村人家在春天到来时"乐"的一面,好一派田园生活情景。

村 居

[宋]张舜民

水绕陂田竹绕篱,榆钱落尽槿花稀。
夕阳牛背无人卧,带得寒鸦两两归。

[注释]陂:池塘,水边。陂田:指水塘周边的田地。

[赏析]田地周围有流水潺潺,住屋小园环绕着竹篱笆。榆钱早已飘飞落尽,木槿花只稀疏可数。夕阳苍茫中老牛缓步回归,牛背上没有牧童却停着一对瑟缩的乌鸦。诗句描写傍晚时分农村人家田园疏淡清寂的自然景象。

春园即事

[唐]王维

宿雨乘轻屐,春寒著弊袍。
开畦分白水,间柳发红桃。
草际成棋局,林端举桔槔。
还持鹿皮几,日暮隐蓬蒿。

[注释]屐:木头鞋,泛指鞋。畦:田园里土埂围隔成小块的田。桔槔:井上汲水工具。鹿皮几:鹿皮面的座旁小桌(茶几)。

[赏析]昨夜下了雨我蹬上轻便木屐,春寒料峭只得穿起旧袍。挖开土埂以浇灌田畦,绿柳中间绽开着几株红桃花。在草地里摆上棋局对弈,树林边井旁桔槔在上下汲水。拿来鹿皮面茶几以便摆棋,天已黄昏还流连在蓬蒿之间。诗句描写春雨微寒、柳绿桃红时,农人灌溉劳作、作者弈棋自适等田园景象。

原生态的瑰丽——古诗词里的美丽中国

田园乐七首·其六
[唐]王维

桃红复含宿雨，柳绿更带朝烟。
花落家童未扫，莺啼山客犹眠。

[注释]宿雨：昨夜下的雨。

[赏析]艳红的桃花带着昨夜的雨滴，翠绿的柳丝笼罩着似有若无的清晨雾气。我家的童仆还没有清扫庭院里的落花，莺儿啼鸣不已客人尚未起床。诗句描写春天田园清晨沁人、清新的景象，反映了作者怡然自适的心情。

宿郑州
[唐]王维

田父草际归，村童雨中牧。
主人东皋上，时稼绕茅屋。
虫思机杼悲，雀喧禾黍熟。

[注释]皋：水边高地。

[赏析]老农从野草丛生的田里回来了，放牛的村童还在蒙蒙细雨中。屋主人正在东边高地上干活，茅屋周边种着应时的菜蔬。蚕儿想到纺织的机杼十分悲伤，麻雀看到庄稼快成熟了高兴地喧闹。全诗十六句，这里选的是其中的六句。作者赴济州（今属山东）途中在郑州（今属河南）住宿。诗句描写作者在投宿时所见的当地农村田园景象。

癸卯岁始春怀古田舍二首·其二

[晋]陶潜

先师有遗训,忧道不忧贫。

瞻望邈难逮,转欲志长勤。

秉耒欢时务,解颜劝农人。

平畴交远风,良苗亦怀新。

虽未量岁功,既时多所欣。

耕种有时息,行者无问津。

日入相与归,壶浆劳近邻。

长吟掩柴门,聊为陇亩民。

[**注释**] 耒:古时一种农具,泛指农活。畴:田地。

[**赏析**] 先师孔子留有遗训:君子做人要担心是否遵道而行而不必去忧虑是否贫困。对此教诲我虽然仰慕但远难企及,就转归田园勤于耕耘。我秉持农务乐于此事,还笑颜劝勉近旁农人。旷远的春风吹拂着广袤的原野,田园里的新苗长势良好欣欣向荣。虽无法估量今年的收成,及时劳作使我很开心。耕种之时会有歇息,没有任何路人过来问津。太阳落了与人相伴而归,拿出酒与左邻右舍喝一杯。掩闭柴门自己作诗吟诵,聊以自慰我是个躬耕田亩的百姓。诗句作者描写自己辞官归田后在家的劳作和生活,并感到坦然自适的情景。

四时田园杂兴六十首·其四十四

[宋]范成大

新筑场泥镜面平,家家打稻趁霜晴。

笑歌声里轻雷动,一夜连枷响到明。

[**注释**]枷：一种长柄的竹条或木条农具，用于农作物脱粒。

[**赏析**]新建的场院像镜面一样平坦，家家户户趁着霜后的晴天打稻谷。农人的欢声笑语使场内如轻雷鸣响，农人连夜挥枷拍打的声响一直到天明。诗句描写农人在场院拍打稻粒的景象。

归园田居五首·其二
[晋]陶潜

野外罕人事，穷巷寡轮鞅。
白日掩荆扉，虚室绝尘想。
时复墟曲中，披草共来往。
相见无杂言，但道桑麻长。
桑麻日已长，我土日已广。
常恐霜霰至，零落同草莽。

[**注释**]鞅：古时用牛马拉车时套在牛马脖子上的皮带。霰：空中降下的小冰粒。有的地方叫雪子、雪糁。

[**赏析**]居住乡野罕有世俗事务，僻静村巷很少车马来往。白天我掩闭着柴门，心地纯净断绝尘世俗念。我经常走到村里偏僻地方，与草丛中的农人交往。我们相见也不谈世俗闲话，只说田园里桑麻的情况。田里的桑麻日渐生长，我垦殖的田亩日益增广。常常担心霜雪突然降下，使庄稼凋零归入草莽。诗句描写作者归隐后在田园劳作、交往、心念等的情况。

风 筝

[唐]高骈

夜静弦声响碧空,宫商信任往来风。
依稀似曲才堪听,又被移将别调中。

[注释]宫商:指放飞的风筝中发出的哨音。宫、商、角、徵、羽,是中国古代乐曲的基本音阶。唐代的风筝上装着响器,飞上天空时会发出声响。

[赏析]静夜里从天空中传来响音,任由风儿演奏出美妙的宫商乐声。那音调模糊好像某个曲子可供欣赏,过一会儿却又换成另一个调门。诗句描写夜里在田园放飞风筝并由之带来音响的景况。

横溪堂春晓

[宋]虞似良

一把青秧趁手青,轻烟漠漠雨冥冥。
东风染尽三千顷,白鹭飞来无处停。

[注释]横溪堂:作者居住地方(在今浙江天台山一带)。冥冥:形容天色昏暗。东风:春风。三千顷:形容水稻田广阔一望无际。

[赏析]农人亲手把青青的秧苗插在水田里,蒙蒙细雨好似烟雾弥漫使得天空昏暗。春风吹来把无边无垠的稻田秧苗都染成一片碧绿,白鹭飞来在空中盘旋都找不到停下歇脚的地方。诗句描绘了芒种时节江南水田里秧苗旺盛生长的秀丽景象。

辋川闲居

[唐]王维

一从归白社,不复到青门。
时倚檐前树,远看原上村。
青菰临水拔,白鸟向山翻。
寂寞於陵子,桔槔方灌园。

[注释]白社:本为洛阳里名,后代指隐士居住地。菰:水生植物,其青嫩部分称茭白。於陵子:指古代离开齐国到楚国於陵地方隐居的陈仲子。桔槔:一种从井里汲水的装置。

[赏析]自从归乡隐居之后,再不登官府森严的门。经常倚着屋檐前的树,眺望远处原野上的村庄。拔来附近水中青嫩的茭白,看着白色的山鸟在岭上翻飞。我就像古时的於陵子那样寂寞地生活着,用桔槔从井里汲水灌浇田园。诗句描写作者归隐田园后孤独寂寞、清白自守的田园生活情景。

归去来兮辞·并序

[晋]陶潜

园日涉以成趣,门虽设而常关。
策扶老以流憩,时矫首而遐观。
云无心以出岫,鸟倦飞而知还。
景翳翳以将入,抚孤松而盘桓。

[注释]憩:休息。矫:举。岫:有洞穴的山。景:即"影",指日光。翳:遮蔽。翳翳:阴暗状。

[赏析]天天涉足在园子里自有乐趣,园子虽有一道门却常常关闭着。拄着拐杖随意漫步作为休憩,不时抬头向远处观望。白云自然地从山里飘浮到空中,鸟儿飞得疲倦了知道回到巢里。日光渐趋暗淡太阳即将落山,我抚摸着孤松留恋徘徊。作者此"辞"篇幅很长,这里选的是其中的几句,描写自己辞官归田后,不怎么与人来往,而喜欢在自家园子里自得其乐的生活情景。

归园田居五首·其三

[晋]陶潜

种豆南山下,草盛豆苗稀。
晨兴理荒秽,带月荷锄归。
道狭草木长,夕露沾我衣。
衣沾不足惜,但使愿无违。

[赏析]我在南山下田野里种着豆,草长得茂盛豆苗却稀疏。从清晨开始就在地里清除杂草,一直干到月光出来才扛着锄头回家。狭窄的田间小道上草木丛生,晚间的露水沾湿我的衣裳。衣裳沾湿了并不足惜,只要不违背自己归隐的心愿。诗句描写作者从早到晚在田园里劳作的情形,并认为这样做符合自己"归园田居"的初衷。

小隐自题
[宋]林逋

竹树绕吾庐，清深趣有余。
鹤闲临水久，蜂懒采花疏。
酒病妨开卷，春阴入荷锄。
尝怜古图画，多半写樵渔。

[赏析]翠竹绿树环绕着我的住屋，清雅深幽情趣意蕴很悠长。白鹤悠闲地久久伫立在水边，蜜蜂慵懒得很少飞来采集花蜜。酒喝多了妨碍开卷阅读，树荫已经形成就扛上锄头去干点儿农活。我十分爱好古代画作，那里面描绘的多半是渔翁樵夫。作者是当时有名的文人隐士。诗句描写作者自己隐居田园的闲适生活状态。

25. 村　庄

归园田居五首·其一
［晋］陶潜

暧暧远人村，依依墟里烟。
狗吠深巷中，鸡鸣桑树颠。
户庭无尘杂，虚室有余闲。
久在樊笼里，复得返自然。

[注释] 暧暧：光线昏暗状。依依：模糊，隐约；轻柔。墟：指村庄。樊笼：指官府、官场。

[赏析] 在昏暗的日光里，远处邻村隐约可见，村落里的炊烟袅袅上升。几声狗叫从深巷中传出，雄鸡停在桑树上啼鸣。庭院清洁没有灰土杂物，静室里却有安适悠闲。长久困在官府囚笼身不由己，现在归返田园我是多么自在。全诗二十句，这里选的是最后八句。诗句描写普通村庄恬静、质朴的景象，表现了作者辞官返乡、回归田园后的安宁、豁达的心态。

新昌道中

[宋]林表民

残村时有两三家,缭绕清溪路更赊。
客里不知春去尽,满山风雨落桐花。

[注释]新昌:地名,今有新昌县,属浙江省绍兴市管辖。赊:远。桐花:即梧桐花(梧桐夏季开花)。

[赏析]在路上不时看到破败的村落里,还残存两三户人家;清清的溪流缭绕在村边,一路走着更觉遥远。客居他乡不知春天已匆匆过去,风雨中只见满山纷纷飘落的梧桐花。诗句反映了当时农村破败,以及作者对羁旅他乡的匆忙生活的感慨。

村 居

[清]高鼎

草长莺飞二月天,拂堤杨柳醉春烟。
儿童散学归来早,忙趁东风放纸鸢。

[注释]纸鸢:风筝。

[赏析](农历)二月已是早春时节,小草长出来了,黄莺飞起来了,堤旁的杨柳枝轻轻地拂着地面,人们仿佛是在春天的烟霭里迈着醉步。孩子们早早地放学回了家,在芳草地上趁着春风放起了风筝。诗句描绘了农村地区一派春意盎然的景色和村里的孩子们在田野放风筝的愉悦情景。

咏儋耳二首·其二
[明]方向

村北村南布谷忙,村前村后稻花香。
凭谁识得真消息,只把南方作北方。

[**注释**]儋耳:古郡名。治所儋耳在今海南省儋州市西北。辖境约为当时海南岛西部地区。

[**赏析**]村北村南布撒稻种很繁忙,村前村后已能闻到稻花的香气。谁都能从中看到当地的真实情况,感觉这个海南地方跟北方(中原)一样。历史上人们多把海南岛地域当作"蛮荒"之地。诗句描写儋耳地方的村庄在种植双季稻,因而认为其生产生活跟北方(中原)也差不多。

题章野人山居
[唐]秦系

带郭茅亭诗兴饶,回看一曲倚危桥。
门前山色能深浅,壁上湖光自动摇。
闲花散落填书帙,戏鸟低飞碍柳条。
向此隐来经几载。如今已是汉家朝。

[**注释**]章野人:指隐居农村山野的章姓士人。书帙:指整套的线装书。

[**赏析**]这位住在带围墙的茅屋里的章士人诗兴很高,离他家不远的弯曲的小湖上有一座高桥。村庄前面的山峦的颜色或深或浅,湖水荡漾映在山壁上的光影不断摇晃。落谢的野花被他拿去夹在整套书里,鸟儿来回低飞在他家周边的柳树枝条。他在这里隐居已经好几年,如今皇上已换成别家的人

了。据说作者曾隐居福建泉州南安乡间。诗句描写"章野人"（或许就是作者自己）隐居村庄周围的清秀环境及其生活情景。

酒泉子·长忆西湖
[宋]潘阆

笛声依约芦花里，白鸟成行忽惊起。
别来闲整钓鱼竿，思入水云寒。

[注释]西湖：即杭州西湖。

[赏析]在芦苇荡中隐约传出悠扬的竹笛声，受惊的白色水鸟成群地掠水起飞。离别余杭后我趁闲也整理好了钓鱼竿，准备在村庄的寒水烟云之中去做一个钓鱼人。这里选的是作者《酒泉子·忆余杭十首》的第四首的后半部分。词句表现作者对余杭和西湖的美好景象的回忆，并期望在村庄里也能像过去那样惬意生活。

江村即事
[唐]司空曙

钓罢归来不系船，江村月落正堪眠。
纵然一夜风吹去，只在芦花浅水边。

[赏析]垂钓完回家，船儿不必用缆绳系住；月亮落了，江村宁静正好安睡。即使夜里起风也不会把船吹远，它只会在浅浅水边的芦花丛中。诗句描

写江村人家钓罢泊船、平静安睡的景象和心境。

满庭芳·山抹微云
[宋]秦观

多少蓬莱旧事,空回首,烟霭纷纷。
斜阳外,寒鸦数点,流水绕孤村。

[注释]霭:云气。

[赏析]空然回想到多少情感往事,此刻已化为纷乱的烟云散去了。遥望天际,有几个黑点是那寒冷中的乌鸦,夕阳下,溪水闪着波光绕着孤寂的村庄流淌。这里选的是全词的上片中的几句。词句描写"孤村"的状况,以及作者想起与所眷恋女子离别时的空落的情景。

[越调]天净沙·秋
[元]白朴

孤村落日残霞,轻烟老树寒鸦,一点飞鸿影下。
青山绿水,白草红叶黄花。

[赏析]孤零零的村庄映照在残存的晚霞中,薄薄的炊烟升起来了,寒风中的乌鸦栖息在老树上,大雁从远处掠过只留下一点一点的影子。远处还有青山绿水,这里田野的白草已枯干,只有一些红枫叶和黄菊花。曲词描写秋天傍晚时孤寂的村庄和田野里萧索凄冷的景象。

辋川闲居赠裴秀才迪

[唐]王维

寒山转苍翠,秋水日潺湲。
倚杖柴门外,临风听暮蝉。
渡头余落日,墟里上孤烟。
复值接舆醉,狂歌五柳前。

[注释]辋川:水名,在今陕西省蓝田县终南山下。作者在山麓有别墅,在那里居住了三十多年。裴迪:作者的好友。潺湲:水流声,这里指水流缓慢状。墟:村落。值:遇到,碰上。接舆:春秋时楚国人,假装疯狂,不愿出去做官,这里以之比裴迪。五柳:晋代陶潜辞官回乡后自称"五柳先生",这里作者以之自比。

[赏析]黄昏时寒冷的终南山变得格外郁郁苍苍,秋水汩汩地缓慢流淌。我拄着拐杖伫立在茅舍门外,秋风吹拂着我,听蝉儿"知了、知了"地叫。渡口映照着落日的余晖,村里已升起了袅袅炊烟。又碰上那个狂放的"接舆"喝醉了酒,在我这个"五柳先生"面前任性歌唱。这是作者向裴迪的赠诗,描写作者所住村庄秋天傍晚的景象,并表示与好友之间的真挚感情。

野 望

[隋]杨广

寒鸦飞数点,流水绕孤村。
斜阳欲落处,一望黯消魂。

[注释]消魂:同"销魂"。这里是形容极度伤感、愁闷。

[**赏析**]天时寒冷乌鸦远飞而去,只能望到几个黑点;一条溪水环绕着孤寂的村庄流动。斜阳照着荒疏的田野,看到这种寥落的景象,不禁黯然伤悲感叹。作者杨广,即隋炀帝。这首诗是其登帝位前所作,表现其当时的一种落寞和孤寂的情绪。

河干集饮题壁兼吊雪芹
[清]敦敏

花明两岸柳霏微,到眼风光春欲归。
逝水不留诗客杳,登楼空忆酒徒非。
河干万木飘残雪,村落千家带远晖。
凭吊无端频怅望,寒林萧寺暮鸦飞。

[**注释**]河干:河边。雪芹:指《红楼梦》作者曹雪芹。

[**赏析**]两岸花儿艳丽杨柳如烟蒙蒙,美好风光没有看够春天就要归去。流走的水留不住,诗人已杳无音讯,在这楼上只能回忆往日一同喝酒的曹雪芹。河边万株树木柳絮飘飞,村里的房屋洒着落日余晖。我来凭吊眼含怅望无话可说,在清寒森林的寺院里只有归巢的乌鸦在飞。作者来到曹雪芹住过的村庄凭吊英年早逝的好友。诗句描绘作者所见的萧条冷寂的景象和自己凄清的心情。

题西溪无相院
[宋]张先

积水涵虚上下清,几家门静岸痕平。
浮萍破处见山影,小艇归时闻草声。

[**注释**]西溪:浙江湖州有苕水,分东西二源,西溪即西苕。无相院:即无相寺,在湖州西南黄於山。

[**赏析**]溪水漫流,雨过放晴,天光山色一片明净,与水齐平的溪边村庄有几户人家很幽静。微风吹开溪中的浮萍,空隙里现出远山的倒影;溪中划来了归舟,能听到船舷擦过水草的响声。全诗八句,这里选的是前四句。诗句表现作者在秋雨后的寺院,见到村落里的西溪水涨满、萍隙映山影、归舟擦草行等景象。

山居即事
[唐]王维

寂寞掩柴扉,苍茫对落晖。
鹤巢松树遍,人访荜门稀。
绿竹含新粉,红莲落故衣。
渡头烟火起,处处采菱归。

[**注释**]荜门:指简陋的房屋门。新粉:指新竹生长时竹节周围带有白色的茸粉。

[**赏析**]静寂地把柴门掩上关紧,在暮色苍茫中对着夕阳余晖。松树林里遍布鹤栖宿的巢,很少有人到这简陋房屋过访。嫩绿竹节已添上一层新

粉,红莲花瓣掉落在老叶上;渡口处升起了袅袅炊烟,到处可以见到归家的采菱人。诗句描写作者村居简陋冷清,又描写大自然充满生机,村庄里人们生活平实有序。

钟山即事
[宋]王安石

涧水无声绕竹流,竹西花草弄春柔。
茅檐相对坐终日,一鸟不鸣山更幽。

[**注释**]钟山:即南京紫金山,作者晚年退养居住之地。

[**赏析**]山沟里的水绕着竹林静静地流淌,竹林西畔那些繁花绿草身姿柔软在春风中摇晃。我坐在茅屋檐下整天沐浴着明媚的春光,听不到一声鸟叫山中显得格外清幽空旷。诗句描写作者晚年在钟山村居的清幽静寂的景象;诗句也反映出作者宁愿远离官场喧嚣,而追求悠闲、清净环境的心情。

饮酒二十首·其五
[晋]陶潜

结庐在人境,而无车马喧。
问君何能尔?心远地自偏。
采菊东篱下,悠然见南山。
山气日夕佳,飞鸟相与还。
此中有真意,欲辨已忘言。

[**注释**]君：作者自指。

[**赏析**]我的住屋在普通人聚居的村庄，却没有车马往来人情应酬的喧闹。有人问我怎么能够做到这样洒脱？只要心定志远自然会觉得地处僻静无纷扰。秋高气爽，到田园东边的篱笆下采几朵菊花，悠然自得地抬起头就能看到南山。山上的雾气在夕阳中弥漫，成群的鸟儿飞回树林中自己的巢。这大自然的景色中有着人生的真谛，想辨析其中的奥妙实在也说不出什么。诗句指出只要内心摆脱了世俗观念的束缚，即使身处闹市也自会有定力和静气的。诗句表现了作者对轻松自适的田园生活的满意心情。

断 句
[宋]苏麟

近水楼台先得月，向阳花木易为春。

[**赏析**]村庄里靠近水边的楼台没有树木枝叶的遮挡能先被月光照到；朝南面向阳光的花木发芽开花早更容易形成春天的景色。诗句通过自然景象比喻说明：一些人和事因为具有较优越、较便利的条件，可以容易地、优先地得到某些利益和关照。

谢公亭
[唐]李白

客散青天月，山空碧水流。
池花春映日，窗竹夜鸣秋。

[**注释**]谢公亭：谢公指南北朝时南朝的谢朓，他曾任安徽宣城太守。亭在宣城城北，谢朓曾在这里送别诗人范云。

[**赏析**]谢朓与范云分别了，这个亭的上空唯见一轮孤月，山岭空寂、碧水长流。池塘里的花朵在春日的照耀下绚丽开放，窗户外的竹林在秋夜里随风发出鸣响。全诗八句，这里选的是其中的第三、四、五、六句。诗句描写了谢公亭在春秋两个季节里的自然景象，作者又暗含以古人当时所处的丽景反衬自己今日的落寞之意。

夜　行

[宋]晁冲之

老去功名意转疏，独骑瘦马取长途。
孤村到晓犹灯火，知有人家夜读书。

[**赏析**]我年纪向老对功名利禄看得疏远淡薄了，独自骑着瘦马游转在漫漫路途。在荒郊野外的孤僻村庄里，快到天亮时有人家点着灯火，可知是有人还在夜里苦读诗书。诗句作者描写自己对功名之事已然淡薄，看到孤村里底层人家还有人在刻苦夜读，既表示赞赏又不免感慨。

宿新市徐公店

[宋]杨万里

篱落疏疏一径深，树头花落未成阴。
儿童急走追黄蝶，飞入菜花无处寻。

[**注释**]花落：一作"新绿"。

[**赏析**]篱笆稀稀落落，一条小路通向远处，树上的花瓣已经凋谢，树叶尚未茂密成荫。小孩子飞快地奔跑着追赶黄色蝴蝶，蝴蝶突然飞到菜花丛中再也找不到了。诗句描写春天时村庄的风光和儿童嬉戏的情景。

推　窗
[清]袁枚

连宵风雨恶，蓬户不轻开。
山似相思久，推窗扑面来。

[**赏析**]白天黑夜风雨连续不断，家里的门窗都不敢打开。青山看不到我似乎也很想念我，风止雨停后一推开窗青山便扑面而来。诗句表现作者在村庄的居室"开窗见山"的景象，也表现了作者对大自然的喜爱和眷恋。

绝句四首·其三
[唐]杜甫

两个黄鹂鸣翠柳，一行白鹭上青天。
窗含西岭千秋雪，门泊东吴万里船。

[**赏析**]两只黄鹂在翠绿的柳枝间鸣叫嬉戏，多只白鹭排列成行飞向高空青天。从窗户向外望去能看见西岭上千年不化的积雪，门外停泊着来自东吴的驶行万里的航船。诗句作者对自己的村居环境做了清新细致、富有生机的描述。

江陵道中

[唐]王建

菱叶参差萍叶重,新蒲半折夜来风。
江村水落平地出,溪畔渔船青草中。

[**注释**]江陵:在今湖北荆州。

[**赏析**]菱叶参差不齐、萍叶漂浮重叠,宽大的蒲叶茎被夜里的风吹得弯折。湖面水位下降水乡村庄的平地才显露出来,渔船在湖畔的青草丛中时隐时现。诗句描写作者在路途中见到的当时江陵附近的海子湖(又名长湖)及湖边村庄的优美风光。

二月一日晓渡太和江三首·其一

[宋]杨万里

绿杨接叶杏交花,嫩水新生尚露沙。
过了春江偶回首,隔江一片好人家。

[**注释**]太和江:在今江西省南部。春江:指太和江。

[**赏析**]杨柳绿叶连接成片,杏花开放交相密集,春水刚刚涨起来,还有浅滩露着细沙。过了太和江不经意地回头一望,江那边是一片美好的村落人家。诗句表现初春时树绿花开、江水上涨的景象,显示作者对那一带农村的喜爱。

原生态的瑰丽——古诗词里的美丽中国

山行其三
[宋]卫宗武

麦畦桑陇夹蔬花,远水晖晖日欲斜。
一片野光涵列岫,翠微深处有人家。

[注释]畦:有土埂围绕的整齐的田地。岫:山洞。翠微:青绿的山色,泛指青山。

[赏析]一块块整齐麦田、一株株垄上桑树,其间种着的菜蔬已开花,远处水田在阳光照耀下令人目眩。阳光还照亮了山坡上排列的窑洞,在青青山岭的深处住着许多人家。诗句描写阳光下广阔的田野上有麦、桑、菜等许多农作物,阳光还照进了在青青山岭里住着的农家。

游山西村
[宋]陆游

莫笑农家腊酒浑,丰年留客足鸡豚。
山重水复疑无路,柳暗花明又一村。
箫鼓追随春社近,衣冠简朴古风存。
从今若许闲乘月,拄杖无时夜叩门。

[注释]腊酒:腊月里酿的酒。豚:小猪,泛指猪肉。春社:指农村在春天祭拜土地神、祈求丰收的活动。无时:随时。

[赏析]不要笑农家的腊酒比较浑浊,丰年里农村人家待客有丰盛的鸡、猪菜肴。山峦重叠溪水迂回,担心前面再没有路了,忽见柳树成荫、山花明艳,一个山村又出现在眼前。吹箫打鼓过春社的日子接近了,村民们衣冠

简朴仍然保存着古时风韵。这个村庄太美妙了,往后如果我还能乘着月色闲游,一定随时会拄着拐杖来敲这里人家的门。诗句描写山间村庄的人文情况、秀丽景色,表现在丰年时农村一派淳朴、欢悦的景象。

渔 父

[唐]李中

偶向芦花深处行,溪光山色晚来晴。
渔家开户相迎接,稚子争窥犬吠声。
雪鬓衰髯白布袍,笑携赪鲤换村醪。
殷勤留我宿溪上,钓艇归来明月高。

[注释]赪:红色。醪:泛指酒。

[赏析]我偶然地来到水乡向芦花深处行进,青青山林边的溪流在夕阳映照下波光粼粼。渔家打开房门迎接我,小孩子们偷偷地看我,狗在一旁叫个不停。渔翁的鬓发胡须已经白了,穿着白色布袍,他笑呵呵地拿一条红鲤鱼到村里换来了酒。渔翁殷勤地留我住下,他家渔船回来时明月已升得很高。诗句描写作者在依山傍水村庄的打鱼人家访问留宿的情景。

田园乐七首·其四

[唐]王维

萋萋春草秋绿,落落长松夏寒。
牛羊自归村巷,童稚不识衣冠。

[注释]萋萋：草木茂盛状。落落：指松树高大。衣冠：指士大夫等人及其穿戴。

[赏析]无论春天秋季草木都很茂盛，高大的松树在夏时也带来阴凉。傍晚牛羊会自动回到村巷农家里，村里的儿童没见过官人士人及他们的衣帽穿戴的样子。诗句描写当时村庄的自然状况。

江南春绝句
[唐]杜牧

千里莺啼绿映红，水村山郭酒旗风。

南朝四百八十寺，多少楼台烟雨中。

[注释]酒旗：古代酒店外面挂的幌子。南朝：与北朝对峙，构成南北朝时期。南朝经历了宋、齐、梁、陈四朝政权，其统治者崇信佛教，大建佛寺。四百八十：约数。

[赏析]千里江南好地方，黄莺啼鸣、桃红柳绿，临水村庄、依山城郭，到处都有酒店幌子迎风飘摇。南朝时期有佛寺四五百座，有多少亭台楼阁笼罩在蒙蒙烟雨之中。诗句描写了江南村庄、城郭春意盎然和繁荣富庶的景象；作者又暗指当时统治者建了那么多的佛寺楼台十分奢华和靡费。

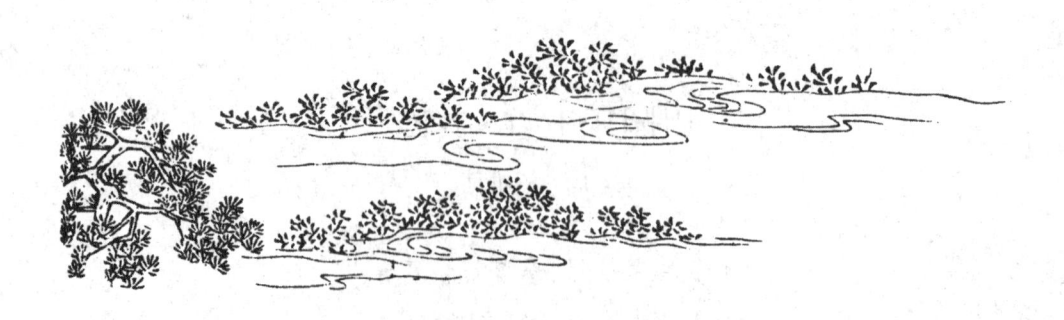

题破山寺后禅院

[唐]常建

清晨入古寺,初日照高林。
曲径通幽处,禅房花木深。
山光悦鸟性,潭影空人心。
万籁此俱寂,惟闻钟磬音。

[注释]禅房:僧人的住房。

[赏析]清晨就进入了这座古老寺院,初升的太阳刚照到高耸的树林。竹林中弯弯曲曲的小路通向幽静的地方,僧人们的住房掩映在花草树木深处。这后山的景色使飞鸟也感到愉悦留恋,水潭映照着人影使人内心空灵。自然界的声响在这里都很静寂,只能听到寺院中敲击钟和磬的声音。诗句描写山寺后院幽深静寂的境况,反映了作者内心在空寂中的宁静和怡然,寄托了作者羡慕脱开世俗的情怀。

江 村

[唐]杜甫

清江一曲抱村流,长夏江村事事幽。
自去自来堂上燕,相亲相近水中鸥。

[注释]清江:指作者当时居住地的浣花溪(在四川成都郊外)。

[赏析]清澈的一湾溪水绕着村子流过,夏日长长村里的一切显得十分清幽。堂屋梁上的燕子自由自在地飞来飞去,江水上面的鸥鸟成群地相伴着忽远忽近。全诗八句,这里选的是前四句。诗句描述作者生活地方的"江村"

的夏日景况，以及鸟类的自在适意，反映了诗人当时惬意静幽的情趣。

宿王昌龄隐居
[唐]常建

清溪深不测，隐处惟孤云。
松际露微月，清光犹为君。
茅亭宿花影，药院滋苔纹。
余亦谢时去，西山鸾鹤群。

[注释]鸾鹤：古时喻指与仙人为伍的禽鸟。

[赏析]清清溪水流向山的深处见不到头，在你隐居的村庄只能看到一片白云。松树林的间隙微露出月亮，它是为了你才洒下清光。茅屋亭台夜里很静连花影也进入了梦乡，种药草的院子滋长了青苔。我也要像你那样辞谢世俗之累，去与西山的鸾鹤合为一群。诗句作者描写好友王昌龄出仕前隐居地的景色，赞扬王昌龄的清高品格，并表示自己也想像王昌龄那样做。

帐 夜
[清]吴兆骞

穹帐连山落月斜，梦回孤客尚天涯。
雁飞白草年年雪，人老黄榆夜夜笳。
驿路几通南国使，风云不断北庭沙。
春衣少妇空相寄，五月边城未著花。

[注释]著：即"着"。

[赏析]落月斜照着依山搭建的穹庐似的篷帐，孤苦的流放人还在天涯只能梦回家乡。大雁已经南飞，这里仍是年年荒草覆盖着白雪，人衰老榆树黄听着胡笳声夜夜多漫长。驿使几次到南方去，又来到了风沙不断的北地。他捎来了家中妻子做的春衣，但在这个边地到了五月份哪种花也没有开，春衣是白寄了呀。作者因"科场案"罹祸被流放宁古塔（今黑龙江宁安市地域）二十余年。诗句描写流放地村所荒凉、严寒的景象和作者内心的孤寂、悲苦。

南歌子·新开池戏作
[宋]辛弃疾

散发披襟处，浮瓜沉李杯。
涓涓流水细侵阶。
凿个池儿，唤个月儿来。

[赏析]我已不在官府了，可以披散头发、敞开衣襟。我要把涓涓细流引到台阶前，开凿出一个水池；在里面冷镇西瓜，李子也放上，还要把天上的月亮叫来映在水池里。作者罢职归耕住在村里，老年时建造了名为"稼轩"的新居。这里选的是全词的上片。词句想象在新居前开凿出一个池塘的景况。

原生态的瑰丽——古诗词里的美丽中国

山行其七
[宋]卫宗武

山横数里如鬟耸,水界千畴似砥平。
花事已阑农事动,村村雨足一犁耕。

[注释]鬟:妇女梳的环形的发髻。畴:田地。砥:磨刀石。阑:将尽。

[赏析]高耸的山峦像是女子的环形发髻有好几里长,上千亩广阔的水田跟磨刀石一般平整。各种花儿已经凋谢落尽,各种农事随即发动起来,雨水足够多了个个村庄的农人开犁耕作。诗句描写花事一结束,村庄里农人们的农事就忙碌起来。

夜归鹿门歌
[唐]孟浩然

山寺钟鸣昼已昏,渔梁渡头争渡喧。
人随沙岸向江村,余亦乘舟归鹿门。

[注释]鹿门:山名,在湖北襄阳。渔梁:沙洲名,在襄阳城外汉水中。作者当时隐居在鹿门山。

[赏析]山寺的钟声响起来了,天色已到黄昏;渔梁渡口岸边人们争着搭乘渡船回家,一片繁忙喧嚣。人们沿着沙岸向江边村庄走去,我也乘着小船返回鹿门山家中。全诗八句,这里选的是前四句。

田园乐七首·其五
［唐］王维

山下孤烟远村，天边独树高原。
一瓢颜回陋巷，五柳先生对门。

[注释] 颜回：孔子的学生。孔子称赞他："一箪食，一瓢饮，在陋巷，人不堪其忧，回也不改其乐，贤哉回也。"（《论语·雍也》）五柳先生：晋陶潜辞官归居乡里，其住屋门前有五株柳树。陶潜自号"五柳先生"。

[赏析] 在远处的山下、高高原野的尽头，有一个孤寂的村庄，在稀疏的柳树中升起了袅袅的炊烟。在那个陋巷里或许住着与颜回一样的穷书生，而他的对门或许正是隐居的五柳先生。诗句描写作者所在的简朴、平淡的村居生活环境。

竹枝词
［清］郑燮

水流曲曲树重重，树里春山一两峰。
茅屋深藏人不见，数声鸡犬夕阳中。

[赏析] 水流蜿蜒曲折、林木生长茂密，透过树林的空隙能看到一两座青山。夕阳下传来了几声鸡叫犬吠，才知道树林深处藏着几户人家。诗句表现小山村在青山绿水树林深处的景象。

江行无题一百首·其九十八
[唐]钱珝

万木已清霜,江边村事忙。
故溪黄稻熟,一夜梦中香。

[赏析]天开始冷了,众多树木挂上了薄霜,江边村庄里农事正忙。老家小溪边的稻子也该黄熟,我在睡梦中闻到了新米的清香。全部一百首诗是作者被贬后从水路赴抚州任职途中所作。这一首描写秋天已冷时所见江边农村稻熟的景象,流露出作者对自己家乡的眷恋之情。

晚 望
[金]周昂

烟抹平林水退沙,碧山西畔夕阳家。
无人解得诗人意,只有云边数点鸦。

[赏析]轻烟淡淡地笼罩着平阔的树林,沙滩上的河水已退下去了,苍翠的山冈西边,夕阳的余晖照着村庄人家。没人能理解我内心的落寞和惆怅,或许只有云边的乌鸦有所会意而在我头上来回盘旋。诗句描写作者遭受贬谪流落边地,在苍山夕照中深感孤寂郁塞的心境。

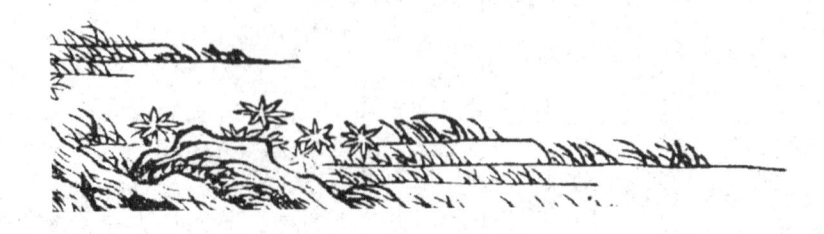

初五日夜抵伏城驿怀亥白

[清]张问陶

烟深树黑沙溟濛,一村灯火零星红。

……

雨中忽忆对床人,尘蒙茫茫海涛白。

[**注释**]亥白:指作者哥哥张问安。溟濛:形容烟雾弥漫,景色模糊。

[**赏析**]烟气浓重树林暗黑景色一片模糊,驿站所在村落只有零星的几点灯火。……雨中忽然想起曾经床对着床的哥哥,只感到茫茫雨雾中似乎有海涛在呼啸翻滚。诗句描写作者夜里抵达驿站时所见景象及心中的感念。

书李世南所画秋景二首·其一

[宋]苏轼

野水参差落涨痕,疏林欹倒出霜根。
扁舟一棹归何处?家在江南黄叶村。

[**注释**]欹倒:倾倒。棹:桨,划(船)。

[**赏析**]曲折的岸边显出旧日涨水淹没留下的痕迹,稀疏的林木倾倒在地露出如霜一般白的树根。一只小船划着桨,它最终要去哪里?它要回归的家是江南的黄叶村。这里选的是题画诗。作者所描述的李世南画中的秋景,也是江南人记忆里挥之不去的村庄景象。

真州西城观荷

[清]任锦心

一带垂柳绿树村,钓鱼人坐古槐根。
爱他临水三间屋,十里荷花红到门。

[注释]真州:古州名。治扬子(今江苏仪征市)。

[赏析]杨柳树像一条绿带环绕着村庄,有人坐在一株古槐树下钓鱼。我喜爱这傍水而建的三间住屋,水面上绵延不断的荷花盛开一直铺陈到家门前。诗句表现作者对美妙清新的村居环境的喜爱之情。

山村即目

[清]丘逢甲

一角西峰夕照中,断云东岭雨蒙蒙。
林枫欲老柿将熟,秋在万山深处红。

[注释]丘逢甲:福建彰化(今属台湾)人,诗人、教育家,甲午战争后的抗日保台志士。

[赏析]夕阳照耀着西边山峰的一角,东边山岭被乌云笼罩已在蒙蒙细雨中。枫林红了叶子尚未落,柿子将成熟还没有掉,万山深处一片红是秋天最美时光。诗句描写深秋时节在村庄所见山野的火红热闹的景象。

夜 步
[明]高攀龙

幽人夜未眠,月出每孤往。
繁林乱萤照,村屋人语响。
宿鸟时一鸣,草径露微上。
欣然意有会,无与共此赏。
千载怀同心,陶公调可仿。

[注释]陶公:指[晋]陶潜。

[赏析]幽隐的我晚上睡不着,月亮出来每每独自到外面散步。夜晚茂密的树林里,萤火虫乱飞闪现亮光,村屋里人们的话音隐约传了出来。夜里在巢里的鸟儿不时地啼鸣一声,田野小路上的草会有露水附着。欣欣然体验到某种意蕴,但没有人来与我共同欣赏。或许我的心只能与千年前的陶潜相仿、同调。诗句描写隐居农村的作者夜晚在村庄独自散步时所见的景色和听到的声响,以及自己孤寂的心境。

雨过山村
[唐]王建

雨里鸡鸣一两家,竹溪村路板桥斜。
妇姑相唤浴蚕去,闲看中庭栀子花。

[赏析]雨中听闻几户农家里的鸡叫声,小溪两岸竹林翠绿,有一座板桥通往旁边的山村。婆媳等妇女相互呼唤去摘叶喂蚕,只有路过的我在观赏院落里的栀子花。诗句描写山村中的鸡鸣、翠竹、溪桥、呼唤采桑喂蚕、栀子

花等具有普遍性的山村景象。

江行无题一百首·其二十六
[唐]钱珝

月下江流静,村荒人语稀。

鹭鸶虽有伴,仍共影双飞。

[注释]鹭鸶:白鹭。

[赏析]月光下江水静静地流淌着,村庄十分荒凉已听不到多少人声;白鹭虽然有自己的伴侣,也只能双双与影子在荒村上空飞翔。诗句描写村庄荒凉、村人极少,只有几只鸟飞的破败景象。

终南别业
[唐]王维

中岁颇好道,晚家南山陲。

兴来每独往,胜事空自知。

行到水穷处,坐看云起时。

偶然值林叟,谈笑无还期。

[注释]道:这里指佛教思想。南山:终南山(在长安南面)。陲:边缘。值:遇到,碰上。

[赏析]我在中年以后喜好崇尚佛家的观念,晚年到终南山下面建别墅

安了家。兴致高时常独自游走,感到有快乐事会自我陶醉。有时漫步竟走到溪水的源头,有时闲坐着看云雾的升腾和变化。偶然在树林间碰见村中父老,与他们聊天谈笑每每忘了回家。作者在离长安不远的终南山建有"别业"(别墅)。诗句描写作者居住在别墅时闲适游山、恬淡随意的景况和心情。

26. 林 苑

寄题刁景纯藏春坞
[宋]苏轼

白首归来种万松,待看千尺舞霜风。
年抛造物陶甄外,春在先生杖屦中。
杨柳长齐低户暗,樱桃烂熟滴阶红。

[注释] 刁景纯:曾在宋仁宗、宋英宗两朝任职的官员。藏春坞:刁景纯晚年所建林苑的名称。屦:古时用麻、葛等制作的鞋。

[赏析] 您头发白了告老还乡种植万棵松树,看那高耸的松林挺立在冷霜和寒风里。您每年为建设藏春坞已抛费了多少财物,使得春天留在先生的手杖和步履中。杨柳生长茂密遮挡了阳光使房间变暗,樱桃已经熟透掉落把地阶都染红了。诗句描写藏春坞中的景况。全诗八句,这里选的是前六句。作者对刁景纯告老还乡后建立林苑的行为表示赞赏和钦佩,并隐含作者对这样一种生活的向往之情。

第六章　人居环境

画眉鸟
[宋]欧阳修

百啭千声随意移,山花红紫树高低。
始知锁向金笼听,不及林间自在啼。

[赏析]树林里的画眉鸟百转千声随意任性地歌唱,在开满红色紫色的各种山花的树头枝间忽高忽低地自由飞舞。我这才明白,如果把画眉鸟拴锁在金丝笼里,它们就不会像在树林里那样唱出美妙的歌声了。诗句表现林间景象,并以画眉鸟的能否自由歌唱,表现"自由是鸟儿的本性和愉悦地发挥其本性的先决条件"的道理,诗句曲折地反映出作者的内在性灵。

游黔国鱼池四首·其三
[明]何景明

半竿斜日疏蒲明,两岸人语凫不惊。
菱叶拂衣香袖举,秋风吹浪彩舟轻。

[注释]黔国:即黔国公,明朝异姓贵族,皇帝朱元璋赐姓沐,镇守云南。凫:野鸭。菱叶:指荷叶。

[赏析]太阳有半竿高了,照着池塘里稀疏的香蒲,岸边游人谈笑欢语,池里的野鸭一点也不惊惶。荷叶拂过坐船游客的衣裳,能闻到一股衣袖的清香;秋风吹动水波,彩画的小船轻轻荡过水面。诗句描写作者在贵族(黔国公)私家园林的池塘里泛舟游玩时所见的景象。

原生态的瑰丽——古诗词里的美丽中国

垂　柳
[唐]唐彦谦

绊惹春风别有情,世间谁敢斗轻盈?
楚王江畔无端种,饿损纤腰学不成。

[注释]绊惹:撩逗。楚王:楚灵王,有"楚王好细腰,宫中多饿死"之说。这里亦暗指现实中的"王"。江:暗指曲江,长安附近名胜。

[赏析]春风吹拂柳枝,柳枝撩逗春风而起舞别具柔情,世间还有谁人能比垂柳那样飘逸轻盈?楚王本是随意地在江边种几棵柳树,而那些揣摩楚王意兴的宫女为了"细腰"而饿死了也没有得到宠爱。诗句表面咏柳婀娜多姿,暗贬美人,实际指向以皇帝为首的统治者。

送灵澈上人
[唐]刘长卿

苍苍竹林寺,杳杳钟声晚。
荷笠带斜阳,青山独归远。

[赏析]竹林中寺院周边是一片苍苍茫茫的绿色,傍晚寺里的钟声传得深远。夕阳照着他背在身后的斗笠,他独自回归青山渐行渐远。诗句描写出家人灵澈傍晚返回竹林里寺院的景象。

又酬傅处士次韵二首·其二
［清］顾炎武

苍龙日暮还行雨，老树春深更著花。

[赏析]龙虽已苍老在日暮之际仍在尽行云致雨的职责，树已衰老了在春天将去之时犹能开放出鲜花。全诗八句，这里选的是其中的第五、六句。诗句描写人或事物虽已进入老境，但仍顽强地表现出它的本性。作者所说的"苍龙""老树"在全诗中或有其特定内涵和精神寄托，但这两句指出的"事物本性到老也不会改变"的意象具有相当普遍的意义和价值。

折柳篇
［唐］许景先

春色东来渡渭桥，青门垂柳百千条。
长杨西连建章路，汉家林苑纷无数。
紫花始遍合欢枝，游丝半罥相思树。
春楼初日照南隅，柔条垂绿扫金铺。

[注释]青门：指长安的宫门。长杨、建章：汉朝宫殿名。罥：挂。隅：靠边沿的地方。金铺：宫门上安装门环的金属底托，这里指代宫门。

[赏析]东风携带春色吹过渭河桥，吹绿了长安各个城门的千百株垂柳枝条。从长杨宫到建章宫，一路上有多少座汉家林苑啊。花儿萦绕着合欢树枝开放，小青虫吐着丝悬挂在相思树上。春日阳光照遍了住在南边的豪门的楼房，杨柳柔枝来回扫着宫门上的金色门环。全诗十八句，这里选的是前八句。诗句描写长安城里有很多林苑，以及长安城在春天来临时的景象。

原生态的瑰丽——古诗词里的美丽中国

恭诵左公西行甘棠
[清]杨昌濬

大将筹边尚未还,湖湘子弟满天山。
新栽杨柳三千里,引得春风度玉关。

[注释]左公、大将:指清末名将左宗棠,他率领湘军收复了新疆失地。在向西行军过程中,他令士兵沿路种植杨柳树,绿化道路。湘:湖南省的简称。

[赏析]左大将军擘画边疆事务、收复失地的功绩尚在进行,湖南湘地的子弟兵已满布天山广大国土。大军沿着三千里进军道路栽种了杨柳无数,引致春风也过了玉门关。诗句歌颂左宗棠指挥向西进军,沿着道路种树,从而改写了几千年的"春风不度玉门关"的事实和功业。

踏莎行·细草愁烟
[宋]晏殊

带缓罗衣,香残蕙炷,天长不禁迢迢路。
垂杨只解惹春风,何曾系得行人住。

[注释]蕙:一种香草。迢迢:形容路途遥远。

[赏析]稍稍松缓罗衣的锦带,点燃蕙草的香气还残留着,那条遥远的路是不是要通到天边?低垂的杨柳枝只会逗引春风而摇拂摆动,那细长的枝条何曾能挽留住远行的人稍停片刻。这里选的是全词的下片。词句表现柔弱的枝条不可能把逝去的美好年华和事物挽回,寄托了作者深远的怀念、怅惘的心情和感悟。

虞美人·春愁

[宋]陈亮

东风荡飏轻云缕,时送萧萧雨。
水边台榭燕新归,一口香泥湿带、落花飞。
海棠糁径铺香绣,依旧成春瘦。
黄昏庭院柳啼鸦。记得那人和月、折梨花。

[注释] 糁:碎粒。

[赏析] 春风轻轻地吹拂,缕缕白云随风飘过,时不时下一阵潇潇春雨。燕子在水边的亭台楼榭上筑巢,它口衔香泥带着落花飞归巢里。庭院小路落满了海棠花瓣如同碎花织的绣毯,树的绿枝显得瘦削了。黄昏时候庭院柳树上的乌鸦不断啼叫。我还记得那个人在月光下,摘下如雪的梨花。词句描写春末时的环境和庭院中春色凋谢的景象,蕴含着作者对时光流逝、壮志未酬的抑郁哀婉的心情。

竹里馆

[唐]王维

独坐幽篁里,弹琴复长啸。
深林人不知,明月来相照。

[注释] 篁:竹林。

[赏析] 独自坐在幽深的竹林里,一边弹琴一边对天歌唱长啸。深林里没有人与我作伴,没有人知道我在想什么,只有天上的明月照着我。诗句反映了作者意兴清幽、心灵澄净的闲适生活状态。

忆江南·多少恨

[五代] 李煜

多少恨,昨夜梦魂中。
还似旧时游上苑,车如流水马如龙。
花月正春风。

[赏析] 我的心里有多少怨恨哪,昨夜我在梦中又见到了当年游上苑的景况。那时是多么热闹,我和皇后、嫔妃的龙车凤辇,以及王公贵族们的高头大马拉着的装饰华丽的车子流水般地一辆接着一辆,他们都跟着我来赏花踏春,在春风中尽情欢乐。但这样的日子全完了,只能出现在梦中。这里选的是五代南唐皇帝李煜亡国被俘后写的一首词。词句表现作者念念不忘以往的享乐生活,故能在梦境中不断再现,从而与今日的凄苦现实境遇形成巨大的反差。

金谷园

[唐] 杜牧

繁华事散逐香尘,流水无情草自春。
日暮东风怨啼鸟,落花犹似坠楼人。

[注释] 金谷园:西晋时大富豪石崇在金谷(在今河南洛阳市东北)筑的庄园,极为奢丽。坠楼人:指石崇的爱妾绿珠,她自坠于楼下而死。

[赏析] 繁华往事早已散尽,随着熏香烟尘飘去无存;流水如斯无情,野草仍年年碧绿迎春。黄昏时分东风送来了鸟儿哀怨的啼鸣,飘飞的落花就像那坠楼的美人。诗句表现作者面对曾经奢华一时的荒园,想到绿珠的香消玉

殒,抒发"一时繁华只是过眼烟云"的吊古伤春的情思,感慨世事沧桑、历史无情。

乐天见示伤微之、敦诗、晦叔三君子,皆有深分,因成是诗以寄

[唐]刘禹锡

芳林新叶催陈叶,流水前波让后波。
万古到今同此恨,闻琴泪尽欲如何。

[赏析]春天树林芬芳,新叶长出催送旧叶落下;江河奔腾长流,前面的波浪总会让后面的波浪涌过超越。从古到今人人都会有哀悼逝者的同样的憾事,但是听到了噩耗哀音即使为亡友流尽眼泪又能怎样?全诗八句,这里选的是后四句。诗句里的"陈叶""前波"指诗题中的微之(元稹)等三位好友,也可喻指旧事物;"新叶""后波"指晚辈,也可喻指新事物。作者认为人人都得面对现实,作者在悼亡情感中也指出了一般意义上事物新陈代谢的过程和规律。

咏松四首·其二

[清]陆惠心

风吹雨打永无凋,雪压霜欺不折腰。
拔地苍龙诚大器,路人敢笑未凌霄?

原生态的瑰丽——古诗词里的美丽中国

[**赏析**]松树在风吹雨打下永不凋谢,大雪压身冷霜欺凌也绝不弯腰。松树是拔地而起的苍龙,是不同凡庸的大器,哪个路过见到的人敢耻笑它未能高入云霄?诗句赞颂松树的伟岸坚毅"永无凋"、"不折腰"的崇高品格。

新晴山月
[宋]文同

高松漏疏月,落影如画地。
徘徊爱其下,夜久不能寐。

[**赏析**]稀疏的月光透过高大的松林,松枝的光影投射在地面宛如一幅水墨画。我被这美好的影像吸引,久久徘徊在其中没有丝毫睡意。全诗八句,这里选的是前四句。作者是画家。作者以其特有的艺术敏感性和鉴赏力描绘了寂静月夜松林地面的黑白相间的景象及自己的心情。

绝句漫兴九首·其一
[唐]杜甫

隔户杨柳弱袅袅,恰似十五女儿腰。
谁谓朝来不作意,狂风挽断最长条。

[**注释**]袅袅:形容细长柔软的东西随风摆动。
[**赏析**]隔着门墙的杨柳树,枝条细长柔弱,好像那十五岁少女的细腰。谁说她早晨的时候不称意、不舒展自己的身姿?那是因为被狂风吹折了枝

条。诗句以杨柳虽美如少女却被狂风吹折了枝条,喻指作者自己受社会和官场势力挤压,而不被重用、壮志难酬。

移家别湖上亭

[唐]戎昱

好是春风湖上亭,柳条藤蔓系离情。
黄莺久住浑相识,欲别频啼四五声。

[**赏析**]春风吹拂着的湖上亭是多么适人,只是我要搬家离开此地了,这里的柳条藤蔓已与我熟悉而生出了离别之情。树上的黄莺也是我的老相识,它声声啼鸣似是在与我道别。诗句描写作者居住的湖上亭的优美景色,以及在搬离此地时所产生的难舍的心情。

侍宴安乐公主新宅应制

[唐]沈佺期

皇家贵主好神仙,别业初开云汉边。
山出尽如鸣凤岭,池成不让饮龙川。
妆楼翠幌教春住,舞阁金铺借日悬。
敬从乘舆来此地,称觞献寿乐钧天。

[**注释**]安乐公主:李裹儿。唐中宗(李显)与韦后所生的幼女,后为李隆基(称帝为唐玄宗)所杀。应制:奉皇帝之命而作。鸣凤岭:山岭名,在长

安附近。饮龙川：指渭水。幌：帘幕。铺：铺首，用铜做成兽面状，衔圆环钉在门上。

[赏析]皇家尊贵的公主信奉神仙，新建的别墅直上云霄到天边。林苑的假山完全跟鸣凤岭一样，池塘一点儿不次于渭水的壮阔浩荡。妆楼上翠绿的帘幕使得春色永驻，舞厅阁门上金色的铺首熠熠生辉像阳光常在。我遵命跟随皇上圣驾到公主新宅祝贺，酒宴上觥筹交错恭向皇上敬酒祝寿，一旁的乐队演奏着钧天乐。作者表示自己有幸参加了皇帝在安乐公主的别墅里举办的宴会。诗句极力奉承皇帝和公主，以及公主别墅的豪华奢丽的景象。

石壁精舍还湖中作

[南北朝]谢灵运

昏旦变气候，山水含清晖。
清晖能娱人，游子憺忘归。
出谷日尚早，入舟阳已微。
林壑敛暝色，云霞收夕霏。

[注释]憺：安闲舒适。暝：暮，夜。霏：云气。

[赏析]黄昏和清晨天气变换，山岭水色含有清冽的光辉。轻灵的山水让人愉悦，游人安闲舒适流连忘返。从峡谷出来时间尚早，到上船时天光已微弱了。四周的树林和山谷里聚集了一片暮色，天上的晚霞凝收着傍晚天空中的云气。全诗十六句，这里选的是前八句。诗句描绘了山林从清晨到傍晚的优美和变化的景色，以及游人的愉悦感受。

于潜僧绿筠轩

[宋]苏轼

可使食无肉，不可使居无竹；
无肉令人瘦，无竹令人俗。
人瘦尚可肥，俗士不可医。

[赏析]宁可吃饭时没有肉，也不能在住房周边没有竹林；没有肉吃使人瘦削，没有竹林使人庸俗。人瘦了还可以胖起来，人庸俗了就不可救药。全诗十句，这里选的是前六句，表现作者在生活方面的一种要求，反映了当时文人追求"雅"而鄙弃"俗"的观念。

山房春事二首·其二

[唐]岑参

梁园日暮乱飞鸦，极目萧条三两家。
庭树不知人去尽，春来还发旧时花。

[注释]山房：这里指"梁园"（为西汉梁孝王刘武所建，故址在今河南商丘市），该园初建时广大繁华。

[赏析]傍晚时分归巢的乌鸦在梁园里乱飞，远远望去满目萧条只有两三户人家。庭院里的树木不知道这里已经没有主人了，春天来时它还像过去一样开放着鲜花。诗句描写过去繁盛的林苑，经过多少年的朝代更迭、灾难战乱后，已是一派衰败无主的荒凉景象。

相见欢·林花谢了春红

[五代]李煜

林花谢了春红，太匆匆，无奈朝来寒雨晚来风。

胭脂泪，相留醉，几时重。自是人生长恨水长东。

[赏析]林苑里的花朵告别春日里鲜艳的红，凋谢得太快太匆忙了，也是无奈啊，早晨袭来一阵寒凉的雨，夜晚又刮过一场大风，花儿怎能抵挡得住这样的摧残？着雨的春花好似美人带胭脂的脸上的泪，怜花的人和花儿相互留恋，什么时候还能重逢？人生从来就是令人怨恨的事太多太多，就像那江水永远向东流去不止不休。词句描写暮春花朵残败的景象，寄寓了作者从皇帝跌落为囚徒的无限哀怨怅恨。

塔前古桧

[宋]苏轼

凛然相对敢相欺？直干凌云未要奇。

根到九泉无曲处，世间惟有蛰龙知。

[注释]九泉：指人死后埋葬的地方，"阴间"。

[赏析]这棵古松肃立着令人敬畏，谁敢来欺负它？它的树干即使冲上云霄也没有什么可奇怪的。它的根一直伸到阴间都不打弯，在这个世界上只有那蛰伏的龙才了解它。诗句描写"古松"凛然挺立，上冲云霄、下达九泉的孤傲高大的形象。作者或有以此自况之意。

杂诗,己卯自春徂夏,在京师作,得十四首·其十二
[清]龚自珍

楼阁参差未上灯,菰芦深处有人行。

凭君且莫登高望,忽忽中原暮霭生。

[注释]参差:长短、高低、大小不齐。

[赏析]此诗为作者在北京游览陶然亭林苑(今为陶然亭公园)时所作。陶然亭里的楼阁错落不齐到了晚上不见灯火,在长着水草芦苇的深处仍然有游人行踪。诸君就不要登上高处向远方瞭望了,那中原地域正在生着朦胧模糊的傍晚云雾。此诗前两句描写作者在陶然亭所见的近处景色,后两句则表现国内正在形成巨大忧患的意象。

泗州东城晚望
[宋]秦观

渺渺孤城白水环,舳舻人语夕霏间。

林梢一抹青如画,应是淮流转处山。

[注释]泗州:旧城在淮河边,在今江苏盱眙县西北,清代时已沉入洪泽湖。白水:指淮河。舳舻:指船。(舳:船后舵;舻:船头。)

[赏析]浩渺的淮河水环绕着泗州孤城,黄昏时分船停泊在轻轻雾气中,不时传来船家人的谈话。树林梢头一片翠绿好像一幅图画,那应该是淮河水流转弯处的青山模样。诗句描写夕阳下淮水、青山、雾霭、停船等朦胧又实际的景象。

原生态的瑰丽——古诗词里的美丽中国

陪考功王员外城东池亭宴
[唐]钱起

晴山看不厌,流水趣何长。
日晚催归骑,钟声下夕阳。

[赏析]我们在这池亭里宴饮,远处晴朗青翠的山峰令人百看不厌,近旁流水涓涓使我们的情趣绵延不断。天色晚了霞光已在催我们回去,夕阳下传来了晚钟声声悠远。全诗八句,这里选的是后四句。诗句描写在举行宴会的林苑所见的附近山水景象,表现出当时作者的欣然和闲逸的心情。

豆叶黄·秋千人散小庭空
[宋]陈克

秋千人散小庭空。麝冷灯昏愁杀侬。
独有闲阶两袖风。月胧胧。一树梨花细雨中。

[注释]麝:指(散发麝香般香气的)香炉。侬:我。

[赏析]玩秋千的人散去了,庭院空空荡荡,香炉冷却灯光昏暗,我是多么忧愁。那无人行走的空闲台阶被风扫过。月光朦朦胧胧。只有一树梨花仍开放在细雨中。词句表现庭院衰败空落的景象和主人公冷清的心情。

宿洞霄宫
[宋]林逋

秋山不可尽,秋思亦无垠。
碧涧流红叶,青林点白云。
凉阴一鸟下,落日乱蝉分。
此夜芭蕉雨,何人枕上闻。

[注释] 洞霄宫:道教宫观,在今浙江杭州市余杭区西南大涤山、天柱山两山之间,宋时称此名。

[赏析] 秋天的大涤山的美景,难以游览尽;秋天的大涤山引起我遐思无限。山涧流淌的碧绿水面上漂浮着红色的落叶,透过青翠的树林间隙能看见天上的朵朵白云。一只鸟飞进了树荫里,到处是蝉儿在夕阳下鸣叫的"知了"声。这个夜里如果有雨打芭蕉声音,不知会有谁和我一样在枕上聆听?诗句描写了大涤山的美景,表现作者夜宿洞霄宫时的联想。

容若邀游城北庄移舟晚酌
[清]姜宸英

散漫杨花雪满堤,停船只在画廊西。
东风底事吹归急,不管狂夫醉似泥。

[注释] 容若:即清代词人纳兰性德(任康熙帝侍卫)。

[赏析] 似雪的杨花漫天飞舞撒满堤岸,船儿停在主人庄园雕画的廊榭西面。东风吹得那么急是不是让我回去,也不管我已狂喝得烂醉如泥。诗句描写作者受到词人邀约款待同游共醉的情景。

桑茶坑道中八首·其八
[宋]杨万里

山根一径抱溪斜,片地才宽便数家。
漫插漫成堤上柳,半开半落路旁花。

[注释]桑茶坑:地名,在今安徽泾县。

[赏析]山脚下有一条环绕溪流的小路,一片小小空地上就有好几户人家。溪流岸边有随意栽插形成的柳树林,小路旁的各种野花一半还开着一半已凋谢。诗句描写作者在路途上所见的山麓树林及缺少土地的小村的景象。

捣练子·深院静
[五代]李煜

深院静,小庭空。断续寒砧断续风。
无奈夜长人不寐,数声和月到帘栊。

[注释]砧:捶或砸东西时垫在底下的器具,这里指捣衣用的石,又转指捣衣声。栊:窗户。

[赏析]深深的庭院里空空荡荡很安静,寒夜里远处断断续续地传来捣衣声。漫漫长夜庭院里的人睡不着啊,月光下捣衣的声音传到窗内更勾起伫听人的思念情。作者写此词时已从皇帝跌落为囚徒。词句描写寒夜里民间的捣衣声更勾起作者失国的焦躁烦闷和离怀愁绪,哀怨沉痛。

数 日

[宋]赵师秀

数日秋风欺病夫,尽吹黄叶下庭芜。
林疏放得遥山出,又被云遮一半无。

[赏析]这几天秋风也来欺负我这个病人,把庭树的黄叶吹得七零八落。树林疏阔倒显出了远处的山峦,但漫天的云雾又遮没了山峦的大半。诗句描绘了深秋时节黄叶落尽、林苑萧瑟空旷、远山显现,又有云遮雾绕的由近及远的景象。

短歌别华峰

[清]黄景仁

啼鹃声声唤春去,离心催挂天边树。
垂杨密密拂行装,芳草萋萋碍行路。

[注释]萋萋:草长得茂盛的样子。

[赏析]杜鹃鸟泣血啼鸣呼唤春天不要走啊,不忍别离的心挂念着远处天边的树。杨柳枝密密地低垂着在牵拂行人的衣裳,茂盛的芳草也在阻碍离人的行路。这是一首离别诗,全诗十二句,这里选的是中间的四句。诗句描写垂杨摇拂、芳草茂盛的景象,表现人们离别时依依难舍的深情。

于五松山赠南陵常赞府

[唐]李白

为草当作兰,为木当作松。
兰秋香风远,松寒不改容。
松兰相因依,萧艾徒丰茸。
鸡与鸡并食,鸾与鸾同枝。
拣珠去沙砾,但有珠相随。

[注释]萧艾:指蒿草、杂草。鸾:传说中凤凰一类的鸟。

[赏析]做花草就要做兰草,做树木就要做松树。兰草在秋天依旧香风远散,松树在寒冬还是不改容貌。松树与兰草相互赏识依持,萧艾之类野草徒然长得茸盛。鸡与鸡聚在一起就争食,鸾鸟与鸾鸟则同枝而栖。拣起珍珠扔掉沙砾,人们只需要珍珠相随。全诗二十六句,这里选的是前十句。诗句描写"物以类聚"的自然现象和人们喜爱珍珠、抛弃沙砾的价值取向,特别指出幽兰、寒松具有美好的本性,具有矢志不渝、不畏天时变化的坚韧不拔的品质和精神,昭示人们为人处世应该有坚强意志,有持久心和忍耐力。

道过赞善庵

[元]萨都剌

夕阳欲下少行人,绿遍苔茵路不分。
修竹万竿松影乱,山风吹作满窗云。

[注释]苔:苔藓类植物,绿色,多生长在阴湿地方。茵:垫子或褥子。

[赏析]夕阳快落尽了路上行人已很少,漫野都是绿色道路难以分清。向窗外望去,那千万竿修长的竹子中,掺杂着松枝零乱的树影,山风吹来摇曳不定,满眼仿佛都是白云。诗句描写作者路途中暂住山中庵堂时所见到的远近结合、动静不定的景象。

山驿闲卧即事
[唐]苏颋

息燕归檐静,飞花落院闲。
不愁愁自著,谁道忆乡关?

[赏析]燕子回到屋檐下的巢里安静地休息了,被山风吹飞的花瓣飘落在空闲的庭院。本来没有愁,愁烦都是自找的,谁总在说心头老想着故乡家园?诗句表现作者在山间驿站里所见的庭院景象,以及认为无须多愁、不必思乡的超然心态。

将赴成都草堂途中有作,先寄严郑公五首·其四
[唐]杜甫

新松恨不高千尺,恶竹应须斩万竿。
生理只凭黄阁老,衰颜欲付紫金丹。

[注释]严郑公、黄阁老:指当时以"黄门侍郎"身份镇守成都的严武。新松:指作者在家(成都草堂)中培植的四棵小松。生理:生计。

[**赏析**]我恨不得亲手栽植的小松树迅速成长为千尺高树,对于那到处侵蔓的恶竹,即使有一万竿也要把它斩除。我的生计全凭黄阁老您照顾,衰老的身体准备托付给延年益寿的丹药了。全诗八句,这里选的是其中的第三、四、五、六句。诗句表示对林苑中新生的好材料、好事物应扶持它尽快发展成长,对不好的东西要坚决芟除、斩掉;诗句也表示对严武给予作者的照顾的感谢。

浣溪沙·楼上晴天碧四垂
[宋]周邦彦

新笋已成堂下竹,落花都上燕巢泥。忍听林表杜鹃啼。

[**注释**]林表:即林苑外。

[**赏析**]新生的竹笋已长成为林苑里修长的竹枝,落花都已成为燕巢中的窝泥。此时怎能忍心再听到那林苑外传来的杜鹃鸟的声声鸣啼。这里选的是全词的下片。词句描写暮春景色,喻世事变迁,表达作者对春光已逝的感叹,以及旅人惆怅、思念家乡的心情。

题竹石
[清]郑燮

咬定青山不放松,立根原在破岩中。
千磨万击还坚劲,任尔东西南北风。

[**赏析**]竹子紧紧抓住青山一点儿也不放松,把它的根牢牢地扎在岩石缝隙中。经过千次万次的磨难打击,岩竹变得越发坚韧不拔,任凭来自四处的狂风肆虐吹打也毫不摇动。这里是题画诗,诗句表现山林里的竹子不畏艰辛在岩石缝中顽强生存的景象。作者托物言志,借竹喻人,表现作者正直倔强的品格和坚韧执着的人格精神。

竹

[清]郑燮

一节复一节,千枝攒万叶;
我自不开花,免撩蜂与蝶。

[**注释**]攒:聚集。

[**赏析**]竹子一节一节地往上生长,千条竹枝上聚集着万片竹叶。竹子通常是不开花的,免得招引那些蜂儿蝶儿到这里来吮蜜、戏耍。诗句描写竹子的状貌和特性,喻指其品性端庄、高洁。

桑

[明]于谦

一年两度伐枝柯,万木丛中苦最多。
为国为民皆是汝,却教桃李听笙歌。

[**注释**]伐枝柯:指桑树的叶、果、皮、木质等各部分都被人类采摘利用。

汝：你。

[赏析]一年之中桑树的各个部分几次被人们采撷利用,在千万种树木里桑树受的苦最多。为国效力、为民尽瘁都是你啊,可是,你却让桃树、李树享尽了人们的赞美歌颂。诗句直陈桑树所具有的对人类的重大作用,又对桑树未受到应有的尊重而感慨不平,并讽喻桃李只靠美艳而轻易获得赞赏。

入若耶溪

[南北朝]王籍

艅艎何泛泛,空水共悠悠。
阴霞生远岫,阳景逐回流。
蝉噪林愈静,鸟鸣山更幽。
此地动归念,长年悲倦游。

[注释]若耶溪:在浙江绍兴市东南,今名平水江,由南向北流。艅艎:古时一种木船。阴:指山的北面。景:即"影"。

[赏析]坐船在若耶溪中行进泛游,远远望去悠悠水流像是要与天空相接。山峰北面岩洞生出层层云霞,阳光照耀着曲折的水流。蝉儿噪叫不已,反衬托出树林愈加寂静,鸟儿婉转啼鸣,更显得山谷里十分清幽。这样美妙的地方使我产生了归隐之心,多年奔波于仕途的生活已使我厌倦伤悲。诗句作者坐船行进在若耶溪中,感觉蝉噪和鸟鸣反而衬出树林山谷的"静"和"幽",并表示由此产生脱离仕途归隐山林之心情。

鹧鸪天·张园作

[宋]黄昇

雨过芙蕖叶叶凉,摩挲短发照横塘。
一行归鹭拖秋色,几树鸣蝉饯夕阳。
花侧畔,柳旁相。微云澹月又昏黄。
风流不在谈锋胜,袖手无言味最长。

[**注释**]摩挲:抚摩。澹:同"淡"。

[**赏析**]一阵雨过后荷花荷叶都透着几分清凉,抚摩着日渐稀短的头发对着园中水满的池塘照一照。一行白鹭拖带着秋色飞归巢里,园里树上蝉鸣不已,夕阳西下之时,主人或要为我饯行。依花傍柳、侧身张园,夜幕昏黄,只有暗淡月色些许云飘。风流倜傥并不在于高谈阔论,袖手静观反倒更意味深长。词句描写秋季到来时私家林苑中的景象,表现作者侧身张园,在秋凉即将离开时,见景而生凄恻之思,不免有苦涩之意绪和"沉默是金"的感慨。

林园即事寄舍弟纮(次荆州时作)

[唐]王维

寓目一萧散,销忧冀俄顷。
青草肃澄陂,白云移翠岭。
后沔通河渭,前山包鄢郢。
松含风里声,花对池中影。

[**注释**]纮:王纮,作者最小的弟弟。后沔:又作"后浦",研究者认为作者时居辋川,辋水入灞水,灞水入渭河,渭河入黄河,故云。前山:指前面的

秦岭。鄢：古楚国别都，在今湖北宜城东南。郢：古楚国都城，在今湖北荆州市荆州区西北。

[赏析]看到眼前景色感到闲散舒适,希望在顷刻间消去忧愁。清澈的池塘边青草齐整,翠绿的山岭上飘着白云。后面的水流直通渭水黄河,前头的山岭绵延到古楚地的鄢和郢。松树在风涛里发出声响,花儿在水池中映出美影。全诗十八句,这里选的是前八句。诗句描写林园景色,及所在地的由近及远的环境状况,表达作者思念弟弟、希冀消除孤寂的心情。

桥 西

[宋]朱继芳

云澹风微日未低，瘦藤扶到小桥西。
林花过雨相争发，谷鸟无人自在啼。

[注释]澹：同"淡"。

[赏析]淡淡的云轻轻的风太阳还在半空,细细的藤枝蔓延到了小桥西边。山林中的野花在雨后竞相绽放,山谷里寂静无人鸟儿自由自在地鸣啼。诗句描写了村野山林寂静又富有生机的自然景象。

诗经·小雅·斯干

秩秩斯干，幽幽南山。
如竹苞矣，如松茂矣。
兄及弟矣，式相好矣，无相犹矣。

[**注释**]秩秩：水流淌的样子。干：通"涧"，山间流水。苞：竹木稠密丛生的样子。犹：欺诈。

[**赏析**]涧水清清流淌不停，南山幽深多么清静。那里有密集的竹丛，还有那茂盛的松林。兄弟们都在一起，和和睦睦相处很亲近，没有诈骗和欺凌。全诗有九段，这里选的是第一段。诗句歌颂新落成的宫室面山临水、位置优胜，松茂竹苞、环境幽雅，而且居住的兄弟们和睦友爱，真是安康快乐。

金谷园怀古
[唐]邵谒

竹死不变节，花落有馀香。
美人抱义死，千载名犹彰。
娇歌无遗音，明月留清光。
浮云易改色，衰草难重芳。

[**注释**]金谷园：晋代大富豪石崇所建庄园林苑，极为奢靡，故址在今河南洛阳市东北。石崇被杀死前，其爱妾绿珠坠楼自尽。

[**赏析**]竹子即使死了也不会改变其固有的骨节，花朵凋落了仍然保留着本来的芳香。美人绿珠为石崇而自坠，她的名字千百年来仍然昭彰。但她当年娇滴的歌声并没有遗留下来，明月却总是发出清亮的光。浮云很容易改变样貌，野草衰枯了不可能再重现绿色。全诗十六句，这里选的是后八句。诗句指出竹子和花朵的特点；也暗喻美人（绿珠）当时似为"节烈"，但也难以被长久揄扬。

昌谷北园新笋四首·其二
[唐]李贺

斫取青光写楚辞,腻香春粉黑离离。
无情有恨何人见?露压烟啼千万枝。

[注释]昌谷:作者李贺家乡,多竹,在河南福昌(今河南宜阳县)。斫:砍,削。

[赏析]刮去竹上的青皮写下我楚辞般的诗句,白皙光洁香气浓郁留下一行行黑色字迹。新竹愁恨满怀谁人能够看见?露珠滴落似在悲啼压得千枝万枝低。诗句移情于物,把作者内心的怨情移变为林苑里竹子的怨情,从而创造出物我相契、情景交融的物理和心理境象。

小 松
[唐]杜荀鹤

自小刺头深草里,而今渐觉出蓬蒿。
时人不识凌云木,直待凌云始道高。

[注释]刺头:指长满松针的松树。

[赏析]松树的幼苗生长在深深的草丛里,到现在已超出了蓬蒿野草很多。俗世之人当时并不认识这里是一棵能够高耸入云的巨木,直到它真的伟岸凌云时人们才称道它很大很高。诗句表面描写松树,实际是借松喻人、托物讽喻:杰出人才开始时常被人们忽视,直到其取得巨大成就时人们才不得不承认。

27. 城　市

安阳好

[宋]韩琦

安阳好,形势魏西州。

曼衍山川环故国,升平歌吹沸高楼。和气镇飞浮。

笼画陌,乔木几春秋。

花外轩窗排远岫,竹间门巷带长流。风物更清幽。

[**注释**]安阳:北宋时有相州,州治在安阳(今河南安阳)。

[**赏析**]安阳是个好地方,战国时是魏国的西州重镇。放眼望去,青山绵亘、绿水蜿蜒,环护着这座古城;高楼里人声鼎沸歌舞升平。气氛和睦而不虚浮。乔木笼罩着画一样的阡陌,度过了多少个春秋。打开门窗,透过花卉眺望,远处峰峦排列,近处竹丛门墙小巷,溪水长长绕流。风光景物多么宁静清幽。词句描写安阳地方环境景色优美幽雅。作者是安阳人。全词描写安阳景况,亦含作者自诩故乡的心情。

清江曲内一绝
[唐]崔峒

八月长江去浪平,片帆一道带风轻。
极目不分天水色,南山南是岳阳城。

[注释]清江:泛指诗人所见的清澈江河。岳阳:位于湖南省东北部,在长江南岸。

[赏析](农历)八月时长江风平浪静,江上帆船顺风轻快而行。极目远望天水相连成一色,南山的南面就是岳阳城。诗句表现岳阳城濒临长江,在八月水涨时,看到的是风平浪静、水天一色的景象。

沁园春·斗酒彘肩
[宋]刘过

白云天竺飞来,图画里、峥嵘楼观开。
爱东西双涧,纵横水绕,两峰南北,高下云堆。
逋曰不然,暗香浮动,争似孤山先探梅。
须晴去,访稼轩未晚,且此徘徊。

[注释]白:指唐代诗人白居易。云:说。峥嵘:高峻。两峰南北:杭州西湖周边有南高峰、北高峰。逋:指宋代诗人林逋。稼轩:指宋代词人辛弃疾,他把自建的房屋命名为"稼轩"(地址在今江西上饶市范围)。

[赏析]白居易说,到天竺山去呀,那里如同画卷展开,寺庙高峻巍峨壮观。让人喜爱的是从东向西的两涧溪水,纵横环绕着流淌;两座山峰南北对峙,高高低低的白云拥集在山峰周围。林逋则说并非如此,梅花暗香在幽幽

飘动着呢；但这怎么比得上孤山里的梅香，何不先去探访一番。待到雨过天晴再去"稼轩"访问辛弃疾也不迟，我暂且在西湖边徘徊流连。这里选的是全词的下片。词句通过叙说几位诗词名家对杭州的著名描述，来描写杭州周边优美景点的独特风光。

咏史二首·其一

[唐]李商隐

北湖南埭水漫漫，一片降旗百尺竿。
三百年间同晓梦，钟山何处有龙盘？

[注释]北湖：指金陵（今南京）的玄武湖。埭：坝。南埭：指在玄武湖边的鸡鸣埭。北湖南埭：统指玄武湖。降：指三国时吴国皇帝孙皓向晋将王浚投降，又指南朝的陈朝后主向隋将韩擒虎投降。三百年：三国时的吴国及东晋，（南北朝时期南朝的）宋、齐、梁、陈，六朝曾在金陵建都，总共三百多年。钟山：即今南京市东面的紫金山。龙盘：据记载，三国时的诸葛亮曾说金陵的地形龙盘虎踞，是帝王之宅。

[赏析]玄武湖已成了漫漫汪洋，一面投降的旗子挂在百尺高的竿子上。六朝建都在金陵历经三百多年都相继灭亡，就像是天亮时做了一场短梦，钟山的龙盘虎踞的王气到底在哪里呢？诗句实际上指出：一个国家、一个政权，能不能长存久安，关键不在于都城的地理形势是不是良好。

望海潮·东南形胜

[宋]柳永

重湖叠巘清嘉。有三秋桂子,十里荷花。
羌管弄晴,菱歌泛夜,嬉嬉钓叟莲娃。
千骑拥高牙,乘醉听箫鼓,吟赏烟霞。
异日图将好景,归去凤池夸。

[**注释**]重湖:即杭州西湖,因其分为里湖、外湖(以白堤为界),故也叫重湖。巘:山峰,山顶。三秋:秋季;亦指秋季的第三个月,即农历九月。高牙:古代军队出行由牙旗引导,牙旗很高。凤池:本指皇宫禁苑中的池沼,此处指代朝廷。

[**赏析**]西湖的里湖、外湖和周边重重叠叠的山峰多么绮丽清秀。秋季有桂花飘香,夏季到处是荷花。晴天里可吹奏羌笛,夜晚划船唱着菱歌,钓鱼的老翁、采菱的少女都喜笑颜开。大官外出时,高高的牙旗引导着成群的马队威势赫赫。在醉醺醺中听乐队演奏,还吟诗作词赞赏湖光山色。他日再把这美好景况画出来,回朝廷升官向人们夸耀。这里选的是全词的下片。词句描写杭州西湖夏秋季的特色景物、百姓劳作嬉游的情景,以及当地官员摆谱显赫的景象。

暮春游西湖北山

[元]杨载

愁耳偏工著雨声,好怀常恐负山行。
未辞花事骎骎盛,正喜湖光淡淡晴。
倦憩客犹勤访寺,幽栖吾欲厌归城。
绿畴桑麦盘樱笋,因忆离家恰岁更。

[**注释**]工：善于，擅长。骎骎：形容某事进展很快。

[**赏析**]人在忧愁时听觉偏对淅沥雨声十分灵敏，怀着赏春的心情又恐怕辜负了这一趟山行。对于繁花盛开的美景岂能不顾，也很喜欢西湖上淡淡晴光的宁静。疲倦休息时仍勤于访问寺庙，环境幽静使我厌烦回归城里。绿野的桑林麦田中夹杂着樱桃和春笋，我想起离开家乡正是年岁更迭之际。诗句表现作者"暮春游西湖北山"时所见景象及自己喜悦又恬淡的心情。

西湖八绝句·其一
［清］柳如是

垂杨小院绣帘东，莺阁残枝蝶趁风。
大抵西泠寒食路，桃花得气美人中。

[**注释**]西泠：杭州西湖景区有西泠桥，地理位置好，多古迹韵事。寒食：古时有寒食节，在清明节前一或二日，习俗禁烟火，只吃冷食。

[**赏析**]精致的小院杨柳依依挂着绣帘，静谧的莺阁残花点点，蝴蝶趁风飞舞。在寒食节时走在西泠路上，这里灼灼桃花得美人灵秀，更显得妖冶艳丽。作者是当时所谓的"秦淮八艳"之一。诗句表现作者在杭州西湖景物里自我感觉的一种"人面"与"桃花"互相映衬的风景和意蕴。

虞美人·春花秋月何时了
［五代］李煜

春花秋月何时了，往事知多少！
小楼昨夜又东风，故国不堪回首月明中。

[注释] 李煜：五代十国南唐后主，被宋帝俘虏，后被毒死。此词是李煜被俘后囚禁时所写。这里选的是全词的上片。故国：李煜指自己当皇帝但已经灭亡的南唐王朝及其都城金陵。

[赏析] 春花秋月年复一年什么时候才终了，多少往事历历在目我都没忘！小楼昨夜又吹起了东风，在这明月当空时回想我那已亡的国家和都城金陵，心中只有无限的哀伤。

玉涧和尚西湖图歌

[明] 刘基

大江之南风景殊，杭州西湖天下无。
浮光吐景十里外，叠嶂涌出青芙蕖。
百年王气散荆棘，惟有歌舞留欢娱。
重楼峻阁妒铅黛，媚柳娇花使人爱。

[注释] 大江：长江。芙蕖：一年生植物，生长在水中的叫草芙蓉，生长在陆地的称旱莲。这里泛指草木。百年：指南宋建都杭州（时称临安）的时间（南宋实际存在152年）。

[赏析] 长江以南地方的风景与北方大不相同，杭州西湖风景的美丽是天下其他地方没有的。它的湖光影像在十里外的远处仍能欣赏，它周边层叠峰峦涌现的山色多么葱茏。南宋一百多年的王气已经耗尽，杭州满处散布着杂草荆棘，只有那些歌舞欢笑的游娱玩乐还留存。没有了主人的楼台馆阁嫉妒那些仍能浓施粉黛的美人，还有婀娜的柳枝、娇媚的花朵仍然使人喜爱。这是一首题画长诗，全诗有二十八句，这里选的是前八句。诗句感慨时世变迁、王朝更迭，但杭州西湖的山水风光仍是天下第一美景。

金陵三首·其二
[唐]李白

地拥金陵势,城回江水流。
当时百万户,夹道起朱楼。
亡国生春草,离宫没古丘。
空余后湖月,波上对江洲。

[注释]金陵:今南京市,曾是六朝都城。江:指长江。当时:泛指六朝时。后湖:即玄武湖。

[赏析]金陵拥有雄伟的地势,浩荡长江绕城而流。六朝建都在这里时,那些百万富豪纷纷在道路两旁盖起高楼。但六朝还是先后灭亡了,宫殿成了荒古的土丘,上面长满青草。只有玄武湖上的明月,在空中注视着江上的沙洲。诗句描写金陵城从繁华到衰落的时迁势移的情况,慨叹六朝兴衰、历史无情。

过苏州
[宋]苏舜钦

东出盘门刮眼明,萧萧疏雨更阴晴。
绿杨白鹭俱自得,近水远山皆有情。

[注释]盘门:在江苏苏州城的西南隅。现今是苏州唯一保存完整的古水陆城门。

[赏析]东出盘门景物格外朗明,一阵潇潇细雨改变了天气的阴晴。依依杨柳点点白鹭各自适意随性,近处的水远处的山都蕴含着深情。全诗八句,这里选的是前四句。诗句描绘了苏州地域明媚适意的风光。

原生态的瑰丽——古诗词里的美丽中国

长安春望

[唐]卢纶

东风吹雨过青山,却望千门草色闲。
家在梦中何日到,春生江上几人还。
川原缭绕浮云外,宫阙参差落照间。
谁念为儒逢世难,独将衰鬓客秦关。

[赏析]东风吹着细雨洒过青山,看着长安千门万户草绿悠闲。家园只在梦中何时才能回还?春天在江上往来的人有几个是回家的呢?远望平川原野,家在缭绕的浮云之外,长安城里宫阙参差错落被残阳照着。谁会顾念读书的儒生在世间生活有多难,孤身一人鬓白颜衰漂泊在这秦关长安。诗句描写作者(儒生)离开家乡来到长安谋事闯荡的艰辛情景和疲惫心态。

望海潮·东南形胜

[宋]柳永

东南形胜,三吴都会,钱塘自古繁华。
烟柳画桥,风帘翠幕,参差十万人家。
云树绕堤沙,怒涛卷霜雪,天堑无涯。
市列珠玑,户盈罗绮,竞豪奢。

[注释]三吴:古代称吴兴郡、吴郡、会稽郡为"三吴"。钱塘:古属吴郡,今属浙江杭州市。

[赏析]钱塘,是东南"三吴"地区中形势重要、山川美丽的都市大邑,自古以来就很繁华。如烟的柳树、彩绘的桥梁、挡风的帘子、翠绿的幕帐,房屋楼阁高高低低,约有十万户人家。高耸入云的大树环绕着钱塘江堤岸,澎湃的潮

水卷起如霜雪般的白色浪花,江面一望无际成为一道无边的天堑。市场上珠玉珍宝琳琅满目,家家户户都存有绫罗绸缎,互相争比奢华。这里选的是全词的上片。词句描绘了杭州城形势重要、景色美丽、人口众多、繁华富庶的景象。

扬州慢·淮左名都
[宋]姜夔

二十四桥仍在,波心荡,冷月无声。
念桥边红药,年年知为谁生。

[注释]二十四桥:桥名,也叫红药桥,在扬州。唐代诗人杜牧有名句:"二十四桥明月夜,玉人何处教吹箫。"红药:红芍药花,扬州名花。

[赏析]二十四桥依然完好,桥下流水微波荡漾,一弯冷月空照寂静无声。想那桥边的红芍药花年年繁荣开放,不知它究竟是为谁生长、又有谁会来欣赏。古时扬州长期是繁华都市。但到南宋时期,其因已临近抗金的战争前线而凋敝衰落。这里选的是全词下片中的几句。作者怀念"淮左名都"扬州,对它的衰落感到悲凉凄怆。

登金陵凤凰台
[唐]李白

凤凰台上凤凰游,凤去台空江自流。
吴宫花草埋幽径,晋代衣冠成古丘。
三山半落青天外,二水中分白鹭洲。
总为浮云能蔽日,长安不见使人愁。

[**注释**] 金陵：今南京市。凤凰台：故址在今南京市凤凰山。吴宫：三国时吴国建都金陵时所筑宫殿。晋代：指东晋（建都于金陵）。三山：山名，在金陵西南长江边上，三峰并列，南北相连。二水：指秦淮河流经金陵，西入长江，被横截其间的白鹭洲分为二支。白鹭洲：古时长江中的沙洲，今已与陆地相连，位于今南京市水西门外。长安：喻指朝廷、皇帝。

[**赏析**] 凤凰台上曾有凤凰来悠游，凤凰飞走台上空空，只有江水依旧东流。曾在吴宫开过的鲜花芳草下埋着幽静的小路，东晋多少王公贵族早已成古坟荒丘。三山隐约可见好像落在了青天之外，白鹭洲把大江分成两条水流。朝廷里总是有奸佞当道如浮云遮住了日光，使正直的臣子不能与皇上相见常怀忧愁。作者描写金陵的形胜和历史，而有吊古伤今、壮志难酬的慨叹。

夜泛西湖五绝·其四
[宋] 苏轼

菰蒲无边水茫茫，荷花夜开风露香。
渐见灯明出远寺，更待月黑看湖光。

[**注释**] 西湖：指杭州西湖。菰：水生草本植物，其茎可食，俗称茭白。蒲：香蒲。

[**赏析**] 菰蒲满布湖面，湖水浩渺一片；荷花在夜色中开放，风露里渗透着它的幽香。远处寺院的灯火越来越显得明亮，等到月落天黑再看粼粼闪动的湖光。诗句描写作者夜里泛舟西湖所见的独特景象。

第六章 人居环境

西 湖
[宋]欧阳修

菡萏香消画舸浮,使君宁复忆扬州。
都将二十四桥月,换得西湖十顷秋。

[注释]西湖:指的是颍州(今安徽阜阳市)的西湖,后由于黄河泛滥,该湖被淹没填平。作者曾任扬州知州,后调任颍州知州。菡萏:荷花的别称。舸:大船。二十四桥:扬州著名的桥。顷:地积单位,1顷等于100亩。

[赏析]在荷花落尽、荷香飘散的秋天,西湖上还浮动着一条条雕花的游船,这使我宁肯不再回忆起扬州。我很愿拿扬州二十四桥明月夜的景色,来换取有十顷广阔水面的颍州西湖的美丽秋色。诗句赞赏颍州西湖的美好景色。

扬州慢·淮左名都
[宋]姜夔

淮左名都,竹西佳处,解鞍少驻初程。
过春风十里,尽荠麦青青。
自胡马窥江去后,废池乔木,犹厌言兵。
渐黄昏,清角吹寒,都在空城。

[注释]淮左名都:指扬州。南宋辖地行政区里设有淮南东路、淮南西路,淮南东路的首府是扬州。(古人方位:面朝南时,东为左,西为右。)江:指长江。

[赏析]扬州自古是淮南东部的名城,这里有著名的竹西亭,我每次到扬州下马解鞍就流连此处。当年春风十里的繁华街道,如今都是荠菜和野生麦青青的田野。自从金兵窥伺侵犯至长江以北洗劫扬州后,池苑荒废、树木

733

凋零，百姓尤其讨厌提起兵事。到了黄昏时分，号角吹起，声音多么冷寒凄清，回荡在这座残败空寂的城市。这里选的是全词的上片。作者对比扬州昔日的繁华和当今的衰敝，表现了作者悲凉、凄怆的心情。

板桥晓别

[唐]李商隐

回望高城落晓河，长亭窗户压微波。
水仙欲上鲤鱼去，一夜芙蓉红泪多。

[**注释**]板桥：指唐代汴州（今河南开封）城西的板桥。据说作者在此桥偶遇另一诗人及其情人。芙蓉：荷花，这里形容女子。

[**赏析**]回头遥望高高的汴州城楼，银河已渐渐暗淡沉落，长亭窗下流淌的渠水荡漾着涟漪轻波。游子或许就像传说中的水仙要乘红鲤鱼飞升了，那与荷花一样美丽的女子这一夜里流下的眼泪很多很多。诗句作者或是描写在汴州城桥头偶遇的友人的故事，或只是借景表现自己内心情感。

九日送别

[唐]王之涣

蓟庭萧瑟故人稀，何处登高且送归。
今日暂同芳菊酒，明朝应作断蓬飞。

[**注释**]蓟：古地名，曾为周朝燕国都城，在今北京城西南。蓟庭：指蓟州，唐开元时置蓟州，辖地约为今天津市蓟州区、河北三河、玉田、遵化等市

县和唐山市丰润区等地。

[**赏析**]时值重阳,蓟州地方秋风萧瑟没有几个熟人,到哪里去登高一下并送别要归去的老朋友呢?今日在一起同饮一杯芳香的菊花酒,明天就会像断根的蓬草一样不知在何处飞。诗句描写重阳节在蓟州送别老朋友时的惜别和伤感的心情。

上白帝城二首·其一
[唐]杜甫

江城含变态,一上一回新。
天欲今朝雨,山归万古春。

[**注释**]白帝:古城名。在今重庆市奉节县地域,扼长江三峡入口处。作者曾多次到该地。

[**赏析**]长江边的白帝城的景态是变化的,我每一次到这儿来都感到新鲜。上天要在今朝下雨,但周边群山永远显得春色青青。全诗十二句,这里选的是前四句。诗句描写白帝城的景色常变常新。

秋登宣城谢朓北楼
[唐]李白

江城如画里,山晚望晴空。
两水夹明镜,双桥落彩虹。
人烟寒橘柚,秋色老梧桐。
谁念北楼上,临风怀谢公。

[**注释**]宣城：今安徽宣城市。谢朓北楼：即谢朓楼，是南北朝诗人谢朓任宣城太守时所建楼阁。两水：指句溪和宛溪，在宣城东北相汇，绕城合流。

[**赏析**]江水边的宣城好像在画里一样美丽，山色渐晚时我登上谢朓北楼远眺晴空。两条江之间的一潭湖水像一面明亮的镜子，两条江上的两座桥仿佛天上落下来的彩虹。村落里升起的薄薄炊烟在橘柚树林间缭绕，深秋时节梧桐已衰黄落叶。谁还会想着到谢朓北楼上来，迎着萧瑟的秋风只有我还在怀念谢公。诗句描写在谢朓北楼上所见的宣城的秋日景象，作者感慨只有自己还在怀念谢朓的成就。

入朝曲

[南北朝]谢朓

江南佳丽地，金陵帝王州。
逶迤带绿水，迢递起朱楼。
飞甍夹驰道，垂杨荫御沟。
凝笳翼高盖，叠鼓送华辀。
献纳云台表，功名良可收。

[**注释**]逶迤：弯弯曲曲、延续不断的样子。迢递：高峻的样子。甍：屋脊。驰道：专供皇帝车驾驶行的道路。凝笳：指舒缓的笳音。辀：车辕。云台：借指朝廷。

[**赏析**]江南是佳丽荟萃的地方，金陵是帝王京城之所在。绿水弯弯曲曲环绕城垣绵延不断，那些朱红大门里高耸的楼阁多么气派。两边气势轩昂的屋脊夹着皇帝专用的道路，杨柳树荫遮掩住流经宫墙边的河道。舒缓的笳音、轻密的鼓声迎送着高大华丽的车辆。我立身朝堂献策被朝廷采纳，功名利禄眼看都可得到。诗句颂扬帝都（金陵）的富丽繁华，也表现作者侧身朝

堂、志得意满的心情。

天津桥
[唐]白居易

津桥东北斗亭西,到此令人诗思迷。
眉月晚生神女浦,脸波春傍窈娘堤。
柳丝袅袅风缫出,草缕茸茸雨剪齐。
报道前驱少呼喝,恐惊黄鸟不成啼。

[注释]天津桥:即洛桥,位于洛阳城的洛河上。缫:同"缲"。

[赏析]在天津桥的东面北斗亭的西面,到了这个地方,我的诗情着了迷。东望洛水女神徜徉之地如新月冉冉升起,春天洛水的窈娘堤旁烟波迷离。刚长出的柳丝泛黄在轻风中摇曳,好像是经轻风浸泡抽出的金丝,绿茸茸的细草像是被春雨剪过一般整齐。传话给前面的衙役小厮不要大声吆喝清道,以免惊吓了黄莺不再婉转鸣啼。诗句以广角描写了在洛阳城的洛桥一带所见的周边的早春景象。

都门秋思四首·其一
[清]黄景仁

楼观云开倚碧空,上阳日落半城红。
新声北里回车远,爽气西山拄笏通。
闷倚宫墙拈短笛,闲经坊曲避豪骢。
帝京欲赋惭才思,自掩萧斋着恼公。

[**注释**]上阳：西周初期虢国都城，故址存于今河南三门峡市的李家窑遗址，这里喻北京城。笏：古代大臣上朝时手持的狭长板子。骢：毛色青白相间的马。萧斋：对寺庙、书斋的一种称谓。恼公：犹扰乱自己心曲。

[**赏析**]云开天蓝楼堂馆阁高高耸立，京都日落之时半个城都映在红红的晚霞里。官员回家的新车声响传得很远，高爽的西山有老年官人带笏挂杖行走。我拿着一支短笛倚着宫墙独自闷愁，路过弯曲的坊间尽量避开豪门的高头大马。在这帝京里想赋诗又惭愧缺少才思，只能关在书斋里自己懊恼叹息。诗句描写都城北京秋季的景象，表现作者滞留于京的自怜心情。

长安秋望

[唐]杜牧

楼倚霜树外，镜天无一毫。
南山与秋色，气势两相高。

[**注释**]南山：指在长安南面的终南山。

[**赏析**]经霜的树林外有楼阁屹立，天空犹如明镜没有一丝云彩。终南山的峻岭与清爽的秋色，两者都很有气势互相争高。诗句描写作者在长安所看到的秋天清爽、南山高峻的景色。

唐多令·重过武昌

[宋]刘过

芦叶满汀洲，寒沙带浅流。二十年重过南楼。
柳下系舟犹未稳，能几日，又中秋。

[**注释**]汀洲：水中沙滩。南楼：即安远楼，建于南宋时，在今湖北武汉的武昌黄鹄山上。

[**赏析**]芦苇的枯叶落满沙滩，浅浅的寒水在沙滩上无声无息地流过。二十年时光匆匆，我重新登临这旧地南楼。柳树下小舟尚未系稳，我就急急忙忙重回故地，因为过不了几天就是中秋。作者处于南宋时代，当时的武昌城一带地域是南宋与金人交战的前线。这里选的是全词的上片。词句作者借重过南楼之际，忧国伤时，有昔是今非、怀才不遇之心绪。

秋 思

[唐]张籍

洛阳城里见秋风，欲作家书意万重。
复恐匆匆说不尽，行人临发又开封。

[**注释**]行人：指带信人或信差。

[**赏析**]客居洛阳城里，秋风惹起相思，写好一封家信表达情意万重，又恐怕匆忙之间没有把意思写尽，在带信人临出发时我又打开信封再看一遍。诗句描写客居洛阳城的作者（广义地涵盖作客他乡的人）对家乡亲人的深切怀念。

秦淮杂诗二十首·其一

[清]王士禛

年来肠断秣陵舟，梦绕秦淮水上楼。
十日雨丝风片里，浓春烟景似残秋。

[**注释**]秦淮：秦淮河，在金陵（今南京）城南。秣陵：即金陵，南京古名。

[**赏析**]一年来我在金陵泛舟时常有愁肠要断的感觉，梦中总是在秦淮河边的楼阁里滞留。十几天淫雨绵绵风声不断，这本是春光明媚浓艳的时节，也安慰不了我内心如残秋般的哀愁和无奈。诗句描写作者在南京秦淮河畔所产生的哀愁惨淡的感受，流露出作者对朝代更迭、物换星移、伤悼亡明的感慨。

朝中措·送刘仲原甫出守维扬

[宋]欧阳修

平山栏槛倚晴空，山色有无中。

手种堂前垂柳，别来几度春风。

[**注释**]维扬：即扬州。平山：指平山堂，在扬州城西北的大明寺西侧的高冈上，是作者任扬州知州时所建，宏伟壮丽。

[**赏析**]倚着平山堂的栏杆望着晴朗的天空，远处山岭若隐若现迷迷蒙蒙。平山堂前的那棵柳树是我亲手所栽，我离别它已经有好几个春天。这里选的是全词的前半。

题八咏楼

[宋]李清照

千古风流八咏楼，江山留与后人愁。

水通南国三千里，气压江城十四州。

[**注释**] 八咏楼：原为南北朝时所建的元畅楼，宋初改为此名，为浙江金华名胜。江城十四州：指宋时平江、镇江二府和下属的十二个州，包括今浙江大部分和江苏部分地区。

[**赏析**] 八咏楼是千古长存、景物风流的名胜，但这里留存的大片江山只会使后人忧愁。这里江河纵横通向南国四面八方千百里，这个楼台的气势盖过江、浙地方的十四个州。诗句表现八咏楼所在地方有大片壮丽的江山，但留给后人的却是无尽的忧患。作者逃难到江南至金华，眼看南宋统治者偏安一隅、不思恢复而有此沉重的感叹。

秋兴八首·其三

[唐]杜甫

千家山郭静朝晖，日日江楼坐翠微。

信宿渔人还泛泛，清秋燕子故飞飞。

[**注释**] 翠微：青绿的山色。信宿：再宿。

[**赏析**] 白帝城的千家万户静静地沐浴在秋日的朝晖中，我天天去江边的楼上坐看对面的翠绿山岭。连续在渔船上过夜的渔人仍泛舟在江里漂流，虽已是清秋时节燕子还在不断来回地飞。作者写此诗时在白帝城（在今重庆市奉节县）。全诗八句，这里选的是前四句。诗句描写了作者当时所在的白帝城天朗气清、江景宁静的景象，也反映出作者流寓他乡、无所归宿的心情。

原生态的瑰丽——古诗词里的美丽中国

送友人
[唐]李白

青山横北郭,白水绕东城。
此地一为别,孤蓬万里征。
浮云游子意,落日故人情。
挥手自兹去,萧萧班马鸣。

[注释]郭:指外城。蓬:古书上说的一种植物,亦称"飞蓬"。班马:指载了人而离群的马。

[赏析]青翠的山峦横亘在城外的北面,清澈的河水从东面绕城而过。你我在此地相互道别,你就会像飞蓬那样随风飘荡、远行万里了。游子与浮云一样行踪不定,夕阳徐徐下山像是不舍故人。挥挥手就在这里分别而去,连那匹他骑的马也不愿离开而萧萧长鸣。诗句描写作者与好友在城外依依惜别的情景。

秋波媚·七月十六日晚登高兴亭望长安南山
[宋]陆游

秋到边城角声哀,烽火照高台。
悲歌击筑,凭高酹酒,此兴悠哉。
多情谁似南山月,特地暮云开。
灞桥烟柳,曲江池馆,应待人来。

[注释]高兴亭:亭名,在南郑(今陕西省汉中市南郑区)西北,当时该地为南宋抗金前沿。筑:古代一种乐器。酹:把酒洒在地上,表示祭奠。灞:灞水,在长安城边。曲江:池名,长安著名风景区。

[**赏析**]秋意已到边城（南郑），号角声声哀鸣，有平安烽火照着高兴亭。击筑高歌，从高处把酒洒向国土，引起我光复中原的无限兴致。有谁能像多情的终南山明月，把傍晚的层云都推开？长安灞桥旁的如烟翠柳，曲江池畔的美丽楼台，正在等待南宋军队收复失地胜利归来。词句描写作者在高兴亭上遥望长安南面山岭，感到长安城的各个胜地正期待南宋军队（包括作者自己）早日胜利归来，表现作者迫切盼望光复中原的心情。

帝京篇

[唐]骆宾王

三条九陌丽城隈，万户千门平旦开。
复道斜通鳷鹊观，交衢直指凤凰台。

[**注释**]三条九陌：三、九为虚数，泛指帝都的纵横大道。隈：角落。鳷鹊观：汉代宫观名。交衢：指道路要冲之处。

[**赏析**]帝都的纵横大道一直延伸到京城的边沿角落，千门万户一到清晨就次第打开开始活动。多条道路斜着通向鳷鹊观，要冲之处能直接到达凤凰台。全诗很长，描写了唐朝"帝京"长安城的盛大繁华及种种人文景象。这里选的是其中几句，描写城内交通发达便捷的情形。

帝京篇

[唐]骆宾王

山河千里国，城阙九重门。
不睹皇居壮，安知天子尊。

[**注释**]阙：古代皇宫大门前两边供瞭望的楼。借指皇帝居所。

[**赏析**]国家的河山广阔千里，皇帝居住的京城有九道大门。如果没有亲眼看到皇宫和京城的宏伟壮丽，怎么会知道天子的尊贵和威严。全诗很长，描绘"帝京"长安城的繁华景象，这里选的是开头四句。

题临安邸

[宋]林升

山外青山楼外楼，西湖歌舞几时休？
暖风熏得游人醉，直把杭州作汴州。

[**注释**]临安：即杭州，南宋的都城。邸：旅舍，高官的住宅。汴州：即汴京（今河南开封），北宋的都城。

[**赏析**]青山之外还有青山连绵不尽，高楼之外又有高楼望不到头，在西湖美景中日夜歌舞玩乐到什么时候才罢休？暖洋洋的春风吹得达官贵人们不断悠游如同喝醉了酒，真是把杭州当作已经陷落于金兵手中的汴州。诗句直刺南宋统治者偏安一隅，沉湎于享乐而不思进取、不图恢复中原的腐朽衰颓的状态。

念奴娇·登石头城次东坡韵

[元]萨都剌

石头城上，望天低吴楚，眼空无物。
指点六朝形胜地，惟有青山如壁。

[**注释**]石头城：即金陵（今南京市），曾是六朝的都城。吴楚：指春秋时期吴国、楚国的势力范围，约今江苏、浙江、安徽、湖北、湖南等广大地域。

[**赏析**]站在高岸的石头城上，放眼望去，天低垂与吴楚广大地域相连，只见一片空旷寂寥。昔日六朝形势优越、场面繁华的胜景，如今已荡然无存，只有青山壁立依旧。这里选的是全词上片里的前几句。词句描写作者在石头城上感到无比的凄清空落，慨叹世事变迁、历史无情、人力难为。

题汴城八景总图

[明]于谦

天风吹我来中州，光阴荏苒春复秋。
民安物阜公事简，目前景物随冥搜。
梁园花月四时好，日落夷山映芳草。
大河滔滔涌地来，腾波起浪如奔雷。
隋堤烟柳翠如织，铁塔摩空数千尺。
阴晴晦明各异态，对此令人感今昔。

[**注释**]汴城：指北宋都城汴京（今河南开封市）。汴城八景：有多种说法，有一个版本的八景是：繁台春色、铁塔行云、金池夜雨、州桥明月、梁园雪霁、汴水秋声、隋堤烟柳、相国霜钟。中州：指称河南省（因其位于中原的中间）。荏苒：（时间）渐渐过去。阜：指（物资）多。冥搜：搜访及于幽远处。梁园：西汉梁孝王刘武所建的宏大庄园，在今河南商丘市。夷山："夷"是山顶较平的意思。汴京的夷山约在城东。大河：指黄河。隋堤：指隋炀帝开筑的汴河的岸堤。铁塔：即开宝寺塔，在开封市东北隅。

[**赏析**]皇上指派我来到河南任职，时间很快已过了多个春秋。民间安宁物产丰富公事也不多，我搜访这里的风景由近处及于幽远。梁园的花朵月

影四季都很美好,夕阳映照着开封夷山的芳草。滔滔黄河奔腾而来声如响雷。汴河堤岸的杨柳如由绿丝织成,开宝寺铁塔高耸千尺。阴雨晦暗晴日朗明,开封城变换着各种姿态,种种景色使我对比今昔感慨万端。

作者于明宣德五年至正统十二年(1430—1447年)任河南巡抚。全诗十六句,这里选的是前十二句。诗句是作者在河南巡抚任期内对其辖境(主要是开封市地域)的美好景色的描述。

都门秋思四首·其三

[清]黄景仁

五剧车声隐若雷,北邙惟见冢千堆。
夕阳劝客登楼去,山色将秋绕郭来。
寒甚更无修竹倚,愁多思买白杨栽。
全家都在风声里,九月衣裳未剪裁。

[注释]都:指清朝都城北京。五剧:四通八达的地方,指北京城的繁华街道。北邙:在河南洛阳市北,汉魏王侯公卿多葬于此。泛指墓地。冢:坟墓。

[赏析]北京城的繁华街道上,达官贵人的车驾驶过声如响雷,而在北邙山上只能见到荒坟千百。夕阳好像在劝客居的游子赶快登楼远眺,欣赏黄昏时的短暂美景,看那山岭的秋光暮色正围绕城郭而来。我太贫寒,流落都城连一根可倚靠的竹子都没有;我愁绪太多,就栽种几株白杨让它发出萧萧的诉说声。我全家都生活在呼呼的西北风里,现在已是(农历)九月,过冬的衣服还没有着落呢。诗句表现京都萧索的景象和作者落魄京都、怀才不遇的困窘遭际。作者在最后两句直诉自己贫穷至极的境况。

黄鹤楼

[唐]崔颢

昔人已乘黄鹤去,此地空余黄鹤楼。
黄鹤一去不复返,白云千载空悠悠。

[注释]黄鹤楼:古代名楼,故址在湖北武汉市蛇山的黄鹄矶头。

[赏析]昔日的仙人已乘着黄鹤飞走了,这个地方只留下空荡荡的黄鹤楼。黄鹤一去再也没有返回,千百年来这里只有白云飘飘悠悠。全诗八句,这里选的是前四句。诗句描写作者在武昌城登黄鹤楼怀古,实景空灵,贯通古今,气象恢宏。

望江南·燕塞雪

[宋]华清淑

燕塞雪,片片大如拳。蓟上酒楼喧鼓吹,
帝城车马走骈阗。羁馆独凄然。

[注释]蓟上、帝城:指元朝都城大都(今北京)。骈阗:络绎不绝状。

[赏析]这燕地边塞的雪,一片片大得如拳掌一般。元朝都城里酒楼喧呼鼓吹,车马络绎不绝,为他们的胜利狂欢。只有羁留在此的我们心悲凄然。元军扫荡南宋时,把南宋一些宫廷的乐师歌手挟持至大都。被羁押了十二年的乐师汪元量被遣返时,仍被羁押的乐师等人都作《望江南》词送行,这里选的是其中一首的上片。词句描写元朝都城雪大严寒、元朝新贵喧闹狂欢的景象,以及被掳的南宋乐师等人的凄怆心情。

望蓟门

[唐]祖咏

燕台一去客心惊,笳鼓喧喧汉将营。
万里寒光生积雪,三边曙色动危旌。
沙场烽火侵胡月,海畔云山拥蓟城。
少小虽非投笔吏,论功还欲请长缨。

[注释] 蓟:古地名,曾为周朝燕国都城,在今北京城西南。蓟门:燕国都城(蓟)的城门,故址约在今北京市西城区广安门一带,唐时属范阳道屯驻重兵之地。燕台:原为战国时燕昭王所筑的黄金台,这里指代燕地,泛指当时范阳道所属广大地域。客:作者自指。三边:古时称幽、并、凉三州为三边,这里泛指唐时京城的东北方、北方、西北方的广大边塞地区。投笔吏:指班超,其少时在官府抄写文书,后投笔从戎,立功西域,被封为定远侯。请长缨:终军向汉武帝请求"愿受长缨",去平定南越王。

[赏析] 登上燕台眺望不禁感到震惊,笳鼓乐声喧闹的地方原来是我唐军军营。万里积雪笼罩着冷冽的寒光,边塞上空升起的曙光映照着军营里飘扬的高大旌旗。战场烽火连天掩住了边塞胡地的月光,南面的渤海、北面的云山是拱卫蓟城的门户。我年轻时虽没有像班超那样投笔从戎,为功名成就我也想学终军请缨出征。诗句描写作者在边塞驻军重地所见到的寒冷雪野中的景象,也抒发了作者立功报国的宏志。

淮上与友人别

[唐]郑谷

扬子江头杨柳春,杨花愁杀渡江人。
数声风笛离亭晚,君向潇湘我向秦。

[注释]淮上：指扬州。扬子江：长江在今仪征市、扬州市一带古称扬子江。潇湘：指今湖南广大地区。秦：指当时的京城长安，古属秦地。今陕西境内。

[赏析]扬子江边杨柳依依春光明媚，柳絮漫天乱飞却愁坏了渡江的游子。在离别的驿亭里响起了凄清的笛声，你要渡江去潇湘一带，我要去北边的京城长安。诗句描写作者与友人在扬州分别，友人向南，自己向北，各奔前程，在沉沉暮霭中，不免产生一阵凄清的离愁。

巴陵送李十二

[唐]王昌龄

摇曳巴陵洲渚分，清江传语便风闻。
山长不见秋城色，日暮蒹葭空水云。

[注释]巴陵：今湖南岳阳。李十二：即李白。作者被贬谪岭南，在巴陵与李白相遇。李白离巴陵他往，作者以此诗相赠。洲渚：水中的小块陆地。便风：顺风。蒹葭：芦苇。

[赏析]孤舟飘摇从巴陵荡向远方，你我分别，望你珍重的祝语由江上顺风传送。山高水长不能再见到巴陵城郭的秋色，日落黄昏空中云下只有一片芦苇在水边。作者与李白当时同为天涯沦落人。诗句表现二人相遇又分别时的秋天景象和饱含痛楚的深沉友情。

苏台怀古

[宋]姜夔

夜暗归云绕柁牙,江涵星影鹭眠沙。

行人怅望苏台柳,曾与吴王扫落花。

[注释]苏台:即姑苏台,春秋时吴国王宫,故址在今江苏苏州市的西南。柁:同"舵"。柁牙:指船。

[赏析]夜色朦胧,片片白云急遽地在船只上空飘过;星光在清澈的江水中闪烁,沙滩上的白鹭早已熟睡没有声响。我默然地望着荒凉的姑苏台不禁涌出几分惆怅,那些杨柳低垂的枝条也曾经为吴王拂扫过满地的落花。诗句感叹世事沧桑,昔日吴王宫已是荒凉的历史陈迹。

离亭燕·一带江山如画

[宋]张昇

一带江山如画,风物向秋潇洒。

水浸碧天何处断,霁色冷光相射。

蓼屿荻花洲,掩映竹篱茅舍。

云际客帆高挂,烟外酒旗低亚。

多少六朝兴废事,尽入渔樵闲话。

怅望倚层楼,寒日无言西下。

[注释]霁:雨后或雪后放晴。蓼屿:生长着蓼草的小岛。荻:多年生草本植物,叶似芦苇,多生在水边。

[赏析]金陵这一带的江山如画一般明丽,一切景物高爽脱俗十分优雅

潇洒。浩渺的水与碧蓝的天连成一片,晴空的无际亮色与秋水的清冷波光互相映照。江滩上生长着蓼草荻花,掩映着竹篱茅舍的小渔村。望远处水天相接,客船白帆高挂,烟霭蒙蒙中酒幌低垂。历史上六朝兴废的多少往事,不过是渔翁樵夫等老百姓茶余饭后的谈资。倚楼怅望,夕阳已经暗淡寒凉,默默地在西面沉下。词句描写金陵一带地方山水在秋日的风光和清韵,以及作者对历史无情轮转的不尽惆怅。

燕京八景

[清]无名氏

银桥观山隐约间,金台夕照晚云烟。
居庸叠翠三边好,琼岛春阴二月间。
太液晴波情不尽,卢沟晓月月阑珊。
蓟门烟雨空余树,玉泉垂虹八景全。

[**注释**]燕京:今北京。燕京八景:自金代起即有此说。银桥:今北京市西城区什刹海边有银锭桥。山:指西山(北京西郊连绵山峦的总称)。金台:战国时燕国设有"黄金台",今北京市朝阳区有金台路。居庸:指北京北部的居庸关。琼岛:琼华岛(在金中都东北郊,由开凿湖泊的泥土堆积而成)。乾隆帝题字的"琼岛春阴"碑刻,放置在今北京市的北海公园内。太液:原名太液池,今北京的中南海。卢沟:即卢沟桥。蓟门:历史上在金中都城中(今北京市西城区界内),现在被设定在北京市海淀区学院路西侧土城。玉泉:北京西郊有玉泉山,其中有山泉流出。

[**赏析**]燕京八景,迄今以乾隆十六年(1751年)乾隆帝"御定"的名称为准。每一景都有乾隆"御笔"的碑刻。此诗描述的燕京八景,一句一景,依

次为：西山晴雪、金台夕照、居庸叠翠、琼岛春阴、太液秋风、卢沟晓月、蓟门烟树、玉泉趵突。

眼儿媚·玉京曾忆昔繁华

[宋]赵佶

玉京曾忆昔繁华。万里帝王家。
琼林玉殿，朝喧弦管，暮列笙琶。
花城人去今萧索，春梦绕胡沙。
家山何处，忍听羌笛，吹彻梅花。

[**注释**]赵佶：即宋徽宗，北宋第八位皇帝。北宋靖康二年（1127年）与其子赵桓（宋钦宗）被攻破汴京的金兵掳去，后死于金朝的囚禁地。赵佶书画艺术造诣甚高，其书法自成一体，被后世称为"瘦金体"。他在政治统治方面是一个失败的皇帝，而在文艺方面倒可以说是一位有成就的书画艺术家。玉京：指北宋都城汴京（今河南开封市）。

[**赏析**]回忆往日的汴京是多么繁华，万里江山都属于我赵氏帝王一家。美玉般的宫殿园林，弦管笙琶从早到晚不断喧哗。美丽花城现今人去楼空、萧索冷清，我在黄沙漫天的胡地，繁华如春的汴京只萦绕在我梦里。我的家国现在何处？真不忍心听那羌笛吹奏的凄凉彻骨的《梅花落》。词句概括地描写北宋都城的繁盛及其覆亡，表现作者国破被囚的沉痛。

南乡子·自古帝王州

[宋]王安石

自古帝王州,郁郁葱葱佳气浮。
四百年来成一梦,堪愁。
晋代衣冠成古丘。
绕水恣行游,上尽层楼更上楼。
往事悠悠君莫问,回头。
槛外长江空自流。

[注释]四百年:指金陵(今南京)曾是(三国)吴,东晋,(南北朝)南朝的宋、齐、梁、陈六朝都城的大致时间。

[赏析]金陵自古是帝王的都城,树木葱茏,云蒸霞蔚,多么佳美繁盛。四百年的盛况就像是一场梦过去了,令人感叹。晋代帝王将相已是长眠墓地化为一抔黄土。且在长江岸边恣情游赏吧,登上一层楼更上一层楼。悠悠往事不值一问,回头管管当前事务,让栏杆外长江水白白地自己流去吧。作者退养后曾在金陵居住。词句描写金陵昔盛今衰的历史境况,寄寓了作者对金陵沧桑的复杂情感。

过垂虹

[宋]姜夔

自作新词韵最娇,小红低唱我吹箫。
曲终过尽松陵路,回首烟波十四桥。

[注释]垂虹:江苏苏州吴江区的一座名桥。小红:指范成大送给作者的

歌女。松陵：吴江别称。十四桥：泛指许多座桥。

[**赏析**]我自创的新词调音韵极为和谐美妙，小红轻轻地吟唱，我为之伴奏吹着洞箫。乐曲奏唱完了，小船已划过了吴江的那段水路，回头望去水道上经过的那么多座桥已隐没在苍茫朦胧的烟雾里。诗句描写作者携小红由范成大家（在吴江）坐着小船回自己家（在湖州），一路轻快愉悦的情景，也反映出从吴江到湖州有长长水路、多座桥梁的景况。